KB163042

외사랑을 내 마음대로 종료합니다

봉다미 장편소설

동아

외사랑을
내 마음대로
종료합니다

초판 1쇄 인쇄일 | 2023년 01월 05일
초판 1쇄 발행일 | 2023년 01월 19일

지은이 | 봉다미
펴낸이 | 조승진
펴낸곳 | (주)동아미디어

출판등록 | 제2020-000107호
주소 | 경기도 파주시 광인사길 9-6
전화 | (031)8071 - 5201
팩스 | (031)8071 - 5204
E - mail | bear6370@hanmail.net

정가 | 14,800원

ISBN 979 - 11 - 6302 - 623 - 5 (03810)

외사랑을
내 마음대로
종료합니다

봉다미 장편소설

DONGAROMANCESTORY

동아

목 차

프롤로그

드디어 입국장 문이 열렸다. 좀처럼 모습을 드러내지 않던 남자가 입국자 행렬이 끝날 즈음 나타나자 카메라 플래시가 여기저기서 세차게 터졌다.

은서는 혼잣말처럼 중얼거렸다.

"정말 왔어……."

2층에서 내려다보는데도 카메라 줌으로 당긴 듯 그의 모습이 또렷했다. 진한 이목구비도, 훤칠한 키에 비율 좋은 날렵한 몸도. 배우를 했어도 성공했을 거라는 팬들의 말은 립 서비스가 아니었다. 지금도 단정한 마스크에 블랙 정장을 입은 모습이 모델 못지않았다. 넓은 어깨와 볕에 그을린 구릿빛 피부만 아니었다면 운동선수라는 게 믿기지 않을 만큼 근사했다. 아니, 연륜이 더해진 얼굴엔 여유마저 묻어나 더욱 완벽해 보였다.

"여전히 살은 안 붙나 보네……."

그의 동선을 좇던 그녀의 눈동자가 사정없이 흔들린다. 뒤따라 나오던 여자가 돌연 이수의 팔을 잡았기 때문이다. 큰 키를 기울여 귀를 대 주는 이수, 그에게 속삭이는 여자. 여자는 한눈에 봐도 스태프나 에이전시 관계자는 아니었다. 에이전트라 하기엔 멀리서 봐도 그를 향한 여자의 눈빛이 너무 열렬했다.

은서는 뒤늦게 이수와 거리를 두며 걸음을 옮기는 여자의 존재가 짐작돼 느리게 고개를 끄덕였다.

"저 여잔가…… 보다."

미국에선 공공연한 연인 사이라고 말했다. 그 외에도 나래가 많은 정보를 줬던 것 같은데 기억이 나지 않는다.

여자는 커리어에 어울리게 당당하고, 세련돼 보였다. 이수 또한 뒤지지 않는다. 특종을 잡은 취재진들은 다소 거리감 있는 연인을 한 프레임에 담기 위해서 연신 플래시를 터트리기 바빴다. 화려한 환대가 당혹스러울 만한데도 여자의 대처가 매끄러웠다. 이수와 시선이 마주치자 동그랗게 떴던 눈을 가늘게 접어 눈웃음을 짓고 다시 카메라를 응시하는 매너가.

어느 누가 봐도 완벽한 커플이었다.

"……다행이다, 정말."

잘 사는 거 확인했으니까. 뒷말을 삼키며 은서는 고개를 주억거렸다. 혼자 간직했던 마음조차 털어 낼 때가 됐나 보다. 그의 인생에 아물 수 없는 상처를 내고 가장 소중한 걸 빼앗았다. 그런 주제에 물리적인 거리를 핑계 삼아 마음에서 지우지 않았다. 이제야말로 남겨 뒀던 마음마저 깨끗이 비울 때가 됐나 보다.

은서는 천천히 몸을 돌려 청사를 빠져나왔다.

"이번 생은……."

이렇게 마감하지 뭐. 짝사랑 원 없이 해 본 거로. 짝사랑의 장점은 시작도 종료도 내 마음대로 할 수 있는 거니까.

창백한 얼굴에 서서히 가을 햇살이 깃든 미소가 뿌려졌다.

1

은서는 잠결에도 후각이 예민한 짐승처럼 코를 벌름거렸다.

'분명 비 냄샌데······.'

비몽사몽 중에도 제 예감이 틀렸길 바라며 눈 뜨길 거부했다. 하지만 안 좋은 예감은 적중률이 높은 법. 곧 툭, 툭, 두둑. 두두······ 요란하게 양철 물받이를 때리는 소리가 들리자 그녀의 입에서 제 영역을 지키려는 고양이가 하악질을 하듯 큰 한숨이 터져 나온다.

"나한테 왜 이래 정말. 완전 개 짜증 나게!"

이불 킥을 하고 엉거주춤 무릎걸음으로 기어간 그녀가 창틀에 매달렸다. 창문을 세차게 때리는 빗줄기를 보는 눈이 세모로 변한다.

"조짐이 안 좋더라니······."

실은 어젯밤부터 몸이 물먹은 솜처럼 무겁고 다리가 콕콕 쑤셨었다. 그래서 일기 예보까지 찾아봤었고. 분명 노란 태양이 시간대별로 떠 있어서 안심했는데 이렇게 뒤통수를 치나. 아침잠이 많은데 새벽같이 자력으로 벌떡벌떡 일어났다. 열혈 학도도 아니면서 학교 가는 시간만 기다렸다. 왜? 사랑하는 남자와의 스킨십이 허락된 유일한 시간이니까. 비록 쌍방이 아니라 일방인 감정이지만 말이다. 너른 그의 등판에 매달려 스쿠터로 등교하는 설렘을 빼앗기니 학교 가고 싶은 마음이 앙상한 나뭇가지처럼 쉽게 뚝 꺾인다.

은서는 또르르 눈동자를 바쁘게 굴렸다.

"이러고 있을 때가 아니지."

어차피 학교 가는 유일한 낙을 빼앗겼겠다, 결석할 핑곗거리를 쥐어짜야 한다. 방 안을 스캔하던 눈동자가 구석에 방치된 선풍기에 고정된다. 편도가 약한 탓에(그곳만 약한 건 아니지만), 저 물건을 애물단지 보듯 하시는 외할머니의 잔소리를 견디며 사수한 자신이 기특해지는 순간이었다.

"좋았어. 오늘은 널 작업 도구로 써 주겠어."

선풍기를 끌어다 콘센트에 꽂고 가부좌를 틀고 앉아 강풍 버튼을 눌렀다. 헤, 벌어진 입 속으로 바람이 들어와 볼이 부풀자 헬륨 가스를 머금은 듯 요상한 목소리가 흘러나온다.

"아프다, 아프다, 지금부터 나는 개만도 못한 인간이다~ 한여름에 개도 안 걸리는 감기에 걸려서 당장 죽을 것처럼 아프다."

고등학생씩이나 돼서 이런 저차원적 방법을 써야 하다니. 스스로 생각해도 한심하지만 어쩌겠는가.

"후우~."

브라우니색을 띤 동공이 끝없이 위로 향한다. 그나저나 오늘 하루를 뭘 하며 보낸다? 일단 모닝 게임 한 판 즐겨 주시고, 오다리를 씹으며 미처 읽지 못한 만화책도 완독해야지.

"그 다음엔……?"

고전 영화를 보며 맘보 스텝도 밟아 주고 시간 남으면 피아노로

〈Maria Elena〉도 연주해 주겠어. 알차게 짠 스케줄이 제법 마음에 들었다. 사실 후자는 그녀의 감성은 아니었다. 어느 날 영화를 보던 엄마가 훌쩍였다.

"엄마, 왜 울어?"

"장국영이 그리워."

"헐, 아빠 배신하게?"

낯선 남자의 이름에 놀란 눈을 한 딸에게 젖은 눈을 한 엄마가 미소를 지으며 말했다. 오래된 팬이라고. 젊은 나이에 요절한 그 배우가 그립다고. 은서는 1990년대 감성에 머물러 있는 엄마를 위로해 주고 싶었다. 눈물 바람은 순전히 반병 넘게 마신 와인 탓 같았지만. 같이 맘보 스텝도 밟아 주고, 피아노 연주도 해 주고, 그러다 보니 묘하게 친숙해진 거다.

은서는 미소를 지우고 고개를 갸웃했다.

슬슬 머리도 아프고 목구멍도 따끔한데 뭔가 부족한 느낌. 슬쩍 이지러진 눈매가 반달로 휜다.

"이거였어!"

확실한 한 방이 필요했다. 누가 봐도 어디 아프냐고 물어봐 줄 수 있는 외적인 증거. 은서는 손바닥을 활짝 펴 이마에 딱 붙였다.

"열아 올라라, 딱 38도까지만 올라라."

이럴 때 필요한 건 뭐? 스피드! 마찰로 불도 피우는데 이마에 열 내는 것쯤이야. 이마를 문지르며 열을 부추기는 손짓이 가열차다. 슬슬 닭똥 냄새가 피어올라 만족스러운 미소가 돋을 때였다.

노크 소리와 함께 무뚝뚝한 목소리가 들려온 것은.

"서은서, 일어나."

오! 나의 왕자님, 정이수. 은서는 반가움에 팔다리를 부르르 떨며 깨방정을 떨었다. 살가움이라곤 1그램도 없는 무뚝뚝한 목소리에. 하지만 그녀에겐 달고나보다 더 달콤하게 느껴지는 목소리다. 그래도 스위트하게 대해 주면 좋을 텐데. 문득 든 생각에 고개가 저어진다. 만족을 모르는 게 인간이라더니. 저 목소리로 하루를 시작하기 위해 얼마나 많은 공을 들였는데 스위트 타령인지 모르겠다. 그리고 어차피 가벼운 남자는 그녀의 취향이 아니었다.

"서은서?"

은서는 다시 들려온 목소리에 퍼뜩 정신을 차리고 선풍기를 껐다. 그리고 잽싸게 검지와 중지에 침을 발라 뻗친 머리카락을 숨죽였다. 아직은 그녀의 매력을 모르는 남자에게 처참한 몰골을 보여 줄 순 없었다.

곱슬머리는 드라이를 하면 예쁜데 아침에 일어나면 광년이 저리 가라가 되는 게 문제다. 특히 비 오는 날이면 더더욱.

"아직 자?"

이쯤에선 대답을 해 줘야 한다. 아니면 쿨내 쩌는 남자는 삼세번을 넘기지 않고 돌아설 테니까.

밥은 굶어도 내 남자 얼굴 보는 것은 굶을 수 없기에 문틈에 대고 목을 쥐어짰다.

"일어났는데…… 콜록콜록."

급조한 목소리가 꽉 잠기기까지 하니 금상첨화다.

은서는 반응을 기다리며 침대로 몸을 날렸다. 나름 섹시한 포즈를 취하는데 망설임 섞인 목소리가 들려왔다.

"들어가도 돼?"

뭘 물어보시나.

"콜록콜록, 들어와……."

힘을 뺀 목소리로 대답해 주고 7부 잠옷 바지를 짧게 걷어 이불 밖으로 다리를 내밀었다. 돈 주고도 못 사는 게 젊음이다. 어린 여자의 청순미와 막 잠에서 깨어난 여인의 퇴폐미를 동시에 보여 줄 좋은 기회를 놓칠 수 없었다.

준비가 완료되자 타이밍 좋게 문이 열렸다.

정이수의 등장에 잠잠했던 심장이 불꽃놀이하듯 펑펑 터진다. 은서는 이불 속에 숨긴 작은 주먹을 꼭 쥐었다.

'헉, 아침부터 얼굴이 미쳤다, 미쳤어.'

여심 저격수라는 별명을 인정. 아무리 봐도 질리지 않는 잘난 얼굴, 운동으로 다져진 탄탄한 몸에 훤칠한 키. 뭐 하나 빠지는 게 없는 남자였다. 내 남자에게 흠뻑 도취돼 있는데 염려 섞인 목소리가 흘러나온다.

"어디가 안 좋은데?"

평소 몸이 약한 것조차 개이득이라는 생각을 하면서 목소리에 힘을 뺐다.

"모, 몰라. 콜록콜록."

기침을 하면서 자연스럽게 침대 아래로 이불을 떨어트렸다. 그 순간에 '으음~' 하며 섹시하게 숨을 몰아쉬는 것도 놓치지 않았다.

'저 날카로운 눈빛 좀 보소!'

매의 것 같은 부리부리한 눈과 날렵한 턱 선을 어쩔? 엄마가 마시던 와인을 한 모금 훔쳐 마신 것처럼 현기증이 일어 살포시 눈이 감긴다.

"가, 감긴가 봐, 어제부터 몸살기가 있더니 콜록."

"감기⋯⋯?"

걱정에 얼굴을 굳혔던 이수는 문득 눈에 들어온 선풍기 헤드에 손을 대 보고 안도의 한숨을 내쉬었다. 은서의 맹랑함에 매번 속으면서도 면역이 생기지 않으니 큰일이다. 그 덕에 하루에도 몇 번씩 그의 심장은 롤러코스터를 탄다.

"정말 아픈 거 맞아?"

"거짓, 일 리 없잖아. 머리 만져 봐. 열나. 얼굴도 빨갛지?"

은서는 가까이 다가온 이수의 손을 덥석 잡아 제 이마에 올리고 속으로 경악했다. 야구 배트를 잡는 남자의 손이 이렇게 부드러워도 되는 거야? 이건 반칙이잖아!

스킨십이라고도 할 수 없는 사소한 접촉에 올라가려는 입꼬리를 애써 내려야 했다.

"엄청 뜨겁지?"

"아니."

"……?!"

은서의 눈동자가 또르르 구른다. 그럴 리가 없는데. 황당한 그녀는 건조한 눈동자가 저를 주시하는 것도 모르고 제 이마를 더듬기 바빴다. 이게 언제 식었지? 이수의 손바닥이 따뜻하게 느껴질 정도로 차가웠다.

낭패라는 생각을 하면서도 입술이 기계적으로 움직인다.

"콜록콜록, 코도 맹맹하고 으슬으슬 몸이 떨리는 게, 분명 오한이…… 아무래도 얼마 못 살 것 같은!"

윽, 실수다. 너무 멀리 나갔다. 이수는 손녀에게 눈먼 외할머니가 아니었다. 샛눈을 뜬 그녀의 동공이 방향을 잡지 못한다. 저를 보는 그의 눈빛이 희귀한 생물체를 보듯 그랬으니까.

나 들켰어? 묻지도 않았는데 그의 대답이 돌아왔다.

"좋은 말 할 때 일어나."

"아픈데……."

"어르신 오시라고 할까."

이수는 말을 하면서도 늘 하던 대로 몸을 움직였다. 책상 위에 흩어져 있는 색연필을 하드 케이스에 담고, 펼쳐진 일기장을 접어 책꽂이에 꽂고. 아기자기하고 달콤한 향이 밴 방은 취미 부자인 주인 때문에 항상 정신이 없다. 어젯밤에도 늦게까지 꼼지락댄 그녀의 흔적이 책상 여기저기 정신 사납게 남아 있었다.

잠시 망설이던 그가 바닥에 떨어진 이불을 들어 늘씬한 다리를 덮어줬다. 은서는 작은 키치고는 몸의 비율이 좋은 편이었다. 언젠가부터 남자들 사이에서 그녀의 이름이 심심치 않게 들려올 정도로. 제 앞에선 대놓고 말하지 못하지만 그게 더 짜증 난다.

'후, 다리도 짧은 게.'

애써 외면하며 시험에 들지 않게 해 달라고 기도하는 이수. 그가 시험에 빠지게 해 달라고 기도하는 은서. 이수는 오늘도 자신이 어설픈 유혹에 빠지지 않게 해 줘서 감사하다는 안도의 한숨을 내쉬었다.

그런 그를 보며 은서는 이를 악물었다. 보라는 각선미를 가리는 그가 야속해서. 쓸데없이 방 정리를 하는 그가 이해 안 돼서. 결국 시원한 육성이 터져 나왔다. 이미 패를 들켰는데 이미지 관리가 무슨 소용일까.

"더워, 덥다고! 이불은 왜 덮어 주는 건데!"

"춥다며. 으슬으슬 떨린다고 하지 않았어?"

"난 겉과 속이 다른 치킨 닮은 여자라 그래. 겉 바 속 촉!"

이수는 잇달아 나오는 한숨을 겨우 삼켰다. 말로는 이길 수가 없다.

"쪼그만 게, 넌 도대체 매일 무슨 생각으로 사는 거야?"

"원해?"

"뭘?"

"내 골수가 그렇게 궁금하면 보여 줄게. 것도 나에 대한 관심의 일종이잖아. 맞지?"

은서는 할 수만 있다면 그녀의 작은 머리통을 열어 보고 싶다는 그의 말을 콕 짚어 줬다. 공부는 못하면서 잔머리는 비상하게 굴리는 게 신기하다는 부분은 빼고. 하긴 이수가 그렇게 말하는 것도 무리는 아니었다. 그의 관심을 끌기 위해 매일 레퍼토리를 짜내는 자신이 스스로도 신기하니까. 마르지 않는 샘처럼 지혜가 솟구쳐서 야채 마켓에 나눔하고 싶을 정도다.

은서는 저를 한심하게 바라보는 눈길에 도전장을 날렸다.

"오빠 나 안아 보고 싶지 않아?"

"……뭐?"

마치 못 들을 말을 들은 것처럼 이수가 얼굴을 와락 구겼다. 그런 그를 보자니 더 약이 올랐다. 하지만 여태 그래 왔듯 그는 그녀가 약이 오르든 머리가 돌든 신경 쓰지 않을 것이다.

"도대체 오빠 연애 세포는 언제 발현되는 거야? 있기는 있는 거야?"

"눈곱이나 떼."

"이게, 이게 왜."

눈가를 더듬는 가는 손가락에 커다란 이물질이 잡힌다.

이수는 이제야 발그레해진 얼굴로 오물오물 입술을 괴롭히는 은서를 쳐다보곤 입꼬리를 올렸다.

"학교 가게 나와."

"지금 눈곱이나 등교 얘기할 때 아니거든? 공부는 잘하면서 왜 대화의 핵심을 못 짚는 건데?"

눈치 없고 둔한 남자를 사랑하는 일은 형벌에 가까웠다. 만화책, 드라마 몇 편만 봐도 저렇게 무지하진 않을 텐데 종일 야구 생각밖에 할 줄 모르는 그에겐 무리일지도. 그래서 직접 가르쳐 주기로 했다.

"오빠 내가 하루에 받는 고백 편지가 몇 통인 줄 알아?"

"그걸 내가 알아야 해?"

할 말 없게 만드는 저 입술이 얄밉다. 그런데도 그녀의 심장은 이수만 보면 정신을 못 차린다. 냉담한 저 목소리에도 심장 마비가 오는 건 아닐까 싶게 벌렁대니 말이다.

"그건 아니지만…… 어쨌든 엄청 많이 받아. 것도 매일매일."

"하고 싶은 말이 뭔데."

질투심 유발도 통하지 않는 목석같은 남자 때문에 고민이 깊어진다. 과격한 플레이로 경고를 먹더라도 공격수는 꾸준히 골대를 향해 슈팅을 날려야겠지. 그래야 언젠간 '골인'을 외치며 키스 세리머니를 날릴 날이 올 테니까.

"오빠는 걔네들이 나한테 구구절절한 애정을 글로 옮기며 뭐 했을 것 같아?"

이수는 대답 없이 은서를 내려다보았다. 또 무슨 말을 해서 저를 혼란스럽게 만들까, 생각하는 사이 얄밉도록 앙증맞은 입술이 다시 열린다.

"백 퍼 몽정했을걸?"

"하-."

"그것만 했겠어? 그, 그것도 했겠지. 지읏, 이응!"

그의 눈빛이 서늘하다 못해 불꽃이 이는데도 그녀의 종알댐이 멈추지 않는다.

"상상하면 좀 으으으! 싫긴 하지만 어쩌겠어. 그건 생리적인 현상이잖아. 오빠한테도 친근한 단어 아니야?"

기가 막혀 하는 표정이다. 아니 뭐 저런 게 다 있나, 하는 황당한 표정. 은서는 유도한 것과 다른 그의 반응에 얼굴이 익어 버릴 정도로 부끄러웠다. 그런데도 포기가 안 된다. 저를 여자로 보지 않는데도 말이다.

은서는 눈을 깜빡이는 틈새 애교 짓을 하면서 말을 이었다.

"내 말은 그러니까, 다들 날 여자로 본다는 거지. 누구와 다르게."

"너 요즘 어떤 애들하고 어울리는 거야."

"어?"

은서는 예상치 못한 질문에 눈을 깜빡였다. 그런 그녀를 보고 이수는 미간을 좁혔다.

"혹시 나 모르는 애들 만나?"

"뭐래."

저를 누구보다 잘 아는 이수의 질문에 은서는 입을 삐죽였다. 건강이 좋아졌다고 해도 아직은 동네를 벗어나는 건 무리다. 학교 가거나 방에 있거나, 친구 나래의 집에서 외할머니네 집, 이수의 집에서 또 외할머니의 집. 이렇게 행동반경이 한정돼 있는데 그가 모르는 그녀의 친구들이 있을 턱이 없다.

은서는 속에서 열이 올라 벌떡 일어나 앉았다.

"좋아해."

"……."

그의 무반응에 은서는 서러울 때면 나오는 이단 한숨을 내쉬었다. 오늘도 자신의 꿀벅지를 보고 이수가 침을 꼴깍 삼켜 주는 일은 일어나지 않았다. 한심한 애물단지를 보는 것 같은 눈빛도, 고백을 하든 말든 자기 할 말만 하는 것도 똑같다.

그래도 은서는 지치지 않는다.

"좋아한다고! 오빠, 야구 말고 축구를 하지 그랬어? 그랬으면 철벽 방어로 완전 성공했을 텐데."

그녀의 열렬한 구애에 이수는 반응이 없다. 결론은 오늘도 회심의 슛을 날렸지만 볼은 문전에서 막혔다. 저 정도의 능력이면 야구가 아니라 축구를 했어도 국가 대표가 됐을 거다. 물론 포지션은 골키퍼.

어이없는지 고개를 젓는 이수를 보자니 절로 볼멘 목소리가 튀어나온다.

"내 진심이 한심해? 아니면 이해가 안 돼?"

"어."

"그럴 줄 알았어. 오빠 연애 고자잖아."

황당한지 이수의 입꼬리가 설핏 올라간다. 그걸 놓칠 은서가 아니었다. 이유야 어쨌든 그가 웃으니 그녀의 입꼬리도 스륵 올라간다.

"좋아, 오늘은 이쯤에서 물러날게. 포기한다는 말은 아니니까 대놓고 안심하진 말아 줘."

한심하겠지. 머리에 피도 안 마른 게 까져서 그런다고 속으로 혀를 차겠지. 겨우 두 살 많은 주제에 이수는 자신이 한참 어른인 줄 아니까. 지금도 그렇다.

"오래 못 기다려."

"나 학교 못 가."

"왜?"

"비 오잖아. 집에서 할 것도 많고……."

말도 안 되는 핑계인 걸 알면서도 습관적인 변명이 나온다. 비만 오면 무릎이 쑤신다는 할머니들처럼 그녀도 날이 안 좋으면 몸에서 신호가 온다. 컨디션이 엉망인 이런 날은 쉬는 게 모두를 위해서 좋다. 더구나 위험을 감수할 만한 보상, 이수의 등에 매달려 등교할 수 있는 기회가 사라졌는데 왜 학교를 가겠는가.

"학생이 학교 안 가고 할 일이 뭔데?"

"음……. 방 청소도 해야 하고, 저 선풍기도 치우고, 책장 정리도, 어……?"

부산하게 고개를 돌리던 은서는 어느새 깨끗해진 책상 위를 보고 말끝을 흐렸다.

곧 이수의 한숨 소리에 기가 죽는다.

"헤. 오빠 늦겠다. 빨리 학교 가."

"빨리 가야지. 스쿠터 타고, 나 혼자."

예상치 못한 대답에 은서의 눈이 커다래지고 입이 벙긋 벌어진다. 곧 인디언 보조개가 깊게 파이도록 미소 지은 그녀가 침대에서 튀어 올라 그의 목에 매달렸다.

"오빠 최고, 나 학교 갈게."

이수는 엉겁결에 작은 몸을 손으로 받치듯 안아 들었다. 목에서 느껴지는 보드라운 감촉에 얼굴이 달아오르고 몸이 굳는다.

자신의 상태를 들키지 않기 위해 가냘픈 몸을 던지듯 떼어 냈다.

"너!"

"치사하게 화를 내냐. 기뻐서 그런 건데."

침대에 엉덩방아를 찧은 은서는 입을 삐죽이며 꿍얼댔다.

"10분 줄게."

은서는 방을 나서는 이수에게 '안 돼, 안 돼. 5분 더 줘. 드라이해야 한단 말이야!'라고 외쳤다.

* * *

비를 머금은 하늘이 암울한 회색이다. 지금 은서의 마음처럼 말이다. 맨발에 슬리퍼, 우비를 입고 만반의 준비를 마치고 나왔는데 이게 뭔지.

은서는 뜨악한 표정으로 이수가 시동을 걸고 있는 물건을 바라보며 고개를 잘게 저었다.

"오빠, 나 운동화랑 양말, 수건까지 챙겨 나왔는데?"

"그래서?"

"이, 이걸 타고 학교 가자고?"

당연하다는 듯 바라보는 이수를 보고 은서는 질끈 눈을 감고 말았다. 외할머니네 집은 양재천이 흐르고 우면산이 가까운 곳에 위치해 있다. 하천 하나만 건너면 강남이 코앞인데 이 동네는 농촌 마을처럼 비닐하우스가 즐비하다. 버스에서 내리면 시골 냄새를 풀풀 풍기고. 마트를 가지 않아도 노는 땅에서 길러지는 것들만 먹어도 충분한 동네. 특히 외할머니네는 땅이 넓어 일하는 분들까지 두고 있다. 하고 싶은 말은, 밭일을 하러 가는 어르신들이 타고 다니는 세 발 오토바이, 일명 '효도카'가 눈앞에 있었다.

은서는 고개를 살랑살랑 저었다.

"못 해. 아니, 안 해."

"그럼 비 맞고 가게?"

"응, 나, 비 맞아도 돼. 오빠 우비도 챙겨 왔는데. 사이좋게 우산 쓰고 걷는 것도 나쁘지 않을 것 같은데 어때?"

이수의 물음에 은서는 실오라기 같은 가는 희망을 품고 눈을 반짝였다.

"좋은 말 할 때 타지."

"진심?"

대답하기도 귀찮은지 무심히 바라보기만 한다. 은서는 다시 한번 앞과 뒷좌석이 분리되어 있는 효도카를 바라보았다. 비 맞을 염려 없이 풍우 커버까지 장착된 효도카를. 이수가 묵인해 주는 유일한 모닝 스킨십을 포기하는 건 아쉽지만, 그럴 수 있다. 하지만 아무리 사랑에 눈이 멀어도 그렇지 쪽팔림은 어쩌라고. 속은 거다. 이게 어떻게 스쿠터야. 은서는 이수의 미간이 좁혀지자 마지못해 터덜터덜 걸음을 옮겼다.

* * *

이른 시간, 도로는 평소처럼 한산하다. 이수는 백미러로 노랑 비옷을 입고 양말을 신느라 꼼지락거리는 은서를 쳐다봤다.

"입 넣어. 새끼 오리 같아."

어지간히 화가 났는지 대답이 없다. 그런 은서가 신경 쓰여 미간을 좁히는데 난데없이 휴대폰이 진동한다. 이수는 생각 없이 이어폰을 눌렀다.

"여보세요?"

-뭐라고 말하는지 잘 안 들려. 그리고 내 입은 언제 봤대? 여자한테 그런 비유를 하고 싶어?

이어폰에서 흘러나오는 퉁퉁대는 목소리가 황당해서 웃음조차 나오지 않는다. 백미러에 휴대폰을 귀에 댄 은서가 보인다. 잔뜩 노려보는 폼이 심상치 않다. 저런 모습조차 귀여워 저도 모르게 입꼬리가 올라간다.

"약 챙겼어?"

-맨날 내 고백은 무시하면서 그런 건 왜 챙기는 건데?

하나 마나 한 투정을 부려 보지만 역시나 묵묵부답. 그런데도 뾰족하게 내밀었던 그녀의 입술이 어느새 쏙 자취를 감춘다.

-내가 매일 좋아한다고 하니까 장난하는 것 같아?

"전화 끊어."

-동작 그만! 끊지 마. 이럴 줄 알았으면 학교 안 갔지.

불퉁한 목소리에 이수는 한숨을 내쉬었다.

"너, 내년이면 고2야. 대학은 어떻게 가려고 그래?"

-난 전포자야. 대학은 피아노로 가면 되지 않을까? 안 가면 더 좋고.

얼결에 말해 놓고 아차, 했다. 그게 학생이 할 말이냐고 또 한심해할 텐데.

은서의 목소리에 애교가 담뿍 담긴다.

-오늘부터 1일 하자고 하면 나 겁나 공부할지도 모르는데. 학교 절대 안 빠지고.

이수가 말이 없자 은서는 혼자 조잘거렸다.

-그 말 하는 게 부끄러우면 공부 못하는 여친은 싫다고 돌려 말해도 난 알아들을 수 있어. 오빠 내 잠재력 알지? 나 그 말 들으면 전교 1등 할지도 모른다?

온갖 회유에도 역시나 그의 목소리는 들을 수 없다. 지금도 불도저 같다고 귀찮아하는데 그런 말을 해 줄 리가 없겠지. 그래도 미끼를 던지는 건 혹시 모를 요행수를 바라기 때문이다.

"무릎 담요 덮어. 바람 차."

-나 지금 열나. 왜 그런 줄 알아? 나를 개무시하는 누구 때문에 열받아 서 물불 못 가리겠어.

"너 미성년자야."

-하고 싶은 말이 뭔데? '미자'는 사랑하면 안 된다는 법이라도 있대? 어느 백과사전에 나와 있는데?

이수는 보여 줄 수 없는 마음이 너무 무거워 섣불리 입을 열지 못한다. 질문이 틀렸다고 지적해 주지도 못한다. 그렇게 했다가는 성인이 되면 사귀는 게 가능하냐고 물어볼 은서니까. 마음을 보여 줄 날이 오긴 할까? 모르겠다. 그가 아는 건 자신의 처지다.

미래도 현재도 뿌연 안개 속을 헤매는 것처럼 불투명한 처지. 그래서 마음을 숨기기 급급하고 은서가 원하는 답을 내놓지도 못한다.

-오빠, 전화 끊었어?

"······아니."

-내가 말했잖아. 난 공부 휴직기라고. 그게 어른들로 치면 안식년 같은 거야. 그러니까 내 걱정 말고 머리 좋은 오빠나 공부 많이 해.

은서는 볼멘소리를 하고 말았다. 왜 공부까지 잘하고 난리람. 이수는 운동을 하면서도 성적 상위권을 놓치지 않는다. 뇌까지 섹시한 남자는 모든 여자의 로망 아니던가. 그런 남자를 마음에 둔 죄로 매일이 불안하다. 지금도 눈독 들이는 여자들 천지인데 이수가 더 유명해지면······. 거기까지 생각이 미치자 급 우울해진다.

"서은서, 약속했잖아."

-그래서 피아노 치잖아. 나도 플랜이 있다고.

이수는 얼토당토않은 말에 결국 피식 입꼬리를 올리고 만다. 이런 대화라도 나눌 수 있어서 다행이라고 생각하면서. 내년이면 종알대는 저 목소리도 듣지 못할 거라 하루하루 은서와 보내는 이 시간이 소중하기만 하다. 그래서 전교생에게 놀림거리가 될 줄 뻔히 알면서도 이런 이동 수단이라도 이용해 그녀와 함께하고 싶은 거다.

-오빠 내가 그렇게 싫어?

"······싫지 않아."

-동생으로 좋아하는 거? 할머니가 달래라고 하니까 마지못해서 대답하는 거?

"알면, 됐어."

-삑! 대화 단절 신청합니다, 정이수 씨. 딱지 끊지 않게 효도카 운전이나 똑바로 하시죠.

은서는 전화를 끊고 고개를 확 돌려 이수를 외면했다. 열렬히 불타는 심장을 꺼내 보여 주고 싶지만 그랬다가는 삼십육계 줄행랑을 칠 그였기에 조절을 해야 했다. 언젠간 저 굳게 다물린 입술에 기습 키스를 날려야지. 상상만으로도 행복해서 눈동자가 반짝반짝 빛나고 볼우물이 깊게 파인다.

* * *

교실 문을 열자마자 저보다 한 뼘은 더 큰 나래가 달려들었다. 은서는 눈을 감은 채 체념하듯 친구에게 몸을 맡겼다.

"적당히 해. 과도한 스킨십은 건강을 해치니까."

"뭐래?"

"좀 놓으라고. 왜 이렇게 일찍 왔어?"

"이번 주 주번이라고 말했잖아. 그 김에 너랑 놀아 주려고 새벽이슬 좀 밟았지. 엄청 고맙지?"

은서는 건성으로 고개를 주억거렸다. 이른 등교에 교실 문을 여는 건 항상 그녀 몫. 솔직히 갇혀 있던 교실 공기를 바꾸고 정적을 즐기는 것에 익숙해졌기에 친구의 배려가 달갑진 않다.

쓸데없이 눈치 빠른 나래가 눈을 가늘게 접는다.

"이 반응 뭐임?"

"뭐가……."

"서운하게, 주말 내내 너무 보고 싶어 했던 건 나뿐인 거야?"

"휴대폰 뜨거워지도록 새벽까지 나랑 통화한 사람이 누구였더라?"

단순한 나래는 흡떴던 눈을 반달로 휘며 엄지와 중지로 손가락 스냅을 만들어 딱 소리를 냈다.

"우리 엄마한테 들키지만 않았어도 밤새 통화하는 건데."

"됐거든. 나 통화하다 피곤해서 쌍코피 터지는 줄 알았어."

은서는 손가락 두 개를 펴 제 코를 쑤시는 모양을 만들었다. 학교에서 매일 보면서 무슨 할 말이 그렇게 많은지 전화만 붙잡으면 이상하게 자정을 넘긴다. 통화할 땐 제법 심각했는데 끊고 나면 딱히 기억에 남는 내용이 없는 걸 보면 그저 수다를 떤 것뿐이다.

은서는 계속 주절주절 떠드는 나래를 지나쳐 자리에 앉았다.

"우린 자중할 필요가 있어."

"올~ 자중! 우리 은서 어려운 말도 쓰고, 주말에 공부 좀 했나 본데?"

"집어치우시지!"

한쪽 팔을 길게 뻗고 책상에 모로 엎드리자 앞자리에 앉은 나래도 몸을 돌려 똑같은 포즈를 취한다.

얼굴을 엇갈려 마주 본 나래의 눈동자가 가늘게 접힌다.

"이수 선배랑 등교해 놓고 왜 이렇게 까칠한데?"

"몰라."

"네 쌍코피는 새벽 등교 때문에 터지는 거야."

나래는 친구의 동그란 코를 검지로 톡톡 두드렸다. 은서는 힝, 소리를 내고 말했다.

"그 어려운 걸 해내고 있는데 몰라주네, 후우."

"내 말이. 왜 알아주지도 않는데 고생을 사서 하는 거냐고!"

"쉬우면 그게 내조야."

은서의 대답에 나래의 입이 벙긋 벌어진다. 이수의 새벽 운동 때문에 3년째 두 시간 이른 등교를 하는 은서였다. 단체 합숙 훈련이나 전지훈련 갈 때 빼곤 늘 그의 등에 붙어 다니기 위해서. 그걸 내조라고 주장하

25

는 친구를 급 추앙하고 싶어진다.

나래는 엄지를 척 세웠다.

"대단해요, 내 친구!"

"비꼬지 마."

"찐 진심임. 그리고 오늘 새삼 너의 안목 인정. 이것도 진심."

"무슨 소리야?"

나래는 한참을 키득거리다 말을 했다.

"교문으로 세 발 오토바이가 들어오는데 나 눈 비볐잖아. 구린 짓 하는 인간이 누군가 보려고. 쌍욕해 주려고 했는데!"

"했는데?"

"운전자를 확인하는 순간 설레 죽는 줄 알았어. 효도카가 스포츠카로 보이게 하는 비주얼이라니!"

"난 쪽팔려 죽는 줄 알았거든!"

은서는 발끈했다. 신호에 걸려 자동차와 나란히 섰는데 창피해서 고개를 들 수 없었다. 이수를 좋아하지 않았다면 억만금을 준다고 해도 못 할 짓이었다.

나래는 몸살이라도 걸린 듯 부르르 몸을 떠는 은서를 보고 웃음을 멈출 수 없었다.

"뒤에 탄 너도 대단하고, 그걸 몰고 온 이수 선밴 더 대단해. 어떻게 강남에서 효도카로 등교할 생각을 했을까."

사랑의 힘이라고 말할 수 있다면 얼마나 좋을까. 아닌 것을 알기에 은서의 입술이 떨어지지 않는다.

"아 참, 이수 선배 얼굴이 여자들보다 작더라?"

"확인 루트는?"

"내 노랑이가 한 건 했지."

나래가 주머니에서 꺼낸 사진을 흔들자 은서는 빠르게 잡아챘다. 사진 찍는 게 취미인 나래는 노란 폴라로이드로 감성 내키는 대로 사진을 찍어 댄다.

"구매할 거지?"

"당연하지."

이렇게 제게서 비싼 필름값을 충당하는 친구가 밉지 않다. 은서는 햇빛을 받은 이수가 먼 곳을 응시하는 스틸 컷에서 눈을 떼지 못했다. 초점 없는 눈빛이 왠지 아련한 느낌이라서.

"힘내, 친구야. 네 집념이면 이수 선배를 쟁취할 수 있을 거야. 문제가 좀 있지만."

"어떤 문제?"

나래의 말에 흥미를 보이며 은서가 상체를 세웠다.

"신분의 차이. 그걸 넘는 게 쉽겠어?"

"미쳤다. 지금이 조선 시댄 줄 알아? 21세기에 웬 신분 차이."

"너 요즘 철분제 안 먹지?"

"오늘 아침에도 먹었어. 늘 먹고 있어."

나래는 친구가 안쓰럽다는 듯 혀를 찼다. 정말 똑똑한 아이인데 맥락 없이 순진한 구석이 있다. 겉으로만, 입으로만 열일 하는 허렁이.

"그런데도 철이 안 드니 걱정이다. 너희 외할머니가 퍽이나 허락하겠다? 선배네 아빠가 너희 집에서 일하는데 더구나 청각-."

"너!"

"미안. 어쨌든 너희 외할머니가 가만두지 않을걸? 이수 선배도 자기 처지를 아는데 네 마음을 받아 주겠어?"

부정할 수 없는 말이기에 은서는 입을 다물었다. 외할머니는 자신이 특별한 사람인 줄 안다. 몸이 불편한 이수의 부모님에게 세상에 더는 없을 덕을 베푼다고 착각하고 있다.

하지만 외할머니의 의견 따원 은서의 머릿속에 없다.

"외할머닌 상관없어. 오빠가 날 좋아하기만 하면 돼. 그런 날이 올까?"

"그걸 왜 나한테 물어? 이수 선배한테 물어봐야지."

"안 물어볼래."

"왜?"

"상관없으니까. 짝사랑 좋은 점이 뭔지 알아?"

눈을 깜빡이는 친구를 보고 은서는 환하게 웃었다.

"시작도 내 맘대로, 종료도 내 맘대로. 그러니까 난 마음껏 좋아할 거야."

"헐~ 그냥 포기하는 건 어떠실지. 발에 차이는 게 남잔데."

"그 입 다물라."

은서는 잽싸게 책상 서랍에서 책을 한 권 꺼내 들어 때리는 시늉을 했다. 그래도 나래는 지지 않았다.

"현실 부정 캐릭터 서은서. 내 말이 틀려? 짝사랑도 정도껏 해야지, 모양 빠지게 너처럼 하는 애가 어디 있어?"

"여기 있다, 왜. 어쩔래?"

"좋은 약도 오래 먹으면 내성 생겨서 잘 안 듣거든!"

"그래. 너희 집 약사 집안이라 좋겠다."

"못 알아듣는 척하지 마."

"안 들려요, 안 들려!"

"들어, 들어야 하거든!"

나래는 귀를 막는 은서의 손을 잡아 떼어 내며 목소리를 높이다 곧 지치고 만다. 후, 널 누가 말리겠니. 약사인 엄마는 나래가 시무룩해지면 하는 말이 있었다.

"우리 딸 또 비타민 남용했구나?"

좋아하는 남자가 생기면 귀신같이 알아채신다. 그리고 짝사랑이 나쁜 것만은 아니라고 말한다.

"가슴앓이라는 부작용이 따르긴 하지만 살도 빠지고 예뻐지잖아? 이로움이 더 많아."

다만 한 사람만 좋아하는 건 비추라고 했다. 비타민도 한 종류만 오래 복용하면 결핍이 오듯이 짝사랑도 마찬가지라고. 엄마가 그렇게 얘기하는 이유를 안다. 상처를 받지 않을 정도로만 가벼운 마음이길 바란다는 것을. 그 말을 듣고 이상하게 은서가 떠올랐었다.

내 소중한 친구가 상처받지 않았으면 해서.

나래는 입술을 꼭 붙이고 보슬보슬한 은서의 머리카락을 손가락으로 돌돌 말았다.

"왜 갑자기 조용한 건데?"

"그냥."

"그러니까 더 무섭잖아. 우리 기분 전환으로 자판기 커피 한잔할까?"

"머리 아파, 감긴가 봐."

"보건실 갈래?"

"아무래도 그래야 할 것 같아. 반장 오면 말 좀 해 줘."

나래는 이것저것 묻는 대신 일어서는 은서를 부축했다. 겉으로 멀쩡해 보여도 저질 체력이다. 그런 은서의 속사정을 모르는 여자애들은 뒤에서 수군거리기 바쁘다.

"쟤, 관종이잖아. 일부러 까무러치는 거야. 저러면 이수 선배가 달려오니까."

"쟤 보면 킹 받아. 지가 무슨 공준 줄 알고."

하지만 그건 은서를 몰라서 하는 얘기다. 다른 꿍꿍이가 있으면 모를까, 내숭 없는 성격이라 쓰러지는 설정을 할 시간에 이수한테 달려가서 '좋아해!'를 한 번 더 외칠 아이였다.

"혼자 괜찮겠어?"

"한두 번도 아닌데 뭐. 너 교무실 청소해야 하는 거 아니야?"

"벌써 하고 있지."

"누가?"

"유성이가."

"가슴 아프다. 유성이가 나 같아서."

은서는 구시렁거리며 걸음을 옮겼다. 몸이 으슬으슬 떨리고 머리도 지끈거린다. 새벽부터 에너지를 너무 썼나. 조절을 했어야 했는데. 뒤늦게 선풍기 효과를 보는 것 같아서 괜히 억울해지는 순간이었다.

* * *

늪에 잠기는 것처럼 몸이 무거웠다. 은서는 차가운 손이 귀에 닿는 느낌에 어렵게 눈꺼풀을 들어 올렸다.

"쌤~."

"이수바라기, 너 요즘 보건실 방문이 뜸하더니 왜 왔어? 생리통이니?"

"……아니요. 졸려서 왔어요."

이제 막 출근을 했는지 가운으로 갈아입지 않은 보건 선생님이 열을 재고 있었다.

"밤에 잠 안 자고 뭐 했는데?"

"이상하게 밤만 되면 할 일이 많아져요."

어이없다는 듯 눈을 흘기는 선생님을 보고 은서는 겨우 입꼬리를 올렸다. 평소 같으면 주절주절했을 텐데 그럴 힘이 없었다.

"수업 들어가야 하는데……."

"그냥 쉬어. 허약해서 큰일이다. 이래서 고3 되면 수험생 노릇 할 수 있겠어?"

"깡, 으로 버티면 돼요."

"말대답하는 것 보니까 걱정 안 해도 되겠네. 이수바라기 하느라 무리한 건가."

"……그럴지도 몰라요."

진심이 담긴 진지한 목소리에 선생님이 혀를 찬다.

"그 열성으로 공부 좀 하지 그러니. 너 4개 국어 한다며? 그 좋은 머리로 공부하면 성적 올리는 건 문제없을 것 같은데."

"그건 어려울 것 같아요. 본질 문제거든요."

"하, 본질씩이나?"

"네. 언어를 익힌 건 생존 본능이었어요. 살아남기 위한."

은서는 인간이 환경에 적응하는 동물이라는 말의 좋은 본보기였다. 외교관인 아버지를 따라서 이 나라 저 나라, 외국 생활을 오래 해 왔다. 외톨이가 되는 건 순식간이었다. 여러모로 주목받는 처지였으니까. 그래서 익힌 언어다. 수업을 따라가기 위해서가 아니라 제 욕을 하는 아이들을 응징하기 위해서. 그들이 하는 말을 알아듣지 못하는 게 공부 못하는 것보다 더 자존심 상했으니까.

황당해하던 보건 선생님은 은서의 침대 머리맡을 보고 미소를 지었다. 음료며 예쁜 편지 봉투가 보였기 때문이었다.

"이건 뭐야?"

"선생님 드세요."

"누가 주고 갔는데?"

"합창부 선배요. 축제 때 반주해 줘서 고마웠대요."

"은서 인기 좋네. 너희들 말로 이거 '작업' 맞지?"

"아닌데요."

편지도 있다며 신생님이 빨간 직사각형 편지 봉투를 흔들어 보인다. 어차피 휴지통으로 직행할 거라 은서는 심드렁했다. 선배든 후배든, 남자들에게 받는 고백이 귀찮았다. 그녀의 관심사는 오로지 이수 한정이니까. 학과 과목이라면 깔끔하게 포기라도 할 텐데 짝사랑은 포기가 안 되니 죽도록 파야겠지. 골똘히 생각에 잠긴 은서를 보고 선생님이 미소를 지었다.

"이수바라기, 이수는 인기가 너무 많아. 그 많은 경쟁자들 이기려면 건강해야지."

"선생님, 상기시켜 주셔서 감사합니다."

"열은 떨어졌으니까 한숨 자."

이수바라기, 이수바라기. 은서는 그 말을 너무 좋아한다. 그래서 저를 그렇게 불러 주는 통통한 보건 선생님이 슈퍼 모델보다 더 예뻐 보인다.

남들이 물어본다. 왜 그렇게 이수가 좋으냐고. 그냥 좋다. 좋은 데 이유가 있어야 하나. 하늘이 푸르고, 노을이 붉고, 구름이 하얀 것엔 빛의 산란 때문이라는 근거가 있다. 하지만 사랑은 과학이 아니기에 설명할 길이 없다. 은서는 무거워진 눈까풀이 내려앉는 걸 막지 않았다. 꿈속에서 누군가를 만나길 바라며.

2

"내가 너 이러고 있을 줄 알았다. 수업 준비 안 해?"

"벌써 그렇게 됐어?"

언제 왔는지 찬이 옆에서 빙글거리며 서 있었다. 이수는 그제야 바벨을 내려놓으며 미간을 구겼다. 무리하게 중량을 올렸더니 근육이 찢어질 듯 아파 왔기 때문이다. 그런 이수를 보고 찬은 못마땅해하며 양손으로 혈관이 툭툭 튀어 오른 친구의 팔뚝을 마사지하듯 비볐다.

"미친놈. 훈련도 정도껏 해야지 근육 찢어지면 어쩌려고."

이수는 친구가 투덜대든 말든 다시 자세를 잡고 웜업을 시작했다. 운동선수라면 누구에게나 근력 강화는 필수지만 타자인 그에겐 특히 더 필요했다. 체중이 어느 정도 나가야 배트에 파워가 붙는데 안타깝게도 체중이 쉽게 붙지 않는 체질이었다. 배트 스피드로 홈런을 만들려면 타격 파워를 증진시키는 노력을 게을리할 수 없는 거다.

"스카우트 제의 못 받을까 봐 이러고 있는 건 아닐 거고, 몸 혹사가 취미세요?"

"졸업하면 하고 싶어도 더는 못 하잖아."

이수는 덤덤히 말하며 체육관 바닥에 대자로 누웠다. 비가 오는 탓에 체육관 공기가 유난히 눅진하다. 거친 호흡에 폐부로 스며드는 공기가 오늘따라 숨 막힌다. 그런 그를 보고 찬이 헛웃음을 터트린다.

"대답 똑바로 안 하지? 운동을 업으로 삼은 놈이 할 말이냐? 졸업하면 본격적으로 할 텐데."

역시나. 이수의 입은 열리지 않는다. 찬은 요즘 들어 마음이 복잡해 보이는 이수가 걱정된다. 누구에게나 똑같이 주어진 시간을 이수는 백분 활용해 왔다. 남들 쉬는 시간에 웨이트 트레이닝을 하고 단체 훈련은 훈련대로 하고. 그런데 이상하게 더 무리를 하는 것 같았다. 충분히 하고 있는데 말이다.

찬은 땀을 비 오듯 흘리는 이수에게 수건을 던져 주고 그의 옆에 벌러덩 누웠다.

"땀으로 체육관 바닥 오염시키지 말고 닦아."

"귀찮아."

"고민 있으면 말로 풀어. 몸 혹사시키지 말고. 미련한 놈아."

찬의 걱정을 끊으려고 이수는 슬쩍 말을 돌렸다.

"넌 야구 다시 하고 싶지 않아?"

"윽, 됐다. 네가 흘린 땀만 봐도 질려. 난 취미로 만족해."

"이거 땀 아닌데."

"그럼 뭔데?"

중압감. 목소리로 만들어 내지 못한 이수의 대답이 씁쓸한 미소로 번진다.

초등학교 때 멋모르고 야구를 시작했다. 천부적인 재능이 있다는 감독님의 평가에 아버지는 뛸 듯이 기뻐했다. 하지만 야구를 좋아함에도 불구하고 그는 마냥 좋아할 수 없었다. 야구가 그렇게 돈이 많이 들어가는 운동인 줄 미처 몰랐으니까.

"아버지, 저 야구 그만둘래요."

아버지는 매번 고개를 저었다. 동시에 투박한 손을 흥겨운 노래에 장단이라도 맞추듯 빠르게 움직이면서.

〈네가 타석에 서면 얼마나 빛이 나는지 알아? 네가 친 공이 날아가는 걸 보면 '깡!' 소리가 들리는 것 같아서 속이 뻥 뚫려.〉

매번 아버지의 만류에 못 이기는 척 다시 배트를 잡을 수밖에 없었다. 스스로 이기적이라는 생각을 하면서도 말이다. 그도 야구가 유일하게 숨을 쉴 수 있는 탈출구였다. 그게 아니면 희망이 보이지 않았다. 자신이 친 공이 담장을 넘어 멀리 날아가는 그 순간만큼은 무거운 현실이 날아가는 것 같은 착각이 들었으니까. 하지만 경기가 끝나고 나면 유리 구두를 벗은 신데렐라처럼 현실로 돌아와야 했다. 낡은 장비를 사용하는 그를 조롱하는 눈빛. 전지훈련 참가비를 구하느라 허덕이는 아버지. 지원을 끌어오다 못해 사비를 털어 도와주는 감독님. 쥐뿔도 없는 새끼가 매번 출전한다는 특혜 의혹. 시기와 질투를 애써 외면하며 죽을힘을 다해 버티며여기까지 왔다. 꼭 성공해서 보답해야 한다는 일념으로. 그리고…….

이수는 저도 모르게 습관처럼 천장을 향해 손을 뻗었다. 아무리 가늠해도 너무 높아서 닿지 않는다. 그걸 알면서도 손을 뻗는 건 혹시나 해서다. 게으름 피우지 않고 최선을 다하다 보면 조금이라도 가까워지지 않았을까, 하는 생각 때문에.

"저기 뭐가 있는데 매일 그러는 거야?"

"……."

제일 친한 친구에게도 속을 털어놓을 수가 없다. 입에 올릴 수 없을 만큼 무거운 마음이니까.

"쓸데없는 짓 그만하고 일어나. 매니저 노릇도 쉬운 게 아니다. 너 성공해서 내 공 잊으면 죽는다?"

"아침부터 헛소리는."

"헛소리 아니거든! 너 메이저 리그 가면 이 형아가 너한테 올인 한다니까."

이수는 먼저 훌쩍 몸을 일으킨 찬의 손을 기꺼이 잡고 일어섰다. 매일 투덜대도 제 어깨를 짓누르는 부담감이 없는 친구의 손이니까.

* * *

오전 수업에 주요 과목이 몰려 있어 다행이었다. 수업 진도는 다 나갔고 선생님이 준비해 온 프린트 푸는 걸 반복하는 시간. 수학 과제를 꺼내 놓는데 찬의 이 가는 것 같은 낮은 목소리가 들려온다.

"지독한 새끼. 이걸 어떻게 다 풀어 오냐?"

"숙제잖아."

"너랑 비교되는 애들도 좀 생각해 주지?"

일관성 있는 푸념에 이수는 입꼬리만 올렸다. 운동을 해도 공부의 끈은 놓을 수가 없었다. 장학금도 받아야 하지만 지원받을 명분이 필요했다. 학원 다닐 형편도, 시간도 없는 그에겐 선생님들이 나눠 주는 프린트가 동아줄이나 다름없었다.

수학 선생님이 얇은 은색 봉으로 자신의 손바닥을 두드리며 시선을 모은다.

"자, 자. 반장은 수업 끝나면 숙제 걷어서 교무실로 가져오고. 이제 얼마 남지 않았다, 제자들아. 나눠 준 시험지는 다시 풀어 와."

"너무 빡세요, 쌤!"

3학년들한테 숙제를 내 준다는 게 말이 되냐며 아이들이 이구동성으로 불만을 토해 낸다.

"조용. 내 사전에 수능 전날까지 수포자 용납은 절대 없다. 대신 인사
는 생략해 주마. 이상."

수학 선생님은 수업 종료 1분 전에 늘 인사를 받지 않고 나간다. 선생
님이 나가고 칼같이 수업 종료 종이 울리자 아이들이 집어 던진 수학 시
험지가 공중에서 나부낀다.

찬은 양팔을 들어 올리며 시원하게 기지개를 켰다.

"하여튼 저 인간은 시계라니까. 개 같은 수능 빨리 끝났으면 좋겠다."

"수시로 갈 거잖아."

"그래도 시험은 봐야지. 3년 동안 갈고닦았는데."

덤덤한 목소리인데도 이수는 마음이 편치 않았다. 찬은 고교 야구부를
맡고 있는 감독님의 아들이다. 초등학교 때부터 공부든 야구든 좋은 라이
벌이었는데 고등학생이 되면서 길이 갈렸다. 녀석이 공부 쪽으로 방향을
바꾸는 데 자신이 한몫했다는 생각을 떨칠 수가 없다.

"이수만큼 하라고는 안 하지만 그따위로 야구하려면 때려치워."

"이수는 메이저 리그에 갈 놈이야."

감독님의 아들로 태어났지만 안타깝게도 찬의 실력은 평범했다. 반면
이수는 야구에 천부적인 재능이 있다는 소릴 귀가 따갑게 들었다. 감독
님은 아들에게 동기를 부여하기 위해 한 얘기겠지만 매번 비교당하는 찬
에게는 스트레스였을 거다. 매달릴 곳이 야구밖에 없는 그와 달리 든든
한 부모님이 뒤에 있고 머리도 되는 찬은 고교로 올라오면서 야구를 포
기했다.

상념에 빠져 있는데 찬이 히죽 웃으며 어깨동무를 해 왔다.

"너랑 라이벌일 때가 좋았는데. 엉아가 경쟁자를 잃어서 전국 모의고사
등수가 떨어졌어요."

"엄살은."

"너 정말 대학 안 갈 생각이야?"

"뭐가 그렇게 궁금한데."

"정 없는 새끼. 그나저나 오늘 꼬맹이 안 보인다? 지쳤나, 그럴 리가 없는데……."

찬의 말에 동조하지 않았지만 이수도 신경이 쓰이던 참이었다. 중고교가 붙어 있는 학맥 재단에서 그가 중학교 3학년 때 은서는 1학년. 그가 고3인 지금 그녀는 고1이다. 중학생 때도 틈만 나면 달려와 홍삼 스틱을 주고 가더니 같은 고교생이 되자 제 세상인 양 굴었다. 3학년 교실을 겁도 없이 들락거린다고 삐딱하게 굴던 녀석들조차 이젠 그녀의 방문을 당연하게 생각할 정도로.

이수는 저를 쫓아 새벽 등교를 한 은서가 걱정돼 혼잣말을 했다.

"몸도 약한 게……."

"그러면서 꼬박꼬박 데리고 다니는 사람이 누구더라? 큭큭."

찬이 놀리듯 말할 때였다. 뒤에서 불쑥 들리는 목소리에 이수의 미간이 미미하게 좁혀진다.

"정이수, 밥 먹으러 가자."

"야, 최설. 왜 툭하면 남의 반에 오냐. 집에서 보는 것도 지겨운데 꼭 이래야겠어?"

"최찬, 넌 됐으니까 마우스 닫아. 이수야, 얼른 일어나."

찬은 쌍둥이 동생 설이가 저를 밀어 내고 이수의 옆을 차지하자 어이없는 표정을 했다.

"어이 상실이네. 나, 네 오빠거든."

"시끄러워, 3분 주제에 무슨 오빠."

눈길도 주지 않고 가방을 챙기는 이수를 보고 설은 눈을 흘겼다.

"비 오는데 오늘도 연습해?"

"체육관."

"우리 아빠도 참. 하계 훈련도 끝났는데 좀 쉬게 해 주지."

제가 할 푸념을 대신 하는 설이 웃겨 이수는 비스듬히 입꼬리를 올리며 가방을 챙겼다.

오전엔 수업, 오후엔 연습을 하기 때문에 수업은 끝났다고 보면 된다. 그나마도 봉황기가 시작되면 오전 수업마저도 끝이다.

가방을 들고 걸음을 옮기는데 어느새 바짝 다가온 설이 종알거린다.

"오늘은 웬일이래? 벌써 다녀갔어?"

"좀 떨어지지?"

"복도가 좁아서 그런 걸 어쩌라고!"

설이와 같이 있는 걸 은서가 본다면 피곤해질 게 뻔해 달갑지 않았다.

"넌 친구 없냐."

"너 말 이상하게 한다? 넌 내 친구 아니야? 우리가 하루 이틀 친구냐고!"

쌍둥이 남매와 한동네에서 자랐기에 부정은 하지 못한다. 하지만 설이를 경계 대상으로 생각하는 은서에겐 아무리 관계를 설명해도 씨알이 먹히지 않는다.

"운동하는 거 힘들지 않아?"

"매일 하는 건데 뭐."

"우리 엄마하고 난 아빠 때문에 야구 질려. 그래서 네가 야구하는 것도 아까워. 찬이보다 공부도 잘해 놓고."

감독님이 들으면 난리 칠 말을 딸이 돼서 잘도 한다. 한쪽 귀로 그녀의 말을 흘려들으며 우산을 펴자 설이 우산 안으로 쏙 들어온다.

"우산 안 가져왔어?"

"어. 급하게 나오다 보니 그렇게 됐네."

빈손을 보여 주는 빤한 설정에 이수는 설에게 우산을 넘겨주었다.

"너 혼자 쓰고 와."

"까다롭게 굴긴. 너 은서 계집애 때문에 이러는 거지? 네가 현대판 노예야?"

"……."

"자꾸 받아 주니까 걔가 부끄러운 줄 모르는 거잖아. 쪼그만 게 발랑 까져서 누가 있든 없든 좋아한다고 고백이나 하고."

누군가를 좋아하면 다 까진 건가. 그럼 네 오빠 여자 친구는 왜 인정하는 건데. 찬의 여자 친구도 은서와 같은 학년이기에 코웃음이 나지만 이수의 입술이 좀처럼 떨어지지 않는다.

"걔네 할머니도 그래. 너희 아버지가 그 집에서 일한다고 너까지 고용인이니? 네가 왜 걔를 돌봐야 하는데?"

"……."

"그 계집애도 지 할머니 믿고 억지 부리는 거라고. 네가 착하니까 만만하게 보고. 내 말이 틀려?"

은서를 돌보는 건 어르신의 억지 때문이 아니라 그가 원해서 하는 일이었다. 하지만 이수는 오류를 정정해 주는 대신 설을 무시하며 성큼성큼 보폭을 넓혔다. 한동네에서 나고 자란 동갑내기들. 더구나 야구로 얽혀 서로의 집안 사정을 속속들이 알고 있다. 그런데도 저들의 입에서 나오는 말들은 거름망이 없다. 어릴 땐 몰라서. 커서는 친구를 생각해 준다는 명분하에 상처가 되는 줄도 모르고 선을 넘나든다. 이젠 내성이 생겨서 지들 멋대로 떠드는 말들에 대거리하는 것도 귀찮다. 다만 은서를 같이 묶어서 욕하는 건 듣기 싫었다.

"서은서."

"뭐?"

"계집애, 아니고 서은서라고."

"뭐래니?"

제 할 말만 하고 앞서 걷는 이수를 따라잡은 설은 그의 팔을 잡는 척하며 은근슬쩍 팔짱을 꼈다. 걸음을 멈춘 이수의 시선이 그녀의 팔에 고정된다. 어김없이 짜증 서린 목소리가 흘러나온다.

"귀찮게 굴지 마."

"하, 황금 팔이라 아끼고 싶니? 좀 잡으면 어때서. 은서는 툭하면 업어
주기까지 하면서."

설이 구시렁거리든 말든 이수는 걸음을 재촉했다. 그의 온 신경이 은서
에게 가 있기 때문이다. 벌써 눈앞에서 알짱대야 정상인데 보이지 않아서.

* * *

급식실에 들어서자 귀가 먹먹할 정도로 시끄러웠다. 전교생을 한군데
모아 뒀으니 당연한 건지도. 학맥 재단은 강남의 중심 학군이 아닌데도
자녀를 입학시키려는 학부모가 늘고 있다. 일반 고교인데도 불구하고 예
체능 쪽도 인정받는 편이고 수능 또한 강세니까. 거기다 교육 환경까지
좋다. 넓은 부지에 수려한 자연 경관, 급식실은 시범 학교로 선정돼 매스
컴을 탔을 정도다. 저학년들이 모인 테이블을 훑던 그의 시선에 익숙한
인영이 잡혔다. 은서의 단짝 친구인 헐렁이 나래가.

이수는 눈이 마주친 나래에게 드물게 다가오라고 손짓을 했다.

놀란 듯 눈이 커다래지더니 금방 얼굴이 붉어진다. 교복 치마를 얼마나
줄였는지 종종걸음으로 다가오는 모습이 가관도 아니었다. 저래서 버스
나 탈 수 있을지.

"안녕하세요."

"네 단짝 어디 갔어?"

"안 되는데……."

"뭐가 안 되는데."

눈동자를 굴리며 고민하던 나래는 결국 발끝으로 시선을 떨어트리고
입을 열었다.

"보건실요."

바로 이수의 눈에 걱정이 담기자 어느새 왔는지 설의 목소리가 들린다.

"하, 걔 또 꾀병이니?"

"……아닌데요."

소심한 후배의 목소리에 설의 목소리가 더욱 커진다.

"정말 대책 없다. 이수야, 신경 쓸 거 없어. 요즘 애들은 보건실이 휴게실인 줄 안다니까. 네 관심 끌려고 간 걸 거야."

"그런 거! 정말 아니거든요."

"어머, 얘 봐라. 너 선배한테 말대꾸하는 거야?"

"말대꾸하는 게 아니라…… 은서 그런 애 아니라고 말하는 거예요."

"그게 그거지! 하여튼 관종이라니까."

나래는 겁이 나면서도 은서는 다른 사람 관심 받는 거 정말 귀찮아한다는 말을 덧붙였다. 죽일 듯이 째려보는 눈이 정수리에 콕 박힌다.

"하, 이수가 받아 주니까 다른 선배들이 만만해 보이지?"

"……죄송합니다."

맹랑하게 말대꾸하던 후배가 고개를 숙이자 설은 기세등등해졌다.

"우리도 다 해 본 짓인데 어디서 약을 팔아? 이수야, 가자."

이수는 그의 팔을 잡은 설의 손을 거칠게 떼어 냈다.

"은서는 아니야."

"뭐래니?"

"은서는 그런 거로 장난 안 친다고."

관심을 받고 싶어 꼼수를 쓸 은서가 아니기에 이수는 빠르게 급식실을 빠져나갔다.

* * *

고등학생이 돼서는 좀 나아지는 것 같더니 또 보건실행이다. 이수는 의자를 끌어다 침대 옆에 놓고 앉아 한숨을 내쉬었다.

"어지간히 속 썩인다."

은서가 깨어 있다면 절대 하지 못할 말. 이수는 손바닥을 펴 작은 얼굴에 그늘을 만들었다. 열도 있는 것 같은데 하필이면 창가 쪽 침대에 누운 탓에 햇빛이 고스란히 은서의 얼굴로 쏟아지고 있었다.

이수는 새삼 제 손에 다 가려지는 작은 얼굴을 눈에 담았다. 매번 느끼는 거지만 너무 작다. 얼굴뿐 아니라 손목, 발목도 가냘프다. 키도 작고 체구도 작은 탓에 업어도 무게가 느껴지지 않을 정도라면 말 다 한 거겠지.

"이렇게 작은데 아플 곳이 어디 있다고."

마음 같아선 대신 아파 주고 싶다. 이수는 나풀나풀 뻗쳐 있는 머리카락을 보고 겨우 미소를 지었다.

비 오는 날이면 약은 챙기지 않아도 드라이어는 꼭 챙기는 은서였다.

"학생이 책 대신 드라이기를 챙기는 게 말이 돼? 그리고 어떻게 약 챙기는 걸 잊어?"

"나는 말이 돼. 세상 어느 것보다도 더 중요하니까. 약보다 백 배는 더!"

은서가 드라이기에 집착할 때마다 이수는 묻고 싶다. 그럼 나보다 드라이기가 더 소중한 거냐고. 생각만으로도 닭살이 돋지만, 그걸 알면서도 손발이 오그라드는 유치한 그 질문을 하고 싶다. 약보다, 교과서보다, 드라이기를 우선시하는 철부지의 고백이 미덥지 못하니까.

사춘기. 경험자들은 하나같이 똑같은 말을 한다. 앞뒤 재지 않는 막무가내 병을 앓는 시기라고.

이수는 불현듯 떠오르는 일에 쓴 미소를 지었다.

스스로를 위로한 게 고1 때였다. 첫 몽정은 중학교 때 했지만 대상을 떠올리며 위로한 건, 그때가 처음이었다.

잠결에 향긋한 냄새가 맡아졌다. 뺨을 콕콕 찌르는 것 같은 느낌에 눈이 떠졌는데 절대 보이면 안 되는 얼굴이 코앞에 있었다.

꿈을 꾸는 건가? 곧 또렷이 들려온 육성이 현실이라고 말해 주고 있었다.

"좋아해, 오빠."

"너, 너 어떻게 들어왔어? 아니 네가 왜 내 방에……."

정신을 차리고 방을 둘러보았지만 그의 방이 맞았다.

"걸어서 들어왔지. 대문 열려 있던데?"

수시로 어르신 댁을 오가는 아버지 때문에 대문은 항상 열려 있었다.

"빨리 나가! 남자 방에서 뭐 하는 거야!"

"아무것도 안 했어. 맹세해. 가만히 누워서 오빠 자는 것만 봤는걸."

그걸 물어보는 게 아니잖아! 너무 순진한 대답에 화조차 낼 수 없었다. 이수는 다급히 침대에서 내려와 은서의 손을 거칠게 잡아챘다.

"왜!"

"따라와!"

캐릭터가 그려진 분홍 파자마 차림에 베개를 꼭 끌어안고 있는 은서를 노려보다 방을 나섰다.

끌려 나오면서도 그녀는 툴툴거렸다. 뭐가 잘못된 건지 전혀 모르겠다는 듯.

"내가 덮치기를 했어, 뽀뽀를 했어? 침대 귀퉁이만 빌린 거잖아. 왜 야단치는 건데. 전지훈련 들어가면 한동안 못 보니까 온 거란 말이야!"

"시끄러워!"

치사하다고 투덜대는 은서를 데려다주고 와서 설명할 수 없는 열이 들끓었었다. 마치 열 감기에 걸린 것처럼. 그 밤 끝내 제 손을 하얗게 물들이고 얼마나 죄책감에 시달렸는지 모른다. 몇 날 며칠 은서를 피해 다닐 정도로. 저를 남자로 만든 그녀의 감정은 해맑기만 한데 결이 다른 자신의 감정은 짙다 못해 혼탁했으니까. 그리고 그날 이후로 확신했다. 습관처럼 해 오는 그녀의 고백이 사춘기가 끝남과 동시에 사라질지 모르는 시한부적인 감정일 거라고. 그런데도 이수는 휘둘려 버렸다. 맹목적으로 퍼붓는 그녀의 고백에 무릎을 꿇은 지 오래다. 눈을 감아도, 눈을 떠도 현실은 바뀌지 않는데, 현실의 무게가 너무 버거워 무너질 것 같은데도.

상념에 빠져 있던 이수는 작은 뒤척임에 염려 섞인 목소리를 냈다.

"괜찮아?"

"어떻게 왔어? 나래한테 말하지 말라고 했는데."

느른하게 들어 올린 눈까풀, 배시시 겨우 입술을 늘인 힘없는 미소에 그의 가슴이 덜컥 내려앉는다.

"집에 갈래?"

"소독약 냄새가 고약해서 그렇지 내 방 침대처럼 편해. 점심시간 아니야?"

"맞아."

"빨리 가서 밥 먹어. 오후엔 운동해야 하잖아."

이수는 드물게 저를 밀어 내는 은서를 빤히 응시했다. 반짝이는 눈동자엔 늘 꾀가 들어 있었는데 오늘은 고요하다.

"같이 가서 밥 먹자."

"같이?"

은서는 순간 혹했다. 아무리 강심장이라고 해도 3학년 선배들 사이에 끼어서 밥 먹는 건 무리였다. 그래도 이수가 불러 주기만 바랐었는데, 하필 오늘이 그날이라니. 애원하는 눈빛을 보내도 못 본 척하더니 웬일이래?

하지만 오늘은 밥을 넘기기 힘들 정도로 컨디션이 엉망이었다.

"급 당기는데 포기할래."

"죽 사 올게."

"못 먹을 것 같아, 미안. 대신 나 궁금한 거 있어."

평소 이수는 그녀에게 아낌없이 주는 나무나 다름없는 사람이었다. 식사 체크는 물론 언제 어디든 아프다는 소식만 들으면 한달음에 달려와 줄 정도로. 전교생이 뒤에서 수군거리든 말든 스쿠터 뒤에 태워서 같이 등교해 줄 정도로. 그 모든 게 할머니의 압력 때문인 걸 알면서도 가끔은 헷갈린다.

"뭔데."

"나, 나한테 이렇게 신경 쓰는 거 진짜로, 진짜로 순전히 할머니 때문이야?"

"쓸데없는 말 하는 거 보니까 괜찮은가 보다. 간다."

"솔직히 말해도 충격 안 받는다고 약속할게. 정말이야!"

의자를 제자리에 가져다 놓던 이수의 손이 멈칫한다. 틈만 나면 그의 마음을 확인하려 드는 은서가 안쓰럽지만 그의 대답은 정해져 있다.

"내 대답에 따라서 네 마음이 달라져?"

"아니. 절대."

"간다."

"좋아해. 오빠가 아무리 밀어 내도 내 맘은 변하지 않아."

은서의 당찬 고백에 이수의 한숨이 깊어진다. 그가 느끼기엔 좋아하는 게 아니라 원하는 걸 가지지 못해 떼를 쓰는 거로 보이니까.

"아무 감동 없지?"

"……알면 됐어. 간다."

보건실을 나서는 이수의 걸음이 무겁기만 하다. 그의 대답에 아무렇지 않은 척하면서도 상처를 받을까 봐서.

* * *

어느새 비가 그쳤다. 버스에서 내린 은서는 하늘을 올려다보고 폭 한숨을 내쉬었다. 색을 잃었던 하늘은 회색 구름을 밀어 내고 꾸덕꾸덕 말라 가고 있는데 그녀의 마음은 온통 먹구름이다. 은서는 심술을 부리듯 물이 고인 보도블록을 골라 디뎠다. 자박자박 소리를 내며 튀는 빗물이 운동화 를 적시는 것도 아랑곳 않고. 되는 일이 하나도 없는 날이다. 아침부터 일이 꼬이더니 점심을 걸렀는데도 배가 부를 정도로 욕을 들어 먹었다.

"정말 재수 없지 않아?"

"욕받이? 뭘 물어. 말 밥이지. 약한 척은 혼자 다 해, 쟤 꼬리 치는 거 장난 없다?"

"더 개짜증 나는 게 뭔지 알아? 그걸 남자애들이 또 다 받아 줘요. 쌤 들도 이사장도 쟤한텐 껌뻑 죽고. 이수 선배는 완전 몸종."

"그게 바로 금수저 위력이라는 거야."

그 뒤론 출석 일수도 모자라서 중학교 졸업도 잔디 깔아 주고 했다더라, 체육관 증설도 했다더라. 아이들은 온갖 '카더라'를 동원해서 대놓고 그녀를 씹기 바빴다. 보건실에 다녀오는 날이면 더욱 심하다. 그런데도 못 들은 척하는 건 욕하는 애들 마음이 한편 이해돼서다.

"……나 같아도 싫겠다."

몇 번 있지도 않은 운동장, 강당 조회에서 단골로 쓰러지는 애를 누가 좋아할까. 처음엔 다들 웅성웅성, 걱정하지만 반복되자 마치 상습범 취급 을 했다. 아이들의 오해를 풀어 주고 싶지만 전교생에게 설명할 수는 없 는 노릇. 반 아이들에게조차도 변명만 될 게 뻔해 매번 입을 다물게 된다. 하지만 오해도 정도껏이지 잔디를 깔아 줬다니.

"미쳤다!"

출석 일수를 맞추느라 얼마나 머리를 쥐어짜고 있는데. 아무리 힘들어 도 195일 중 수업 일수 3분의 2를 채우려고 따로 출석 체크를 하고 있 다. 절대 유급은 당하지 않으려고. 그리고 이사장님은 외할아버지 생전의 친우분이라 그녀를 보면 손녀처럼 예뻐해 주는 것뿐이다.

"이럴 줄 알았으면……."

할머니 말대로 홈스쿨링을 할 걸 그랬다. 그랬다면 이런 일로 신경 쓰지 않아도 됐을 텐데. 은서는 저도 모르게 한 생각에 강하게 고개를 저었다.

"미쳤다! 그건 절대 아니지!"

그러면 한국에서 지내는 의미가 없으니까. 어느새 이수를 떠올린 얼굴에 흐뭇한 미소가 돋고 걸음이 빨라진다.

집 안이 소란스러웠다. 복례 이모는 청소기를 들고 왔다 갔다, 외할머니는 누군가와 통화 중이었다. 창가를 확인한 은서는 속으로 고개를 저었다.

'그랜드 피아노까진 필요 없는데.'

전화를 끊은 할머니와 눈이 마주쳤다.

"다녀왔습니다."

"아유, 조금만 일찍 오지. 방금 네 엄마와 통화했는데. 전화는 왜 안 받았어?"

은서는 못 받은 거라고 얼버무리며 피아노를 바라보았다. 그런 그녀를 보고 외할머니의 표정이 확 밝아진다.

"어떠냐? 할머니 선물이 마음에 들어?"

"……네, 고맙습니다."

"거봐라. 좋아할 거면서. 진즉에 들여놨으면 얼마나 좋아."

"할머니, 나 졸린 것 같아요."

"아픈 건 아니고? 정 박사 부를까?"

핑계를 대면서도 할머니의 목소리가 다급해지자 마음이 편치 않았다. 하지만 잔소리가 길어질 게 빤해 은서는 눈을 느리게 껌뻑였다.

"아니에요. 낮잠 자면 괜찮을 것 같아요."

"그럼 어서 올라가서 쉬어. 엄마한테 꼭 전화하고."

"네!"

쪼르르 2층 제 방으로 들어온 은서는 가방을 내려놓기 무섭게 A4용지를 꺼냈다. 펜을 쥔 손이 야무지게 움직인다. 양면테이프를 이용해 꼼꼼하게 벽에 붙이고 읽어 내리는 목소리가 결연했다.

"탈급식, 탈교복!"

이걸 보고 한심해할 이수가 떠오르지만 어쩌겠는가. 쉴 틈 없이 제 마음을 보여 줘서 길들일 수밖에.

"오빠 말대로 '미자' 딱지만 떼 봐. 더 끝장나게 좋아해 줄 테니까."

거듭 마음을 다지는데 부르르 휴대폰이 진동한다. 발신인을 확인한 은서는 입술을 삐쭉 내밀었다.

"여보세요~."

-은서야!

"응, 엄마 딸 은서지."

-우리 딸 다시 사춘기야? 통화하기 정말 어렵네.

서운함이 담뿍 담겨 있는 엄마의 목소리에 조금은 미안한 마음이 든다. 처음 한국에 왔을 때만 해도 가족들과 번갈아 가며 통화를 했었다. 하지만 매일 똑같은 레퍼토리에 우울해졌다. 아픈 곳은 없는지, 정기 검진은 잘 다니는지, 밥은 꼬박꼬박 먹는지 등등. 그래서 저도 모르게 통화를 피하게 됐고 핑계를 찾게 됐다.

"엄마, 나 화장실 급해."

"또? 넌, 어떻게 통화할 때마다 화장실을 가니?"

"내 장에다 물어봐야지? 엄마, 나 진짜 급해!"

엄마의 걱정을 끊을 수 있는 방법이 거짓말밖에 없었다. 통화 말미엔 '엄마가 한국으로 갈까?'라고 물어보는 게 수순이니까.

은서는 오늘도 밝은 목소리를 냈다.

"잘 지내고 있으니까 걱정하지 마."

-정말이지? 병원엔?

"꼬박꼬박 가고 있어."

-은서야, 아빠 곧 영국으로 갈 수 있을 것 같아.

"엄마, 나 때문이면 그럴 거 없어. 난 한국이 체질에 맞나 봐. 정말 건 강해졌다니까."

-그래도. 그리고 대학도 가야 하는데 이쪽이 더-.

은서는 엄마, 라고 부르며 말을 끊었다.

"나 지금 밥 먹어야 해. 다음에 통화하면 안 될까?"

-지금이 몇 신데 이제 밥을 먹어?

"점심은 벌써 먹었지. 한창 클 때라 그런지 수시로 배가 고파."

-정말? 빨리, 아니 천천히 많이 먹어! 사랑해, 은서야.

잘 먹어서 다행이라고 다급히 말을 덧붙이는 엄마의 목소리가 들떠 있었다. 딸 바보 엄마가 귀여워 은서의 뺨에 볼우물이 파인다. 은서는 사랑 한다는 말을 한 번이라도 더 하려고 애쓰는 엄마와 통화를 종료하고 한 숨 섞인 미소를 지었다.

"후우, 국제 전화 요금을 올려야 한다니까. 아니, 발신음에도 요금을 부 과하는 게 낫나?"

혼자 키득거리며 옷을 갈아입는데 눈앞에 반딧불이 반짝 스친다. 기압 이 낮아서 그런지 몸이 또 처진다.

'한 일이 뭐가 있다고 매일 이러는지 모르겠네.'

은서는 제가 생각해 놓고도 마음에 들지 않아 발끈한다.

"왜 없어. 숨쉬기하고 있잖아. 그게 얼마나 큰일인데…….""

말끝을 늘이며 다이어리를 챙겨 들었다. 다락으로 향하는 입구의 커튼 을 젖히자 계단이 쭉 이어진다. 난간을 따라 마로 꼬아 만든 끈이 빨랫줄 처럼 걸려 있다.

은서는 바구니에서 나무 집게를 꺼내 오늘 획득한 이수의 사진과 자신이 써 온 3자 성어가 적힌 색지를 걸었다.

햇살이 쏟아지는 지붕창 아래에 깔아 둔 폭신한 러그에 자리를 잡고 미니 담요를 덮었다.

"엄마, 나 영국에 못 가. 엄마가 포기해."

태어나서 제일 잘한 일이 한국에 온 거라고 생각한다. 그래서 이수를 만났으니까.

무표정한 사진 속의 이수를 보는 눈이 어느새 초승달처럼 접힌다.

3

재앙입니까? 축복입니까?

은서는 30주를 채우기 무섭게 세상에 나왔다. 뭐가 그렇게 궁금해서 일찍 나왔던 걸까. 아무튼 인큐베이터로 옮겨져 꽤 오래 부모님 애를 태웠다. 그렇게 태어났으면 후일담은 '무탈하게 잘 자랐습니다.' 해야 하는 것 아닌가?

그건 모두의 바람이었고 현실의 그녀는 집보다 병원에 있는 날이 더 많았다.

말귀를 알아듣고부터는 의문이 많아졌다.

엄마는 크면 건강해진다고 말해 주곤 했지만 학교에서 툭하면 쓰러지는 그녀에겐 와 닿지 않는 위로였다. 외교관인 아빠 덕에 세계 곳곳의 저명한 의사들을 많이 만났지만 이렇다 할 병명도 찾지 못했다. 그들은 별의별 희귀 질환을 다 의심하며 검사를 해 댔고, 외할머니는 기어이 신병까지 운운했다.

한국에 온 어느 날, 외할머니를 따라 깊은 산속에 끌려 가 봤다면 말다 한 거겠지. 하지만 안타깝게도 은서에겐 예지 능력 따윈 없었고 굿으로도 허약함은 나아지지 않았다.

초등학교 고학년이 되자 툭하면 코피를 줄줄 쏟는 아이를 보고 어른들은 생리를 대신하는 거라며 얼토당토않은 가설을 세웠다.

그런 그들을 보며 은서는 자신이 21세기에서 살고 있는 게 맞나 심각하게 고민했었다.

병원을 자주 찾는 은서를 의료진들은 환자가 아닌 마스코트쯤으로 여겼다. 병명을 내놓으라는 당돌한 꼬맹이 말에 의사들은 멋쩍은 미소만 지었다.

"은서 넌 몸이 약한 것뿐이야. 곧 좋아질 거야."

그런 진단이 더 사람 미치게 만드는 겁니다!

원인 없이 병든 닭처럼 지내는 게 얼마나 힘든지 아시는 겁니까!

인지(know)와 인식(understand)이 생긴 후부터 은서는 의사들을 불신하며 따지고 들었다. 의학계에서 밝히지 못한 희귀병을 앓고 있는데 찾아내지 못하는 거라고 생각했다. 아니면 부모님이 그녀를 감쪽같이 속이고 있는 거거나. 어쨌든 제법 똘똘한 아이는 자신의 위치를 귀신같이 알아챌 수 있었다. 먹이 사슬의 맨 꼭대기, 서열의 우두머리 격인 자식.

"엄마, 난 얼마 살지 못할 것 같아."

"하, 너 정말."

"생각해 봤는데 이 한 몸 바쳐 의학계의 발전을 돕는 것도 나쁘지 않을 것 같아."

"무슨 소리야?"

"나 죽으면 내 시신 카데바로 기증해 달라고. 연구용으로 쓰게."

엄마에겐 황당하게 들렸겠지만 진심이었다. 엄마는 손을 번쩍 치켜들고 부르르 떨면서도 딸을 때리진 못했다. 통상적인 부모들도 자식을 상전으로 모신다. 하물며 건강하지 못한 자식을 가진 엄마는 오죽했을까. 바람 불면 날아갈세라, 흔적도 없이 사라지기라도 할까 봐 노심초사하는 게 훤히 보였다.

"엄마도 어렸을 때 너처럼 약했다고 했잖아. 지금은 이렇게 건강해. 너도 그렇게 될 거야."

그건 엄마의 체험담이지.

"엄마 잘못이네. 오빠도 있는데 왜 하필이면 나한테 이상한 유전자를 물려줬어?"

엇나가려고 말대답을 한 건 아니었다. 활동 없이 침대에 누워 몽상을 일삼은 결과물이었다. 투정을 쏟아 낼 곳이 엄마 한정이어서 더 그랬던 것 같다.

엄마의 인내심은 참으로 대단했다. 딸의 심술을 끊임없이 받아 주고 달래 줬으니까.

"힘들어도 조금만 지나면 곧 좋아질 거야. 책 좀 그만 읽고."

"이거라도 해야지."

주변 사람들은 은서를 영재라고 했다. 하지만 그건 오해였다. 집에 있는 시간이 많았기에 무료함을 책으로 달랬고 그러다 보니 자연스럽게 알아지는 게 많았다.

"내일은 학교 갈 수 있을 거야."

"나 학교 가는 거 정말 별로야."

"왜? 누가 괴롭혀?"

"……아니. 선생님들이 아는 얘기만 하니까 재미없어."

은서는 거짓말을 했다. 전 세계 어느 나라든 아이들은 다 비슷비슷하다. 툭하면 쓰러지는 아이를 좋아해 줄 친구가 과연 있을까.

"쟤 일부러 아픈 척하는 거야. 공주병이 틀림없어. 짜증 나."

"왜 은서만 저기서 쉬어? 저럴 거면 왜 학교에 나오는데?"

"은서랑 같은 조 하기 싫어. 저러다 쓰러지면 우리만 힘들잖아."

처음에는 걱정을 해 주고, 다음엔 호기심을 보였다. 그리고 결국엔 따돌림. 그게 정말 무섭고 싫었다. 동정해 주는 애들도 간혹 있었다. 하지만 안타깝게도 그녀는 그걸 받을 만큼 유순한 성격이 아니었다. 그리고 따돌림보다 더 싫은 게 있었다. 수업을 받다가도, 친구들과 놀다가도 깨어나 보면 병원 침대 위에 누워 있는 거. 그건 남들이 상상하는 것보다 훨씬 더 끔찍한 일이었다.

'정신을 잃고 쓰러지다 다칠 수도 있지 않을까?'

머리라도 부딪혀서 바보가 되느니 깨끗이 죽는 게 낫다고 생각했지만 차마 엄마에게 그 말은 할 수 없었다.

"심심하면 피아노 칠래?"

"책은 못 보게 하면서 왜 피아노는 치라고 하는 건데?"

"피아노 치면 마음이 편해지잖아. 엄만 피아니스트 연주보다 네 연주가 훨씬 듣기 좋던데?"

"음, 내 생각엔 엄마는 안과랑 이비인후과 바꿔야 할 것 같아. 그 쌤들 라이선스를 확인해 보든지."

피아노에 재능이 있었지만 치료의 일환이라는 걸 알고 연주하는 게 싫어졌다. 처음부터 심리 치료가 목적이라고 솔직히 털어놨었다면 모르는 척 따라 줬을지도 모르겠다. 그걸 숨기는 엄마가 미워서 더 엇나갔던 것 같다.

"엄마, 우리 집 재산이 얼마나 돼? 외할머니하고 친할아버지한테 물려받을 것까지 계산하면 수십억 되지 않나?"

외가는 외삼촌만 있었고, 아빠는 외동아들이었다. 그리고 친가, 외가 양쪽 집 다 심하게 풍족한 편이었다.

"그건 알아서 뭐 하게?"

눈만 뜨면 이상한 질문을 해 대는 딸에게 훈련된 엄마의 반응은 무던했다.

"내가 받을 유산 중에서 50퍼센트만 현금으로 줘."

"뭐?"

"언제 죽을지 모르는데 두고 죽으면 나만 억울하잖아. 다 쓰고 갈래."

엄마는 딸이 하루라도 빨리 건강해지길 간절히 바라는 눈빛이었다. 그래야 원 없이 때려 줄 수 있을 테니까. 그렇게 침대에 누워서 몽상하는 시간이 길어질수록 은서의 눈빛은 초롱초롱 빛났고 몸은 무기력해져 갔다.

그러던 어느 날 집 안 분위기가 심상치 않았다. 알고 보니 외교관인 아버지가 아프리카로 발령이 난 거다.

"엄마랑 둘이 한국 가서 살까? 외할머니 집에서."

"아빠랑 오빠는 어떻게 하고?"

"오빤 다 컸잖아."

"아빤?"

"……우리 딸이 더 중요하지."

아버지의 직업 때문에 풍토에 적응할 만하면 동네에서 동네가 아닌 국제적으로 이사를 다녀야 했다. 부모님은 아프리카의 환경이 몸이 약한 딸에게 무리라고 생각한 것 같았다.

은서도 한국에 가는 게 나쁘지 않다고 생각했지만 엄마와 함께는 아니었다.

"나 혼자 갈래. 외할머니 있는데 엄마까지 갈 필요 없잖아."

"혼자?"

"나 다 컸어. 엄마는 아빠 옆에 있어야지. 그리고 엄마 없으면 오빠가 더 말썽 부릴걸?"

"오빠가 무슨 말썽을 부리니?"

헐, 모르는 말씀. 자식에게 눈먼 엄마가 안쓰러웠다. 아니 차라리 모르는 게 나으려나. 확고한 뜻을 밝혔지만 엄마는 눈에 띄게 망설이며 결정을 미뤘다.

은서는 거듭 제 생각을 전달했다.

"다시 한번 말하지만 한국 가는 건 좋아. 근데 나 혼자 갈 거야."

"잘 생각해 봐. 엄마 아빠하고 떨어져서 혼자 지내야 하는 거야."

"외할머니 있잖아. 할머니가 더 잘해 줄걸? 신토불이가 좋은 거라며. 난 괜찮아."

그렇게 말한 건 표면적인 이유고, 한국행을 결심한 건 다른 속셈이 있었기 때문이다.

겉으로는 완벽해 보여도 집집마다 말 못 할 가정사가 다 있는 법이다. 그녀의 집안도 마찬가지였다. 구성원이 네 명밖에 안 되는데 꽤 시끄러웠다. 그 핵은 당연히 은서였다.

엄마의 인내심은 한계치에 달해 있었고 여러 가지 이유로 아빠는 공사 다망했다.

"이혼해요."

"뭐?"

체면을 중시하는 나랏밥 드시는 아빠에게 씨알도 먹히지 않는 얘기였다. 엄마도 진심으로 이혼을 바라는 것 같지 않았다. 그러면서도 늘 무기처럼 하는 말이 있었다.

"이렇게 살 바엔 이혼하고 나 혼자서 은서 돌보는 게 나아. 왜 나만 이러고 살아야 하는데!"

"힘들면 바람이나 쐬고 와."

엄마에게 필요한 건 바람이 아니라 위로였다. 그런데 눈치 없는 아빠는 그걸 해 주지 못했다. 초등학생인 딸도 아는 것을 아빠는 왜 모르는 걸까. 지쳤다고, 애는 나 혼자 낳았느냐는 엄마의 원망이 은서는 꼭 제게 하는 말 같았다.

정말 힘들다고, 사는 것 같지 않다고 하는 엄마의 얘기가 이해되면서도 서운했고.

"그래서 뭘 어쩌라는 거야?"

"당신만 자유롭게 살잖아? 나도 내 시간이 필요하다고!"

부부 싸움의 시작과 끝은 늘 은서였다. 부모님의 사랑을 의심한 건 아니었다. 특히 엄마의 사랑은. 하지만 스트레스였다. 엄마 아빠의 사이가 멀어질수록 제 탓 같았으니까. 나만 없어지면 부모님 관계가 다시 좋아질까? 저렇게 매일 다투면서 어떻게 늦둥이인 날 만들었대? 선택권 없이 태어나서 고생하는 건, 접니다.

그렇게 말하는 대신.

"아빠 나 한국 갈 거야. 그게 좋을 것 같아."

"정말 괜찮겠어?"

"외할머니도 있고 할아버지도 있잖아."

매일 반복되는 그녀의 설득에 부모님은 거의 마음을 굳혔다.

"그런데 아빠. 난 어떻게 만들었어?"

"뭐라고?"

"엄마 아빠 매일 싸우고 각방 쓰잖아? 내가 태어나기 전엔 사이가 좋았어?"

아빠는 당혹스러운지 헛기침을 하면서 딴청을 했다. 그래도 다행인 건 심오한 그녀의 질문 후, 부모님은 같은 침실을 썼다.

열 살 차이인 오빠도 은서의 신경을 은근히 건드렸다. 잘생긴 얼굴을 무기로 아는 소위 나쁜 남자였다. 해외 물을 조기부터 드셔서 그런지 영혼이 무척 자유로웠다.

중학교 때 슬슬 시동을 걸더니 고등학교 때부터는 수시로 여자 친구를 바꿔 가며 열정적인 학교생활을 했다. 그런 아들이 뭐가 예쁘다고 차를 바꿔 주고 용돈을 아낌없이 쏟아붓는지 이해가 안 됐다. 차라리 그럴 돈으로 인도적 차원에서 국제 구호 단체(NGO)에 기부나 하세요.

대학생인 오빠에게 외할머니 버전으로 말해 주고 싶었다. 귀신은 뭐 하나 몰라, 오빠 같은 인간 안 잡아가고.

하지만 가족인 관계로.

"오빠, 미국에도 귀신 있다."

"뭐?"

"귀신들이 글로벌하잖아? 알고나 있으라고. 그리고 내가 오랫동안 못 볼 거라 말해 주는 건데. 밤길 조심하는 게 좋을 거야."

"우리 꼬맹이가 왜 심술이 잔뜩 나셨을까?"

은서는 귀여워 죽겠다며 머리를 마구 흐트리는 오빠를 노려봤다.

"그러다 우리 은서 눈 찢어지겠다."

"자꾸 귀찮게 하니까 그러지. 머리 만지지 말라고 했잖아!"

"한국 가지 마. 너 보고 싶어서 오빠 죽을지도 모르니까."

"흥. 나 때문이 아니라 여자들한테 돌 맞아 죽을걸?"

"우리 은서, 오빠 연애한다고 질투하는 거야? 이렇게 쪼그매서 언제 크냐. 빨리 커서 오빠랑 맥주 마시러 펍 가야 할 텐데."

큰마음 먹고 해 준 조언을 흘려듣는 오빠가 불쌍했다. 언젠가 여자들에게 보복을 당해서 한국으로 부고장이 날아올지 모르니까.

은서는 여러모로 머릿속이 복잡했다. 딸 때문에 다투는 부모님, 나날이 지쳐 가는 엄마, 영혼이 자유로운 오빠.

흔히 볼 수 있는 가정의 풍경인데 초등학생인 은서의 눈엔 엄청 큰 문제로 다가왔다.

그리고 가족에겐 말하지 않았지만 한국행을 결심한 가장 큰 이유는 서로에게 시간을 주기 위해서였다. 원인을 알 수 없다는 의사의 말이 사형 선고 같았으니까. 제게 각별한 애정을 쏟는 가족과 떨어져 있다 보면 자신이 떠나도 조금은 덜 슬퍼할 거라고 생각했었다.

그런데 웬걸?

한국에 오자마자 현실감 없는 캐릭터를 만난 거다.

할머니 집에서 일하는 집사 아저씨의 아들, 정이수를. 눈이 휘둥그레질 만큼 잘생겼지만 은서의 흥미를 끈 건 그의 외모 때문이 아니었다.

'사람 맞아?'

반전에 반전을 거듭하는 희귀종이었다. 소아마비로 휠체어 생활을 하는 어머니, 농인인 아버지. 한 분도 힘들 텐데 장애인 부모라니.

그런데도 아버지 곁을 지키며 늘 밝은 얼굴을 하고 있었다. 그것도 손을 쉴 새 없이 움직이면서. 신기했다.

'헐, 미쳤다!'

웃을 일 하나 없을 것 같은데 매일 웃는 게 신기했다. 만약 제가 그런 상황이라면 현실을 외면했을 거다. 그녀뿐만 아니라 오빠도. 고등학교 때부터 오빠는 제법 고가의 자가용을 몰고 다녔다. 그러면서도 아빠 차를 넘보곤 했었는데 정이수는 낡은 자전거를 끌고 다니면서도 불만은커녕 행복해 보였다.

더구나 그녀의 외할머니는 전형적인 꼰대였다. 잔소리는 기본이고 선민의식이 투철하신 분. 정이수는 아버지 곁에서 한 몸처럼 움직이면서 그런 그녀의 외할머니 잔소리를 꿋꿋하게 들어 넘겼다.

어느새 하루 종일 정이수의 동선을 좇는 게 일과가 돼 버렸다.

'가면일 거야. 내가 벗겨 내고 말겠어!'

눈을 부릅뜨고 관찰해 봤지만 허사였다. 두 달 남짓 시간이 흘렀을 땐 실체를 밝히겠다는 생각은 온데간데없이 사라지고 그를 보면서 세콰이어 나무를 떠올리고 있었다.

'……똑같아.'

어릴 때 국립 공원에 갔다가 세콰이어 나무와 씨름을 한 적이 있었다. 어마어마하게 큰 나무는 한껏 고개를 치켜들어도, 까치발을 해도 끝이 보이지 않았었다. 아무리 팔을 늘여도 끌어안을 수 없었고. 그때 생각했었다. 이렇게 큰 나무는 비바람이 불어와도 절대 쓰러지지 않을 거라고. 제트 제트 번개가 쳐도 끄떡없을 거라고. 조심스럽게 나무 밑동에 앉았을 때 제 생각을 증명이라도 해 주듯 안온했었다. 툭하면 픽픽 쓰러지는 그녀에게 숭배의 눈으로 바라보던 세콰이어 나무와 정이수는 묘하게 닮아 있었다. 반해 버렸다.

왜 세콰이어 나무처럼 느껴졌는지, 왜 반했는지 묻는다면 대답할 수 없다. 좋은 데 이유가 있어야 하나. 제게 다정함이라곤 1밀리그램도 용납하지 않는 무뚝뚝한 정이수가. 하고 싶은 말을 참는 정이수가. 덤덤한 눈빛 아래 마음을 숨기는 정이수가. 얼굴로 웃으면서 속으로는 울부짖는 정이수가, 그녀의 취향이었다. 제 눈엔 꽁꽁 숨겨진 그의 마음이 보였으니까.

"내가, 오빠 좋아한다니까!"

외할머니가 곁에 있어서 그랬는지 정이수는 마지못해 미소를 보여 주었다. 부모에게 보여 주는 환한 미소가 아닌 입술만 움직이는 겉치레 미소를.

'헐, 벌써부터 접대용 미소를 날릴 줄 아는 거야?'

그렇게 은서의 짝사랑은 시작됐고 이수에겐 재앙이 시작된 거다.

빨래처럼 걸린 사진을 보자 자연스럽게 불퉁한 목소리가 흘러나온다.

"그래도 어쩔 수 없네요!"

은서는 웅크려 앉았던 몸을 러그 위에 눕혔다. 몸에 힘이 들어가지 않고 눈이 감긴다. 아무래도 한숨 자야 할 것 같았다. 지붕창으로 쏟아지는 햇살을 받은 이수의 사진이 싱그러워 보여 그녀의 뺨에 볼우물이 파인다.

* * *

조용한 골목에 스쿠터 엔진 소리가 울리자 목이 저절로 길어진다. 곧 담장을 넘어 길가로 늘어진 나뭇가지 사이로 이수의 얼굴이 보인다.

'윽, 눈부셔.'

이른 아침 햇살을 등지고 나타나는 그를 볼 때마다 탄성이 절로 나온다. 교복이면 교복, 운동복이면 운동복. 자신의 심미안이 의심될 정도로 뭘 입어도 모델보다 더 근사해 보이니 큰일이다. 은서는 몸을 웅크리고 씩 입술을 늘였다.

"놀라겠지?"

큰 경기를 앞두고 드물게 새벽 운동을 거르는 날. 부지런을 떨어 드라이까지 완벽하게 하고 마중을 나왔다. 은서는 스쿠터가 대문 앞에 세워지자 짠, 하며 요란하게 등장했다.

그런데 저를 보는 저 눈빛은 뭘까? 마치 그녀의 등장을 알고 있기라도 했던 것처럼 덤덤한 눈빛에 슬쩍 짜증까지 담겨 있다.

"안 놀라?"

"체육복은?"

"오늘도 내 말은 씹혔습니다. 그래도 하늘이 참 예쁩니다. 그치?"

못 알아들은 척 하늘을 올려다보며 딴청을 부려 보지만 소용없다.

"그러고 스쿠터 탈래?"

"응. 옆으로 타면 돼."

빠르게 고개를 끄덕여 보지만 이수가 아예 운전석에서 내려 팔짱을 낀다.

"기다릴 테니까 들어가서 머플러 하고 체육복 바지 입고 나와."

"헐. 농담이지? 내 매력 포인트는 긴 목과 늘씬한 다리라고! 오늘만 제발 넘어가 주라. 응?"

"오늘이 무슨 날인데?"

"음, 오빠한테 예쁘게 보이고 싶은 날?"

애교 섞인 목소리에 이수의 미간이 더욱 좁혀진다. 키가 좀 큰 건가. 교복을 줄여 입은 것도 아닌데 오늘따라 치마 기장이 유난히 짧아 보여 짜증이 난다. 이른 등굣길은 상관없는데 하굣길에 다른 녀석들이 휘파람을 불어 대는 꼴을 보고 싶지 않았다.

"똑같은 말 하게 하지 마."

"……정말 안 돼?"

"안 돼."

"봐 봐, 후드 티 때문에 포대 자루 같잖아. 다리라도 구제해 주라, 응?"

교복 위에 입은 박스 후드 티 주머니에 양손을 찔러 넣고 한껏 늘여 보였지만 그의 얼굴이 펴지지 않는다. 은서는 고개를 숙이고 '정말 너무해.'라고 구시렁거렸다. 그리고 혹시 몰라 챙겨 온 체육복 바지를 가방에서 꺼냈다.

"콧물 휘날리는 CG만 넣어 주면 딱 코믹물 여주 되겠다, 그치~! 그래도 좋아?"

"응."

"와, 목소리에 영혼 없는 것 좀 보소. 이것까지 입으면 정말 끝장이라고! 그래도 입어?"

"입어."

단호한 대답에 은서는 마지못해 신발을 벗고 체육복 바지에 발을 꿰어 넣었다.

이수는 조심성 없는 은서의 행동에 등을 돌려 가녀린 몸을 가려 준다. 뭘 입어도 예쁘기만 한데 왜 벗지 못해 안달인지 모르겠다는 생각을 하면서.

"다 입었어. 속 시원해?"

"타."

"네네."

체념의 한숨이 절로 나온다. 남들은 못 봐서 안달인 그녀의 각선미에 그는 왜 눈길도 안 주는 걸까. 키가 좀 작은 편이긴 해도 비율이 좋다는 말을 자주 듣는 그녀였다.

"당분간 오빠 못 보니까 예쁘게 보이고 싶었는데……."

이수는 기계적으로 은서의 목에 머플러를 둘둘 감아 주었다.

"헬멧 써."

"헬멧까지? 정말 쉣, 이야."

투구 같은 헬멧만큼은 피하고 싶었기에 오밀조밀한 낯이 있는 대로 구겨진다.

이수는 그러거나 말거나 작은 머리통에 헬멧을 푹 씌워 주고 간신히 웃음을 참았다.

민트색 헬멧을 쓴 모습이 얼마나 깜찍한지 모르는 그녀가 귀여워서.

스쿠터가 출발하자 은서는 잽싸게 탄탄한 허리에 팔을 감았다.

"킁킁. 오빠, 무슨 향수 써? 내가 선물해 준 거 아닌데?"

"안 써."

"향이 마음에 안 들었어?"

"운동하잖아."

은서는 너른 등에 뺨을 기댔다. 자신의 매력 포인트를 다 가렸지만 대답도 잘 해 주고 그럭저럭 괜찮은 출발이다. 그녀는 하루 중 이 순간이 제일 좋다. 공식적으로 이수와 스킨십이 허락된 순간이니까. 어느 날 이수가 지방 대학으로 내려간 선배가 물려준 거라며 오토바이를 타고 왔다.

"무엇에 쓰는 물건인고?"

"등하교하려고."

그 일이 전화위복이 될 줄 모르고 그녀는 하늘이 무너진 얼굴을 했었다. 이수와 같이 등교하려던 계획에 차질이 생기는 거니까. 오토바이는 위험한 물건이라고만 생각하는 외할머니였다. 손녀딸이라면 벌벌 떠는 분이 그걸 얻어 타게 할 리 없었다.

은서는 며칠 동안 머리를 싸매고 고민했다.

"할머니, 나 멀미 엄청 한다고 말했었나요?"

"멀미를 해?"

"네. 버스나 택시 타면 다 토해요."

그러면 어떻게 하느냐고 끌탕하는 외할머니를 보고 속으로 쾌재를 불렀다.

"스쿠터로 등교할래요."

"오토바이를 타고 다니겠다고?"

완고한 외할머니를 끈질기게 설득했다.

"스쿠터는 오토바이 아니에요. 그러니까 그게, 모터 달린 자전거라고 생각하면 돼요. 안전해서 남자들보다 여자들이 더 많이 타요."

그래도 외할머니는 쉽게 허락해 주지 않았다. 그럼 어떻게 학교를 다녀야 하냐고 눈물을 보였다. 사실 학교 가는 것에는 눈곱만큼도 관심 없었지만. 훌쩍임이 길어지자 외할머니는 득달같이 이수를 불렀다.

"이수야, 스쿠턴지 뭔지 좀 사 와. 안전한 거로. 그리고 네가 은서 태우고 다녀라."

앗싸. 그녀가 그린 큰 그림이 이루어지는 순간이었다.

스쿠터도 오토바이니까 이수도 좋고 저도 좋고. 물론 최신형 아이보리색 스쿠터는 그녀의 초이스였다.

은서는 바람을 막아 주는 이수의 뒤에 숨어 그의 허리를 감은 손을 꼼지락거렸다.

살점 없이 근육만 잡히는 몸이 신기하다. 배와 가슴이 쪼개진 것처럼 울퉁불퉁, 만지는 재미가 있다고 해야 하나. 지금 심정이라면 '영원히 달려, 오빠.'라고 외치고 싶지만 안타깝게도 학교가 가까워지고 있었다.

"손 내려라."

"엉? 잘 안 들려!"

"혼날래?"

"음, 이게 언제 올라갔지?"

실수인 척 바로 꼬리를 내리고 그의 허리춤을 잡았다. 이수랑만 있으면 왜 자꾸만 음란해지는지 모르겠다. 그의 등에 기대고 있으면 너무 따뜻하고 편안해서?

어느새 주차를 끝내고 교실로 향하는 이수에게 목소리를 높였다.

"오늘도 좋아해."

멈칫했을 뿐 돌아보지 않는 무뚝뚝함에도 은서의 얼굴엔 미소가 가득했다.

* * *

"왜 이렇게 죽상이야?"

"인터뷰 끝나셨어요?"

먼저 인터뷰를 마치고 나와 있던 이수는 벤치에서 일어서서 최 감독에게 꾸벅 인사했다.

"앉아."

"아닙니다."

"인터뷰하는 게 그렇게 부담 되냐?"

이수는 대답을 아꼈다. 야구 이야기만으로는 주목받기 힘들다는 이유로 집안 사정이 남다른 자신에게 인터뷰 요청이 꽤 들어오는 편이다. 큰 대회를 앞두고 남들은 못 해서 안달인 단독 인터뷰가 오늘도 잡혔었다. 스토리텔링이 된다고 했던가? 어김없이 어려운 환경에서도 그를 뒷바라지하는 부모님 이야기가 나왔고 마음이 무거웠다. 없는 얘긴 아니지만 왠지 '값싼 감성팔이'를 한 것 같다는 생각을 지울 수 없다.

"컨디션은 어때?"

"……똑같습니다."

이수는 땀이 흥건한 주먹을 쥐었다 펴며 대답했다. 사실은 요즘 들어 배트를 쥐는 손에 힘이 들어간다. 긴장한다는 증거. 야구의 전통이 깊지 않은 학맥 재단이 작년에 8강까지 갔다. 그것만도 이슈가 됐는데 감독님은 4강 이상을 원하고 있다. 더구나 실력 있는 선배들이 졸업했기에 작년보다 좋은 성적을 거두는 건 무리다. 아무리 그가 주목받을 만큼 실력이 있다고 해도 야구는 혼자 하는 경기가 아니니까.

"이수야."

"네."

"하던 대로 해. 연습하던 대로. 그런데 4강까지는 가야 해."

"감독님."

이수는 저도 모르게 고개를 조아렸다.

최 감독은 그런 이수를 보고 일어서서 그의 어깨를 두드렸다.

"기회는 매번 오는 게 아니다. 이왕 야구하는 거 미국 가서 하자. 4강만 올라가면 스카우트들이 틀림없이 널 주목할 거야. 거기까지는 가야 뭘 보여 주든 말든 하지?"

"……."

"왜 대답이 없어? 작년에 MVP 수상한 형식이, 프로에서 지명 못 받은 거 알고 있지? 오히려 잘된 케이스잖아."

반짝스타로 두각을 나타냈던 선배 최형식이 백 명이나 뽑는 2차 지명에서도 지명받지 못했었다. 그때는 끝이구나 싶었는데 미국 쪽에서 손을 뻗어 온 거다. 감독님의 목소리가 확신에 차 있었다.

"형식이보다야 네가 낫지. 어딜 비교해. 이번에 미국 쪽에서 스카우트 제안 없으면 일단 대학 가. 프로 가는 것보다 그게 더 나아."

이수는 쉽게 그러겠다고 대답하지 못했다. 당연히 제 선택은 대학이 아니라 프로 입단이었다. 더는 아버지를 고생시키고 싶지 않았으니까. 그런데 작년에 미국 스카우트가 타진을 해 왔다. 내년에 보자고. 그 뒤로 감독님은 이수의 프로 입단을 말리고 있다. 만약 프로에 입문하게 되면 오랜 기간 국내에서 뛰어야 하니까. 이수도 메이저 리그가 욕심이 안 난다면 거짓말. 하지만 미국이 동네 이름도 아니고 그런 행운이 제게 올까. 온다 하더라도 가족은? 은서는. 머릿속이 복잡해진다.

감독님이 어깨를 툭툭 두드린다.

"넌 인마 생각이 너무 많아. 머리 비우고 오늘 푹 쉬어."

"……네."

"이거 빠져 가지고! 대답하는 목소리가 왜 이렇게 작아?"

"열심히 하겠습니다!"

이수는 열중쉬어 자세를 하고 우렁차게 대답했다.

* * *

"오빠, 빨리 들어오라니까."

은서의 채근에도 이수의 걸음은 느렸다. 안채에 들어가는 게 달갑지 않기 때문이다. 이럴 때만 눈치가 빠른지 작은 머리통이 그를 향해 확 돌려진다.

"거절은 없어. 알지?"

"이게 중요한 일이야?"

"밥 먹는 것보다 중요한 일이 어디 있어? 다 먹고살자고 사는 건데. 그리고 나 혼밥 못 하는 거 알잖아."

더 실랑이를 하다간 어르신이 나올 것 같아 이수는 마지못해 주방으로 들어섰다.

"이수 왔니?"

"네. 이모, 안녕하셨어요."

"어서 와서 앉아."

복례 이모는 어르신 댁에서 집안 살림을 맡고 있다. 어려서부터 봐 온 터라 그에게는 가족이나 다름없다. 아버지와 어머니에게도 잘해 주지만 특히 그에겐 더없이 친절한 분이다.

이수는 식탁에 차려진 음식을 보고 황당한 표정을 했다.

"이게 다 뭐야?"

"닭. 그리고 낙지를 품은 닭. 또 전복도 품은 닭."

누가 닭인지 모를까 봐. 얼핏 봐도 두 사람이 먹을 양이 아니었다.

"또 올 사람 있어?"

"아니, 오빠랑 내가 먹을 건데."

"하, 이걸 어떻게 다 먹으라고……."

"내가 먹으면 돼. 걱정하지 마."

앉지 못하는 이수를 보고 복례가 끼어들었다.

"너 먹이려고 준비한 거지. 음식 만든 사람 힘 빠지게 하지 말고 어서 앉아."

은서는 제 편을 들어 주는 복례 이모에게 샐샐 미소를 짓고 얼른 닭 다리를 뜯어 이수의 접시에 놓아 주었다.

"앗, 뜨거."

"뜨거운 걸 왜 만져?"

"원래 좋아하는 사람한테 이렇게 해 주는 거다 뭐. 맞죠, 이모?"

"그래, 맞아."

이수는 주거니 받거니 하는 두 사람을 바라보다 숟가락을 들었다. 평소에도 이 식탁에 차려지는 음식은 보양식 종류가 많다. 그를 위한 은서의 주문이니까. 큰 대회나 전지훈련을 앞둘 때면 특히 더 요란해진다. 싫은 내색 한 번 안 하고 음식을 만들어 주는 복례 이모에게도 은서에게도 부채감만 쌓인다.

"오빠, 이렇게 잘 먹는데 왜 살이 안 찔까."

"은서 네가 못살게 구는데 살찔 새가 있겠니."

"이모!"

발끈하는 은서를 보고 복례는 피식 웃고 만다. 하여튼 신기하고 예쁜 아이다. 저렇게 속을 다 드러내는 것도, 한창 변덕이 죽 끓듯 할 나이인데 이수만 바라보는 것도. 공주님 행세를 하고도 남을 처지인데 잴 줄도 모르고 뺄 줄도 모르는 아이. 그렇다고 말랑한 성격은 절대 아닌데 말이다.

복례는 접시를 꺼내 닭 다리 두 개를 올려 은서의 앞에 놓아 주었다.

"넌 이것만 먹어."

"감사합니다! 그리고 이모, 나는 오빠를 못살게 구는 게 아니라 그냥 좋아하는 거예요."

"알았으니까, '이모' 그만 찾고 어서 밥 먹어."

서운했는지 입이 한참은 나와 있는 은서를 보며 복례는 한숨을 삼켰다.

이 집 어르신 성정이 보통이 아니다. 윗사람에 대한 호칭일 뿐인데 고용인이 어떻게 이모가 되냐고 불같이 화를 낼 정도로. 그러니 외손녀가 고용인의 아들을 대놓고 좋아한다고 하니 이수가 눈엣가시일밖에. 그것도 평범한 사람들인가. 외손녀의 건강이 먼저라 참고는 있지만 그건 은서 보는 데서만이다.

"은서 오기 전에 저것들을 진작 눈앞에서 치웠어야 했는데, 쯧."

아쉬운 것 모르는 철부지 덕에 애먼 이수만 눈치꾸러기가 되어 버렸다.

'후우, 대단한 집안이긴 하지.'

지금은 돌아가셨지만 은서의 외할아버지가 남다른 분이셨다. 대학을 설립하고 사람 돕는 일을 마다하지 않았다. 자산을 털어 학생들 장학금을 대 주고 기부하는 게 몸에 밴 호인이셨다. 그런데 안주인도 다른 쪽으로 남달랐다. 선민의식이 너무 철저하고 자신이 항상 먼저인 분이다.

그러니 언감생심 일찍 철이 든 이수가 꿈에서라도 은서의 마음을 받아 줄 수 있을 리 없다.

한창 상념에 잠겨 있는데 통통 튀는 목소리가 들린다.

"이모, 이거 저 다 먹으라는 거예요?"

"어?"

정신을 팔다 보니 어느새 은서의 접시에 고기가 수북하게 올려져 있었다. 복례는 이수의 그릇에 살을 바른 고기를 덜어 주었다.

"은서야, 이수가 니들이 좋아하는 아이돌 같아?"

"아뇨. 걔들하고 오빠 절대 비교 안 되죠."

어림없다는 듯 과장된 목소리를 하는 은서를 보고 복례는 미소 짓고 몸을 일으켰다.

"은서는 적당히 먹고, 이수는 많이 먹어라."

이모가 일어서기 무섭게 이수는 은서의 접시를 제 앞으로 가져왔다. 입이 짧은 데다 기름진 음식은 좋아하지 않는 식성을 알기 때문이다.

"왜?"

"싫어하잖아. 그만 먹어."

"아냐, 다 먹을 수 있어. 오빠 음식 남기는 거 싫어하잖아."

"남은 건 가져갈게. 아침에 먹고 가면 돼."

"난 오빠 식은 음식 안 먹일 건데."

황당해하는 복례 이모와 시선이 마주치자 이수의 얼굴이 저절로 붉어진다. 은서가 거름망 없이 말하는 게 한두 번도 아닌데 좀처럼 익숙해지지 않는 민망함 때문에.

* * *

아침저녁으로는 바람이 제법 차갑다. 그래서 환절기, 일교차가 심할 땐 은서가 감기라도 걸릴까 더 걱정이 된다. 긴 하천 길을 따라 걷던 이수는 점퍼를 벗어 은서에게 건넸다.

얄팍한 카디건 하나 걸치고 나온 게 못마땅했다.

"멋없게. 이런 건 어깨에 걸쳐 주는 거거든."

"다시 들어갈까."

"아니, 이거라도 고맙습니다."

이수는 제 보폭을 맞추느라 바쁘게 뒤따르는 자박한 발소리에 미소를 지었다.

저녁 식사가 끝나자 산책을 하자고 조르던 그녀가 곧 풀 죽은 목소리를 냈다.

"아니, 아니다. 오빠 피곤할 텐데 푹 쉬어."

기죽은 모습이 보기 싫어서 나가자고 했더니 이깟 산책이 뭐라고 더없이 환하게 웃는다.

여기저기 아파트 공사가 한창인 길을 벗어나 한적한 산책로로 들어서자 밝은 목소리가 들렸다.

"우리 데이트하는 것 같다, 그치?"

"넘어져. 앞 보면서 걸어."

이수는 엉뚱한 말로 대답을 대신하며 그녀를 밀어 내야 하는 이유를 곱씹는다.

달라도 너무 다른 처지. 엄청나게 차이 나는 가정 환경. 받는 자와 베푸는 자의 입장 차이. 엄연히 존재하는 신분의 귀천. 그것뿐인가? 다른 가정과 달리 평범하지 못한 부모님. 그 외에도 수없이 많은 이유가 마음에 빗장을 단단히 걸게 만든다. 언제 종료될지 모르는 감정에 더는 휘둘리지 말자고. 가끔은 은서가 다른 여자애들처럼 약기라도 했으면 좋겠다. 은서만 고백을 해 오는 건 아니다. 그러다 보니 거절하는 것도 일이었다. 어김없이 들려오는 뒷말엔 입맛이 쓰다.

"야, 속상해할 거 하나 없어. 오히려 잘된 거야. 이수네 집 생각하면 구리잖아."

장애도 유전이라는데 찜찜하지 않느냐는 말을 처음 들었을 땐 정말 충격이었다.

그때에서야 어머니가 했던 말이 이해됐다.

"다 지난 얘기지만 너 태어나고 엄마 아빠가 번갈아 가며 보초 섰었어."

신생아가 이상을 보이면 병원에 가기 위해서라고 했다. 돌도 안 돼서 멀쩡하게 걸음마를 시작하자 엄마는 울었고 '엄마, 아빠'라고 입을 뗐을 땐 아빠가 울었다고 했다.

이수는 커 가면서 자신의 현실을 받아들이고 인정해야 했다. 사람들의 잣대로 재면 불우한 환경. 그런데도 그는 비관하지 않았었다. 아니 오히려 나름 행복하다고 생각하며 살았었다.

은서가 나타나기 전까지는 그랬다.

이수는 가끔 물어보고 싶다. 자신의 부모조차 하는 걱정을, 약아빠진 여자애들이 생각하는 것들을 너는 왜 하지 못하는 거냐고. 그래서 순진한 은서 대신 자신이 더 서로 다른 배경과 제 처지에 대해 짚고 또 짚어 보는 건지도 모르겠다.

"오빠, 혹시 묵언 수행 중이야?"

"앞으로 이모한테 내 식사 부탁하지 마."

"헐, 그 말 하려고 그렇게 고민 중이었던 거야?"

어느새 옆에 선 은서가 고개를 틀어 저를 올려다본다. 제 점퍼를 입은 모습이 우스꽝스러워야 하는데 너무 귀여웠다. 손가락이 보이지 않을 정도로 팔은 길고 허벅지를 다 가릴 정도로 큰 옷을 입었는데 마냥 예뻐 보인다.

"오빠 정말 정 없다. 나 혼밥 싫어하는 거 뻔히 알면서. 할머니도 '은서랑 저녁 같이 먹어라.' 하셨잖아!"

"……."

이수의 입이 더욱 무거워진다. 같이 식사를 하면 꼬박꼬박 밥그릇을 비우는 은서 때문에 어르신이 부탁 같은 강요를 해 왔다. 그 자리가 소화제를 챙겨 먹어야 할 만큼 불편하면서도 은서와 조금이라도 같이 있고 싶은 욕심에 거절하지 못했다. 하지만 이젠 그만두어야 할 때가 왔다.

이수는 걸음을 멈추고 은서를 빤히 내려다보았다.

팔랑팔랑.

저가 쳐다볼 때면 유난히 눈꺼풀이 빠르게 닫혔다 열린다. 마치 그루밍을 바라는 새끼 고양이처럼. 이수는 목덜미를 쓰다듬어 주고 싶은 걸 참고 입을 열었다.

"지명받으면 구단 들어갈 거야."

"미국 안 가고?"

"그건…… 어쨌든 앞으로 등교도 너 혼자 해야 하고, 밥도 혼자 먹어야 해."

"나도…… 알아."

"그러니까 혼자 하는 버릇 들여."

안약이라도 넣은 것처럼 은서의 커다란 눈동자에 바로 물기가 맺힌다.

"졸업 멀었는데 왜 벌써 그러는 건데."

"금방이야, 졸업."

은서의 목소리가 풀벌레 울음에 묻힐 만큼 작아진다.

"난 오빠가 미국 가면 좋겠어."

"가면?"

"뭘 물어? 당연히 내가 따라가서 통역도 해 주고, 오빠 뒷바라지해야지."

"서은서."

이수의 성난 목소리에 은서는 입을 꼭 다물었지만 그것도 잠시다.

"오빠 그거 알아? 만 18세만 되면 결혼할 수 있다? 만 19세면 부모 동의 없이도 가능하고."

"그래서?"

"그러니까 내 말은, 아기도 낳을 수 있-."

부릅뜬 이수의 눈빛이 너무 사나워 말을 끝맺지 못했다. 잘못을 아는 건지 제 입술을 씹어 대는 은서를 보며 이수는 한숨을 내쉬었다. 차마 화를 내지 못하는 건 그만큼 은서의 눈빛이 맑고 순수하기 때문이다.

"서은서, 너 언제까지 애처럼 떼쓸 건데?"

"응?"

"내가 미국을 가든 말든 그건 너와 상관없는 일이야."

"나는 오빠랑 결혼할 건데 왜 상관이 없어?"

이수는 할 말을 잃었다. 결혼이라니. 처음 저를 보던 은서의 눈빛을 잊을 수가 없다. 무료했던 삶에 비상구를 찾은 것 같은 호기심 가득한 눈빛을. 그걸 알기에 지독할 정도로 냉소적인 어르신도 엉뚱한 짓을 하는 손녀딸을 묵인해 주고 있는 거다. 지금 굳이 말리지 않아도 크면 알아서 정리될 감정이라는 걸 알기 때문이겠지.

"네 고집이 언제까지 어른들한테 통할 것 같아?"

"……!"

"결혼? 그런 건 네가 아프다고 거짓말하고 학교 안 가는 것과는 다른 거라는 걸 몰라? 그게 고집부린다고 통할 것 같아?"

이번엔 은서가 이수를 뚫어지게 올려다보았다. 한참을 움직임 없이 바라보다 피식 미소를 짓는다.

"나 바보 아닌데. 내가 결혼하는 건데 왜 거짓말을 해? 그리고 고집이 아니라 내 의지야. 내 인생인데 내가 하고 싶으면 하는 거지. 안 그래?"

은서는 턱뼈가 도드라질 정도로 입을 꽉 다문 이수를 보며 말을 이었다.

"오빤 오빠 마음만 알면 돼. 내가 싫은 건지, 좋은 건지. 어른들한테 내 고집이 통할지 걱정할 게 아니라."

"서은서."

"내 사랑이 진짜 거짓이길 바라는 거야? 정말 날 동정해서 거절도 못 하는 거야?"

"그건……."

"나빴어, 정이수. 그런데 어쩌지. 난 정말 오빠가 좋거든. 그러니까 오빠 오빠 마음만 생각해 봐."

이수는 뒤통수를 얻어맞은 것처럼 멍했다. 그런 그를 외면한 채 은서가 등을 돌린다.

"집에 가자. 오빠 내일 일찍 출발하잖아."

"서은서."

"좋아해서 미안해. 오늘도 열 번 채웠다!"

그녀답지 않게 그를 뒤에 남겨 두고 멀어져 간다. 그런데도 이수는 쉽게 걸음을 떼지 못했다.

"……나더러 어쩌라고."

왜 왔어. 오지 말지. 이수는 뒷말을 삼키며 4년 전, 갑자기 제 앞에 나타난 은서를 떠올렸다.

그에게 강도 최상위 지진이었던 날을.

* * *

그날은 가을 축제 준비로 오전 수업만 있는 날이었다. 운동 연습도 없는 날이라 유난히 걸음이 가벼웠다. 버스에서 내려 방향을 틀자 친구들이 황당해했다.

"야, 정이수. 너 어디 가나?"

"집에."

"그냥 집에 간다고?"

당연한 걸 묻는 친구들을 바라보자 그들이 뒤를 가리켰다.

"쟤들은 어떻게 하고?"

버스에 같이 탔던 여자애들이 서 있었다. 이수는 미간을 좁혔다.

"어쩌라고?"

"같이 PC방 가기로 했잖아?"

"내가 언제. 너희들끼리 잘 놀아."

"와, 배신자 새끼!"

이수는 손을 흔들어 주고 몸을 돌려 망설임 없이 뛰기 시작했다. 저를 쫓아오는 기척이 느껴졌지만 잠시였다. 이수는 목적지가 가까워지자 달리는 것을 멈추고 키득거렸다.

"속은 너희들이 잘못이지."

학맥 재단 야구부는 중고교가 체육관을 같이 쓴다. 뒷정리는 항상 중학생들이 해야 했다. 특히나 능력 안 되면 몸으로라도 때우라는 저급한 선배들의 괴롭힘은 이수의 몫. 오늘도 변함없이 뒷정리를 하는데 친구들이 몰려와 도와주었다. 같이 PC방에 가자는 조건을 걸고서. 대답을 하지 않았으니 거짓말을 한 건 아니다. 굳이 도와주겠다는데 거절할 필요는 없으니까 도움을 받았을 뿐.

하얀 대문 앞에 선 이수는 옷차림을 단정히 하고 벨을 눌렀다. 철컥. 문이 열리자 경중경중 돌계단을 단숨에 뛰어올랐다. 어디 계실까. 마당 곳곳을 스캔하던 이수는 입술을 길게 늘였다.

정원 한쪽에서 남색 낡은 점퍼를 입은 널따란 등을 발견했기 때문이다.

이수는 일부러 너른 등을 빙 돌아 남자의 정면에 섰다.

"아버지!"

〈어? 왜 왔어? 운동은?〉

아버지는 늘 그렇듯 반가운 기색은 찰나, 걱정스러운 얼굴을 하고 손을 빠르게 움직인다. 그에 맞춰 이수의 손도 따라 움직였다.

"축제라 연습 없었어요. 뭐 도와드릴 것 없어요?"

〈돕긴 뭘 도와. 빨리 집에 가서 쉬어.〉

축제면 실컷 놀다 와야지 왜 왔느냐는 타박이 이어진다. 이수의 손짓이 아버지의 것을 따라 빨라졌다.

"재미없어요. 그리고 지난주에도 아버지랑 같이 못 있었잖아요."

〈우리 아들 정말 말 안 듣네. 너 이러면 아버진 속상해.〉

손짓은 부정의 말을 하면서도 싫지 않으신지 미소를 짓고 있었다. 넓은 정원을 둘러보던 이수는 입을 삐죽였다. 이 집은 아버지의 일터이자 초등학교 들어가기 전까지 그의 가족이 살던 곳이었다. 그런데도 여전히 불편하다.

이수는 안채 쪽을 바라보며 중얼거렸다.

"어디 가셨나……?"

호랑이 어르신을 생각하며 고개를 젓는데 어깨에 온기가 닿았다.

"아버지."

〈아무것도 하지 말고 그늘에 가서 앉아 있어.〉

"제가 뭘 한다고요. 그냥 앉아 있는 게 더 힘들어요."

일이랄 것도 없다. 혼자서 동분서주하는 아버지의 곁에 있어 주는 것뿐. 그렇게라도 청각 장애와 언어 장애가 있는 아버지에게 도움이 되고 싶었다.

〈그럼, 책 읽고 있어. 숙제를 하든지.〉

"재활용 분리수거만 하고요."

하지 마라, 하겠다, 아버지와 한참 실랑이를 하는데 왠지 뒤통수가 따가웠다. 고개를 돌리자 안채 테라스에서 낯선 여자아이가 빤히 쳐다보고 있었다.

"누구예요?"

〈기억 안 나? 아, 그럴 수 있겠다. 은후 도련님은 기억하지? 동생, 은서야.〉

은후는 외국에 살고 있는 어르신의 외손자다. 자신보다 여덟 살 많은

귀공자. 어릴 땐 몇 번 같이 놀기도 했었다.

아버지의 설명이 이어졌다.

〈가족들 올 때마다 같이 왔었는데 은서는 몸이 약해서 거의 집 안에만 있었어.〉

이번에 외교관인 아버지가 아프리카로 가게 되어서 혼자 외할머니 댁에 지내러 왔다고 말했다. 테라스 쪽을 바라보는 아버지의 눈에 연민이 담긴다.

〈그래도 많이 건강해졌어.〉

"어디가 아픈데요?"

〈특별히 병이 있는 건 아닌데 워낙 몸이 약해.〉

여자애는 아버지의 말을 증명하듯 볕에 그을린 자신과는 다른 세상 사람처럼 하얗고 투명했다. 마치 작은 인형을 세워 둔 느낌?

'약해 보이긴 하네.'

〈내년부터 너 다니는 중학교에 다닐 거래. 아직 친구가 없으니까 심심할 거야. 보면 인사도 하고 잘 대해 줘.〉

아버지의 설명에 이수는 속으로 깜짝 놀랐다. 저보다 한참은 어리다고 생각했는데 겨우 두 살 차이라니. 또래 여자애들과 비교해도 훨씬 작아 보였다.

은서를 본 첫 감상은 그게 다였다.

그런데 그런 아이가 제게서 눈을 떼지 않았다. 어느 날은 근처에 음료수를 가져다 두고, 어느 날은 아이스크림을 가져다 놓고. 고맙다고 말할 새도 없이 멀어지길 반복했다. 부끄러워서 그러는 것 같진 않았다. 그랬다면 관찰하듯 빤히 쳐다보진 않을 테니까.

'뭐 저런 애가 다 있지? 미치겠네, 사람 무안하게.'

신경 쓰지 않으려고 해도 저도 모르게 여자아이에게 눈길이 갔다. 그럴 때면 어김없이 시선이 마주쳤고 먼저 피하는 건 그였다. 그렇게 두 달쯤 흘렀을까. 돌연 여자아이가 자박자박 코앞까지 걸어왔다.

이수는 저도 모르게 주춤 물러섰다.

"왜, 왜?"

"난 서은서. 오빠 이름이 뭐야."

주변에 어른들이 있어서 어쩔 수 없이 정이수라고 대답해 줬다.

"오빠, 지금 아르바이트 중이야?"

뭐라고 하는 거야? 이수는 무슨 말인지 몰라 그냥 쳐다보기만 했다. 은서의 뒤에 서 있던 어르신도 당황하는 눈치였다.

"할머니, 아저씨 말고 이 오빠도 고용했어요?"

"뭐, 뭐?"

"월급 주냐고요?"

당돌한 외손녀의 질문에 어르신은 야단칠 생각도 못 하고 황당한 얼굴을 하고 있었다. 그런데도 은서는 거침없이 종알종알 말을 이었다.

"할머니가 부자인 이유가 있었네. 노동력 착취해서 돈 모았나 보다."

"뭐? 이수가 하는 일이 뭐 있다고?"

"이것저것 일 많이 하던데요. 줄 건 주고 사람을 부려야죠. 미국 같았음 아동 학대로 잡혀가요. 요즘 시급이 얼마나 되려나."

야무지게 말을 맺은 아이는 휴대폰을 뒤적거렸고 어르신은 그때에서야 얼굴을 굳혔다.

그 모습을 지켜보던 이수는 슬쩍 입꼬리를 올렸다. 왠지 모르게 고소했기 때문이다. 마치 홈런이라도 친 듯 가슴이 뻥 뚫리는 쾌감. 하지만 그런 감상도 잠시, 갑자기 폭탄이 떨어졌다.

"나 오빠가 좋은 것 같아. 아니 좋아해. 확실해."

이, 이건 아니잖아! 쪼그만 게.

당혹스러웠다. 두 살 차이지만 그는 무려 교복을 입은 중학생이고 여자아이는 6학년이어도 초등학생이었다.

얼이 빠져 있는데 또랑또랑한 목소리가 다시 들렸다.

"좋아한다니까?"

그, 그래서 어쩌라고?

이수는 어르신 앞에서 꿀 먹은 벙어리처럼 입술을 뗄 수 없었다.

"할머니, 나 이수 오빠가 좋아요!"

헉, 얘 왜 이러지? 너 나한테 왜 이래? 외국에서 살다 와서 그런지 여자아이는 현실감 없이 자유분방하고 당당했다. 마치 만화책에서 바로 튀어나온 말괄량이 캐릭터처럼.

이수는 난감하면서도 스멀스멀 올라가는 입꼬리를 숨기느라 입술에 힘을 줘야 했다. 고백은 수도 없이 받아 봤다. 학교 사물함과 책상 속에 편지와 간식이 넘쳐날 정도로. 사춘기인데도 그런 것들에 설렌 적이 없었는데 이상한 일이었다. 여자아이의 고백이 황당하면서도 싫지 않아서. 귀여워서 그런가? 생각하는데 파르르한 음성이 들려왔다.

"흠흠. 우리 은서가 아직 철이 없어서 그러는구나."

"할머니, 사랑하는 데 철이 필요해요?"

하? 뭐, 사랑? 너 진도가 너무 빠른 거 아니냐? 고백받는 그도 황당한데 어르신은 어떨까? 여자아이는 고백받는 당사자는 물론 주변 사람도 아랑곳하지 않았다.

"철들면 죽는다는 얘긴 들었어도 그런 말은 처음 들어요."

"은서야!"

"할머니, 난 사랑에 빠졌다고요~."

너 뭐냐? 두 손을 꼭 모으고 하는 말에 이수의 얼굴과 온몸이 용광로처럼 붉어졌다. 어르신 말대로 아이는 철부지가 맞았다. 잘난 부모 만나 고생이라곤 전혀 모르고 살아온 티가 났으니까.

그렇지 않다면 상대방의 처지는 개미 콧김만큼도 생각지 않고 저럴 수는 없는 거다.

부끄러움은 철저하게 남의 몫으로 돌리고 자신의 감정에만 충실한 철부지.

이수는 꾸벅 고개를 숙였다.

"그만 가 보겠습니다."

"그, 그래."

"오빠, 내일도 오는 거지?"

이수는 은서의 목소리를 무시하고 등을 돌렸다. 그러면서도 입꼬리가 올라갔다. 그리고 며칠이 흘렀다. 그날도 여느 때처럼 집에 가자마자 가방을 내려놓고 어르신 집으로 향했다. 자신이 부쩍 그 집을 찾는 날이 많아지고 있다는 것을 의식하지 못한 채.

어르신이 드물게 그를 안채로 불러들였다.

"이수 너 좀 올라와 봐라."

안채에 들어가자 어르신의 옆에는 유난히 맑은 눈동자를 반짝이며 은서가 앉아 있었다.

"앞으로 아버지 도울 거 없이 은서 좀 돌봐라."

"……네?"

"은서가 몸이 약해서 사람을 고용할까 했는데 네가 좋겠다는구나."

내년 봄이 되면 이수가 다니는 중학교에 들어가니 마침 잘됐다고 하셨다. 이수는 대답하지 못하고 마당을 서성이는 아버지를 바라보았다. 혹시 아버지와 의논이 된 일인가 싶어서.

새침한 목소리가 들려왔다.

"오빠가 싫으면 거절해도 돼. 그럼 나는 학교도 못 다니고 힘들겠지만 어쩔 수 없지."

"은서야, 그건 안 된다."

은서는 어르신이 저에게 약한 것을 알고 이용할 줄 알 만큼 맹랑하고 똑똑했다.

"할머니, 부탁은 그렇게 하는 게 아니잖아요. 오빠가 우리 집 고용인도 아닌데 '우리 은서 도와주면 고맙겠다.'라고 해야죠. 나 같아도 싫겠다. 그치, 오빠?"

완전 여우잖아? 그렇게 안 생겨 갖고. 어쩌면 부족한 것 하나 없이 아쉬운 것 모르고 자라서 눈치를 볼 필요가 없었을지도. 어르신이 헛기침을 하더니 말했다.

"흠흠. 이수야, 그래 줄 수 있겠니? 그럼 나도 성의 표시를 하마. 집에서 일하는 사람을 더 구할 생각이다."

평소 어르신의 모습이 아니었기에 적응하기 힘들었다. 그동안 어르신은 아버지의 실수에 불같이 화를 내 왔었다. 몇백 평이나 되는 대저택 관리부터 자잘한 심부름, 밭일까지 혼자 감당하는 사람에게.

'듣지 못하는 사람을 부리는 게 아닌데. 내가 답답해서 원, 쯧.'

고용인을 위해 수화를 익히는 고용주가 과연 있을까? 설령 있다고 해도 어르신은 절대 아니었다. 다시 듣기처럼 되풀이되는 꾸중 뒤엔 싸늘한 축객령이 있을 뿐.

'그렇게 쳐다보지만 말고 나가 봐!'

아버지가 어르신을 빤히 바라보는 건 그분의 입술이라도 읽으려는 노력이었다. 그뿐만이 아니다. 아버지는 이 집 일을 하면서 특별히 출퇴근이라는 게 없었다. 따로 이사 나간 의미가 없을 만큼. 어르신이 그만 가보라고 할 때가 퇴근이었고 언제든 호출하면 대리 기사처럼 달려와야 했다.

그게 농인인 아버지가 자신의 부족함을 채우며 세상을 살아가는 방식이었다.

그런 아버지에게 억지를 부리는 어르신이 너무한다고 어린 마음에 생각했다. 그렇게 못마땅하면 잘라 버리라고 소리치고 싶을 만큼 화가 났다. 하지만 평범하지 못한 부모님 덕에 일찍 철이 든 이수였다. 그러니 눈치껏 시간 나는 대로 아버지 옆에서 그의 귀가 되어 줄 수밖에. 죽어라 일하면서도 구박받는 아버지에게 작은 도움이라도 되고 싶었던 거다.

그런데 수도관이 동파될 만큼 한겨울 한파 같은 분이 지금 명령이 아닌 부탁을 하고 있다. 조금이나마 통쾌했다. 긴 세월 아버지의 고충을 외면해 온 분이 외손녀의 말 한마디에 일할 사람을 늘려 주겠다니. 이렇게 쉬운 일이었나? 작은 손이 그의 팔을 흔드는 감각에 이수는 고개를 들었다.

"오빠, 나 홈스쿨링하기 싫은데. 대답해 주라, 응? 나도 학교 다니고 싶어."

"……."

마치 오래도록 알아 온 사이처럼 친근하게 저를 부르는 은서의 눈이 유난히 맑아 보였다. 그런데도 쉽게 입술이 떨어지지 않았다. 그동안 아버지가 받은 수모를 생각하면 보란 듯이 어르신께 고개를 젓고 싶다. 한편으론 아버지가 고생을 덜 할 수도 있지 않을까, 하는 키를 잴 수 없는 이중적인 생각 때문에. 그리고 콕 집어 말할 수 없지만 왠지 여자아이가 신경 쓰인다. 내 편을 들어 줘서? 아니면 불쌍해서? 잘 모르겠다.

이수는 아직도 제 팔을 꼭 잡고 있는 하얀 손을 물끄러미 쳐다봤다.

"……그렇게 하겠습니다."

"와, 고마워, 오빠. 난 오빠가 점점 더 좋아질 것 같아!"

그날부터 은서와 함께했다. 졸졸 쫓아다니며 좋아한다고 말하는 걸 외면하면서. 잠깐 그러다 말겠지, 친구들이 생기면 괜찮겠지. 그런데 아니었다. 누가 있든 없든 좋아한다는 말을 입에 달고 살았고, 그렇게 시간은 쏜살같이 흘렀다.

그사이 그는 아무에게도 말하지 못하는 비밀이 생겼다. 그리고 가랑비에 옷 젖듯 은서에게 서서히 젖어 들었다.

4

은서는 팔을 접어 양손 엄지를 백팩 끈에 끼우고 터덜터덜 걸었다.

"아, 짜증 나."

이수가 시합을 떠난 지 일주일밖에 안 됐는데 몇 달은 된 것 같았다. 마음은 열두 번도 더 목동 야구장으로 달려가고 싶지만 이수의 말이 떠올라 간신히 참는다.

"4강 올라가기 전엔 절대 오지 마."

발에 걸리는 돌멩이를 걷어차며 괜한 화풀이를 한다.

"4강까지 가기 힘든데. 16강으로 낮춰 주지."

좋아하는 건 좋아하는 거고 판단은 냉철하게. 작년이라면 몰라도 올해 선수들로 4강 진출은 무리였다. 이번 금요일이 D-day이다. 하늘이 도와 4강 진출만 한다면 타석에 서는 이수를 볼 수 있을 텐데. 기도하듯 두 손을 꼭 모으던 은서의 눈이 커진다. 집 앞 작은 텃밭에 나와 있는 반가운 사람의 등을 발견해서다. 은서는 누가 보든 말든 머리 위로 하트를 만들고 달리기 시작했다.

"아저씨!"

목청껏 불러 놓고 원을 크게 그리며 저를 볼 수 있게 아저씨 앞으로 다가갔다. 그녀를 발견한 아저씨가 온 얼굴로 환하게 웃으며 손을 움직인다.

〈은서 왔네. 힘들지 않았어?〉

"전혀 힘들지 않았어요."

은서는 말을 하면서도 빠르게 두 손을 움직였다. 예쁜 손짓이 정확히 의사를 전달하자 이수 아버지, 명운은 고개를 저었다.

〈수화 안 해도 돼. 정면에서 보면 입술을 읽을 수 있어.〉

"알아요. 그래도 할 거예요."

매번 말려 보지만 고집이 워낙 세서 말을 듣지 않는다. 명운은 주변을 두리번거리고 다시 손을 움직였다.

〈또 혼나려고. 어르신이 보시면 싫어하셔. 빨리 들어가.〉

"저 눈 좋아요. 할머니 나타나면 '다다다' 무조건 달아날게요."

양팔을 접어 앞뒤로 흔드는 시늉에 명운이 소리 없이 웃었다. 혼나는 게 무서워 도망가겠다는 게 아니라 어르신께 그가 잔소리를 듣는 게 싫어서 하는 말임을 알기에 가슴이 뜨거워진다. 명운은 저도 모르게 자그마한 머리로 올라가던 손을 내리며 머쓱한 표정을 했다.

귀여워서 머리라도 쓰다듬어 주고 싶은데 선뜻 손을 올릴 수 없다.

〈은서는 뭘 먹고 자라서 이렇게 예쁠까?〉

"아저씨가 길러 준 채소 먹고서요. 헤헤. 오빠도 아저씨처럼 저를 예뻐해 주면 좋을 텐데, 속상해요."

〈……예뻐할걸.〉

"치, 위로 안 해 주셔도 돼요. 오빠가 저를 얼마나 귀찮아하는데요. 하긴, 제가 생각해도 지겨울 것 같아요."

입을 삐죽 내밀고 하얗고 가녀린 손을 바삐 움직인다.

그런 은서를 바라보며 명운은 한숨을 삼켰다.

아이를 갖고 부부는 멀쩡하게만 태어나 주길 간절히 기도했었다.

바람대로 아이는 건강하게 태어났고 총명하기까지 했다.

세상을 다 얻은 것처럼 기뻤지만 그만큼 속이 문드러져야 했다. 그래도 본인만 할까. 장애인 부모를 둔 아들이 겪어야 하는 일들, 감당해야 할 것들이 너무 많았다. 지금처럼 말이다.

명운은 보석처럼 빛나는 은서를 물끄러미 바라보았다.

이수는 제 자식이지만 인물이 좋았다. 성격도 다정해서 딸 가진 친구들이 부럽지 않았다. 그랬던 아들이 말수가 줄고 무뚝뚝해졌다. 사춘기라서 그런가, 생각했는데 아니었다.

속을 들키지 않으려고 마음 단속을 하는 거였다. 은서가 조금 아픈 기색이라도 보이면 하늘이 무너진 얼굴을 하고 있었으니까. 아들의 속내를 알게 되고 명운의 하늘도 무너졌었다. 알아서 처신하는 아들에게 도움이 되기는커녕 걸림돌이 되는 자신의 처지가 원망스러웠다.

배추벌레를 솎고 있는 투박한 손에 보드라움이 겹쳐졌다.

〈왜?〉

"아저씬 일을 너무 많이 해요. 좀 쉬세요. 아 참!"

은서는 가방 안에서 홍삼 팩 두 개를 꺼냈다.

〈이런 거 매번 챙겨 오지 말라니까.〉

"뭐든 혼자 먹으면 맛이 없거든요. 아저씨랑 같이 열심히 먹을 거예요."

명운은 차마 거절하지 못하고 쌉싸래한 액체를 걱정과 함께 삼켰다.

"3일 남았어요. 제가 오빠 경기하는 동영상 찍어 올게요."

〈야구장 가게?〉

"당연히 가야죠! 첫날부터 가고 싶었는데 혼날까 봐 참는 중이에요."

밝은 목소리에 명운의 마음이 무거워진다.

그의 손이 저도 모르게 움직인다.

〈이수 어디가 그렇게 좋아?〉

"다, 다 좋아요. 이건 오빠한테 비밀인데요. 오빠 인기가 너무너무 많아요. 속상해."

명운은 씁쓸한 미소를 지었다. 은서를 보고 있으면 돌아가신 이사장님이 저절로 떠오른다.

엄동설한에 햇살처럼 따뜻했던 분이셨다.

'이사장님, 안 되겠죠?'

언감생심. 못 배우고 부족한 그의 머리로도 욕심이라는 것을 아는데 똑똑한 이수가 그걸 모를까.

명운은 늘 그렇듯 길어지는 은서의 수다에서 눈을 떼지 못했다.

* * *

구름 한 점 없는 파란 하늘이 높고 높았다. 양쪽 더그아웃에 있는 선수들은 긴장감에 대부분 서 있었고 대기 타석에서 이수가 걸어 나오고 있었다. 그의 등장에 작은 함성이 터진다.

"은서야, 선배 나와!"

"나도 눈 있어."

"잘 해낼까?"

은서는 대답 대신 검지를 세워 입술에 댔다.

'이번에도 해낼 거야.'

타석에 선 이수가 보폭만 넓혀 군더더기 없이 포즈를 잡는다. 간결한 그의 타격 폼에 절로 미소가 지어진다. 다른 타자들은 저곳에 서면 온갖 포즈를 다 취하는데 이수는 늘 반듯하게 선 자세를 유지한다. 포커페이스는 어떻고? 덤덤한 얼굴을 하다 공이 날아오면 마치 발레리노처럼 순식간에 몸통이 돌아간다. 지금처럼 말이다.

깡, 소리에 숨을 멈췄던 은서가 주먹을 쥐며 크게 외쳤다.

"역전 안타다, 나이스!"

이수가 친 공이 수비수의 손에 잡힐 듯 아슬아슬하게 빠져나가 또다시 동점이 됐다. 4강까지 올라온 것도 기적인데 6회까지 엎치락뒤치락, 역전에 역전을 거듭하며 잘 싸우고 있었다.

그것도 야구 관계자들이 상대가 되지 않을 거라 점쳤던 야구의 역사가 깊은 정명 고교와.

유성과 나래도 흥분했는지 벌떡 일어섰다.

유성이 손으로 부채질을 하며 말했다.

"이수 선배, 굉장한데? 저걸 또 쳐 내네."

"눈으로 보니까 멋있지?"

"개꿀잼. 생각보다 너무들 잘해서 프로 야구 보는 것 같아."

"4강까지 올라온 선수들이잖아. 프로나 다름없지."

세 사람은 누가 먼저랄 것 없이 대화를 주고받았다. 고교 야구라도 해도 8강까지 올라온 선수들은 실력이 짱짱하다. 저들의 최종 목표가 프로 선수니까.

유성이 다시 의아하다는 듯 물었다.

"이렇게 재미있는데 왜 관중이 없어? 오늘만 이런 거야?"

"아니. 오늘은 많은 편인데."

"이게?"

은서는 드문드문 사람이 앉아 있는 관중석을 쓱 훑으며 고개를 끄덕였다. 4강 경기라 다른 날보다는 관람객이 많은 편이었다. 그래 봐야 전국 각지에서 올라온 선수들 가족이거나 야구 관계자, 학교에서 응원 나온 학생들이 대부분이지만.

일본만 해도 고교 야구 시즌이 되면 빈자리를 찾아볼 수 없을 정도로 관중석이 꽉 찬다. 유료 입장인데도 말이다. 티켓이 없어서 암표가 성행한다는데 한국 고교 야구 대회는 아직도 한산하기만 하다. 더구나 정규 시즌을 마친 프로 야구가 포스트 시즌에 돌입하면서 스포츠 기자들마저 그쪽으로 달려가 관중석이 더 허전해 보인다.

은서의 설명에 유성이 불퉁한 목소리를 냈다.

"관중이 많으면 더 잘할 텐데. 앞으로 자주 와야겠다."

"아까 뭐라고 푸념했는지 잊었어? 쪽팔린다며? 재미없고?"

나래의 타박에 유성은 멋쩍어하며 뒷덜미를 긁적였다. 나래가 야구장에 가자기에 따라나서면서 TV에서 보던 프로 야구 관중석을 떠올렸었다.

치어리더들이 몸으로 하는 응원, 떼창, 유명인의 시구. 그런데 웬걸. 구장에 들어서자 전국 대회가 맞나 싶게 관중석은 썰렁했다. 이런 곳에서 응원한다는 게 민망할 정도였다.

"야, 그래도 너희들이 시키는 대로 이거 들고 열심히 응원했잖아?"

유성이 양철로 된 가스버너 바람막이를 흔들어 보였다.

머리엔 토끼 귀가 달린 머리띠를 쓰고 셋이서 하는 카드 섹션이라니.

"그래서 아직도 쪽팔려?"

"아니. 절대! 나도 학맥인이거든!"

유성이 자신 있게 말했다. 쪽팔린다고 푸념하던 것도 잊고 열띤 응원을 할 만큼 재미있었다.

"야알못 촌놈."

"하, 나래 너."

"그만들 해. 선수들 쉴 때 우리도 쉬어야지. 이따 내가 저녁 근사하게 쏠게."

은서는 옥신각신하는 두 사람을 다독이고 더그아웃을 바라보았다. 다른 선수들은 얘기하기 바쁜데 이수는 벤치에 앉아 눈을 감고 있었다. 긴장을 푸는 그만의 루틴이다.

은서는 두 손을 모아 기도하듯 속으로 중얼거렸다.

'잘하고 있어, 오빠. 우승 갈 것 같아.'

올해는 이런저런 변수가 너무 많았다. 매년 9월 초에 시작하는 고교 대회가 경기장 사정으로 10월에 시작했다. 더구나 대회 기간 중에 비가 와서 20여 일이면 끝날 대회가 한 달 가까이 치러지고 있다. 선수들은 휴식 시간이 주어져서 몸은 편할지 몰라도 피가 마르는 시간이었을 거다.

한창 생각에 빠져 있는데 유성이 물었다.

"은서 넌 여기 자주 왔었어?"

"어, 오빠 따라서."

"야구장 데이트?"

데이트라면 얼마나 좋을까. 은서는 우물쭈물하다 입을 삐죽 내밀었다. 나래가 코웃음을 쳤기 때문이었다. 내가 다 아니까 거짓말할 생각은 하지 말라는 듯.

'나쁜 계집애.'

목동 구장뿐만 아니라 서울에 있는 야구장은 훤히 다 꿰고 있다. 이수가 경기 관람하는 것을 좋아하기 때문이다. 순·전·히 야구 경기만 보러 같이 왔었지만 그래도 좋다.

경기가 재개되고 세 사람은 약속이라도 한 듯 은색 바람막이를 들고 흔들었다.

"얼굴은 왜 가려?"

"오빠 신경 쓸까 봐."

"헐."

이수가 신경 쓸 일은 애초에 만들고 싶지 않았다. 그래서 타석에 설 땐 시선도 주지 않는다는 그녀의 말에 나래는 황당한 얼굴을 했다.

"좋아, 내가 생중계해 줄게. 선배 오늘 컨디션 최고로 좋아 보여."

"알거든!"

"그래도 들어. 허리도 유연해. 장난 아니다."

일부러 약을 올리는 나래를 노려보는데 함성이 들렸다.

선발로 나섰던 상대 투수가 7이닝을 채우지 못하고 불펜 투수에게 마운드를 넘겨주고 강판당하는 중이었다. 7회 초 원 아웃에 연속 안타를 허용하며 주자 두 명을 내보낸 것!

세 사람은 신나게 박수를 쳤다.

"우리 쪽 투수가 조금만 잘하면 되겠는데. 저거 변화구 아니지?"

"실투지. 피칭은 위력이 있는데."

"이 기세면 우리 학교 우승도 가능하겠다."

"제발!"

은서는 두 손을 꼭 잡고 기도하듯 눈을 감았다. 7회까지 동점이라니. 정이수가 신화를 쓰고 있다. 나의 정이수가!

몸을 풀고 있는데 깡, 소리와 함께 함성이 들렸다. 이수의 시선이 본능적으로 내야를 빠져나가는 공을 좇는다.

'하. 해냈다.'

9회까지 한 점 차로 지고 있었다. 다행히 말 공격이었지만 빛이 보이지 않았었다. 그런데 안타가 나왔다. 하늘이 도운 건가. 더그아웃에 있던 감독님이 마른세수를 하며 다급히 뛰어오는 게 보였다.

"이수야."

"네."

"이수야, 인마."

"감독님, 형오 불러들이겠습니다. 어떻게 해서든요."

말을 아끼는 감독님 대신 이수가 다부지게 말했다.

최경욱 감독은 흰 이를 보이며 이수의 어깨를 툭툭 쳤다.

"너, 할 만큼 했어. 그러니까 부담 내려놔."

이수는 경기 내내 최고의 타자였고 최고의 수비수였다. 오늘만 해도 4타수 4안타에 무려 6타점을 기록했고, 이변이 없는 한 올해 MVP가 될 거다.

그랬기에 더는 잘하라고 말할 수 없는데 욕심이 난다. 한 번만 제대로 배트를 휘둘러 준다면. 최소한 주자만 불러들여도 동점, 연장전의 기회를 얻는 상황. 홈런이 나오면 더 바랄 게 없지만 거기까지는-.

최경욱 감독은 신뢰의 미소를 지었다.

"가라."

"네. 홈에서 기다리세요."

꾸벅 인사를 하고 이수가 가볍게 뛰어나갔다. 타석에 들어선 그가 표정을 지우고 타석을 골랐다.

상대편 마무리 투수가 저와 함께 MVP 후보로 거론되는 선수였다. 공의 위력도 대단하지만 변화구에 능했다. 타자들을 농락하는 투구, 좌우 코너 워크를 앞세운 투구가 무척 절묘하다.

'어떻게든 깊숙한 안타를 쳐야 홈까지 갈 수 있을 텐데.'

이수는 방망이를 들어 올리고 최대한 어깨에 힘을 풀었다. 그의 시선이 잠깐 관중석으로 향했다.

일어서지도 못하고 숨죽이고 있는 은서가 또렷이 보인다. 슬쩍 입꼬리를 올린 그가 정면을 주시했다.

짧은 찰나 신경전이 오간다. 상대는 틀림없이 스트라이크를 던질 것이다. 어차피 한 방이다. 초구에 승부를 걸 생각을 하는데 공이 투수의 손을 떠났다.

'은서야, 아버지!'

이수의 허리가 유연하게 돌아갔다.

깡!

경쾌한 소리와 함께 벌떡 일어서는 은서가 먼저 시야에 잡혔다.

'……됐다.'

그제야 그의 시선이 크게 포물선을 그리며 외야로 날아가는 공을 좇는다. 방망이를 내려놓은 그가 미소를 띤 채 천천히 베이스를 돌았다.

그런 그를 보고 은서는 동상처럼 굳은 채 중얼거렸다.

"미쳤다, 정이수……."

결승전 진출이라니! 누군가 저를 끌어안고 도는데 감각이 없고 하늘만 빙빙 돌았다.

* * *

저녁 시간대와 맞물린 분식집이 붐볐다. 대부분이 수능 막바지를 준비하는 3학년 선배들이다. 유성이 머리를 긁적이며 물었다.

"그냥 나갈까?"

"됐어. 먹고 가자."

은서는 대수롭게 않게 말하고 테이블이 비자마자 자리를 잡았다. 며칠 전 저녁을 쏘겠다고 한 약속을 지키지 못한 게 마음에 걸렸다. 마침 유성이 배고프다고 하기에 들어왔는데 하필이면 이수네 반 선배들과 노는 선배들이 섞여 있었다.

아니나 다를까. 노골적으로 쳐다보는 시선과 목소리가 들려온다.

"쟤가 걔지? 이수 스토커."

대답을 했는지 다른 선배의 목소리가 들렸다.

"요즘 애들 무섭다니까. 까여도 해바라기하는데 장난 없다."

"사귀는 거 아니었어?"

"이수가 미쳤냐? 쫓아다니는 애들 천진데."

"왜. 쟤도 얼굴은 봐 줄 만한데. 너무 비리비리해서 그런가."

"애들은 모르는 말 못 할 사정이 있지."

왁자하게 떠드는 목소리에 맞서듯 나래는 은서를 대신해 큰 소리로 주문하고 물을 가져왔다.

그런다고 멈출 수다는 아니었지만.

유성이 걱정스러운 얼굴로 '나갈래?'라고 다시 물었다.

"싫어. 그게 더 쪽팔려."

은서는 강하게 고개를 젓고 물 잔을 들어 목을 축였다. 빈정거림이 더 심해진다.

"이번엔 혜지가 고백했다며?"

"걔만 했겠어? 이수 완전 떴는데."

야구장에서 여자애들한테 둘러싸여서 이수가 영화 찍었다며 너도나도 말을 거든다.

"이번에 미국 스카우트한테 입단 제의까지 받았으니 더 난리 났지."

"메이저 리그?"

"메이저 리그는 아니고 마이너 리글걸. 벌써 소문 쫙 돌았어."

"개부럽다. 누군 미국도 가는데 난 이게 뭐냐. 야구나 할 걸 그랬나."

"미친, 운동이라곤 숨쉬기밖에 할 줄 모르는 게."

선배들이 거친 말을 서슴없이 뱉으며 대화를 이어 나가자 나래와 유성은 안절부절못했다.

"들어나 보자. 여자애들은 이수 어디가 좋아서 그렇게 환장하는 거냐?"

"거울 봐. 그러면 답 나올 거야."

"하여튼 철들이 없어요. 이수 아버지 이건데도 좋나?"

남학생이 우스꽝스럽게 손을 움직일 때였다. 은서가 벌떡 일어섰다. 말릴 새도 없이 그들의 테이블로 다가갔다.

"선배님들!"

"뭐야?"

너무 당돌한 태도에 다들 멍하니 은서를 올려다본다.

은서는 빙긋 웃고는 말을 이었다.

"저 해바라기 맞고요. 스토커도 맞아요. 보다시피 비리비리하고요."

"그, 그런데?"

"다 좋은데, 그 손 함부로 움직이지 마세요. 그거 하면 인간 취급 안 할 거니까!"

"이게 어디서!"

붉으락푸르락, 선배의 얼굴이 볼 만했다. 은서는 선배들을 쭉 훑어보고 비웃듯 말을 이었다.

"그리고요, 이수 선배 부러워할 시간에 수능 준비나 더 하세요."

"뭐 저런 게 다 있어?"

남자 선배가 벌떡 일어서자 은서는 과감하게 머리를 들이밀었다.

"때리실래요?"

"하!"

"때리시기 전에 하나 알려 드릴게요. 저 잔디 깔고 중학교 졸업했다는 소문 파다한데, 알고나 계시라고요."

"그만들 해."

얼굴이 익숙한 이수네 반 선배가 친구를 막아섰다. 아무래도 은서가 몸이 약하다는 것을 아는 것 같았다. 유성과 나래도 가만있지 않았다. 허리에 손을 올리고 맞서는 은서를 그들이 막아섰다.

은서가 체념하듯 한숨을 내쉬고 목소리를 높였다.

"이모님! 저희가 시킨 음식 이쪽 테이블에 주세요. 학맥이 우승해서 정이수 선수 스토커가 선배들한테 쏘는 겁니다."

"하."

기막힌 얼굴을 하는 선배들에게 주먹까지 쥐고 다부지게 말했다.

"맛있게 드시고 야자 힘내서 하세요! 홧팅!"

은서는 백팩을 들고 유유히 가게를 나섰다.

* * *

피자집에 들어선 세 사람은 진이 빠진 듯 테이블에 주저앉았다. 주문을 끝내자마자 유성이 말했다.

"넌 예고도 없이 덤비면 어떻게 해?"

"예고하면 네가 대신 싸워 줄 힘은 있고? 잔뜩 쫀 주제에."

"쫄긴, 누가? 나도 남자거든!"

나래의 놀림에 유성이 발끈하자 약속이라도 한 듯 다 같이 웃음을 터트렸다. 피자와 파스타가 나오고 허기를 달래던 은서가 분을 못 이겨 포크를 내려놓았다.

"손을 확 분질러 버렸어야 했는데!"

"헐, 나래야, 은서가 이렇게 폭력적이었어?"

"흐흥. 그러니까 유성이 너도 조심하는 게 좋을 거야."

다들 은서가 뒤에서 욕을 해도 못 들은 척해 주니 순한 줄 아는데 절대 아니었다. 자신이 학급에 이런저런 피해를 준다고 생각해서 다툼을 피할 뿐이다. 그런 그녀가 즉각 반응하는 건 이수에 관해서고. 선배네 부모님과 관련된 일이니 죽자고 덤벼드는 건 당연했다.

유성이 이해가 안 된다는 듯 말했다.

"아무것도 모르면서 왜 그런 말들을 할까? 설 선배는 또 왜 그러는 건데? 난리도 아니더라."

"지랄이지. 그것도 야밤에. 누가 봐도 축하가 아니라 추행이었다고."

나래는 은서의 눈치를 살피며 한숨을 내쉬었다. 눈치 없는 유성이 음식물을 꿀꺽 삼키고 말을 받는다.

"너도나도 들이대니까 아버지 등에 업고 그 선배도 들이대 보는 거 아닐까? 이수 선배한테 꼬리 치는 거 남자인 내 눈에도 훤히 보이더라."

"그만들 하고 피자나 먹어."

샐러드를 뒤적이는 은서의 손에 힘이 빠진다.

학맥이 9대 8로 승리하면서 봉황대기 우승을 차지했다. 4강에서도 엎치락뒤치락하고 올라갔는데, 결승전에서도 피 말리는 접전이었다. 그 우승의 중심엔 이수가 있었다. 결승전에서만 세 번의 홈런을 쳤고 통산 홈런 수가 열다섯 개, 타율은 무려 7할이 넘었다. 대회 MVP를 거머쥔 건 당연한 결과였다. 누구는 천하 통일을 이뤘다고 하고 누군 제대로 신화를 썼다고 했다. 작년까지만 해도 결선에 이름을 못 올렸던 학맥이었으니까. 이렇듯 좋은 일 천지인데 왜 자꾸 힘이 빠지는지 모르겠다.

은서는 겨우 한숨을 속으로 삼키며 혼잣말을 했다.

"이겼잖아. 오빠 스카우트하려고들 난리가 났고. 그럼 된 거지, 뭐."

"되긴 뭐가 돼? 이틀 동안 개고생만 하고."

"그래도 결승전 봤으니까."

"선배한테 꽃다발도 못 줬으면서? 네가 우렁이 각시야? 들킬까 봐 전전긍긍."

"그건-."

은서는 할 말을 찾지 못했다. 4강 경기는 낮에 했지만 결승전은 다음 날 저녁 6시에 시작해서 9시가 넘어서 끝났다. 외할머니 몰래 집을 빠져나오는 것도 힘들었지만 이수에게 들키지 않는 게 더 힘들었다. 얼굴을 가리기 위해 마스크에 스카프까지, 최대한 변장을 해야 했다. 얼마나 쫄깃하던지. 하지만 경기 종료와 함께 선수들이 이수를 헹가래 치는데 그녀는 조용히 야구장을 빠져나왔다. 함성이 끊이지 않는 축제 분위기를 뒤로하고.

"은서야, 선배 포기하면 안 되겠니?"

"안 들려."

나래는 귀를 막는 은서의 손을 떼어 내며 목소리를 높였다.

"바보야, 귀 열어! 선배는 너 여자로 안 봐. 내 폴라로이드 사진기 걸어도 좋다고!"

"내기 함부로 하는 거 아니야. 폭망하고 싶어?"

"헐, 네가 못 봐서 그러지 설 선배랑 혜지 선배가 이수 선배 끌어안고 난리도 아니었거든! 선배 가만히 있더라? 봤으면 너 돌아 버렸을걸?"

"실은, 나도 봤어. 눈, 돌았고."

"헐. 정말?"

은서는 얌전히 고개를 끄덕였다. 축하를 가장한 격한 포옹. 상황을 이해하면서도 그걸 받아들이는 이수가 정말 미웠다.

"달려가서 응징해 주고 싶었어, 힝."

"혼자 하는 짝사랑이라 상관없다며?"

"말이 그렇지!"

은서는 분하다는 듯 두 주먹을 불끈 쥐었다. 안절부절못하던 유성이 두 사람을 진정시켰다.

"나래 넌 친구가 돼서 불을 질러야겠어?"

"항상 은서가 했던 말을 상기시켜 준 것뿐인데, 뭘? 현실을 직시해야 얘도 짝사랑 좀 낼 수 있는 거야."

"못된 계집애. 은서야, 이수 선배 정신이 없어서 그랬을 거야. 틀림없어."

"너, 같은 남자라고 편들어?"

옥신각신하는 친구들을 바라보는 은서의 눈동자에 초점이 잡히지 않는다. 친구들에게 말하지 않았지만 시선이 마주쳤던 것 같았다. 분명 야단치는 듯한 익숙한 눈빛이 저를 향하고 있었다. 몇 날 며칠 고민하면서도 이수에게 물어보지 못했다. 만약 봤는데도 여자들의 포옹을 받았다면 찐상처가 될 테니까.

'바보. 짝사랑이라고 광고하고 다녔으면서 왜 이렇게 아파하는 건데…….'

친구들을 외면한 은서의 눈동자에 물기가 어린다.

* * *

"너 뭐 하는 놈이야?"

헐레벌떡 정원을 밟은 이수는 노기 서린 어르신의 목소리에 다급히 물었다.

"은서는요? 괜찮습니까."

가볍게 몸을 풀고 나오는 길이었다. 친구 녀석들이 '네 꼬맹이 코피 쏟더라.'라고 말하는데 눈앞이 캄캄했다.

"그렇게 걱정하는 놈이 애를 혼자 보내?"

"늦게 끝날 것 같아서 먼저 가라고 했습니다."

"그깟 방망이 휘두르는 게 뭐가 중하다고!"

노성에 이수는 고개를 숙였다. 사실은 무슨 바람이 불었는지 은서가 통보를 해 왔다.

"오빠 요즘 바쁘지? 이젠 나랑 등하교할게. 연습해야 하잖아."

당혹스러웠지만 지난번에 산책하면서 한 말이 있으니 물어볼 수 없었다. 그리고 봉황대기가 끝나고 감독님과 상담이 잦아져 하교 시간이 들쭉날쭉하기도 했고. 은서를 마냥 기다리게 할 수 없어서 고민하던 차라 다행이라고 생각했었다.

"머리 컸다고 네 멋대로 구는구나."

"죄송합니다."

이수의 대답이 여느 날과 달리 빨랐다. 농인인 아버지가 어르신이 뭐라고 화를 내든 입 닫고 꿋꿋이 자리를 지켰듯이 저도 그래 왔는데 말이다.

지금은 은서가 괜찮은지 걱정이 앞서 어르신의 잔소리가 빨리 끝나길 바라기 때문이다.

한참 화를 쏟아 낸 어르신이 서늘한 바람을 일으키고 집 안으로 걸음을 옮긴다.

"들어와라."

옥빛 한복 치맛자락을 따라 이수도 걸음을 옮겼다.

소파에 앉은 어르신이 냉수를 들이켜곤 말했다.

"설마 철부지가 좋아한다고 하니까 기고만장하는 거야?"

"아닙니다."

"그럴 일 없겠지만 은서가 하는 말 곧이곧대로 듣지 마라. 그래 봐야 안 좋은 꼴 당하는 건 너니까."

어르신은 은서가 고등학생이 되고 부쩍 그의 처지를 확인시켜 준다. 언감생심 꿈도 꾸지 말라는 듯.

"내 누누이 말했다만 사람은 분수를 알아야 한다. 은서 말은 한 귀로 듣고 한 귀로 흘려. 부화뇌동하지 말고."

속으로 삭이는 이수의 한숨이 짙어진다. 은서는 그녀의 고백을 무시하라고 말한다. 어르신은 흘려버리라고 말하고. 하지만 무시하지도, 흘려버리지도 못하는 말들이 이수는 무겁기만 하다.

"왜 대답이 없어?"

"그러고, 있습니다."

묵직한 대답이 떨어지고서야 어르신은 싸늘한 시선을 거뒀다.

"졸업하면 뭐 할 생각이냐."

그가 야구를 한다는 걸 알면서도 어르신은 늘 무시해 왔다. 꽤 촉망받고 있다는 것을 알면서도.

"대학 갈 생각이야?"

"아직 정하지 못했습니다."

못마땅한지 한숨을 내쉬는 어르신을 잠시 바라보았다. 어르신은 그가 공부를 잘하는 게 이상한 일이라고 생각하는 분이셨다. 뿐만 아니라 야구를 하는 것도 분수에 맞지 않는 짓거리를 하는 거라고 말하곤 했었다.

"자식 키워 봤자 다 소용없지. 지들 생각만 하는 것을. 철이 없을 나이도 아닌데, 대학이라니……."

"……."

무슨 얘기가 하고 싶어서 사람의 자존감을 깎아내리는 걸까. 이미 파일대로 파여서 더는 상처 날 살도 남아 있지 않은데 어르신의 혀는 맵고 사나웠다.

덕분에 이수는 일찍부터 사람의 혀가 몽둥이 이상으로 폭력적이라는 것을 알게 됐다.

충분히 경험했는데도 여전히 쓰라린 걸 보면 언어폭력은 내성이 생기지 않는 것 같다.

"어른 말 들어서 나쁠 것 없다. 다 컸는데 언제까지 네 아비 고생시킬 생각이야? 이젠 네가 책임을 져야지."

어르신은 소파 옆에 놓인 협탁의 서랍을 열었다. 하얀 봉투를 꺼낸 손이 눈앞에 멈춘다.

"너 하나 더 거두는 건 일도 아니다. 운전 학원 등록해."

"무슨……?"

"졸업하면 은서 등하교시켜. 내가 생각하는 게 있으니 틈틈이 집안일 돕고."

대답을 하지 않자 어르신이 말을 이었다.

"일찍 결혼하는 것도 효도다. 좋은 짝 만나면 먹고사는 건 걱정 말고."

이수는 쓴웃음이 나오려는 것을 간신히 참았다. 대를 이어서 더부살이를 하라는 얘기였다.

"그럴 생각 없습니다."

"뭐야?"

"미국 프로 야구 구단에서 입단 제의받았습니다. 그게 안 돼도 한국 프로 구단에 들어갈 겁니다."

이수는 생전 안 하던 짓을 하곤 속으로 후회했다. 조금만 더 참을걸. 아버지 때문이기도 하지만 은서 때문에라도.

아니나 다를까 어르신 얼굴에 노기가 등등하다.

"하, 미국? 헛바람이 단단히 들었구나. 운동으로 성공하는 게 쉬운 줄 알아? 부상이라도 당하면 뭐 해서 먹고살려고? 쯧. 저 모양인 네 부모 생각은 하나도 안 하는 거지. 우리 이사장님 아니었으면 네 가족이 언감생심 지금의 호사가 가당키나 했을 줄 알아?"

"……."

걱정을 빙자한 힐난, 귀에 못이 박히도록 들어 온 얘기다. 태어나 보니 부모님은 장애인이었고 이 집에서 일을 하고 있었다. 이수의 선택은 아니었다. 그런데도 묵묵히 어르신의 잔소리를 감내해 왔는데 오늘따라 너무 써서 속이 뒤집어진다.

"사람 일은 모르는 거야. 어쨌든 시간 나는 대로 운전 학원에 등록해."

"……네."

"다시 한번 말하지만 너 갖고 배불러서 오갈 곳 없는 네 부모 은서 외할아버지가 거뒀다. 듣지 못하는 사람 부리는 게 쉬운 일이 아닌데 기어이 집까지 줘 가면서. 그러니 잘 생각해."

이사장 할아버지의 배려로 시세보다 저렴하게 구입했지만 그냥 얻은 집은 아니라고 들었다. 그런데도 어르신은 마치 공짜로 준 것처럼 말하곤 한다. 이사장 할아버지가 살아 계셨으면 달라졌을까. 항상 손자처럼 안아 주던 따뜻한 모습을 또렷이 기억하고 있기에 부모님도 이수도 어르신의 억지를 버텨 내는 건지도 모르겠다.

"좋은 분이셨어. 그분 아니면 살아가기 힘들었을 거야."

부모님은 지금까지도 이사장 할아버지 덕분에 끼니 걱정, 누울 자리 걱정 없이 아들을 키울 수 있었다고 회상하곤 한다. 그래서 그분의 은혜를 갚겠다고 아버지는 일반 사람들의 몇 배의 일을 해 왔다. 사람들은 그런 아버지를 보고 답답한 인사라고 혀를 차곤 한다. 미장 기술도 있는 사람이 왜 그런 대우를 받고 사느냐고. 정작 고용인과 고용주는 손익 계산을 하지 않는데 말이다.

은서 때문에 마음이 조급한 이수는 하얀 봉투를 꽉 쥔 채 일어섰다. 그리고 거절하면 그 화가 아버지에게 고스란히 전달될 것도 걱정돼서.

"은서 보고 가겠습니다."

인사를 하고 2층으로 걸음을 옮겼다.

노크를 해도 대답이 없자 방문을 열었다. 빈 침대를 확인한 이수는 거침없이 커튼을 젖히고 다락으로 올라가는 계단을 밟았다. 은서는 이곳이 저만의 비밀 장소인 줄 안다.

'바보. 올라와 본 지가 언젠데.'

푹신한 러그 위에서 잠들어 있는 은서를 발견하자 저절로 미간이 좁혀진다. 편한 침대 놔두고 뭐 하는 짓인지. 아프거나 속상할 때면 이곳을 찾는 은서였다. 코피를 쏟았다는 말을 들어서인지 하얀 얼굴이 더 창백해 보인다.

이수는 은서의 옆에 쪼그리고 앉았다.

처음 코피를 쏟는 것을 봤을 땐 기절하는 줄 알았다. 정작 새빨간 피를 쏟아 낸 은서는 태연한데. 등에 업혀서 하는 말에 웃음도 나오지 않았다.

"오빠, 나 이거 생리 대신 하는 거래. 웃기지?"

"그게 말이 돼?"

"내 말이. 별일 아니니까 웃으라고."

그러고도 계속 종알종알, 아픈 아이 같지 않았었다.

"혹시 말이야. 내가 건강하지 못해서 날 싫어하는 거야?"

입만 열면 상상도 못 한 얘기를 꺼내는 이상한 아이였다. 대답할 가치도 없기에 그저 걸음만 재촉했다.

"그런 거라면 걱정하지 않아도 돼. 크면 건강해진댔어. 우리 엄마도 약했는데 나도 낳고 오빠도 낳았는걸. 지금은 부부 싸움 해도 아빠를 이겨."

그때 문득 그런 생각을 했었다. 아파도, 아이를 낳지 못해도 괜찮다고. 네가 평범한 집 아이라서 내가 돌볼 수 있었으면 좋겠다고.

이수는 이마를 덮은 머리카락을 쓸어 넘겨 주었다.

"나 때문에 아픈 거야?"

그래서 복수하는 거야? 네가 이러고 있는 걸 보면 피가 마르는 것 같아. 네 표현대로 난 이미 널 끝장나게 좋아하고 있으니까 어서 일어나. 속으로 삼킨 말이 쓰디써서 이수의 얼굴이 일그러진다.

"왜 도망갔어. 거기까지 와 놓고."

은서를 발견하고 반가움보다 걱정이 앞섰다. 야간 경기를 보러 올 줄 몰랐다. 환절기라 더 불안했다. 더구나 개인행동을 할 수 없는 상황이라 더 화가 났던 것 같다. 그렇게 와 놓고 행동은 얼마나 민첩한지 관중석으로 향했을 땐 은서는 사라지고 없었다. 아마도 잔소리를 들을 게 빤하니 빠르게 자리를 떴겠지. 그나마 안심했던 건 그녀 옆에 헐렁이 단짝이 둘이나 함께 있어서였다. 들키지 않은 줄 아는지 은서는 그날 결승전을 보러 왔다는 말을 하지 않았다.

"어디에 숨어도 다 보여, 넌."

체구가 작은데도 이상하게 은서는 늘 그의 눈에 띈다. 마치 자석에 끌리듯 그의 시선엔 은서가 걸린다. 언제 어디서든.

이수는 부러질 것처럼 가는 손목에서 눈을 떼지 못했다. 이 손으로 쿠키를 구워 나르다 덴 흔적이 초승달처럼 남아 있었다. 조심스럽게 그곳을 쓰다듬을 때였다.

"……오빠?"

"괜찮아?"

이수는 얼른 손을 감췄다.

"나 아픈 거 절대 아니야."

"그래."

어려서부터 시달려서 그런지 아프냐는 말을 제일 듣기 싫어하는 은서였다. 병원 특유의 소독약 냄새도.

"정말이야. 졸려서 그래."

"알아. 그러니까 눈 감아."

이수는 은서의 눈까풀이 다시 내려앉자 그녀를 안아 들었다. 조금 놀란 듯 커지던 눈동자가 이내 힘을 잃는다. 조심스럽게 계단을 내려와 침대에 뉘어 주고 이불을 덮어 주었다.

한참을 지켜보다 방을 나설 때까지도 은서는 눈을 뜨지 못했다. 좋아한다는 말도 거르고.

* * *

교내 체육관에서 학교 정문까지 양쪽으로 쭉 줄지어 서 있는 아름드리 은행나무가 장관이다. 바람이 불 때마다 우수수, 샛노란 잎이 떨어져 길을 덮는다. 그 모양이 마치 노란 융단을 깔아 놓은 듯 아름답다. 청명한 파란 하늘엔 흰색 물감으로 양 떼를 그려 놓은 것처럼 구름이 몽실몽실하고. 그런데도 은서는 깊어진 가을을 만끽하지 못하고 울상을 한다.

"정말 이 방법밖에 없을까?"

"확인하고 싶다며?"

은행잎을 열심히 주워 모으던 나래가 씩씩대며 대답한다.

"그렇긴 한데……."

"망설이지 마. 질투가 정답이니까. 말로만 사귄다고 하면 믿겠어? 더구나 넌 선배한테 양치기로 찍혔잖아?"

"그 정돈 아니다, 뭐."

"맞거든요! 서 있지만 말고 와서 좀 돕지?"

은서는 마지못해 발로 노란 은행잎을 직직 끌어모았다. 이런 방법까지 쓰고 싶진 않은데 마음이 조급했다. 힘없는 발짓에 나래가 버럭 소리를 지른다.

"바보야! 본인 눈으로 똬악 봐야 레이저가 나온다니까? 너도 선배가 널 여자로 보는지 확인하고 싶다며?"

"그렇지만……."

"이미 늦었어. 선배한테 문자 보냈잖아."

"그건 그냥 스쿠터 타고 가면 되는데."

"시끄러워, 저기 유성이 오고 있거든."

"헉."

은서는 달려오는 유성을 보고 저도 모르게 손을 올려 입을 가리고 웅얼댔다.

"그런데 왜 하필 유성이야?"

"첫째, 유성인 너한테 흑심이 없어. 끝나고 달라붙으면 곤란하잖아. 둘째, 시원찮은 애면 선배가 믿을 것 같아? 선배만은 못하지만 유성이 얼굴 정도면 봐 줄 만하잖아. 키도 크고."

그렇긴 하지. 농구를 좋아하는 유성인 또래 중에도 키도 크고 이수와는 결이 다른 느낌이지만 얼굴이 열일 하는 부류였다.

"나래야, 너 후회 안 하겠어?"

"내가? 왜?"

"내가 유성이 첫 뽀뽀 상대가 되는 거잖아."

나래와 유성은 유치원 때부터 친구다. 하지만 그렇게 못 박는 나래와 달리 유성의 생각은 다른 것 같았다. 나래라면 자다가도 벌떡 일어나서 달려올 아이니까. 고민 끝에 짠 작전인데 마음에 걸린다. 심각한 은서를 보고 나래가 피식 웃는다.

"넌 너무 순진해. 쟤, 유치원 때 나랑 뽀뽀 텄어."

"헐, 정말?"

"그리고 우리 낼모레면 열여덟이야. 십·팔·세. 남자애한테 뭘 바라는 거니?"

"어?"

"쟤가 찐 키스 경험이 없을 것 같아? 그것만 했으면 다행이지. 더한 것도 했을걸."

묘한 뉘앙스에 놀라 저절로 눈이 커지는데 유성이 헉헉거리며 다가왔다.

"왜, 불렀어?"

"일단 가글부터 해."

나래가 내미는 작은 통을 얼결에 받아 든 유성이 의아한 얼굴을 한다. 그 잠깐도 못 참고 나래는 뚜껑까지 열어 주며 독촉했다.

"귀는 열고 동작은 번개처럼. 간단하게 설명할게. 유성이 너 배우 되는 게 꿈이잖아?"

가글을 하면서도 그가 순하게 고개를 끄덕인다.

"우리가 단편 영화를 찍을 거야. 근데 네가 무려 주인공 같은 서브남이네? 좋지?"

유성의 눈이 휘둥그레진다. 그런 그를 보고 나래는 신나서 말을 이었다.

"내가 큐 사인 주면 은서와 키스하는 거야."

품!

말이 끝나기 무섭게 유성이 입에 머금었던 액체를 뿜어냈다. 은서는 안

쓰러운 눈빛을 하고 손수건을 건네주었다.

"유성아, 미안."

"와, 나래야. 너 나한테 너무하는 거 아니야? 이런 쇼를 하는 이유가 뭔데?"

"너 은서가 이수 선배 좋아하는 거 알지?"

"우리 학교에 그거 모르는 애들 있나?"

"질투심 유발. 이해했어? 연기 연습한다 생각해."

"그래서 날 희생양으로 삼으려고?"

"야, 말 똑바로 해라. 개이득이지, 무슨 희생양!"

유성은 꼭 이렇게까지 해야 하냐며 사정하는 눈빛을 했지만 나래는 단호했다.

"잘해라! 보는 순간 질투가 확 불타오르게."

"그래도 반응 없으면 어떻게 해?"

유성의 질문에 은서는 시무룩해졌고 나래는 손바닥을 부딪쳐 탁탁 털었다.

"깨끗이 접어야지."

"넌 좋겠다. 요점 정리가 잘 돼서. 그런데 왜 성적은 엉망진창일까."

"유성, 네가 할 말은 아니지? 니 등수 위에 내 등수 있거든!"

"나쁜 계집애."

유성은 저도 모르게 발끈했다. 나래의 말처럼 쉽게 접히는 마음이라면 제가 이런 짓까지 할 리 없으니까. 속으로 온갖 욕을 다 하는데 은서의 목소리가 들렸다.

"그래도 그냥 하는 건 아니야."

"그럼?"

"내가 투명 테이프를 입술에 붙일 거야."

이왕 하는 거 그냥 하자고 말하고 싶지만 그 말을 했다간 나래에게 맞아 죽을지 모른다. 그 생각만으로도 오싹, 소름이 돋아 유성이 물었다.

"내가 얻는 건 뭔데?"

"햄버거와 피자."

"내가 그런 거에 넘어갈 것 같아?"

"그럼, 무려 서은서의 첫 키스 상대가 되는 거야. 괜찮지?"

"투명 테이프 위에 하라며?"

뻑! 말을 맺기 무섭게 유성의 머리가 앞으로 숙여졌다. 때린 것으로도 모자랐는지 나래가 이를 갈았다.

"물고 빨기라도 하려고 했어?"

"아니! 절대."

강하게 부정하며 손사래를 치는 유성을 째려보며 나래는 그를 다그쳤다.

"빨랑빨랑 움직여라. 은서 너도."

"어? 어!"

은서는 노란 은행잎이 유난히 많이 모인 나무 아래에 유성과 마주 섰다. 맞은편 나무 뒤에 몸을 숨긴 나래가 목소리를 깔았다.

"스탠바이 하고. 내가 큐 사인 주면 유성인 따라서 말해. 풍부한 성량으로. '널 좋아해, 사귀자.'라고."

"야, 꼭 그런 말까지 해야 해?"

"긴장해. 체육관 문 열렸어!"

나래의 지시에 은서는 얼른 테이프를 입술에 붙이고 눈을 질끈 감았다. 잘하는 짓일까? 확신이 서지 않지만 다른 대안이 없다. 졸업과 동시에 이수와 멀어지는 건 당연한 수순. 프로 구단을 선택하든 대학에 가든 얼굴 보는 것조차 힘들어질 거다. 더구나 지금도 저를 꼬맹이 취급 하는데 성인의 문턱에 선 이수와의 관계 발전은 더욱 기대하기 어렵다. 물론 승률이 아주 희박한, 게임 초보가 마스터와 붙는 뻔한 게임 같은 상황이지만 어쩌겠는가. 두드리고 두드려 볼밖에.

은서는 작게 소곤대는 목소리에 감았던 눈을 살며시 떴다.

"서은서, 너 지금 떨고 있냐? 큭."

"응."

"울려는 건 아니지?"

눈을 흡뜨자 유성은 키득거리기 바빴다.

"내가 저 못된 계집애 좋아하는 거 알고 있지?"

고개를 끄덕이자 유성이 멋쩍은지 뒷덜미를 긁적이며 씩 웃는다.

"우리 같은 편이잖아? 그래서 돕는 거야. 무슨 말인지 알지?"

고개를 끄덕일 때였다. 나래의 큐, 사인이 들린 것은.

"봤다, 봤어. 선배 걸음이 점점 느려지고 있어. 은서는 고개 바짝 쳐들고 유성이 넌 고개를 숙여, 천천히."

일일 감독의 지시대로 유성이 고개를 내렸다.

'예쁘긴 엄청 예쁘네.'

이수 선밴 도대체 눈이 얼마나 높은 거야? 그나저나 이건 고문이라고! 내가 이 원수를 언젠간 갚는다. 나래, 이 못된 계집애야!

"나래야, 좋아해! 너랑 사귀고 싶었어!"

헐!

'나래야'는 작게, 뒷말은 크게 외치는 유성이 때문에 웃음이 터질 것 같은 순간, 입술 접촉이 느껴졌다.

'윽! 닿았어.'

저절로 눈이 질끈 감겼다. 반질반질한 셀로판테이프가 가로막혀 있는데도 몸이 움찔했다. 잠깐 정신을 판 사이 바닥을 박차는 발소리와 동시에 '퍽!' 소리가 났다.

눈을 떴을 땐 노란 은행잎 더미 위에 유성이 나뒹굴고 있었다. 놀란 은서는 딸꾹질을 하며 얼른 테이프를 떼어 냈다. 거의 동시에 다리에 힘이 풀려 폭 주저앉고 말았다.

어렵게 고개를 들자 저를 죽일 듯이 노려보는 이수가 보인다. 마치 저 승사자라도 되는 양 사나운 기운을 폴폴 풍기면서.

잘생긴 이수의 얼굴이 저렇게 험악해질 수 있다니. 숨 쉬는 것도 잊은 은서의 입에서 딸꾹질이 연신 토해진다.

딸꾹딸꾹.

뭔가 크게 잘못된 것 같다는 생각을 하는데 서늘한 목소리가 들렸다.

"서은서, 일어나."

이수의 기에 눌려 저도 모르게 고개를 가로젓고 엉덩이로 백 스텝을 밟을 때였다.

"은서야! 우리 오늘부터 1일이다!"

어느새 나래와 번개처럼 달아나며 유성이 손을 흔들고 있었다. 은서는 슬며시 뜨끈해진 눈가를 쓸었다.

'고마워, 친구들아. 근데 나 성공한 거야? 알려 주고 가야지!'

이수에게 손목을 잡혀 일어선 몸이 저절로 움직여진다.

질질.

* * *

오늘따라 집이 멀게만 느껴진다. 스쿠터 뒤에 탄 은서는 평소처럼 이수의 허리에 팔을 두르는 대신 잡는 시늉만 했다. 그리고 눈치를 보기 바빴다.

'말을 걸어 볼까? 아니야. 괜히 건드려서 좋을 거 없어. 후유.'

그녀의 한숨이 깊어진다. 아무래도 질투심 유발 작전은 물거품이 된 것 같다. 눈에서 레이저가 나온다더니 혼만 나게 생겼으니까. 확인이고 뭐고 가만히 있을걸.

'그래도 화를 냈잖아?'

살짝 희망을 품었던 은서는 속으로 고개를 저었다. 학교에서, 그것도 오픈된 공간에서 애정 행각을 벌였으니 화를 내는 건 당연하다. 키스한 게 아니라고, 오해라고 이실직고를 해? 갈피를 잡지 못하고 생각이 갈팡질팡하는데 돌연 스쿠터가 멈췄다.

"내려."

"……!"

헐. 버리고 갈 모양이다. 잔뜩 풀 죽은 은서는 쭈뼛대며 땅을 디뎠다. 너무 속상했지만 이수의 말을 거역할 수 없었다.

'잘 가, 오빠. 나는 다리가 아파서 내일 못 일어날지도 모르지만.'

속엣말을 하고 고개를 숙였는데 출발하는 엔진 소리가 들리지 않았다.

"서은서, 안 따라오지?"

"어……?"

두고 가려던 거 아니었어? 화들짝 놀란 은서는 멈칫했다.

스쿠터를 끌고 느릿하게 앞서가는 이수의 입에서 한숨이 새어 나온다.

'하다, 하다, 별……. 하.'

황당하다는 말로는 지금의 감정을 표현하기 부족하다. 눈에서 불이 뿜어져 나올 만큼 화가 나고 입이 바짝바짝 마른다.

진로 문제로 감독님에게 꾸중을 듣고 나오던 길이었다. 그런데도 발걸음이 가벼웠다. 무슨 바람이 불었는지 은서가 같이 하교하자는 문자 메시지를 보내왔기 때문이다.

학맥의 가로수 길이라 불리는 산책로에 삐죽 솟은 낯익은 인영을 발견하고 잠시 주춤했었다. 그녀가 헐렁이 단짝 2와 함께였기 때문이다. 미간을 좁혔던 건 심하다 싶게 둘이 붙어 있어서였다.

그리고 눈으로 보고도 믿을 수 없는 상황이 펼쳐졌다. 몸이 먼저 움직였다. 마치 사력을 다해 도루를 시도할 때처럼. 이성도 날아가고 주먹도

113

날아간 순간. 맞은 녀석이 싱글거리는 것을 보고서야 헐렁이 단짝 1, 나래가 곁에 있는 게 보였다.

'당했구나.'

그래도 그렇지, 입을 맞춰? 뒤따르는 은서를 돌아보는 이수의 눈빛이 사나웠다. 아무리 생각해도 괘씸하다. 사람 말려 죽이려고 작정한 게 아니라면 절대 그런 짓을 하면 안 된다.

"뭘 잘했다고 거기 서 있는 건데? 그러고 있으면 내가 갈 것 같아?"

"오빠……."

"시끄러워."

"화났어? 지금 화난 거 맞지?"

들뜬 목소리로 묻는 은서의 눈에 눈물방울이 맺혀 있다. 절대 먼저 손을 내밀지 않겠다고 다짐했지만 그의 다리가 은서를 향해 제멋대로 움직인다.

"뭘 잘했다고 울어?"

"나 안 우는데. 오빠한테 혼날까 봐 쫀 거야."

"혼날 짓 한 건 알아?"

"……!"

이수의 말이 혼란스러워 은서의 눈이 더 동그래진다. 단지 교내에서 말썽을 부려서 화내는 건 아닌 것 같다는 생각이 아지랑이처럼 피어오른다.

"대답 안 해?"

이수는 꿀 먹은 벙어리처럼 입술을 꼭 붙이고 있는 은서를 보고 미간을 좁혔다. 깨물리기라도 한 건지 퉁퉁 부은 입술에 피딱지가 맺혀 있었다.

손을 올려 엄지로 쓸어 주려니 다시 열이 솟구친다.

'더 패 줄 걸 그랬나.'

그의 속도 모르고 은서가 배시시 웃는다.

"이거."

"뭐."

은서는 박리된 표피가 붙어 있는 투명 테이프를 보여 줬다.

"나 뽀뽀 안 했어. 여기다 했어."

"하."

"정말이야!"

어이가 없기도 하고 화도 나고 귀엽기도 하다. 이수는 주먹을 몇 번이나 말아 쥐다 힘줘 쫙 폈다.

이렇게라도 하지 않으면 은서를 안아 버리고 말 것 같았다.

"근데 오빠, 나 혼날 짓 한 거라고 했잖아?"

"그게 뭐?"

"그, 그거 하트 시그널이지? 핑크, 핑크!"

헛웃음을 삼킨 이수는 은서를 빤히 내려다보았다.

"또 이러고 놀 거야?"

"아니, 절대!"

제 속은 새카맣게 타들어 가는데 해맑은 미소를 머금은 그녀가 고개를 냅다 젓는다.

'미치겠네.'

하는 짓마다 황당한데 그래도 예쁘기만 하니 큰일이다. 아무래도 미국에 가야겠다. 그래야 은서와 뭐라도 해 볼 수 있을 테니까. 무겁던 이수의 입이 열렸다.

"아무것도 하지 마."

"어?"

"아무것도 하지 말라고. 심심해도 혼자 놀아."

"무슨 뜻이야?"

이수는 스쿠터에 매달아 놨던 쇼핑백을 풀어 은서의 품에 안겨 주었다.

"나 올 때까지 이거 안고 놀고 있어. 내 말 알아들어?"

제 몸통의 3분의 1은 될 것 같은 커다란 인형을 보고 가뜩이나 큰 그녀의 눈이 더 커다래진다. 곧 그가 좋아하는 인디안 보조개도 깊게 파이자 이수의 팔이 움직인다.

"오늘은 네가 이겼어, 서은서."

그녀가 뭐라 말하기도 전에 작은 몸을 꽉 끌어안은 팔에 힘이 실린다.

"자주 못 볼 거야. 그래도 기다려."

"……응."

"밥 잘 먹고, 아프지 말고."

은서의 귀엔 아무 소리도 들리지 않았다. 그저 쿵쿵, 그녀의 가슴으로 전달되는 이수의 심장 소리만 들렸다. 가녀린 팔이 조심스럽게 그의 허리를 감았다.

"와, 이제 정이수 내 거 됐다! 그치?"

"……!"

이수가 은서를 내려다보고 웃었다. 그리고 가는 허리를 안은 팔을 더 조였다. 물음에 대한 대답이었다. 은서는 하늘이 빙글빙글 도는 것 같아 너른 가슴에 이마를 기댔다. 너무 좋아서 눈을 뜰 수 없었다.

1

"사장님, 벌써 완판이에요."

"······어?"

푸념 섞인 목소리에 몸을 돌리자 아르바이트생 진주가 쇼케이스를 가리키고 있었다.

은서는 바닥을 보이는 은색 쟁반들을 보며 눈을 깜빡였다.

"이게 언제 다······."

산처럼 쌓아 놓았던 마카롱이 언제 다 팔렸는지 온데간데없었다. 뒤늦게 떠오른 생각에 뽀얀 그녀의 이마에 가느다란 실선이 잡힌다.

"아, 내 정신 좀 봐. SNS에 수량 올리는 거 깜빡했다."

"걱정 마세요. 제가 20분 전에 재고 수량 올렸어요."

의기양양한 목소리에 안도의 한숨이 절로 새어 나온다.

"다행이다. 밖에 줄 선 손님들은?"

"아이스커피 나눠 드리고 벌써 양해 구했죠."

"오늘도 우리 진주 아니었으면 큰일 날 뻔했네. 고마워."

은서는 빙긋 미소를 보이고 원목 스툴에 잠시 엉덩이를 붙였다. 가게를 여는 날인데 새벽부터 아이가 아파 정신이 없었다. 일을 빨리 끝낼 욕심에 실시간 물량 상황을 업로드하는 것도, 밖에서 웨이팅 중인 손님들도 신경 쓰지 못했다. 남들은 멀티도 가능하다는데 그녀에겐 재고의 여지 없이 고개가 저어지는 일. 그나마 눈치 빠르고 빠릿빠릿한 진주가 곁에 있어서 얼마나 다행인지 모르겠다.

"사장님, 근데요. 우리 커피 서비스 계속해야 해요?"

"힘들어?"

"아뇨. 마카롱보다 아이스커피가 두 배는 비싸잖아요. 한두 명도 아니고, 서비스로 주면 남는 게 없을 것 같아서요."

제 딴엔 가게를 생각해서 하는 얘기라는 걸 알기에 은서는 부드러운 목소리를 냈다.

"누가 경영학도 아니랄까 봐서 걱정은. 이건 진린데 말이야, 장사꾼이 안 남기고 판다고 말하는 거 새카만 거짓말이다?"

"저도 알거든요! 제 말은, 아무튼 사장님은 장사꾼 체질은 아니에요. 우리 마카롱 고퀄이라 재룟값도 많이 나가는데……."

혼잣말처럼 구시렁대는 진주에게 장단을 맞추듯 눈을 흡떠 줬다.

"솔직히 말해 봐. 커피 내리는 거 귀찮아서 그러지?"

"아니거든요! 이제 택배 시작하면 사람들이 더 몰릴 게 걱정돼서 그러죠."

"그래도 하자. 이왕이면 좋은 마음으로. 인사 글 남기고 클로즈 팻말 걸어야지?"

"네, 네. 완판 기록도 남기겠습니다. 벌써 문 닫는다고 하면 댓글 창 폭주할 텐데."

진주가 텅 빈 쇼케이스를 찍어 사진을 올리자 은서는 빈 쟁반들을 포개 개수대로 옮겼다. 뒷정리를 하느라 손은 바삐 움직이면서도 머릿속은 복잡하다.

'조금 더 구워야 하나……'

남들이 들으면 배부른 소리라고 하겠지만 3년 전 오픈한 가게가 너무 잘돼서 탈이었다. 자신이 만든 디저트를 좋아해 주는 건 고맙지만 새벽부터 손님들이 줄 서는 것도, 몇 시간씩 웨이팅만 하다 돌아가는 걸 보는 것도 보통 고역이 아니다. 궁리 끝에 일주일에 이틀이던 영업일을 하루더 늘리고 물량도 넉넉하게 준비하는데 상황은 제자리걸음. 실시간 재고 수량을 SNS에 올리고, 1인 구매 개수도 제한을 두지만 매번 사과 공지를 올려야 하니 답답하기만 하다. 일일이 손으로 만드는 제품이라 대량 생산은 꿈도 못 꾸는데 어쩐다.

어느새 개수대에 쌓인 식기들이 사라지고 은서는 손에 남은 물기를 회색 리넨 앞치마에 닦고 어깨를 두드렸다.

"점심 먹고 와."

"또 저만요?"

배시시 웃는 사장에게 눈을 흘긴 진주가 말했다.

"올 때 또 김밥 사 오라고요?"

"우리 진주는 눈치가 너무 빨라. 김밥 사랑을 좀처럼 멈출 수가 없네."

언니처럼 잔소리를 하는 진주에게 카드를 쥐여 주자 못 말리겠다는 듯 고개를 젓는다.

"다녀오겠습니다."

"나가면서 팻말 클로즈로 돌려놓는 거 잊지 말고."

'네.' 하는 경쾌한 목소리와 함께 가게 문이 닫힌다. 그 짧은 사이 한층 높아진 가을 하늘이 보인다.

"하늘 보는 것도 잊고 살았네."

그녀의 시선이 격자창으로 향한다. 커피라도 한 잔 내려 여유를 부려

보고 싶지만 요즘은 그마저도 사치였다.

"아, 내 정신 좀 봐!"

허둥지둥 스태프 룸으로 옮기던 걸음이 멈칫한다. 매장 한쪽에 자리한 보라색 소파에 딸, 하임이가 언제 나왔는지 얌전히 잠들어 있었기 때문이다.

"엄마, 엄마. 하임이 코가 맹맹해요. '메 에에~' 염소예요."

환절기라 감기가 찾아왔는지 순하기 그지없는 아이가 새벽부터 유난히 칭얼거렸다. 유치원도 안 가겠다, 저를 돌봐 주는 이모할머니도 싫다.

떼를 써서 데리고 나왔는데 스스로 생존하는 방법을 터득한 모양이다.

열이 내려 뽀얗게 돌아온 뺨을 쓸어내리는 은서의 손길에 애정이 뚝뚝 묻어난다.

"엄마가 미안……."

딸에게 활기찬 엄마의 모습을 보여 주고 싶어서 벌인 장사였다. 그런데 아이를 돌보는 게 소홀해지는 것 같아 마음이 흔들린다. 그렇다고 이제 겨우 자리 잡은 가게를 그만둘 수도 없고. 이래저래 결정이 쉽지 않아 마음이 무겁다.

"조금 더 고민해 보자, 하임아."

딸아이를 조심스럽게 안아 드는데 가게 문이 열리고 인기척이 느껴졌다.

"죄송합니다. 마카롱이 일찍 떨어져서- 어? 왔어?"

손님인 줄 알았는데 절친 나래였다. 미안함에 처졌던 눈꼬리가 반가움에 반달처럼 휜다.

"그래, 왔다!"

은서는 퉁명한 목소리를 뒤로하고 아이를 안은 채 연구실로 향했다. 침대에 눕히고 보니 더 애틋하다.

"정말 착해. 아픈데 투정도 안 부리고…… 누굴 닮아 이렇게 순할까."

혼잣말을 하며 블루투스 스피커를 연결해서 잔잔한 피아노곡을 재생했다. 삐딱하게 문틀에 기대선 나래는 친구의 느긋함이 못마땅해 눈을 흘겼다.

"서은서, 전화는 왜 안 받는 건데?"

"쉿, 하임이 자잖아."

나래는 여전히 제게 시선을 주지 않고 아이의 잠자리를 돌보는 친구에게 이를 악물고 웅얼거렸다.

"너만 딸 있니? 남들한테 없는 딸?"

"최소한 당신한텐 없잖아? 안 그래? 엄청 부러워하면서."

"말이나 못하면."

틀린 말은 아니라서 더 짜증이 난다. 예쁜 하임이를 보고 가는 날이면 정자은행이라도 찾아가 볼까 하는 마음이 생기곤 하니까.

"벽화는 또 언제 그렸어?"

"밤에. 아직 미완성이야."

"재주도 많아요."

몸은 약한 주제에 손으로 하는 건 다 잘하지. 나래는 혼잣말을 하며 아이에게 다가갔다.

"넌 좋겠다, 금손 엄마가 있어서."

매장 규모에 비해 너른 공간이다. 연구실이라고 붙여 놨지만 사실은 아이 놀이터나 다름없다. 숲을 연상케 하고 철마다 바꿔 그리는 벽화, 공주님 침대에 인형까지. 책장엔 요리책보다 동화책이 더 많다. 한눈에 봐도 모든 것들이 서은서는 없고 서하임만 있다고 말해 주고 있었다.

"나 좀 보지?"

"잠시만."

은서는 하임의 품에 색 바랜 애착 인형을 안겨 주고 가슴을 다독였다. 그 모습을 본 나래는 괜히 열이 올라 허리에 손을 얹었다.

"헛똑똑이 서은서, 하임이 숙면 방해하지 말고 빨리 나와."

화를 내든 말든 은서는 가습기까지 씻어 작동시키고서야 걸음을 옮겼다.

"커피 줄까?"

"마음대로 해."

"조금만 기다려. 갓 내린 콜드브루로 대령할게."

요 며칠 시간대가 맞지 않아 통화를 하지 못했더니 걱정돼서 달려온 듯했다. 그러고 보니 좀 억울하다. 통화를 못 한 건, 사건 사고 껴안고 사는 사회부 기자님인 나래 때문인데. 성격 좋은 언니가 참아 준다. 은서는 냉장고에 따로 넣어 둔 마카롱을 꺼내 작은 접시에 담고 커피를 내렸다.

"오늘은 한가해?"

"그냥 그래. 마카롱은 벌써 다 팔린 거야?"

"어."

"고생은 왜 사서 하나 모르겠다. 누가 보면 떼돈 버는 줄 알 텐데."

나래는 핀잔을 줘도 싱긋도 하지 않는 은서가 얄미워 눈을 흘기다 흠칫한다. 이러다 시집도 못 가 보고 사시가 되는 거 아니야. 가장 아끼는 친구인데 만나면 가자미눈을 하게 되니 마음이 편치 않다.

은서의 목소리가 사뭇 당당했다.

"기자님, 나 이래 봬도 CEO야. 이 나이에 그거 아무나 하는 거 아니다?"

"네, 네. CEO님. 몰라봐서 죄송합니다."

나래의 입에서 영혼 없는 대답이 기계처럼 흘러나온다. 은서가 가게를 오픈한 건 정말 뜬금없는 결정이었다.

하임이가 커 가는데 백수 엄마가 될 수 없다는 이유에서였다. 몸도 약한 게 무슨 가게를 오픈하냐고 집안 반대가 극심했지만, 황소고집을 꺾을 수 없었다. 별수 없이 은서가 손 털기만 바라 왔는데 쓸데없이 끈기가 있었다. 의외로 3년이나 버텨 내고 있으니까. 어쨌든 그렇게 공을 들이더니 지금은 팔로워가 꽤 늘었다.

"이젠 적자 좀 벗어났어?"

"수익 난 지가 언젠데."

"퍽이나."

나래는 코웃음을 쳤다. 남들보다 좋은 재료를 쓰는 탓에 오픈 초기엔 인건비도 나오지 않았었다.

지금도 조목조목 따져 보면 수익이라는 거창한 단어를 입에 올릴 수 없을 거다. 왜냐면 건물주라 월세 나가지 않는 것은 셈에 넣지 못할 빙충이니까.

은서는 커피를 따르며 눈을 반짝였다.

"왜 왔는데? 내가 보고 싶어서?"

"뭐가 예쁘다고? 하임이 보러 왔거든!"

나래는 생글거리는 은서가 미워 고개를 틀어 창밖에 시선을 두었다. 다른 건물들과 다를 것 없는 평범한 회색 건물. 그런데 이상하게도 이곳은 아늑하고 편안하게 느껴진다. 건물을 끼고 'ㄴ' 자로 된 화단엔 벌써 노란 들국화가 소담하게 피어 있다. 가지치기한 귀한 나무도 생명력이 넘치고. 오전에 물을 줬는지 둘둘 말린 초록색 호스 끝이 나무 화분에 걸쳐져 있다. 색색의 마카롱이 그려진 상호 없는 간판, 가게 전면을 차지한 투명 창에 쓴 흰색 글씨, 도시에서 보기 드문 나무 문. 모든 게 조화를 이뤄 사람들의 눈길을 끈다.

'이래서 사람들이 바글거리는 건가.'

그녀도 이곳을 목적지로 하는 날이면 마음이 푸근해진다. 오늘도 골목 입구에 들어서자마자 진동하는 달콤한 냄새와 향긋한 커피 향에 걸음이 빨라졌었다.

"후우……."

이러고 사는 것도 나쁘지 않은데. 나래는 지금의 평온함을 깨고 싶지 않아 쉬이 입술을 떼지 못한다.

"왜 한숨이실까?"

"……멍청한 계집애."

"지금 네 한숨의 원흉이 나란 말이지? 미안하네."

순하게 응수해 주며 테이블에 쟁반을 내려놓던 은서는 아차, 하며 냉장고로 향했다.

"신제품 개발했어. 회사 가져가서 먹어 보고, 평가 좀 해 줘."

매주 라인업을 바꾸지만, 특별히 계절 한정 메뉴가 따로 있다. 오디가 나는 계절엔 오디 필링을, 산딸기가 날 땐 산딸기 필링을. 그 시식은 늘 나래의 몫이다.

은서는 플라스틱 상자에 담긴 가을 신제품을 은색 보냉 팩에 넣고 다시 쇼핑백에 담았다.

그 모습을 지켜보던 나래가 답답하다는 듯 말했다.

"그런 거 챙길 때 아니거든?"

"그럼 뭘 챙겨야 하는데?"

웃는다. 그것도 잡티 하나 없는 하얀 얼굴로 해사하게. 알려 줘야 하나 말아야 하나. 나래는 일주일을 망설이다 결국 이곳에 오고 말았다. 저만 입 닫아서 모를 수 있다면 그렇게 하고 싶지만 이름 석 자만으로 대한민국을 술렁거리게 할 남자였다. 그래, 맞을 매라면 나한테 맞자. 그것도 일찍. 나래는 궁금증에 반짝이는 큰 눈동자를 보고 잠시 숨을 골랐다.

"……온대."

"누가?"

"……."

"누가 오는데 우리 이 기자님이 이렇게 열받았는데."

쇼핑백을 건네며 생글거리는 은서의 목소리엔 장난기마저 묻어 있었다.

나래는 그런 친구를 올려다보며 말했다.

"이수 선배."

탁!

은서의 손에 들려 있던 쇼핑백이 테이블로 추락했다. 겨우 이름만 듣고도 저러니. 나래는 애인보다 더 소중히 여기는 카메라 가방을 던지듯 바닥에 내려놓고 정수기로 향했다.

"면역 결핍이지. 말해 뭐 해."

평온했던 은서의 눈동자가 심하게 가라앉고 있었다. 이래서 망설였던 거다. 물을 담아 온 컵을 떨고 있는 은서의 손에 꽉 쥐여 주었다.

"서은서, 정신 안 차릴래?"

"차려, 차려야지."

은서는 중얼거리며 방향 감각을 잃은 듯 조리대로 향했다. 닿을 곳 모르고 흔들리던 눈동자 대신 그녀의 손길이 분주해진다.

지문 자국 하나 보이지 않는 쇼케이스를 닦고, 행주를 빨고, 기어이 기껏 정리해 놓은 컵 홀더를 와르르 쏟더니 쪼그려 앉는다.

"언제……?"

"이틀 뒤."

은서는 컵 홀더를 주섬주섬 주워 들고 간신히 무릎을 짚고 일어서며 입꼬리를 올렸다.

"날이 덥다, 그렇지?"

"갑자기?"

경황이 없어 하는 말인 걸 알면서도 나래는 되받아쳤고 은서는 정신줄을 놓은 사람처럼 엉뚱한 이야기를 늘어놓았다.

"체인점 하고 싶다는 문의가 많아. 나 아무래도 사업이 체질인가 봐."

"더 늦기 전에 체질 알게 돼서 좋겠다. 축하해."

"어, 좋아. 많이."

"저질 체력으로 뭘 하겠다고."

나래는 저도 모르게 투덜댔다. 가게를 매일 오픈해 달라는 팔로워들의 원성에 은서는 황금 레시피를 공개하고 파트너를 구한 적이 있었다. 지원자가 많았음에도 불구하고 수포로 돌아간 계획. 들이는 노력에 비해 수익이 나지 않기 때문이었다.

나래는 정신없이 꼼지락대는 은서를 물끄러미 바라보았다.

"은서야, 가을이잖아. 네 말대로 날은 아직 덥고."

"응. 가을인데 더워."

외국어를 처음 배우는 학생처럼 나래의 말을 그대로 따라 읊는다.

"기념으로 소개팅이나 하자."

"그래……"

"정말 할 거야?"

"뭐라 그랬어?"

발갛게 물들던 눈동자가 놀란 토끼 눈이 된다.

"날씨도 미쳐 돌아가는데 소개팅이나 하자고."

"아무 말 대잔치의 목적이 이거였어?"

"정식으로 말하면 통하기는 하고? 너 언제까지 이렇게 살 건데?"

은서는 까칠하게 구는 친구를 빤히 응시했다.

"네 장난에 정신이 번쩍 들었어. 정신 차렸으니까 그만해."

"바보야, 현대판 열녀문이라도 세워 줄까? 아니지, 그건 남편이 죽고 수절하는 과부만 받는 거지. 멀쩡하게 살아 있는데 무슨 열녀문."

"그만하라고."

"어떻게 하나? 수절하는 상황은 똑같은데 너 같은 바보 멍청이한테는 안겨 줄 상이 하나도 없어서."

제대로 심사가 뒤틀렸나 보다. 나래의 입이 거칠어지자 은서도 목소리를 높였다.

"칼 물었어? 네 입은 어떻게 점점 더 날카로워져? 취재해서 먹고사는 게 그렇게 힘들어? 기사나 그렇게 촌철하게 써 보시지?"

"내 걱정씩이나 해 주는 거야? 고마워서 절이라도 하고 싶다."

"그럼 엎드려 보시든지."

학창 시절 철부지 때처럼 해 보는 말다툼에 기어이 두 여자의 입꼬리가 스륵 올라간다.

나래는 커피로 목을 축이고 말했다.

"웃지 마, 더 들 정도 없으니까."

"싫어. 웃을 거야."

"마음대로 하시든지."

나래는 체념의 목소리를 냈다. 결국 될 대로 되라는 심정으로 주머니에서 쪽지를 꺼내 테이블에 올려놓는다.

"모레, 오후 2시 입국이래. 말로는 비밀 입국이라고 하는데 취재진 열기 장난 아니야."

메모지를 응시하는 은서의 눈동자가 다시 침잠한다.

나래는 손을 올려 자신의 머리를 마구 흩트렸다.

"하아, 젠장. 가지 마. 가지 말고 참아. 속이 터지고 눈이 짓무르더라도 그렇게 해."

"안 갈 거니까 그만해. 나랑 무슨 상관이라고."

"이름만 듣고도 얼빠진 주제에."

"무려 첫사랑이잖아. 이 정도는 놀라 줘야 예의지."

아무렇지 않은 척하는 게 더 안타까워 나래는 카메라 가방을 어깨에 메고 연구실로 향했다.

"왜 벌써 가게? 취재 있어?"

"없어도 있어. 첫사랑에 예의 지키는 네 꼴 보기 싫어서 갈 거야."

나래는 잠든 하임이를 내려다보았다.

"예쁘긴 엄청 예쁘네, 우리 하임이."

홀이 긴 이국적인 눈매 하며 점점 오뚝하게 살아나는 콧날이 굳이 아빠가 누구라고 말해 주지 않아도 알 수 있을 만큼 빼다 박았다.

맹점이라면 은서가 그 누군가와 남매처럼 닮았다는 것. 그래서 가족들과 친구들의 눈은 가렸지만 나래는 알 수 있었다.

"네 엄마는 이모가 바본 줄 안다."

나래는 친구의 배가 불러 오자 하늘이 무너지는 줄 알았다. 그런 충격은 그녀의 인생에 전무후무할 거라고 감히 장담할 수 있다. 갖은 협박과 회유에도 은서의 입은 무겁기만 했다.

"네가, 네가 원나잇이 말이 돼?"

그때만 해도 그 누군가를 떠올릴 생각은 꿈에도 할 수 없는 상황. 지옥 같은 혼란스러움은 아이가 태어나자 정리가 됐다. 불행인지 다행인지 안아 보기 무서울 정도로 작고, 눈을 뗄 수 없을 만큼 예쁜 아기는 은서 판박이였다. 그리고 하루하루 커 가는 아이의 모습은 감동 그 자체. 더는 아빠의 존재 따위는 물을 필요가 없다고 생각될 만큼 나래에게 은서의 딸은 선물 같았다. 그러니 엄마인 은서는 오죽할까. 그런데 커 갈수록 누군가의 얼굴이 겹쳐지기 시작했다. 의아했다. 주기적으로 은서를 다그쳤지만 지금까지도 죽어도 아니라고 하는데 속아 줄 수밖에.

"네 엄마는 미운데 우리 하임인 왜 이렇게 예쁠까. 이모가 소리 질러서 미안. 다음에 올 때 애착 인형 한정판으로 사다 줄게."

"괜찮아, 우리 하임인 마음이 넓고 착하니까."

"그렇겠지. 아무개 씨, '씨'인데 오죽 착하겠니?"

"아니라니까!"

"발뺌도 정도껏 해. 추하다."

나래는 끝까지 얼굴을 펴지 못하고 가게를 나섰다.

친구를 배웅하고 온 은서는 메모지를 쥔 채 무너지듯 소파에 앉았다.

꼭 깨문 입술이 파르르 떨린다.

"온다고……?"

그녀의 시선이 뒤늦게 연구실 문에 못 박혔다.

* * *

노랗고 붉은 단풍잎 사이사이에 도토리와 밤송이를 많다 싶게 숨겼다. 부리나케 달아나는 다람쥐 가족과 강아지도 그려 넣고. 사람에겐 무신경한 아이가 유독 동물에겐 애착이 심하다. 숨은그림찾기를 하며 눈을 반짝일 하임이를 상상하자 저절로 미소가 지어진다.

"이 정도면 되려나……."

팔레트를 내려놓고 습관적으로 테이블을 더듬거리던 은서는 이내 고개를 저었다. 카페인 과다로 심장이 남아나지 않게 생겼다. 저녁에만도 작업한다는 핑계로 커피를 석 잔이나 마신 것 같다. 스위치를 내리자 달빛이 실내를 밝힌다. 커피를 찾는 손을 감추듯 팔짱을 낀 그녀가 창가로 다가섰다.

나래가 다녀가고 종일 심란했다.

이수와 마주칠 일 없다고 안심하면서도 한편 아쉬운 이율배반적인 마음은 뭘까.

파티션 너머 작은 침대를 바라보는 그녀의 눈동자가 시커멓게 가라앉는다. 오후에 저를 데리러 온 복례 이모를 순순하게 따라나서 준 딸이 고맙기만 하다. 아니었다면 허둥대는 못난 엄마의 모습을 고스란히 들켰을 테니까. 하임이를 보내 놓고 심기일전해서 신제품을 만들었다. 매장을 뒤엎듯이 청소를 하고 벽화도 마저 완성했다. 그런데도 정신을 차려 보면 어느새 이수 생각을 하고 있다. 마치 틈만 노리다 잽싸게 끼어드는 양심 없는 칼 치기 운전자처럼.

은서는 한숨 끝에 입꼬리를 올렸다.

"나도 지겨운데 보는 사람도 만만치 않겠지."

나래가 왜 훌쩍 가 버렸는지 알기에 조소가 흘러나온다. 누군가를 좋아하는 게 이렇게 힘든 일인 줄 몰랐다. 알았다면 하지 않았을까? 장담할수 없다. 이수를 좋아하는 일은 마치 거스를 수 없는 운명 같았으니까. 그만큼 제 의지로 되는 일이 아니었다. 지금까지도. 하지만 이젠 지켜야하는 게 생겼다. 운명을 거역할 만큼 소중한 것이.

은서는 결심하듯 걸음을 옮겼다. 책상 위에 올려놓은 꼬깃꼬깃 구겨진메모지를 휴지통에 넣고 탁상 달력을 들어 날짜를 체크했다.

"이날이지……."

수업이 없는 모레 날짜에 동그라미를 치고 별을 세 개나 그려 넣었다. 그날 기필코 번개 클래스를 열겠다고 다짐하면서.

* * *

승객들에게 착륙 전 마지막 기내식을 제공한 승무원들이 갤리로 모여든다.

"시니어님, 정이수 선수 얼굴 보셨어요?"

"어머, 소이 씬 봤어?"

어지간해선 동요하지 않는 시니어까지 틈을 보이자 크루들의 얼굴에화색이 돈다.

"침구 세팅해 줄 때요. 얼굴 엄청 작던데요."

"부럽다. 워낙 프라이빗해서 난 얼굴 가린 팔만 봤어. 서비스 핑계로가는 것도 무안해서 더는 못 가겠더라."

"전 정말 아쉬워요. 정 선수 찐 팬이거든요. 잘생긴 실물 좀 보나 했는데, 힝."

메이저 리거 정이수가 탑승한다는 소식에 승무원들은 사심을 숨기지 않고 드러냈다. 다들 제대로 된 서비스를 하겠다고 벼르고 있었는데, 할 수 있는 서비스는 생수 교체뿐. 야속한 월드 스타는 비행 내내 안대와 노이즈 캔슬링 헤드폰을 착용하고 취침 모드였다.

"물만 마실 거면 뭐 하러 퍼스트 클래스를 이용하나 모르겠어요."

"롱 다리 때문에?"

까르르, 웃음이 터진다. 그녀들의 수다가 오래도록 끊이지 않았다.

찬은 슈트 케이스를 들고 슬라이딩 도어를 밀고 들어섰다. 이수는 자세도 바꾸지 않고 그대로였다. 비행 두 번만 했다가는 멀쩡한 애 굶겨 죽이겠네. 속으로 혀를 차고 베드에 걸터앉았다.

"그만 일어나지? 정이수 선수 기면증이라고 기사 뜨기 직전이다."

"……."

"착륙 얼마 안 남았어. 일어나."

그제야 이수는 안대를 벗고 몸을 일으켰다. 마른세수를 하고 겨우 입을 뗀다.

"몇 시야?"

"1시. 자긴 좀 잤어?"

"조금."

고개를 끄덕이고 생수병을 집어 들었다. 엄밀히 말하면 잠을 잔 건 아니었다. 헤드폰을 쓰고 안대를 착용한 건 수시로 그의 앞에서 멈춰지는 발길을 차단하기 위해서였다. 과도한 서비스는 둘째 치고 생각지도 못한 변수 때문에.

"어떻게 열 시간 넘게 누워 있나? 누가 보면 환잔 줄 알겠다."

"바에 간다더니, 왜?"

"기내에서 무슨 술. 너 대신 세진 씨 말 상대 해 주느라 갔던 거지.

어떻게 된 거야?"

"나도 몰라. 어제까지만 해도 아무 말 없었으니까."

탑승하면서 세진이 같은 비행기에 오른 것을 알게 됐다. 갑자기 한국 들어갈 일이 생겼다는데 믿음이 가지 않는다.

찬은 미묘하게 구겨지는 이수의 얼굴을 확인하고 속으로 혀를 찼다.

"지치지도 않는지 수시로 와서 너 자는 거 확인하더라. 한국 땅 공식적으로 밟는 거 처음인데 자중하자고 겨우 설득했어."

"고맙다."

"이러다가 너 결혼식장에 서 있게 되는 거 아닌가 모르겠다."

웃자고 한 농담인데 가뜩이나 진한 이수의 이목구비가 벼린 칼처럼 날카로워진다.

찬은 눈치를 살피며 말을 돌렸다.

"배는 안 고파? 라면이라도 먹을래?"

"에너지바 먹었어."

"에너지바로 허기 채우는 메이저 리거라. 신선하긴 하다."

이수는 창으로 시선을 두었다. 비행기가 회전을 하는지 푸름이 짙은 고국의 하늘이 숨 막히게 선명하다. 11년 만의 귀환. 어디서 어떤 모습으로 살고 있을까. 제 의지로 그녀를 만나겠다는 결심을 하기까지 10년 넘게 걸렸다.

뭘 어떻게 하겠다는 계획은 없다. 다만 눈으로 확인하고 싶을 뿐이다. 잘 지내는지. 상처는 희미해졌는지. 저도 모르게 힘을 줬는지 팔이 저릿해져 주먹을 쥐었다 펴길 반복하자 찬이 묻는다.

"어디 불편해?"

"아니."

"그럼 설마 긴장 타는 거냐?"

긴장과는 다른, 설명할 수 없는 초조함이 그를 경직시킨다.

찬은 대답 없는 이수를 툭 건드렸다.

"이제 슬슬 준비해야지?"

"뭘?"

찬이 운동복 차림인 이수의 몸을 쭉 훑곤 가지고 온 슈트 케이스를 들어 보였다.

"취재진 장난 아닐 텐데 그 차림으로 인터뷰할래?"

"아."

이수는 그제야 제 옷차림을 확인하고 몸을 일으켰다. 190센티미터에 달하는 훤칠한 키. 각 잡힌 어깨부터 탄탄한 허벅지까지. 운동으로 다져진 몸이 가히 볼 만해 찬은 속으로 감탄했다. 벗은 몸은 더 대단하다. 그래서 여자들이 열광하나. 3D처럼 살아 움직이는 복근을 가진 몸은 같은 남자인데도 함께 샤워하기를 거부하고 싶게 만든다.

찬은 옷을 갈아입으러 움직이는 이수의 뒷모습을 보고 중얼거렸다.

"나쁜 쉐끼, 뒤태도 예술이네. 사람 열등감 돋게."

착 올라붙은 엉덩이를 보며 저도 모르게 제 엉덩이를 더듬는다.

2

공항이 이렇게 복잡했었나. 공항 출입이 처음도 아닌데 왠지 모를 분주함이 낯설었다. 뒤늦게 주변을 둘러보던 은서는 이질감의 정체를 깨닫고 잠시 멍했다.

"아⋯⋯."

비밀리의 입국이라는 말을 글자 그대로 직역한 자신이 한심했다. 무려 대한민국이 낳은 세계적인 스포츠 스타의 입국이다. 그가 소유한 자동차, 기르는 애완견까지 사람들 입에 오르내릴 만큼 유명세를 치르는 남자. 옷은 물론 시계부터 운동화에 모자까지. 사소한 액세서리도 그가 착용하면 완판이 된다고 '완판남'이라는 수식어가 붙는 남자인데 언론이 가만둘 리가 있나.

은서는 휴대폰으로 시간을 확인하고 호록 한숨을 마셨다.

너무 일찍 서둘렀는지 비행기가 도착하려면 한참은 기다려야 했다. 저만 그랬던 건 아닌지 입국장 주변엔 카메라 설치하며 인터뷰 세팅이 끝나 있고 방송 관련 취재진이 문전성시를 이루고 있었다.

은서는 구두에서 뒤꿈치를 조심스럽게 빼내 시선을 낮췄다.

"꽤 아프네."

오랜만에 굽 높은 구두를 신었더니 살갗이 벗겨져 피가 비친다.

"남들 자랄 때 뭐 했나 몰라……."

청사를 스캔하듯 눈동자를 굴리던 그녀가 걸음을 옮겼다. 마침 입국장이 바로 내려다보이는 2층 카페가 눈에 들어와서다. 계단을 오르며 몇 번이나 심호흡하고 음료를 주문했다. 자리를 잡자 큰일이라도 끝낸 것처럼 저절로 가슴에 손이 올라간다.

조신하지 못하게 가슴이 울렁댄다. 문득 나래가 했던 말이 떠올라 입가에 미소가 스친다.

"넌 정말 연구 대상이야."

무슨 말이냐고 눈을 껌뻑이자, 나래는 지적하듯 남의 가슴을 손가락으로 쿡쿡 찔러 댔다.

"있어도 너무 있잖아."

"내 가슴이 그렇게 탐났어? 어쩌니, 줄 수도 없고."

농담 한 번 건넸다가 진탕 욕을 들어 먹었다. 빈약한 가슴을 어디다 들이대냐고. 그러더니.

"지조 말하는 거거든. 네 심장 지조! 어쩜 그렇게 한결같을 수 있는지 비법 좀 알려 주라."

그때는 스카이라운지까지 모셔 와 비싼 술까지 먹여 놨더니 술주정하는 거냐고 눈을 흘겼었다. 그런데 지금 자신이 하는 꼴을 보니 억울해할 것 하나 없다는 생각에 헛웃음만 나온다. 그의 귀국 소식을 듣고 이틀 동안 정신을 빼 놓고 살았으니까.

기계적으로 가게를 열고 마카롱과 빵을 구웠다. 장사는 나 몰라라 아르바이트생 진주에게 맡겨 놓고 안절부절 불안함에 하임이를 곁에서 떼어 놓지 못했다. 더욱 황당한 건 오늘 아침이 되자 번개 클래스를 열겠다는 공지를 취소하고 자석에 끌리듯 이곳에 와 버린 거다.

"하, 모자라다, 정말."

그렇게 도착한 공항에서 낯선 여행지를 둘러보듯 한 시간이나 헤맸다. 조경으로 심어 둔 커다란 나무 사이에 숨어 보기도 하고, 기둥 뒤에 자리를 잡아 보기도 하면서. 사람이라 다행이지 강아지였다면 유기견인 줄 알고 공항 관계자가 그녀를 동물 보호소에 맡겼을지도.

스스로 생각해도 한심해서 피식 웃음이 샌다.

"후우, 나도 몰랐지. 내 심장이 이렇게 지조 있을 줄은……."

은서는 동요하는 취재진을 확인하고 눈을 홉떴다.

"온 건가?"

저절로 손이 가슴을 향한다. 한 박자로 쿵쿵대던 심장 비트가 반의반 박자로 잘게 쪼개져 가슴을 빠르게 두드린다. 마치 기내를 빠져나와 휴대폰 전원을 켰는데 켜켜이 쌓였던 메시지가 동시다발적으로 날아드는 울림처럼.

드디어 입국장 문이 열렸다. 좀처럼 모습을 드러내지 않던 남자가 입국자 행렬이 끝날 즈음 나타나자 카메라 플래시가 여기저기서 세차게 터졌다.

은서는 혼잣말처럼 중얼거렸다.

"정말 왔어……."

2층에서 내려다보는데도 카메라 줌으로 당긴 듯 그의 모습이 또렷했다. 진한 이목구비도, 훤칠한 키에 비율 좋은 날렵한 몸도. 배우를 했어도 성공했을 거라는 팬들의 말은 립 서비스가 아니었다. 지금도 단정한 마스크에 블랙 정장을 입은 모습이 모델 못지않았다. 넓은 어깨와 볕에 그을린 구릿빛 피부만 아니었다면 운동선수라는 게 믿기지 않을 만큼 근사했다. 아니, 연륜이 더해진 얼굴엔 여유마저 묻어나 더욱 완벽해 보였다.

"여전히 살은 안 붙나 보네……."

그의 동선을 좇던 그녀의 눈동자가 사정없이 흔들린다. 뒤따라 나오던 여자가 돌연 이수의 팔을 잡았기 때문이다. 큰 키를 기울여 귀를 대 주는 이수, 그에게 속삭이는 여자. 여자는 한눈에 봐도 스태프나 에이전시 관계자는 아니었다. 에이전트라 하기엔 멀리서 봐도 그를 향한 여자의 눈빛이 너무 열렬했다.

은서는 뒤늦게 이수와 거리를 두며 걸음을 옮기는 여자의 존재가 짐작돼 느리게 고개를 끄덕였다.

"저 여잔가…… 보다."

차마 얼굴을 보고 말할 수 없었던지 늦은 밤 나래에게서 전화가 왔었다.

"내일, 놀라지 마. 선배, 약혼 소식 있더라."

아, 그래서 내게 소개팅 운운했나 보다.

"당연한 거잖아. 오빠도 결혼해야지."

제법 의연하게 대처했는데 막상 눈으로 사실을 확인하자 발밑이 훅 꺼지는 것 같다.

"아는 선배한테 들었는데 N 미디어 사장 딸이래. 대외용 명함은 스포츠 아나. 세 살 연상. 모델 경력도 있어."

미국에선 공공연한 연인 사이라고 말했다. 그 외에도 나래가 많은 정보를 줬던 것 같은데 기억이 나지 않는다.

여자는 커리어에 어울리게 당당하고, 세련돼 보였다. 이수 또한 뒤지지 않는다. 특종을 잡은 취재진들은 다소 거리감 있는 연인을 한 프레임에 담기 위해서 연신 플래시를 터트리기 바빴다. 화려한 환대가 당혹스러울 만한데도 여자의 대처가 매끄러웠다. 이수와 시선이 마주치자 동그

137

랗게 떴던 눈을 가늘게 접어 눈웃음을 짓고 다시 카메라를 응시하는 매너가.

어느 누가 봐도 완벽한 커플이었다.

"……다행이다, 정말."

5년 전 마지막으로 봤을 때보다 이수는 좋아 보였다. 분노에 찬 얼굴도, 차가운 눈빛도. 그나마도 비껴진 시선에서 본 거지만. 세월에 녹여 낸 듯 옅어져 있었다.

잠시 망설이던 은서는 몸을 일으켜 거울로 장식된 기둥을 바라보았다. 긴 머리에 웨이브를 넣고 화장을 덧입힌 모습이 스스로가 봐도 낯설다.

"알아보지 못할 거야."

5년 전 그때도 이수는 그녀를 낯설어했었다. 마치 교복을 입고 그를 좋아한다고 막무가내로 들이대던 꼬맹이를 찾듯 그의 눈은 그녀에게 닿아 있지 않았었다. 그리고 결정적으로 이곳에 있으리라고 생각하지 못할 테니까.

"괜찮아. 보고만 가는 거잖아."

주문을 걸듯 스스로를 안심시키고 은서는 과감하게 계단을 내려갔다.

인터뷰가 한창 진행 중이었다.

"정이수 선수, 기존에 몸담고 있던 구단과의 재계약 의사를 밝히지 않았습니다. 대한민국에도 기회가 있는 겁니까?"

"아직은 섣불리 대답할 사항 아닙니다."

오랜만에 듣는 그의 목소리에 눈이 질끈 감긴다. 기자들의 질문 세례가 귀에 들어오지 않을 정도로 가슴이 뛰었다.

"그동안 공식적인 인터뷰를 거절하셨는데요, 이유가 있었습니까?"

"아시겠지만 마이너 리그 기간이 길었습니다. 고국의 팬분들에게 면목 없었고 목표를 이룰 때까지는 야구에만 집중하고 싶었습니다."

"정이수 선수의 귀국을 애타게 기다린 팬들에게 한 말씀 해 주시죠."

"부족한 저를 응원해 주신 점 깊이 감사합니다."

이수가 정중하게 고개를 숙였다. 그 후로도 질문은 꽤 이어졌다. 한국에서의 일정이나 공식 스케줄에 대해.

"마지막으로 항간에 약혼한다는 이야기가 있습니다. 그것 때문에 귀국하신 건가요?"

질문과 동시에 이수의 일행과 섞여 있는 여자를 향해 다시 거세게 플래시가 터졌다.

은서는 그만 손에 힘이 풀려 쥐고 있던 휴대폰을 떨어트렸다. 다들 사진을 찍고 있기에 저도 모르게 욕심을 냈는지 어느새 손에 휴대폰이 들려 있던 탓이다. 당황한 은서는 다급히 몸을 숙여 휴대폰을 집어 들었다.

이수는 질문에 대답하는 대신 거리를 두고 서 있는 여자를 바라보고 있었다.

그런 그를 보고 은서는 뒷걸음질을 쳤다.

"봤으니까 됐어……."

잘 사는 거 확인했으니까. 뒷말을 삼키며 은서는 고개를 주억거렸다. 혼자 간직했던 마음조차 털어 낼 때가 됐나 보다. 그의 인생에 아물 수 없는 상처를 내고 가장 소중한 걸 빼앗았다. 그런 주제에 물리적인 거리를 핑계 삼아 마음에서 지우지 않았다. 이제야말로 남겨 뒀던 마음마저 깨끗이 비울 때가 됐나 보다.

은서는 천천히 몸을 돌려 청사를 빠져나왔다.

"이번 생은……."

이렇게 마감하지 뭐. 짝사랑 원 없이 해 본 거로. 짝사랑의 장점은 시작도 종료도 내 마음대로 할 수 있는 거니까.

창백한 얼굴에 서서히 가을 햇살이 깃든 미소가 뿌려졌다.

* * *

　호텔 스위트룸에서 내려다보이는 서울의 전경이 낯설다. 메이저 리그 진출 후에야 겨우 찾았던 고국. 그나마도 아버지만 뵙고 돌아가는 짧은 일정이었다. 그래서인지 환한 대낮의 거리가 이국의 풍경처럼 눈에 서걱 거린다. 무심히 시선을 돌리던 이수는 미간을 좁히고 말았다. 대형 LED 전광판에 인터뷰하는 제 모습이 비쳤기 때문이다.

　"젠장, 애도 아니고……."

　인터뷰는 꼭 거쳐야 하는 관문이었다. 언제까지 도둑고양이처럼 몰래 다녀갈 순 없었으니까. 그렇게 마음먹고 응한 자린데 좀처럼 집중할 수 없었다. 취재진 질문에 빤한 수박 겉핥기 식 답변을 내놓고 건성건성. 결국 실망한 기자들은 자극적인 질문을 쏟아 냈고, 이수는 짜증을 감추지 못했다. 한마디로 성의 없고 예의도 갖추지 못한, 마치 잔치국수 한 그릇 비워 내듯 후루룩 말아먹은 인터뷰였다. 스스로 생각해도 어이없는데 팬 들은 얼마나 황당했을까.

　"도대체 왜."

　세진의 돌발 행동 때문에? 고개가 저어진다. 신경이 쓰이긴 했지만 결 정타는 아니었다. 이수는 섬광처럼 스치는 생각에 조소를 금치 못하고 헛 웃음을 터트렸다.

　"미친, 세월이 얼마나 흘렀는데."

　과한 취재 열기, 쉴 새 없이 터지는 플래시 세례 속에서 저도 모르게 습관처럼 누군가를 찾고 있었다. 그가 나타나는 곳이면 언제든 목을 빼고 대기하고 있던 그 누군가를. 바랄 걸 바라야지…….

　목을 조이는 듯한 답답함에 거칠게 넥타이를 풀어내는데 테이블을 두 드리는 소리가 들렸다. 고개를 틀자 언제 왔는지 친구이자 매니저인 찬이 물을 건네준다.

"사람 들어오는 것도 모르고 무슨 생각을 그렇게 해?"

"이것저것."

"어쨌든 고생했다. 인터뷰하는 거 보니까 내가 다 울컥하더라. 풍운아의 금의환향이라니. 촌빨 날리게."

찬이 손까지 흔들며 재롱 잔치를 하듯 너스레를 떤다. 하지만 이수는 그 말보다 더 정확한 표현이 있을까 싶어서 입꼬리를 올렸다. 어리다면 어린 나이에 스카우트의 제의를 받았다. 무려 메이저 리그 소속 구단에서. 한국 언론은 그의 성공을 확신했다. 그리고 동시에 불운이 찾아왔고.

미국행을 포기하겠다고 하자 감독님은 불같이 화를 내셨다.

"어떻게 얻은 기횐데? 너 이것밖에 안 되는 놈이었어? 네 아버지 생각은 안 해?"

감독님의 손에 끌려가다시피 미국 땅을 밟았지만 메이저 리그의 벽은 너무 높았다. 마이너 리그 기간이 길어지자 그의 상황을 아는 팬들은 안타까워했고, 언론은 한 철 반짝하고 사라지는 풍운아 취급을 했다. 당연한 결과였다. 죽기 살기로 매달려도 성공을 장담할 수 없는데 자포자기 상태였으니까.

"이수야, 이것 좀 봐 봐."

"뭘."

찬이 TV 채널을 돌리며 비릿한 미소를 보였다.

"뉴스마다 너 나온다."

"그게 왜."

"신기하잖아. 해외 진출해서 실패한 케이스 말할 때마다 꼭 네 이름 들먹이더니 이젠 성공의 아이콘이란다. 씁쓸하게."

"사실인데 뭐."

"재수 없는 자식."

투덜거리는 찬을 보며 이수는 빙긋이 미소를 지었다. 현실은 언제나 냉혹하다. 실패하면 외면당하고 성공하면 주목받고. 이수는 저 하기 나름이라는 진리가 좋다. 자신이 침묵하는 동안 말들이 많았다. 국적을 바꿀 생각이냐, 버터 맛에 길들여져 김치 맛도 잊었냐. 군 면제를 받았을 때도 무수한 악플이 달렸다고 들었다. 그동안 언론을 외면했던 건 일종의 트라우마였다. 인터뷰를 할 때마다 들먹여지는 가정사가 불편했다. 불우한 환경을 딛고 성공한 것처럼 포장하는 게 낯 뜨거웠다. 그리고 바쁜 세상에 운동선수 한 명의 행보가 뭐가 그리 중요하다고. 과분한 관심이 부담스러웠다.

머릿속에는 오로지 정상을 찍겠다는 '목표' 하나. 운동에 집중하느라 침묵했던 것뿐이다.

"아버지, 너 보고 싶으신가 보더라."

"건강하시지?"

"그럼. 여전히 쩌렁쩌렁하시지. 신체 나이는 우리랑 맞먹으실걸?"

충분히 공감하고도 남기에 이수는 고개를 끄덕였다. 감독님의 따끔한 질책과 희생이 없었다면 그는 영원히 야구계의 불운아로 기억됐을지도 모른다. 마이너 리그에서 구른 지 2년이 돼 가자 감독님이 저를 불렀다.

"빌빌거리면서 버러지 취급 받으려고 여기까지 왔어? 혼자 남은 어머님 생각은 안 해? 이게 네 아버지한테 보답하는 거야?"

초등학교 3학년 때부터 잠자는 시간 빼고 야구만 해 왔었다. 아버지의 골수를 빼먹으면서 말이다.

"어리광도 정도껏 부려야지? 멘탈이 이 정도밖에 안 되는 녀석인 줄 알았다면 남은 내 감독 인생 네게 걸지 않았어. 차라리 짐 싸."

매서운 훈화를 남기고 감독님은 혼자 훌쩍 한국으로 돌아가 버렸다. 그때 정신이 번쩍 들었다. 혼자인 게 두려워서가 아니라 제게 남은 건 뭘까 싶어서. 야구마저 실패한다면? 가장 큰 것을 잃었기에 야구마저 포기할 수 없었다. 그때부터 죽기 살기로 노력했다. 쓴 물이 넘어올 정도로 몸을 만들고 손바닥 굳은살이 뜯겨 나갈 정도로 배트를 휘둘렀다. 항상 훈련장에 가장 먼저 얼굴을 보였고 맨 마지막으로 나왔다. 그렇게 2년을 보내고 보란 듯이 메이저 리그에 콜 업 됐다.

회상에 젖어 있는데 찬이 팔베개를 하고 소파에 벌렁 누웠다.

"무사히 장기 계약 끝마쳤던 거 축하한다."

"언제 적 얘기를. 새삼 낯간지럽게."

"말은 안 했지만 너 부상당했을 때 마이너 리그로 다시 강등될까 봐 얼마나 조마조마했는지 알아? 스포츠 전문가들도 엄청 씹어 댔었잖아. 대단한 거지."

지금이야 추억담이지만 그땐 정말 위기였다. 찬은 다시 생각하기 싫다는 듯 머리를 털었다.

"제주도는 언제 갈래?"

"어머니하고 통화는 했어. 여기 일 좀 마무리되면 천천히 찾아뵈려고."

어머니의 목소리가 밝았다. 나이가 드니 고향만 한 곳이 없다며 오히려 너나 편히 지내라는 당부까지 하셨다.

"아버님은?"

"곧, 찾아봬야지……. 감독님도 찾아뵙고."

감독님은 지금 부산에 있는 중학교에서 아이들을 가르치고 계신다. 틈나는 대로 안부 전화를 드리면 언제나 똑같은 말씀만 하신다.

"전화할 시간에 쉬어. 한국 오면 우리 애들한테 얼굴이나 보여 주든지."

짧게 듣는 무뚝뚝한 목소리가 여전히 정겹다.

찬이 돌연 인상을 쓰며 말한다.

"아버님 뵈러 갈 때 같이 움직여."

"봐서."

"부탁 아니다. 꼭 같이 가."

이를 갈듯 말하는 찬에게 고개를 끄덕여 줬다. 정작 물어보고 싶은 건 다른 거였는지 찬이 일어나 앉았다.

"어머니도 아셔? 세입자 내보내는 거?"

"아직 말씀 안 드렸어."

"도대체 공사는 왜 하려는 건데? 그냥 팔아 버리는 게 낫지 않아?"

"……당분간 그곳에서 지내려고."

"갑자기?"

찬이 황당한 얼굴을 했다. 이수는 예상했던 반응이라 말을 아꼈다. 그동안 아버지를 보러 가면서도 한 번도 걸음하지 않던 집이었다. 왜 그런 즉흥적인 결정을 내렸는지 자신도 알 수 없는데 어떻게 설명을 할까.

"여기서 붙박을 거 아니잖아? 쓸데없는 짓 말고 그냥 팔아."

"……."

"공사를 한다고 해도 거기서 어떻게 지낼래?"

"못 지낼 건 뭔데."

공사를 하지 않아도 지낼 수 있는 곳이었다. 스테이크보다 순대국밥이 더 입에 맞는 그에게 익숙한 환경.

"보안 문제도 그렇고, 공사비보다 스위트룸이 더 싸게 먹히겠다."

"돈 부족해?"

이수의 물음에 찬은 설마 하는 표정을 했다. 한 해에 받는 연봉이 얼만데. 한화로 따져도 몇백억이다.

"말을 해도……. 너무 노후돼서 공사도 쉽지 않을 거고, 주택인데 호텔보다 편하겠어?"

"내가 알아봐?"

단호한 목소리, 슬쩍 치켜 올라간 이수의 눈매가 서늘했다.

"알았다, 알았어. 내가 해."

찬은 마지못해 휴대폰을 열어 명함을 찾다 다시 되물었다.

"정이수, 속 좀 털어놓지? 한국 들어온 진짜 꿍꿍이가 뭐야?"

"……."

"알아야 돕든지 말든지 할 거 아니야."

"은서. 어떻게 지내는지 알아봐 줘."

찬의 얼굴이 희게 질렸다. 술이 원수지. 어쩌다 그 말을 해서는. 타는 속을 가라앉히기 위해서 이수가 마시던 생수병을 낚아채 단숨에 비워 냈다.

"꼭 돌려줘야 해? 그거 주려고 재계약도 하지 않고 한국으로 날아온 거야?"

"겸사겸사."

"내가 줄게. 내가 전해 주면 되잖아. 이제 와서 그 돈을 돌려주면 은서 마음이 편하겠……."

이수의 눈빛이 깊게 가라앉자 찬은 말끝을 흐렸다. 마른하늘에 날벼락 같은 일이 벌어지고 난 후 이수 앞에서 은서의 이름은 금기어가 됐다. 어 쩌다 실수로 나오면 죽은 눈빛이 되곤 했었다.

찬도 그 일이 있기 전까지는 은서가 이수에게 그렇게 큰 존재인지 몰 랐었다.

생각에 잠겨 있던 이수가 삐딱하게 입꼬리를 올렸다.

"……편해지고 싶어서 그랬다고?"

"아니 내 말은-."

"직접 들었어?"

이수는 슬랙스 주머니에 손을 넣고 삐딱하게 찬을 내려다보았다.

"내 생각이 그렇다는 거지. 은서도, 그렇잖아."

"뭐가 그런데?"

"그러니까, 일종의 면죄부가 필요했을 거 아니야."

주절주절, 두서없이 말을 쏟아 낸 자신이 짜증 나 찬은 머리를 뻑뻑 긁 었다.

"면죄부라."

"말꼬리 잡지 마라, 정이수."

"만약, 그게 면죄부라면 난 자격 없어."

건조하기 짝이 없는 이수의 목소리가 한층 낮아졌다. 굳이 설명하자면 두 사람 다 면죄부를 주고받을 자격이 없다. 아니 면죄부라는 말은 어울리지 않는다. 고약한 신의 장난질에 누군가는 죄인이 됐고 누군가는 피해자가 됐을 뿐이다. 이수는 무슨 말인지 몰라 눈만 껌벅이는 찬을 두고 룸을 빠져나갔다.

* * *

익숙한 병원 냄새에 눈을 뜨기도 전에 미간부터 좁혀졌다. 실려 온 건가? 은서는 어렴풋이 기억을 떠올리곤 '엄마' 하고 입을 열었다.

"어머, 괜찮니? 정신 들었어?"

"……응, 미안."

"한동안 뜸하더니 도대체 이게 다 무슨 일이니?"

놀랐는지 엄마 현정이 눈물부터 보이자 은서는 안심하라는 듯 입꼬리를 올렸다. 현정의 차림새가 얼마나 다급히 달려왔는지 말해 주고 있기 때문이다.

"환절기잖아요. 좀 바쁘기도 했고, 별일 아니에요."

"그러게 몸도 약한 게 무슨 가게를 한다고 무리를 해? 뭐가 아쉬워서? 당장 때려치워."

현정은 괜찮다는 딸의 말을 믿을 수 없어 얼굴을 펴지 못했다. 워낙 몸이 약했던 딸이었다. 아이를 낳고는 이런 일이 없었기에 안심했는데 새벽에 전화를 받고 얼마나 놀랐는지 모른다.

"그런 말 하면 벌받아요. 다들 얼마나 치열하게 사는데."

"남들 어떻게 사는 것까지 걱정할 거 없어. 넌 너만 챙겨."

"정말 괜찮다니까요."

이놈의 저질 체력 같으니라고. 공항을 다녀와 머리를 비우기 위해 무리하게 움직였다. 그동안 별일 없었기에 괜찮을 줄 알았는데 아니었나 보다.

은서는 현정의 걱정을 끊기 위해 말을 돌렸다.

"하임이는요?"

"지금 아이 찾을 때야? 어린 게 놀랐는지 널 찾지도 않더라."

"그러니까 더 데려왔어야죠!"

은서가 이성을 잃은 듯 목소리를 높일 때였다. 병실 문이 드르륵 열렸다. 하임이 복례 이모와 뛰어 들어와 그녀에게 답삭 안긴다.

"엄마, 하임이 왔는데."

"하임아!"

"이모할머니가 엄마 자는 거라고 해서 기다리다가 매점 갔다 왔는데."

은서는 미소를 머금고 품에 안긴 딸을 더욱 세게 끌어안았다. 달콤하고 우유 특유의 고소한 냄새가 물씬 풍기자 마음이 안정된다.

"엄마 자서 심심했지? 미안. 엄마가 감기 걸렸나 봐."

"감기?"

"응."

작은 손이 그녀의 이마를 만지작거린다.

"시원해져라. 우리 엄마 안 아프게 감기 도망가라."

또랑또랑한 목소리에 은서의 입이 저절로 벌어진다. 꾀가 솔솔 쏟아질 것 같은 커다란 눈도, 앙증맞은 입술도. 어디 한 곳 예쁘지 않은 데가 없다.

은서는 제 이마를 비비는 오동통한 손을 잡았다.

"주사 맞고 잤더니 이젠 괜찮아. 엄마랑 같이 집에 가자."

"할머니, 엄마 집에 가도 돼요?"

"하여튼 여우야. 저럴 때 보면 딱 은서 너라니까."

주도권을 누가 잡고 있는지 귀신같이 안다는 현정의 말에 은서는 저도 모르게 눈을 흘겼다. 그게 아이한테 할 말이냐는 뜻을 담아서.

현정은 딸이 미운 짓을 하든 말든 눈에 넣어도 아프지 않을 외손녀를 얼른 안아 들었다.

"할머니 안 보고 싶었어?"

"보고 싶었어요!"

현정의 뺨에 뽀뽀를 하고 하임이 온 얼굴로 웃는다.

"후우, 내가 우리 하임이 때문에 산다."

"할머니 한숨 쉬었는데. 그러면 행복하지 않은 건데. 그치, 엄마?"

아이의 말에 모두 웃고 만다.

은서는 현정에게 옷을 달라고 말하고 팔을 벌렸다.

"우리 딸 엄마한테 와. 충전해 줘."

"우웅, 충전!"

온기를 품은 작은 몸이 품에 쏙 들어오자 행복감에 눈이 감긴다.

'사랑해. 엄마는 너만 있으면 괜찮아.'

* * *

잠든 아이의 머리를 쓸어 주는 은서의 손길이 조심스럽다. 퇴원해서 집에 오자 놀랐었던지 품에서 떨어지지 않으려고 했다. 잠결에도 가슴을 더듬고 꼼지락꼼지락. 못난 엄마 때문에 아이가 일찍 철이 들어 버린 것 같아 미안함이 앞선다.

은서는 복숭앗빛 뺨에 입을 맞추고 조용히 침대를 내려왔다.

방을 나서자 고소한 냄새가 풍기고 현정이 주방에서 바삐 움직이는 게 보였다. 폭풍 잔소리가 쏟아질 게 예상돼 다부지게 주먹을 쥐었다 폈다.

자, 그럼 본격적으로 야단 한번 맞아 볼까.

은서의 목소리가 한층 밝았다.

"잣죽 끓이는 거예요? 엄마표 잣죽은 진리지. 맛있겠다."

"앉아서 먹기나 해."

명란젓과 물김치, 조미 간장이 차려진 식탁 위에 현정이 죽을 담은 그릇을 올려놓았다.

"이모 있는데 집에 가세요. 아빠 기다리시겠다."

"맞선 보자."

"엄마."

"그럼 집으로 들어오든지! 평생 이러고 혼자 살래?"

은서는 숟가락을 들려다 말고 한숨을 삼켰다. 아빠가 정년퇴직을 하시고 한국으로 들어오고부터 끊이지 않고 나오는 얘기였다. 엄마의 소원 들어준다는 생각으로 몇 번 선 자리에 나갔지만 결과가 좋을 리 없었다.

은서는 억지로 숟가락을 놀리며 말했다.

"좋은 사람 나타나면 만나 본다니까요."

"그게 언젠데?"

"아마도, 엄마가 욕심 내려놓을 수 있을 때?"

속 좋게 히죽 웃는 딸을 보며 현정은 눈을 감았다. 눈에 넣어도 아프지 않은 딸의 상대로 재혼남을 찾아야 하다니. 애가 딸렸으니 당연하다고 생각하면서도 받아들이는 게 쉽지 않았다. 그렇다고 하임이를 두고 시집가라고 하면 씨알도 먹히지 않을 거고. 이러지도 저러지도 못하니 애만 탄다.

현정은 억지를 부렸다.

"무조건 집에 들어와. 이참에 가게도 정리하고."

"가게 얘긴 그만해요. 그리고 나 효도하는 건데."

"뭘 해? 효도?"

"네, 효도요. 같이 살면 엄마 속 더 터져요. 편히 사세요."

큰 선심이라도 쓰는 것처럼 하는 말에 입이 자동으로 벌어진다. 현정은 당장 죽 그릇을 빼앗고 싶은 충동을 억누르며 입술을 뗐다.

"하, 크게 생각해 줘서 고맙네. 근데 너 혼자 하임이 키우는 거 무리야."

"내가 왜 혼자예요? 이모 있는데."

"복례 씨가 가족이니?"

"이모 들으면 서운해. 그리고 가족이 별건가, 같이 살면 가족이지."

딸에게 저런 말을 들을 때면 현정은 우울해진다. 은서는 그녀에게 그냥 딸이 아니었다. 그런 딸을 빼앗긴 것 같은 느낌이랄까. 스쳐 가는 인연일 줄 알았는데 은서 모녀에게 복례는 없어서는 안 될 존재가 되어 버렸다.

은서는 혹시나 해서 물었다.

"엄마, 혹시 질투해요?"

"질투는, 무슨."

"하네, 해. 우리 엄마 이럴 때 보면 너무 귀엽다니까. 내 마음에 원 픽은 당연히 엄마지!"

현정은 유난히 말랑하게 살랑대는 은서가 의심스러워서 꺼내고 싶지 않은 얘기를 물었다.

"솔직히 말해 봐. 왜 쓰러졌는지."

"무리해서 그런 거라니까요."

"혹시, 봤니?"

"……뭘요."

"이수."

은서는 저를 떠보는 엄마를 외면하고 다 식은 죽을 호호 불기만 했다. 그 모습을 본 현정은 소나기처럼 쏟아지는 한숨을 막지 못했다.

"내가 그럴 줄 알았지. 그깟 야구 좀 하는 게 무슨 유세라고 뉴스에 다 나오고 그래? 누가 궁금해한다고. 가게 그만둘 거 아니면 이참에 논현동 건물로 옮겨."

"거기 세입자들은 어쩌고요. 그리고 저도 이제 겨우 자리 잡았어요."

"마주치기라도 하면 어쩔 거야?"

친정 터에 건물을 올리고 딸의 명의로 해 준 자신이 원망스러워 현정의 목소리가 커진다.

"그럴 일…… 없어요. 그 집에서 어떻게 지내요."

"사람 일을 네가 어떻게 알아?"

은서와 같은 생각이지만 혹시 모를 일이었다. 현정은 딸의 눈치를 보면서도 연이어 푸념을 쏟아 낸다.

"도대체 이수 엄마 속을 모르겠다. 집은 폐가처럼 방치해 두고 왜 고집을 부리는지."

"그만해요."

"내가 틀린 말 했니? 후하게 쳐준다는데 왜 안 팔아? 그 집도 나쁠 거 없잖아?"

은서가 이곳에 터를 잡은 후 확실히 해 두고 싶었다. 얼굴 봐서 좋을 것 없는 사이가 됐기에 마주칠 빌미조차 아예 차단하고 싶었던 거다. 수소문 끝에 이수 엄마에게 연락을 넣었고 시세의 두 배를 쳐주겠다고 집을 팔라고 했지만 몇 번이나 거절당했다. 고개도 못 드는 딸을 보니 현정의 억장이 무너진다.

"모진 사람 같으니라고."

"……"

"아무리 귀천이 없어졌다고 해도 그렇지. 옛날 생각 못 하고 콧대만 높아져서는. 남 없는 아들 있는 줄 아나. 그 집 장만한 것도 네 외할아버지 아니었으면 어림없었어."

"엄마."

은서는 기어이 숟가락을 내려놓고 현정을 뚫어지게 응시했다.

형형한 기색에 현정은 움찔한다.

"뭐? 내가 뭐?"

"나 요즘 엄마 보면서 가끔 놀라."

"왜?"

"외할머니 보는 것 같아서. 나도 엄마처럼 될까 봐 겁난다고."

바른말을 하는 입술이 얄미워 현정의 눈이 절로 치켜떠진다. 누구 때문에 그 수모를 다 감내했는데 그것도 몰라주는 딸이 야속하다.

"그래, 네 엄마 못된 사람이다. 실컷 욕해. 그래도 난 내 자식이 먼저야. 남들이 뭐라 하건 하나도 무섭지 않아."

"난, 난 살았잖아……."

기어이 딸의 눈에 물기가 맺히자 현정은 손을 올려 자신의 가슴을 펵펵 두드렸다. 충분히 아플 만큼 아팠던 딸이다. 이제 겨우 사람 흉내 내며 살고 있는데 기어이 나타나서 파문을 일으키는 이수가 야속하기만 하다.

"그럼 살지 죽어? 그거 사고였어. 언제까지 시달릴래? 어른이라면 그 상황에서 열에 아홉은 똑같은 선택을 해. 네 잘못 절대 아니라는 얘기야."

과연? 은서는 목구멍까지 넘어오는 말을 꾸역꾸역 죽과 함께 삼켰다.

"그만해요. 나 밥 먹잖아. 먹고 살려고."

한 음절, 한 음절 뚝뚝 부러지게 하는 말들에 마치 딸의 살점이 묻어나는 것 같았다. 현정은 부들거리는 손으로 컵에 물을 따라 주었다.

"너도, 우리도 할 만큼 했어. 그만큼 당했으면 됐잖아!"

"정말 그렇게 생각하는 건 아니죠?"

딸의 질문에 현정의 입이 아교라도 붙인 듯 꾹 맞물렸다. 현정도 자신이 뻔뻔하게 굴고 있다는 것을 안다. 하지만 그 사고 때문에 천둥벌

거숭이 같던 철부지가 세월을 건너뛰고 애늙은이가 됐다. 용서도 빌지 못하고 모질게 외면당하면서도 그 집 마당에서 무릎 꿇고 있는 딸을 끌고 나온 날이 셀 수 없이 많았다. 그것도 모자라 죄책감에 시달리다 몇 번이나 삶을 놓으려고 했다. 백 번 천 번 고맙고 죄스럽지만 그 일로 인생을 송두리째 망쳐 버린 딸 또한 안타까워서 현정은 이기적인 사람이 된다.

"이왕 말 나온 김에 물어보자. 도대체 하임이 아빠가 누구니? 생전 남자라곤 모르던 애가 어떻게 그랬냐고!"

"엄마. 하임인, 서은서 내 딸이에요."

"하, 누가 몰라?"

"나 오늘 밥 처음 먹는 건데, 숟가락 놓을까요?"

"유세다, 유세. 먹어. 천천히 꼭꼭 씹어 먹어."

마지못해 입을 다문 현정은 거실 방향으로 고개를 틀었다.

하임이 얘기만 나오면 고슴도치처럼 가시를 세우는 모습에 코웃음이 절로 나온다. 저도 엄마라는 건가. 요즘 젊은 엄마들이 '엄마는 극한 직업이다.'라고 말한다는 소릴 듣고 현정은 새삼 젊은 센스가 존경스러워 감탄했었다. 어찌나 그녀의 마음을 대변해 주는 말이던지.

은서를 키우면서 마음고생한 걸 말하라면 계란 한 판 삶아 놓고, 식혜를 항아리째 가져와 몇 날 며칠 풀어도 모자랄 거다. 생각지도 못했던 늦둥이가 찾아왔다. 설레면서도 조마조마했던 건 노산인 데다 친정집 내력 때문이었다. 딸들만 태어나면 골골거리고 코피를 쏟고. 현정도 그랬었다.

우여곡절 끝에 30주를 겨우 넘기고 아이를 품에 안았을 때 눈앞이 캄캄했다. 딸이 아니길 간절히 바랐었기 때문이다.

그날부터 현정은 이름을 버리고 은서 엄마로 살았다. 그래도 행복한 시간이었다. 다행히 당차고 똑똑한 아이는 어느 나라에 데려다 놓아도 몇 달이면 그곳 언어를 익혔고 영재 소리를 들었다.

어릴 때부터 자기주장이 강해 웃지 못할 일도 많았지만 그런 딸이 은 근히 자랑스러웠다. 그만큼 야무지고 예쁘고 통통 튀었었다.

그녀의 한숨이 깊어진다.

'누굴 탓해, 나를 탓해야지. 한국에 보내는 게 아니었는데······.'

그때 상황도 그랬지만 지푸라기라도 잡아 보자는 심정이었다. 은서는 초등학교 고학년이 되자 영유아기 때보다는 많이 나아졌지만 점점 예민 해져 갔다. 학교에 가는 걸 대놓고 싫어하고 말수가 눈에 띄게 줄었다. 남편과 의논 끝에 한국행 결심을 했는데 은서는 혼자 가겠다고 고집을 부렸다. 결국 외손녀라면 깜빡 죽는 친정 엄마를 믿고 보낼 수밖에 없었 다. 그런데 조바심을 내고 보냈던 게 무색하리만치 은서는 밝고 건강해 졌다.

"엄마, 이젠 은서 데려와도 될 것 같아."

"아서라. 잘 적응하고 있는데 괜히 들쑤시지 마. 저가 태어난 곳만큼 좋은 곳이 어디 있다고."

"그래도 너무 보고 싶어."

"은서가 먼저지. 잘 지내고 있잖니."

서운한데도 양보했다. 엄마 말대로 은서가 우선이었으니까. 또래들처 럼 좋아하는 남자가 생겼다고 조잘대는 딸이 대견하고 신기했다. 하지만 평범하고 행복한 은서의 시간은 길지 않았다.

죽을 고비를 넘기고 지옥 같은 시간이 찾아왔으니까. 간신히 고등학교 를 졸업하고 방에서 두문불출. 그런 딸 곁에서 현정은 숨죽여 지냈다. 그 러던 어느 날.

"엄마, 나 유학 갈래."

"그, 그럴래?"

"응. 이제 내 걱정은 하지 마."

같이 가자고 몇 번이나 말해 봤지만 소용없었다. 결국 현정은 승낙했다. 또 한 번의 기적이 찾아와 주길 바라며. 또 악몽 같은 일이 벌어졌던 한국을 떠나는 게 나을 거라는 생각에. 그 얄팍한 생각이 땅을 치고 후회할 일이 될 줄도 모르고서 말이다.

3년 만에 귀국해서 태연히 하는 말에 한숨도 나오지 않았다. 그때 현정은 처음 자신의 양육 방식을 크게 후회했었다.

"파티쉐? 아니, 네가 왜 빵을 구워?"

피아노를 전공하던 애가 제 마음대로 진로를 바꿨단다.

"빵 굽는 게 어때서요. 공학 박사도 그만두고 초콜릿 만드는 거 배우는 세상이에요. 그리고 제가 어떻게 피아노를 전공해요? 한 곡 완주하려면 체력이 얼마나 필요한데."

"밀가루 치대는 건 쉬워? 어? 빵 만드는 건 안 힘드냐고?"

"그건 재미있잖아요. 적성에 맞아요."

말이나 못하면. 재능이 아깝긴 했지만 딸의 행복이 우선이었기에 넘어갈 수 있었다. 그런데 서너 달 있으려니 은서의 배가 슬슬 불러 오기 시작했다. 믿기 어려웠다. 몇 날 며칠 산부인과를 백화점 쇼핑하듯 돌아다니고서야 인정할 수밖에 없었다.

"저 성인이에요. 제 인생이고요."

"누군지 데려와! 그쪽에서 해 달라는 거 다 해 줄 테니까! 초콜릿 만든다는 공학 박사니?"

"아뇨. 한국 들어오기 전에 여행 갔다가 만났어요. 페스티벌에서."

술에 취해서 원나잇을 했다는 뻔뻔한 말에 부부는 입을 다물지 못했다. 그래도 한국 남자라서 다행인 것처럼 말하는 딸에게 처음 손찌검을 했다.

"죄송해요. 하지만 내 인생이잖아요. 난 내 아기 절대 포기 못 해요."

그래도 창피한 건 아는지 친척들에겐 결혼을 앞두고 남자가 사고가 났다고 말해 달라고 했다. 현정은 몸이 약한 딸에게 아이를 지우라고 할 수 없었다. 무엇보다 임신한 은서는 살고 싶어 했고 행복해 보였다.

회한의 시간을 더듬던 현정은 깨끗이 비운 죽 그릇을 들고 일어서는 은서를 물끄러미 바라보았다.

"왜요?"

"후우, 예뻐서."

"내가 좀 예쁘긴 하지, 헤헤. 나 잘 건데. 엄마도 같이 잘래요?"

"가라는 말보다 더 무섭다. 놔두고 들어가서 쉬어."

개수대로 움직이는 현정의 걸음이 무겁다. 자식이 지옥의 시간을 보내면 부모도 같은 지옥을 경험한다. 자식이 행복하면 부모 또한 행복하고. 꽃길만 걷게 해 주고 싶었던 딸이 가시밭길을 걷고 있으니 한숨이 마를 새가 없다.

'어휴, 내 팔자야.'

* * *

딸랑, 종소리에 연구실에서 나온 은서가 놀란 눈을 했다.

"쉬는 날인데 왜 나왔어?"

"사장님이 저 손절하기 전에 잘하려고요."

"무슨 소리야?"

씩 웃은 진주가 손가락으로 하트를 만들어 보이며 '아부하는 거예요~.'라고 대놓고 말한다.

은서는 눈 밑에 도톰하게 올라온 그녀의 애굣살이 귀여워 장단을 맞춰 주었다.

"손절이라. 생각해 봐야겠다. 그나저나 우리 진주 말고 여기서 일하겠다는 애들이 있을까?"

놀란 눈을 하던 진주는 장난기가 가득 담긴 은서의 눈을 확인하고서야 안도했다.

"넘쳐서 탈이죠. 우리 과만 해도 꿀 보직 알바라고 소문났는데."

"우리 가게가 그 정도로 유명할 리 없는데. 누구 덕일까?"

"저죠, 저. 사실은요, 며칠 전에 친구들과 술 한잔했거든요."

진주는 손을 올려 제 입을 찰싹 때리며 말을 이었다. 진로 결정을 앞두고 생각이 많아졌다고. 월급 받을 때마다 너무 날로 먹는 느낌이라고. 모자란 물량 때문에 조기 퇴근은 기본, 일도 수월한 편이다. 그런데도 시급이 아니라 일당으로 돈을 챙겨 받고. 그러다 보니 바늘구멍보다 좁은 대기업 취업에 열정을 쏟으니 미래를 생각했을 때 창업이 나을 것 같다는 생각이 들었다고.

진주가 한숨을 푹 내쉰다.

"말해 줬더니 이것들이 저 그만두면 소개해 달라고 난리예요."

은서는 별 희한한 말을 다 듣는다며 피식 입술을 늘였다.

"네가 얼마나 큰 도움이 되는 줄 알아? 그리고 어렵게 간 대학인데 네가 좋아하는 일을 해야지."

"성적 맞춰서 간 과라 더 머리가 아픈 것 같아요."

"흠. 즉흥적으로 생각하지 말고 진로 변경은 시간 두고 생각해 봐. 너도 알다시피 베이킹, 중노동이야. 좋아하지 않으면 절대 못 할 일."

"사실 그게 제일 고민이에요. 아직은 만드는 것 보다 먹는 게 즐거우니까. 헤헤."

은서는 문득 스물셋, 진주의 풋풋한 고민이 부러워 눈빛이 아련해진다. 저 시절 그녀는 얼마나 무기력했던가. 때아닌 풍랑을 맞아 저런 평범한 고민은 꿈에서도 해 보지 못했다. 그나마 평범한 경험이라곤 사춘기에 해 봤던 짝사랑. 살아 내기 급급해서 그냥 흘려보내야 했던 시간이 조금은 아쉬워진다. 이젠 살 만한가 보다. 별생각을 다 하는 걸 보면.

은서는 눈앞에 하얀 물체가 와이퍼처럼 작동하자 정신을 차렸다. 진주가 의아한 눈으로 저를 바라보고 있었다.

"무슨 생각 하세요?"

"음, 수업 생각? 너도 온 김에 클래스 참여할래?"

"아뇨. 하임이는 연구실에 있죠?"

"자. 새벽부터 뛰더니 피곤했나 봐."

"하임인 정말 특이해요. 어떻게 다섯 살짜리가 우리 할머니하고 생활 패턴이 같지?"

"나도 그게 궁금해."

은서가 눈꼬리를 아래로 내리고 고개를 살살 저었다.

하임이는 아이치곤 잠이 없는 편이다. 일찍 일어나는 게 아니라 새벽에 기상한다. 그래서 고단하게 놀려도 보고 낮잠 시간도 없애 봤는데 똑같았다. 결국 성장이 더딜까 걱정돼서 졸려 하면 무조건 재우고 있다. 그렇게라도 잠을 보충해 줘야 할 것 같아서.

"오늘은 마카롱 수업이죠?"

"응."

"과제하다 하임이 깨면 제가 놀아 줄게요. 편하게 수업하세요."

제법 기특한 생각을 해 준 게 고마워서 은서는 마다하지 않고 고개를 끄덕였다. 홀가분한 마음으로 조리대 앞에 서서 준비된 재료를 확인하며 눈동자를 굴린다.

"대충 된 것 같은데……."

일주일에 한 번 '마카롱 만들기 클래스'와 'EASY 베이킹 클래스' 수업을 시작한 지 2년째.

유학 시절에 알게 된 선배의 추천으로 세계적인 키친 머신 회사가 파트너를 해 주고 있다.

개인 사업자에겐 흔치 않은 후원이었다. 회사는 제품 홍보를 하고 수강생들은 작은 혜택을 받고. 그러다 보니 수강을 원하는 사람들이 많아졌다.

처음엔 마카롱 수업만 했는데 빵 맛을 본 수강생들이 베이킹 클래스를 열어 주길 원했다.

기본은 마카롱, 빵은 사이드 메뉴 같은 건데 말이다.

"마카롱 가게인데 빵이 이렇게 맛있어도 되는 거예요, 사장님?"

칭찬에는 장사가 없는지 결국 그 말에 홀려 베이킹 클래스를 추가해서 일을 늘리고 말았다.

"으, 내 팔랑 귀!"

혼잣말을 하는데 딸랑 종소리가 들리고 역시나 우수 수강생인 우석이 먼저 얼굴을 보인다.

"일찍 오셨네요. 병원 안 바쁘세요?"

"소아과가 바쁘면 절대 안 됩니다. 제가 굶어도 아이들이 건강한 게 나으니까요."

훤칠한 키에 세련된 마스크, 매너까지 좋고 유쾌한 사람이다. 그의 언행이 마치 담요를 덮어 주듯 따뜻해서 아이를 맡기는 게 안심이 된다.

"우석 씬 이제 하산해도 되는데."

"큰일 날 소리를 하십니다. 혹시 수업 없애시려는 겁니까?"

"아뇨. 절대로요."

은서는 얼른 손사래를 쳤다. 우석은 가게를 개점하기 전부터 이 건물에서 소아과를 개원하고 있었다. 베이킹 클래스를 오픈하자마자 예비 신부도 없으면서 나 홀로 신랑 수업을 한다며 등록한 이후 지금까지 쭉 수강 중인 우등생이다. 수강생이 느는 데 한몫한 사람이기도 하고.

"우리 하임인 또 잡니까?"

"……네."

은서는 '우리'라는 말이 귀에 거슬려 애매한 미소를 지었다. 그의 말을 빌리자면 하임이와 자신은 소울 지기란다. 가게 오픈 후부터 쭉 그의 병원에 다녔기 때문인지 아이 또한 그를 유별나게 따르고. 하지만 웃지 못할 해프닝이 벌어진 후 신경이 쓰인다.

"엄마, 선생님이 우리 아빠야?"

맹랑한 하임이의 질문에 얼마나 놀랐는지 모른다. 우석의 앞이어서 더 그랬다. 사람 좋은 그가 잘 대처해 줬기에 망정이지 민망해서 얼굴도 못 들 뻔했다.

제법 근엄한 목소리가 들려왔다.

"재우지 마시라니까. 의사 조언 좀 들으시죠, 하임이 어머님."

"그게, 쉽지 않아요. 마음이 자꾸 약해져서요."

하임이 또래 애들은 잘 자야 쑥쑥 큰다고 조언해 준 이도 우석이었다. 그런데 아이의 건강한 체질을 알게 된 후로는 낮잠을 재우지 말라고 엄한 군기 반장 역할을 하고 있다.

"일찍 일어난다고 칭찬 같은 거 해 주시면 안 됩니다."

"그건 절대 안 하고 있어요."

우석은 은서가 큰일 날 소리라는 듯 눈을 동그랗게 뜨자 헛기침을 했다.

달콤한 디저트를 만드는 직업과 달리 은서의 성격은 건조했다. 군더더기 없이 예의 바르고 필요한 말만 하고. 그런 여자가 아이 얘기만 나오면 지금처럼 무방비한 모습을 보여 준다. 그게 또 사람을 은근히 설레게 한다. 아이까지 있는 여자가 이렇게 귀여우면 어쩌자는 건지. 눈치 없는 여자는 기피 대상 1순위인데 가는 마음을 막을 길이 없다.

어느덧 수강생들이 다 모이고 수업이 시작됐다.

"지난번에 말씀드렸지만 오늘은 뚱카롱 수업이에요."

설명을 이어 가자 수강생들의 손이 바쁘게 움직인다.

"분리해 놓은 계란 흰자로 프렌치 머랭을 만들 거예요. 설탕은 세 번에 나눠 넣어 주시고요."

기계가 돌아가자 맑게 갠 하늘의 구름처럼 풍성한 하얀 거품이 순식간에 만들어졌다.

눈으로 확인한 수강생이 놀란 목소리를 냈다.

"강사님, 베이킹은 역시 장비빨인가 봐요."

"좀 그렇죠?"

장비발 내세우지 않는 취미 생활이 어디 있겠느냐마는 베이커리는 특히 심하다. 이쯤 되면 고급스러운 제품에 눈이 현혹되고 지름신이 강림한다.

은서는 그걸 막기 위해 은근히 말을 돌렸다.

"각자 골라 두신 색소는 가루에 섞어 주시고요. 참고로 댁에서 머랭 칠 때는 훌륭한 기계도 좋지만 핸드 믹서나, 손에게 기회를 주시는 것도 좋습니다."

"강사님, 지금 하신 말씀 키친 머신 쪽에서 들으면 배신감 느낄 겁니다."

우석은 유일한 남자이기도 하고 훈훈한 외모의 소유자라 인기가 좋다. 그래서인지 별말 아닌데도 그가 한마디 하면 수강생들이 과하게 반응한다. 지금도 수강생들이 여고생들처럼 웃기 바쁘다.

은서는 곤란하다는 듯 발끈했다.

"한국말은 끝까지 들으셔야죠. 인체의 힘을 사용하면 꼬끄의 쫀쫀한 식감은 보장 못 합니다. 엄청, 무척 열심히 저어야만 기계를 따라잡을 수 있거든요. 알아들으셨죠?"

주먹을 불끈 쥐어 알통을 만들어 보였다. 누구나 할 수 있으니 해 보라는 의미를 담아서. 수강생들이 눈치껏 알아듣길 바라면서. 사실 가성에서 소량으로 만드는 마카롱에 고가의 장비발을 앞세울 필요는 없다.

은서는 시범을 보이며 말했다.

"완성된 반죽은 이렇게 짤 주머니에 담아 주세요."

한 사람, 한 사람에게 다가가서 고르고 쉽게 짜기 위해 공기를 빼는 방법을 알려 주고 미리 만들어 둔 패턴지를 나눠 주었다.

"테플론 시트 밑에 깔아 주시고 짜 주면 돼요. 이렇게 하시면 뿔이 생기지 않죠."

시범을 보여 주자 수강생들이 열심히 동그란 동전을 만든다. 다들 꼬끄가 마르는 동안 필링을 만들고 꾸덕꾸덕해진 것을 오븐에 넣었다.

"부풀어 올라요."

"어머 신기하네. 예쁘다."

수강생들의 말에 은서는 미소를 지었다. 수분을 빼앗긴 삐에가 쏘옥 올라오는 순간이 제일 예쁘긴 하다.

"강사님, 제 건 안 올라오는데요? 망쳤나 봐요."

"좀 멀리 떨어져서 보세요. 그럼 회원님 것이 제일 예뻐 보일 거예요."

그녀의 말에 눈을 깜빡이던 수강생들이 와르르 웃음을 터트린다.

그러거나 말거나. 은서는 분주히 움직인다.

곧 띵, 소리와 함께 완성된 꼬끄를 꺼내자 달콤한 향이 가게 안에 진동한다.

"이제 짝을 찾아서 나란히 해 주시고 필링을 도톰하게 올려 주시면 됩니다."

모양이 제각각인 꼬끄를 보자 한숨이 나오지만 첫 수업치곤 결과물이 나쁘지 않았다.

"너무 수고하셨고요. 오늘 만든 건 필링이 많이 들어간 뚱카롱입니다. 그만큼 칼로리가 높다는 얘기가 되겠죠. 행복하게 드세요. 그러면 칼로리는 0이라는데 아쉽게도 입증된 바 없는 말입니다."

"치킨 먹고 다이어트 콜라 마시면 확실히 살이 덜 찐대요."

마음의 위안을 받는 거겠죠, 라고 말하는 대신 에둘렀다.

"근거 없는 얘기 맹신하진 마시고요. 다음 주엔 자몽 타르트를 만들어 볼까 합니다. 변동 사항 생기면 공지 남기겠습니다."

"강사님, 더 바빠지기 전에 우리 회식 한번 해요. 벌써 해 넘긴 거 아시죠?"

"아, 네. 날 한번 잡아 볼게요."

"말로만 하지 마시고 꼭요. 우석 쌤도 꼭 오시고요."

음, 아무래도 난 미끼 같은데요? 은서는 우석을 바라보며 빙긋이 미소를 지었다. 어깨를 으쓱한 그가 포장을 도왔다.

"간단하게 다 같이 저녁 식사 한번 하시죠."

"하임이 때문에 힘들어요."

은서는 눈치껏 작게 말하곤 수강생들이 만든 마카롱을 순서대로 포장해 주었다.

그들이 떠나자마자 타이밍 좋게 하임이가 진주의 손을 잡고 말짱한 눈빛으로 나왔다.

"저는 가 볼게요."

은서는 잡을 새도 없이 부리나케 가게를 나서는 진주를 보고 헛웃음을 삼켰다. 제 딴엔 눈치껏 피해 준 모양인데 우석하고만 있으면 매번 저런다. 헛다리 짚지 말라고 말해 줄 수도 없고.

은서는 아이를 안아 들었다.

"언니랑 잘 놀았어?"

"어, 선생님이다!"

대답 대신 우석을 발견한 하임이가 팔을 뻗었다. 말릴 새도 없이 우석이 아이를 냉큼 빼앗아 간다.

"우리 하임이 선생님하고 병원 가서 놀까?"

"버릇 나빠져서 안 돼요."

"무슨 버릇이요?"

"병원이 놀이터인 줄 알잖아요."

우석의 병원은 아이들과 엄마들에게 인기가 좋다. 의사 선생님들 실력이 좋기도 하지만 놀이 시설과 동화책이 많아서 그렇다. 하임이만 해도 가게만 나오면 쪼르르 병원에 올라가려고 해서 곤란하다.

우석은 은서가 정색하자 아쉬운 마음에 눈을 찡긋했다.

"우리 하임이 다음에 놀러 와야겠다."

"지금 가고 싶은데."

은서는 입을 삐죽이는 아이를 달랬다.

"다음에. 대신 엄마랑 같이 선생님 배웅해 드리고 편의점 가자."

"네! 편의점 좋아요."

아이의 손을 잡고 밖으로 나오자 바람이 시원하게 느껴졌다. 달콤한 향에 흠뻑 젖어 있다 보면 상쾌한 바람이 가끔 그리운데 딱 원하던 시원한 맛이었다.

"하임아, '선생님 안녕히 가세요.'라고 인사해야지?"

하임이 반응을 보이지 않자 은서는 쪼그려 앉아 아이와 눈을 맞췄다.

"왜 그래. 엄마랑 편의점 가기로 약속했잖아."

"……!"

듣고 있는 건지 아닌지, 하임이가 토끼 눈을 한 채 그녀의 뒤를 빤히 응시하고 있었다.

"우리 딸 왜 그럴까. 병원 가고 싶은 거야?"

"아냐, 아냐. 까만 아저씨가 째려봐서 그래."

짱짱하게 울리는 목청 좋은 하임이의 목소리에 은서는 미간을 좁혔다.

"쉿."

"우리 째려보는데……. 저 아저씨 커다란 곰 같아. 무서워."

"그런 말 하면 못써!"

당황한 은서는 낮지만 근엄한 목소리를 냈다. 동물을 좋아하고 관찰력이 좋은 하임이는 가끔 이렇게 난감한 상황을 만든다. 지난번엔 파마한 수강생에게 푸들을 닮았다고 해서 곤란했었다. 그나마 공룡의 종류가 아니어서 다행이라고 해야 하나. 아이라 악의는 없지만 당하는 어른들은 황당하리라. 아이를 대신해 사과하는 건 엄마의 몫. 은서는 '곰 같은 아저씨'라고 표현된 남자를 향해 고개를 틀다 그대로 굳고 말았다.

"⋯⋯?!"

3

아무래도 시력에 이상이 생겼나 보다. 혹은 다시 몸에 무리가 왔든지. 그렇지 않고서야 헛것이 보일 리 없다. 착시이길 바라며 눈을 감았다 떴지만 여전히 그녀의 시야에 꽉 들어찬 남자가 낯설지 않다. 앉지도 서지도 못한, 엉거주춤한 몸이 무너질 것 같아 간신히 손바닥으로 땅바닥을 짚었다.

'어떻게 여기에……?'

은서는 그 짧은 사이 속으로 자신을 향해 한여름 쏟아지는 소나기처럼 원망을 퍼부었다.

엄마, 현정의 말을 들었어야 했다. 아무리 버려진 집처럼 방치돼 있어도 그가 자란 곳이다. 삶의 질이 달라졌어도 한 번쯤은 와 볼 수 있는 곳. 그럼에도 불구하고 마주치지 않을 거라 장담했던 건 감히 가늠할 수 없는 아픔을 겪은 곳이기에 외면할 거라 생각했기 때문이다. 여태껏 그래 왔으니까.

'어떻게 해야 할까? 어떻게 하지?'

슬쩍 고개를 내리고 정신을 차리려 입술을 짓씹어 보지만 대처 방안이 떠오르지 않는다. 오직 매달릴 곳이라면 이수가 저를 못 알아봤길 바랄 밖에.

봄날 정원의 잡초처럼 생각이 들쭉날쭉 넘쳐날 때였다. 하임이의 목소리가 선명하게 귓가를 파고든다.

"엄마, 편의점 안 가?"

"……가, 가자."

은서는 속삭이듯 대답하고 간신히 무릎을 짚고 일어섰다. 아무렇지 않게 걸음을 떼야 하는데 몸이 삐걱거린다. 아이를 감추듯 앞세우고 겨우 한 걸음 내디딜 때였다. 묵직한 남자의 목소리가 골목 안을 울린다.

"……오랜만, 입니다."

안타깝게도 그녀가 바란 요행은 일어나지 않았다. 설상가상 하임이가 칭얼댄다.

"엄마, 하임이 손 아파. 빨개졌어. 호 해 줘."

"어? 미안."

저도 모르게 아이의 손을 잡은 손에 힘을 줬는지 뽀얀 손이 붉어져 있었다. 못 들은 척 걸음을 떼려고 할 때였다. 서늘한 음성이 발길을 잡는다.

"서은서, 씨."

"엄마, 저 아저씨가 엄마 이름 불렀어? 어떻게 알았지?"

은서는 눈을 질끈 감았다 떴다. 그리고 고집스럽게 이수를 빤히 올려다보는 아이를 막아서며 몸을 틀었다. 어른거리는 그림자가 느릿하게 가까워지는데 하임이의 발이 먼저 움직인다.

"아빠, 우리 아빠야!"

느닷없는 말에 은서는 놀란 눈을 하고 하임이를 내려다보았다. 작은 손이 어느새 우석의 바지 주머니를 옴팡지게 쥐고 있었다. 마치 낯선 사람에게서 엄마와 저를 보호해 달라고 매달리는 것처럼. 덕분에 다가오던 이수도 멈칫하고 은서와 우석의 황망한 시선이 허공에서 부딪쳤다.

"……?!"

"……!?"

우석이 먼저 당혹스러운 표정을 지우고 아이를 안아 들었다.

"우리 하임이 낯선 아저씨가 무서웠구나? 괜찮아. 엄마 아시는 분이야. 맞죠? 은서 씨."

상황을 정리해 준 게 고마워 고개가 절로 끄덕여진다. 겨우 입을 떼는데 그 짧은 사이 말라붙은 입술에서 쩍 소리가 난다.

"그러니까 저 아저씨는……."

"친구."

건조한 이수의 목소리가 끼어들었고 하임이가 또랑또랑한 목소리로 대꾸했다.

"아닌데. 엄마, 엄마 친구 아니지이~."

엄마의 친구라곤 나래와 유성만 보아 온 아이라 부정할 만했다. 하임이의 반응도 난감한데 이수가 한술 더 뜬다.

"맞아. 엄마 친구."

하임이가 지지 않고 이수를 빤히 쳐다본다. 엄마의 두려움을 감지한 아이는 낯선 이를 잔뜩 경계하는 눈빛을 하고 있었다.

"아저씨 거짓말쟁이야."

순식간에 벌어진 난감한 상황에 어른들은 시간에 갇힌 듯 그 누구도 입을 떼지 못했다. 묘한 정적을 깬 건 이수의 뒤에 서 있던 여자였다.

"공주님, 너 엄청 귀엽다. 이 아저씨 무서운 사람도, 거짓말쟁이도 아닌데. 이수 씨, 이분 친구였어요?"

여자는 어느새 이수의 곁으로 다가와 여유로운 미소를 짓고 있었다. 어른들을 놀라게 한 아이의 행동이 재미있다는 듯 눈을 반짝이면서.

지금의 상황이 현실 같지 않아 말문이 막힌 은서에게 우석이 부드럽게 부르며 눈을 맞춰 왔다.

"은서 씨. 하임이 제가 데려갈게요."

"그럼, 부탁 좀 할게요. 하임이 선생님 병원 가서 놀고 있어."

도리도리. 하임이 고집스럽게 고개를 마구 젓는다. 난처해진 은서는 아이를 달랬다.

"……가고 싶다고 했잖아. 놀고 있으면 엄마가 바로 데리러 갈게."

은서는 싫다는 듯 제게 팔을 뻗어 오는 하임이를 보고 난감한 표정을 했다. 다급한 눈빛을 읽기라도 한 듯 우석이 구원의 손길을 내밀어 준다.

"우리 공주님, 편의점에 있는 뽀로로, 병원 냉장고에 많은데. 선생님 심심한데 조금만 놀아 주라."

우석에게 안겨 있던 하임이가 마지못해 허락하듯 그의 어깨에 뺨을 기댄다.

"그럼, 우린 올라가 있을게요."

"네. 저도 곧 올라갈게요."

우석에게 안겨 옮겨지면서도 새카만 아이의 눈망울은 이수에게서 떨어질 줄 몰랐다.

조곤조곤 차분한 목소리가 귓가에 감긴다.

"이수 씨 친구라고 하니, 정식으로 인사할게요. 윤세진입니다."

"아, 네……."

은서는 얼결에 대답해 놓고 여자가 내민 손을 바라보았다. 잡아야 하나 말아야 하나 망설이는데 커다란 손이 여자의 하얀 손목을 거둬들인다.

여자는 손이 잡힌 채로 쌩긋 웃는다.

"인사 나누고 싶은데. 자기가- 아 나 좀 봐. 못 들은 거로 해 주세요. 그래 주실 거죠? 아직 언론에 발표 전이라……."

친밀도를 알려 주는 '자기'라는 호칭에 이수의 보이지 않는 눈동자와 은서의 눈이 마주쳤다.

대답할 사이도 없이 여자가 당황한 듯 말을 이었다.

"이수 씨, 어떻게 해요. 나 실수한 것 같은데."

"……."

"친구라고 해서 나도 모르게 습관대로 말이 나와 버렸어요."

"잠깐, 자리 비켜 줘."

착각인지 모르겠지만 여자에게 말하는 이수의 목소리가 사무적이었다. 아니다. 여자에게 소개해 줄 정도의 친분은 아니라는 뜻이리라. 삭제해 버리고 싶은 인연일 테니까.

어쨌든 걸음을 옮겨 거리를 두면서도 여자의 시선이 그들에게 묶인다.

은서는 호기심 담은 눈빛이 불편해 먼저 입술을 움직였다.

"여긴-."

"딸, 입니까."

동시에 말을 뱉었지만 은서의 것이 이수의 목소리에 묻혔다. 낯선 존댓말 때문인지 더 딱딱하게 느껴졌다. 마치 죄인을 심문하는 사람처럼 그의 얼굴이 굳어 있었다. 기에 눌린 은서가 겨우 대답했다.

"……네."

"그래요."

질문도, 대답도 참 뜬금없다. 덕분에 고심 끝에 생각해 낸 오랜만이에요, 라는 인사가 은서의 입 안에서만 맴돌다 삼켜졌다.

"그럼…… 이만-."

"할 얘기 있습니다. 아니 용건인가."

이수의 목소리가 고저 없이 흘러나왔다. 그의 말에 상황을 종료시키려던 은서는 당황한 낯빛으로 이수를 흘긋 올려다보았다.

"무슨 용건이……?"

"언제가 편합니까. 지금은 서로 곤란할 것 같은데."

은서는 선뜻 대답하지 못했다. 또 만나야 한다는 부담감이 그녀를 침묵하게 만든다. 저만큼은 아니겠지만 이수도 뜻밖의 만남이 당혹스러울 거다. 혹은 불편하거나. 그런데 왜 또다시 만나자는 건지 감이 오지 않는다. 은서는 전력 질주 한 것처럼 쿵쿵대는 심장을 진정시키기 위해 가슴 밑으로 양팔을 모아 엇갈렸다. 숨 쉬는 것도 버거웠는데 때맞춰 사락사락 먼지를 모을 정도의 바람이 불어와 숨통을 틔워 준다.

"가게, 하고 있어요. 괜찮으면 내일 오전 11시. 아니, 10시 이후면-."

은서는 말을 끝맺지 못했다. 얼굴이 알려진 이수가 움직이는 게 불편할 거라는 생각이 뒤늦게 떠올랐기 때문이다. 고심 끝에 말을 이었다.

"불편하면 내가 움직일게요. 있는 곳 알려 주시면⋯⋯."

"아닙니다. 집에 올 일 있어요. 괜찮습니까."

이수는 최대한 감정을 빼고 문장을 나열했다. 실수를 하지 않기 위해. 은서는 건조한 이수의 목소리가 낯설기도, 불안하기도 해서 혼란스러웠다. 당연한 건데 말이다. 그나마 마음이 조금 놓이는 건 일부러 저를 만나러 오는 게 아니라, 볼일이 있어서 오는 김에 들르겠다는 것 같아서다. 해석이 되자 왠지 모르게 긴장이 풀린다.

"네, 편한 대로 하세요."

은서는 용기를 내서 정면으로 이수를 바라보았다. 선글라스 너머 그의 시선이 가게를 향하는지, 아이가 사라진 2층을 향하는지, 턱이 살짝 들려 있었다. 똑같네. 이수와는 항상 지금처럼 미묘하게 시선이 엇갈렸었다. 그때는 신장의 차이 때문이라고 생각했는데 아니었다.

'여기까지 온 거 보면 조금은 괜찮아진 거겠지.'

차마 목소리로 낼 수 없는 안부를 마음으로 물어보고 처분만 기다리듯 은서는 자리를 뜨지 못했다. 얼마나 그렇게 서 있었을까. 은서는 부드러운 목소리에 정신을 차렸다.

"이수 씨, 인사 나눴으면 우리 가요. 저녁 되니까 추워지는 것 같아."

속삭이는 듯 말하고 여자가 팔짱을 끼듯 이수의 팔을 잡는다.

이수는 여자가 걱정되는지 하얀 손을 덮듯 겹쳐 잡더니 '그럼.'이라고 인사 같지 않은 말을 남기고 몸을 돌렸다.

은서는 나란히 걷는 그들의 뒷모습을 멍하니 바라보았다.

며칠 사이 선선해진 가을바람이 제법 매서웠다.

그의 체취와 여자에게서 나는 도회적인 향이 묘하게 어우러져 후각을 자극할 정도로.

가까이서 본 여자는 더 아름다웠다. 큰 키에 아찔한 하이힐을 신었는데도 과하지 않아 보이고 세련된 감각의 원피스는 볼륨감 있는 여자의 몸을 한층 돋보이게 했다. 애교 섞인 매너까지 흠잡을 곳 하나 없었다.

"앞치마라도 벗고 나올걸."

은서는 손등으로 눈가를 쓱 훑었다.

눈이 따끔거려 걱정했는데 다행히 물기는 묻어나지 않는다. 잘 지냈느냐는 흔한 안부는 평생 묻지 못할 거다. 잘 지내지 못하는 것을 잘 알기에.

두 사람의 뒷모습이 소실점이 되어 사라지고도 은서는 자리를 뜨지 못했다. 가게를 나설 때만 해도 맛있다고 생각했던 바람이 뼈가 시리도록 차갑게 느껴지는데도.

* * *

목적지가 가까워지자 세진은 옆자리에 앉은 이수를 살피고 속도를 줄였다. 핸들을 두드리는 손가락에 조바심이 묻어난다. 이대로 호텔에 도착하면 대화할 기회가 사라질 텐데 어쩐다. 이수는 차에 타자마자 피곤하다며 팔짱을 끼고 눈을 감았다. 마치 대화를 차단하듯. 제가 한 짓이 있으니 어느 정도 푸대접은 예상했는데 생각보다 반발이 컸다. 이수와 공항에서 헤어지고 얼굴 보는 건 고사하고 제대로 된 통화조차 하지 못했으니까. 좀 더 기다렸어야 했나? 세진은 속으로 고개를 저었다. 동의 없이 한국에 따라 들어온 것도, 언론에 자신을 노출시킨 것도 그녀의 계획이었다.

요즘 이수의 행동이 그녀를 안달 나게 했으니까. 그리고 어떤 짓을 해도 넘어가 주던 남자가 마치 이별을 예고하듯 선을 긋기 시작했으니까.

먼저 이별을 통보하지 않을 거라 장담했었다. 그 확신이 흔들리니 조바심이 난다.

세진은 이번엔 어떻게든 이 미적지근한 관계를 발전시킬 생각이다.

백미러로 제 얼굴을 확인하고 미소를 지어 보인 그녀가 너른 이수의 어깨를 슬며시 두드렸다.

"이수 씨, 곧 호텔에 도착해요."

"……?"

이수의 눈꺼풀이 깊게 접힌다. 차를 얻어 타고도 세진이 옆에 있다는 걸 잊고 있었다. 정확히 말하면 머릿속이 너무 복잡해서 그녀가 안중에 없었다.

"시차 적응 아직 못 해서 그래요? 아니면 어디 불편한 거예요?"

"아니, 괜찮아."

"갑자기 찾아와서 화난 건 아니죠?"

자신이 잘못한 건 알고 있는지 드물게 눈치를 본다. 이수는 입을 떼기조차 귀찮아 대충 고개만 끄덕였다.

'화난 게 아니라고?'

세진은 틈을 놓치지 않고 정면만 바라보는 이수의 어깨에 머리를 기대며 콧소리를 냈다.

"아까 아이 때문에 기분 상했죠? 어떻게 사람한테 곰이라고 해."

"아이?"

되묻는 이수의 미간이 좁혀졌다. 은서가 아이 엄마라는 걸 눈으로 보고도 믿기지 않는다. 어쩌면 믿기 싫었던 건지도. 그의 시선이 뒤늦게 생글거리는 세진에게로 향했다.

세진을 보고 당황하던 은서의 얼굴이 떠올랐다. 문득 헛웃음이 새어 나온다. 장담하건대 아무리 놀랐어도 저가 놀란 것에 비할 수 없을 거다. 은서가 아이를 낳았다는 게 아직도 현실감 없으니까.

"아 참, 아까 그 여자 누구예요?"

대답 대신 빤한 시선이 닿자 세진은 왠지 짜증이 일었다. 이수를 보고 눈에 띄게 당황하던 그 여자도, 이 남자도 뭔지 모르게 신경을 건드린다.

"어려 보이던데, 혹시 후배예요?"

"……."

"결혼 일찍 했나 봐요. 남편도 자상해 보이고. 부럽긴 한데, 부부가 딱 봐도 딸 바보 같아요. 아이를 너무 버릇없이 키우는 것 같아."

"……뭐라고 했어?"

"안 듣고 있었어요?"

숨도 못 쉬게 위화감을 조성할 땐 언제고 멍한 표정을 짓는 이수가 황당했다. 마치 나사 하나 빠진 것 같은 얼굴이 낯설어 세진은 곱게 눈을 흘겼다.

"설마, 첫사랑이에요?"

대답이 없는데도 세진은 이내 입꼬리를 올렸다. 특별할 게 없는 여자였다. 차분한 이미지에 예쁘긴 해도 전체적으로 수수한. 낯이 익다고 생각할 정도로 흔한 얼굴의 소유자. 더구나 맹랑한 아이까지 있는데 무슨 상관일까. 세진은 쓸데없는 생각을 접고 이수의 가슴에 손을 올렸다.

"나 배고파요. 룸서비스 시켜 주면 안 돼요?"

이수는 세진의 손을 떼어 운전대에 올려 주었다.

"연락할게."

"나 조금 서운해요. 우리 처음도 아닌데, 같이 있어도 되잖아요."

이수는 침묵을 고수했다. 세진에게 할 이야기가 있어서 호텔로 찾아온 그녀의 차에 탔다. 다만 예상하지 못한 복병을 만난 탓에 새하얗게 탈색된 뇌가 문제다. 이런 상태로는 대화가 불가능하니까.

"기자들 때문에 그래요? 어차피 우리 결혼-."

"세진아, 결혼 혼자 하는 거 아니잖아."

"이수 씨……."

세진은 아차, 싶어 입술을 잘근 씹었다. 너무 조급하게 굴었다는 때늦은 후회에 애써 미소를 지었다.

"내 말은."

"지금은 가. 연락할게."

"하나만요. 아빠가 언제 소개해 줄 거냐고 재촉해서 마음이 급했어요. 한국 온 김에 우리 부모님은 만나 줄 거죠?"

"할머님은 괜찮으신가."

"네……? 아, 네. 많이 좋아지셨어요. 이수 씨가 신경 써 주는 것 같아서 너무 좋다."

이수와 동행하려고 할머니 핑계를 댔었다. 세진은 순간 그가 병문안이라도 온다고 할까 봐 덜컥 겁이 난다.

"곧 퇴원하실 수 있을 것 같아요. 연락 줘요."

"그래."

제 할 말만 하고 차에서 내린 이수의 뒷모습을 보고 세진은 미간을 좁혔다. 뭐가 급한지 로비를 가로지르며 통화를 하는 그의 모습이 낯설다. 이수는 자기 관리가 철저한 남자였다. 언행 또한 가볍지 않고. 그런 그가 뭔가에 쫓기듯 다급하게 구는 게 불안하다.

세진은 붉은 립스틱이 발린 입술을 질근 씹었다.

"다 잡았다고 생각했는데……."

할 말이 있다고? 어떤 루트로 다가가도 눈길을 주지 않는 남자였다. 여자에게 매너 없고 멋없기로는 이수를 따라올 남자가 없다고 소문이 날 정도로 무심한 성격이었다. 그래서였나. 손만 뻗으면 잡을 수 있는 남자들과는 다른 그에게 끌렸다. 아니 오기로라도 갖고 싶었다. 그래서 공을 들였다. 유치원과 초등학교, 중고교를 거치듯 단계를 밟아서 천천히 다가갔다. 그러던 중 기회가 왔고 망설이지 않고 그 기회를 거머쥐었다. 그런데 생각지도 못한 난관이 그녀를 지치게 만들었다. 놓아 버릴까, 수없이 고민했지만 그녀는 대안을 찾았다. 염증이 날 만큼 그를 기다려 줄 수 있었던 건 종착지만 이수면 되니까.

세진은 시동을 걸고 한쪽 입꼬리를 올렸다.

"지루한 건 딱 질색인데."

대단한 남자야. 세진은 휴대폰 단축 번호를 눌렀다. 곧 와인색 세단이 미끄러지듯 호텔을 빠져나간다.

* * *

호출을 받고 스카이라운지에 올라온 찬은 실내를 둘러보았다. 바에 앉아 있는 이수를 발견하고 어리둥절한 채 걸음을 옮긴다. 체육인이라 알코올을 멀리하는 것도 있지만 이수는 선천적으로 술이 약했다. 거기다 호된 신고식을 치르고 나선 아예 술을 입에 대지 않는다. 그런 녀석이 왜 라운지로 오라고 한 건지 모르겠다.

이수의 옆에 앉으며 물었다.

"무슨 일이야."

아니나 다를까. 이수의 앞에는 바닥을 보이는 생수병이 놓여 있고 그의 손에선 마시지 않은 술잔이 데워지고 있었다.

찬은 가볍게 칵테일을 주문했다.

"마실 것도 아니면서 술은 왜 시켰어? 초저녁부터 라운지는 또 뭐고."

"칵테일 갖고 되겠어?"

"내가 말했잖아. 다신 너랑 술 안 마신다고. 왜 올라오라고 했어? 분위기는 왜 이렇게 싸한데?"

"은서."

이름만 듣고도 찬의 미간이 구겨진다. 어떻게 지내는지 알아보라고 말한 게 며칠이나 됐다고 닦달하는 건지. 이미 은서의 소식은 들었다. 하지만 입으로 옮기기엔 너무 엄청난 내용이라 차일피일 미루는 중이었다. 때맞춰 나온 칵테일로 입술을 축일 때였다.

"봤다."

"뭘?"

"은서. 나한테 할 말 없어?"

"커, 컥."

이수의 말에 찬은 사레가 들려 잔기침을 쏟아 내고 다급히 물었다.

"지, 집에 갔었어?"

"앞까지만."

차마 집까지 들어갈 용기가 나지 않았다. 세진이 옆에 있어서기도 했고.

"이제 설명해 봐."

"뭘 봤기에 귀신 본 표정이야."

찬은 말문을 열면서도 이수가 은서를 만나려는 이유가 궁금해진다. 단순하게 빚을 갚고 싶어서인지 아닌지. 차라리 빚을 갚을 생각이라면 다행인데 왠지 석연치 않다. 마치 뒤통수를 맞을 것 같은 느낌. 왠지 뒷덜미가 싸하다. 이제 와서 뭘 하자는 건지 모르겠지만 버스는 이미 떠났다. 상황 종료, 미션 클리어라고.

찬은 미련을 끊어 주자는 심정으로 말했다.

"봤으면 사는 곳은 알았을 거고."

"그리고?"

"독촉하지 마. 말할 테니까."

저절로 숨이 골라진다. 찬도 은서가 그 동네에서 그런 모습으로 살고 있을 줄은 꿈에도 몰랐기에 말을 옮기는 게 쉽지 않다.

"유학 가서 남자 만났다나 봐. 결혼 준비 중에 사고 났고."

"사고……?"

"죽었대. 남편 될 사람. 그래서 혼자 애 낳았고. 가게 오픈한 지 3년 정도 됐대. 그게 내가 아는 내용의 다야. 야!"

찬은 버럭 목소리를 높이고 이수의 손에 쥐어진 투명 크리스털 잔을 힘줘 빼앗았다. 그의 악력에 유리잔이 깨질 것 같았기 때문이었다.

그만큼 겉으로 드러난 이수의 신체가 굳다 못해 손등에 퍼런 정맥이 툭툭 튕겨 올라와 있었다.

이수는 듣고도 믿기 어렵다는 듯 되물었다.

"혼자 애를 낳았다고……?"

"그래."

이수 앞에서 술을 마시지 않겠다고 맹세한 것을 새까맣게 잊은 찬이 위스키를 시켰다.

이수는 미간을 좁힌 채 골몰했다. 찬의 얘기와 아까의 상황이 어딘가 맞지 않다. 복기하듯 생각을 곱씹던 그가 의아한 듯 물었다.

"잘못 알고 있는 거 아니야?"

"뭐가?"

"남자가 있었어. 아이가 '아빠'라고, 불렀고."

"재혼했나. 아, 몰라. 남자 생겼나 보지 뭐."

찬은 말이 심했다 싶어 흘긋 이수를 쳐다보며 정정했다.

"남자 생긴 건 모르겠고. 설이한테 들었는데 틀린 정본 아닐 거야."

이수의 유명세 탓에 흥신소에 의뢰할 일은 아니었다. 고민하다 쌍둥이 동생 설에게 전화했더니 미주알고주알 너무 상세하게 알려 줬다.

"결론은 미혼모지 뭐. 어릴 때부터 까짐이 남달랐잖아."

학창 시절 은서도, 이수도 유명했었다. 이수를 혼자 마음에 두었던 설이 은서를 좋게 말할 리 없기에 비아냥댄 동생의 말을 그대로 옮길 순 없었다.

내내 침묵하던 이수가 입을 뗐다.

"혹시 은서네, 무슨 일 있었대?"

"아니. 여전하시지. 아버님 퇴직해서 한국으로 아주 들어왔을걸. 뭐가 궁금한데?"

"가게를 왜……?"

몸도 약한 애가, 라는 뒷말이 이수의 입 속으로 사라졌지만 찬은 알 수 있었다.

"취민가 보지. 걔 어릴 때도 빵이며 과자며 구워서 너한테 날랐잖아."

"하!"

이수는 황당함을 감추지 못하고 생수를 들이켰다. 그런 그를 보고 찬은 다시 찾아드는 낭패감을 감추지 못했다. 초등학교 때부터 이수와 같이 야구를 시작했다. 아버지는 뼛속까지 야구인이었다. 그러다 보니 남다른 재능을 보이는 이수를 유난히 아꼈다. 야구에 재능이 없는 아들은 단칼에 잘라 낸 분이 말이다. 중고교 내내 이수의 감독이었던 아버지는 어려움이 닥친 제자를 위해 망설임 없이 미국행을 결정했다. 그리고 아버지가 그런 결단을 내릴 수 있었던 건 은서의 도움이 컸다.

이수가 미국으로 가기 전 은서가 집으로 아버지를 찾아왔었다.

통장과 카드를 내밀며 협박 같은 애원을 했다.

"오빠 하루 세끼 밥만 굶지 않게 해 주세요. 이거 거절하면 저 죽어요, 아저씨."

아버지는 말없이 은서를 바라보다 그것을 받아 들었다. 이수의 뒷바라지를 아버지 혼자 감당할 만한 형편이 안 되기도 했고 은서가 안쓰러워서였다. 그렇게 떠난 아버지가 2년 만에 혼자 귀국해서 이수의 개인 매니저를 해 보는 게 어떻겠냐고 물어 왔다.

"무슨 일 있으세요?"

"네 엄마 전화로 잔소리하는 것도 듣기 싫고, 이젠 늙었잖아. 몸이 삐걱거려. 이수 포기하기엔 아깝다."

마이너 리그에서 몇 년씩 구르는 선수에게 에이전시가 있을 턱이 없었다. 에이전트, 트레이너 역할을 아버지가 해 왔던 거다.

"제가 뭘 할 줄 안다고요."

"도울 것 없다. 지가 이겨 내야지. 친구니까 말벗이나 해 줘. 너 공부도할 겸."

이수와 둘도 없는 친구였고 그도 군대를 다녀와 복학 준비 중이었기에 고민은 길지 않았다.

결정을 내리자 아버지는 단단히 입단속을 시켰었다.

"다른 건 몰라도 은서 얘긴 절대 함구해. 이수가 알아서 좋을 것 없으니까."

"걱정 마세요."

철석같이 약속해 놓고, 사람은 망각의 동물이었다. 이수와 뒤엉켜 갖은 고생을 하며 파란만장한 시간을 보내고 결실을 봤던 어느 날이었다.

그날은 뭐에 홀렸는지 술김에 저도 모르게 입을 놀렸다.

구단과의 재계약을 앞두고 이수의 몸값이 천정부지로 치솟아 흥분했는지도 모르겠다.

"이제 결혼해야지?"

이수는 늘 그렇듯 대답이 없었다.

"세진 씨 정도면 뭐, 어쨌든 너라면 사족을 못 쓰니까 괜찮잖아. 하여튼 여복도 많아요. 짝사랑 오빠, 밥 굶을까 봐 통장 갖다 바치는 애도 있고."

"……그게 무슨 말이야?"

서늘한 기운에 바로 입을 닫았지만 이미 늦었다는 것을 이수의 시퍼런 눈빛을 보고 알아챘다.

대충 둘러댔지만 이수는 집요했고 결국 이실직고하고 말았던 거다.

'내가 죽일 놈이지.'

지워 줘도 시원찮은 일을 떠올리게 했으니 욕을 처먹어도 싸다. 하지만 계약까지 미루고 한국으로 날아온 이유는 될 수 없었다.

'그렇다면……'

아니지? 찬은 석상처럼 굳어 있는 이수에게서 눈을 떼지 못했다.

* * *

미각에 이상이 생겼는지 오렌지가 들어가 상큼해야 하는 마들렌이 쓰게 느껴진다. 음식물 처리기에 쿠키를 쏟아붓고 다시 프랑스 소금과 고메 버터 유통 기한을 확인했다.

"아직도 멀었는데……."

유통 기한도, 노릇하게 구워진 색감과 모양도 이상이 없다. 다시 재료를 점검하고 팔을 걷어붙였다.

"……이럴 땐 수작업이 최고지."

아몬드 가루를 체질하고 색소를 넣고, 손을 분주히 놀려 본다. 하지만 심기일전하고 덤빈 게 무색하게 이내 흰자를 분리해 머랭을 올리던 팔이 툭, 하고 힘을 잃는다.

자신을 향한 조소가 절로 흘러나온다.

"이 바보 멍청이. 인사 정도는 해도 되잖아……."

가끔 생각했었다. 살다 보면 영화의 엔딩 장면처럼 우연히 이수와 마주치는 날이 올지도 모른다고. 그래서 미소 짓는 연습을 하고 먼저 인사를 건네 보겠다는 야무진 계획도 세웠었다. 조금 더 용기를 내서 차 한잔하자는 말도 먼저 건네 보겠다고.

제법 괜찮은 시나리오였다. 그런데 왜 꿀 먹은 벙어리가 됐던 걸까. 오류, 시기의 오류 때문이었다. 그녀가 바랐던 그와의 만남은 살집이 어느 정도 붙고 머리엔 브리지를 넣은 것처럼 희끗희끗한 세월이 녹아든 때였으니까.

그때쯤이면 가슴속 상처는 딱지가 아니라 아예 박리가 안 되는 거뭇한 피부가 되어 있을 테니까. 하임이는…… 다 컸을 거고. 너무 이른 해후에 인사는 고사하고 이수 앞에서 숨 쉬는 것조차 버거웠다. 은서는 조리대에 기댔던 몸이 미끄러지듯 주저앉는 걸 막지 않았다. 대신 무릎을 세워 양팔로 꼭 끌어안았다.

임신 사실을 알게 되고 그를 찾아갔다. 혹시라도 기억을 하면 어쩌나, 하는 두려움이 컸지만 살아가면서 우연이라도 마주치지 말아야 했기에 용기를 냈다.

그리고 처음이자 마지막으로 배 속의 아기에게 아빠의 얼굴을 보여 주고 싶었다. 들리지 않겠지만 목소리를 들려주고 싶었다. 숨어서가 아니라 당당하게.

이수의 반응은 예상했던 대로였다.

반겨 줄 거라는 생각은 하지 않았지만 갑작스럽게 찾아온 불청객을 바라봐 주지 않았다. 익숙한 그의 집 차고 앞에서의 조우. 외출 준비 중이었던 그는 차에 타고 있었고 은서는 담담하게 방문 목적을 말했다.

5년 전 그날 끌어다 쓴 용기가 제 한계치였는지 이수를 마주하자 온몸의 피가 다 빠져나가는 기분이었다. 정확히는 아이를 응시하는 그의 집요한 눈빛에 눈앞이 노랬다.

"딸, 입니까."

은서는 아직도 사시나무 떨듯 떨리는 몸을 더 옹송그렸다.

"그래요. 내 딸이에요. 내 딸……."

지금까지 그래 왔듯 아무도 몰라야 한다. 정이수도. 그 누구도. 이수는 그의 삶을, 저는 저의 삶을 지금처럼 살아가면 된다.

듣는 이 없는 공간에 은서의 목소리가 낮게 퍼진다.

"미안해, 하임아."

아이를 데리러 병원에 올라갔을 땐 하임이는 어느새 밝은 얼굴을 하고 있었다.

"까만 아저씨 갔어?"

"어. 그렇게 무서웠어?"

고개를 끄덕이는 아이를 꼭 안아 버렸다. 해맑은 눈으로 바라보는데 죄인이 된 것 같아 눈을 마주할 수 없었으니까.

"하임아, 아저씨 있잖아. 많이 착한 사람이야."

"정말?"

"응, 정말."

"엄마 거짓말 안 하지~. 아저씬 착한 사람이지~."

고개를 끄덕여 주자 하임이는 바로 무슨 일이 있었냐는 듯 품에서 벗어나 친구들에게로 달려갔다. 아이들처럼 단순하면 얼마나 좋을까. 허전해진 품이 아쉬워 멍해 있는데 우석이 물었다.

"아까, 정이수 선수 맞죠? 제가 팬이라서 한눈에 알아봤습니다."

부정도 할 수 없게 확신에 찬 눈빛을 하고 있었다.

"아, 저를 만나러 온 게 아니고 지나다가~. 그러니까 정이수 선수 본가가 이 동네예요. 친한 사이는 아니고, 그냥 안면 있는 정도였는데 모르는 척하는 게 걸렸나 봐요. 유명인이잖아요."

괜한 오해를 할까 봐, 이리저리 둘러대다 보니 오히려 변명하는 꼴이 되고 말았다.

우석은 다 안다는 듯 사람 좋은 미소를 짓고 있었다.

"은서 씨, 스트레스 쌓일 땐 매운 게 최곤데. 제가 마침 매운 갈비찜 아주 끝장나게 잘하는 곳을 알고 있습니다. 오늘 저녁은 어렵겠죠?"

"죄송해요. 다음에, 제가 꼭 다음에 식사 대접할게요. 매운 갈비, 끝장나는 그거로요."

우석을 등지고 나오는데 뒤통수가 따끔거렸다. 허둥대는 꼴을 보고 무슨 생각을 했을까.

은서는 문득 이수와 여자에게도 못난 모습을 보인 것 같아 입술 안쪽 여린 살을 씹었다.

"서로 곤란할 것 같다고······?"

이수는 곤란해 보였다. 아름다운 연인이 기다리고 있었으니까. 하지만 은서는 내일을 기다리는 게 더 곤란하다. 마치 지옥문 앞에서 판결문을 기다리는 죄인처럼.

누군가를 사랑하는 게 죄라면 자신의 죄질은 어느 누구의 것보다 무거울 거다.

혼자 하는 사랑, 전문 용어로 외사랑은 정말 할 게 못 된다. 가슴에 돌무덤을 쌓는 짓이었다.

이렇게 무거울 줄 알았다면, 이렇게 숨 막혀 죽을 것 같을 줄 알았다면 어떻게든 피했을 텐데. 그걸 증명하듯 이수를 마주한 순간 가슴이 먼저 반응했다. 이수와 함께 온 여자에게 자꾸 눈길이 갔다. 이번 생은 원 없이 짝사랑해 본 거로 만족하겠다고 다짐까지 해 놓고서 말이다.

그래도 끊어 내야 하기에 은서는 겨우 몸을 일으켜서 반죽을 짤 주머니에 넣었다.

"움직여. 움직이면 돼."

의욕이 과했는지 테플론 시트 아래 깔아 둔 패턴지 모형을 무시한 채

호떡만 한 크기의 쿠키가 만들어지고 있었다.

* * *

마당을 밟은 이수는 할 말을 잃었다. 마치 아날로그 박물관에 온 듯 아버지의 흔적이 마당 곳곳에 고스란히 남아 있었다. 담장을 빙 두른 색 바랜 그물, 마운드와 스트라이크 존, 하다못해 공을 담은 낡은 나무 상자까지. 대부분 낡아서 뜯어지고 훼손돼 있었지만 그래서 더 추억이 떠오른다.

이수는 걸음을 옮겨 쇠 봉에 매달아 놓은 타이어를 손으로 쓸듯 더듬었다.

"이게 아직도……."

지금은 손목에 무리가 간다고 프로는 물론 아마추어들도 사용하지 않는 훈련 도구다. 하지만 그 시절 이수에겐 더없이 귀한 연습 도구였다. 이것을 만들어 놓고 뿌듯해하던 아버지를 기쁘게 하기 위해 자정이 다 되도록 배트를 돌리며 기본기를 다졌다. 그리고 지금은 말도 안 되게 작아 보이는 이곳에서 아버지는 아들의 캐치볼 상대를 해 줬었다.

어느 땐 투수를 자처했고, 어느 땐 타자를 자처했다. 힘든 기색 하나 없이 소리 내서 웃는 사람들보다 더 환한 미소를 짓고서. 고2 때까지 강속구를 구사하는 아들을 위해 형편이 어려웠던 아버지는 최선을 다해 투타(투수와 타자) 연습을 동시에 할 수 있는 환경을 만들어 줬던 거다.

〈아버지는 내 아들이 제일 자랑스러워.〉

하루에도 몇 번씩 주먹 쥔 손을 세우고 다른 손을 펴 둥글리며 사랑을 표현해 주시던 아버지의 모습이 아직도 눈에 선하다. 이래서 오기 싫었다. 아니다. 너무 오고 싶어서 외면했었다. 뭐 하나 버릴 게 없는 아버지와의 추억이 이 집 곳곳을 채우고 있으니까. 이수는 마당 한쪽에 굴러다니는 빛바랜 야구공을 집어 들었다. 지금까지 남아 있을 리 없는데 왠지 아버지의 손때가 묻어 있는 것 같아 눈가가 시큰해진다.

"안 온다며?"

익숙한 목소리에 얼른 마른세수를 하고 뒤를 돌아보았다.

인영을 확인한 이수는 생각을 떨치듯 가볍게 투구했다. 힘 조절이 안 됐던지 날아간 공이 낡은 그물망을 뚫고 담벼락에 부딪혀 둔탁한 소리를 낸다.

그걸 본 찬이 버럭 목소리를 높였다.

"담 무너트리려고 작정했어? 가뜩이나 무너지기 일보 직전인데. 그리고 올 거면 말을 했어야지."

"했으면."

"난 안 왔지! 바빠 죽겠는데."

찬의 구시렁거림을 한 귀로 흘려들었다. 한국에 들어온 후 저를 대신해 기자들과 야구 협회 관계자들에게 시달리고 있는 찬이었다. 오늘도 오후에 미팅이 잡혔다며 인테리어 업자 만날 시간이 없다고 투덜거리는 걸 끝까지 못 들은 척했더니 서운했나 보다.

"나보단 네가 낫잖아."

"저 조련하세요? 아주 힘이 넘쳐납니다."

"다행이네."

"물개 조련사를 하지 그랬냐? 치사한 놈아."

집에는 찬이 혼자 온 게 아니었는지 편안한 옷차림의 남자가 마당으로 나오고 있었다.

"대충 살펴봤는데요. 견적이- 어? 정이수 선수! 반갑습니다."

이수는 저를 알아보고 다짜고짜 손을 내미는 남자와 악수를 했다.

"정말 영광입니다. 정이수 선수 팬입니다."

"감사합니다."

"저 사인 좀⋯⋯."

인테리어 업자가 머리를 긁적이며 들고 있던 검은색 다이어리를 펼쳐 내밀자 이수는 펜을 들었다.

"성함이 어떻게 되시죠?"

"조용굽니다, 조용구."

사인한 것을 건네자 가보로 남기겠다며 남자는 귀까지 벌겋게 달아오른다.

"정이수 선수 생가라고 해서 무조건 제가 공사 맡겠다고 했습니다."

"잘 부탁합니다."

"근데 손만 보기엔 무린 것 같은데요. 동네가 별장으로 쓰기에는 너무 도심 한복판이고 땅값도 많이 올랐습니다. 차라리 파시는 게 낫⋯⋯."

"팔진 않을 겁니다."

불편한 기색을 알아챘는지 눈치가 빠른 남자가 바로 말을 바꿨다.

"아, 물론 알고 있습니다. 증, 개축은 원하지 않는다고 하시니까 우선 안전 진단 해 보고 연락드리겠습니다."

찬의 지인이 소개해 준 인테리어 업자는 성격이 좋아 보였다. 설명하는 내내 입을 다물고만 있는 이수에게 끝까지 친절하게 설명을 해 줬다.

집 안으로 들어서자 세입자 부부에게 아이가 있었는지 벽에 낙서가 가득했다. 뒤따라 들어온 찬이 말했다.

"너무하네. 어떻게 집을 이렇게 쓸 수 있지?"

"뭐가."

"엉망이잖아. 정이수 선수 생가라고 집 비우기 전에 손가락 하나 까딱 안 하고 보존했단다. 잘했다고 해야 하는 거냐? 화를 내야 하는 거냐?"

주방까지 둘러보고 푸념하는 찬을 보고 이수는 입꼬리만 슬쩍 올렸다.

그에겐 더없이 익숙한 환경이었다. 다리를 자유롭게 움직이지 못하는 어머니는 집안일을 하는 데 한계가 있었다. 듣지 못하기에 남들보다 몇 배로 일하는 아버지는 늘 잠잘 시간이 부족했고. 세입자도 형편이 그만그만했는지 보수 흔적이 전혀 보이지 않는다.

이수는 반쯤 떨어져 너덜거리는 문풍지를 창문에서 떼어 냈다.

"이사 비용은 줬어?"

"넘치게 줬다. 덕분에 누구 대신해서 인사 좀 받았지."

찬은 피식 입술을 늘였다.

처음부터 보증금이라고 하기엔 너무 적은 금액을 들고 들어온 가족이었다. 본인들도 아는지 이사 비용을 주겠다고 했더니 받을 수 없다고 고집을 부렸다. 어쨌든 이수가 도와주길 원했고 저는 친구의 뜻대로 그들에게 이사 비용을 지불했다.

"마당은 그대로 두라고 해. 건드리지 말고."

뜨악한 표정을 짓는 찬에게 이수는 혼자 볼일이 있다고 말하고 먼저 집을 나섰다.

* * *

소파에 올라가 까치발을 들어도 커튼을 떼어 내기엔 턱없이 부족하다. 은서는 결국 다리가 긴 벤치를 가져와 겨우 레이스 커튼을 떼어 내고 이마에 흐르는 땀을 닦았다.

"남들 자랄 땐 뭐 했나 몰라."

뭘 하긴, 엉뚱한 짓 하느라 정신없었지. 자조에 가까운 뒷말을 중얼거리며 흰색 속 커튼과 브라운색 리넨 커튼을 달았다. 훨씬 포근해 보여 마음에 든다. 이제야 거실로 햇살이 들어오는 시각. 그런데도 벌써 소파 커버를 바꾸고 세탁을 마친 인형들은 건조기에서 돌려지고 있다. 그러고도 은서는 할 일을 찾느라 거실 곳곳을 두리번거렸다.

"싱크대 정리나 해 볼까?"

문득 든 생각에 벼락같이 잔소리를 쏟아 낼 복례 이모가 떠올라 고개가 저어진다. 커튼 주름을 가지런히 잡고 '회색으로 할 걸 그랬나.' 하고 중얼거릴 때였다. 호랑이 기척이 느껴진다.

"오늘 뭐 바쁜 일 있어?"

"아니요."

빠른 대답에도 복례는 석연찮은 눈빛을 하고 거실 바닥에 떨어진 커튼을 둥그렇게 말았다.

'또 속 시끄러운 일이 생겼나 보네.'

은서가 멀쩡한 집을 뒤집는 일이 하루 이틀도 아닌데 신경이 쓰인다. 오늘도 새벽부터 부산 떠는 걸 알면서도 일부러 나와 보지 않았다. 마음이 복잡하면 하는 짓이니 그렇게라도 속 풀이를 하라고 모르는 척해 주는 거다.

"새벽에 나갔다 오는 것 같던데."

"……잠깐 가게에 갔었어요. 이모, 커튼 빨지 말고 세탁소에 맡겨요."

"뭐 하러 그딴 데다 돈을 써. 세탁기 있고 건조기도 있는데."

"집에서 다리려면 힘들잖아요. 고생하지 말고 꼭 세탁소에 맡겨요."

"내가 알아서 할게. 거실 창문이나 열어."

벽에 세워진 청소기를 꺼내 작동시켰다. 아이 기관지를 걱정해 매일 쓸고 닦으니 먼지랄 것도 없다. 청소가 끝날 때쯤 방문이 열리고 공주님 캐릭터가 그려진 잠옷을 입은 하임이가 얼굴을 내민다.

아이를 발견한 은서가 대번에 팔을 활짝 벌리자 작은 몸이 다다다 달려와 폭 안긴다.

"잘 잤어?"

"응. 엄마 또 부지런해졌다."

"그래. 엄마 부지런해졌어."

"이모할머니~ 안녕히 주무셨어요? 하임이도 잘 잤어요."

"그래, 대견해. 우리 하임이는 오늘도 태양 머리 했네?"

복례의 눈이 저절로 가늘어지고 만면에 미소가 지어진다. 엄마의 곱슬 머리를 닮은 가느다란 머리카락이 너울너울 사방으로 뻗쳐 있는 걸 보면 웃지 않을 수가 없다.

"태양 아닌데, 남자 사자 머리예요, 어흥."

"그래, 그래. 뭐면 어때. 예쁘기만 하면 되지. 엄마랑 얼른 씻고 와, 밥 먹게."

"네에~."

욕실로 사라진 모녀의 귀여운 실랑이를 들으며 복례는 창문을 닫고 주방으로 향했다.

아이를 씻기고 나와 식탁에 앉은 은서는 아침부터 갈비가 올라온 식탁을 보고 고개를 저었다.

"이모, 아침엔 제발요."

"하임이가 좋아하잖아. 아이 식성이 그런 걸 왜 막아."

"애들은 모르니까 주는 대로 먹잖아요."

볼멘소리를 하든 말든 복례는 신경 쓰지 않고 말을 이었다.

"그러니까 좋아하는 것만 주겠다고. 그리고 전에 만든 장조림은 너무 싱겁게 해서 다 버렸어. 한두 번도 아니고. 그거 아까워서 어떻게 해?"

묻는 말이 아니라 다신 반찬을 만들지 말라는 질책이라 은서의 입이 삐죽 나온다.

아이의 식성이 별나다. 고기를 좋아하는 건 그렇다 쳐도 젓갈류와 장으로 조린 건 뭐든지 잘 먹는다. 복례 이모가 간을 짜게 하는 건 아니지만 나트륨 과다인 것 같아 좀 싱겁다 싶게 만들었더니 상했나 보다.

"다음부턴 간장 더 넣을게요. 그래도 아침부터 갈비는 너무해요."

"넣어 봤자지. 건강식 한다고 그렇게 만들면 입맛이 돌아? 하임아, 풀때기보다 남의 살이 맛있지?"

"네! 풀때기 싫어요, 남의 살이 좋아. 이모할머니!"

"단짠단짠해야 맛나고."

하임이 고개를 위아래로 마구 흔든다. 그런 두 사람을 보고 은서는 피식 웃고 만다. 어른 입맛인 아이는 엄마의 건강식보다는 이모할머니의 짭조름한 음식을 훨씬 좋아한다.

"하임이 버릇 나빠지는 건 다 이모 탓이에요."

"그래. 내 탓이니까 좋아하는 것 실컷 먹게 두자고. 저렇게 잘 먹는데 살은 왜 안 찌나 모르겠다."

하임이가 꽈리고추를 넣어 조린 매콤한 메추리알을 두 개나 입에 넣고 볼을 부풀리고 있었다. 햄버거 대신에 떡을, 파스타 대신에 비빔국수를 찾는 아이다. 깍두기를 오독오독 씹는 아이를 보고 복례는 흐뭇한 미소를 지었다.

"건강해서 정말 다행이야. 식성도 좋고."

널 닮지 않아 다행이다, 누굴 닮아서 저렇게 잘 먹나 모르겠다, 이런 말들을 에두르는 것임을 알기에 은서는 모르는 척 식사에 열중한다.

하임이가 태어났을 때 딸인 것을 알고 내심 걱정했었다. 엄마도 염려하는 기색이 역력했다. 그런데 모녀의 우려와 달리 하임이는 잘 먹고 잘 자랐다. 병치레라곤 수족구로 입원한 것 빼곤 없을 정도로. 어쩌다 감기에 걸려도 하루면 거뜬히 일어나 주는 아이가 얼마나 고마운지 모른다.

은서는 투정 한 번 없이 혼자서 골고루 반찬을 집어 먹는 딸을 물끄러미 바라보았다.

"오빠, 안 짜? 왜 반찬을 다 먹어?"

"남기면 버려야 하잖아."

"배 속에 버리는 거네?"

대꾸 없는 이수의 앞에 고기반찬을 놓아 줬었다. 나물 반찬은 멀찍이 놓고. 은서는 저도 모르게 떠오른 생각을 떨치느라 고개를 저었다.

"저, 이모."

"왜?"

과일을 깎던 복례가 눈을 껌뻑이자 잠시 망설이던 은서가 말을 이었다.

"당분간 하임이 가게 데려오지 마요."

"무슨 일 있어?"

"……바빠서요. 가을이잖아요. 택배 시작하려면 준비할 게 많아요."

"왜 안 하던 짓을 해? 손 가는 애도 아닌데."

유치원 가는 시간 빼고 하임이를 떼어 놓지 않던 은서였다. 일하는 데 방해될까 싶어 집에서 놀리겠다고 해도 고집을 꺾지 않았었다. 갑작스럽게 변덕 부리는 게 이상해서 복례는 은서를 빤히 쳐다보았다.

"제 얼굴에 뭐 묻었어요?"

"아니. 하임이가 말썽 부렸어?"

"바빠지면 신경 못 써 주니까, 어쨌든 당분간은 가게에 데려오지 마요."

"나야 심심하지 않아서 좋지. 누구 고집 닮은 하임이가 말을 들을지 모르겠지만."

엄마바라기만 하게끔 길들여 놓고 이제 와서 왜 그러는지 모르겠다. 하임이는 분리 불안까진 아니어도 가끔 주변을 휘휘 둘러보는 버릇이 있다. 한 공간에 있는 은서를 확인하고서야 얼굴이 밝아진다.

어느새 하임이가 깨끗이 비운 밥공기를 두 손으로 들어 보여 준다.

"깨끗이 다 먹었어요."

"정말 그러네. 잘했어."

밥그릇을 치우고 사과를 담은 접시를 놓아 주기 무섭게 작은 손이 답삭 채 간다. 복례는 식성부터 건강까지 누군가를 꼭 빼닮은 아이를 보며 속 깊은 한숨을 삼켰다.

'다들 눈뜬장님이구먼.'

깜찍하게 어른들을 속인 은서도 대단하지만 눈치채지 못하는 식구들도 대단해 보인다. 어쩌면 당연한 건가? 은서가 임신을 했다며 찾아왔었다.

"이모, 같이 살아요. 저 혼자 아이 키우는 거, 자신 없어요."

고용인인 자신도 기함해서 뒤로 나자빠질 뻔했는데 은서 엄마, 현정은 오죽했을까. 각설하고, 그녀도 아이 아빠가 이수일 거라고는 꿈에도 생각하지 못했었다. 그런데 하임이가 태어나고 커 갈수록 이목구비부터 식성까지 닮아 가는데 환장할 노릇이었다. 무슨 인연인지 하임이를 그녀가 키우고 있듯 이수 또한 그녀가 키우다시피 했었다. 하루가 멀다 하고 끼니를 챙기고 커 가는 걸 눈으로 봤으니 어떻게 모를까. 은서 부모야 가뭄에 콩 나듯 보는 고용인의 아들을 하임이의 아빠로 추측하기란 쉽지 않았을 거다. 더구나 그런 일이 있었는데 감히 상상이나 할 수 있을까.

'어르신이 살아 계셨으면 또 모르지……'

수천 번도 더 물어보고 싶었지만 속이 여문 은서가 입을 닫고 사는 덴 이유가 있을 거란 생각에 지금까지 함구하고 있다. 그리고 이모라고 부르지만 그녀는 엄연히 고용인. 먼저 알은척하기에는 너무 큰 일이라 애만 탄다.

"어! 곰 아저씨다!"

어른들 시선이 동시에 아이가 뻗은 손가락 끝을 좇았다. TV 화면에 이수의 단독 컷이 가득 잡혀 있었다.

복례는 놀란 눈을 하고 침을 꿀꺽 삼켰다. 굳어 있는 은서를 대신해 입술을 움직였다.

"하임이 너 저 아저씨 알아?"

"네. 엄마 친구예요. 착한 아저씨래요."

가게 앞에서 봤다는 둥, 예쁜 아줌마랑 왔다는 둥. 똑똑한 아이는 어제 일을 사진이라도 찍어 놓은 듯 조잘거리기 바빴다.

은서는 겨우 식탁을 짚고 일어섰다.

"하임아, 양치하고 옷 갈아입자. 유치원 가야지."

다급히 아이를 안아 욕실로 향하는 은서의 뒷모습을 보고 복례는 가슴을 쓸어내렸다.

"왔네. 왔어……."

어느새 TV 화면에서 이수의 얼굴은 사라지고 없었다.

* * *

골목을 빠져나와 길가의 편의점을 찾은 이수는 손에 잡히는 음료를 계산했다. 밖이 내다보이는 긴 테이블에 앉자 허탈한 목소리가 새어 나온다.

"뭐 하는 짓인지……."

은서가 알려 준 시간보다 훨씬 이르게 동네에 도착했다. 가게는 입구에 클로즈 팻말이 걸려 있고 문은 비스듬히 열려 있었다. 마치 그의 방문을 기다리고 있다는 듯. 그런데도 들어가지 못하고 방향을 틀었다. 약속 시간을 맞추기 위해서는 아니었다.

이수는 저도 모르게 손에 쥔 캔을 우그러뜨렸다.

"하아."

지금의 이 떨림을 어떻게 설명해야 할까. 주자 만루에서 타석에 섰을 때 느낌? 아니, 비교 안 되게 더 긴장된다. 어제 은서를 만난 후로 내내 이런 상태였다. 시간은 왜 그리 더디 흐르던지. 뜬눈으로 밤을 새우다시피 하고 호텔 피트니스 센터를 찾았다. 그것도 모자라 짐승처럼 수영장 레인을 수십 바퀴 돌고, 즐기지 않던 사우나까지 했다. 그리고 밀린 숙제를 해치우듯 본가를 방문했다. 평소보다 분주한 아침을 보냈는데도 약속 시간은 한참이나 남아 있었다.

이수는 씁쓸한 미소를 지었다.

"젠장."

그곳에서 은서를 보리라곤 꿈에도 생각하지 못했다. 애써 외면해 왔던 본가였다. 제일 맛있는 것에 먼저 손이 가면서도 맨 마지막까지 아껴 뒀다 먹고 싶어 하는 어린애 같은 심정이랄까. 가장 소중했던 추억이 담긴 곳이면서도 끝까지 피하고 싶은 곳이었다. 하지만 언제까지 피할 수 없기에 용기를 냈는데 예상했던 대로 골목은 온통 추억의 지뢰밭이었다.

'이래서 오기 싫었던 건데.'

어르신 집터에 올라가 있는 새 건물이 정점이었다. 대저택 문 앞에만 서면 항상 숨을 골라야 했듯 걸음이 멈춰졌다. 은서가 나타나기 전에는 짜증을 숨기려 그랬고, 그 후엔 설레는 가슴을 진정시키려고 그랬었다.

아쉬움, 후련함, 후회, 그리움. 복잡 미묘한 감정들이 화수분처럼 솟구쳐 한참을 못 박힌 듯 서 있었던 것 같다. 가족처럼 보이는 이들이 건물 밖으로 나오기 전까지.

마지못해 움직이려는데 청량한 아이의 웃음소리가 유난히 귀에 박혔다.

무심히 시선을 돌리던 찰나, 목에 경련이 일 정도로 고개가 확 틀어졌다. 본능 같은 움직임이었다. 잘못 본 줄 알았다. 하지만 거듭, 거듭 확인했는데도 분명 은서였다. 앞치마를 두르고 아이와 남자를 향해 환하게 웃고 있는 여자는.

이온 음료로 목을 축인 이수는 헛웃음을 삼켰다.

"엄마라니……."

엄마, 라는 말이 그렇게 충격적인 단어인 줄 몰랐었다. 아이가 '엄마?'라고 부르며 은서의 손을 잡는데 강속구의 빈 볼을 머리에 맞은 듯 사고가 멈췄다. 아니라고 부정도 할 수 없게 아이는 리틀 은서였다. 가냘픈 뼈대 하며 긴 목, 올망졸망한 이목구비가 어떻게 다 들어가 있을까 싶게 작은 얼굴까지. 또랑또랑한 눈빛과 목소리는 어떻고. 모르는 사람이 봐도 모녀지간이었다.

다소 시간이 걸렸지만 은서도 그를 알아본 것 같았다. 그런데도 돌아서려고 했다. 마치 피하는 것처럼. 그래서 불렀다. 아니 저도 모르게 목소리를 내고 말았다.

"하, 서은서…… 씨, 라."

무작정 이름을 불러 놓고 아차 싶었다. 어제는 모든 정황이 남자가 아이 아빠라고 말해 주고 있었으니까. 뒤늦게 이성을 챙겨 은서에게 붙인 존칭이 목에 걸린 가시처럼 갑갑하다. 자신을 친구로밖에 소개할 수 없는 처지도. 그래서 더 뻣뻣하게 굴었는지도 모르겠다.

만약 은서의 아이가 아니라 얼굴만 아는 동창의 아이였다면 예쁘다는 말도 해 주고 삼촌 노릇도 해 주고 안아 줬을 거다. 무심히 길을 지나가다가 봤다 하더라도 돌아볼 만큼 귀엽고 예쁘게 생긴 아이였으니까.

생각은 굳고 몸은 경직되고 발은 납덩이를 매단 것처럼 무거워 표정 관리를 할 수 없었다.

뭉개진 낮은 목소리가 짓씹듯 흘러나온다.

"도대체 어떻게 살아온 거야, 서은서."

차라리 평범하게 살고 있었다면. 이렇게까지 충격은 받지 않았을 텐데. 이렇게까지 참담하진 않았을 텐데. 서은서가 미혼모라니. 우린 왜 항상 타이밍이 거지 같은지 모르겠다.

가끔. 아니 그보다는 자주. 은서가 결혼을 했을지도 모른다는 생각은 해 봤었다.

몇 년 전 은서가 할 얘기가 있다고 찾아왔었다. 훌쩍 차원 이동이라도 한 듯 성인이 된 은서는 상상했던 것보다 훨씬 예뻤다. 사랑스럽고 귀엽던 그의 첫사랑은 눈이 부실 정도로 아름다웠다.

꿈만 같았다. 혹시나 해서 볼 안쪽 살을 물어뜯었다. 비릿한 피 맛이 목구멍을 적셨다. 꿈이 아니라는 확신에 반가우면서도 반기지 못했다. 너무 그리웠었는데 똑바로 쳐다볼 수 없었다. 떳떳하지 못해서. 제 의지는 아니었지만 루저 같은 짓을 저지른 후였다. 바라보는 것만으로도 은서를 더럽히는 것 같아 차마 맑은 눈을 마주할 용기가 나지 않았다. 그러면서도 어쩌나 좋던지. 어쩔 줄 몰라 하고 있는데 기껏 한다는 말이.

"결혼할 거예요."

통보 같은 내용에 소금 기둥처럼 굳어 버렸다. 뭘 한다고? 결혼? 6년 남짓. 네겐 빠져나오기에 충분한 시간이었던 걸까. 나는 아직도 그 지옥의 시간에 멈춰져 있는데. 설령 그렇다 하더라도 굳이 먼 곳까지 찾아와 알려 주는 이유는 뭘까. 쇠망치로 얻어맞은 느낌이었다. 하얗게 백지가 된 것 같은 머리로 겨우 뱉은 말이.

"내 허락이 필요해? 우리가 무슨 사이라고!"

그냥 애새끼였다. 정신적인 성장이 멈춘. 설명할 수 없는 분노가 들끓었다. 그는, 그의 집은 쑥대밭이 됐는데 다 잊고 결혼한다는 그녀가 미웠다. 원망스러웠다. 스물여섯의 정이수는 엇갈린 인연을 포용할 줄도, 다독여 줄 줄도 몰랐으니까.

"사과하려고 왔어요."

"내가 받아야 할 사과가 맞아? 번지수를 잘못 찾아온 것 같은데."

뻔히 생채기가 될 줄 알면서도 아버지를 들먹여 서로의 상처를 들쑤셨다. 한없이 유치했다. 미안함, 고마움, 양심의 가책. 모든 걸 동원해서라도 그녀의 결정을 막고 싶었다. 아무런 대안도 없으면서 막연히.

"아저씨 일은 사죄하지 않을 거예요. 용서도 빌지 않을 거고요. 절대 용서받을 수 없는 일이니까."

그의 시선을 목말라하던 아이는 없었다. 성숙해진 그녀는 너무 초연했다. 그에 반해 퇴화한 정이수는 허둥댔고.

"그런데 왜, 왜 왔어!"

"오빠한테 스토커처럼 굴었던 거, 그거 사과하려고요."

그렇게 좋아한다고 쫓아다니더니 고작 스물넷이 네 심장의 데드라인이었냐고 묻고 싶었다. 그럴 자격을 상실한 주제면서.

"미안했어요. 오빠 학창 시절 엉망으로 만들어서."

정리를 끝낸 은서는 망설임 없이 등을 돌렸다. 가지 말라고 고함이라도 지르고 싶었다. 이렇게 가 버릴 거면 왜 찾아왔냐고 화를 내고 싶었다. 아니, 무릎이라도 꿇고 사정하고 싶었다. 제발 곁에만 있어 달라고. 그런데 아무것도 하지 못했다. 은서가 조금만 빨리 와 줬다면, 과연 잡을 수 있었을까.

쓰레기 같은 자신이 혐오스러워 미칠 것 같았다. 정신을 차렸을 땐 그는 혼자였다. 그리고 자신이 있는 곳이 차고라는 걸 깨달았다. 은서에게 식사는 고사하고 차 한 잔, 주지 못했다.

그래 놓고 이기적인 생각을 했다.

은서가 다른 남자와 결혼할 리 없다고. 아니 그렇게 믿고 싶었을지도. 돌이킬 수 없는 강을 건넌 주제에.

그 후론 한 치의 어긋남 없이 야구 선수로만 살았다. 생각을 멈춘 정체의 시간. 그리고 구단과 재계약을 앞둔 어느 날, 찬에게서 은서가 도와줬다는 얘기를 듣게 됐다. 웃었던가? 화가 나야 정상인데 오히려 가슴이 뻥 뚫리는 느낌. 마치 돌파구를 찾은 것처럼 말이다. 그 뒤론 일사천리. 에이전시에서 제시하는 천문학적인 숫자도 눈에 들어오지 않았다. 한국행을 결심하면서 계획 따윈 없었다. 오로지 은서를 만나 봐야 한다는 일념밖에는. 꼭 해 줄 말이 있었다. 내가 널 욕심내지 않았다면 일어나지 않을 사고였다고. 네 탓이 아니라고.

이수는 편의점 유리창에 제 모습을 비춰 보고 모자를 깊이 눌러쓰고 일어섰다.

"쪼그만 게……."

제 엄마의 취향은 안 닮았나 보네. 뒷말을 삼키는 입술이 슬쩍 올라간다. 저를 무섭다고 했던 꼬맹이를 다시 만나게 될까 봐 선글라스 대신 모자를 썼다. 어제의 블랙 트레이닝복 차림이 아니라 청바지에 밝은 색 티셔츠, 점퍼를 걸쳤다. 편의점을 나서는 그의 걸음이 무겁기만 하다.

* * *

이깟 커피 내리는 게 뭐라고 손에 땀이 찬다. 하루에도 수십 번씩 하는 일인데.

은서는 키친타월에 몇 번이나 손바닥을 닦고 커피 머신을 작동시켰다. 새벽부터 부산을 떨어 놓고 정작 하임이의 등원은 복례 이모에게 맡기고 나왔다. 가게에 나와서도 시계를 보지 않기 위해 무던히 애를 쓰고. 이게 바로 정이수 효과다. 그를 쫓아 새벽 등교를 하던 때처럼 날이 밝기만 기다렸으니까.

그와 같은 공간에 있다는 게 믿기지 않아 흘끔대다 이수의 별것 아닌 움직임에 화들짝 놀란다. 다급히 뒤돌아선 은서는 은색 냉장고에 비친 제 모습을 보고 미간을 좁혔다. 언제 착용했는지 허리에 너풀거리는 앞치마가 둘러져 있었다. 무심결에 앞치마를 풀어내리려다 눈을 질끈 감았다.

'서은서, 뭐 하자는 건데?'

설렁거리는 마음을 단속하듯 끈을 더 단단하게 조여 묶고 노릇하게 구워진 에그타르트를 노려본다.

'이 정도는 수강생한테도 대접하는 거니까.'

자기 합리화를 하면서도 낯이 뜨거워진다. 새벽같이 나와 반죽을 하고 충분히 휴지시켜서 구운 수고가 정당성을 부여하기엔 너무 과하니까. 사실은 이수가 아침 식사를 거르고 올까 봐 일부러 준비했다. 이 정도녀 속 다르고 겉 다른 년이라고 욕해도 할 말이 없다.

접시에 에그타르트를 담으며 눈으로는 이수의 동선을 좇는다. 이 좁은 가게, 뭐 볼 게 있다고 저러고 있을까.

찾아온 사람도 은서도 인사를 생략했다. 앉는 게 부담스러운지 이수는 서성이고 있고 은서는 차를 핑계로 마음을 다지기 위해 주방에 들어왔다. 오늘만 잘 넘기자. 아니 몇 분만 버티면 된다.

은서는 각오를 다지며 준비한 것들을 쟁반에 올렸다.

이수는 그나마 가장 커 보이는 2인용 보라색 소파에 앉았다. 아담한 실내엔 머리가 띵할 정도로 달콤한 단내가 진동한다.

가게 안에 있는 소품부터 의자, 테이블까지 주인을 닮아 전부 작다. 곳곳에 걸린 손으로 만든 것 같은 아기자기한 장식들도. 변한 게 없다. 가게에 들어선 순간, 그 옛날 2층 은서의 방이 떠올랐으니까. 이수는 인기척에 상념을 떨치고 맞은편에 앉는 은서를 잠시 주시했다.

"식사 안 했으면-."

"했습니다."

빠른 대답에 쟁반을 밀어 주던 은서의 손이 주춤한다. 거둬들인 손이 민망해 애먼 앞치마에 꼬깃꼬깃 주름을 만들다 커피 잔을 들었다.

목을 축이자 자연스레 이수가 훑어진다.

커피보다는 생수가 나은지 플라스틱 병에 그의 눈길이 닿아 있다. 시간이 많이 흐르긴 했는지 표정도 행동에도 여유가 느껴진다. 학창 시절에도 말수가 적은 편이라 차가워 보였다. 멀리 되돌아볼 것도 없이 미국에서 봤을 때만 해도 날카로워 보였었다. 지금은 그때와는 다른 절제된 서늘함이 느껴진다.

이러니저러니 해도 본판 불변의 진리는 변함없지만.

잔을 내려놓으며 은서는 속으로 씁쓸한 미소를 지었다.

서른이 넘은 남자에게서 10대 때의 모습을 찾다니. 그래도 어제와 다른 차림새 때문인지 한층 더 유해 보인다.

갑작스럽게 빤한 시선이 닿자 은서는 얼른 시선을 내렸다.

"무슨 생각으로 그런 겁니까."

"무슨……?"

"너, 아 실수했네요. 부모님도 아시는 돈이었습니까."

은서는 무릎 위에 올린 두 손을 기도하듯 마주 잡았다. 내게 남은 용건이 뭐가 있을까. 무슨 할 이야기가 남았을까. 밤새 생각했었다. 어렴풋이 짐작이 가면서도 아니길 바랐는데 예감이 틀리지 않았나 보다. 그깟 돈이 뭐가 대수라고. 다 쓰지도 않았으면서. 몇 년 전 최 감독님이 그만 됐다며 건넨 통장에는 적지 않은 돈이 남아 있었다.

은서는 차분한 목소리로 물었다.

"그게 용건이었어요?"

"대답, 은."

"부모님은 모르세요."

"어디까지 내 아버지를 기만할 생각입니까. 나한테, 대신 보상이라도 해 주고 싶었어요?"

이수의 서슬 퍼런 눈빛에, 타인에게 하는 것 같은 깍듯한 존대에, 머릿속이 새하얘진다. 그에 대한 행동 백서가 있었다. 그런데 써먹은 지 오래라 그런지 선뜻 대처할 말이 떠오르지 않는다.

은서는 숨을 고르고 천천히 입술을 움직였다.

"머리 나빠졌나 봐요. 분명 아저씨께는 사죄도 용서도 바라지 않는다고 했는데. 그러니 보상은 아니죠."

"그럼 왜 준 겁니까. 그런 큰돈을."

한국에 올 빌미를 준 건 고맙지만 스폰서가 은서라는 걸 알고 황당했던 것도 사실이다. 미성년자가 건넸다고 하기엔 너무 큰 액수였다. 그래서 보상조로 그녀의 부모님이 준 건가, 하는 생각도 했었다. 그의 생각을 읽기라도 한 듯 은서가 말한다.

"거듭 말하지만 내 돈이고 아저씨와는 상관없는 돈이에요."

흔들림 없는 그녀의 태도가 이수를 자극한다. 서로 낯선 이를 대하듯 경어를 쓰는 것도 거슬리고. 이수의 삐딱해진 입매에서 나오는 목소리가 깔리듯 낮아졌다.

"왜, 내가 밥이라도 굶을까 봐?"

"……!"

"그렇게 걱정은 하면서, 왜 숨었을까. 머리카락 한 올 안 보이도록."

5분 남짓. 아버지의 장례식장 마지막 날에 은서가 나타났었다. 고작 상주로서 그녀의 묵례를 받은 게 마지막이 될 줄은 꿈에도 몰랐던 거다. 그후로 두 달 가까이 얼굴은커녕 소식조차 들을 수 없었다. 찾아갈 수 없는 처지였기에 찾아와 주길 기다렸었다. 혹시 몰라 거의 매일 골목에서 보초를 서듯 어르신 댁 대문을 노려보면서. 하루하루 날이 더해지자 서운함이 쌓여 갔다. 그리고 한국을 떠나야 했다. 지옥 같은 시간이 빨리 흘렀으면 하는 바람을 갖고.

이수는 은서에게서 시선을 떼지 않았다.

"말해 봐요. 어떻게 그럴 수 있었는지. 아프기라도 했던 겁니까."

은서는 생각지 못한 공격에 커피가 보약이라도 되는 듯 단숨에 잔을 비웠다. 가뜩이나 쪼그라든 심장이 벌컥벌컥 성을 낸다. 너 멍청하지 않잖아. 생각해 내. 아니다. 정이수 한정으로 그녀의 뇌는 늘 청순했다.

간신히 입술을 뗐건만 목소리가 느릿해진다.

"아픈 건…… 아니었어요."

"그럼?"

"만나고 싶지 않았어요. 서로 불편하잖아요. 큰일을 겪어서 그런지 철이 들더라고요. 분별력도 생기고."

정적인 은서의 목소리에 이수는 이를 악물었다. 차라리 아팠었다고 말해 주길 바랐다. 그렇다면 충분히 이해가 되니까. 마이너 리그에서 낙오자처럼 굴면서도 은서를 걱정했었다. 그렇게 끝이 났다는 걸 받아들이지 못했던 거다.

이수는 혼잣말처럼 중얼거렸다.

"재미있네. 철이 들어서 스폰서 노릇을 해 줬다니. 고맙다고 해야 합니까?"

차가운 목소리가 비수처럼 가슴을 파고든다. 반말을 하다 존대를 하는 모습이 마치 저를 조롱하는 것 같았다.

불현듯 은서는 이수를 빤히 응시했다. 맞불을 놓은 듯 서로를 바라보는 눈에 불꽃이 인다.

은서가 먼저 물을 끼얹었다.

"스폰서는 아니고 일종의, 기부-. 기부 같은 거였어요."

"기부라. 단지 기부였단 말입니까?"

발칙한 대답에 이수는 속으로 실소했다. 사람은 역시 변하지 않는다. 은서를 노려보는 그의 눈에 집요함이 서린다. 대답을 독촉하듯.

"맞아요. 대한민국 체육 발전을 위해서, 저만 하는 것도 아니고 흔한 일이잖아요."

"아, 노블리스 오블리제? 불편할 정도로 보고 싶진 않은 사람한테 기부는 할 수 있다?"

"정, 불편하면 갚아요."

담담한 목소리로 대답하는 은서를 이수는 눈에 담았다. 여전히 맑고 예쁜 눈인데 전처럼 깜빡이지 않는다. 그 귀여운 짓이 그리웠었다. 걱정되고 보고 싶어서 틈만 나면 공항으로 달려가곤 했었다. 어떻게 참아 냈는지 너는 알까? 그런데 감정을 깨끗이 연소시킨 지금의 은서 눈을 바라보는 게 더 힘들다는 걸 깨닫는 순간이다.

"재미있는 얘기네요. 그래서 이자는 얼마나 주면 됩니까."

"이자…… 요?"

"그래요, 이자."

은서의 목소리가 떨리자 이수는 비로소 의자 등받이에 느긋하게 등을 기댔다. 가게에 들어올 때부터 어울리지 않게 태연을 가장한 태도가 거슬렸었다. 답지 않은 존대도 마음에 들지 않고.

이수는 어서 말해 보라는 듯 눈빛으로 재촉했다.

"꼭 주고…… 싫어요?"

"가게까지 운영해야 할 형편인가 본데, 제대로 받아요. 이자 쳐서."

말을 맺은 이수는 다시 한번 가게 내부를 둘러보았다. 은서의 형편이 어려울 리 없다. 그런데도 자극하고 싶었다. 어울리지도 않게 가게라니. 그것도 혼자 아이를 키우면서. 이런 꼴을 보려고 온 건 아니었다. 행복하게 잘 살고 있었다면 그건 그것대로 화가 났겠지만 결이 다른 분노가 치민다.

"그럼, 주세요."

"……!"

예상치 못한 대답에 이수는 미간을 좁혔다. 이자를 받겠다는 말이 꼭 빨리 가 버리라는 말이나 다름없는 축객령 같아서.

정신을 차릴 새 없이 야무진 목소리가 귓가를 파고든다.

"액수는, 정이수 선수 능력 되는 만큼 주세요."

"정이수 선수?"

"제가 후원한 건 야구 선수 정이수니까요."

은서의 말에 이수의 입꼬리가 설핏 올라간다. 분명 약이 오르고 당혹스러운 상황인데 말이다. 마치 당돌하고 엉뚱했던 그때의 은서가 눈앞에 나타난 기분이다. 생수병을 집어 뚜껑을 따던 이수가 멈칫했다.

"계좌 번호 적어 줄게요."

은서가 메모지도 아니고 테이블 위에 놓인 주문지 뒷면에 거침없이 숫자를 써 내려간다. 마치 넌 내게 이 정도밖에 안 되는 존재야, 라고 말하는 것처럼.

이수는 은서가 건네는 주문지를 물끄러미 바라보았다.

"용건 끝났으면 일어나 줘요. 곧 수업이 있어서요."

이수는 일어서는 은서에게로 시선을 옮겼다. 저만 보던 꼬맹이는 사라졌다. 사랑이라고 주장하며 뜨거움이 들끓던 새카만 눈동자가 식어 버렸다.

한 번도 먼저 저를 내친 적이 없던 은서였는데 말이다.

이수는 느긋하게 주문지를 움켜쥐고 자리에서 일어섰다. 오늘은 여기까지.

"서은서 씨. 축하해요."

"……무슨."

"우량주 고르는 안목이 있네요. 야구 선수 정이수가 성공해서 그쪽 지분이 꽤 될 것 같거든요."

이수는 얼이 빠진 듯이 멍한 표정을 짓는 은서를 빤히 응시하며 말을 이었다.

"하나만 묻자, 서은서."

"……!"

"행복해?"

"……당연히 행복하죠. 너무 행복해요."

어떻게 지켜 낸 목숨인데, 당연히 행복해야 한다. 은서는 속으로 뒷말을 곱씹으며 고개를 끄덕였다. 그런 그녀를 보고 이수는 쓴 미소를 지었다.

'너, 들켰어.'

과하면 부족함만 못하다고 했다. 언제 깨물었는지 핏빛이 맺힌 붉은 은서의 입술이 거짓말이라고 말해 주고 있었다.

여전히 상처를 끌어안고 살고 있는 은서가 훤히 보여 이수는 턱이 도드라지도록 어금니를 꽉 물었다.

"다행이다, 행복해서. 하임이라고 했나. 네 딸, 예쁘더라. 너 닮았어."

지금은 그녀가 원하는 대로 거짓말을 해 줄 때였다. 가게 문손잡이를 돌리는 그의 손에 악력이 실린다. 들어올 때와 마찬가지로 인사는 생략하고 걸음을 내디뎠다.

* * *

은서는 쫓기는 사람처럼 창마다 우드 블라인드를 내렸다. 문을 잠그는 손이 덜덜 떨려 몇 번이나 헛손질이 된다. 겨우 고리를 걸고 탈진한 사람처럼 문에 기대 주저앉았다.

"잘, 잘 끝났어. 다……."

괜찮다고, 고비를 넘겼다고 스스로를 진정시켜 보지만 하얗게 질린 얼굴엔 핏기가 돌지 않는다. 두려움에 머릿속은 탈색된 듯 멍하고. 정신을 차리려고 잇자국이 나도록 손등을 깨물어 보지만 소용없었다. 감각 기관이 잘못됐는지 통증마저 느껴지지 않는다. 착각이었다. 정이수는 변했다.

'어떻게 해야 하지?'

여태껏 숨기기에만 급급했기에 어느 누구도 떠오르지 않는다. 깍지 낀 손에 뼈마디가 도드라진다.

"흑, 제발 이대로, 이대로 끝나게 해 주세요."

어제 이수와 하임이가 맞닥트렸을 때 얼마나 큰 잘못을 저질렀는지 새삼 깨달았다. 태어나서 처음으로 신을 찾았다. 이 상황만 모면하게 해 준다면 어떤 벌이든 달게 받겠다고. 하지만 그 죗값을 무엇으로 다 치를 수 있을까. 쪼그라든 심장만큼 작은 몸이 한없이 웅크려지고 흐느낌이 흘러나온다.

"벌은, 벌은 엄마가 다 받을게……."

어젯밤 잠든 아이의 곁에서 수백 번도 더 머리를 조아렸다. 미안하다는 말조차 사치이기에 숨소리마저 죽이고. 아빠를 무서운 아저씨라고 부르게 만들고, 낯선 남자를 망설임 없이 아빠라고 부르게 만들었다. 이수에겐 자신의 딸이 세상에 있는 줄도 모르게 만들고. 왜 그랬냐고 묻는다면 무책임하게 들리겠지만 그렇게 될 줄 몰랐었다. 아이가 생겨서 원망을 했었던가? 은서는 저도 모르게 강하게 도리질했다. 목숨 빚을 갚아야 하기에 어쩔 수 없이 사는 삶. 그런데 살아야 하는 이유가 생긴 거였다.

"정말 민폐덩어리네……."

내 인생은 왜 이런지 모르겠다. 이수의 인생에 감히 무게로 잴 수 없는 죄를 짓기 위해 태어난 건가. 그를 떠올릴 때마다 드는 생각. 그나마 하임이를 잘 키우는 게 속죄하는 길이라고 생각하고 살았는데. 아빠의 부재 따윈 느끼지 못하게. 건강하게.

넋을 놓고 있던 은서는 벌떡 일어섰다. 시야가 뿌옇도록 흥건히 젖은 얼굴을 손등으로 쓱쓱 문지르고 셔츠 소매를 걷었다.

"살아가던 대로 살면 돼."

오늘이 마지막일 거야. 또 올 일이 없잖아. 다시 오지 않을 거라고 거듭 되뇌며 택배 박스를 뜯어 물건들을 꺼냈다. 새로 구입한 천연 색소를 병에 담아 라벨 작업을 하고, 마카롱 도안을 출력한다. 좀처럼 떨림이 멎지 않아 주먹을 쥐었다 폈다. 작정하고 커터 칼로 도안을 오리다 급기야 앗, 소리가 터져 나온다.

은서는 새빨간 핏방울이 손가락을 타고 흘러내리는 걸 보며 중얼거렸다.

"거짓말하는 거 싫어하는데……."

좋아한다는 말 빼고 이수에게는 늘 거짓말을 늘어놓았다. 순간순간을 모면하려는 면피성 거짓말. 그래야만 이수와 함께 오래 있을 수 있었으니까. 그가 저를 돌아봐 줬으니까.

"오빠, 나 다리 아파. 정말이야!"

말없이 몸을 낮춰 등을 내주는 이수에게 업혀서 투덜댔었다.

"치, 안아 주지. 공주님 안기나 코알라 안기!"

"넌! 후우, 됐다."

이수는 늘 말을 아꼈다. 그때는 과묵해서 그런 줄만 알았었다. 추억을 떠올리다 저도 모르게 미소를 짓던 은서는 입술을 으깨 물었다.

"속없는 년. 정신 나간 년."

간이 배 밖으로 나온 년. 그렇게 큰 잘못을 저질러 놓고 가게로 들어서는 이수를 보고 설렜었다. 은서는 생각을 끊듯 강하게 고개를 젓고 걸음을 옮겼다.

'안 돼. 서은서. 정신 차려.'

4

맑은 새소리가 이른 아침 정적을 깬다. 이수는 바람에 몸을 맡겼다. 숲은 배경이 되고 탁 트인 시야로 펼쳐지는 경관이 그야말로 장관이다. 더없는 휴식처처럼 느껴지는 이곳이 저세상으로 가신 분들이 모여 있는 추모 공원이라는 게 아이러니하지만.

민발치, 검은 옷을 입은 이들이 오열한다. 그 모습을 보는 이수의 눈에 아쉬움이 서린다. 자신은 저러지 못했었다. 스무 살 되던 해 이곳에 아버지를 묻고 저들처럼 울분을 쏟아 내지 못했었다.

억울한데, 왜, 하필이면 아버지여야 했냐고 묻고 싶은데 그럴 수 없었다.

안타깝고 아쉽지 않은 인생이 과연 있을까? 사람은 언젠간 죽는다, 죽음 앞에서는 누구나 평등하다. 흔히 말하는 불변의 명제가 막상 저에게 할당되자 받아들여지지 않았으니까. 그런데 세월이 흐른 이곳은 망자들의 휴식처 같다. 각양각색의 사연을 갖고 누워 있는 이들에게 주는 마지막 선물처럼.

어느새 아버지에게 온 이수는 꽃을 드리고 한참을 서 있었다. 늘 그랬듯 먹먹함을 가라앉히고서야 입술을 떼며 손을 움직인다.

"저 왔어요, 아버지. 당분간 한국에 있을 것 같아요."

관리인이 다녀갔는지 묘소 주변 정리가 돼 있었다. 이수는 삐쭉 솟은 잡초를 뽑고 준비해 온 것들로 작은 상을 차렸다. 술 대신 사이다를 따라 드리자 투명한 탄산이 보글보글 낮은 봉분을 만든다.

그 모양이 마치 저를 반기는 아버지 손짓 같아 미소를 지었다.

〈사이다가 그렇게 좋으세요?〉

〈좋지. 이걸 마시면 속이 뻥 뚫리는 것 같아.〉

아버지는 겨우 탄산음료 마시는 것을 평생의 사치로 알고 사셨다. 담배는 물론이고 술도 받지 않아 그 흔한 소주 한 잔 드시는 걸 보지 못했다. 사회생활을 하면서 힘들 때면 아버지 생각이 났다. 아버지는 속에 담은 울화를 어떻게 풀어냈을까 하는 의문. 답을 유추해 내는 데 오랜 시간이 걸리지 않았다.

이수는 탄산이 빠진 사이다를 응시했다. 듣지 못하고 말하지 못하는 답답함을 탄산의 톡 쏘는 감각에 의지했던 건 아닌지. 아마도 아들이 휘두르는 방망이도, 탄산도 아버지에겐 속 풀이의 일환이었을 것이다.

분향을 마친 이수는 아버지의 이름이 새겨진 비석을 손으로 쓸어내렸다.

"……편안하세요?"

이곳에 오면 늘 묻는 말이다. 그렇게 가서 편안하시냐고. 정작 하고 싶은 말은 꿀꺽 삼키면서.

'버려 주지, 남은 사람은 어떻게 살라고.'

이수가 아는 아버지라면 은서가 아닌 그 누구였어도 똑같이 행동했을 거다. 하물며 그렇게 예뻐하던 아이인데 나만 살자고 어떻게 나 몰라라 할까. 가끔 생각해 본다. 자신이 아버지와 똑같은 상황에 처했다면 어떻게 했을까? 망설임 없이 아버지와 같은 선택을 했을 거다. 다 안다. 아는 데도 뼈아프게 하늘이 원망스럽다.

이수는 정장 바지가 젖는 것도 상관 않고 이슬 머금은 잔디에 앉아 무릎을 세웠다. 무릎 위에 걸쳐진 손에서 잡초가 뭉그러진다.

"안 된다고 하시지 그러셨어요. 오지 말지……."

아니다. 아버지와 은서의 탓이 아니다. 결정을 빨리 내리지 못한 제 탓. 어르신 말대로 헛된 꿈을 꾼 탓. 시간을 되돌릴 수만 있다면 영혼이라도 팔 수 있다. 야구를 그만두어도 좋고, 운전 학원에 등록해서 대를 이어 더부살이를 해도 좋다.

어느새 이수의 눈에 벌겋게 핏발이 선다.

고등학교 졸업을 앞두고 미국 구단에서 스카우트 제의를 받았지만 선뜻 받아들이지 못했다.

"프로 구단에 들어가겠습니다."

"인마, 프로로 뛰게 되면 너 한국에서 발 묶이는 거야. 몇 년 뒤에도 기량이 좋을 거라고 보장할 수 있어? 그러다 부상이라도 당하면? 다 좋다 치자. 다시 기회가 온다는 보장은 없어."

감독님이 펄쩍 뛰며 만류했다. 그래도 고집을 꺾지 않자 시간을 갖고 생각해 보자고 하셨다.

"정 그러면 일단 대학 가서 반년만 고민해 보자. 그래도 안 되겠으면 그땐 말리지 않으마. 네 실력이면 언제든 프로 구단에서 뛸 수 있으니까. 나도 더는 양보 못 해."

아버지도 천금 같은 기회를 왜 포기하냐고 처음 화를 내셨다. 아마도 당신의 짐을 덜어 드리기 위한 결정임을 아셔서 그랬을 거다. 결국 두 분의 뜻에 따라 대학에 갔다.

소문은 퍼졌고 친구들도 미국행을 포기한 이수를 미친놈 취급 했다. 대학에서도 마찬가지였다.

"누구는 가고 싶어도 못 가는데 잘난 척은."

"머리 쓰는 거지. 양손에 떡 쥐고. 학교야 언제든 그만두고 날아가면 되잖아?"

대학교 야구부원들은 대놓고 비아냥댔다. 고민의 연장선상. 미국에 가서 과연 성공할 수 있을까. 그동안 아버지는 잘 버텨 주실까. 그리고 이런저런 생각 끝엔 늘 은서가 있었다.

'성공만 할 수 있다면.'

대학 팀에서의 마지막 하절기 전지훈련에 참가하면서 결심을 굳혔다. 당연히 감독님과 아버지에게 연락을 넣었고, 그게 실수였다.

늦은 장마에 역대급 태풍까지 겹친 해였다. 기록적인 폭우가 쏟아져 연일 급보가 이어졌다. 지방 곳곳엔 하천이 범람하고 서울도 마찬가지. 전국적으로 도로가 침수돼 홍수 주의보가 발령되자 2주 코스였던 훈련이 기약 없이 길어졌다.

하루의 마무리는 당연히 은서와의 통화나 메시지였다. 직접 보고 전하려던 말을 하고 말았다.

"미국 가기로 결정했어."

그 얘기를 듣고 은서가 강원도로 올 줄은 몰랐던 거다. 아버지도 은서의 부탁을 핑계 삼아 아들이 걱정돼 움직였던 것 같다.

맞은편에서 오던 덤프트럭이 중앙선을 넘었고, 범람하는 하천에 휩쓸렸다고 한다. 간신히 차에서 빠져나왔지만 아버지는 은서만 겨우 살리고 유명을 달리했다.

수없이 자책하고 후회했었다.

스카우트 제의를 받았을 때 바로 미국으로 날아갈걸. 망설이지 말고 프로 구단에 입단할걸. 아니, 은서에게 말하지 말걸. 그랬다면 청천벽력 같은 사고는 일어나지 않았을 테니까.

뼈를 깎는 후회를 수없이 되뇌면서도 은서에게 말해 주지 못했었다. 내 잘못이라고. 네 잘못이 아니라고. 은서의 휴대폰은 없는 번호가 되어 있었으니까. 머리카락 한 올 볼 수가 없었으니까.

이수는 허탈한 숨을 뱉어 냈다.

"그때라도 말해 줬어야 했는데……."

은서가 찾아왔을 때 말이다. 그때는 갈피를 잡을 수 없는 분노가 그를 침묵하게 만들었었다. 지금까지 은서에게 해 주지 못한 말이 바윗덩이처럼 그의 심장을 짓누르고 있다.

이수는 저릴 정도로 쥐었던 주먹을 툭 떨어트렸다.

"아버지가 그렇게 예뻐하던 은서가 아이 엄마가 됐어요, 기쁘세요?"

차마 미혼모가 됐다는 말을 입에 올릴 수 없어서 꿀꺽 마른침을 삼켰다. 유난히 은서를 예뻐하던 아버지였다. 당연한 게 은서는 서울에 오고 얼마 되지 않아 완벽하게 수화를 구사했다. 나중에 은서 방에 들어가 보고 그 이유를 알 수 있었다. 그녀의 책꽂이에는 서점에서 사다 나른 수화 책이 즐비했었다.

은서는 아들인 저보다 더 많은 시간을 아버지와 보내 줬다. 미주알고주알, 쉴 새 없이 손과 입술을 움직이면서.

〈은서 예쁘지? 꼭 장난꾸러기 천사를 보는 것 같아.〉

아버지는 은서가 하도 엉뚱해서 걱정되면서도 보면 웃게 된다고 했다. 어쩌면 아들이 마음을 빼앗긴 걸 아셨기 때문인지도 모르겠다.

〈은서가 너 좋아한대. 너도 좋아하지?〉

〈그런 거…… 아니에요.〉

〈다 알아, 아는데. 네가 마음 다칠까 봐 걱정돼.〉

빠르게 움직이던 손이 그날따라 유난히 느렸었다.

〈네가 성공하면, 아니 꼭 성공할 거야. 은서는 기다려 줄 아이야.〉

아들의 손등을 다독여 주던 투박한 손이 그립다.

"아버지, 은서가 행복하다고 거짓말을 해요. 아직도 거짓말하는 버릇은 못 고쳤나 봐요."

이미 다른 남자의 여자가 되어 아이까지 낳았다. 그런데도 미련이 남는다. 어쩌면 평생 끊어 내지 못할 미련일지도 모른다. 그래서 흔들고 싶다. 흔들려 줄까? 고개가 저어진다. 죄책감에 저를 밀어 낼 것을 뻔히 아니까.

이수는 아버지의 묘를 손으로 쓸었다.

"알려 주세요. 제가 어떻게 해야 할지."

손바닥에 쓸리는 까슬까슬한 잔디가 아버지의 수염처럼 느껴지는데 대답을 들려주지 않으신다.

* * *

"……선배?"

"오랜만이다."

긴가민가했는데 찬이었다. 공항에서 보지 못했었다면 바로 알아보지 못할 정도로 변했는데 특유의 장난기 섞인 미소는 그대로였다.

"어떻게 여기에……. 아, 내 정신 좀 봐. 앉으세요."

"넌 여전하다? 나이를 어디로 먹는 거야?"

"커피 괜찮아요?"

"주면 좋지."

이수 때문에 알게 됐지만 선후배로 지낸 세월이 길어서 낯설지 않다.

은서가 음료를 준비하러 가자 찬은 가게 안을 둘러보고 미소를 지었다.

달콤한 향이 가득 밴 가게가 은근히 은서와 닮아 있었다. 학창 시절 향수를 뿌리고 화장을 하고 다니는 여학생들이 적지 않았다. 소지품 검사를 하는 날엔 남자들은 담배를, 여자애들은 색조 화장품을 감추느라 바빴었다. 그런데 은서는 인공 향 풀풀 풍기는 대신 달콤한 향을 풍겨 신기해했던 게 생각난다.

‘성격은 좀 변했나.’

공주님처럼 가녀리게 생겨서 막가파였다. 생각하는 것을 거침없이 말로 쏟아 내서 선생님들과 선배들을 황당하게 만들곤 했었다.

찬은 주방 쪽에서 능숙하게 움직이는 은서를 보고 한쪽 입꼬리를 올렸다.

“가게 예쁘다. 장사는 잘돼?”

“나쁘지 않아요.”

은서는 테이블에 트레이를 올려놓고 빙긋 웃었다. 친화력이 심하게 좋았던 찬이었다. 성격이 여전한지 오랜만에 만났는데도 어색함 없이 대해 주는 게 고마웠다.

“가게 한다고 해서 좀 놀랐다. 그런데 어울리네. 건강해 보이고.”

“그래요? 선배도 좋아 보여요. 미국 갔다는 얘긴 들었는데…….”

찬은 은서가 말꼬리를 흐리자 얼른 화제를 돌렸다.

“이 과자 네가 만든 거야? 너무 예뻐서 못 먹겠는데?”

“선밴 여전하네요. 보기만 예뻐요. 마카롱인데 달아서 남자들 기호에 안 맞을지도 몰라요.”

아니나 다를까. 찬이 마카롱을 한 입 베어 물고 미간을 좁힌다.

그에게 커피를 밀어 주고 은서는 조심스럽게 물었다.

“여긴 어쩐 일이세요?”

“이수네 집 들렀다 가는 길에.”

“거긴 왜……?”

몰랐는지 놀란 얼굴을 한다. 본론은 꺼내지도 않았는데 벌써 놀라면 어쩌자는 건지. 찬은 잠시 망설이다 말을 이었다.

“못 봤나 보네. 공사 중이야.”

“공사요?”

“시작한 지 며칠 됐어.”

“그쪽으로는 안 다녀서. 내 말은, 새로 난 길로 다닐 일이 없어서요.”

은서는 불길한 예감에 목소리가 절로 떨려 나왔다. 팔아 버릴 집이라면 군이 공사할 필요는 없을 텐데 무슨 생각일까. 물어보지 못하고 찬을 빤히 바라보기만 했다.

"그렇겠네. 네 가게에선 그 길로 다닐 일이 없으니까."

"선배. 공사는 왜, 세놓는 거 때문에 하는 거예요?"

"은서야, 이수 다녀갔지?"

"……네."

이름만 듣고도 은서가 하얗게 질리자 찬은 속으로 혀를 찼다. 이사 들어오면 이수와 우연이라도 마주칠 확률이 높다. 지은 죄가 있어서 예방주사를 놔 주러 왔는데 입 떼는 게 쉽지 않다.

찬은 커피를 홀짝이고 말했다.

"아무 말 안 했나 보네."

"무슨……?"

"우리 이사 들어올 거야. 다음 주쯤. 커피 마시러 자주 와야겠다."

충격을 덜 받았으면 해서 '이수' 대신 '우리'라고 에둘렀다. 그런데도 큰 눈에 동공이 하릴없이 흔들린다.

"오래 있을 건 아니고, 잠시 머물 거야. 알고는 있으라고."

"왜 갑자기, 아니 내 말은-."

은서는 말을 끊었다. 제가 따져 물을 일이 아니었다. 얼결에 커피 잔을 쥐는데 민망할 정도로 손이 떨린다. 그 모습을 본 찬은 시선 둘 곳이 필요해 가게 안을 괜히 두리번거렸다. 솔직히 이곳에 오기 전엔 은서가 미혼모라는 얘기를 듣고도 믿기 힘들었었다. 그런데 곳곳에 아이 흔적이 묻어 있다. 제3자인 찬의 입에서도 한숨이 절로 나오는데 이수는 얼마나 충격을 받았을까.

목마름을 느낀 찬은 목을 축이고 빙긋 웃었다.

"참, 아이 있다면서?"

"······네."

"세월 빠르다. 꼬맹이가 아이 엄마도 되고."

의미 없이 고개를 끄덕이는 은서를 보고 있자니 마음이 괜히 짠해진다.

"은서야. 이수, 너 원망 안 할 거다. 그러니까 얼굴 보게 되더라도 크게 신경 쓰지 마."

"······네."

"그리고 이거."

찬은 명함을 꺼내 테이블 위에 올려놓았다.

"앞으로 연락하고 지내자. 도울 일 있으면 언제든 전화하고."

"······."

"언제 밥 한번 먹자고. 이웃사촌도 됐는데."

정신을 빼 놓은 은서는 찬의 말에 대충 고개만 끄덕였다. 그런 그녀를 본 찬은 가시방석에 앉은 양 불편했다. 얼른 자리를 피하고 싶어 마무리 인사를 건네고 일어섰다. 걸음을 옮기다 멈칫한 그가 뒤를 돌아보았다.

"어이, 서은서."

"네?"

"넌 어떻게 얼굴이 그대로냐고. 교복 입으면 학생인 줄 알겠다. 그게, 하고 싶은 말은. 밥 먹자는 거 빈말 아니거든. 꼭 연락하라고."

찬의 위로가 귀에 들어오지 않았다. 간신히 어두운 표정을 지우고 일어나서 그를 배웅할 뿐.

'이사를 들어온다고?'

말도 안 된다. 은서의 얼굴이 흙빛으로 변한다.

* * *

귀와 어깨 사이에 휴대폰을 끼고 룸으로 들어온 찬은 테이블 위에 양

손 가득 바리바리 들고 온 비닐 봉투를 내려놓았다. 이수가 빤히 바라보자 전화기를 막고 '아버지.'라고 입술로만 말한다.

"아, 걱정 마시라니까요. 이수가 술 마시는 거 봤어요?"

-밥 꼭 챙겨들 먹고. 이수 여자 얘긴 뭐야?

"그건 본인한테 직접 물어보세요. 바꿔 드려요?"

됐다는 말이 나오지 않는 것을 보니 이수와 통화가 하고 싶은 모양이다. 통화 가능하냐는 눈빛을 보내자 이수가 손을 내민다.

"아버지, 이수랑 영상 통화 하세요."

찬은 휴대폰 거치대에 전화를 올리고 영상 통화 모드로 바꿨다. 그리고 이수를 보며 제 옆자리를 툭툭 두드렸다.

이수는 어이없는 표정을 하고 소파에 앉았다.

"감독님, 접니다. 이수요."

-그래. 얼굴 보니까 걱정 안 해도 되겠다.

찬은 이수의 어깨에 팔을 두르고 휴대폰 화면에 얼굴을 바짝 들이밀었다.

"아들보다 이수가 반갑죠?"

-그걸 말이라고!

습관적으로 팔을 들어 올리는 감독님을 보고 찬은 움찔하는 흉내를 낸다. 그런 찬을 보고 이수는 가소롭다는 듯 웃고.

"바로 찾아뵙지 못해서 죄송해요."

-바쁜데 뭘.

"곧 찾아뵙겠습니다."

-괜찮겠어?

"와, 이수야. 우리 아버지 오지 말라는 말씀 절대 안 하신다? 너 코 뗀 거다."

-넌 조용히 하고. 이수야, 운동선수는 빨리 안정 찾는 것도 자기 관리

다. 여자 있다면서?

선뜻 대답하지 못하고 미간을 좁히자 감독님의 목소리가 다시 흘러나왔다.

-아니야?

세진이 언론에 노출되고 이렇다 할 발표가 없으니 여기저기에 추측성 기사가 실렸다. 세진과 얘기를 나누는 게 먼저라고 생각하기에 그의 입이 무겁기만 하다. 어떻게 설명해야 할까 고민하는데 감독님이 말을 이었다.

-술도 조심해야 하지만 여잔 특히 더 조심해야 해. 쓸데없이 너무 잘생겨서는······.

"걱정 마세요, 아버지. 이수는 너무 조심해서 탈이니까."

-한 방에 골로 가는 애들 보고도 그런 말이 나와? 둘 다 조심하고. 이수 네가 헤픈 녀석이 아니라 걱정 없다만 그래도 사람 일 모르는 거니까 특히 조심해.

아버지의 일침에 찬은 머쓱해져 뒷목을 긁적였다. 아버지는 술과 여자 때문에 인생 조진 선수들을 특히 안타까워했었다. 국제 전화까지 해서 안부를 물을 때도 그 얘기는 꼭 빼놓지 않고 당부했었다.

"감독님, 저희 걱정은 하지 마세요. 건강 잘 챙기시고요."

-그래. 찬이 뭐 사 온 것 같던데 식사들 해.

뚝! 용건이 끝났다는 듯 매정하게 끊긴 전화를 보고 두 남자는 고개를 저었다. 그나마 평소보다 통화를 길게 한 편이었다.

찬은 테이블 위에 순댓국을 꺼내 놓고 못마땅한 눈을 했다.

"배신자 새끼를 먹여 살리겠다고 내가 거기까지 달려가고, 미쳤지."

"아까 감독님 말씀 못 들었어? 잘 먹이라고 하셨잖아."

추모 공원에 혼자 다녀온 것을 알고 찬이 서운해했다. 녀석의 마음을 모르는 건 아닌데 마음이 복잡해서 혼자 움직였던 거다.

"다음엔 같이 가."

"됐거든. 넌 룸서비스 놔두고 꼭 이런 게 먹고 싶나?"

"어. 냄새 싫으면 방에 가 있든지."

"나도 먹을 거거든."

"그러든지."

이수는 삐죽 미소를 지었다. 투덜대는 찬이 아니라면 웃을 일이 없을 거다. 공사가 어느 정도 진척됐는지 보러 간다기에 시장에 들렀다 오라고 부탁했다. 아버지의 단골 가게였던 순댓국집. 경기가 끝나면 아버지는 아들을 데리고 그곳으로 가서 순댓국을 두 그릇씩 사 주곤 하셨다. 이수의 키가 큰 건 순전히 순댓국밥 덕이라고 말씀하시면서.

깍두기 그릇까지 다 비운 이수가 살 것 같은 얼굴을 하자 찬이 피식 웃는다.

"촌놈."

"그래. 촌놈이 LA에서 죽을 뻔했다. 이거 먹고 싶어서."

"공사 마무리만 남았더라. 이사 들어갈 준비 하면 돼?"

이수가 고개를 끄덕이자 찬은 슬쩍 미간을 좁혔다. 이미 마음을 굳힌 것 같은데 좀처럼 속을 보이지 않는다. 하얗게 얼굴이 질리던 은서도 떠오르고. 무엇보다 불길한 예감에 뒷덜미가 싸하다.

'길어질 것 같단 말이지.'

설마 아예 눌러살 생각은 아니겠지. 불안은 덮어 두는 게 상책이라는 말을 떠올리며 찬은 휴대폰을 확인했다.

"반창회는 어떻게 할래?"

"한다고 해야지. 커피?"

"오케이."

이수는 미니바로 향하며 시계를 쳐다봤다. 지금쯤 확인하고도 남았을 텐데 은서가 어떤 반응을 보일는지 궁금하다. 이수가 저도 모르게 가슴에 손을 올렸다.

'왜 이러지?'

괜히 심장이 뛴다. 그리고 은서를 만난 뒤로 숨을 크게 몰아 내쉬는 버릇이 생겼다. 마치 연애를 시작하는 사춘기 소년처럼.

'연애?'

겨우 얼굴만 보고 쫓겨난 주제에 연애라니. 저도 모르게 떠올린 생각에 귓가가 뜨끈해진다.

삐.

전기 포트 알림 소리에 생각을 갈무리하고 찻잔에 물을 채웠다.

* * *

창구 직원의 '107번 고객님?' 하는 호명이 재차 들렸다. 퍼뜩 정신을 차린 은서는 대기자 번호를 확인하고 빠르게 창구로 다가가 통장을 내밀었다.

"통장 정리 좀 해 주세요."

"창구 이용하신 지 오래되셨나 봐요. 새로 발급받으셔야 되겠는데요?"

"혹시, 오늘 시스템 오류가……."

"네?"

"아니, 아니에요. 새로 발급해 주세요."

의아한 표정을 하던 직원이 자리를 비우자 은서는 다시 휴대폰 메시지를 확인했다. 공지를 올려 놓고 인원이 모이면 원데이 클래스를 오픈하는데 오늘이 그날이었다.

한창 수업 중에 문자 메시지 음이 들렸다. 무심결에 시선을 주다 팝업 창으로 얼핏 본 숫자가 너무 컸다. 이십…… 억? 잘못 봤겠지, 생각하면서도 문자함을 열었다.

몇 번이나 확인했지만 잘못 본 게 아니었다. 해킹 사고가 있었나? 아니면 전산 오류? 결국 수업이 끝나기 무섭게 은행으로 달려온 거다.

번호표를 뽑고 차례를 기다리며 전산 오류일 거라고, 틀림없이 그래야 한다고 바랐는데.

"고객님, 다 됐습니다."

은서는 창구를 빠져나와 손에 쥔 통장을 뚫어질 듯 응시했다. 빳빳한 질감의 종이가 위험한 도구라도 되는 양 그것을 펼치는 손이 바들바들 떨린다.

입금한 사람은 정이수, 입금액은 정확히 20억이었다. 몇 번을 확인해도 마찬가지였다.

은서는 다리가 풀려 대기 의자에 주저앉았다.

"하, 뭘 어쩌자고."

대기자를 부르는 연잇는 벨 소리, 바쁜 사람들의 움직임이 연극처럼 보인다. 은서는 성의 없는 관객이 되어 소음을 차단한 채 멍하니 허공을 응시했다.

* * *

창가에 걸어 둔 동그란 드림 캐처에 불빛이 산란한다. 저거나 만들어 볼까. 하임이가 좋아할 것 같았다. 덕분에 제 소원이 이뤄져서 이수가 빨리 떠나 버려도 좋고. 크리스털 영롱한 빛에 한창 빨려들 때였다. 익숙한 목소리에 은서는 고개를 틀었다.

"무슨 바람이 분 거야?"

"어? 빨리 왔네?"

엉뚱한 생각을 하던 은서는 나래의 등장에 놀란 눈을 했다.

양천 경찰서에서 취재 중이라고 했기에 강 건너오려면 한 시간은 걸리 겠다, 생각했기 때문이다. 나래가 의자를 빼고 앉으며 말했다.

"누구 호출인데 늑장을 부리겠어. 날아왔지. 술 마실 거지?"

"응."

"마시던 거로 주세요. 안주는 주인장 추천으로 할게요."

나래는 익숙하게 주문을 하고 겉옷을 벗어 의자 등받이에 걸쳐 놓았다.

"사람들 꽤 많네."

"우리도 보탰잖아."

집에서 가깝기도 하고 하루가 빠르게 변화하는 강남에서 그나마 덜 북적이는 곳이라 그녀들의 단골이 된 바였다. 나래는 오늘도 맨얼굴이다.

"요즘 힘들어? 얼굴이 까칠해진 것 같아."

"사건 사고 끼고 사는데 얼굴 좋을 일이 없지. 그렇게 이상해?"

손을 올려 얼굴을 쓱쓱 문지르는 털털함에 은서는 살포시 미간을 좁혔다.

"그러지 말라니까. 화장도 좀 하고."

"사돈 남 말 하시네."

"난 화장했는데."

"그러게. 웬일이래? 됐고. 무슨 바람이야?"

나래는 은서를 쭉 훑어 내렸다. 옅지만 화장도 하고 옷까지 제대로 차려입고 있었다. 아주 드문 일이었다.

"콧바람."

"가을에 콧바람이라. 나쁘지 않네."

대충 하는 대답이라 대충 받아 줬다. 그렇지 않아도 내일쯤은 가게에 들러 볼 생각이었다. 이수 때문에 코 빠트리고 있을 게 걱정돼서.

나래는 자신의 잔에 넘치게 위스키를 따르고 은서의 잔은 반만 채웠다.

"하임이는 어떻게 떼어 놓고 나왔어?"

"같이 못 가는 이유 설명하면 잘 알아들어."

"보고 싶은데 영상 통화 해야겠다."

"갈 때쯤 돼서 해."

휴대폰을 꺼내 들던 나래는 멈칫했다. 아이까지 떼어 놓고 나온 걸 보면 큰일이 터졌나 보다.

은서는 저를 살피는 눈빛에 입을 열었다.

"그만 흘끔거려. 사시 될 것 같다며."

"내가 하임이 태어나서 정말 좋은 게 뭔지 알아? 아니 감사한 건가?"

"묻지 말고 그냥 말해. 어차피 말할 거잖아."

틀린 말은 아니기에 나래는 어깨를 으쓱하고 술잔을 비웠다. 하루 종일 미세 먼지에 시달린 목구멍이 소독되는 것처럼 따끔했다. 탁! 나래는 요란하게 술잔을 내려놓고 입꼬리를 올렸다.

"웃픈 얘긴데, 새삼 하임이가 고맙네."

"무슨 소리야?"

"하임이 낳고 건강해졌잖아. 그래서 이렇게 술도 같이 마실 수 있고."

"우리 엄마가 네 말 들으면 기절하시겠다."

"아니. 죽이려고 하실걸."

두 사람은 소리 죽여 키득거렸다. 은서도 자신이 이런 일상을 즐기게 될 거라고 생각하지 못했었다. 파리에 있을 때도 병원에 실려 가곤 했었는데, 하임이를 낳고 거짓말처럼 건강해졌다. 마치 누군가의 건강 체질이 제게 전이된 것처럼.

쓸데없는 생각으로 머릿속이 번잡한데 나래가 손등을 툭 친다.

"빨리 불어. 폭탄 제거하고 편히 마시게."

은서는 잠깐 망설이다 가방에서 통장을 꺼냈다.

"뭐야?"

"폭탄."

통장을 낚아챈 나래는 만족한 듯 크게 웃었다.

"진작 이럴 것이지. 내가 눈치가 빨라진 건 다 네 탓이야."

"눈치만?"

"성격 파탄자란 소릴 듣는 것도. 그러니까 속 시원하게 뭐든 털어놔."

"네 성격 원래 지랄맞았어."

"아니거든!"

불퉁한 목소리를 내면서도 지적질하는 은서가 반갑다. 원래 저런 성격이었다. 제 생각을 숨기지 않고 고스란히 뱉어 내는.

나래는 무심히 통장을 보다 눈을 비볐다. 몇 번이나 다시 확인한 그녀의 입이 자동으로 벌어졌다.

"이, 이게……?"

나래의 반응을 예상했기에 은서는 무심하게 고개를 끄덕였다.

"눈 비빌 거 없어. 네가 본 게 맞으니까. 은행에 가서 확인했어. 전산 오류 아니래."

"너! 이수 선배와 이런 거액 오가는 사이였어?"

나래는 입금한 사람의 이름을 뒤늦게 발견하고 은서를 닦달했다. 목이 타서 대답도 듣기 전에 술잔을 깨끗이 비웠다. 마치 술이 물처럼 느껴져 바텐더를 바라보았다.

"이거 새로 따 준 거 맞죠?"

바텐더가 빙긋 웃는다. 아마 농담을 하는 거라고 생각하는 것 같았다. 그런 나래를 보고 은서가 바텐더에게 살짝 고개를 숙여 보였다.

"새 술 맞으니까 안주나 먹어."

은서는 하얀 치즈 덩어리를 나래의 입에 쏙 넣어 주었다.

"지금 안주 챙길 때야? 빨리 말해."

"왔었어. 미국 갈 때 돈 준 거 알았나 봐."

"찾아오기까지? 정이수가?"

"그건 모르겠고, 어쨌든 만났어."

일부러 찾아온 건 아닌 것 같다고 말했다. 그리고 용건이 있다며 다음

날 다시 가게로 찾아왔고. 조곤조곤 잇는 말이 답답했는지 나래가 인상을 팍 썼다.

"찾아와서 다짜고짜 돈을 줬다고? 뜬금없이? 계좌는 어떻게 알고?"

"아니. 갚으라고 했어. 계좌, 내가 적어 줬고."

"말이나 막걸리야. 아무튼 그래도 이건 너무 황당한 금액이잖아?"

"원금 플러스 이자."

은서의 목소리가 의외로 차분했다. 마치 저는 한바탕 놀랐으니 바통을 넘긴다는 듯이.

이성을 되찾은 나래는 통장을 가볍게 흔들었다.

"넌 이거 어떻게 하고 싶은데?"

"꿀꺽?"

"지금 농담할 때 아니거든. 그리고 넌 내가 여자로 안 보이지? 왜 나한테 작업질인데?"

황당한 일을 당해서인지 은서의 눈동자가 초점 없이 흐릿했다. 그 모습이 부드러운 조명 아래 섹시해 보인다.

은서는 저를 웃겨 주는 나래가 고마웠다.

"여자한테 관심 있는 줄 알면 유성이 놀라겠다."

"기절해 죽을지도 모르지. 바보 같은 놈 얘긴 집어치우고, 네 말대로 우리 이 돈 꿀꺽하자."

"좋지."

"공돈 생겼는데 안주가 이래서 되겠어. 술 레베루부터 몇 단계 업하고. 안주도 추가하고."

은서가 배시시 웃으며 고개를 끄덕이자 나래도 웃었다. 속이 말이 아닐 텐데 너스레에 장단을 맞추는 은서가 안쓰러워서 화를 내지도 못하겠다. 속으로 이를 갈 뿐.

'이 미친 또라이 새끼를 어떻게 하지?'

한창 궁리 중인데 간지러운 목소리가 들린다.

"이자 얼마 주냐고 묻기에 능력 되는 대로 달라고 했어. 이렇게 응답할 줄은 몰랐지."

"하, 왜 그랬는데."

"또 보고…… 싶지 않았거든. 안 받는다고 하면-."

또 찾아올까 봐. 은서는 잠깐 틈을 뒀다가 뒷말을 이었다.

혼자서는 도저히 답을 찾을 수 없었다. 며칠을 고민하다 결국 나래를 불러낸 거다.

"보면 보는 거지. 겁날 게 뭐가 있다고. 혹시 아저씨 일로 지랄했어?"

"아니!"

은서가 빠르게 고개를 저어 부정했다. 이수는 한 번도 저를 탓하지 않았다. 너만 왜 살았냐고, 너를 살리고 왜 내 아버지가 죽어야 했냐고 원망하지 않았다. 다만 시커멓게 죽은 눈으로 저를 바라보다 미국으로 떠났다.

은서는 술잔을 비우다가 맥락 없이 헤헤, 웃었다.

"이럴 줄 알았으면 조금 더 투자하는 건데."

"나도 할 걸 그랬다. 역시 글로벌한 인간은 급이 다르네."

말을 받아 주면서도 이수 선배가 괘씸했다. 어떻게 돈으로 분풀이를 할 생각을 했는지. 지금 마음 같아선 빅 엿을 먹여 주고 싶다. 나래는 짜증이 머리끝까지 치솟아 눈을 감았다. 레이저가 뿜어져 나올 것 같아서.

"아, 답 없다. 스캔들 기사 올리고 회사 잘려 버릴까?"

"주인공은?"

"내가 정이수랑 잤다, 그 자식 오리발 내밀더라, 인간성 개쓰레기다. 미투 한번 하지 뭐."

"나 웃어도 돼?"

"좀 그런가?"

웃음을 참는지 은서의 볼이 몽글몽글 부푼다. 나래는 그런 친구를 물끄러미 쳐다보았다. 그래, 그렇게 억지로라도 웃어라. 이제 겨우 사람답게 사는데, 이수의 등장으로 또다시 지옥을 헤맬 친구가 걱정된다.

나래는 먼 산 보고 말하는 심정으로 입을 뗐다.

"은서야, 해 바뀌면 우리 나이 앞자리 3으로 바뀐다?"

"갑자기?"

"아직도 좋아하지, 이수 선배."

긍정도 부정도 하지 않는 은서를 보며 말을 이었다.

"10대 땐 널 이해할 수 있었는데 한겐가 봐. 이젠 널 이해하는 게 무리다."

"내가 좀 답답하지?"

알면 됐다고 말하는 나래에게 은서는 피식 웃어 주었다. 짝사랑, 누군 안 해 봤냐고 주기적으로 성을 내는 나래였다. 그걸 왜 모를까. 같이 동참했는데. 교복을 입고 급식을 먹을 때 누군가를 보겠다는 일념에 학교 가는 길이 꽃길인 줄 알았다.

다니기 싫은 학원을 등록하고 집에 가는 버스도 아닌데 무작정 올라탔다. 새벽 등교도 마다하지 않았다. 그렇게 그녀들은 우연을 가장한 만남을 수도 없이 만들었다.

가슴앓이를 하다 용기 내서 고백하고, 거절당하면 세상이 무너진 것처럼 이불 속에서 울고. 두 사람의 다른 점이라면 나래는 상대가 수시로 바뀌고 은서는 단 한 사람이었다는 것.

그만큼 했으면 지칠 만도 한데 여전히 뜨겁다. 정말 지긋지긋한데 어쩔 도리가 없다. 마치 출구 없는 미로를 헤매는 것처럼.

은서는 술잔을 비우고 물었다.

"갑자기 못 봐 주겠어?"

"아니, 네가 인생의 반을 짝사랑으로 허비한 걸 생각하니까 갑자기 열받아서."

반이 아니라 인생을 통째로 바친 거나 진배없다. 하임이를 낳았으니까. 하지만 그 말은 입에 담으면 안 되기에 나래는 입술을 말아 꼭 깨물었다.

"좋은 사람 나타나면 만나 보려고."

"그래, 그렇게 쉽게 가자. 보통 여자들 사는 것처럼. 아니, 다른 여자들먹일 것도 없어. 나처럼."

"알았어, 알았으니까 열 올리지 마."

"퍽이나!"

은서의 얼굴에 진심이라곤 개미 눈물만큼도 섞여 있지 않아서 목소리를 높이게 된다.

"소개팅하면 믿을 거야?"

"아서라. 상대방은 무슨 죄니. 그리고 너 소개팅 못 해."

"왜."

"요즘 애들은 자만추거든."

은서가 돌연 눈을 반짝이며 나도 그거 알아, 라고 말하곤 말을 덧붙인다.

"자연스러운 만남 추구, 잖아."

"자연스러운 만남 추구 좋아하시네. 자고, 만남 추구거든!"

잠시 얼빠진 표정을 하더니 난감한 얼굴을 한다.

"그건 좀 그러네. 만나다 자는 건 몰라도."

"뜬금없는 원색적인 대화라, 그거 좋네. 그래서 마음은 닫고 몸만 열게? 열 수는 있고?"

"해 보지 뭐."

순순하게 대답하는 걸 보니 발등에 불이 떨어진 게 확실했다. 이런 날이 아니면 언제 물어볼까. 나래는 테이블에 턱을 괴고 은서에게 바짝 다가갔다.

"우리, 술도 거나하게 마셨는데 솔직해 보자. 술 깨면 싹 잊어 줄게."

"무슨 서두가 그렇게 거창해?"

막상 돗자리를 깔아 주니 망설이게 돼 나래는 결심한 듯 침을 꼴깍였다.

"하임이 어떻게 가졌니?"

"……."

"혹시 이수 선배가 자기 정자, 정자은행에 기증했니? 그걸 알게 돼서 네가 손쓴 거고?"

은서의 눈이 동그래지더니 키득거리기 시작했다. 나래는 그런 친구에게 눈을 흘겼다. 그녀도 제가 쓴 시놉이 개연성 떨어진다는 건 안다. 하지만 오죽하면 말도 안 되는 시나리오를 썼을까.

그만큼 하임이의 탄생 비화가 오리무중이었다.

나래는 갑자기 눈을 똑바로 맞춰 오는 은서 때문에 상체를 뒤로 물렸다.

"왜 이래? 부담 되게."

"넌 내 숨구멍이야. 너마저 없으면 나 못 버텼을 거야."

"너야말로 무슨 말을 하려고 서두가 거창한데?"

"무슨 상상을 하든지 말리지 않을게. 단, 입 밖으로 꺼내는 건 내 앞에서만 해."

"협박하는 거야? 협박 맞네. 나쁜 계집애."

은서의 눈빛이 그만큼 진지해 속 깊은 한숨이 나온다. 자신의 아이가 있는 것을 알았다면 가만있을 이수가 아니었다. 남녀 관계가 아무리 당사자들 아니면 모른다지만 적어도 나래가 아는 이수의 인성이 그 정도 막장은 아니니까.

"하임이 아빠, 선배인 건 인정하는 거네?"

"……."

"내가 너한테 무슨 대답을 듣겠다고. 술이나 마시자."

미안한지 공손하게 술잔을 채워 주는 은서를 보고 나래는 제 머리에 손가락을 박아 벅벅 문질렀다.

"나 사회부에서 체육부로 간 적 있었잖아. 그때 찬 선배한테 연락했었어."

사회부 말진 주제에 깜냥도 안 되면서 국회 의원을 건드렸었다. 데스크에서 난리가 났고, 자숙의 시간을 가지라며 체육부로 좌천됐었다. 부파를 당하지 않기 위해 뭐라도 건지려고 인맥을 총동원하던 시절이었다.

마침 이수가 마이너 리그를 탈피해서 언론이 들썩일 때 찬과 연락을 했었다.

은서가 도통 못 알아듣는 눈치라 나래가 말을 이었다.

"전화번호 있다고. 그 돈 해결해야 할 거 아니야? 줘?"

"찬 선배 가게로 찾아왔었어. 명함 주더라."

"그 선배 발 빠르네. 무슨 일로 왔대? 네 얼굴 보려고?"

이수가 이사 온다는 말을 해야 하는데. 그랬다간 나래가 불을 뿜을 게 뻔해 말을 아끼기로 했다.

"지나가다 들렀대."

나른한 음악, 나태한 몸짓. 그 속에 생각은 섞이지 못하고 몸만 맡긴 채 은서의 밤이 깊어 간다.

* * *

택시에서 내린 은서는 잠시 망설이다 가게 쪽으로 방향을 틀었다. 십일 자 걸음이 너무 정확하다.

"……효과가 없네."

취하고 싶었나. 오랜만에 마신 술인데도 약간의 두통만 일 뿐 성신이 말짱하다. 두통도 술 탓이 아닐지도 모른다. 바쁜 걸음들이 저를 스쳐 지나간다. 그래도 은서는 천천히 걸었다.

"선견지명이 있었나."

현정은 가게 하는 것도 반대했지만 이 동네에서 자리 잡는 걸 질색했었다. 엄마의 말을 들었더라면 이수와 마주칠 일은 없었을 텐데. 늦은 후회라는 것을 알면서도 자꾸 곱씹게 된다.

은서는 문득 떠오르는 말에 피식 입술을 늘였다. 어른 말 잘 들으면 자다가도 떡을 얻어먹는다고 했던가. 그건 너무 위험하잖아. 기도 막힐 수도 있는데. 이런 와중에도 쓸데없는 생각을 하는 걸 보니 제정신이 아니다.

가게 문을 닫는 게 답일까. 아니면 하임이를 잠시 오빠에게 보낼까. 찬이 다녀간 후로 피가 마르는 것 같은 시간을 보내고 있다. 아니, 이수가 나타났을 때부터.

"답 없다……."

중얼거리며 가게 문을 열려고 할 때였다. 익숙한 목소리가 들렸다.

"은서 씨?"

몸을 돌리자 우석이 건물에서 나오고 있었다.

"이 시간에 웬일이세요?"

"오늘 제가 당직입니다."

"야간 진료도 하세요?"

"입원한 아이가 있어서 상태 좀 보려고요. 박 선생이 자기는 유부남이라고 저더러 보초 서랍니다."

페이 닥터인 박 선생이 후배라고 들었다. 그런 사람을 놔두고 원장이 야간 진료라니. 사람 좋은 우석다웠다. 그의 투정 아닌 투정이 이어진다.

"은서 씨가 생각해도 말 안 되죠? 솔로는 외박해도 된답니까? 그리고 솔로가 왜 집에 가서 할 일이 없을 거라고 생각하는지 모르겠습니다."

"박 선생님이 너무하셨네요."

"그렇죠?"

우석이 아이처럼 동조를 바라며 눈꼬리를 내리자 은서의 입에서 피식 바람 빠지는 소리가 새어 나왔다.

"혹시 술 마셨습니까?"

"티, 나나요?"

은서는 저도 모르게 손을 올려 제 입을 가렸다. 그 모습을 본 우석은 얼른 손사래를 쳤다.

"절대 아닙니다. 직업병이에요. 알코올 냄새에 익숙해져서 쓸데없이 코가 예민하거든요."

우석은 오해라도 할까 봐 이 말 저 말 늘어놓느라 진땀이 흐른다. 그런데도 은서는 여전히 당황한 얼굴이다.

"은서 씨, 지금 제 말 안 믿는 거죠?"

"제가 맡아도 나는 것 같아서요."

"에이, 모르겠다. 은서 씨도 술 마신다는 게 신기하긴 합니다."

"네?"

우석은 무슨 말이냐는 듯 눈을 깜빡이는 은서를 보고 뒷덜미를 긁적였다.

"아니 저는 은서 씨가 이슬만 먹고 사는 줄 알았거든요."

그제야 은서가 긴장을 풀고 피식 웃는다. 그 모습에 우석은 안도했다. 사실은 넘겨짚은 거다. 바람을 타고 청량한 향이 맡아져 향수를 뿌렸나, 생각했었다. 다만 외출복 차림이었고 늦은 시각, 가게에 왔기에 넘겨짚었던 거다.

은서는 부러 밝은 목소리를 냈다. 우석이 쩔쩔매는 게 느껴졌기 때문이다.

"욕이 심하시네요. 초록색 병에 든 이슬을 먹고 살긴 하죠."

"듣고도 믿기 어려운데요."

"진짠데……."

경계를 풀고 장난스럽게 말꼬리를 흐리는 은서의 모습이 낯설다. 이런 모습은 처음이라. 우석은 저도 모르게 입술을 움직였다.

"이 시간에 차 한 잔 달라고 하면 실례겠죠."

"그게……."

난감하면서도 거절하기가 뭐했다. 아이 때문에 여러모로 신세를 지고 있기도 하지만 지난번 이수의 일도 마음에 걸린다. 그깟 차 한 잔이 뭐라고.

"혹시 추우세요?"

"시원하고 좋은데요."

"그럼 잠깐만 앉아 계세요. 마실 것 가지고 나올게요."

화단 앞 파라솔 테이블을 가리키고 은서는 부리나케 가게 문을 열었다. 낮이라면 모를까, 밤인데 가게로 들어오라고 하는 건 아닌 것 같았다. 저도 그렇지만 우석도 밀폐된 공간이 불편할 테니까.

은서는 병 음료를 우석의 앞에 놓아 주고 의자에 앉았다.

"커피는 시간이 너무 늦은 것 같아서요."

"이거면 충분합니다. 마침 이 녀석을 데리러 편의점 가던 길이었거든요."

우석은 뚜껑을 딴 음료를 먼저 은서에게 주고 무심결에 물었다.

"지난번에 가게에 왔던-."

"우석 씨."

"……?"

갑작스러운 부름에 하던 말을 멈춘 우석은 이어질 은서의 말을 기다렸다. 이상했다. 마치 말을 막듯 다급한 목소리였다. 그래 놓고 할 말이 없는 듯했다.

'내가 무슨 실수라도 했나?'

문만 열어 두면 들어온다던 길냥이의 안부를 물으려던 참이었다. 자신이 한 말을 되짚어 보는데 은서의 목소리가 들렸다.

"한국대, 대학 병원에서 근무하셨다고 들었는데, 왜 개원을……."

"네?"

"그러니까, 오랜 이웃인데 너무 몰랐던 것 같아서…… 요."

"아, 그러네요."

한 박자 늦게 떠오른 생각에 우석은 애매한 미소를 지었다. 경황없는 목소리, 급조한 것 같은 화제가 고개를 끄덕이게 만든다.

"은서 씨, 저 지금 무척 놀랐습니다."

"네?"

"제가 궁금했습니까? 저는 무단 침입 하는 고양이 녀석 안부가 궁금했는데. 요즘은 녀석이 옥상에 안 올라오더라고요."

힌트를 주자 비로소 경직됐던 작은 얼굴이 풀어진다. 우석은 말을 이었다.

"들으신 대로 한국 병원에서 근무했었습니다. 그곳 의대 졸업했고요. 바쁜 게 싫어서 개원했고 지금 만족하고 있습니다."

"네에."

길게 늘인 성의 없는 대답에 우석은 속으로 웃고 말았다. 의외의 수확이다. 그녀의 말처럼 같은 건물에서 얼굴 보고 지낸 지 3년이 넘었다. 그중 2년은 일주일에 한 번 이상 그녀의 수업을 들으면서. 짧지 않은 시간, 틈을 보이지 않던 여자가 허둥대는 모습이 꽤 귀여웠다.

"저에 대해서 또 궁금한 건 없습니까."

"아, 그게."

"그나저나 누가 그렇게 제 얘기를 하는 겁니까."

"엄마들이 가게 오면 우석 씨 얘기 많이 하세요. 친절하고 실력 좋다고요."

"이놈의 인기는."

혼잣말처럼 읊조린 그의 말에 은서의 입꼬리가 올라간다. 확실히 사람을 편하게 해 주는 재주가 있는 사람이다. 도둑이 제 발 저리다고 이수의 얘기를 꺼낼 거라고 지레짐작했다. 결례를 했는데도 부드럽게 넘어가 준다.

은서는 차분한 시선으로 우석을 바라보았다.

"우리 하임이도 우석 씨 팬인걸요."

"압니다, 알아요. 요즘 인기가 날로 높아져서 피곤합니다. 중매 서 주겠다는 분들도 많고, 저는 명절이 제일 무섭습니다."

"왜요?"

"가족 친척 할 것 없이 결혼하라고 난리거든요."

피곤한 표정을 하면서도 목소리에 장난기가 묻어 있다. 이 남자 앞에서는 곧잘 긴장을 풀게 된다. 툴툴대면서도 제 투정을 받아 주는 오빠 은후 같은 느낌이라. 지금도 그렇다. 은서는 드물게 타인에게 호기심을 보였다.

"비혼주의셨어요?"

"그건 아니고요. 짝사랑을 정말 오지게 했습니다. 아직도 치유 중이거든요. 이를테면 휴지기 같은 겁니다."

은서의 눈이 반짝이자 우석의 미소가 짙어진다.

"눈물 없인 못 들을 얘깁니다. 내 말은 맨입으로는 절대 말 못 해 준다는 겁니다."

"언제 연합회 한번 가져야겠네요."

"은서 씨도 짝사랑에 조예가 깊습니까?"

"아, 저도 맨입으로 말해 드릴 순 없어요."

한 방 먹었다는 듯 우석이 호탕하게 웃었다. 그에게 동화된 은서도 미소를 지었다. 친구에게만 짓던 계산되지 않은 미소를. 그러고 보니 호칭도 자연스러워졌다. 하임이를 돌봐 주는 의사 선생님. 당연히 선생님이라고 불렀었다.

"강사님 수업 듣는데 저를 선생님이라고 부르니까 다른 수강생들 보기 무안합니다."

결국 서로 호칭을 생략하고 이름 뒤에 '씨'를 붙이기로 합의를 봤다. 은서는 테이블 위를 정리하며 말했다.

"날이 쌀쌀해지는 것 같아요."

"그러네요."

그녀의 말뜻을 알아들은 우석이 몸을 일으켰다.

"집까지 에스코트해 드릴 용의 있습니다. 너무 늦은 것 같아서요."

"가게에 볼일 있어서요. 먼저 올라가세요."

10여 분이나 됐을까. 짧은 대화에 우석의 가슴이 반응한다. 조금 더 가까워지고 싶다고. 하지만.

"그럼 내일 뵙겠습니다."

우석은 질척이지 않고 등을 돌렸다. 3년이라는 시간은 결코 짧지 않았다. 처음 봤을 때부터 시선이 갔다. 그래서 그녀의 수강생이 된 거다. 가드가 하늘 높은 줄 모르는 여자였다. 그래서 더 마음에 들었다면 이상한 건가.

나이 탓인지 가볍지 않은 은서가 그의 눈엔 꽤 근사한 여자로 비친다. 심지어 아이가 있는데도 불구하고. 우석이 긴 한숨을 내쉬었다. 건물 계단을 밟을 때까지도 가게 문이 다시 열리는 소리는 들리지 않았으니까. 한마디로 까인 거다.

"정말 높네."

우석은 씁쓸한 미소를 지었다.

한편 은서는 음료수병을 치우고 가게 문을 잠갔다. 가게에 따로 볼일은 없었다. 술 냄새도 가시게 할 겸 산책 삼아 가게에 들렀던 것뿐이었으니까. 덕분에 술이 말끔히 깬 것 같다.

한결 가벼워진 걸음을 하고 몸을 돌릴 때였다. 가로등 아래 기다란 인영을 발견한 것은. 가늘게 접었던 눈이 커지고 눈동자가 사정없이 흔들렸다.

* * *

이수는 귀신이라도 본 듯 얼어 버린 은서를 향해 천천히 다가갔다.

"무슨 일 있었습니까."

"······!"

은서는 아무 소리도 귀에 들어오지 않았다. 벌써 이사를 왔나? 그게 아니라면 꽤 늦은 시간인데 이곳에 이수가 있을 이유가 없다. 하임이의 얼굴이 떠오르자 마음이 바빠진다.

"이사, 들어왔나요?"

"무슨 일 있었냐고 물었잖아."

짜증 밴 얼굴에 날 선 목소리다. 더구나 방금 존댓말을 하더니 이젠 반말. 하지만 그게 중요한 게 아니었다.

은서는 퍼뜩 스치는 생각에 그를 올려다보았다.

"······혹시 날 만나러, 아니 잠시만요."

무슨 말을 해야 할지 모르겠다. 마치 출근길 지옥철처럼 머릿속이 혼잡하다. 생각을 정리하느라 머리카락을 쓸어 넘기는 가는 손끝에 저절로 힘이 들어간다. 거액이 들어왔다. 주는 쪽과 받는 쪽의 이유는 달라도 목적은 같았다. 다신 보지 않기 위해서. 이수는 분풀이를 했고 저는 일단 그의 뜻을 받아들였다.

은서는 생각을 정리하고 입을 열었다.

"돈은 잘 받았어요. 아직 용건이 남았나요?"

"하, 술도 마셔?"

"지금……."

은서는 생각지도 못한 질문에 말끝을 흐리며 미간을 좁혔다. 이수는 그런 그녀를 보고 다른 의미로 얼굴을 일그러트리고. 반겨 줄 거라고 생각하지는 않았다. 하지만 적대에 가까운 놀란 표정을 하고 엉뚱한 말만 늘어놓는 게 못마땅했다. 거기다 미혹하듯 풍기는 알코올 냄새까지. 그의 시선이 남자가 사라진 건물로 향했다.

'같이 마신 걸까.'

은서에게로 옮겨진 눈빛이 날카로웠다. 연한 화장에 핑크 브라운 컬러의 립스틱을 발랐다. 외출할 때는 머리를 내리는지 긴 머리에 웨이브를 넣고. 무릎까지 내려오는 와인색 원피스, 가죽 소재의 트렌치코트를 걸친 모습이 단정하면서도 우아하다. 또래보다 키가 작은 편이면서 평균 키라고 바득바득 우겼었는데. 굽 높은 구두를 신은 지금에서야 평균 키처럼 보인다.

그가 본 적 없던 은서의 모습은 완벽했다. 그런데 왜 짜증이 날까. 과하지 않고, 흐트러진 곳 하나 없는데 말이다.

두 사람은 각자의 생각에 빠져 한동안 침묵했다.

쉬익.

바람결에 은서의 긴 머리카락이 나부끼는 것을 보고서야 이수가 먼저 말했다.

"아이한테 무슨 일 있었어?"

"무슨 얘기죠?"

"아이한테 일이 생겼냐고, 아니면-."

"정이수 씨가 그런 걸 왜 묻는 거죠? 그게 왜 궁금한데요? 그리고 한 가지만 해요. 존댓말."

은서는 싸늘한 목소리를 냈다. 이수의 입에서 절대 나오면 안 되는 단어가 그녀를 경계하게 만든다.

"한 가지? 그래. 말 놓을게."

"아니, 존대-."

"한 가지만 하라며. 그래서 반말하겠다고. 그래도 되잖아."

은서의 말을 자른 이수는 잘됐다 싶었다. 그렇지 않아도 몸에 맞지 않는 옷을 입은 듯 은서에게 말을 높이는 게 짜증 났었다.

이수는 미간을 좁히고 다시 물었다.

"아이한테든, 너한테든 일이 있었냐고."

"없었어요. 왜요?"

은서가 심하다 싶을 정도로 예민한 반응을 보이자 이수는 말을 아꼈다. 이러려고 온 게 아니었다. 그를 피해 가야 하는 장애물 보듯 하는 은서 때문에 초조했다. 용건만 운운하는 게 서운했다. 그래서 저도 모르게 앞뒤 다 자르고 질문만 해 댔다. 이수는 목소리를 누그러뜨렸다.

"가게가 계속 닫혀 있었어. 며칠 내내. 그래서 물어본 거고."

"……?"

은서는 저도 모르게 고개를 갸웃했다. 쿠킹 클래스까지 합쳐서 일주일에 3일만 오픈하는데 계속 가게에 왔었다는 얘긴가. 이유는 하나였다.

"혹시 잘못 보냈어요?"

"뭘?"

"돈요. 실수로 0을 하나 더 붙였다든지."

그것도 많지만. 은서는 뒷말을 중얼거렸다. 그런 그녀를 보고 이수의 미간에 골이 깊게 파인다. 돈을 제대로 보냈으면 볼일이 없지 않느냐는 뉘앙스였다. 큰돈을 보낸 건 연락이 오길 바라서였다. 은서를 다시 만날 핑곗거리가 필요했으니까. 하지만 쫓겨나듯 가게를 나왔기에 다시 찾아갈 엄두가 나지 않았다.

고심 끝에 입금을 하고 찬에게 은서를 찾아갔었다고 말했다. 오지랖 넓은 찬이 움직일 거라고 생각했기 때문이다. 아니나 다를까. 길길이 날뛰던 녀석이 홀연히 사라졌다가 나타났다.

"너! 실수로라도 그쪽 길은 이용하지 마. 애, 죽이겠더라."

네가 괴롭히면 연락하라고 명함까지 주고 왔다며 마치 친오빠처럼 굴었다. 찬이 제 생각대로 움직여 줬기에 기다렸는데 보기 좋게 예상이 빗나갔다.

찬의 휴대폰은 울리지 않았고 공사 진행을 핑계로 동네를 들락거렸다. 며칠 내내 닫혀 있는 가게를 보면서 별의별 생각을 다 했었다. 무슨 일이 생겼나. 은서나 아이가 아픈 건 아닐까. 그렇게 저는 돌기 직전이었는데 며칠 만에 본 은서는 낯이 익은 남자와 함께였다. 그것도 웃는 얼굴로.

이수는 비릿한 미소를 지었다.

"아니. 제대로 보냈어."

"그럼, 무슨 볼일이 남은 거죠?"

비즈니스 관계도 은서처럼 건조하진 않을 거다. 그녀의 태도에 이수는 감정을 제어하지 못하고 말을 받아쳤다.

"이자, 그거 갖고 되겠어?"

"좀 많지만 받으려고요."

"그사이 사정이 안 좋아지기라도 했나 보지?"

잔뜩 힘이 들어가 있던 은서의 어깨가 풀썩 소리만 나지 않았지 훅 내려간다. 그런 그녀를 바라보던 이수는 속으로 자신을 탓했다. 젠장, 이럴 거면 왜 찾아왔느냐고. 의도와 다르게 엇나가는 대화를 멈춰야 하는데 방법을 모르겠다. 이수는 타석에 섰을 때처럼 호흡을 골랐다.

"미안하다. 말이 거칠었어."

"오빠가!"

그의 돌발 행동에 오빠라고 불러 놓고 은서는 입술 안쪽 살을 꼭 깨물었다. 습관이라는 게 이렇게 무서운 거다. 아니면 잠재의식이 무서운 건지도. 어찌 됐든 제게 한 번도 '정이수 씨'인 적이 없던 남자였다.

'정작 사과할 사람은 난데, 오빠가 왜 사과를 해.'

은서는 뒷말을 삼키며 이수를 올려다보았다. 아직도 똑같은 스킨을 쓰고 있었다. 입덧을 견딜 수 있게 해 주던.

은서는 속마음을 내비쳤다.

"나 벌주려던 거면 성공했어요."

"벌? 하. 내가 어떻게, 무슨 자격으로!"

흔들리는 은서의 눈동자에 제 모습이 비친다. 그만큼 가까웠다. 그의 시선이 허전해 보이는 가녀린 목에 닿았다.

"내 매력 포인트는 긴 목이란 말이야!"

맞아. 그래서 스쿠터에 태우고 다니면서 바람을 핑계로 목을 가리게 했었다. 다른 녀석들에게 보여 주기 싫어서. 그렇게 마음을 숨겨 놓고 이제 와서 뭘 어쩌자고. 지금도 그렇다. 은서에겐 쌀쌀하게 느껴질 밤공기가 신경 쓰여 안아 주고 싶은데 손을 뻗지 못한다. 이수는 짓씹듯 말했다.

"은서야, 우리 이러지 말자. 그 일은……."

"오빠 말이 맞아요. 이럴 필요 없는데."

"……?"

갑작스러운 그녀의 태세 전환이 의아한데도 심장이 덜컥댄다. 이수는 벌겋게 상기된 표정을 감추지 못했다.

"내가 너무 무례했어요. 그날 기분이 나빴을 거예요. 그래서 오빠도 돈 갚는다고 한 걸 거예요. 진심으로 사과할게요."

"사과……?"

말주변 없는 자신이 싫어지는 순간이었다. 그런데. 이수는 뜬금없이 내밀어진 그녀의 손과 은서의 얼굴을 번갈아 바라보았다.

"계좌 번호 주세요. 아, 직접 관리 못 하겠다. 찬 선배한테 연락할게요."

자유롭게 움직이는 은서의 입술과 달리 뒤통수를 맞은 그의 입은 무거웠다. 이수는 뒤늦게 어금니를 꽉 으깨 물었다. 이러려고 사과한 거였어? 은서의 사과는 마치 '미안하다. 됐지? 이제 그만 귀찮게 하고 가 줘.'라고 말하는 것 같았다.

깊숙이 묻어 놓았던 제 마음을 꺼내기엔 너무 긴 시간이 흘렀다는 걸 안다. 그녀에게 잊힌 남자가 됐다는 것도 알고 있다. 은서가 아이 엄마가 된 게 그 증거니까. 하지만 그녀의 마음을 눈앞에서 확인하자 예리한 것으로 가슴을 찔린 듯 속이 아프다 못해 쓰라렸다.

'미친 새끼.'

그런데도 놓지 못하겠다.

"왜?"

"네?"

"왜 찬이한테 연락해? 나한테 해, 직접."

당황한 은서의 눈이 동그래졌다. 제게 내밀어진 이수의 손을 멍하니 바라보았다.

"폰 줘."

"왜요?"

"네 말대로 내가 관리 안 해서 계좌 번호 못 외워."

뒤늦게 은서는 긴 한숨을 내쉬었다. 단단히 마음이 틀어진 모양이다. 불현듯 돈이 목적이 아니라는 생각이 들자 그녀의 경계심이 더 두터워진다.

은서는 그 어느 때보다도 건조하게 말했다.

"나 오빠 보는 거 불편해요."

"불편해?"

"네. 당연하잖아요. 다신 만나고 싶지 않으니까 지금 말해요. 그 돈 어떻게 할 건지."

감정을 뺀 사무적인 은서의 목소리가 가슴을 헤집는 것 같다. 널 다시 보기 위해 보낸 돈이다. 널 힘들게 하려고, 괴롭히려고 보낸 게 아니라. 하지만 입 안에서만 맴돌 뿐. 이수는 새삼 은서의 모습을 눈에 담았다.

"……생각해 볼게. 어떻게 해야 할지."

이수는 먼저 등을 돌렸다. 데려다준다고 말했다간 은서가 쓰러질 것 같았으니까. 걸음을 떼려던 이수는 멈칫하고 입을 뗐다.

"아버지."

보지 않는데도 은서가 흠칫하는 게 느껴진다.

"늦었다. 네 잘못 아니야. 그냥 사고였어. 우리 모두가 어쩔 수 없었던 일."

진즉에 해 줬어야 했던 말을 이제야 한다. 제 전부였던 아버지를 잃었다. 성공하고 싶었던 가장 큰 동기가 사라진 거다. 고된 삶만 살아온 아버지를 호강시켜 드리고 싶었는데. 핑계를 대자면 모든 게 끝났다고 생각했었다. 당장엔 그가 감당할 수 있는 슬픔이 아니었다. 그 감정에 파묻혀 다른 모든 것들을 살필 여력이 없었던 거다. 그도 어렸으니까.

이수는 뒤를 돌아보지 못하고 말을 이었다.

"그러니까 힘들어하지 마."

은서는 다시 걸음을 떼는 이수의 뒷모습을 보며 간신히 고개를 주억거렸다. 그의 뒷말을 듣기 전까지는.

"나 보는 것도."

다리에 힘이 풀린 은서는 소리 없이 주저앉았다.

1

오랜만에 욕조에 몸을 담갔다. 욕실이 안개 낀 듯 뿌옇게 될 정도의 뜨거운 물에. 그런데도 오한이 든 것처럼 몸의 떨림이 잦아들지 않는다. 은서는 빨갛게 익은 몸에 샤워 가운을 입고 욕실을 나섰다. 화장대 스툴에 앉아 약통을 꺼냈다.

톡톡.

손바닥에 올려진 흰색 알약 세 알을 내려다보는 눈빛에 미련이 남는다. 결국 두 알을 더 꺼내고 뚜껑을 닫았다. 처방전 없이 구할 수 없는 약. 주치의의 잔소리가 예상되지만 정량으론 도저히 잠을 이룰 수 없을 것 같았다.

"또 혼나겠네."

한꺼번에 입에 털어 넣고 꿀꺽 물을 삼켰다. 아무 생각 없이 잠들어 주길 바라면서. 하지만 안쓰럽게 쳐다보던 누군가의 눈빛이 그림자처럼 머릿속에서 지워지지 않는다. 너무 놀라 이수가 다시 찾아온 이유를 생각할 겨를이 없었다. 그런데 이제야 알 것 같다. 한국에 들어와 이런저런 이야기를 들었겠지. 공주처럼 떠받들어지던 꼬맹이의 추락에 대해서. 신경이 쓰였을 거다. 모질지 못한 성격이니까. 마음의 짐이라도 덜어 주고 싶었나.

은서는 거울을 보며 미소를 끌어모았다.

"……그래도 고마워, 오빠."

그렇게 말해 줘서. 연민 혹은 동정일지라도. 그 말을 들었다고 절대 홀가분해질 리 없지만 그래도 고마웠다.

지금도 주기적으로 악몽을 꾼다. 빠앙! 우레와 같은 클랙슨 소리가 들리고, 다음 장면은 물에 잠기는 꿈. 꿈에서도 그대로 숨이 멈췄으면 좋겠다고 생각하는데 투박한 손이 저를 밀어 낸다.

은서의 커다란 눈동자에 붉은 핏발이 순식간에 얽힌다.

"아저씨, 저 행복하지 않아요."

그녀의 눈에서 후드득 눈물이 쏟아졌다.

서울을 출발하고 두 시간이 채 안 돼서였다. 소강상태였던 빗줄기가 갑자기 굵어지고 바람이 세차졌다. 우지끈. 눈앞에서 생나무 가지가 부러졌다. 뿌리째 뽑힌 나무가 도로로 넘어오고, 도로와 논밭의 경계가 구분이 되지 않았다. 그런데도 은서는 이수를 만날 생각에 들떠 있었다.

'정말 너무했어.'

메이저 리그 진출을 보류하고 대학에 간 거라고 생각했다. 그런데 갑자기 LA행이라니. 그것도 떠날 날이 며칠 안 남았다니. 이수를 볼 날도 며칠 안 남았다는 생각에 마음이 조급해서 할머니를 졸라 겨우 허락을 받아 냈다.

'정말 오래 기다리게 생겼잖아!'

이제 겨우 사귀기로 했는데 말이다. 이별을 생각하니 급 울적해졌다.

'그래도 좋다, 뭐.'

짝사랑의 종지부를 찍었으니까. 북극 탐험? 오지 순례? 그런 것과 비교 안 될 만큼 긴 대장정이 끝났다. 나래와 유성을 초대해서 조촐한 자축 파티도 열었다. 차마 그 자리에 이수를 부르지는 못했지만. 셋이서 한 파티는 꽤 흡족했다.

친구들은 자신들의 일인 양 기뻐해 줬다. 그리고 조언도 해 줬다.

"여잔 NO를 할 줄 알아야 해."

"맞아, 맞아. 밀당을 할 줄 알아야 한단 말이지."

은서는 두 사람의 말에 코웃음을 쳤다.

"좋으면 좋은 거지, 사랑이 줄다리기도 아닌데 왜 밀고 당겨야 해?"

친구들은 합창하듯.

"그래야 질리지 않고 오래간다고!"

은서는 깔끔하게 무시했다.

"난 그런 거 몰라. 안 할래. 너희들이나 많이 해."

정말 꿈같은 시간이었다. 대학생이 된 이수를 전처럼 자주 볼 수 없었 지만 그는 보상을 톡톡히 해 줬다. 손을 잡고 산책을 했다. 특히 밤늦게 하는 통화와 수시로 나누는 문자는 연애의 백미였다. 그와 하는 모든 게 간질간질 몽글몽글했다.

아쉬운 점도 있었다. 이수는 여전히 무뚝뚝하고 그녀를 꼬맹이 취급 했다.

뽀뽀하자고 달려들다 번번이 퇴짜를 맞았으니까.

"너무해! 오빠도 하고 싶잖아!"

저를 보는 눈빛이 분명 잡아먹을 듯 이글거렸는데 우직하게 거절만 했다.

"넌……! 됐다."

"뭐가 됐는데? 사귀는 사이에 뽀뽀도 못 해?"

그때마다 이수의 목소리가 뜨거웠다.

"빨리 크기나 해."

"나 고2인데?"

"미성년자는 여자 아니야."

"치. 자기도 만 나이로는 미·자면서."

그래도 집에 데려다주고 돌아설 때면 안아 줬다. 이마에 뽀뽀도 해 줬었다. 그러던 어느 날 은서는 눈치를 채고 말았다. 이수가 남자로 발현됐다는 것을. 나 때문에 흥분한 거냐고 묻고 싶었지만 그녀도 당황했기에 그날은 집으로 도망치기 바빴다.

그날 밤, 장문의 일기 같은 문자를 이수에게 남겼다. 요약하면 제대로 된 발현을 축하한다는 내용.

은서의 입이 오리의 것처럼 툭 튀어나온다. 떨어져 지내는 게 아쉽지만 축하해 줘야겠지? 이수에게 좋은 일이니까. 제가 기뻐하지 않으면 누가 기뻐해 줄까.

졸업만 하면 바로 따라가겠다고 마음을 다지며 운전에 집중하는 아저씨를 바라보았다. 앞만 보는 아저씨에게 큰 목소리로 말했다. 손을 움직이면 운전에 방해가 되니까.

"오빠 떠나도 허전해하지 마세요. 제가 있으니까요."

그러고도 꽤 많은 말을 했던 것 같다. 그리고 사탕을 꺼내 아저씨의 입에 넣어 줄 때였다.

갑자기 눈이 부셨다. 잠깐 눈을 감았다 뜬 것 같은데 반대 방향에서 달려야 하는 차가 바로 앞에서 오고 있었다. 마치 정면으로 달려들 듯이.

"어, 어? 아저씨, 차가, 트럭이!"

빠앙! 경적과 함께 아저씨는 핸들을 틀었고 떠밀리듯 자동차가 하천에 처박혔다. 꾸역꾸역 차 안으로 물이 밀려들어 왔다. 하천에 떨어지면서 충격이 있었던지 몸을 마음대로 움직일 수 없었다. 저 대신 다급히 안전벨트를 풀어 주는 손길이 느껴졌다.

그때에서야 눈을 뜨고 아저씨를 바라보았다.

"저, 저는 괜찮아요!"

위급한 상황이라 아저씨는 손을 움직일 새가 없었다. 표정으로 말했고 은서는 아저씨에게서 눈을 떼지 않았다. 그래야 의사소통이 가능하니까. 아저씨는 온 힘을 다해 찌그러진 차 문을 열었다. 그리고 손을 뻗어 저를 운전석으로 끌어당겼다. 이상하게 팔과 다리가 말을 듣지 않았다. 겨우겨우 아저씨 품에 안겨 차에서 빠져나올 수 있었다. 그래도 다행이라고 생각했다. 앞이 보이지 않을 정도로 비가 퍼붓는데 아저씨의 허리가 보일 만큼 수심이 깊지 않았기 때문이다.

은서는 저를 염려 섞인 눈빛으로 바라보는 아저씨에게 또박또박 말했다. 제 입 모양을 읽을 수 있게.

"아저씨, 저 하나도 안 아파요. 걱정 마세요!"

그 짧은 한마디 후, 바로 물에 잠긴 도로로 은서의 몸이 올려졌다. 살았다고 생각하는 순간 뭔가 허전했다. 저를 받쳐 올려 주던 손길이 느껴지지 않았기 때문이었다.

"아저씨?"

분명, 방금 전까지 온기가 느껴졌었다.

"아저씨, 빨리 올라와요!"

뒤를 돌아봤을 땐 둑이 터진 듯 황토색 물살이 급류처럼 쏟아지는 것만 보였다.

"아, 아저씨!"

설 수 없는 다리를 끌고 아저씨를 찾겠다고 하천으로 다시 들어가던 게, 사이렌 소리가 들리고 멀리 사람들이 뛰어오는 걸 본 게 마지막 기억이었다.

깨어나 보니 병실이었다. 어떻게 된 건지 아프리카에 있어야 할 부모님과 오빠가 보였다.

"아저씨는? 아저씨는 찾았어? 찾았지?"

"너 며칠 만에 깨어난 건지 알아!"

"몰라, 그런 건 궁금하지 않아! 아저씨 어디 있냐고!"

아무도 그녀가 원하는 대답을 해 주지 않았다. 아저씨가 잘못됐다는 걸 직감으로 알 수 있었다. 하지만 받아들일 수 없었다.

"다른 병실에 있는 거야? 데, 데려와 줘! 제발! 여기 봐. 분명 아저씨가 날 잡고 있었다니까!"

얼마나 세게 저를 안았는지 아저씨의 손자국이 허리에 벨트를 두른 듯 시커면 멍으로 남아 있었다. 그렇게 발악하다 정신을 잃길 몇 번. 부모님 손에 이끌려 간 곳에서 아저씨의 영정 사진을 볼 수 있었다. 새카맣게 죽은 눈빛을 한 이수와.

가족들은 그 일을 잊으라고 했다. 그래야 살 수 있다고. 하지만 은서는 한순간도 아저씨도 이수도 잊으려고 노력한 적이 없다. 생각나면 생각했고 그들과의 추억이 떠오르면 떠올렸다. 그래야 살 수 있었으니까.

은서의 두 손이 느릿하게 움직인다.

수화를 하지 못하게 말리던 아저씨가 보면 화를 낼지도 모르지만 어쩔 수 없다. 제 마음을 전하고 싶으니까.

"보고 싶어요, 아저씨."

이수가 아저씨를 얼마나 사랑했는지 알고 있다. 아주머니가 그분을 얼마나 의지했는지 알고 있다.

"미안해, 오빠. 죄송해요, 아주머니."

은서는 비틀거리지 않기 위해 화장대를 짚고 일어서서 허리를 꼿꼿이 세웠다.

더는 이수의 인생에 끼어들면 안 된다는 결심을 하면서.

* * *

"하임아, 좋지?"

"아니요."

체리같이 붉은 앙증맞은 입술이 움직인다. 동시에 작은 머리가 절레절레 돌아가고. 솜털 같은 머리카락이 정전기를 일으킨 듯 나풀거리자 은서는 작게 한숨을 삼켰다.

벌써 30분 가까이 설득 중인데 하임이의 대답은 같았다. 이렇게 고집을 부릴 때 보면 어릴 때 저를 보는 것 같아 야단도 칠 수 없다.

"하임이 갑자기 왜 존댓말해?"

"엄마가 어른한테 '요' 붙이는 거라고 했잖아, 요."

하기 싫은 일을 시킬 때면 아이는 기막히게 존댓말을 한다. 저 나름대로는 정말 싫다는 강경한 의사 전달인 셈이다.

은서는 웃지도 못하고 하임이를 안아 무릎에 앉히고 눈을 맞췄다.

"뉴저지에 가면 하임이가 좋아하는 로라 언니도 있잖아. 같이 놀면 엄청 재미있을걸?"

"로라 언니?"

"그래, 외삼촌도 언니도 하임이 엄청 보고 싶대."

아이를 살살 꼬드기면서도 은서의 머릿속이 복잡하다. 찬이 이수가 이곳에 잠깐 머물 거라고 말했었다. 그 말이 아니더라도 한국 구단에 머물 수 없는 사람이다. 재계약을 하려면 이수의 체류 기간은 길어야 두 달. 그 정도만 피해 있으면 될 것 같았다.

"음, 20밤 정도만 있다 오는 거야. 금방 지나갈걸?"

"이렇게?"

하임이 놀랍게도 열 손가락을 쫙 펴, 두 번 흔든다. 은서는 아이를 속이는 게 마음에 걸리면서도 하임이를 따라서 열 손가락을 펴 똑같이 흔들어 주었다. 흑요석 같은 눈동자가 잠시 흔들린다. 은서는 기회를 놓치지 않고 설득했다.

"외삼촌하고 로라 언니가 말도 태워 주고 배도 태워 줄 텐데. 하임인 좋겠다."

"히히잉, 말?"

"응. 삼촌네 마구간 있는 거 알지? 동화책에서 본 유니콘 닮은 하얀 말을 데려왔대. 예쁘겠지?"

"……그래도 싫어. 하임인 엄마가 더 좋아!"

하임이 암팡지게 콧잔등에 주름을 만들더니 발딱 일어선다. 그리고 잡을 새도 없이 쪼르르 제 방으로 뛰어 들어간다.

그런 딸을 보고 은서는 한숨을 감추지 못했다. 밤새 고민해 봤지만 대안이 떠오르지 않았다. 엄마에게 맡기자니 하임이를 데리고 가게에 나올 게 뻔하다. 그러다 보면 이수의 거취를 알게 될 거고. 두 사람이 부딪치기라도 한다면 더 시끄러워질 것 같았다.

그래서 뉴저지에 살고 있는 오빠에게 보내기로 결정했는데 하임이가 싫다고 하니 난감하다.

아침 내내 실랑이를 하는 모녀를 보고 복례는 답답하다는 듯 물었다.

"도대체 왜 애를 미국에 보내려고 그래?"

"……오빠가 하임이 보고 싶다고 해서요."

"은후가 그러는 게 하루 이틀이야? 제 새끼나 잘 기르지 남의 새끼를 왜 그렇게 찾나 몰라."

툴툴거리는 복례를 보고 은서는 미소를 지었다. 하임이를 사이에 두고 은후와 신경전을 벌이는 건 복례다. 미국으로 건너와 살라고 틈만 나면 조용하던 은후는 은서가 꿈쩍도 하지 않자 일주일이 멀다 하고 전화를 해서 복례를 괴롭히고 있다. 은서를 설득해서 함께 미국에 와서 살자고.

아니면 하임이만이라도 보내 달라고. 복례의 대답은 한결같다.

"잘난 도련님이나 잘 살아요."

복례는 개던 빨래를 기어이 내려놓았다.

"그래서 저 어린 걸 혼자 비행기에 태우겠다는 거야?"

"이모가 같이 가 주시면 좋고요."

"아우, 난 비행기 멀미 있어서 안 돼."

복례가 단호히 고개를 저었다. 뉴저지에 한 번 갔다가 얼마나 힘들었는지 모른다.

"이모, 생각해 봐 줘요."

"거기 가면 감옥 같아서 싫어. 하임이랑 그거 하라고 해. 영상 통화."

"하임이도 영어 배우고 좋잖아요."

"걔가 말하는 게 부족해서? 지금도 어른들 찜 쪄 먹게 생겼는데 뭐 하러 거기까지 보내서 말을 가르쳐?"

복례는 황당하다는 얼굴을 했다. 은서를 닮아 이 나라 저 나라 말을 혼자서도 잘하는 하임이었다. 무슨 사정인지 몰라도 은서가 따로 꿍꿍이가 있는 것 같아서 마음이 편치 않다.

"그렇게 싫으시면 베이비시터랑 보낼게요."

"하여튼 고집은. 꼬박 반일 넘게 어떻게 애 혼자 비행기 태울 생각을 해? 그것도 남의 손에 맡겨서. 기다려 봐. 생각 좀 해 볼게."

그제야 은서의 얼굴이 밝아진다. 어려서부터 비행에 익숙한 은서이기에 아이를 먼 곳에 보내는 것에 대한 부담은 없다. 다만 하임이가 만 5세가 안 돼서 보호자 비동반 UM 서비스를 신청할 수 없어서 망설였던 거다. 복례가 아이 혼자 보내지 않을 것을 알면서도 혹시 몰라 가슴을 졸였었는데 정말 다행이다.

방문이 조금 열리고 새까만 눈동자가 이리저리 굴려진다.

은서는 곱게 눈을 흘기고 손짓했다.

"나와, 아가씨. 씻고 유치원 가자."

"응!"

어우, 저 여우. 은서는 와락 달려드는 따뜻한 아이를 힘줘 안고 일어섰다.

* * *

"와, 오늘부터 택배 접수 받는 거예요?"

막 출근한 진주가 놀란 눈을 하자 은서는 피식 웃어 줬다.

"응. 더 미룰 수 없어서. 진주 넌, 차 한잔 마시고 시작해."

새벽같이 나와서 주문량에 맞춰 마카롱을 구웠다. 투명 비닐에 마카롱을 넣어 포장하는 단순한 작업이 그나마 머릿속을 비울 수 있어서 택배 접수를 받았던 건지도.

앞치마를 두르고 나온 진주가 물었다.

"사장님, 무슨 일 있으세요?"

"어? 아니."

"음, 살이 더 빠진 것 같아서요. 김밥 사 올까요?"

"벌써 점심시간이 됐나. 가서 식사하고 와."

"저 지금 막 출근했는데요. 지금 10시예요."

망연한 표정을 하는 은서를 보고 진주는 어이가 없어서 웃고 만다. 며칠 전부터 시장이 이상했다. 그러더니 오늘은 아예 정신을 빼 놓고 기계적으로 손만 움직이는 것 같았다. 오늘따라 얼굴도 푸석해 보이고 유난히 힘들어하는 것도 같고. 그래서 평소 잘 먹는 김밥이라도 사다 주겠다는 말이었는데 막 출근한 저에게 점심을 먹고 오라니. 정신을 놓고 있는 사장이 걱정된다.

"참, 오늘 하임이 오죠?"

"왜?"

까칠하게 되묻던 은서는 줄 게 있다며 생글거리는 진주를 보고 긴장을 풀려고 노력해 본다. 요 며칠 하임이 이름만 나오면 예민해지는 게 스스로도 느껴졌기 때문이다.

"당분간 안 올 거야. 택배 작업 하는데 정신없잖아."

"엥?"

못 들을 말이라도 들은 양 진주가 눈살을 찌푸린다. 출근하면서 하임이를 찾는 우석에게도 똑같은 말을 했더니 같은 반응을 보였었다.

"우리 하임이가 얼마나 얌전한데. 아 참, 소문 들으셨어요?"

"무슨 소문."

"정이수 선수가 이 동네로 이사 왔대요. 골목 끝 집이 정이수 선수 집인 건 알고 계시죠?"

은서의 미간이 살포시 구겨지는 것도 모르고 진주가 호들갑을 떨었다. 편의점에서 아르바이트하는 동민이 준 고급 정보라며 쉬지 않고 말한다.

"동민이가 그러는데 정말 잘생겼대요. 같은 남잔데 부러워서 짜증 날 정도래요."

"……."

"정이수를 실제로 볼 수 있다니. 사인 받고 싶은데, 집까지 찾아가면 스토커로 신고당할까요?"

은서는 일부러 못 들은 척 진주에게 질문을 되돌렸다.

"진주야, 택배 용지 출력했어?"

"그럼요. 사장님은 야구 안 좋아하세요?"

"아이스박스에 담자. 보냉 팩 가져올게."

은서는 대강 고개를 끄덕이고 걸음을 옮겨 조리대 하단에 있는 박스를 꺼냈다.

"하임인 야구 좋아하는데. 누굴 닮았을, 흡!"

진주는 뒤늦게 입을 막고 눈치를 살폈다. 내가 미쳐. 조심했어야 했는데. 그런 진주를 보고 은서는 여상히 말했다.

"눈치 보지 말고 그냥 말해. 택배 수거하러 올 시간 됐으니까 빨리 끝내자."

"네. 죄송해요."

"괜찮아."

혼자 아이 키우는 것을 광고할 일은 아니지만 굳이 숨길 일도 아니었다. 같이 일을 하면서 혼자 아이를 키우는 걸 자연스럽게 알게 된 진주는 꽤 조심하는 눈치였지만.

은서는 저도 모르게 떠오르는 생각에 한숨을 삼켰다. 피는 정말 못 속이는 건가. 하임이는 인형 놀이보다 야구를 더 좋아했다. 완구점에 가도 인형이나 장난감 대신 야구용품에 정신을 빼앗긴다. 그걸 보고 얼마나 당황했는지 모른다. 제 키만 한 야구 방망이를 질질 끌고 다니는 하임이를 보고 은서는 웃을 수 없었다. 아이가 뉴스를 즐겨 보는 이유도 뉴스 말미에 나오는 스포츠 소식 때문이다.

대부분 야구가 소개되니까.

은서는 스티로폼 박스를 쌓아 놓고 휴대폰을 꺼냈다. 오빠 은후와 다시 통화를 해야 할 것 같았다.

* * *

인력이 많이 동원됐는지 예상보다 집수리가 빨리 끝났다. 이수는 청소까지 끝난 집 안을 둘러보았다. 쓸데없는 공간을 다 터놓으니 꽤 넓어 휑한 느낌마저 든다.

방 하나에 서재, 욕실과 주방, 드레스 룸까지 뽑았는데 전혀 답답하게 느껴지지 않았다. 찬도 같은 생각인지 두리번대며 중얼거렸다.

"이 집이 이렇게 넓었나? 전문가가 다르긴 하다."

찬을 뒤로하고 이수는 침실을 열어 보았다. 최대한 군더더기 없이 꾸미라고 했더니 침대만 놓여 있는 게 딱 그의 취향이었다.

블랙 앤 그레이로 꾸며진 욕실에 욕조만 있는 것도 그렇고.

찬은 만족해하는 이수를 보고 혀를 찼다.

"인테리어 업자가 정이수 선수 참! 별나다고 하더라."

"남의 취향 가지고 왜."

"삭막하잖아. 그나마 주방은 따로 요구 사항이 없어서 팬심을 제대로 담았대. 봤어?"

빈말은 아닌지 'ㄷ' 자로 된 밝은 톤의 싱크대에 최첨단 주방 기기가 장착돼 있었다. 주방용품 작은 것 하나하나까지도 고급스러웠다. 여기저기 수납장을 열어 본 찬이 말했다.

"완전 신혼집 분위기다. 결혼해도 되겠어."

"주방만 보고?"

"세진 씨 어떻게 할 거야? 신문마다 도배됐는데."

이수가 말이 없자 찬은 한숨을 내쉬었다.

"너 그렇게 방치하다 한번 된통 당한다. 넌 어떻게 생각하는지 모르겠는데 난 싫다. 너무 순종적이야."

찬의 말에 이수는 알 듯 모를 듯 한 애매한 미소를 지었다. 순종적이라. 글쎄. 처음 봤을 때 연약하다는 생각은 했다. 마치 누구처럼. 그래서 세진에게 도움을 줬다. 그런데 착각이었다. 바라지도 않지만 순종적이지도 않고 누군가와 닮지도 않았으니까.

한숨이 깊어지는데 찬의 목소리가 들렸다.

"잔머리 굴리는 소리가 너무 들려. 내가 똑똑한 여잘 싫어해서 그런가?"

"……."

"왠지 설정 같단 말이지."

"밥이나 먹자."

찬의 어머니가 보내 주신 반찬이 이미 냉장고에 가득 채워져 있다. 호텔에서 유명세를 톡톡히 치렀다. 외출할 때마다, 식당에 들를 때마다 시선을 받는 게 귀찮기도, 부담되기도 했다. 그렇다고 매번 룸서비스를 시키자니 사육당하는 기분. 주택은 주택대로 불편함이 있었다. 그래서 결국 찬이 어머니에게 부탁을 해서 미리 냉장고를 채운 거다. 두 남자가 고기를 굽고 뚝딱 차려 낸 식탁이 꽤 풍성하다.

찬이 식탁에 앉기 무섭게 이수가 물었다.

"휴대폰 어디 있어?"

"내가 네 휴대폰 어디 있는지 어떻게 알아?"

"내 거 말고."

"내 거?"

찬은 멀뚱한 눈빛을 하고 눈을 껌뻑거렸다. 요 며칠 이상했다. 누가 보면 사귀는 줄 착각할 정도로 이수가 저를 찾아 댔다. 가만 생각해 보니 아무래도 휴대폰 때문인 것 같은데. 찬은 모르는 척 물었다.

"네가 왜 내 휴대폰을 챙기는데?"

"……."

"혹시 기다리는 전화 있어? 그게 나한테 올 거고?"

아니겠지 하면서도 은서가 떠올랐다. 하지만 이름을 입에 올리지 않았다. 그새 스테이크 한 덩이를 해치운 이수가 말했다.

"배터리 제대로 충전해 놔. 진동으로 해 놓지 말고."

"아예 너한테 맡겨 줘?"

"그러든지."

이수의 대답에 찬은 밥 대신 물을 마셨다. 저 자식하고는 포커도, 고스

톱도 치면 안 된다. 저를 너무 잘 아니까. 묻지도 않는데 은서를 만났다고 고해 성사를 해 올 때부터 알아봤어야 했다. 저더러 다녀오라는 말인지도 모르고 쭐레쭐레. 은서네 가게에 들렀었다고 하자 기다렸다는 듯 '명함은 주고 왔지?'라고 물었었다. 그렇다고 하자 안도하는 눈치라 잘못 봤겠지 싶었는데 아니었나 보다. 돈 갖고 장난친 것도 그렇고.

찬은 무심히 말을 건넸다.

"불쌍해서 그래?"

"누가?"

"알면서 말 돌리지 마."

대답하지 않는 이수를 보며 찬이 드물게 목소리를 깔았다.

"이 미친놈아. 왜 돈으로 갑질인데?"

"어떻게 알았어?"

"그렇게 큰돈이 통장에서 빠져나갔는데 매니저인 내가 모르면 정상이냐? 애 말려 죽일 생각 아니면 돈 도로 받아 와."

"정신 사납게 왜 도로는 여기저기 뚫어."

이수의 말에 찬은 하도 어이가 없어 친구를 빤히 쳐다봤다.

"너 진짜 뭐냐?"

"뭐가."

"시청 도로 건설과에서 나오셨어요, 정이수 선수? 대답 좀 해 보시죠?"

이수의 집 옆으로 바로 도로가 났다. 다니는 것도 편해지고 주차하는 것도 편해졌다. 다른 사람들은 집의 가치가 높아졌다고 좋아하는데 그걸 가지고 트집을 잡는다.

차라리 은서네 가게 앞으로 지나다닐 핑계가 없어서 화가 난다고 불든지. 말은 않고 짜증만 내는 이수를 보자니 절로 한숨이 나온다.

찬은 입술 떼는 게 천근인 친구가 얄미워 휴대폰 전원을 아예 꺼 버릴까 생각하며 밥을 욱여넣었다. 도대체 무슨 생각인 거냐? 미친놈아!

*　*　*

"우리 하임이 씩씩하게 주사 맞을까?"

"좋아요!"

간호사의 손을 잡고 나가는 아이의 얼굴은 밝기만 한데 은서의 얼굴은 하얗게 질려 있다. 우석은 정수기에서 온수 섞은 물을 가져와 은서에게 건넸다.

"좀 마셔요. 열 감깁니다. 환절기라 바이러스 녀석들이 일을 꽤 열심히 하거든요."

"혹시 다른 이상은 없나요?"

"하임이가 은서 씨보다 열 배는 건강할 겁니다. 걱정이, 없는 병도 만드는 거 아십니까."

우석의 웃음기 섞인 말에도 은서는 자책감에 눈물이 쏟아질 것 같아 이를 악물었다. 택배 보낼 준비를 끝내자 손님이 몰려들었다. 정신을 차릴 수 없을 만큼. 문이 열려서 손님이겠지 했는데 복례의 손을 잡고 하임이 들어오는 게 아닌가. 제대로 살펴보지도 않고 짜증부터 냈다.

"이모, 가게에 데려오지 말라고 했잖아요. 하임이도 엄마랑 약속했잖아, 집에서 놀기로."

진주가 잡아당기며 휴대폰 시간을 보여 주었다. 유치원이 끝나려면 한참 남은 시각. 그제야 아이의 모습이 제대로 눈에 들어왔다. 뺨이 홍시처럼 선홍색으로 달궈져 있고 옷이 토사물로 얼룩져 있었다. 뒤늦게 복례 이모에게 시선을 주자 혀를 찼다.

"병원도 다른 데 가야 해?"

하임이가 토했다는 연락을 받고 유치원에서 데려온 거라고, 당연히 병원에 가야 하니 가게에 나온 거라고 말했다. 어찌나 미안하던지. 온몸이 불덩이인 아이는 웃고 있는데 은서는 사람들이 보든 말든 눈물을 쏟고 말았다.

은서는 겨우 마음을 진정하고 말했다.

"아침까지는 멀쩡했거든요. 밥도 잘 먹고요. 근데 왜 토했을까요?"

"감기 기운이 있어서 체한 것 같습니다."

"아무 말 없었는데……."

"하임이가 씩씩하기도 하고 참는 버릇이 있잖습니까. 말 안 했을 겁니다."

우석의 말에 아이에게 미안함이 더 짙어진다. 왜 그러는지 하임이는 어린 게 아프다는 말을 아끼는 편이었다. 잠을 좀 많이 잔다 싶으면 어딘가 이상이 있는 거였다.

은서는 제가 너무 유난을 떤 것 같아 미안했다.

"죄송해요. 제가 좀 유별나죠."

"은서 씨만 그러는 게 아니라 아이들이 아프면 엄마들 다 똑같습니다."

"제가 어릴 때 원인 없이 좀 아팠거든요. 혹시라도 유전일까 봐 염려증이 생겼나 봐요."

"현대 의학으로 설명할 수 없는 것들이 많습니다. 하지만 하임인 걱정 안 해도 됩니다. 제가 장담하죠."

우석의 설명에 급 민망해졌다. 소란을 떤 것도 모자라 묻지도 않는데 쓸데없는 이야기를 늘어놓고. 뒤늦게 자신의 실수를 깨달은 은서는 미간을 좁히고 일어섰다.

"바쁘신데 죄송해요."

"은서 씨."

"네?"

"저 안 바쁩니다. 언제든 환영한다는 얘깁니다. 친구로서."

새삼 '친구'라는 말이 새롭게 들려 우석을 빤히 바라보았다. 은서는 저도 모르게 입술을 움직였다.

"오늘 감사했어요. 지나다가 언제든 커피 드시러 오세요. 저도 친구로
서."

"하하하. 네, 그러죠."

우석 같은 사람이라면 친구를 삼아도 괜찮을 것 같았다. 은서는 한결
가벼워진 마음으로 진료실을 나섰다.

* * *

한 걸음, 두 걸음, 세 걸음……

아이가 세 번 걸음을 떼어야 이수는 한 걸음 뗄 수 있었다. 그것도 작
은 보폭으로 아주 느리게. 어디를 가려는 걸까. 작은 인영을 뒤쫓는 그
의 입꼬리가 슬며시 올라간다.

소화도 시킬 겸 방송국에 가는 찬을 배웅하고 돌아오는 길이었다. 옛날
집이라 주차 공간이 부족해 찬의 자동차를 공용 주차장에 주차한 탓. 집
으로 들어가려는데 그의 집 앞을 지나가는 꼬맹이가 왠지 눈에 익었다.

하임이라고 했던가. 은서의 딸이 틀림없었다. 아이는 보호자 없이 혼자
였다. 유괴라도 당하면 어쩌려고. 꽤 심각한 얼굴을 하고 걷는 아이를 뭔
가에 홀린 듯 뒤쫓았다.

이수는 아이가 편의점 문을 열고 들어가는 것을 확인하고 따라 들어
갔다.

"아, 하임이 왔네? 안녕."

"안녕하세요."

안면이 있는지 박스를 나르던 아르바이트생이 무척 반기는 눈치다. 반
면 아이는 데면데면했다. 냉장고로 간 아이가 문을 열려고 씨름을 한다.
이수는 대신 냉장고 문을 열어 줬다.

"고맙습니다."

쳐다보지도 않고 인사를 하더니 까치발을 들고 또 낑낑댄다. 아이를 내려다보고 있던 이수는 그 모습이 귀여워 한쪽 입꼬리를 올린 채 물었다.

"뭐?"

"……?"

그제야 아이가 그를 빤히 올려다본다. 꺾일 듯 목을 한껏 뒤로 젖히고서. 한쪽 손을 추리닝 바지에 넣고 서 있던 이수는 다시 물었다.

"뭐 꺼내 주냐고."

"……뽀로로요."

뽀로로가 뭐야? 이수는 잠시 망설이다 몸을 낮춰 아이를 한 팔로 답삭 안아 들었다. 덕분에 눈높이가 같아진 아이와 시선이 맞닿았다. 새카만 눈동자가 저를 뚫어지게 응시한다. 곧 아이의 입이 '어!' 소리와 함께 벙긋 벌어진다. 간질간질하게. 인형인지 사람인지 분간이 안 될 정도로 작고 귀여웠다.

"맞아."

"뭐가요."

이 녀석 봐. 빤히 쳐다볼 때 분명 그를 알아보는 눈치였다. 그러더니 눈을 착 내리깔고 뭐가요, 라니. 우리 안면 튼 사이잖아. 네가 별명도 붙여 줬고. 새카만 곰 아저씨라고. 이수는 많은 말을 생략하고 한마디만 했다.

"맞다고. 엄마 친구."

"네에."

역시나 알고 있었다. 마지못해 고개를 끄덕이는 폼이 그랬다. 그 모습을 본 이수는 속으로 코웃음을 삼키고 진열대를 훑었다. 뽀로로가 뭔지 모르는 그의 손이 냉장 진열대를 방황한다. 음료수 종류가 이렇게 많았나. 검지로 이마를 긁적이던 그가 말했다.

"직접 골라."

아이는 바로 파란 포장이 둘러진 음료를 냉큼 잡는다. 이수는 한 팔로 아이를 안은 채 손에 잡히는 캔을 들고 걸음을 옮겼다.

"더 필요한 건."

"없어요."

이수는 계산대에 아이의 음료와 이온 음료를 올려놓았다. 그리고 주머니에서 꺼낸 지갑도 올려놓았다. 아이를 안고 있어서 어쩔 수 없이 한 손으로 카드를 빼내 내밀자 아르바이트생이 쭈뼛거린다. 마치 유괴를 의심하듯. 조심스럽게 이수와 하임이를 번갈아 바라보는 눈빛이 그랬다.

"하임아……."

"엄마 친구예요, 이 아저씨."

이수는 아이가 신기했다. 단번에 아르바이트생의 입을 다물게 한 아이가. 이수가 다시 '계산.'이라고 말하고서야 아르바이트생이 허겁지겁 카드를 받아 든다.

이수는 꼼지락거리는 아이를 물끄러미 바라보다 앙증맞은 손을 잡았다. 아이가 목에 걸린 작은 가방을 열고 있어서였다. 아이가 고개를 틀어 그를 빤히 바라본다. 마치 왜 그러느냐는 듯.

"뭐 하게."

"돈 내게요."

"아저씨가 낼 거야."

"안 되는데. 내 건 내가 살 건데."

아이의 맹랑한 대답에 이수는 헛웃음조차 나오지 않는다. 아르바이트생에게 이수를 소개할 때부터 만만하지 않다는 건 알아봤다. 그런데 만만치 않은 정도가 아니다. 쪼그만 게 벌써 더치페이를 알다니.

아이에게 설명이 필요할 것 같았다.

"엄마 친구라며."

"그래도, 안 되는데……."

"나도 양보 못 해. 친구 딸한테 음료수 사 줘야 하거든."

잠시 생각하던 아이가 마지못해 고개를 끄덕인다. 암묵적인 합의에 이수의 입꼬리가 한없이 올라간다. 왜 그랬을까. 집에 보내야 한다고 생각하면서도 이수는 자신이 지난번에 앉았던 긴 테이블에 아이와 나란히 앉았다.

음료 뚜껑을 따 주자 작은 손이 채 가더니 새빨간 입술이 동그랗게 뒤집어진다. 꼴깍꼴깍. 목이 말랐는지 많다 싶게 음료를 마시는 게 걱정돼 이수의 미간이 좁혀진다.

이수는 아이가 음료수병을 내려놓기 무섭게 한쪽으로 슬쩍 밀어 두었다.

한동안 두 사람은 말이 없었다. 아이는 턱을 괴고, 이수는 테이블에 양손을 올린 채 인도만 바라봤다.

'뭐가 저렇게 심각해.'

유리창에 비친 아이는 말을 할 줄 아는 인형 같았다. 예쁘고 도도한 인형. 여자아이라 그런지 말하는 것도 또랑또랑하고. 부모를 따라 구장에 온 하임이 또래의 어린 팬들에게 사인을 해 준 게 꽤 된다. 몇 살일까. 주변에 요만한 아이들이 없었기에 나이 가늠이 어렵다. 이수는 여전히 유리창을 바라보며 물었다.

"몇 살."

"47개월, 요."

범상치 않은 대답에 이수의 고개가 홱 틀어졌다. 아이에 대해 무지한 그도 은서 딸이 무척 당돌하다는 것을 간파할 수 있었다. 꼭 제 엄마 은서처럼. 이수를 황당하게 만든 아이는 여전히 도로에 시선을 둔 채였다.

"혼자 다니는 거 위험하지 않아? 차도 많고."

"자동차는 도로로 다니잖아요. 여긴 골목이에요."

아이의 대답에 자꾸 그의 입술이 늘어나길 반복한다. 똑똑하네. 은서도 그랬다. 공부에 뜻이 없어서 그렇지 머리가 좋았다. 낯이 익지 않아 경계하는 모양인지 웃지도 않고 왠지 시무룩해 보인다.

"기분 안 좋아?"

"말하기 싫어요."

하! 이수는 그제야 고개를 틀어 저를 올려다보는 빤한 시선에 입을 벌리고 말았다. 그를 귀찮아하는 티가 역력했다.

"너 여기 온 거 엄마가 알아?"

"엄마는, 마카롱 만드는데……."

요것 봐라. 엄마 얘기가 나오자 새카만 눈동자가 흔들린다. 몰래 나왔다는 얘긴데. 이수는 새삼 아이의 얼굴을 살뜰히 뜯어보았다. 뽀얀 얼굴에 한 올 한 올 그린 것 같은 눈썹, 긴 눈매, 동글동글한 콧날에 도톰한 입술까지. 우유로 빚은 듯 하얀 피부. 예쁘지 않은 곳이 없다. 누구든 보면 탐나서 당장 안아 가고 싶을 만큼. 무심한 척 물었다.

"왜 기분이 안 좋은 건데."

작은 입이 후우, 하고 근심을 쏟아 내는데 이수는 웃음을 참느라 말아 쥔 주먹을 입에 가져다 댔다. 쪼그만 게 세상 걱정을 다 짊어진 것 같은 얼굴을 하고 있어서.

드디어 앙증맞은 입술이 오물거린다.

"……로라 언니도 좋고, 유니콘도 보고 싶은데."

"그런데."

"엄마가 더 좋아요."

무슨 소리야? 그러니까 로라는 누구고, 유니콘은 또 뭔데? 아이가 나열한 말들을 끼워 맞추느라 그의 머릿속이 복잡해진다. 아이는 이수의 생각을 읽기라도 한 듯 말을 이었다.

"외삼촌한테 가기 싫어요. 미국은 너무 멀어서."

은후 형네 얘긴가 보다. 미국에 살고 있는 건가.

"안 가면 되잖아."

"가야 한대요. 자꾸만 가래요."

"왜?"

"영어도 배우고 언니도 보고. 말도 보래요. 이렇게, 이렇게나."

아이가 열 손가락을 쫙 펴더니 두 번을 흔들어 보인다. 이수는 간신히 웃음을 삼켰다. 볼수록 깜찍하고 맹랑하다. 또 사람 손이 맞나 싶게 작은 손이 움직이는데 말할 수 없이 귀여웠다. 문득 잡아 보고 싶은 충동이 인다. 놀라겠지? 그나저나 어이가 없다. 조기 교육이라도 시키려는 건가. 은서도 엄마가 되더니 어쩔 수 없나 보다.

이수는 팔짱을 끼고 아이의 시선에 맞춰 상체를 숙였다.

"꼬맹이, 집에 가야지."

아이가 목에 건 핑크색 지갑을 열어 휴대폰을 꺼내더니 시간을 확인하고 고개를 끄덕인다. 지켜보던 이수는 기어이 웃음을 터트렸다. 하는 짓 하나하나, 계획이 있어 보인다. 당돌하고 야무지고. 거기다 말도 못 하게 예쁘기까지 하다. 번호 교환을 하자고 하면 어떻게 나올까. 제 생각이 황당해 어이가 없다.

"가자, 데려다줄게."

아이가 그를 뚱하니 올려다보더니 팔을 벌린다. 이수는 저도 모르게 아이를 안아 들었다.

"내려 달라는 건데……."

"그냥 있어. 대신 낯선 사람한텐 안기면 안 돼. 절대."

이수는 괜히 목소리를 낮춰 주의를 줬다. 아이가 혼자 편의점에 온 게 떠올랐기 때문이다.

"알아요."

아이의 대답에 왠지 가슴이 훈훈해진다. 마치 그가 아이의 '낯선'의 테두리에서 벗어난 것 같아서. 점심시간이 지난 골목길은 유난히 한산했다.

편안한 산책길처럼. 그의 마음 때문일까. 아이가 전해 주는 온기도, 달콤한 향도 낯선데 나쁘지 않았다. 그래서인지 그도 모르게 힘줘 안게 된다.

"하임이, 맞아?"

"네. 서하임."

아이의 대답에 순간 이수는 멈칫했다. 서은서. 서하임. 풀 네임을 듣고서야 현실감이 느껴진다. 서은서가 미혼모라는 사실에. 왜 갑자기 가슴이 답답한지 모르겠다.

"아저씬 정이수야."

"알아요. 정이수 선수."

요 녀석 이거 뭐지? 이수는 코앞에 있는 작은 얼굴을 뚫어지게 바라보았다.

"그때 말이야."

"……?"

"왜 아빠라고 했어. 그 아저씨."

물어봐도 될까 고민하다 결국 묻고 말았다. 궁금했다. 아이가 왜 그런 말을 했는지. 아빠가 갖고 싶어서? 아니면 순간 낯선 그가 무서워서? 아이가 그렇게까지 복잡하게 생각하지 못할 걸 알면서도 의문이 꼬리를 문다.

"말해 주기 싫으면 안 해 줘도 돼."

"의사 선생님이 좋아요."

"왜."

"병원에 책도 많고. 주사도 안 아프게 놔요. 하임이가 예쁘댔어요."

고작 그런 이유로? 이수는 설핏 미간을 좁히고 말했다.

"책은 서점에 가면 더 많아."

"주사는요?"

"간호사 언니가 더 잘 놔 줄걸."

이해를 했는지 고개를 끄덕인다. 그래서였나. 이수는 저도 모르게 아이의 이마를 제 이마로 툭 쳤다.

"그리고 넌 누가 봐도 예뻐."

아이가 눈을 깜빡인다. 늘 들어 왔던 얘기라 별 감흥 없다는 얼굴로. 마치 자신이 예쁘다는 걸 충분히 안다는 듯.

이수는 그 모습에 또 저도 모르게 피식 입술을 늘였다.

"아저씨도 그렇게 생각해. 너 예쁘다고."

왜 아이가 좋아한다는 의사가 갑자기 못마땅하게 생각됐을까. 아니 처음 마주친 순간부터 짜증을 유발시키는 존재였다. 은서가 그와 퍽 친밀해 보였으니까.

이수는 그의 집 앞을 지나며 말했다.

"여기가 아저씨네 집이야."

"이사 왔어요?"

"그래, 놀러 와."

멀뚱멀뚱 쳐다보기만 하고 대답은 하지 않는다. 왠지 아쉬워 걸음을 늦출 때였다. 골목이 갑자기 부산스럽게 느껴진다. 그리고 곧 쓰러질 것 같은 모습을 한 은서가 그의 시야에 잡힌다.

"하, 하임아!"

"엄마!"

아이가 내려 주기 무섭게 달려가 은서의 품에 안긴다. 느낌이 싸하다. 뭔가 단단히 잘못된 분위기. 이수는 천천히 모녀에게 다가갔다.

저를 올려다보는 은서의 눈에 핏발이 서 있었다.

"이게 무슨 짓이에요!"

"……?"

이수는 미간을 좁힌 채 중지로 눈썹을 문질렀다. 해명할 분위기가 아니었다. 이수는 입을 다물기로 했다.

"엄마가 낯선 사람 따라가면 안 된다고 했어? 안 했어?"

"뽀로로 사러 갔었는데. 아저씨는 엄마 친군데."

곧 울음보를 터트릴 것 같은 아이, 혼이 빠진 것 같은 은서의 얼굴이 모든 상황을 설명해 주고 있었다. 그리고 뒤늦게 헐레벌떡 뛰어오는 짜증 유발자도.

"하임아, 얼마나 찾았는지 알아?"

아이가 선생님, 하더니 엄마에게서 빠져나와 남자의 뒤에 숨는다. 그 모습을 본 이수의 얼굴이 일그러졌다. 하. 꼬맹이 너 경계심이 너무 없는 거 아니야? 짜증 유발자가 몸을 낮춰 아이와 눈을 맞춘다.

"하임이 아픈데 갑자기 안 보여서 엄마가 걱정 많이 했잖아. 잘못했지?"

아파? 누가? 그래서 아이의 이마가 따끈따끈했었나. 이수는 가족 같은 세 사람을 그저 지켜보았다. 마치 이방인처럼. 그들이 가게로 들어갈 때까지. 이수는 왠지 속이 시끄럽고 답답해서 오래도록 자리를 지켰다.

* * *

아이를 씻기고 나온 은서는 머리를 빗겨 주며 말했다.

"다신 그러면 안 돼."

"네. 으윽."

어지간히 놀랐는지 아직도 훌쩍인다. 처음 야단이라는 것을 맞았으니 그럴 만했다. 눈물 콧물을 뺀 얼굴이 빨갛다. 은서는 아이를 품에 꼭 안아 주었다.

"그 아저씨는 어떻게 만났어?"

"편의점에서. 냉장고 문 열어 줬어."

"뭐 했어."

"뽀로로 사 줘서 같이 먹었어."

아이의 말에 은서의 눈이 커다래졌다. 하임이는 사람을 잘 따르는 성격이 아니었다. 관심받는 것도 귀찮아하고, 누가 뭘 사 주는 것도 싫어한다. 가게를 하다 보니 사람들 손을 많이 탄 탓이다. 은서 또한 제 상황이 그러니 낯선 사람은 경계해야 한다고 교육시켜 왔었고. 그런데 이수가 사 준 음료수를 마셨다니. 그것도 같이. 결코 짧은 시간이 아니었다. 병원에서 내려오자 하임이 잠들었다며 복례는 시장에 다녀오겠다고 했다.

병원에 가느라 자리를 비웠더니 진주가 혼자 고생을 하고 있었다. 잔다고 했으니까 괜찮겠지, 생각하고 움직였다.

그런데 마카롱이 떨어져서 가게 문을 닫고 들어가 보니 아이가 연구실에 없었다. 혼자 편의점에 갔을 거라고는 생각 못 하고 병원부터 올라갔던 거다. 우석과 함께 이리 뛰고 저리 뛰고. 하임이를 안고 걸어오는 이수를 발견하고 심장이 멎는 줄 알았다. 아니 하늘이 무너지는 줄 알았다.

은서는 물끄러미 하임이를 쳐다보았다.

"무슨 얘기 했어."

"그냥 앉아 있었어. 지나가는 강아지도 보고, 자동차도 봤어."

"그래."

돌연 하임이가 은서를 올려다보고 방긋 웃는다. 방금 전에 야단맞은 걸 잊은 양.

"엄마, 아저씨가 하임이 예쁘대."

"어? 어. 그, 그래."

"서점에 책 많은 거 나도 아는데. 간호사 아줌마가 주사 잘 놓는 것도."

하임이가 뜻 모를 이야기를 늘어놓는다. 이수와 보낸 시간이 만족스럽다는 투로. 그걸 지켜보는 은서의 얼굴이 당혹스러움에 희게 질렸다. 멍해 있는 사이 아이가 졸음이 오는지 하품하고 눈을 비빈다. 곧 작은 손이 꼬물꼬물 그녀의 가슴을 더듬는다.

"졸려?"

"응. 졸려."

은서는 가슴을 더듬는 손을 겹쳐 잡으며 힘없는 미소를 지었다. 잘 때면 가슴을 찾는 버릇을 고쳐 줘야 하는데 마음이 약해진다. 곧 아이의 몸에 힘이 풀리자 죄인처럼 조리대에서 서성이는 복례를 작은 목소리로 불렀다.

"이모, 놀랐죠?"

"어우, 십년감수했어."

"하임이 데리고 들어가요. 운전 괜찮겠어요?"

"그럼. 한두 해 했나."

"차 갖고 가세요."

"알았어."

은서는 차 키를 주고 하임이를 안아 들었다.

하임이를 보내고 클로즈 팻말을 걸던 은서가 멈칫했다. 이수가 다가오고 있었기 때문이었다. 아직 집에 가지 않은 건지 아까의 차림새 그대로였다.

은서는 잠시 망설이다 입을 열었다.

"아깐 미안했어요. 아이가 없어져서 경황이 없었어요."

"차 한잔하자."

머뭇거리는 은서를 두고 이수가 먼저 가게로 들어갔다. 은서는 크게 한숨을 내쉬고 걸음을 떼었다.

지난번에 커피는 손도 대지 않던 게 떠올라 페퍼민트 차를 준비했다. 뜨거운 물을 붓자 시원한 박하 향이 은은하게 피어오른다.

은서는 마음을 다잡고 테이블로 걸음을 옮겼다.

"넌?"

"네?"

"차 한잔 같이 마시는 것도 불편해?"

건네는 말은 여전히 단조로운데 이수의 목소리가 차분하게 가라앉아 있었다. 은서는 잠시 망설이다 따뜻한 물을 한 잔 받아 왔다.

침묵이 거북해 은서가 먼저 입을 뗐다.

"미국엔 언제 가요?"

"왜?"

"네?"

"그게 왜 궁금한데."

길 잃은 강아지처럼 은서의 눈동자가 흔들린다. 그런 그녀를 보며 이수는 팔짱을 끼고 의자 등받이에 깊숙이 등을 기댔다. 도대체 왜 저렇게 허둥대는지 이해가 되지 않는다. 불편해서 그러는 거겠지, 생각하면서도 왠지 석연치 않다.

"결혼, 한다는 소식 들었어요."

"결혼?"

"네. 결혼 때문에 한국 들어왔다고."

은서는 꼭꼭 씹듯 또박또박 말했다. 대한민국이 다 아는 얘기를 정작 본인은 모른다는 듯 되묻는 게 황당해서. 이수의 결혼이 궁금한 건 아니다. 언제 미국으로 돌아갈지가 알고 싶은 거지.

은서는 어떻게 그 말을 이끌어 내나 고심했다.

"지난번에 같이 왔던 그 여자분이죠? 결혼하고 미국 들어갈 건, 아니죠?"

은서의 말이 이어질수록 이수의 표정에 의문이 서린다. 마치 빨리 한국에서 사라져 주길 바라는 뉘앙스였다. 젠장. 그나저나 약혼이 언제 또 결혼으로 와전된 건지. 남의 결혼에 신경 쓸 시간이 있으면 자기 몸이나 챙길 것이지. 아이 때문에 놀라서 그런지 처음 봤을 때보다 은서의 얼굴이 더 핼쑥해 보였다.

이수는 몸을 앞으로 숙여 찻잔을 들었다. 목을 축인 그가 말했다.

"결혼도, 미국에 가는 것도 아직 계획 없어."

"네, 네? 왜요?"

은서의 과한 반응에 이수는 미간을 좁혔다. 결혼 생각이 없다는 게 그렇게 놀랄 일인가 싶어서. 마치 포수에게 쫓겨 삼십육계 줄행랑을 놓던 토끼가 호랑이와 마주친 눈빛이었다. 한숨이 깊어진다. 벌써 저렇게 놀라면 어쩌자는 건지. 앞으로 놀랄 일 천지일 텐데.

이수는 덤덤한 목소리로 말하며 일어섰다.

"공부, 취미 생겼나 봐."

"……?"

"미국 가기 싫대."

"무슨……?"

은서의 눈이 말할 수 없이 커다래졌다. 그런 그녀를 신경 쓰지 않고 이수는 말을 이었다.

"무슨 공부를 미국까지 보내서 시켜. 아직 앤데."

"정이수 씨!"

"똑똑하던데. 영어 유치원도 많잖아. 네가 가르쳐도 되고. 갈게."

이수는 제가 부리는 오지랖이 낯설면서도 기꺼웠다. 왜 그런지는 모르겠지만. 미련 없이 가게를 나서는 그의 걸음이 빨랐다.

제기랄. 왜 또다시 정이수 씨야.

2

소문난 맛집이라더니. 은서는 식당 안으로 들어간 우석을 기다리며 새삼 자신을 돌아보았다. 식사 시간이 아닌데도 대기하는 사람들이 많았다. 그녀의 가게만 해도 오픈 날은 이른 시간부터 줄을 선다. 마카롱 하나 맛보겠다고. 가게를 찾아 주는 것에만 고마워했었지, 손님들의 열정에 대해선 생각해 보지 못했었다. 그런데 입장을 바꿔 보니 이게 보통 일이 아니었다. 여태껏 뭐 하고 살아온 건지. 한 번도 이런 데 열성을 보인 적이 없기에 생뚱맞지만 자신들이 좋아하는 것에 진심인 사람들이 존경스러워지려고 한다.

은서는 우석의 등장으로 상념에서 벗어났다.

"은서 씨, 들어가요."

"이 동네 살면서도 이런 곳이 있는 줄 몰랐어요."

"은서 씨 행동반경이 골목을 안 벗어나잖습니까."

테이블에 앉으며 생각해 보니 그런 것 같아서 은서는 멋쩍은 미소를 머금었다. 우석에게 식사 대접을 하겠다고 먼저 연락했다. 지난번에 한 약속도 있고 하임이 찾는 것도 도와줬는데, 그날 경황이 없어서 인사를 챙기지 못해서다.

우석이 물수건을 건네며 물었다.

"정말 매운데 괜찮겠습니까? 셰프나 파티쉐 분들은 자극적인 음식 피한다던데요."

"저는 괜찮아요. 스트레스 풀리잖아요."

마침 갈비찜이 나왔다. 가게 입구부터 매운 냄새가 진동하더니 보글보글 끓는 비주얼이 심상치 않다.

"토요일에 데이트 오랜만인데, 은서 씬 어떻습니까."

"데이트요?"

은서는 저도 모르게 정색하고 되물었다. 평일엔 진료 때문에 저녁에나 시간이 나는 사람이었다. 저녁 식사는 부담돼 토요일을 고른 건데 주말 데이트라고 명명하자, 이건 이것대로 부담 된다. 그녀의 생각을 읽기라도 한 듯 우석이 말했다.

"데이트가 별겁니까. 만나면 데이트지."

"아, 그러네요. 저도 오랜만이에요."

은서는 예민하게 굴었던 게 미안해 얼른 웃는 얼굴을 했다. 사전적인 의미를 부여한 주말 만남이라면 그녀도 오랜만이다. 프랑스에서 몇 번 동기들과 맥주잔을 기울인 게 다였으니까. 그 외엔 나래와 유성이 집이나 가게로 찾아와 나갈 일이 거의 없었다. 재미없는 인생이었네.

은서는 문득 드는 생각을 몰아내고 말했다.

"다 끓은 것 같은데 드세요."

"그럴까요. 잘 먹겠습니다."

유쾌한 목소리로 대답한 우석이 접시에 갈비를 덜었다. 은서의 앞에 놓아 주던 그의 손이 멈칫한다. 그런 그를 보고 은서는 의아한 듯 물었다.

"왜요? 덜 익었나요?"

"아닙니다. 정이수 선수가 이 동네로 이사 온 게 맞긴 맞나 봅니다."

"무슨……?"

우석의 시선을 좇아 고개를 돌린 은서는 삽시간에 얼굴을 굳혔다. 찬이 앞장서고 이수와 여자가 그들이 앉은 테이블 쪽으로 다가오고 있었다.

"인사해야 하는 겁니까."

아뇨, 라고 대답하고 빠르게 시선을 돌릴 때였다. 찬의 목소리가 들렸다.

"어? 은서야!"

"아, 선배……."

반가움보다는 불편함이 더 큰 만남. 마침 찬이 은서 앞에 멈춰 서 주는 바람에 이수와 여자가 테이블을 스쳐 지나간다.

"이런 데서 다 보네. 밥 먹으러 왔어?"

"……네."

"우리도 밥 먹으러 왔는데. 손님만 아니면 같이 합석하는 건데."

절대 그런 생각은 하지 마세요. 은서는 온몸으로 말하며 애써 미소를 끌어모았다.

"식사하고 가세요, 선배."

"그래. 우린 나중에 보자. 가게 한번 들를게."

남자가 자리를 뜨자 우석이 목소리를 낮춰 묻는다.

"불편하면 나갈까요?"

"괜찮아요. 중고등학교 선배였어요."

은서는 예의 미소를 지어 보였다. 마음이야 당장 나가고 싶지만 지금 나가면 꼴이 우스울 것 같았다. 일부러 신경을 끊으려 우석을 빤히 쳐다보았다.

"와, 매운 맛 시켰으면 큰일 날 뻔했습니다."

"맵긴 하네요."

맛도 보지 않고 맵다고 말하는 은서를 우석은 모르는 척해 줬다.

"은서 씨랑 식사하는 날이 다 오고 영광입니다."

"저야말로요."

은서는 우석에게 응수해 주면서도 젓가락 들기가 어려웠다.

한편 이수는 테이블 세팅이 끝났는데도 팔짱을 풀지 않고 있었다. 마치 식사할 생각이 없는 사람처럼. 그런 이수를 보며 찬은 미간을 좁혔다. 이 놈의 입이 화근이다. 외식을 하자고 조른 건 저였으니까. 막 집을 나서는데 세진이 연락도 없이 찾아왔던 거다.

"우리 밥 먹으러 나가는 중인데, 어쩌죠."

"잘됐다. 저도 방송국에 들렀다 오느라 식사 못 했거든요."

속이 빤히 보였지만 같이 올 수밖에 없었다. 다른 것도 아니고 밥을 먹겠다는데. 하필이면 이곳에서 은서와 부딪칠 줄이야. 그나저나 저 사람은 뭔지 모르겠다. 이수가 말한 남자인가. 딱 봐도 남자 혼자 썸 타는 분위기였다.

"이수 씨, 찬 씨, 식사해요. 다 익은 것 같은데."

"그럽시다."

찬은 굳어 있는 이수 대신 대답했다.

"저 부부 자주 보네요. 찬 씨도 아는 분이에요?"

"부부요?"

찬이 어리둥절한 얼굴로 되물었다. 세진이 눈짓으로 앞 테이블을 가리킨다.

"지난번에 이수 씨 따라왔을 때 인사 나눴거든요."

"……후뱁니다. 식사나 해요. 배고프다면서요."

눈에 띄게 달갑지 않아 하는 찬을 보고 세진의 생각이 깊어진다. 어차피 점심 식사를 하고 온 터라 밥 먹을 생각은 없었다. 더구나 매운 갈비찜이라니. 또 저 여자다. 찬이 후배라고 말하는 걸 보면 별 사이 아닌 것 같은데 자꾸 신경이 쓰인다. 저 여자만 만나면 이수가 동요하는 것 같아서.

"찬 씨, 너무해요."

"뭐가요."

"여자를 이런 곳에 데려오는 게 어디 있어요?"

"여기가 어때서요. 그리고 말은 바로 해야죠. 세진 씨가 따라온 거죠."

이수 앞에서 어떻게 갈비를 뜯느냐고, 창피하게. 콧소리를 내는 세진도. 툴툴거리며 응대하는 찬도. 이수는 안중에 없다. 그저 의문이 들 뿐. 그럼 마주 앉아 갈비를 뜯는 저 커플은 뭘까, 하는. 그만큼 친숙하다는 얘긴가. 저를 본 척도 않고 찬에게만 시선을 주던 은서였다. 그리고 실수로라도 뒤를 한 번도 돌아보지 않는다.

그렇게 맛있어?

이수는 은서의 동그란 뒤통수에서 눈을 떼지 못했다.

* * *

식당을 나왔을 땐 꽤 시간이 흘러 있었다. 가게에서 멀지 않은 곳이라 두 사람은 나란히 걸었다. 토요일 오후, 어느새 사람들이 바빠지는 시간이 됐는지 도로로 자동차가 쏟아져 나오고 있었다.

"오늘 죄송했어요."

"우리 친구 아닙니까. 그런 인사치레 서운합니다."

"……."

결국 제대로 식사를 하지 못했다. 그런데도 우석은 아무것도 묻지 않았다. 마치 그녀가 왜 그러는지 아는 사람처럼. 미안하면서도 뭔가를 들켜버린 것 같아 마음이 불편하다. 아니나 다를까. 우석이 묻는다.

"맨입으로 말해 줄 수 없다는 주인공입니까. 정이수 씨요."

대상을 콕 찍어 물어보니 아니라고 할 수 없었다. 누구라도 눈치챌 만큼 어색하게 굴었다. 차라리 식사 대접을 하지 않은 게 나았을 텐데.

은서는 고개를 틀어 우석을 쳐다보았다.

"……학창 시절에 정이수 선수 안 좋아한 여학생이 없었어요. 저도 그들 중 한 명이었고요."

"그랬을 것 같네요. 저도 학창 시절에 인기가 꽤 있었습니다."

"아, 네."

은서는 예상치 못한 우석의 말에 겨우 미소를 되찾았다. 진지한 표정에 자신감을 내비치는 뉘앙스다. 굳이 정색하고 말하지 않아도 믿고도 남을 텐데. 그만큼 객관적으론 우석은 괜찮은 남자였다.

"은서 씨 학창 시절엔 어땠는지 궁금해지는데요."

"별거 없었어요."

"전 교복 한 번도 못 줄여 봤습니다. 껌도 안 씹었고요."

"전 많이 엉뚱하고 당돌했어요."

별것도 아닌 말에 우석이 놀란 눈을 한다. 그런 그를 보고 은서는 말을 이었다.

"단짝하고 통화하다 자정을 넘길 정도로 수다쟁이였는걸요."

"정말입니까? 수다쟁이라니. 전혀 상상이 안 되는데요."

우석이 걸음까지 멈추고 묻는다. 그가 애쓰는 게 느껴져서일까. 은서는 콩알 반쪽만큼 속을 보였다. 장단 맞추듯 정색하고 물었다.

"제 이미지가 어떤데요."

"공부 잘하는 우등생. FM. 러브 레터만 받는 인기쟁이?"

"아닌데. 왕따였는데. 공부 지지리 못하는. 말썽쟁이. 철부지."

정말 오랜만에 꺼내 보는 학창 시절 얘기다. 식구들은 물론 친구들도 은서를 철부지, 말썽꾸러기 취급 했다. 이수를 좋아한다는 이유 하나만으로.

농담인 줄 아는지 우석이 눈을 흘기듯 곁눈으로 바라본다. 굳이 그의 오해를 풀어 줄 필요까지 없다고 생각할 때였다. 우석이 말한다.

"비약이 너무 심한데요. 은서 씨 지금 열심히 살잖아요. 매 순간 전투적으로."

"제가요?"

은서가 어이없다는 듯 물었다. 시간을 쪼개서 보내는 편이긴 하나 전투적이라는 평가를 받을 줄은 몰랐다.

"네. 자신에게 쉼을 안 주려는 사람처럼. 화났습니까?"

"아뇨. 개인적인 생각에 화를 낼 순 없죠."

잠시 망설이던 은서는 다시 말을 이었다.

"그런데요, 다 그렇게 살지 않나요. 열심히요."

"그렇긴 한데. 전 가끔 친구도 만나고 멍도 때리고 몽이처럼 늘어져 있기도 합니다."

몽이 얘기가 나오자 은서의 입꼬리가 살짝 올라간다. 이젠 건물 식구나 다름없게 된 길냥이에게 그녀가 붙여 준 이름이다. '멍'하게 생겼는데 그렇게 부르면 정말 멍청해질까 봐 '몽이'라고 이름을 붙여 줬다. 목걸이를 만들어 걸어 줬더니 건물 식구들이 몽이를 합심해서 챙겨 준다.

"참고할게요."

"그래요. 참고해 줘요."

은서는 심플한 대답에 미간을 좁혔다. 불현듯 드는 생각에. 어쩌면 우석의 말이 맞는지도 모른다는. 그래서 자신을 뒤돌아보게 된다. 타인과 이런 대화를 해 본 적이 없다. 남의 시선에 자신이 어떻게 비치는지도 생각해 본 적 없고, 어쩌다 보니 엄마가 돼 있었다. 아이와 보내는 시간 빼곤 수업하고 빵을 만들고 쫓기듯 살았다. 당연했다. 어떻게 연장된 목숨인데. 그런데 왜 갑자기 허전할까. 아마도 영화에 삽입된 음악을 찾아 듣고 맘보 스텝을 밟으며 영화배우를 그리워하던 엄마 현정의 마음이 아닐는지.

"은서 씨."

"네?"

"은서 씨."

은서는 연이어 저를 부르는 우석을 쳐다보았다. 다소 긴장했는지 그의 귀가 빨갛다.

"연애 한번 해 보지 않겠습니까?"

"무슨……?"

"저와 말입니다. 하하하. 제가 뒤통수친 겁니까?"

"네."

은서의 대답에 망설임이 없었다.

"전 그림을 자주 그려 봤습니다. 하임이랑 은서 씨와 함께하는 그림요. 사실 비혼주의였습니다만. 은서 씨 보고 흔들렸습니다. 책임까진 아니더라도 부담, 조금만 가지고 생각해 주면 고맙겠습니다."

은서가 나지막이 우석을 불렀다. 그동안 봐 온 우석은 심심풀이 땅콩 먹듯 장난으로 이런 말을 할 사람이 아니었다. 가볍지도 않고 경거망동할 사람도 아니고.

"부담 갖는 순간 관계는 깨져요. 그리고 한 번 외사랑 해 보셨잖아요. 이젠 받아 보셔야죠."

"전문의가 괜히 전문의는 아닌 것 같네요. 익숙해서 그런지 좋은 것도 아닌데 하던 짓을 하고 싶어 하네요."

은서는 선뜻 할 말을 찾지 못하고 다시 걸음을 떼었다.

"은서 씨야말로 받아 보는 거, 해 보는 게 어떻겠습니까."

그럴 수 있을까. 순간 이수의 옆에 있던 여자가 떠올랐다. 이수의 사랑을 받고 있는 여자가. 제게 솔직히 말해 줄 필요는 없었겠지만 저렇게 붙어 다니면서 결혼 생각이 없다니. 하지만 그들은 그들이고 저는 저였다.

"경고 줄 뻔했는데 봐줄게요."

"네?"

"이제 겨우 친구 됐는데 잃고 싶지 않아서요."

크게 웃음을 터트리는 우석을 남겨 두고 은서는 앞서 걸었다. 친구 하나 얻는 게 쉽지 않다는 생각을 하면서.

* * *

찬이 사생활 보호를 강조했는지 유난히 담이 높다. 그래도 주방과 거실을 일직선으로 뽑아 답답함이 훨씬 덜했다. 하지만 거실 전면 창으로 마당이 훤히 내다보이는 개방감이 오늘은 와 닿지 않는다. 10여 년 만에 오롯이 지내 보는 한국의 가을도 바람 탓인지 심란하게만 느껴지고.

이수는 집 안 곳곳을 제집처럼 돌아다니는 세진을 물끄러미 바라보았다. 이젠 죄책감조차 남아 있지 않은 인연을.

아무런 연락 없이 찾아온 방문객을 집에 들이고 싶지 않았다. 그렇지만 언제까지나 미룰 수 없는 일. 찬에게 먼저 집으로 가라고 하고 세진과 움직이려는데 그녀가 식사를 못 했다는 핑계를 댔다. 그 말을 무시하지 못한 게 후회된다. 결론적으로 집에 들이게 됐으니까.

식사가 끝나고 찬더러 먼저 집에 가 있으라고 말하자 정색을 했다.

"밖에서 동영상이라도 찍히면 어쩌려고 그래? 할 얘기 있으면 집에서 해."

찬은 마침 급한 전화가 걸려 와 자리를 뜨면서도 마음에 걸렸는지 이수에게 거듭 조심하라고 당부했다. 찬의 우려가 순전한 기우는 아니었다. 한국은 그에게 관심이 넘쳐났다. 기자들로부터 끊임없이 연락이 오고 이사를 한 뒤론 집 주변엔 파파라치들이 항상 어슬렁거렸다. 산책만 나가도 다음 날이면 그의 사진이 포털 사이트에 도배가 될 성노니까. 하지만 그런 가십이 두려워서 세진을 집에 들인 건 아니다.

빌어먹을 예의. 혹은 마지막 배려.

적지 않은 시간 연인으로 묶여 있었다. 그러면서도 애정을 주지 못했다. 노력도 해 봤지만 연민만 더해질 뿐 사랑이라는 감정은 인색하기만 했다.

시합 전후로 긴장을 덜어 내려고, 주체하지 못하는 흥분을 분출하려고 루틴처럼 섹스를 즐기는 동료들도 적지 않다. 원나잇이 됐든 연인이 됐든. 그들처럼 행동하지 못하는 자신에게 도대체 뭐가 문제냐고 스스로 자문도 해 봤지만 허사였다.

처음부터 잘못된 시작이었다. 책임감으로 시작한 관계는 서로를 지치게 만들었다. 차라리 그때 독배를 마셨더라면 눈 가리고 아웅 하듯 얕은 수단으로 서로를 기만하는 짓은 하지 않았을 텐데.

그동안 수없이 헤어지자는 뜻을 밝혔다. 그때마다 세진은 동의하지 않았다.

생각에 잠겨 있던 이수는 커피포트에서 삐, 소리가 나자 준비해 둔 찻잔에 물을 부었다.

"와서 앉아."

"인테리어가 깔끔하긴 한데 조금 아쉬워요."

"뭐가."

"리모델링은 나한테 맡기지 그랬어요? 이런 건 여자가 하는 게 나은데."

아쉽다는 표정을 한 세진은 아일랜드 테이블에 앉으며 말을 이었다.

"그래도 이수 씨 어머님 올라오시면 지내시기 좋겠어요. 동선도 단조롭고."

이수는 새삼 세진을 건조한 눈빛으로 바라보았다. 어머니의 상태에 대해서 그녀에게 말한 적이 없다. 그리고 그녀의 입에서 나오는 어머니라는 호칭이 껄끄럽게 들린다. 어른에 대한 통상적인 호칭이라고 쳐도.

이수는 그녀의 앞에 찻잔을 밀어 주고 마주 앉았다.

"그만하자."

"뭐, 뭘요?"

"더는 시간 낭비하지 말자고."

"이수 씨!"

세진은 저도 모르게 목소리를 높였다. 이수가 헤어지자는 뜻을 전해 온 게 한두 번은 아니다. 마치 나쁜 습관을 끊지 못하는 것처럼 꾸준히 해 오던 짓이니까. 그녀의 방어는 늘 성공했고 이수는 어김없이 입을 다물고 끌려와 줬기에 불안하면서도 저러다 말겠거니 했는데 이번엔 달랐다. 앞 뒤 다 자르고 이렇게나 단도직입적인 통보라니.

"그 일 때문에 그래요? 그건 이수 씨가 오해한 거예요. 난-."

"아니. 사실이든 아니든 상관없어."

"그럼 왜……?"

"너한테 평생 남자가 돼 줄 수 없으니까."

"스트레스 때문에 그런 거잖아요. 난 이해해요. 기다릴 수 있다고요."

"아니. 내가 원하지 않았던 거야. 앞으로도 널 원할 일은 없을 거고."

세진은 정신을 차리려 입술 안쪽 살을 으깨 물었다. 이수가 저와의 섹스를 거부하는 건 막연히 스트레스 때문이라고 생각해 왔었다. 처음부터 그런 쪽으로 심하다 싶게 담백한 사람이기도 했고. 그런데 아니었다고? 머릿속이 하얗게 탈색된 듯 어떤 말도 떠오르지 않는다.

"이수 씨, 나 물 좀 줘요. 찬물."

"……."

마지못해 일어서는 이수의 모습이 테이크를 늘린 슬로 모션처럼 보인다. 동시에 불안하게 흔들리던 그녀의 눈동자가 김이 모락모락 오르는 찻잔으로 옮겨진다. 일단은…….

세진은 결심을 한 듯 찻잔을 들었다. 그리고 눈을 질끈 감고 손잡이를 잡은 가느다란 손가락에 힘을 풀었다.

"앗!"

이수는 날카로운 비명과 파열음에 휙 몸을 돌렸다. 팔목을 쥐고 떨고 있는 세진을 향해 빠르게 움직였다.

"이게, 괜찮아?"

"아, 다리가 흐흑."

이수는 생각할 새도 없이 세진을 안아 들고 욕실로 향했다. 욕조 턱에 앉히고 샤워기를 틀어 손과 다리에 물을 분사했다.

"들고 있어."

샤워기를 그녀의 멀쩡한 손에 쥐여 주고 스커트를 들추고 스타킹을 찢어 냈다. 손은 붉은 기만 보이는데 이미 한쪽 허벅지에 기포가 올라오고 있었다.

"병원 가자."

"스타킹 좀 벗겨 줘요."

"……일어서 봐."

엉거주춤 그에게 기대 일어선 세진을 부축하며 찢긴 스타킹을 마저 벗겨 냈다. 그러면서도 머릿속이 분주했다. 아니겠지. 설마, 아닐 거라고. 하지만 수건을 꺼내 와 허리에 둘러 주고 스커트 지퍼를 내려 벗겨 주면서도 의구심이 가시지 않는다.

"미, 미안해요. 너무 놀라서 그만 흑."

"앉아 있어."

젖은 스커트를 다시 입힐 수 없기에 난감했다.

"있어 봐."

잔뜩 미간을 좁힌 이수가 욕실을 나서자 눈물 맺힌 세진의 눈동자가 사납게 빛난다.

'포기 못 해, 절대.'

포기할 거였으면 여기까지 오지도 않았다.

짙은 색 셔츠와 구급함을 가져온 이수는 샤워기를 껐다. 기포가 올라오는 허벅지에 바셀린을 펴 바르고 붕대를 감았다.

"윽!"

"다 됐어."

이수는 그녀의 허리에 셔츠를 둘러 양팔 소매를 벨트처럼 묶어 줬다. 셔츠 단추를 끝까지 잠그자 임시방편은 된 것 같았다.

"이수 씨, 난 싫어요. 당신이랑 못 헤어져. 흐읍."

"병원부터 가자."

굳은 얼굴을 한 이수가 세진을 안아 들었다. 면적이 크진 않은데 걷는 건 무리로 보였기 때문이다. 그의 목에 감긴 그녀의 팔이 마치 족쇄처럼 그를 옭아매는 기분이다.

＊ ＊ ＊

세진을 안고 다급히 공용 주차장으로 향하던 이수는 멈칫했다. 마주 오는 남자와 여자를 발견하고. 순간 이 상황이 현실이 아니기를 바랐다. 하지만 다가온 남자가 현실이라고 일깨워 준다.

"어디 다치신 겁니까?"

"아, 찻물에 데었어요."

세진이 팔목과 다리를 가리키자 남자가 심각한 얼굴을 했다. 어느새 다가온 은서도 놀란 얼굴을 하고 이수와 세진을 번갈아 본다. 그런 은서와 눈이 마주친 이수는 왠지 모를 낭패감에 짜증이 솟구쳤다. 그런 그의 사정을 모르는 남자가 말한다.

"저희 병원으로 올라가시죠."

"괜찮습니다."

"소아과지만 의삽니다. 다 마찬가지지만 화상은 빠른 처치가 중요합니다."

이수는 남자의 말에 미간을 좁혔다. 이걸 재수가 없다고 해야 하나. 고맙다고 해야 하나. 남자가 나무라는 목소리로 재촉한다.

"가시죠. 더구나 공인인데 사람들 눈에 띄어서 좋을 거 없잖습니까."

"이수 씨. 그렇게 해요."

세진의 말에 조금 떨어져 있던 은서가 보일 듯 말 듯 고개를 끄덕인다. 마치 그녀도 의사의 말에 동의한다는 듯.

이수는 하는 수 없이 앞서 걷는 남자를 성큼성큼 뒤따랐다. 하지만 몸만 움직일 뿐, 온 신경은 그의 뒤를 따르는 조심스러운 발걸음 소리에 가 있다.

젠장.

이런 우연이 또 있을 수 있을까. 희극이라면 역대급 희극이다. 식당에서 먼저 나가 놓고 여태까지 뭘 하고 있었던 건지. 아이스크림을 하나씩 들고 있는 걸 봐선 길거리 데이트라도 했나 보지. 생각이 거기까지 미치자 누구에게 향하는 것인지 모를 거친 말이 그의 목구멍을 꽉 메운다.

잠시 후, 진료실 침대에 세진을 내려놓고 이수는 진료실을 나섰다. 끊었던 담배가 간절해지는 순간이다.

애들 놀이터 같은 공간에 하릴없는 시선을 뒀다. 로봇이 불 꺼진 환자들이 대기하는 공간을 혼자 돌아다닌다. 크진 않지만 깨끗하고 모르는 사람이 봐도 신뢰가 가는 분위기였다. 아이들 부모가 좋아할 병원처럼 보인다.

치료가 끝났는지 문이 열린 진료실에서 대화 소리가 들린다.

"집 근처 병원에서 계속 치료받으셔야 합니다."

당연한 말을 왜 하는 걸까. 입만 아프게. 이수의 귀엔 쓸데없는 잡소리로만 들린다.

"네, 그렇게 할게요. 다시 한번 감사해요. 선생님 못 만났으면 큰일 날 뻔했어요."

"일단 물집은 최대한 터지지 않도록 조심하셔야 합니다. 그래야 흉이 남지 않으니까."

알아서 할 텐데. 오지랖은.

"네. 선생님 시키는 대로 할게요."

화기애애한 환자와 의사. 그들과 달리 이수는 지그시 눈을 감고 한숨을 삼켰다. 당황하던 은서의 눈빛이 지워지지 않아서.

"하, 돌겠네."

먹은 것도 없는데 속이 답답하다. 이수는 휴대폰을 꺼내 찬의 번호를 눌렀다.

* * *

강남 중심가에 있는 3층 건물 전체가 레스토랑이었다. 직원에게 키를 넘겨 발레파킹을 맡긴 찬이 휘파람을 분다.

"휘익. 명한이, 이 녀석 성공했네. 레스토랑 규모가 장난 아닌데?"

명한은 이수와는 고등학교까지. 찬과는 고등학교부터 대학교까지 이어진 동창이다. 반창회가 결정되고 연락이 왔다. 모임 장소와 음식을 제공하겠다고. 마음만 받고 매출을 올려 줘야겠다는 생각으로 흔쾌히 수락했는데 큰소리친 이유가 다 있었던 거다.

이수가 물었다.

"같은 대학 갔었지?"

"그걸 기억해?"

"우리 반에서 한국대 간 거 너희 둘밖에 없었잖아."

"한 학기 다니다 만 걸 뭐. 그나저나 명한이 이 녀석 금수저였나?"

근성이 있는 녀석인 건 알고 있었지만 30대 초반에 강남에서 이 정도 규모의 레스토랑을 운영한다는 게 놀라웠다. 어쨌든 비빌 언덕이 있든 없든 이 정도의 성과물이면 본인의 노력과 능력이 남달랐다는 얘기겠지.

찬이 과하게 관심을 보이자 이수가 설핏 미간을 좁힌다.

"부럽냐."

"전혀, 나한텐 평생 보험인 메이저 리거 정이수가 있는데 부럽겠냐?"

말도 안 된다는 듯 눈까지 부라리는 찬을 보니 안심이 된다. 저야 야구밖에 모른다. 그 외의 모든 건 찬이 도맡고 있다. 녀석이 곁에 없는 상황을 생각해 본 적 없다.

"쫄았냐?"

"아니."

"표정 보니까 쫄았는데 뭘. 걱정 마라. 이 형아 너랑 끝까지 간다."

찬의 목소리에 확신이 넘친다. 야구 관계자들은 물론 팬들과 지인들까지 이수의 메이저 리그 도전기는 실패라고 결론지었다. 마이너 리그까지가 한계라고. 저 또한 이수가 메이저 리그에 콜업될 거라는 확신이 있어서 미국에 간 건 아니었다. 아버지가 그랬듯 마음이 시키는 대로 움직였을 뿐. 이수의 성공 여부와 상관없이 친구를 선택한 거였다. 그런데 보란 듯이 늪보다 깊은 슬럼프를 빠져나와 메이저 리거가 됐다. 생각지도 못한 선물을 받은 셈이다.

"이수야, 난 가끔 생각한다."

"뭘?"

"미국 안 갔으면 지금쯤 뭐 하며 살고 있었을까, 하는 생각."

"1절만 해. 개고생해 놓고 뭐가 좋다고."

"다시 돌아간다고 해도 난 또 똑같은 선택 할 거다."

진심이다. 공부 잘하는 인재들은 넘쳐나고 스펙은 나만 쌓는 세상이 아니었다. 오죽하면 물 대신 돈을 줘야 하는 스펙 나무 키우려고 대학 간다는 말이 다 나왔을까. 탁월하게 난 놈이거나 이수처럼 재능이 뛰어나다면 모를까. 저는 공부가 좀 우수한 정도였다. 더구나 쓸데없이 의협심만 강해서 할 말은 꼭 해야 하는 성격이고. 그런 자신이 배경과 인맥을 무시할 수 없는 씁쓸한 현실에서 이수와 함께한 건 행운이었다.

이수가 못 들을 말이라도 들은 듯 미간을 좁힌다.

"능력 되는 놈이 헛소리는. 넌 뭘 하든 될 놈이었어."

"뭐 잘 풀렸으면 대기업에 취업했거나 공무원은 됐겠지. 그랬으면 매일 양복 안주머니에 사직서 넣고 출퇴근 반복했을걸."

찬은 제가 말하고도 아찔해서 어깨를 부르르 떨었다. 적성에 맞는 일을 하면서 돈까지 버는 게 쉬운 일은 아니다. 그게 가능한 게 이수 때문이다. 인간 자체가 근사한 녀석이니까. 한번 믿으면 끝까지 간다, 한 우물만 판다, 하나만 안다. 잘나간다고 사람 무시할 줄도 모르고 베풀 거 다 베풀면서도 생전 생색낼 줄도 모른다. 말이 친구지 갑과 을의 입장. 그런데도 이수는 실수로라도 을이란 생각을 떠올리지 않게 해 주는 갑이다.

"하고 싶은 말이 뭔데."

찬은 씩 웃는 거로 대답을 대신했다. 서로 고맙다는 말은 손발이 오글거려 해 본 적 없으니까.

"애들 보면 난리 칠 텐데 각오나 단단히 해. 녀석들 어떻게 변했을까? 생각해 보면 그때가 좋았어. 안 그러냐?"

"그렇지 뭐."

야구부 후원과 모교 방문은 필수였다. 동창회까지 열자는 걸 간신히 거절하고 반창회만 하기로 했다. 찬의 말처럼 그 시절이 그리워서가 아니라 마음의 빚이 있으니까. 아버지가 돌아가신 게 대학교 한 학기를 마치고서였다. 스무 살 이수는 너무 어렸었다. 아버지의 부고를 알릴 정신도 없었고, 진로 결정을 하지 못한 채 대학에선 아웃사이더처럼 지냈기에 소속감이 없었다. 그런데 생각지도 못했던 고3 때 같은 반이었던 녀석들이 단체로 장례식장에 와 줬다. 그와 다름없이 애 티를 벗지 못한 친구들은 약속이라도 한 듯 입을 다물고 빈소를 같이 지켜 줬고 장지까지 함께해 줬었다. 그 당시 이수는 자기 연민에 빠져 친구들에게 고맙다는 말 한마디 건네지 못했다. 그게 두고두고 마음에 걸렸다.

2층으로 올라가자 뷔페식으로 차린 테이블이 보이고 쩌렁쩌렁한 목소리가 울린다.

"야! 정이수!"

"······차명한?"

얼굴을 보자마자 이름이 떠오르는 게 신기해서 입꼬리를 올리는데 녀석이 덥석 안아 온다.

"영광인데? 메이저 리거가 내 이름도 기억해 주고."

"지랄한다."

이수의 일갈에 명한이 좋다고 웃는다.

"네 덕에 우리 매장 유명해질 거 생각해서 오버 좀 했다."

"별. 가게 좋은데."

"부모님 수혈 좀 받았지. 가서 앉자. 다들 기다리는데."

안쪽으로 들어서자 누구랄 것 없이 뒤엉켜 인사를 나누기 바빴다. 겨우 반장이었던 찬의 통솔로 다들 자리를 잡고 앉았다.

"정이수 얼굴을 보다니. 이거 현실 맞지?"

"싱겁긴."

"회사 사람들한테 쫙 돌리게 사인 좀 해 주라."

"왜 이래. 사람 민망하게."

이수가 내가 연예인이냐고 눈을 부릅떠도 아랑곳하지 않고 떠들어 댄다.

"정이수, 빼지 마라. 메이저 리거가 동창인 것도 대단한데 무려 우리 반이었다고!"

"니들 나 놀리는데 재미 들렸냐."

"누가 한국이 낳은 세계적인 타자 정이수를 놀리는데? 그렇게 간 큰 놈이 여기 있다고? 하하하."

"그만들 하랬다?"

무게를 잡아도 통하지 않고 오히려 장난스러운 야유만 더해질 뿐이다. 이수도 결국 친구들을 따라 웃고 만다. 아직도 고교 시절 짓궂은 모습들이 그대로 남아 있는 게 신기했다.

"그래 해 봐. 어디. 실컷들 해 보라고."

"일단 인증 샷 남기게 포즈 좀 취해 봐. 영광의 순간인데 사진 찍어서 SNS에 인생 샷으로 올리게."

"나이가 몇 갠데 아직도 그런 걸 해?"

이수의 말에 다들 황당한 얼굴을 한다. 급기야는 손가락질을 하는 녀석도 있다.

"야, 정이수. 네가 이상한 놈이지. 요즘 SNS 안 하는 스타가 어디 있냐?"

"놔둬라. 학창 시절에도 꼰대였던 녀석인데 뭘 바라냐."

"내가 꼰대였다고?"

처음 듣는 말이 조금은 당혹스러워 이수가 미간을 좁혔다. 그런 그를 보고 녀석들은 기다렸다는 듯 불만을 쏟아 낸다.

"이번에 팬 서비스 차원에서 SNS에 우리랑 찍은 사진 올리는 거 어때? 팔로워 장난 아닐 거다."

"맞아. 너튜브도 좀 올리고."

"야, 바랄 걸 바라. SNS 계정도 없는 놈한테."

보다 못한 찬이 거들자 친구들이 경악을 금치 못한다.

"역시 어나더 레벨, 정이수."

"이수 얘가 할 줄 아는 게 뭐가 있겠나? 보나 마나 죽어라 배트만 휘둘렀을 텐데. 우리가 포기하는 게 빨라."

"말은 바로 해. 몰라서 안 하는 게 아니라 귀찮아서 안 하는 거니까."

이수는 친구들의 말에 대거리하는 자신이 생소하다. 생각해 보면 녀석들 말대로 할 줄 아는 것도, 해 본 것도 없었다. 고등학생이 그 흔한 PC방한 번 못 가 봤다면 말 다 한 거겠지. 그만큼 저를 둘러싼 상황이 힘들었다. 즐기고 노는 것과는 거리가 먼, 오로지 야구에 올인 한 삶. 세상 고민은 혼자 다 짊어진 심각한 얼굴을 하고서 말이다. 이젠 조금 살 만해진 건지 이런 소란함이 싫지만은 않다.

한참을 너도나도 달려드는 녀석들과 사진을 찍어 주고 나자 열기가 한풀 꺾인다.

"이수 너, 한국에서 뛸 생각은 아니지?"

"야, 정이수가 미쳤냐? 아직 한창인데 메이저 리그를 버리게? 거기서계속 뛰어. 올 생각 말고."

"하긴. 짐승 같은 자식. 어떻게 3할 5푼을 넘길 수 있지? 그것도 메이저 리그에서."

"궁금해?"

이수가 끼어들자 순간 조용해지면서 친구 녀석들 눈이 반짝거렸다. 미소를 머금은 그가 말을 이었다.

"뻥이 치는 거지. 구단주가 지켜보고 있거든."

순식간에 찬물이라도 끼얹은 듯 조용해진다. 입까지 떡 벌리고. 곧 어이없어하는 웃음이 여기저기서 터지고 야유가 쏟아진다.

"하, 어이없네. 이수 얘, 지금 개그 한 거지?"

"운동만 한 녀석이니까 봐주자."

나름 한 방 날린 유머인데 아재 개그 축에도 못 낀다며 난리 법석이다.퇴물 취급 해 놓고 지들끼리 웃고 떠들더니 또 뭐가 궁금한가 보다.

"아 참, 너 메이저 리그 올라가서 부상당했다는 소식 듣고 우리 단톡방난리 났었는데. 너 그때 따 당한 거지? 지금은 괜찮아?"

"언제 적 얘기야."

마이너 리그 때도 마찬가지였지만 메이저 리그로 올라가자 주전 경쟁이 더욱 치열해졌다. 출루하는 선수가 있으면 누군가는 벤치를 지켜야 하는 상황. 몸을 부딪쳐 온다든지, 제대로 된 수비를 할 수 없게 공을 준다든지. 메이저 리그 초창기에 연습을 가장한 견제가 끊이지 않았고 그런 와중에 부상을 입었었다.

"하긴, 요즘 더그아웃 비춰 줄 때 보니까 선수들하고 좋아 보이더라."

"야, 그걸 말이라고 하냐. 이젠 이수가 구단 간판인데 당연히 지들이 기어야지."

"그만들 하랬다!"

장본인인 이수의 말은 들은 척도 않고 지들끼리 옥신각신하는 모습에 헛웃음만 나온다. 그게 또 왠지 따뜻하게 느껴져 어깨는 내려가고. 술잔이 오가는 사이 이수가 따라 주는 술을 받아만 놓자 친구 녀석이 물었다.

"일부러 안 마시는 거야? 관리하느라?"

"아니. 별로라."

"희귀종이네. 우린 이거 없인 못 사는데."

한 녀석이 양주병을 들어 흔들어 보이자 이구동성 맞는 말이라는 듯 고개를 끄덕였다.

"샐러리맨이 아니라 그런가 보지. 개부럽다."

"그럼 오늘 다들 원 없이 마셔 봐. 짊어지고 가도 좋고."

"쏘는 거냐?"

"뭘 물어. 당연한 걸."

우, 하는 소리와 함께 이수는 걸음을 옮겼다. 대부분 싱글이라 일찍 자리를 뜨긴 틀린 것 같았다.

"벌써게 생겼네."

그런데도 입가엔 드물게 미소가 사라지지 않는다. 화장실을 찾던 그가 입구에서 멈칫했다.

안에서 들려오는 말소리에 귀에 꽂히는 이름이 있었기 때문이었다.

"너 은서 소식 들었어?"

"은서?"

"그 꼬맹이 있잖아. 이수 쫓아다니던 애."

아, 하는 소리와 함께 대화가 이어졌다. 이수는 아예 벽에 등을 기대고 섰다.

"실수로라도 이수 앞에서는 걔 얘기 꺼내지 마."

"내가 미쳤냐. 이수 아버지가 걔 살리고 돌아가셨는데."

"근데 걘 왜?"

"우리 해주랑 같은 반이었대."

"제수씨하고?"

"이 새끼가 형수라고 부르라니까. 어쨌든 이번에 이수 만난다니까 생각났는지 말해 주는데 나 참 황당해서."

이수는 쓴 미소를 지었다. 저렇게까지 황당할 일이 뭐가 있을까 싶어서. 장례식장에 왔던 친구들이니 굳이 말해 주지 않아도 아버지의 사인(死因)을 알 수밖에 없었다.

"걔 자살 시도까지 했었대."

"뭐?"

"그게 끝이 아니야. 이수 어머니 장난 없었다고 하더라고. 걔한테."

이수는 제가 들은 말이 맞나 자신의 귀를 의심했다. 자살 시도라니? 그리고 어머니는 한 번도 은서 얘기를 입에 올리지 않았었다. 그래서 어머니 또한 은서를 보지 못했을 거라고 생각하고 있었는데 무슨 소린지 모르겠다.

"더 황당한 게 뭔지 알아? 그렇게 난리 쳐 놓고 다른 남자 아이 낳았단다."

"미친놈. 그럼 걔가 평생 이수만 바라볼 줄 알았냐? 사춘기 때니까 그러고 쫓아다녔던 거지. 별 말 같지도 않은 얘길."

"그 말이 아니라 미혼모래. 애가 꽤 크다고 하던데, 괘씸하잖아. 이수 아버지는 지 때문에 죽었는데."

이수는 은서가 사람들에게 미혼모로 불린다는 것을 처음 깨달았다. 남편 없이 아이 엄마가 됐는데 왜 그런 생각을 한 번도 못 했던 걸까. 그의 낯이 돌덩이처럼 굳었다.

"걔네 꽤 알아주는 집안 아니었어?"

"그랬지. 그런데 유학 가서 난잡하게 살았다나 봐."

"인생 포기한 건가. 그 충격으로?"

"모르지. 난 하도 이수를 죽기 살기로 쫓아다녀서 가끔 궁금했거든. 그 말 듣고 어이없더라."

"유별나긴 했지. 이수도 걔 좋아했을걸."

"무슨. 상황이 그러니까 마지못해 달고 다녔던 거지. 이수 부모가 걔네 집에서 일했잖아."

남의 가정 쑥대밭 만들어 놓고 꼴좋다는 둥, 어떻게 연장한 목숨인데 그따위로 사나는 둥.

친구들의 얘기가 이명처럼 이수의 귓가에 윙윙댔다.

* * *

"응. 같이 가게 될 것 같아."

-정말이야?

"어. 그런데 언니 임신했는데 귀찮지 않을까? 우린 호텔에서 묵어도 괜찮거든."

-쓸데없는 얘기 할래? 아람이가 나보다 더 좋아할 거다. 그러니까 빨리 오기나 해.

"고마워."

은서의 얼굴에 슬며시 미소가 떠오른다. 하임이 혼자 보내는 게 아무래도 마음에 걸려서 함께 가기로 결정했다. 이수와 자꾸 부딪치는 것도 신경 쓰이고. 무엇보다 길어야 2개월이라고 스스로를 달래 보지만 아이와 떨어져 지낼 자신이 없었다.

-은서야, 티켓팅 내가 할까? 날짜만 알려 주면-.

"오빠, 가게 정리하는 데 며칠 걸려. 내가 알아서 갈 거야."

-그래, 그래. 그리고 은서야, 이참에 아주 오는 건 어때. 애들 교육 환경도 좋고 너 지내기에도 이곳이 더 나을 것 같은데.

"또 그런다. 나 그냥 쉬러 가는 거거든."

-아니 내 말은-.

"오빠, 나 가스 불에 뭐 올려놨어. 출발하기 전에 전화할게."

은후의 한숨 소리가 들려왔지만 이어질 말이 무엇인지 알기에 서둘러 핑계를 대고 전화를 끊었다.

은서는 포스기 밑에 붙여 놓은 메모지를 하나하나 확인한다.

"또 뭐가 남았더라……?"

두 달 정도 가게 문을 닫을 생각을 하니 정리할 게 한두 가지가 아니었다. 진주에게 유급 휴가는 통보했고, 민폐를 끼친 게 됐지만 우석에게 인사도 했다.

"남은 건 공진데……."

꽤 긴 시간 문을 닫게 되는 만큼, 신중하게 안내 공지를 해야 할 것 같아 고민이 깊어진다. 습관적으로 커피를 찾던 은서는 멈칫하고 허브티를 꺼냈다. 요즘 부쩍 카페인 섭취가 늘어서인지 불면증이 도졌다. 가슴도 북처럼 둥둥 울려 대고. 일부러 허브 향을 깊게 들이마시고 한 모금 머금자 다소 긴장이 풀리는 듯하다.

은서는 까맣게 변한 액정을 쳐다보고 중얼거렸다.

"……정말 민폐덩어리가 된 기분이야."

가족들에겐 늘 미안한 마음뿐이다. 임신 사실이 밝혀졌을 때 가족 모두 패닉에 빠졌었다. 아이를 포기하라고 악을 쓰던 엄마는 이미 개월 수가 꽤 됐다는 말에 앓아누웠고 아버지는 서재에서 몇 날 며칠 두문불출했었다. 그러던 어느 날 오빠가 찾아왔다. 새언니와는 의논이 됐으니 아이가 태어나면 자신의 호적에 올리자고 했다.

"그게 말이 돼? 내 아이를 왜 오빠 호적에 올려?"

"혼자서 아이 낳는 건 말이 되고? 너 미혼모 되는 거야! 네 인생 포기할래?"

사랑하는 동생을 위해 어려운 결심을 해 준 건 고마웠지만 아이를 포기할 순 없었다. 집안과 인연을 끊겠다고 가출을 하고, 잡혀 들어오면 식음을 전폐했었다. 사실 입덧 때문에 식사를 못 했던 건데 시위하는 걸로 보였는지 오빠는 결국 고집을 꺾어 줬다.

내 아이를 지키겠다고 가족들 속을 어지간히 썩였었다. 지금은 몸이 편찮으신 외할머니는 말할 것도 없고. 아니 과거형이 아니다. 지금까지도 가족들을 힘들게 하고 있으니까. 오빠는 미련한 동생이 그의 곁에 와서 살길 이제나저제나 기다리고 있다. 부모님은 울타리를 만들어 주려고 결혼을 종용한다. 정작 당사자인 은서는 평온하게 잘 지내는데. 그래서 가끔 생각은 해 본다. 눈 딱 감고 엄마 소원을 들어줘 볼까, 하고. 그럴 마음은 없지만 그들의 걱정을 덜어 주고 싶어서. 어쩌면 이수 또한 그녀의 가족들과 같은 마음일지도 모르겠다. 문득 이수를 떠올린 은서의 얼굴이 붉게 물든다.

"후우. 서은서, 정말 후지다……."

생각만으로도 낯이 뜨거워진다. 며칠 전, 여자를 안고 있던 이수를 본 순간 애먼 상상을 하고 말았으니까. 그의 집에서 나왔을 게 빤해서 그랬는지 모르겠지만 저도 모르게 침대에서 비밀한 남녀의 행위를 상상하고 말았다. 이수가 얼마나 뜨거운 남자인지 알고 있으니까. 아무런 준비 없이 그를 받아들이는 일은 말로 형용할 수 없을 만치 고통스러웠다. 한편 그걸 기꺼이 감내할 만큼 이수는 뜨겁고 근사했었다. 열기 오른 목소리는 또 어찌나 다정하던지.

"은서 아니지? 너일 리 없는데."

그 일이 있은 후, 시간이 아주 많이 흐른 뒤의 깨달음이지만 말이다. 그의 품에 폭 안긴 여자를 본 찰나 그때의 일이 떠올라 당혹스러웠었다. 어쩌면…….

은서는 한숨 끝에 중얼거렸다.

"……헷갈리게 하지 마요."

왜 그런 눈빛을 하는 건데. 마치 못 보여 줄 꼴을 보여 준 사람처럼, 몰래 연애하다 들킨 사람처럼. 이수는 굳어 있었다. 말로 설명하기 묘한 표정을 하고.

은서는 잡생각을 떨치려 머리를 잘게 가로저었다.

"정신 차려, 서은서."

확실한 건 사춘기 소녀의 메타세쿼이아 나무는 이젠 다른 여자의 것이 됐다. 그걸 눈으로 확인했으면 된 거다. 저도 모르게 간직했던 묵은 감정마저 털어 내는 데 조금이라도 도움이 될 테니까. 이수가 그랬던 것처럼 그 일은 제게도 꿈이어야 한다. 절대 현실에서 일어나지 않았던 일.

은서는 앞치마를 두르고 주문지를 확인했다. 공지를 올리기 전까지는 힘을 내야 하기에. 역시나 내일 주문량도 만만치 않았다.

머리를 뒤로 모아 밴드로 묶고 순식간에 달걀 한 판을 깨서 노른자를 분리해 기계에 넣었다. 요즘 같으면 실수로라도 손으로 머랭 칠 엄두가 나지 않는다.

윙, 하고 기계가 돌아가자 그녀의 손이 바빠진다.

잠시 후 어마어마한 양의 *꼬끄*가 다 구워지자 은서는 양손을 올려 허리를 짚었다.

"역시 엄마는 대단해."

색색의 *꼬끄*가 하나같이 반듯한 모양이다. 거기에 종류별로 만들어 놓은 필링을 올릴 때면 저절로 미소가 돈다. 처음 마카롱을 만들 때만 해도 다른 이들의 *꼬끄*는 멀쩡한데 그녀의 것만 크기와 모양이 들쭉날쭉했었다. 교수님이 추상화를 전공해야 하는 거 아니냐고 놀릴 정도로.

추락한 자존심을 회복하기 위해 밤새워 연습하는 날이 허다했다. 가만 생각해 보면 그냥 되는 일은 하나도 없다. 한 입이면 사라질 이런 디저트조차도.

은서는 어느새 뽀얗게 커 가고 있는 하임이를 떠올리며 배시시 미소를 짓는다. 오늘은 어제보다 작업이 빨리 끝나 다행이라는 생각을 하면서. 아이가 잠들기 전에 집에 들어갈 수 있을 테니까 말이다. 탑처럼 쌓인 마카롱을 냉장 쇼케이스에 넣고 마무리하는 건 순식간이었다.

* * *

몽이 밥을 챙겨 나온 은서는 문을 잠그다 놀란 눈을 하고 쪼그려 앉았다.

"몽아, 왜 여기 있어?"

화단에 집을 만들어 줬더니 좋아하던 녀석이 왜 방황을 하고 다니는 걸까. 사람 출입이 잦은 가게 입구엔 좀처럼 나타나지 않는 녀석이었다. 더 수상쩍은 건 그녀의 손길을 거부하고 잔뜩 몸을 움츠리고 있다.

"왜 그러는 건데? 뭐가 마음에 안 들어?"

가르릉, 하는 그루밍 대신 사납게 하악질을 하는 몽이의 눈길을 따라 고개를 틀던 은서는 한숨을 삼키고 말았다. 눈에 익은 사람이 야외 테이블을 차지하고 있었기 때문이다. 언제부터 보고 있었는지 그의 시선이 오롯이 제게 고정돼 있다.

은서는 일어서서 천천히 걸음을 옮겼다. 근래 들어 자주 봐서 면역이 생긴 건지 태연을 가장할 수 있었다.

"집에 가는 길이에요?"

"은서야."

이수의 부름에 오한 든 듯 작은 몸이 떨린다. 그의 체취에 묻어나는 알코올 냄새 때문에.

"혹시 술 마셨어요?"

"……."

이수는 목소리를 내는 대신 고개를 끄덕였다. 다신 술을 입에 대지 않겠다는 소신을 꺾을 만큼 충격적인 이야기를 들었으니까. 그리고 자신이 가장 경멸하는 짓을 지금 하고 싶다. 술을 핑계로 뭔가를 해 보고 싶은 저급한 충동. 그리고 그 충동을 실행으로 옮겨 손을 뻗고 말았다.

"오빠!"

"여전하네."

손에 잡힌 손목이 한 줌도 되지 않는다. 이 손으로 뭘 하겠다고. 손 쓰는 일을 하기에 좀 거칠어졌을까 했는데 여전히 부드럽다. 그런데 왜 화가 나는 걸까. 이 손을 다시 잡는 데 10년이 넘게 걸려서? 아니다. 진작 잡아 주지 못해서다. 다신 놓고 싶지 않아서다.

이수는 손을 빼내려고 애쓰는 은서를 물끄러미 바라보았다.

"어떻게…… 지냈어?"

왜 이렇게밖에 못 살고 있느냐는 질문 대신이었다. 너처럼 예쁘고 다 가진 여자가 왜 손가락질을 받고, 말도 안 되는 추문을 달고 사냐는 질문 대신이었다.

은서를 담은 이수의 눈빛이 뜨겁다.

"말해 봐."

"도대체, 뭐 하자는 거예요?"

돌발 행동이 당혹스러웠다. 갑작스러운 질문도. 그것도 모자라 이수는 그녀를 더 나락으로 떨어트린다.

"내가, 뭐 하자고 하면 할 수는 있고?"

"손, 손 좀 놔 봐요!"

빼려고 하면 할수록 커다란 손이 수갑처럼 조여 와 심장까지 욱신거린다.

은서는 잡힌 손목을 빼려던 걸 포기하고 채근했다.

"일어나요."

"……."

이수가 술에 약하다는 것을 누구보다 잘 알기에 쓴 미소가 지어진다. 내일이면 잊겠지. 아무 일 없던 것처럼. 한 번도 한 적 없던 원망이 처음 고개를 쳐든다. 그 탓에 목소리가 차가워진다.

"데려다줄게요. 빨리 일어나요."

"이젠 꼴도 보기 싫은 건가. 그래?"

"혹시, 내가 불쌍해서 이러는 거면 이러지 마요. 나 괜찮아."

은서는 제발 놔 달라고 애원하고 싶었다. 당신은 이러고 떠나면 되지만 난 살아야 하니까 제발 봐 달라고.

"안 불쌍해."

"그럼 왜 이러는 건데요. 찾아오고, 돈을 주고, 멋대로 추행하고!"

마음에도 없는 소리를 하느라 은서의 눈가가 붉어진다. 그런 그녀를 보고 이수는 외면하듯 눈을 감았다. 못된 말을 해도 상관없었다. 잠깐이나마, 손으로나마 유난히 체온이 낮은 은서를 따뜻하게 해 주고 싶었다.

이수는 느릿하게 눈을 떴다.

"궁금해서."

"뭐가, 궁금한데요. 도대체 나한테 뭐가 궁금한데!"

"서은서가…… 사랑한 남자가 누군지. 어떤 개새끼지."

커다란 눈망울이 사정없이 흔들리는 걸 이수는 올곧게 응시했다. 은서는 자신이 좋아하는 것에는 아낌없이 쏟아붓는 타입이다. 그게 사람이 됐든 일이 됐든. 감정을 숨길 줄도 모르고 계산 같은 건 더더욱 할 줄 모른다. 지금처럼 말이다. 그녀의 열정을 잘 알기에 미치도록 질투가 난다. 저를 최선을 다해 좋아했듯 누군가도 그렇게 좋아했을 테니까. 그 남자의 아이를 가질 만큼 사랑했을 테니까. 그 생각만으로도 속이 들끓어 은서를 만난 후로 밤을 새우다시피 하는 날이 많아졌다.

은서를 만지고 안았을 얼굴도 모르는 남자를 증오하면서.

가졌으면 끝까지 곁에서 지켜 주지. 책임도 못 지고 먼저 갈 거면 아이는 주지 말지, 하는 원망 때문에.

이수의 입에서 헛웃음이 흘러나온다.

"난 너무 아까워서 뽀뽀도 못 해 봤는데."

"오, 오빠."

"수도 없이 후회했거든. 그렇게 졸라 댈 때 실컷 뽀뽀해 줄걸. 아니 아예 사고를 쳐 버렸으면 좋았을 텐데, 하고."

그의 말에 가냘픈 몸이 곧 쓰러질 듯 휘청인다. 그래도 이수는 손을 놓지 않았다.

"말해 봐. 그만큼 사랑했어? 아이를 혼자 낳을 만큼?"

"……네. 사랑했어요. 내 아이 낳은 거 추호도 후회하지 않을 만큼이요."

일말의 망설임 없는 차가운 목소리에 이수의 고개가 아래로 푹 꺾인다. 그래, 그래. 시간이 많이 흘렀으니까. 그럴 수 있다. 그럴 수 있어. 인정하면서도 화가 나서 미칠 것 같다.

차라리 유학 가서 난잡하게 지냈다는 둥, 원나잇으로 미혼모가 됐다는 둥, 친구 녀석들에게 들었던 말이 덜 충격적이다. 이수는 빠져나가려고 안간힘을 쓰는 은서를 물끄러미 바라보았다.

'만약에 내가 다 이해한다고 하면 나한테 올래?'

이수는 목울대를 움직여 속엣말을 삼켰다. 지금 그가 할 수 있는 일은 은서를 끌어안지 않기 위해 사력을 다하는 것뿐이다.

"은서야, 나 왜 아버지가 원망스러울까."

금기어를 들은 양 은서의 몸이 굳는다. 이수가 그런 마음일 리 없다는 것을 알면서도 가슴은 철렁 내려앉고.

"메이저 리거가 됐는데 왜 너한테 갈 수 없게 만드셨을까."

"……!"

"나 이제 돈도 많은데. 유명해지기도 했는데 왜…….."

"설마, 지금 나한테 술주정하는 거예요?"

그녀의 엉뚱한 물음에 이수는 입술을 길게 늘였다. 차라리 술이라도 취했으면 좋겠다고 생각하면서. 은서와 떨어져 지낸 세월 동안 스스로에게 수없이 해 온 질문이 있다.

더 나이가 들고 그런 일이 벌어졌다면 어땠을까. 나이가 모든 걸 해결해 주진 않겠지만 최소한 이런 모습으로 서로 마주 보고 있진 않았을 텐데. 보는 것만으로도 가슴이 벅차 숨을 몰아쉬어야 했던 은서였다. 떨어지기 싫어서 어르신이 시키는 대로 할까, 고민하게 만들던 은서였다.

이수는 나직하게 말했다.

"되돌리고 싶어."

"설마 아직도, 내가 오빠를 좋아한다고 생각하는 건 아니죠?"

말을 쏘아붙인 은서는 파르르 떨리는 입술을 빠르게 감춰 물었다.

"그건 상관없어. 내가 좋아하니까. 아직도 여기서 네가 움직이지 않아, 은서야."

이수는 은서의 손목을 쥔 손을 자신의 심장에 가져다 댔다. 어느새 그녀의 손이 데워졌는지 셔츠 위로 전달되는 온기가 뜨겁다. 이수는 힘을 잃은 손을 온전히 겹쳐 눌렀다.

"느껴져?"

은서는 눈을 질끈 감고 말았다. 단단한 이수의 가슴이 쿵쿵대다 못해 엇박자로 마구 날뛰고 있었다. 서서히 그의 손에 힘이 빠지자 은서는 털어 내듯 손을 떼어 냈다.

"가자. 데려다줄게."

"……차, 가져왔어요."

이수는 한참 동안 은서를 바라보기만 했다. 은서를 찾아오기 전에 먼저 뒤죽박죽 엉킨 머릿속을 정리하는 게 순서였다. 자신의 상황 정리가 먼저였다. 그런데 알면서도 즉흥적으로 이곳으로 오고 말았다. 앞뒤를 생각할 만큼 여유가 없었으니까.

플라스틱 의자에서 일어선 그가 차분한 목소리를 냈다.

"그럼 들어가. 아이 기다리겠다."

"……!"

이수가 무슨 일이 있었냐는 듯 등을 돌리자 은서는 그가 앉았던 곳에 털썩 주저앉았다. 아직도 손에 거칠게 뛰던 이수의 심장이 남아 있는 것 같은 착각이 인다. 몇 번이나 씻어 내듯 허벅지에 손을 문질러 닦아도 마찬가지였다.

'왜, 왜 이러는 건데. 나한테 왜…….'

3

늦가을로 들어서자 확연히 일조량이 줄었다. 바람까지 보태진 회색빛 도시는 어수선하게 느껴진다. 이수는 창 너머 어지러이 뒹구는 나뭇잎에 의미 없는 시선을 두었다. 새삼 계절 따위를 감상하는 게 아니라 판도라의 상자를 여는 게 겁이 나서.

인내심이 바닥났는지 톤 높은 여자의 목소리가 테이블을 넘어온다.

"밖에 뭐라도 있니?"

"……아니."

"그럼 뭐 하자는 건데? 나 지금 네 등신대 놓고 밥 먹는 기분이거든?"

젓가락을 내려놓은 설은 짜증 담긴 눈으로 이수를 바라보았다. 이른 아침부터 걸려 온 이수의 전화는 정말 뜬금없었다. 어릴 적 소꿉친구이자 초중고 동창이나. 게다가 아버지와 찬 때문에라도 떼려야 뗄 수 없는 관계다. 그런데도 10년 넘도록 안부 전화 한 통 없더니 무슨 바람이 분 걸까. 가슴앓이 전적이 있는 상대지만 제 것이 될 수 없는 남자라는 걸 깨달은 지 오래. 그래도 반가운 마음에 기꺼이 달려 나왔건만 정작 불러다 놓은 이는 묵언 수행 중이다.

"이럴 거면 왜 불렀니?"

"어머니 잘 지내시지."

"굳이 우리 엄마 안부를 나한테 묻는 거니?"

"너도, 잘 지냈어?"

마지못해 건네는 인사가 어이없어서 절로 코웃음이 나온다.

"나 지금 엎드려 절 받는 거지? 그래 잘 지냈다."

"성격 여전하네. 최설."

"남 말 하시네. 뭐 어쨌든 살다 보니 정이수가 사 주는 한우를 먹는 날이 다 오고, 영광이다."

설은 자신이 왜 호출당했는지 지금은 짐작되기에 입에서 나가는 말이 곱지 않다. 찬이 한국에 들어온 다음 날 연락을 해 왔다. 여느 현실 남매가 그렇듯 그들도 세상 쿨한 오누이였다.

최찬 철들었나 보네. 웬 생존 신고?

너스레를 떤 게 무안하게 다짜고짜 누군가의 근황부터 물어 왔다. 퍼뜩 떠오르는 생각에 '설마, 아니겠지.' 하면서 고개를 저었었는데 이곳에 들어서는 순간 감이 왔다. 설마가 사람 잡았다는 것을. 하지만 그건 그녀의 사정이 아니었다.

"웬일로 최찬을 떼어 놓고 나왔어?"

"가끔 이런 날도 있어야지."

"찬이 좀 버려. 지겹지 않아? 누가 보면 둘이 사귀는 줄 알겠다."

"대체 카드가 없어서."

"난 어때? 얼굴도 똑같고 능력도 되는데?"

웃자고 한 농담에 이수가 대번에 얼굴을 굳힌다. 그런 그를 보는 설의 눈이 뾰족해진다. 이런 대접을 받자고 외근 핑계를 대고 나온 건 아니니까.

설은 새삼 이수를 위에서부터 훑어 내렸다. 물만 제대로 오르면 다인 줄 아나. 학창 시절 여자애들이 모인 곳이면 이수는 언제나 화제의 중심이 되곤 했었다.

"정이수 미쳤다. 저 얼굴이 어떻게 체육인의 것이야? 멜로 드라마 남주 껍데기지."

"우리 학교 복지는 급식이 아니야. 정이수 얼굴이지."

"쟨 하필 왜 야구를 잘하고 난리니? 눈요기하게 수영이나 잘할 것이지."

그만큼 독보적인 외모였기에 새삼스러울 것도 없는데 감탄이 절로 나온다. 그동안 카메라가 이수를 다 담아내지 못했다는 생각을 떨칠 수 없을 만큼. 마치 야생마처럼 거칠고 무뚝뚝하던 소년이 남성미 물씬 풍기는 남자로 진화해 온 느낌이다.

얼굴이 열일 하면 능력이라도 턱걸이 수준으로 낮추든지. 이건 재능까지 출중하니 새삼 미련이 남는다. 설은 물 잔을 들어 목을 축이고 말했다.

"너, 결혼 소식 들리더라?"

"찬이 아무 말 안 해?"

"퍽이나. 쓸데없이 입만 무거운 게 최찬 특기잖아. 혹시 너 개한테 비밀 유지 각서 뭐 그런 거 쓰게 했니?"

"오빠한테 말버릇하고는."

슬쩍 미간을 좁히는 표정도 화보 같으니 넋을 놓게 생겼다. 설은 마음을 다잡고 이수를 빤히 바라보았다.

"나 소화 다 됐어."

"무슨 소리야?"

"네가 먹인 쥐약 다 소화돼서 뱉어 내지 못하니까 본론으로 들어가자고. 뭐가 궁금해서 호출한 건데?"

단도직입적으로 묻자 이수가 긴장을 탄다. 그게 눈에 빤히 보인다. 한

우로 배도 채웠겠다, 급할 게 없어 애를 먹이고 싶지만 설은 기다리지 못했다.

"나쁜 놈. 끝까지 내가 먼저 입 열게 만들지? 은서 계집애가 아직도 궁금해? 어떻게 사는지?"

"최설, 입 관리는 여전히 못 하네."

이수의 지적에 헛웃음이 절로 나온다. 그 옛날에도 은서 일이라면 물불 못 가리더니 계집애 한마디에 예민하게 날을 세우는 게 같잖다.

"정이수, 내가 너한테 관심 있었던 건 알고 있니?"

"나한테?"

건조하게 되묻는 이수를 보고 설은 한숨을 내쉬었다. 방어율 1위인 목석같은 녀석에게 뭘 바랄까마는 곱게 접어 놓은 그녀만의 추억이 찢기니 속이 쓰리다.

"그래."

"내가 뭐라고 말해야 해?"

어이가 없는지 이제야 이수의 입꼬리가 올라간다.

"옛날에 그랬다는 거지! 그래도 내가 못 먹는 감 남 주기는 싫은 거거든. 내가 은서 얘기를 좋게 할까?"

"알아서, 걸러 들을게."

그래도 동창들의 카더라 통신보다야 나을 거다. 그리고 찬은 대학 입학 후 기숙사 생활을 했기에 자세히 모를 수도 있고, 안다고 하더라도 미주알고주알 말해 줄 녀석이 아니기에 설에게 연락할 수밖에 없었다.

"너희 둘 정말 지긋지긋하다. 이제 와서 뭐 하려고? 다 끝났어. 걔 남자 있었고 애 있어. 미혼모 딱지 달고 살고 있다는 말 찬한테 못 들었니?"

"……들었어."

"그럼 게임 오버잖아. 근데 왜 확인 사살까지 하는 건데?"

"나, 미국 가고 있었던 일. 그게 궁금해."

그의 말에 설은 미간을 좁혔다. 이수가 떠나고 동네에 바람 잘 날이 없었다. 정확히 말하면 동네 사람들이 은서네 집과 이수네 집 때문에 심심할 새가 없었다는 게 맞는 설명이지만. 잠시 기억을 더듬던 설이 물었다.

"영양가 없는 얘기야. 자그마치 10년도 더 지난 일인데 들어야겠어?"

"그건 내가 판단할게."

집요해지는 그의 시선에 대놓고 한숨을 내쉬던 설이 입을 열었다.

"너 우리 아버지랑 떠나고 너희 엄마 제정신 아니셨어. 은서 외할머니도 대단했고."

"그래서?"

"그 집 할머니 남다른 거 너도 잘 알잖아. 고래 싸움에 새우 등 터진 거지. 새우도 보통 새우니? 최약체에 고집만 셌잖아."

어르신 얘기가 나오자 이수의 주먹이 저절로 굳게 쥐어진다.

"누가 귀머거리 주제에 운전대를 잡으래? 우리 귀한 외손녀만 큰일 날 뻔했지."

지금도 잊을 수 없는 말이었다.

"욕심이 너무 커서 화를 부른 게야."

"어르신 너무하세요! 이수 아빠 그런 사람 아닌 거 아시잖아요!"

"돈 앞에 장사 있던가. 은서 재산 노리고 그러는 거 내가 다 알아. 거기까지 가서 어떻게든 아들과 엮어 주려고 한 거겠지."

은서가 이수를 좋아하는 걸 뻔히 아니 자식 앞세워서 철부지를 꾀어내려고 했단다. 그 말에 어머니는 휠체어에 앉은 채 기절했다. 이수는 아수라장이 된 장례식장에서 자신이 얼마나 무기력한지 깨달아야 했다.

정신이 든 엄마는 이수를 붙잡고 악을 썼다.

"상종 못 할 집구석이야! 다신, 다신 저 계집애도 저 집구석 인간들도 얼굴 볼 생각 하지 마!"

위로는 되지 않겠지만 최소한 고맙다는 말만 해 줬어도 어머니 가슴에 비수가 꽂히진 않았을 거다.

이수는 감정을 추스르고 물었다.

"어머니, 제주도 가신 거 아니었어? 감독님이 분명-."

"생각해 봐. 운동하는 애한테 아버지가 제대로 말해 줄 수 있었겠어?"

제주도에서 친척분이 올라왔고 설의 어머니가 자주 들렀었다는 말에 이수의 눈에 의아함이 스친다. 제주도로 바로 내려가지 않으신 건 그렇다 쳐도 휠체어 생활을 하시는 분이었다. 누군가의 도움을 받지 않으면 바깥 거동이 어려운 분.

"우리 어머니가 어떻게 어르신을 만나?"

"은서 데리러 네 집에 자주 가셨어."

"……은서가, 우리 집에 왔었다고?"

이수의 과한 반응에 설은 불안해졌다. 시간도 흐를 만큼 흘렀기에 털어 놓은 얘긴데 스위치를 잘못 올린 느낌이다. 하지만 이제 와 입을 다물기 엔 늦었다고 이수의 사나운 눈빛이 말해 주고 있었다.

"은서, 너희 집에 매일 가다시피 했어."

"왜?"

"왜 갔겠니? 용서받으러 갔겠지. 독하고 미련한 계집애야."

지금 생각해도 은서의 고집이 대단했다며 설이 말을 이었다. 대문이 열 려 있으면 마당에서, 닫혀 있으면 대문 앞에서. 누가 보든 말든, 비가 와 도 눈이 와도 무릎 꿇고 있었다고. 그 이야기를 듣는 이수의 얼굴이 처참 하게 일그러진다.

"우리 어머니가 그걸 보고만 있었다고?"

"보고만 있었음 다행이게. 욕도 하고 내쫓고……."

설은 차마 물이며 음식물들을 은서에게 쏟아부었다는 말은 하지 못 했다.

"그래도 동네 사람들 너희 어머니 욕 안 했어. 그렇게라도 속 풀이 해야 한다고들 말했지."

이수는 눈앞이 캄캄해지는 것 같아 잠시 눈을 감았다. 어르신에게 앙금이 쌓인 건 이해할 수 있다. 저도 어르신의 언행만 떠오르면 분노가 치솟으니까. 하지만 은서에게 분풀이라니.

"솔직히 돈 몇 푼과 사람 목숨을 바꿀 순 없는 거잖아. 안 그래?"

"돈?"

"아, 짜증 나."

"무슨 소리야?"

"……엄마가 그러더라. 아줌마는 안 받는다고 했는데 은서 부모님이 빌다시피 해서 줬대."

이수는 정신을 차리려 어금니를 악물었다. 결론은 아들은 은서에게 후원받고, 어머니는 은서의 부모에게 돈을 받았다는 얘기다.

잠시 숨을 고른 이수는 설을 뚫어지게 응시했다.

"설아, 나 반창회 갔다가 이상한 얘기 들었어."

"무슨 얘기?"

"은서가, 자살하려고 했다고."

낮아진 이수의 목소리가 물을 찾게 만든다. 그녀도 그날을 잊을 수 없다. 골목 안에 퍼지던 위급한 사이렌 소리와 들것에 실려 나오던 은서의 파리한 낯빛을.

"반창회는 왜 했니? 하여튼 남자 놈들 입이 더 가볍다니까."

"설아."

"걔 머리 좋잖아. 병원 주기적으로 가니까 수면제 따로 모았다나 봐. 덕분에 너희 어머니가 제주도로 떠나셨어. 그게 다야."

이수는 구토가 올라올 정도로 속이 뒤집혀 자리를 박차고 룸을 나섰다. 말은 아꼈어도 아버지는 말할 것도 없고 어머니도 은서를 예뻐했었다. 아버지가 돌아가신 충격으로 잠시 미워할 수는 있지만 은서가 죽을 결심을 할 정도로 몰아붙였다니.

하얀 변기를 잡은 그의 손이 부들부들 떨린다.

* * *

딱, 딱, 딱⋯⋯.

배트에 맞은 볼이 연신 빨랫줄처럼 쭉쭉 뻗어 나간다. 마치 시속 150킬로미터를 넘나드는 강력한 구속을 갖춘 피칭 머신과 경쟁이라도 하듯 연속해서. 파워 붙은 타구가 허공을 가를 때마다 그걸 보는 찬의 심장이 다 움찔한다. 무슨 일로 심사가 뒤틀렸는지 벌써 몇 시간째 이수가 미친 짓을 하고 있다. 그러면서도 자세 한 번 흐트러지지 않고. 땀에 젖은 운동복이 아니었다면 방금 연습을 시작했다고 해도 믿어질 만큼 일정한 타격을 구사하고 있었다.

기어이 찬은 욕을 짓씹었다.

"미친 새끼, 말을 해야 알 거 아니야!"

요 며칠 이수가 이상했다. 술을 입에 대질 않나, 홀연히 사라지질 않나. 캐묻고 싶었지만 아무리 친구라도 지켜야 할 선이 있기에 잔소리 정도로 그쳤었다.

그런데 어제 말없이 외출했다 돌아온 뒤로 방에서 두문불출. 그랬던 녀석이 시커먼 새벽에 운동복을 챙겨 입고 집을 나서더니 행선지가 이곳이었다.

저런 모습이 생소하진 않다. 마이너 리그 때 지겹도록 봐 온 광경이니까. 하지만 굳이 그 시절을 리플레이하는 이유를 모르겠기에 답답하다.

찬은 미간을 잔뜩 좁혔다.

"저러다 근육 찢어지겠네. 젠장."

연습장 안으로 뛰어 들어가고 싶은 걸 간신히 참아 낸다. 스스로를 혹 사시키는 거로 가슴에 맺힌 응어리를 푸는 녀석인 걸 잘 알기에. 작작 좀 하라고 혼잣말을 하던 찬의 얼굴이 반가움에 환해진다. 이수가 배트를 내려놓고 걸어 나오고 있었기 때문이다. 땀을 얼마나 흘렸는지 물에 빠졌다 나온 모습이었다.

"어깨 괜찮아?"

"여태 있었어?"

"하, 너 같으면 가겠냐? 빨리 씻고 나와. 병원 가게."

이수가 '병원?' 하면서 되묻자 찬은 씩씩댔다.

"몰라서 물어? 물리 치료 받으러 가야 할 거 아니야. 너 프로야. 네 몸이 네 건 줄 알아? 작작 했어야지."

"차 키나 두고, 먼저 가."

무심히 말을 던지고 샤워실로 향하는 이수의 팔을 붙잡았다.

"넌 친구 걱정은 조금도 안 하지? 비도 오는데 집엔 어떻게 가라고 차 키를 두고 가래?"

"택시비 줘?"

"하, 그걸 말이라고. 도대체 어디 갈 건데?"

"내가 애야. 너한테 일일이 보고하고 움직이게."

이수의 건조한 목소리에 찬은 황당한 얼굴을 할 수밖에 없었다. 요즘 이수를 보면 사촌 형네 아들이 떠오른다. 말만 시키면 반항기가 잔뜩 밴 목소리로 툭툭대는 사춘기 조카 녀석이. 뒤늦게 사춘기가 온 건지 말이 통하지 않는다.

찬은 제 손을 뿌리치고 등을 돌리는 이수를 보며 중얼거렸다.

"날궂이 제대로 하네."

출발할 때 부슬거리던 빗줄기가 어느새 굵어져 있었다. 데스크에 차 키를 맡기러 가는 걸음이 무겁다.

겨울을 예고하는 비 탓에 기온이 뚝 떨어졌다. 그럼에도 불구하고 운전석에 오른 이수는 차창을 있는 대로 내렸다. 어깨 감각이 무뎌질 정도로 배트를 돌렸다. 덕분에 몸에 고인 열기가 좀처럼 식지 않는다.

이수는 일렁이는 분노를 잠재우기 위해 시트 등받이에 등을 깊숙이 묻고 눈을 감았다.

이 혼란을 어떻게 설명할 수 있을까. 마치 벌집을 잘못 건드린 것처럼 저 스스로에게 달려드는 화를 주체할 수가 없다. 그래서 여태껏 그래 왔듯 새벽같이 연습장을 찾았다. 할 줄 아는 게 야구밖에 없으니까. 힘들 때도 기쁠 때도, 아버지를 장지에 모시고 온 날도 연습장을 찾았다면 말 다 한 거겠지.

미친 듯이 배트를 휘두르다 보면 최소한 생각은 멈출 수 있어서 그랬다. 그런데 오늘은 이 방법이 먹히지 않는다.

이수는 운전대를 내리치며 짓씹듯 중얼거렸다.

"······병신 새끼, 그것도 모르고."

후원을 가장한 큰돈을 몰래 건네고 꽁꽁 숨어 있던 은서가 그가 떠나길 기다렸다는 듯 어머니를 찾아갔단다. 그런데 자신은 그것도 모르고 그런 은서를 기폭제로 삼았다. 보란 듯이 성공한 모습을 보여 주겠다고 각오를 다지면서. 누구보다 은서를 잘 알면서 왜 의심해 보지 않았을까.

이수는 설의 말을 상기하고 조소했다.

"용서를 빌러 갔다고······?"

아니다. 절대 그럴 애가 아니다. 저를 찾아와서도 용서받을 일이 아니라고 못 박던 은서였다. 그 어린 나이에도 자신이 아픈 것보다 힘들어하는 가족들을 위해 혼자 한국에 올 만큼 속 깊은 아이였다. 그런 애가 얄팍하게 용서나 빌러 갔을 리가. 혼자 남은 어머니가 걱정돼서 찾아갔겠지. 혼자 얼마나 힘들었을까. 어떻게 버텼을까.

"이젠 밀쳐 내도 소용없어, 서은서."

자신이 왜 한국에 돌아왔는지 너무 잘 알고 있다. 모른다고 스스로를 속였지만 모를 리가. 빚을 갚겠다는 건 핑계. 빚은 그에게 은서를 만날 기회를 만들어 준 거였다. 그리고 그녀가 혼자라는 걸 알고 안도했을 때 이미 게임은 끝났다. 물론 미혼모인 건 꿈에도 생각하지 못했지만. 그래서 망설였던 건 아니었다. 가족이라곤 이수 하나밖에 없는 어머니. 그런 어머니가 아들의 불효에 충격을 받으실 게 걱정됐다. 그리고 은서의 상황 또한 마찬가지. 그런 처지가 아니더라도 죽어라 밀어 낼 텐데 설득할 방법이 떠오르지 않았다. 앞으로 닥칠 일들이 만만치 않기에 서서히 다가가자 싶었는데 더는 늦추고 싶지 않다. 감히 자격도 없는 새끼지만 말이다.

같이해 주지 못한 시간이 아쉽고 미안해 이를 악물 때였다. 휴대폰이 진동한다.

이수는 메시지를 확인하고 망설임 없이 차를 출발시켰다.

* * *

출근 시간대와 맞물려 도로가 주차장을 방불케 한다. 비까지 와서 더 그랬다.

이수는 한 템포 늦추려 긴 숨을 내쉬었다. 마치 출발선에 선 선수처럼. 부정 출발로 실격되지 않기 위해. 운전대를 두드리는 손가락이 느릿해진다.

떠오르는 생각에 그의 한숨이 깊어진다.

"하아……."

메이저 리그에 도전하는 여느 선수들이 그렇듯 이수 또한 언론의 주목을 받으며 미국행 비행기에 올랐다. 조금 더 유난했던 건 특수한 가정 환경, 아버지의 사고 때문이었다. 결과는 참담했다. 당연했다. 아버지를 잃은 상실감과 죄책감이 너무 컸으니까. 한국으로 돌아올 수도 없었다. 맞닥뜨릴 현실이 두려웠으니까.

2년이라는 시간이 훌쩍 흐르고 뒤늦은 자각에 사력을 다했지만 현실은 혹독했다. 야구 잘하는 인간들만 모아 놓은 괴물 군단이었다. 그 속에서 어정쩡하게 버티던 동양인이 두각을 나타내는 건 하늘의 별 따기만큼 힘든 일. 그런 그에게 끊임없이 기사를 뽑아내야 하는 한국 언론도 혹독하긴 마찬가지. 한마디로 사연 맛집인 이수는 자극적인 헤드라인을 뽑아내기에 충분한 먹잇감이었다. 잊을 만하면 인터뷰 요청이 들어왔다. 매번 거절을 하자 기자들은 굴욕감을 주는 말을 서슴지 않고 쏟아 냈다.

"또 압니까. 동정표라도 살지."

"막말로 사연팔이라도 해야 되는 거 아닌가. 한국 가서 먹고살려면."

인터뷰를 거절한 대가가 제법 매웠다.

유망주의 몰락.

건방진 성격 때문에 동료들과 충돌이 잦다.

더 이상 강등될 곳이 없다, 퇴출은 시간문제.

부진을 면치 못하는 그에게 악평이 쏟아졌다. 아예 틀린 말은 아니지만 맞는 말도 아니었다. 원래 말수가 적었다. 그런 놈이 아버지를 그렇게 떠나보낸 상황에서 어떻게 희희낙락할 수 있을까. 그게 아니더라도 성과를 내지 못했는데 뭐라고 인터뷰를 할까. 그래서 입을 닫았다. 인성에 문제가 있어서가 아니라 개인 사정 때문에 스스로 고립을 자처했던 거다.

오히려 팀원들과 코치들은 상대하기가 수월했다. 속 깊은 얘기를 하지 않아도 되고 그의 사생활에 대해서는 관심이 없었으니까.

그러던 어느 날부턴가 한 리포터가 그의 주변을 맴돌았다. 그게 세진이었다. 다른 기자들과 같을 거라는 예상과 달리 인터뷰 요청이 없었다. 1년 넘도록 그의 가시권 안에 있으면서 말이다. 주변에서 먼저 말이 나오기 시작했다.

"이수, 드디어 베드 인?"

"무슨 말이야?"

"저 리포터 너만 쳐다보잖아. 이번엔 좀 넘어가 줘."

"장난들 그만해."

"널 보는 저 눈빛이 안 보이는 거야? 보라고, 너무 뜨겁다고!"

반응을 보이지 않아도 동료들은 세진만 나타나면 휘파람을 불고 일부러 '헤이, 이수'라고 그를 불러 댔다. 그러려니 했던 건 20대 혈기 넘치는 남자들 집단이다. 당연히 그들의 관심사 중 빠질 수 없는 게 여자였고. 그리고 훈련장에는 생각보다 많은 수의 스포츠 기자와 리포터가 상주한다. 스포츠 관계자 중 한 명이겠지. 혹시 제게 관심이 있다고 해도 그건 상대편 사정. 미국에서도 여자들의 적지 않은 대시를 받고 있었다. 팬을 빙자해서 다가오기도 했고, 노골적으로 원나잇을 원하는 여자들도 있었고, 간혹 스폰서를 제안하기도 했다. 그런 여자들이 그의 눈에 들어올 리 없었다. 신경 쓸 가치도 여유도 없었으니까. 그러던 어느 날. 계단에서 구르는 세진을 돕게 됐고, 그게 계기가 돼 대화를 나누게 됐다.

"정말 고마워요. 정이수 선수 아니었으면 저 큰일 날 뻔했어요. 실은 저 정이수 선수 팬이에요."

어떤 누구였더라도 도와줬어야 하는 상황. 인사를 받을 일은 아니지만 팬이라는 말까지 하자 궁금해졌다. 어쩌면 늘 그의 주변을 맴돌며 허둥대던 누군가의 모습과 겹쳐져서 그랬는지도 모르겠다.

"왜 인터뷰하자고 안 하는 겁니까?"

"정이수 선수 메이저 리그 가면 하려고 아껴 두는 건데요."

다들 그가 곧 한국으로 돌아갈 거라고 장담하는데 세진의 대답은 달랐다. 그리고 이수 저보다 연상이었다. 이미 메이저 리그와 멀어진, 뜨지 못하고 사라질 선수. 기자들은 그를 은근히 얕잡아 봤었다. 그런 기자들의 태도와 달리 세진은 그에게 깍듯하게 존대하며 대해 줬다.

"뭘 믿고 확신하시는 겁니까."

"당연히 실력 보고 확신하는 거죠. 곧 메이저 리그 올라갈 수 있을 거예요. 그리고 기사 따원 신경 쓰지 말아요. 만약에요, 제 말대로 메이저 리그에 콜업되면 단독 인터뷰 약속해 주세요. 저 성덕 하게요. 찐 팬이거든요."

대답은 하지 않았지만 그 뒤로 세진이 주는 음료는 거절하지 않았다. 그리고 다음 해에 이수는 메이저 리그에 콜업됐다. 이수는 세진과 인터뷰를 했다. 그 뒤론 인사 정도는 하는 사이가 됐다.

* * *

오픈된 곳이 부담스러워 호텔 중식당 룸을 찾았다. 직원의 안내를 받아 룸에 들어온 이수는 따뜻한 차로 목을 축였다. 새삼 찬의 말이 새록새록 떠올라 속 깊은 한숨이 나온다.

"방치라……."

정확한 표현이라고 생각할 때였다. 노크 소리가 들리고 세진이 호텔 직원과 들어왔다.

"어머, 내가 늦은 거예요? 이수 씨 일찍 올 줄 알았으면 서두르는 건데. 배 너무 고파요."

비가 와서 차가 막혔다는 푸념을 하며 세진은 겉옷을 벗어 직원에게 주었다.

"식사는 내가 알아서 시킬게요."

이수는 직원에게 음식을 주문하는 세진을 바라보기만 했다. 잠시 후에 테이블이 세팅되고 직원이 나가자 이수가 물었다.

"다리는."

"……흉터는 안 남을 거래요."

그날의 얘기를 하기 싫었던 세진은 마지못해 대답했다. 오늘도 만나는
게 꺼려져 주차장에서 고민하다 늦어진 거였다.

"와, 맛있겠다. 이수 씨 식사해요."

"운동 끝나고 바로 온 거라."

이수의 습관을 아는 세진이 미간을 살포시 구겼다. 운동 직후엔 물로
식사를 대신하는 버릇이 있는 이수였다. 세진은 턴테이블을 돌려 음식을
덜었다.

"아버지가 이수 씨 만나 보길 원하세요."

그녀의 집에서는 처음부터 이수 만나는 것을 반대했다. 거지 같은 집안
형편은 둘째 치고 그를 둘러싼 환경이 너무 최악이었다. 장애인 부모라
니. 그것도 아버지는 돌아가시고 어머니는 휠체어 신세. 생각만 해도 끔
찍했다. 하지만 포기가 안 되는 걸 어떻게 하라고. 명품인 이수만 보라고
아버지를 설득했다. 결국 승낙은 얻어 냈지만 아버지는 이수의 휴먼 다큐
멘터리를 제작하자고 했다.

"볼 거라곤 낯짝 하나밖에 없는데 그거로라도 이슈를 만들어야 할 것
아니야!"

그녀가 생각해도 수긍 가는 얘기였다. 이수의 구질구질한 가정사는
비밀이 아니었다. 완전히 뜨기 전에 미국으로 갔고, 부진을 면치 못하자
관심이 시들해지면서 가족에 대한 얘기도 잠잠해진 것뿐. 지금은 동의
없이 가족사를 들먹이기엔 너무 커 버려서 이수의 눈치를 보는 거다. 그
렇기에 얘기가 잘만 된다면 아버지에게도 이수에게도 더없이 좋은 기회
였다.

"이수 씨 다큐멘터리 기획하자고 하세요. 잘됐죠?"

"……."

대답 없는 이수를 보고 세진은 속으로 한숨을 삼켰다. 다른 남자 같으면 욕심이 없어도 너무 없다. 그래서 더 좋긴 하지만. 이수에겐 여느 스포츠 선수들과 확실히 다른 매력이 있었다. 우선 잘생긴 외모를 갖고도 헤프지 않았다. 자기 관리는 물론 뇌까지 스마트한 남자였다. 결혼 상대로는 더없이 훌륭한 남자. 더구나 넘치는 부와 명예까지 줄 수 있는 남자다. 모든 여자들의 워너비가 되는 거다. 그래서 탐이 났다.

"누룽지탕이라도 먹으면 좋을 텐데."

"괜찮아."

"결혼 얘긴 내가 좀 성급했어요. 이수 씨 생각해서 말한 거긴 하지만. 그렇잖아요. 스포츠 선수들 일찍 가정 가지면 안정되고 좋잖아요."

이수는 정말 배고픈 사람처럼 젓가락을 움직이는 세진을 바라보기만 했다.

시작은 책임감이었다. 처음 동료들과 술자리를 가진 날, 혹독한 신고식을 치렀다. 술을 처음 입에 대 본 날이기도 했다.

메이저 리그에 콜업됐지만 성취감은 잠시. 팀원들과 융화가 쉽지 않았다. 대외적으로는 인종 차별이 없어졌다고 하지만 엄연히 존재했다. 거기다 이수는 말수가 적었고 전부는 아니지만 팀원들은 그를 견제하는지 냉랭했다. 이수가 로커 룸에 들어가면 웃고 떠들다가도 왠지 분위기가 어색해졌다. 이해 못 할 상황도 아니었다. 처음 구단에 입적하고 LA 유망주 10위 안에 들었던 그가 막상 마이너 리그를 통해 뚜껑을 열어 본 성적은 100위권 밖. 그랬던 이수가 메이저 리그에 콜업되고 단시간에 감독과 구단의 기대를 한 몸에 받을 만큼 향상된 실력을 보여 줬으니까. 차라리 처음부터 잘했다면 모를까. 한 번 추락했다가 올라온 저를 견제하는 건 당연했다. 그러던 중 팀원에게 볼을 맞아 부상을 입었다. 누가 봐도 명백한 고의성 투구. 보다 못한 감독과 타격 코치가 중재에 나섰다.

"이수, 영어가 안 되는 것도 아닌데 팀원들과 대화 좀 해 봐."

"네가 5툴 플레이어라도 혼자 하는 야구는 없어."

파워와 정확성까지 겸비했다는 평가를 받고 있었다. 이른바 5툴 플레이어(타격의 정확성, 파워, 수비, 송구, 주루 능력까지 겸비한). 그러면 뭐하나. 부상으로 출전 로스터에서 제외됐는데. 그 짧은 기간만도 이수는 DL(Disabled List), 부상자 명단에 두 번이나 올랐다.

"이번 파티엔 꼭 참석하도록 해 봐. 좋은 기회잖아."

시즌이 끝나면 꽤 성대한 파티가 열린다. 감독의 조언도 있었고 그도 생각은 하고 있었다. 메이저 리그라고 해도 2년 단기 계약. 팀에, 그들의 문화에 적응하는 것도 실력 못지않게 중요한 일. 그래서 참석하게 된 술자리였다. 여한 없이 마셔 줬다. 그 일이 있고 팀원들과 사이는 좋아졌지만 이수는 가장 큰 것을 잃었다. 다음 날 깨질 듯한 두통과 함께 눈을 뜨고 그의 옆에서 잠들어 있는 세진을 발견한 거다. 두 사람 다 실오라기 하나 걸치지 않고 있었다. 돌아 버릴 것 같은 상황에서도 고개가 저어졌다. 한 번도 세진을 여자로 생각한 적 없었으니까. 하지만 모든 정황이 세진과 섹스를 했다고 말해 주고 있었다. 그의 몸에도 백색의 침대 시트에도 정사의 흔적이 낙인처럼 말라붙어 있었으니까.

우선은 정신을 차려야 했다. 한겨울에 찬물로 몸을 씻고 나와 보니 세진이 거실 소파에 앉아 있었다. 세진에게 물어야 했다. 강제였냐고. 아니라고 대답했다.

"이수 씨가 원했어요. 난 거절하지 않았고요."

이수는 자신에 대한 실망감에 한숨조차 뱉을 수 없었다. 겨우 이 정도밖에 안 되는 인간이었다니.

"거절할 이유가 없잖아요. 이수 씨를 좋아하고 있었으니까. 오래됐어요."

이수는 그때에서야 어렴풋이 떠오르는 생각에 미간을 좁히고 말았다. 젠장. 차라리 완전히 필름이 끊겼으면 좋으련만, 머리보다 그의 몸이 기억하고 있었다. 은서를 부르며 부서질 듯 연약한 여체를 욕심껏 취했던 영상이 토막토막 재생됐다.

아무리 술에 취했어도 그렇지, 어떻게 그런 착각을. 하지만 일은 이미 벌어진 후였다.

"원하는 걸 말해요. 법적 처벌도 감수하겠습니다."

"그런 건 바라지 않아요. 옆에만 있게 해 줘요."

처음엔 거절했다. 누군가를 곁에 둘 생각도 마음도 없었으니까.

"기다릴게요. 이수 씨가 봐 줄 때까지요."

원나잇으로 치부하기엔 그가 한 짓은 쓰레기였다. 다른 여자로 착각해서 관계를 가진 것도 모자라 세진은 그가 첫 남자라는 흔적을 그의 침대에 남겨 놓고 갔으니까.

한 달여 남짓, 고민을 해도 답을 얻을 수 없었다. 잘못한 사람은 저인데 죄인처럼 피해 다니는 세진을 보는 것도 괴로웠다.

책임질 짓을 했으면 책임을 져야겠지. 어쩌면, 기회라고 생각했는지도 모르겠다. 은서와는 안 된다는 것을 알면서도 놓을 방법을 몰라 마음에 담아 두고 있었으니까. 은서를 놓을 수 있는 기회.

그렇게 시작된 관계였다. 하지만 최악의 결정이라는 것을 깨닫는 데까지 오랜 시간이 걸리지 않았다. 세진과 잘해 보려고 노력한 적도 있었다. 하지만 마음대로 되지 않았다. 자신에 대한 실망감 때문인지 노력하면 할수록 세진이 낯설게 느껴졌다. 그도 의아했다. 아무리 취중이라고 해도 관계를 가졌던 여자였고 저도 욕구라는 게 있는 남자였다. 그런데 왜 안을 수 없는 걸까. 술이라도 마셔야 할까. 하지만 술의 힘을 빌리고 싶지 않았다.

그때쯤 세진의 문란한 남자관계를 듣게 됐만.

"이수, 배트만 휘두르지 말고 애인 단속 좀 하지 그래? 이놈 저놈 장난 아니던데."

경기 중 상대 팀 수비수의 이죽거림에 참지 못하고 몸싸움을 했다.

팀원들이 뜯어말리고 혼자 로커 룸에 앉아 있는데 동료가 어렵게 말을 걸어왔다.

"이수, 그냥 소문 아니야. 말 못 해 줘서 미안하다."

나중에서야 몇몇 동료들이 알고 있으면서도 쉬쉬했다는 것을 알게 됐다. 처음엔 화가 났지만 알은척하지 않았던 건 어차피 누가 됐든 여자를 곁에 둘 생각 없었으니까. 그녀의 문란함을 꼬투리 잡아 끝내고 싶지 않았다. 저도 잘못한 게 있었으니까.

이수는 세진이 식사를 끝내자 말했다.

"난 네 트로피로 한참 모자라는 사람이야. 알잖아?"

"이수 씨!"

"난 분명 밝혔어. 널 여자로 보지 않는다고."

세진은 바르르 떨리는 입술을 감추려고 찻잔을 들었다. 이수가 그만하자고 할 때마다 매달린 건 저였다. 시간이 해결해 줄 거라고 믿었으니까.

"당신 나한테 이러면 안 되잖아. 나 당신이 처음이었어요. 사랑해요, 이수 씨."

악에 받친 세진의 목소리에 이수는 얼굴을 굳히고 말했다. 처음이었을지 몰라도 그의 한정은 아니었다.

"혹시 여자 생겼어요? 아니죠?"

이수는 대답하지 않았다. 은서를 다시 만난 것도 작용했겠지. 감정이 섞이지 않은 그의 눈동자가 세진의 얼굴에 닿았다.

"내 생각은 확고해. 보상을 원한다면 말해."

"……생각해 볼게요."

세진은 이수의 덤덤한 눈빛을 보고 자리에서 일어섰다.

* * *

포토 존에 아이들과 어른들이 제법 몰려 있었다. 하임이와 나래도 끄트머리에 줄을 서고 있고. 게 모양의 조형물이 아무래도 아이들의 흥미를 끄는 것 같았다. 하임이에게 손을 흔들어 주는데 유성이 묻는다.

"나오길 잘했지?"

"어. 하임이가 엄청 좋아하네."

은서는 유하게 대답하고 새삼 주변을 둘러보았다. 탁 트인 시야에 온통 자연이 가득했다. 덕분에 인공 향이 섞이지 않은 투박한 바람이 맛있다. 눈도 편안하고. 종종 사람들의 시선이 닿는 것만 빼면. 지금처럼 말이다.

은서는 눈살을 살짝 찌푸렸다.

"또 쳐다본다. 알아본 것 같은데. 너 정말 이러고 다녀도 돼? 사진이라도 찍히면 어떻게 해."

"새삼스럽게. 알아보면 어때. 하임이랑 너도 있잖아."

"넌 얼굴만 배우야. 성격은 딱 동네 백수 형이고."

은서는 유성에게 투덜거렸다. 배우가 된 유성은 꽤 유명해졌다. 그런데도 만나고 싶은 사람 다 만나고, 다니고 싶은 곳은 다 다닌다. 매표소부터 시선이 느껴져 은서는 곤란한데 유성은 태평하다. 그런 소탈한 성격 때문에 오히려 스캔들이 나지 않는 건가. 은서는 사람들 시선이 느껴질 때마다 부러 하임이에게 손을 흔들어 줬다. 그런 그녀를 보고 유성이 웃는다.

"너 팔목 나가겠다. 그만해."

"최대한 방어는 해야지."

"그나저나 매번 느끼는 거지만 우리 하임이 체력이 참 '남 아이' 달라."

"너 뭐니?"

"아이 다른 게 뭐 어때서?"

어깨를 으쓱하곤 아재 개그를 하는 유성에게 은서는 곱게 눈을 흘겼다. 새벽부터 나래에게 전화가 왔다. 순천에 취재가 있는데 일찍 끝날 것 같다고 바람이나 쐬고 오자고.

"하임이 갈대밭 보여 준 적 없잖아. 지금 절정이래. 가자."

몇 번이나 거절했다. 둘이 놀지 왜 귀찮게 하냐고. 사실은 미안해서 그런 거지만. 나래는 지인 찬스 좀 써서 데이트를 하려는 건데 서로 돕고 살자며 억지를 부렸다. 속아 줄밖에.

"매니저 언니라도 데려오지 그랬어. 그럼 덜 주목받을 텐데."

"여자 넷은 좀 벅차잖아. 딱 셋이 적당해."

유들거리며 유성이 말한다. 그의 대답에 은서는 헛웃음을 한숨처럼 뱉었다. 그래도 연예인이라는 자각은 있는지 모자에 선글라스는 착용했다. 그래서 더 눈길을 끄는 줄도 모르고.

은서가 나직하게 물었다.

"뮤지컬 공연은?"

"지난주에 막 내렸어."

"한동안 데이트 못 했을 텐데 둘이 오지 그랬어."

"나야 그러고 싶었지."

오늘도 순천에 같이 가자고 하기에 웬일인가 싶었단다. 내비게이션에 은서의 집을 목적지로 입력하기 전까지는. 뻔히 거짓말인 줄 알면서도 은서가 새침한 표정을 했다.

"나도 오기 귀찮았거든. 정도껏 솔직하시지. 듣는 나 기분 안 좋아지려고 하니까."

"미안. 나래가 둘이 있을 틈을 안 주니까 기회만 노리다 보니 이렇게 됐다."

"실망이 컸겠네."

"컸지. 그나마 낮이라 다행이었지 밤이면 억울할 뻔했어."

은서는 지금이라도 퇴장해 주냐며 눈을 흡떴다. 그런 그녀를 귀여운 동생 보듯 유성은 피식 웃었다. 며칠 전부터 나래가 은서 타령을 했다. 머리가 복잡할 텐데 걱정이라고. 마침 공연도 끝났고 시간이 돼 나들이를 제안한 건 유성 저였다. 하지만 생색 같은 건 절대 낼 생각이 없다. 은서와 하임이와 함께하는 시간이 기껍고 즐거워서. 또…….

유성은 괜히 너스레를 떨었다.

"왜 이렇게 까칠해졌어? 농담도 못 하겠네. 남자의 본능이니까 네가 이해해 줘."

"너 어떻게 날이 갈수록 더 느끼해?"

"멜로만 찍어서 그런가 보지."

"아니. 내가 보기엔 넌 모태 버러 남이야."

"새삼스럽게 알아본 거야? 내 소원이 뭔지 잊었어?"

유성의 말에 은서는 고개를 절레절레 저었다. 학창 시절부터 원시 시대 헐벗고 살던 조상들이 부럽다고 노래하던 유성이었다. 자신의 형이 갖은 야동은 시리즈별로 소장하고 있다고 몰래 빌려주겠다고 말하면서. 그러니 나래가 마음을 숨기는 거다.

"서울 가면 밤 되잖아. 잘해 보셔."

"오늘은 텄어. 나래 뾰족하거든."

"왜?"

의아한 얼굴을 하자 유성이 뒷덜미를 긁적인다.

"하필 너희 집 가는데 전 여친한테 전화 왔었어."

"그래서?"

"나래가 받으라고 해서 스피커폰으로 받았지."

"미쳤구나. 그냥 끊었어야지."

은서가 황당한 얼굴을 하자 유성이 저가 생각해도 한심한지 한숨을 내쉰다.

"너 나래 몰라? 눈치가 얼마나 빠른데. 몰래 끊다 들키면 더 화내. 차라리 투명한 게 낫지."

"내가 너 때문에 못 산다, 정말!"

그게 투명한 거냐고 묻자 유성이 실없이 실실거린다. 얘들은 진성 현실 커플이다. 유치원부터 붙어 다닌 두 사람은 친구와 연인 사이를 수없이 반복하고 있다. 휴지기엔 각자 연애를 하기도 하면서. 곧 헤어지고 당연한 수순처럼 다시 붙는다. 어떻게 그게 가능하냐고 물으면 그래서 싸움도 잦고 결국 또 헤어지는 거라고 쿨하게 말한다.

나래는 유성을 만날 때 자주 은서와 하임을 동반한다. 그 이유가 남들 눈속임하려는 게 아니라 은서가 부러워하길 바라는 깊은 뜻이 숨어 있는 건 아닐는지. 절대 부럽지 않은데 말이다.

은서는 광활한 습지에 시선을 두고 말했다.

"종착할 생각은 없어?"

"나야 늘 원하지. 저 계집애가 약 올려서 버티는 거야."

"매달려 보지 그래?"

"그럼 달아날걸? 나래 지칠 때까지 기다릴 거야."

나래에 대해선 논문도 쓸 수 있을 만큼 잘 안단다. 은서는 쓸데없는 그의 자부심에 속으로 코웃음을 쳤다. 여자 마음 반의반도 모르는 게. 나래는 겁이 많다. 가뜩이나 자유분방한 유성이 점점 유명해지는 게 두려운 거였다. 밀쳐 내도 조금만 더 확신을 주고 잡아 준다면 안주할지도 모르는데. 서른이 코앞인데 이번엔 좀 달라지려나. 지금 내 주제에 무슨 오지랖일까.

자조하던 은서는 가뜩이나 복잡한 머릿속이 더 촘촘해지는 것 같아 한숨을 덜어 냈다.

"나래한테 가 봐. 본능을 역행하면 쓰겠어?"

"그래야지. 저기 서 봐. 인생 샷 남겨 줄게."

"사진은 이따 하임이랑 찍을게."

유성이 '은서야.' 하고 부른다. 은서는 저도 모르게 미간을 좁혔다.

"잔소리하지 마."

"머리 식히라는 말은 해도 되지? 오늘 하임인 우리 딸이니까 혼자 잘 놀아 봐."

"어디서 숟가락만 얹으려고! 절대 안 돼. 내 딸이거든."

때리는 시늉을 하자 유성이 뒷걸음질을 치며 손을 흔든다. 은서도 손을 흔들어 줬다. 남 걱정 말고 나래와 잘 좀 해 보라고. 여자 마음 1도 모르는 멍청아, 라는 속엣말을 하며.

은서는 현실 연인 사이에 끼어 예쁨받는 하임을 물끄러미 쳐다보았다.

"정말 남, 아이 다르긴 하네."

순천만 습지는 은서도 처음 와 본다. 국민 정원이라 불리는 곳에 들어 왔을 때 상상 이상의 규모에 입이 벌어졌다. 솔직히 입구에서 되돌아가자는 말이 목구멍까지 올라왔다. 하지만 하임의 눈을 보고 표를 끊을 수밖에 없었다. 어찌나 반짝거리던지.

어른들은 방대한 곳을 어떻게 다 걸어 다니나 서로 눈치 보기 바쁜데, 하임이는 물 만난 고기인 양 아낌없이 체력을 과시하며 힘들어하는 기색 하나 없다. 유성이 없었다면 나래와 저는 지금쯤 초주검 됐을 거다.

은서는 노란색으로 물든 습지로 천천히 걸음을 옮겼다. 입으로만 가을이네, 했는데 이곳은 온통 가을이다. 멀리 보이는 붉은 산도, 청명한 하늘도, 파란 하늘에 아무렇게나 뿌려 놓은 하얀 구름 무리도. 눈에 보이는 모든 게 아름답고 평화로운데 왜 한숨이 나올까.

"좋아한다니……."

술김에 한 얘기겠지만 은서에겐 폭탄이었다. 긴 세월 고백만 했지 이수에겐 처음 듣는 고백 같은 말이라. 짧은 기간이지만 사귈 때도 듣지 못했던 고백이었다. 좋니? 좋아? 은서는 저도 모르게 올라간 입꼬리를 애써 내렸다.

이수가 던진 폭탄 파편이 온몸에 박혀 아픈데도 설레는 제가 야속하다. 아직도 붉은 기가 남은 제 손목을 주물렀다.

"선물, 고마워. 오빠."

시간이 많이 흐르고서야 이수의 마음이 알아졌다. 저를 많이 좋아했었구나. 저를 많이 아껴 줬었구나. 그래서 더 힘들었겠구나. 그의 처지를 저만 상관하지 않으면 되는 줄 알았었다. 저만 그를 이해하고 받아들이면 된다고 생각했었다. 이수가 얼마나 곤란했을지 나중에서야 짐작이 갔다.

나이라는 게 그랬다. 그때는 몰랐던 것들을 어느 순간 깨닫게 해 준다.

이수가 제게 품었던 감정이 온전히 남아 있을 거라는 착각은 하지 않는다. 그냥 지나치지 못하는 연민 정도는 갖고 있겠지. 그 정도는 바라도 될 만큼 붙어 다녔으니까.

은서의 입에서 한숨이 새어 나온다. 지금의 제 처지가 이수에게 혼란을 준 것 같아서.

"……나 불행하지 않아, 오빠."

걱정 마. 그녀가 뿌린 미소가 바람을 타고 날아간다. 갈대의 하얀 잔털처럼.

4

어느새 어둑해진 시간, 자동차가 아파트 단지로 진입한다. 조수석에 앉아 있던 은서가 뒤를 보며 말했다.

"여기서 내려 줘."

"뭐 하러. 지하 주차장으로 들어가자."

깊게 잠든 아이를 안고 뒷좌석에 앉아 있는 유성이 대답한다.

은서는 얼른 고개를 저었다.

"아니, 그럴 거 없어. 내려 주고 너희는 여기서 차 돌려서 나가."

"하임이 자는데 집에 들렀다 갈게."

나래의 말에 은서는 귀찮다는 핑계로 두 사람을 말렸다. 하임이가 잠이 드는 바람에 운전은 나래가 맡았고 유성은 카 시트 노릇을 하고 오느라 힘들었다. 빨리 보내 주고 싶었다. 결국 은서의 고집을 꺾지 못한 두 사람이 지상에 차를 세우고 그녀를 따라 내렸다. 은서는 등을 보였다.

"업혀 줘. 업고 갈게."

"됐어. 남자 친구 됐다 뭐 하게? 엘리베이터 앞까지만 갈게."

나래가 은서의 등을 야무지게 때리고 앞서 걷는다. 친구를 쫓으며 은서가 깜짝 놀라는 시늉을 했다.

"네 손, 만만하게 보지 마. 은근 무기거든."

"우리 나래 손이 얼마나 보드랍고 예쁜데 무기야?"

유성의 말에 은서가 들으라는 듯 목소리를 높였다.

"나래야, 유성이 밤 되니까 너한테 작업 건다. 오늘 조심해."

"야, 서은서. 넌 은혜를 이렇게 갚는 거야?"

"응. 난 나래 편이니까."

세 사람은 아이가 자는 것도 잊고 크게 웃었다. 그래도 효녀는 깰 기미가 보이지 않는다. 하긴. 정말 그 넓은 곳을 쉴 새 없이 뛰어다녔으니 피곤할 만도 하다. 나중에 유성조차 하임이의 에너지에 혀를 내둘렀다.

"오늘 고마웠어."

"뭐라니."

"이모, 삼촌 노릇 톡톡히 해 줘서 고맙다고."

"됐고. 하임이 정말 미국 보낼 거야?"

은서가 고개를 끄덕일 때였다. 앞서 걷던 유성이 돌연 뒤를 돌아 멈춰 선다. 나래가 짜증조로 물었다.

"왜? 또?"

"나 지금 뭐 봤게?"

"장난하지 말고 빨리 가. 하임이 감기 걸려."

"나래야, 내 시력 장난 없는 거 알지? 저기 봐 봐."

아파트 입구를 서성이는 남자를 확인한 나래의 눈이 커다래졌다. 더불어 은서의 눈도. 유성이 목소리를 낮췄다.

"뭘까?"

"우리가 죄졌니? 은서 너 어떻게 할래?"

"잠깐만."

집을 어떻게 알았을까. 아니, 왜 찾아온 거지? 머릿속이 뒤죽박죽 뒤엉켜 은서는 의지하듯 나래의 팔을 꼭 잡았다.

유성의 목소리가 한층 더 낮아졌다.

"우리 본 것 같은데. 튀려면 지금밖에 기회 없어. 나 그때 키스 사건 이후로 이수 선배 때문에 트라우마 생긴 거 알지? 빨리 결정해."

"언제 적 얘기를 하는 거야? 넌 뒤로 빠져 있어."

나래는 새파랗게 질린 은서를 쳐다보다 마중을 나가듯 다가오는 이수를 향해 걸음을 뗐다.

"어, 선배? 이수 선배 맞죠?"

"그래."

상기된 목소리로 발 연기를 하는 나래 때문에 이수의 입꼬리가 삐죽 올라간다. 나이를 먹어도 하나 변한 게 없다. 은서 일이라면 무조건 나서고 보는 헐렁이답게.

"와, 오랜만이에요. 그런데 여긴 어쩐 일이에요? 아는 분이 여기 살아요?"

이수가 고개를 끄덕이곤 은서를 쳐다본다.

"분은 아니지. 은서니까."

"아, 은, 은서요."

헉. 완전 직구는 여전하네. 나래는 단도직입적으로 말하는 이수를 보고 속으로 구시렁거렸다. 하긴 이수가 말이 없어서 그렇지 에두르는 성격은 아니었다. 행동력도 좋고. 그녀는 어느새 유성을 가리듯 앞으로 옮겨 온 은서를 흘끔거렸다.

'어떻게 할래?'

이수는 마치 숨는 것처럼 두 여자 뒤에 서 있는 유성을 뚫어지게 응시했다. 가린다고 안 보일 덩치는 아닌데 쟨 왜 저러는 걸까.

무겁던 이수의 입이 열렸다.

"백유성. 넌, 선배 보고도 인사 안 해?"

"네? 저요? 아, 네. 반가워요, 선배."

유성은 하임이의 얼굴이 보이지 않게 더 꼭 안고 가식적인 미소를 지었다. 저를 볼 때만 서늘해지는 인간을 향해. 하도 매스컴을 통해 많이 봐서 익숙할 줄 알았는데 실제로 보니 존재감이 확 다가온다. 자신도 어른이 됐지만 정이수의 오라가 남달랐다. 악수를 청하면 괜히 허리를 굽혀야 할 것 같은 분위기. 얼굴 끝장나. 돈도 많이 벌어. 그러면 형님인 거다.

"반가운 거 맞아?"

"그, 그럼요. 글로벌 스타를 만났는데 당연히 반갑죠."

유성이 되는대로 말을 뱉는데 날벼락이 떨어진다.

"여전하네. 언제 밥 한번 먹자. 나래도 같이."

"밥이…… 요? 아, 예에. 그러죠 뭐."

유성의 대답이 애매했다. 따지고 보면 밥 정도는 먹어도 될 만한 사이긴 하다. 은서 때문에 거의 매일 보다시피 했던 선배니까. 야단도 맞고 잔소리도 듣고. 아이러니하게도 은서 때문에 되도록 만나고 싶지 않은 선배가 됐지만. 만약 상황이 꼬이지만 않았다면 제 쪽에서 먼저 사심을 드러냈을 거다. 인맥도 보통 인맥인가. 황금 인맥인데.

이수가 속을 들여다본 것처럼 말한다.

"그냥 하는 말 아니고. 은서한테 연락할게. 꼭 보자. 그만 아이 주고 가봐."

"에?"

방심하고 있던 차라 놀란 유성의 목소리가 삑사리 난다. 당장이라도 아이를 빼앗아 갈 것처럼 손을 뻗는 이수의 행동에 저도 모르게 뒷걸음질을 쳤다. 시선은 두 여자를 좇으며.

'야 나 어떻게 해야 돼?'

나래에게 구원의 눈길을 보내자 그녀의 눈이 찢어질 듯 치켜떠진다.

'나더러 어쩌라고!'

나래도 어떻게 해 줄 수 있는 방법이 없었다.

어쩔 줄 몰라 하는 두 사람과 달리 정신을 차린 은서는 차분했다.

"유성아, 하임이 집에 데려다줘. 나래랑 같이."

"그, 그럴까."

"어. 고마워."

은서의 대답이 끝나기 무섭게 유성이 걸음을 옮겼다.

"선배, 볼일 짧게 보고 빨리 가세요. 그럼."

이수는 도망치듯 사라지면서 할 말을 다 하는 유성 때문에 헛웃음이 나왔다. 어릴 때도 저러더니 하나도 변하지 않은 것 같아서. 그의 시선이 멀어져 가는 유성에게서 떨어지지 않았다.

정확히는 유성의 어깨에 얼굴을 묻고 잠든 아이에게서.

"전화 왜 안 받아?"

"어떻게 알았냐고 묻지 않을게요. 오빠 보는 거 부담 된다고 말했잖아요."

동문서답하는 은서의 목소리가 이성을 찾은 듯 차가웠다. 이수도 만만치 않았다. 작정했기에 물러설 생각이 없다.

"얘기 좀 해."

"난 할 얘기 없어요."

"이모님 잘 계시지? 인사도 드릴 겸 너희 집에 갈까?"

은서는 저도 모르게 눈을 질끈 감았다. 어디까지 아는 걸까. 복례이모와 연락이 닿았을 리는 없을 텐데. 만약 이수가 이모에게 인사를 하겠다고 고집을 부리면 그녀가 막을 자격은 없다.

은서는 한숨을 내쉬고 이수를 바라보았다.

"가요."

* * *

차가 출발하자 은서는 고개를 틀어 차창 밖에 시선을 고정했다. 고장
난 시계처럼 제 기능을 하지 못한 자신의 뇌가 원망스러웠다. 차라리 집
근처 카페에 가자고 할걸. 하지만 이미 때늦은 후회. 당장에라도 집에 쳐
들어올 기세에 하임이 얼굴만 떠올라서 이수를 따라나섰다.

나하고 뭘 하고 싶은 건데요? 추억 놀이라도 하고 싶은 거예요? 그렇
다면 최대한 짧게 끝내 줘요. 내 심장이 쪼그라들어 아주 사라지기 전에.
저절로 한숨이 새어 나온다.

그런 은서를 보면서 이수는 미간을 좁혔다.

"나랑 있는 게 그렇게 불편해?"

"편하면 이상한 거 아닌가요."

뼈 있는 말에 이수는 피식 입술을 늘였다. 그는 이상하게 편했다. 가슴
이 뻐근해질 정도로 심장이 두근대는 것만 뺀다면. 그의 마음을 보여 주
면 은서는 뭐라고 할까. 미친놈 취급을 하겠지. 이른 감이 있는 건 인정
하지만 겨우 내디딘 걸음을 되돌리긴 싫었다.

"전화 왜 안 받았어?"

"정이수 씨!"

"너한테 이름 불리는 거, 생각보다 별로더라."

이수는 성질을 죽이느라 동그랗게 말아 쥔 은서의 주먹을 보고 또 미
소 짓고 만다. 생각해 보면 어려서부터 웃을 일이 드물었다. 가족과 있을
때 빼고는. 은서가 나타나기 전까지는. 그리고 자로 그은 듯 은서를 잃고
나서 다시 타인에 의해 웃을 일이 없어졌다.

매일 출근하듯 출루를 해도, 홈런을 쳐도. 그 많은 관중들이 환호를 해
줘도 별다른 감흥이 없었다. 그런데 기껏 은서가 옆에 앉아 있다고 실없
이 웃음이 새어 나온다.

4️⃣

"휴대폰 고장 난 줄 알았다."

"모르는 번호라서 안 받았어요."

사실이었다. 짚이는 바는 있었지만 그냥 스팸 처리를 해 버렸다.

한편 이수는 '됐냐?'라는 말이 생략된 은서의 어투에 실소했다. 그러면서도 상관하지 않고 여상히 말을 이었다.

"보이스 피싱 된통 당했었나 봐."

"뭐, 뭐라고요?"

은서는 마치 못 들을 말을 들은 양 고개를 획 틀어 이수를 바라보았다. 보이스 피싱이라는 말이 그렇게 못 들어 줄 말은 아니었다. 다만 아직도 챙겨 줘야 하는 모자란 애로 취급하는 것 같은 그의 말투가 거슬렸다. 아직도 제가 그 옛날, 쪼그만 계집애로 보이는가 싶어서.

이수는 왠지 발끈하는 것 같은 은서를 불렀다.

"은서야."

"……."

"서은서."

"왜요."

그깟 냉랭한 대답 한 번에 또 웃음이 난다. 그가 어떤 행동을 하든 인디언 보조개가 깊이 파이도록 웃어 주던 은서가 아닌데 그래도 좋다.

"낯설다. 너 같지 않아."

내가 이렇게 만든 걸까. 아니면 우리 가족이? 누구의 잘못도 아닌데 피해자가 됐고 가해자가 됐다.

은서의 목소리에 비아냥거림이 실린다.

"설마 철부지 시절의 나를 찾는 거예요? 정말 그래요?"

"가능하면, 그랬으면 좋겠다."

"꿈도 야무지지."

은서의 혼잣말에 이수의 입술이 또 가로로 길어진다. 저러다 눈에서 레이저가 나오는 건 아닌지. 이수는 옆얼굴이 뚫릴 것 같은 매서운 눈초리를 느끼며 생각했다. 늦었지만 다시 되찾고 싶다고. 그가 사는 세상으로 데려오고 싶다고. 모든 질시와 질타는 내가 감당할 테니, 나한테 와 주라. 하고 싶은 말을 참기 위해 이수는 마른침을 삼켰다.

"나 초보 운전이야. 그렇게 노려보면 운전하는 데 지장 있어."

"초, 초보 운전이요?"

"응. 미국에서 면허 따고 운전은 거의 하지 않았거든."

어쩐지 직진만 하더라니. 은서의 시선이 저도 모르는 사이에 앞으로 향했다.

"목적지가 어디예요?"

"주유소."

그의 대답에 은서의 가녀린 목에 파란 정맥이 튄다. 무슨 말을 해도 쳐다보지 않으려는 듯. 동요하지 않겠다는 듯.

이수는 웃음기 빼고 진지하게 말했다.

"기름 떨어질 때까지 달려 보려고. 주행 연습도 할 겸."

"정말, 많이 변했네요. 보고도 믿기지 않아."

은서는 엉뚱한 말만 늘어놓는, 농담하는 이수가 낯설었다. 어떻게든 저의 시선을 끌려는 그가. 시간이 많이 흘렀다고 해도 실없는 소리를 할 사람이 아닌데 말이다.

"사람들이 날 개조시켰어. 살아남으려니까 어쩔 수 없더라고."

이수는 사실 정신이 하나도 없었다. 그래서 자신이 뭐라고 지껄이는지 몰랐다. 그래도 아무 말이나 던져 보는 건 또다시 후회하고 싶지 않기 때문이다.

"좋아해. 좋아한다고!"

나도 그래. 너만 그런 거 아니야.

"오빠 내가 여자로 안 보이지?"

아니. 너무 여자로 보여서 탈이지.

어린 날 작은 몸에 맞춰 그의 등 번호를 단 유니폼을 만들어서 입고 다니는 은서가 정말 사랑스러웠었다. 그런데 한 번도 예쁘다고 말해 주지 못했다. 그것뿐일까. 쏟아 내지 못한 말도, 표현하지 못한 감정도 너무 많았다. 그래서 더는 숨기고 싶지 않다. 은서가 낯선 사람 보듯 해도.

은서는 한동안 창밖을 응시하다 입술을 뗐다.

"나 아이 엄마예요."

"알아."

"누군가의 동정을 받을 만큼 어렵게 살지도 않고요."

이수는 대답하기 싫어 고개만 끄덕여 줬다. 최소한 네 말을 흘려듣지 않고 있다는 건 보여 줘야 해서.

"그러니까 오빠 살던 대로 살아요. 난 나 살던 대로 살 거니까."

"그래야지."

"네. 그래 줘요."

"그런데 은서야."

그게 안 될 것 같다. 이수가 덧붙인 뒷말에 은서는 눈을 질끈 감았다. 순식간에 식은땀이 흐르고 등줄기가 서늘해진다. 절대 그에게서 들으면 안 되는 말이니까. 그런데도 이수는 말을 멈춰 줄 생각이 없나 보다.

"미국 언제 들어가냐고 물었었지."

"……."

"빈손으론 안 가려고."

이 생각을 전하기 위해 기다렸다. 낮부터 전화를 했지만 받지 않았다. 문자도 마찬가지였다. 그래서 초저녁부터 아파트 입구에 차를 세우고 기다렸다.

"무슨 뜻인지 알아?"

"내가 알아야 해요? 번지수 잘못 찾은 것 같은데 그만해요."

차가운 목소리를 내면서도 가슴이 울렁대 은서는 주먹을 꼭 쥐었다. 그런데 이수가 미소를 짓는다. 마치 이래도 흔들리지 않을 거냐고 묻는 듯했다.

"당연히 알아야지."

"됐어요, 아무 말 하지 마요. 전화번호는, 아니 집은 어떻게 알았어요?"

"그게 무슨 큰 비밀이라고. 전화 한 통 하니까 다 알려 주던데."

더는 찬을 거치기 싫었다. 최 감독님의 카리스마만 빼고 따뜻한 인성과 정 많은 것만 닮은 녀석이었다. 그런 녀석이 은서 얘기를 전부 전해 주기 쉽지 않았겠지. 하지만 걸려도 너무 걸렸다. 그래서 사람 찾아 준다는 업체 중 한 곳을 선별해 전화를 하고 입금하자 반나절도 안 돼 메일이 왔다.

은서의 목소리가 파르르 떨린다.

"그거 불법이에요. 오빠랑 어울리지 않아요."

"나 네가 생각하는 것처럼 바른 놈, 아니야."

네가 알면 실망할지도 모르겠다. 이수는 뒷말을 삼키고 미간을 좁혔다. 그런 그를 보지 못하고 은서는 주변을 살폈다. 목적지가 한강이었는지 차가 공원 주차장으로 들어서고 있었다.

'말도 안 돼⋯⋯.'

* * *

차에서 내린 이수가 보닛을 돌아 조수석 문을 열었다. 팔짱을 끼고 꼿꼿이 앉아 있는 은서를 보고 말했다.

"내려."

"⋯⋯."

은서는 고개를 저었다. 정이수는 자신이 공인이라는 사실을 잊은 모양이다. 그렇지 않다면 시선 끌기 딱 좋은 이런 곳에 올 리 없을 테니까. 데이트 장소로 꽤 주목받는 곳이었다. 평일인데도 행사가 있는지 푸드 트럭이 즐비하고 사람들이 많았다.

이수는 고집스럽게 웅크리고 있는 은서를 보고 몸을 숙였다. 순간 확 가까워진 거리에 은서가 화들짝 놀란다. 그 또한 멈칫했다. 안전벨트를 풀어 주려고 했을 뿐인데 심장이 요동친다. 여자가 된 은서의 일랑일랑 체취에. 달콤하기도 하고 싱그러운 것 같은 매혹적인 향이었다.

"뭐, 뭐 하는 거예요?"

"안전벨트 못 푸는 것 같아서 풀어 주려고."

"아, 알거든요. 비켜요."

은서는 안 내리겠다고 고개를 젓던 것도 잊고 재빨리 안전벨트를 풀고 차에서 내렸다. 그런 그녀를 보며 이수는 씁쓸한 미소를 지었다. 여전하다. 동작 빠르기로 치면 은서 따라올 사람이 없었다. 그가 있는 곳이라면 어디든지 나타난다고 친구 녀석들이 신기해할 정도로. 그랬던 그녀가 이젠 저를 피하기 위해 빠르게 움직인다.

이수는 앞서 걷는 은서를 천천히 뒤따랐다. 놀러 갔다 온 건지 편안한 차림이다. 청바지에 운동화, 티셔츠에 점퍼, 볼 캡까지 눌러쓰고 있었다. 아이와 놀아 주기 위해 단단히 무장한 것 같은데 그의 눈에 꼭 대학생처럼 보인다.

"천천히 가."

"빨리 와요."

인적이 드문 곳을 찾는지 은서가 두리번거리며 걸음을 빨리했다. 은밀한 장소일수록 숨어든 연인이 많을 텐데 그것을 모르고서. 이수는 순순히 그녀가 이끄는 대로 걸음을 옮겼다. 풀벌레 소리, 사람들 웃음소리가 멀리서 들릴 때쯤 걸음이 느려지고 은서가 벤치를 가리켰다. 긴 벤치 끝에 앉은 그녀를 보고 이수는 입꼬리를 올렸다. 의도가 너무 분명해서. 이수는 반대편 끝에 앉아 줬다. 남들이 보면 타인이라 생각할 만큼의 거리가 그들 사이에 있었다.

이수가 말했다.

"연애했었어."

제가 말하면서도 이게 맞나 싶어 미간에 골이 파인다. 연애라고 생각해 본 적 없으니까.

"네가 지난번에 봤던 여자와."

모르면 좋겠지만 세진은 언론에 노출됐고 은서도 본 적 있다. 그의 입으로 설명을 하는 게 나을 것 같았다.

"끝냈어. 정확히 말하면 그쪽은 아직 아닌 것 같고."

은서는 뜬금없는 고백에 고개를 들어 이수를 쳐다보았다. 마침 그도 그녀 쪽을 쳐다보고 있었다.

"그걸 왜 나한테 말하는데요?"

"말해야 할 것 같아서."

"하, 지금 갈아타겠다고 말하는 거네요?"

"……그렇게 되는 건가."

그렇게 생각할 수도 있겠네. 이수는 혼자 뒷말을 하고 고개를 끄덕였다. 은서 입장에선 충분히 그렇게 생각할 수도 있을 것 같았다.

"내가 우스워 보였나 봐요. 아니면 아직도 오빠 말 한마디면 마음대로 움직일 수 있는 애로 보였든지."

"서은서."

"내 말부터 들어요. 난 그럴 생각 추호도 없어요. 오빠도 연민에 끌려서 그러는 것뿐일 거예요."

대학생처럼 앳돼 보이는 겉모습과 달리 은서는 이성적인 얼굴을 하고 있었다. 냉정해 보일 정도로. 차분히 정제된 느낌. 이수의 눈빛이 아련해진다. 서운하네. 긴 시간이 흘렀으니 당연한 변화인데 아쉬웠다. 감정을 감출 줄 모르던 발랄한 나의 꼬맹이는 어디로 간 걸까. 저런 모습이 될 때까지 어떤 일이 있었던 걸까.

새삼 가슴이 저릿해 느릿하게 눈을 깜을 때였다. 사무적인 은서의 목소리가 들린다.

"추억이라는 게 그렇더라고요. 싫든 좋든 돌아보게 되고, 생각지도 않게 떠오르고."

"……."

"그런데 추억은 추억일 뿐이잖아요."

은서는 담담한 눈빛으로 이수를 쳐다보았다. 좋아한다는 이수의 말은 선물, 그 이상도 이하도 아니었다. 그런 말에 흔들리고 의지하기엔 훌쩍 어른이 돼 버렸으니까. 자신들의 상황을 확실히 인지할 수 있는 나이. 그러니 마음이 고단할 때 한 번쯤 꺼내 볼 수 있는 선물을 받은 거로 족하다. 은서는 이수도 그러길 바랐다. 그래서 건조한 미소를 덧씌운 목소리가 더없이 덤덤했다.

"안 그래요?"

"……!"

이수의 시선이 희미하게 미소 짓는 은서를 비껴 시커먼 강에 닿았다. 성급했다. 너무 서둘렀다는 것을 인정해야 했다.

"오빤 어떨지 모르겠지만 난 철부지 때 감정이 남아 있을 만큼 순수하지 않아요."

"너하고 뭐 하고 싶으냐고 물었지?"

은서를 내려다보는 이수의 시선도 목소리도 묵직했다.

"알잖아요. 궁금해서 물었던 거 아니라는 거."

당황해서, 화가 나서 뱉은 말이었다. 그런데 이수는 해석을 달리 했나 보다.

"네 옆에 있으려고."

이수는 문득 스치는 생각에 입꼬리를 올렸다. 마음이 시켜 뱉어 낸 말이 정답이라 그를 미소 짓게 한다.

은서는 그런 그를 물끄러미 바라보았다. 이 말만은 하지 않게 해 주길 바랐는데. 기어이 뼈가 허옇게 드러난 상처에 소독약을 들이부어야 하나 보다. 정신 차리라고.

은서의 목소리가 더없이 차가워졌다.

"내가 왜 여기까지 따라왔다고 생각해요?"

"글쎄."

"죄인이니까. 오빠한텐 난 죄인이잖아. 아버지 목숨을 빼앗은."

어두운데도 깊숙이 가라앉은 이수의 눈동자가 보인다. 가슴 아프게. 그래도 독해져야 한다고 은서는 스스로를 몰아세웠다.

"그래서 따라왔다?"

"그래요. 그러니까 여기까지만 해요. 피 말려 죽일 생각 아니면. 아저씨일 우려먹을 생각 말고."

예상치 못한 말에 이수는 이를 악물었다. 그가 생각한 것보다 은서가 더 많이 아파하고 있었다. 저 말을 뱉어 내며 휘청대지 않기 위해 힘을 끌어모으는 게 그의 눈에 훤히 보인다.

은서는 가방을 열어 작은 봉투를 꺼내 내밀었다.

"그리고 이거요."

"……."

내용물을 확인한 이수는 피식 입술을 늘였다. 통장과 체크 카드가 들어 있었다. 어차피 돌아올 줄 알았던 물건. 항상 지니고 다녔는지 봉투 모서리가 구깃구깃했다.

은서는 끝까지 감정을 들키지 않기 위해 노력했다.

"비밀번호는 오빠, 생일로 했어요."

해결책을 찾느라 가방에 넣고 다녔다. 바윗덩이를 지고 다니는 것처럼 무거웠는데 내려놓아도 무겁긴 마찬가지인지 마음이 가볍지 않다.

"내 손으로 주는 게 맞는 것 같아서요. 나중에 아주 나중에, 밥 한번 먹어요."

밝은 목소리를 내는데 눈시울이 붉어져 은서는 벤치에서 일어서서 걸음을 떼었다. 이수는 볼일이 끝났다는 듯 등을 돌리는 그녀의 뒷모습을 보고 미간을 좁혔다.

쉽지 않을 거라 생각했지만 너무 견고했다. 죽어라 운동장을 달리고 팔이 빠져라 배트를 휘두르며 막연하게 떠올린 은서의 모습은 이렇지 않았었다. 적어도, 적어도 말이다. 딱히 반가울 것도, 싫을 것도 없는 사람을 우연히 만난 듯. 지나가는 말로 하는 인사처럼 '밥 한번 먹자.'라고 하면 안 됐다. 조급해진 이수는 벌떡 일어나 보폭을 넓혔다. 은서의 팔을 낚아채듯 거칠게 잡았다.

"말해 봐. 너한테 나는 어떤 의미인지."

"······!"

"대답해 봐."

"······첫사랑이었죠."

과거형이다. 정말 과거형일까. 이수는 자꾸만 부정하고 싶은데 은서는 그러지 말라고 그의 속을 뒤집는다.

"오빠한테 난 뒤돌아볼 가치 없는, 아니 다신 보지 말아야 할 원수예요."

"아니. 나한테 넌 그냥 서은서야. 그리고 네 생각은 잘 알았어."

이수는 잔뜩 겁먹은 아이처럼 뒷걸음치는 은서를 놓아줄 생각이 없었다. 그녀의 팔을 잡은 손에 힘을 주었더니 큰 눈동자가 더욱 커다래지더니 파르르 떤다.

"그런데 내 생각은 달라. 우려먹을 생각이야, 평생."

"무슨······?"

"죄인이라며."

은서는 저도 모르게 움찔했다. 이수의 눈빛이 오묘했다. 분노도 아닌 실망도 아닌. 도전 같은. 너 해 볼 테면 해봐, 하는 느낌이었다. 그의 입술이 다시 떼어지자 은서는 마른침을 꿀꺽 삼켰다.

"그렇게 생각한다면 죗값 치러야지."

"……."

"단 내가 원하는 거로."

느긋하게 말을 맺은 이수는 깊이 침잠하는 은서의 눈을 찌를 듯이 바라보았다. 정신 차리고 저만 보라고. 그런 그가 은서는 야속했다. 겨우 다독인 심장을 들쑤시는 이수가 미웠다.

때맞춰 폭죽이 터지고 사람들의 탄성이 그들의 귓가에 울렸다.

* * *

"요즘도 악몽을 꾸니?"

"……아니요."

"그런데 신경 안정제 처방이 왜 필요해?"

은서는 무심하게 찻잔을 내려놓으며 묻는 장 교수를 보고 애매한 미소를 지었다.

"가을이라 좀 바빠졌어요."

그래서 잠잘 시간을 놓쳤다고. 그게 지속되다 보니 불면증이 다시 생긴 것 같다고 말했다. 장 교수는 조리 있게 제 상태를 설명하는 은서를 빤히 쳐다보다 말했다.

"은서야, 네가 의사 하지 그러니."

"네?"

"알아서 진단하고 처방도 내리고. 니무 훌륭하잖아."

은서는 피식 입술을 늘였다. 웃긴 왜 웃느냐며 장 교수가 눈을 흘긴다.

정신 의학과 과장인 장 교수님은 외할아버지 제자였다. 그녀를 처음 만난 게 고등학교 2학년 때였다. 쭉 상담을 받다가 프랑스로 떠났고 돌아온 후에 다시 찾아왔다. 지금까지 은서의 주치의 노릇을 해 주고 있다.

"정말 좀 피곤한 것뿐이에요. 병원 근처에 볼일 있어서 교수님 얼굴 뵈러 온 거고요."

"온 김에 처방전 받아 가는 거고? 떡 본 김에 고사 지내는 거네."

"네. 바로 그거예요."

은서가 크게 고개를 주억거리며 배시시 웃었다. 장 교수는 알면서도 속아 준다며 키보드를 두드리다 은서의 얼굴을 꼼꼼히 살펴본다.

"너 연애하니?"

"네?"

그게 놀랄 일이냐고 묻자 은서는 '마음은 늘 열려 있어요.'라고 멋쩍게 말했다. 그런 은서를 보고 장 교수는 다시 눈을 흘겼다.

"다크서클도 원인에 따라 모양이나 생기는 부위가 달라."

"정말요?"

"그래. 네 얼굴이 심각한 일 아니라고 말하니까 이번만 처방해 줄 거야. 다음엔 좋은 소식 가지고 와. 진료실 말고 근사한 레스토랑에서 보자."

"네, 한번 모실게요."

장 교수는 속으로 한숨을 삼켰다. 똑똑한 환자일수록 치료가 어렵다. 은서가 그랬다. 보통 잡학다식해야 말이지. 눈동자는 반짝이는데 잠을 못 잤다고? 뭔가 변화가 감지되지만 말해 줄 때까지 기다려야 할 것 같아 장 교수는 채근하지 않는다.

* * *

병원을 나온 은서는 재료 구입을 위해 방산 시장에 들렀다. 건물이 낡은 만큼 그곳을 지키는 사람들의 얼굴에도 연륜이 묻어나는 이곳은 늘 소란스럽다. 쇠붙이 갈리는 소리, 좁은 골목을 누비는 트럭, 걸쭉한 고함, 털털한 웃음소리. 요즘은 오래된 건물에 생기를 불어넣은 예쁜 커피숍도 많이 생겨 젊은 사람들도 꽤 보인다.

은서는 그중 한 가게에 들러 휘핑크림이 듬뿍 올려진 커피를 포장해 나왔다.

어느덧 바람이 차가워져 그런지 오가는 사람들의 발걸음이 분주해 그녀의 걸음도 바빠진다.

그들 사이를 비집고 좁은 골목을 내 집처럼 찾아든 그녀가 익숙한 상호를 확인하고 가게로 들어섰다.

"웬일이야, 서 사장?"

"저도 사모님이라고 불러 드려요? 그렇게 부르지 마시라니깐."

은서는 포장해 온 커피를 여사장님에게 건넸다. 꼬맹이 때부터 단골로 다니던 가게라 빈손으로 오게 되지 않는 곳이다.

"어유, 맨날 왜 이런 걸 사 와?"

"싫으세요?"

"아니, 좋지! 공짜잖아, 공짜."

넉넉한 웃음소리에 은서의 얼굴에도 미소가 찾아든다. 세련되게 인테리어가 된 곳이 많아졌지만 켜켜이 물건이 숨겨져 있는 '상회' 간판을 단 작은 가게가 좋아 매번 이곳을 찾는다.

여사장님이 커피를 한 모금 마시더니 이상하다는 듯 물었다.

"주문한 거, 그저께 택배 보냈는데 못 받았어?"

"받았어요. 새로 들어온 재료 있나 좀 보려고요."

여사장님이 '하여튼 귀신이야.'라고 말하곤 나무 사다리가 놓인 다락을 가리킨다. 은서는 몰래 접선이라도 하듯 가게 입구를 살피고 손때가 묻은 사다리를 잽싸게 밟았다. 오랜 단골이다 보니 소량으로 수입된 재료를 이곳에 모셔 놓는 것을 알고 있다. 마치 보물 창고 같다. 역시나. 처음 보는 쿠키와 초콜릿 몰드가 눈에 들어왔다.

가져갈 것을 천천히 골라 바구니에 담는데 상념이 끼어든다.

"아버지가 원하는 일일까. 너랑 내가 이렇게 지내는 거?"

집 앞에 내려 주고 이수가 한 말이었다. 가까이 다가선 그의 체취가 너무 강해 대답할 수 없었다. 고집부리지 말고 연애라도 해 볼걸. 처음 후회했다. 다른 남자라도 만나 봤다면 이수를 잊을 수 있었을지도 모른다. 왜 시도조차 하지 않았을까. 자꾸만 뒤로 손을 감추는 이수는 뭔가를 참는 것 같았다. 예전의 그녀였다면 피식 웃고 얼른 그를 안아 주었을 텐데. 지금처럼 여러 가지의 색이 섞인 감정은 아닐지라도 이수와 늘 닿고 싶었으니까.

이상하게 뜨거운 이수의 온기가 좋았었다.

"생각해 봐. 다른 건 말고 우리만."

이수에겐 딱 잘라 거절했지만 그의 말대로 밤새 생각이라는 것을 해 봤다. 이성이 답을 줬다. 욕심내지 말라고. 그래서 정신을 차리려고 장 교수를 찾아갔다. 이수가 나타난 뒤로 극심한 불면증에 시달리고 있었다. 그뿐만 아니라 그녀의 일상이 엉망진창, 흔들리고 있다.

그만큼 큰 비밀을 만들어 놓고 뻔뻔하게 편안하길 바라다니. 가슴을 옥죄는 두려움에 매일 피가 마르는 것 같다. 그래서 잠이라도 잘 수 있으면 나을까 싶어 병원에 들렀던 거다.

"어떻게든 버텨야겠지……."

이수만 떠나면 해결될 일이었다. 그렇게 단순하게 생각할 일이 아니라는 것을 알면서도 은서는 바라고 또 바라 본다. 이미 사실을 말하기엔 너무 긴 시간이 흘러 버렸으니까.

은서는 어느새 가득 채워진 바구니를 들고 나무 계단을 내려섰다.

늦가을 낮, 볕이 뜨거웠다. 유니폼으로 갈아입고 나오자 '우~.' 하는 환호가 쏟아졌다. 이수는 반들반들 윤을 내는 새카만 눈동자들과 눈을 맞췄다.

하나같이 까맣게 그을린 얼굴이 여름 동안 얼마나 열심히 연습했는지 말해 주고 있었다. 벌겋게 상기된 뺨이 그를 보고 있으면서도 믿기 어렵다고 말하는 듯했다.

최 감독의 입에서 굵직한 목소리가 흘러나왔다.

"정신들 안 차리지? 메이저 리거 만나는 거 흔한 기회 아니니까 정신 바짝 차리고 연습해."

스무 명도 안 되는 앳된 목소리의 '네!' 하는 대답이 군인들 함성 못지 않았다. 최 감독은 흥분을 감추지 못하는 어린 제자들을 뒤로하고 이수에게 다가갔다.

"힘들지 않겠어?"

"오랜만에 몸 풀고 좋을 것 같은데요."

유니폼까지 챙겨 온 게 고마워 최 감독은 이수의 어깨를 묵직하게 두드렸다.

이수는 학생 때처럼 그에게 꾸벅 인사하고 아이들에게로 뛰어갔다. 몸부터 풀기 위해 새까맣게 어린 중학생 후배들과 운동장을 돌았다. 의욕이 앞서 빨라지는 애들을 향해 그가 목소리를 냈다.

"오늘만 운동하고 말 거야? 평소대로 똑같이 한다."

'네! 선배님!' 하는 힘찬 대답에 이수의 입꼬리가 저절로 올라간다.

뒤돌아볼 시간 없이 달려왔는데 어린 후배들을 보니 중학생 시절이 떠오른다. 그 시절 이수는 감히 최고의 야구 선수가 되겠다는 꿈을 꾸지 못했다. 목표보다는 무조건 잘해야 한다는 생각에 하루하루 배드를 죽어라 휘둘렀다. 지금에 와서 생각해 보면 조금 내려놨어도, 눈을 질끈 감았어도 됐는데 말이다. 그가 걱정한다고 달라질 가정형편이 아니었다. 해결할 능력도 안 되면서 걱정만 하고 살았던 거다. 어린 치기에 현명하지 못했다는 생각이 그가 흘리는 땀 속에 녹아든다.

캐치볼을 하는데 선후배 간에 은근한 압력과 눈치가 오가는 게 감지된다.

이수는 눈으로 아이들 머릿수를 헤아렸다.

"야구는 나 하나 잘한다고 승리하지 못한다. 후보까지 열아홉 명. 평균 1분씩 돌아갈 거다. 쓸데없는 신경전 하지 마."

순진한 녀석들. 티격태격한 것을 들킨 게 부끄러운지 얼굴이 벌게진다. 아직은 생각을 그대로 드러내는 순수한 아이들이 귀여웠다. 나도 예전에 저랬을까. 생각한 것을 고스란히 얼굴에 담는 저 녀석들처럼. 그래서 은서 할머니가 헛된 희망을 갖지 말라고 수시로 경고했던 건지도.

이수는 목소리를 크게 했다.

"모든 스포츠의 기본은 폼이다. 엉성한 자세론 절대 프로가 될 수 없다. 몸이 기억할 때까지 연습하고 목표한 곳으로 정확히 꽂히게 던져라."

꽤 긴 시간 약식이 아니라 평소 하던 대로 타격과 수비 훈련까지 동참하고 연습이 끝났다. 비시즌 기간이 되면 재능 기부 차원에서 미국의 학교들을 돌아다닌다.

내 나라 내 후배들이라는 생각 때문인지 그때 하던 것과는 비교 안 되게 열과 성의를 다했다.

흠뻑 흐른 땀을 닦아 내는데 찬이 물병을 내밀었다.

"운동장에서 뺑이 치던 옛날 생각 나네."

"같이 뛰지 그랬어."

"그 시절 좌절감을 또 느끼라고? 절대 사절이다."

이수는 눈살을 찌푸리는 찬을 뒤로하고 샤워실로 향했다.

옷을 갈아입고 나와 준비해 온 야구용품을 찬과 함께 나눠 주었다. 간식을 먹으며 간단히 질의문답 시간을 갖자 질문이 끝없이 쏟아진다.

메이저 리그를 꿈꾸는 후배들에게 아낌없이 조언했다. 중고교 시절 자신만의 훈련 방법도 이야기해 줬다.

"미국에 가서 처음 느낀 건, 내가 우물 안 개구리였구나, 다."

트리플A 리그도 아닌 루키 리그에서 패배감을 맛봤다. 그것도 마이너 리그에서 그랬다고 말하자 한 녀석이 불쑥 묻는다.

"정이수 선수가요?"

"그때의 정이수는 너희들과 다름없는. 아니 조금 더 잘하는 수준 정도였거든."

루키, 싱글A, 더블A, 트리플A, 단계를 밟아 올라갈 동안 겪었던 좌절감. 그걸 극복하기 위해 했던 노력을 말하자 다들 질린 얼굴들을 한다.

"난다 긴다 하는 야구 천재들만 모인 곳이다. 누가 시켜서 하는 야구로는 한계가 있다. 주도적인 연습만이 성장의 지름길인 걸 잊지 말고 연습하도록."

겁을 주려는 게 아니라고 말을 이었다.

"멀리 보고 준비해라. 그럼 결국은 해낼 테니까."

오후 늦게나 돼서야 감독님과 함께 그들은 학교를 나설 수 있었다.

* * *

감독님 추천으로 해안가 한 횟집 노천에 자리를 잡았다. 해운대 바다가 한눈에 들어온다. 한국의 바다만이 주는 독특한 정취에 시선을 빼앗기는데 찬의 구시렁거림이 들린다.

"아버진 연고지도 아니면서 도대체 왜 부산으로 내려온 거예요?"

"내 마음이다."

"어머니가 그거 역마살 때문이랍니다."

찬은 과감하게 일갈했다. 솔직히 자신의 아버지지만 이해하기 힘들 때가 많다. 이수 일만 해도 그렇다. 그때 아버지는 은퇴를 앞두고 있었다. 아무리 그래도 그렇지. 이수를 데리고 훌쩍 미국으로 날아간 건 도저히 이해 불가다. 가족들은 물론 지인들까지 아버지가 미쳤다고 했었다. 그리고 돌아와 서울에서의 코치 자리를 거절하고 지금의 부산으로 내려온 거다. 어머니는 한량 흉내를 내는 거냐며 짜증을 내면서도 아버지 곁을 지키고 있다.

소주잔을 비운 최 감독이 말했다.

"부산 시민들이 야구에 관심이 많잖아."

현역에서 뛸 때부터 부산 팬들을 좋아했었다. 시즌 때만 열광하는 게 아니라 야구에 꾸준한 관심을 보이는 게 좋았다. 선수들에겐 그 꾸준함이 얼마나 큰 힘이 되는지 모른다. 마치 풋볼 하면 미국 전역이 열광하듯 부산 팬들이 그에겐 그렇게 느껴졌다.

최 감독이 이수 앞으로 접시를 밀어 주었다.

"수고했는데 많이 먹어. 애들은 오늘 너 봐서 잠도 못 잘 거다."

"우리 아버지 간도 크시지. 어떻게 메이저 리거를 중학생들 일일 코치로 써먹지? 이거 완전 9시 뉴스 헤드라인감인데."

"그래. 잘나가는 제자 덕에 오지게 가오 좀 세웠다, 내가 그런 호사도 못 누릴 군번이야?"

"누리셔야죠, 간 크게."

찬은 무성의하게 대답했다. 그런 아들을 보고 최 감독은 음흉한 미소를 짓는다.

"네가 못 해 준 거 이수가 해 주니까 배 아프지?"

"네. 그래서 약 먹고 왔습니다."

이수는 옥신각신하는 부자를 보고 미소를 머금었다. 그가 감독님의 잔이 넘치도록 소주를 따랐다. 현역이 아니어서 좋은 이유가 술 때문이라고 말할 만큼 감독님은 애주가였다.

"약주 좀 줄이세요."

"술 따라 주면서 할 얘긴 아니지. 이거 없으면 무슨 낙으로 살라고. 재계약은 왜 안 한 거야?"

"……조금 쉬려고요."

불벼락이 날아올 걸 알면서도 이수는 마음속에 있는 말을 했다. 지쳐서 쉬려는 것은 아니다. 뭔지 모르게 가슴이 답답했고 정리가 필요하다는 생각이 머릿속에서 떠나지 않았다. 한국에 오고서야, 아니 은서를 만나고서야 그가 원하는 것을 알게 됐다.

하지만 마음을 열 방법을 모르겠다. 생각해 보라고 했는데 과연 숙제는 잘 하고 있을까. 너무 몰아세우면 안 될 것 같았다. 생각할 시간을 주기 위해 감독님을 찾아왔는데 머릿속엔 온통 은서 생각뿐이니 미칠 노릇이다. 이런저런 상념이 꼬리에 꼬리를 무는데 찬의 목소리가 들린다.

"걱정 안 해도 돼요. 이수 FM이잖아요. 정시에 일어나고 밥 잘 먹고 트레이닝하고. 똑같아요."

"그래. 온 김에 쉬어. 메이저 리그에서 전설 소리 들었으면 됐다. 몸 만드는 거 게을리 말고."

뜻밖의 말에 찬도 이수도 최 감독을 빤히 응시했다. 최 감독은 눈가에 주름을 만들고 소주를 단숨에 삼켰다. 싱싱한 회를 입 안 가득 집어넣고 바다를 바라본다.

"아버지 어디 편찮으세요?"

"아직 끄떡없어."

장에 용종이 발견되지 않았다면 이수의 곁에서 끝까지 함께했을 거다. 수술 후 다시 미국으로 가겠다고 하자 아내는 이혼 서류에 도장을 찍고 가라고 했다. 그 바람에 아들을 미국으로 보냈고 그는 발복이 삽혔다.

"넌 언제 효도할 거야?"

"이수가 효도하고 있잖아요. 부족하세요?"

"하."

뻔뻔하게 웃는 찬을 보고 최 감독도 웃고 만다. 대가를 바라고 뒷바라지한 건 아니었는데 이수가 덜컥 집을 준비해 줬다. 자잘하게 신경 쓰는 건 말할 것도 없고. 불같이 화를 냈지만 뜻을 굽히지 않았다.

"아들이라고 하셨잖아요. 저는 아버지라고 생각하는데 아니셨어요?"

이수의 그 말에 못 이기는 척 받았지만 마냥 좋지는 않다. 누구와 달리.

"고맙다. 찬이 엄마가 좋아하더라."

"보답하려면 아직도 부족합니다."

"네가 다 한 거야. 난 지켜만 봤고."

한동네에 살았다. 애들끼리 친구니 이수의 아버지와 오가며 눈인사를 나눴다. 아이들이 다니는 학맥 재단 야구부 감독으로 가게 된 후 인연이 깊어졌다. 몸도 불편한 사람이 살뜰히 아들 뒷바라지하는 게 마음이 쓰였다. 힘든 환경에서도 반듯하게 자란 이수가 대견하기도 했고. 하지만 그 무엇보다 이수의 재능이 남달랐다. 지도자들이라면 당연히 뛰어난 선수를 제대로 키우고 싶은 욕심이 있는 법. 내가 발견한 숨은 보석을 세상이 알아봐 주길 바라는 마음. 그래서 이수를 키웠고 지금까지 털끝만큼도 후회하지 않는다.

"아들 녀석들 보니까 좋다. 이제 와 말하지만 이수 너, 잘했어."

머리 좋은 녀석이라 상대 팀 분석하는 게 예리했다. 그런 애가 노력까지 더하니 따라올 애들이 없었다. 컨디션과 상관없이 연습하고 틈나는 대로 경기를 보러 가고. 선수들 장단점을 캐치해서 좋은 것을 제 것으로 만들었다.

최 감독은 찬이 집어 주는 안주를 받아먹고 말을 이었다.

"그래도 나더러 네 장점 하나 꼽으라면 자기 관리. 다른 녀석들보다 독했지."

모르는 사람들은 덤덤한 성격이라고 오해하는데 아니었다. 너무 뜨거워서 쏟아 내지 못했던 거다. 야구부 간에 알력이 왜 없겠는가. 실력도 중요하지만 뒷배도 형편도 중요하다. 그 시절 지금의 강남과 비교 안 되지만 나름 강남권에 있는 학교였다. 학부모들 치맛바람도 거셌고 재단 압력도 만만치 않아 감독 재량으로 출전 기회를 주는 게 쉽지 않았다. 이수는 그런 것들에 흔들리지 않고 압도적인 실력으로 기회를 거머쥐었다. 그 실력을 쌓기 위해 남보다 몇 배로 노력했는지 직접 눈으로 봐서 안다.

찬이 아버지의 잔에 소주를 따라 주며 말했다.

"아버지 취하셨나 보다. 칭찬하는 거 보니까. 그만 드세요."

"역시 내 아들 맞네. 술 따라 주면서 잔소리도 하고. 오늘 같은 날 안 마시면 언제 마시겠냐."

"감독님 도움 없인 아무것도 못 했을 겁니다."

운동화부터 개인 장비까지 학교에서 주는 게 아니라 집 대문 안에 몰래 넣어 주고 가셨다.

이수의 말에 최 감독이 미소를 지었다.

"몇 번이나 그랬다고."

찬이 손을 들어 두 사람 눈앞에 대고 휘휘 저었다.

"정말들 너무하시네. 서울 오고 택배 받느라 고생하는 건 접니다."

"무슨 고생?"

"우리 어머닌 어떻게 호텔로 택배 보낼 생각을 하지? 나 혼자 자취할 때는 거들떠도 안 보더니. 물질에 모정을 파는 어머니도 야속한데 아버지까지 이러면 저 가출합니다."

"이미 나간 놈이 뭘."

"이수가 은퇴해서 한국으로 아예 들어오면 모시려고 했는데 다시 생각해 보려고요!"

찬의 너스레에 시원한 웃음이 파도 소리에 묻히는 밤이다. 이렇게 마음이 후련해질 줄 알았다면 진즉에 올걸. 하지만 그럴 수 있는 상황은 아니었다. 이제 겨우 제 목소리를 낼 수 있다고 생각했는데 현실은 여전히 그의 편이 아닌 것 같다.

이수는 검푸르게 변한 바닷물에 둔 시선을 좀처럼 거두지 못했다.

* * *

"감독님 서운하시겠다."

"뭐가?"

"오랜만에 만난 아들하고 술 한 잔도 못 하시고."

이수 저야 원래 술을 안 하니 찬에게 감독님 대작을 해 드리라고 했었다. 아들이란 놈이 운전 핑계로 단칼에 거절해서 이수만 곤란해졌다.

"아버지랑 술 마시면 피곤해. 야구 얘기밖에 더 하겠나?"

"들어 드리면 되지."

"들어 주는 게 문제가 아니에요. 내 속을 긁을 게 뻔한데. 나도 취하면 참겠나? 말대꾸하다 싸우겠지."

찬은 백미러를 보고 구시렁거렸다. 어릴 땐 그런 아버지에게 서운하기도 했는데 이제는 솔직히 이해를 한다. 그러면서도 가끔 욱하는 건 어쩔수 없다. 혈기 넘치는 아버지 핏줄이 어디 갈까. 그리고 KTX를 타고 오자는 이수의 제안을 거절한 건 저였다. 사람들한테 시달리느니 한가하게 운전해서 가는 게 낫기 때문이다.

"그나저나 네 유명세가 신기하긴 하다."

"그러게."

이수도 낯설다. 한국에선 고교 야구 경험이 다인 그였다. 팬들이 있긴했지만 프로 선수들의 팬들과는 감히 비교할 수 없게 소수. 그랬기에 그에 대한 관심이 이렇게까지 클 줄 몰랐다. 마이너 리그에서는 꾸준히 인터뷰 요청을 받기도 했지만 한국에서는 아예 잊힌 줄 알았다.

"하여튼 우리나라 사람들이 극성맞긴 해. 야구 사랑이 미국 뒤지지 않아."

"대단한 거지."

미국은 땅덩이가 넓어 중고교, 대학은 말할 것도 없고 초등학교에도 거의 야구장이 있다. 어느 도시를 가든 서너 살만 되어도 글러브를 끼고 다니는 아이들을 흔히 볼 수 있다. 그 정도로 야구가 대중화되어 있다. 큰 도시마다 있는 MLB 팀, AAA 팀의 경기를 가족 단위로 관람하러 다니는 게 문화라고 해도 무방할 정도로. 가을 포스트 시즌에 월드 시리즈가 시작되면 구장을 꽉 채운 팬들의 열기가 식을 줄 모른다. 이방인인 그에게도 찬사를 아끼지 않을 만큼 야구 사랑이 깊은 나라다.

"피곤하면 말해. 내가 운전할게."

"잊었나 본데, 너 한국에선 초보 운전자야."

찬의 말에 이수의 입술이 길어진다. 초보 운전이라고 했더니 움찔하던 은서가 생각나서. 그의 눈엔 지금도 귀엽고 엉뚱 발랄한 모습이 보이는데 은서는 자꾸만 숨기려고 한다.

"정이수, 쓸데없는 생각 말고 한숨 자."

"왜 맨날 자래?"

"잠이 보약이니까. 우리 어머니 지론이시다, 왜."

찬의 말에 이수는 피식 웃고 차창 밖으로 시선을 두었다. 벌써 밤이 까맣게 내려앉아 도시의 야경이 절정에 달해 있었다. 화려하면서 묘하게 사람을 들뜨게 하는 불빛을 뒤로하고 그가 눈을 감았다.

기다렸다는 듯 뇌리로 감독님과의 대화가 재생돼 이수는 한숨을 삼켰다.

"은서 일 알았다며?"

찬이 자리를 비우자 감독님이 물어 왔고 이수는 묵직하게 고개를 끄덕였다.

"내가 원망스럽나?"

"……아닙니다."

지금도 가끔 통장을 들고 와 눈물을 쏟아 내던 은서의 모습이 기억난다고 했다. 팬질하는 여자애들이 한둘도 아닌데 이상하게 은서는 달라 보였다고 하셨다. 중학교 때부터 따라다니는 여자애들이 꽤 있었고 고등학생이 되자 훨씬 많아졌다. 감독님은 아이돌 관리하는 소속사 관계자 못지않게 선수들을 단속했었다.

그런 분이 은서에게만큼은 약했다. 같은 동네에 살면서 안면이 있어서 그런 것도 있지만 유독 귀여워했었다. 감독님뿐만 아니라 은서는 예쁨을 많이 받는 아이였다. 시기 또한.

"은서가 좀 예뻤지. 네 아버지 일만 아니었다면……."

감독님은 차마 입에 담지 못하고 한숨을 내쉬었다.

"그래서 받았다. 내 형편이 안 되기도 했고. 은서 도움 아니었으면 너 편하게 운동 못 했어."

감독님이 얼토당토않게 미안하다고 했다. 마이너 리그에서의 생활은 말로 표현하기 어려울 만큼 고통스러웠다. 심적 압박은 말할 것도 없고 경제적 어려움도 심했다. 웬만큼 아파서는 티를 내지 않았고 감독님도 마찬가지였다. 병원비를 감당할 수 없기 때문이었다. 그 적은 주급으로 생활을 하면서도 의심 한 번 하지 않은 자신이 너무 한심했다. 감독님의 형편도 그만그만했는데. 의식주 해결하는 게 결코 만만하지 않았던 곳인데. 이런 뒷얘기가 숨어 있는 줄 미처 몰랐다.

"내가 네 아버지와 반은 친구였다. 그 친구 속도 됨됨이도 안다는 얘기야. 은서 탓 아니다, 이수야."

술이 취했나, 별말을 다 한다, 하시면서 빙긋이 웃으셨다.

"아이 엄마 됐다면서?"

대답하지 못했다. 그 생각만 떠올리면 화가 치솟고 가슴이 저릿해서.

"엇갈려 버린 인연을 어쩌겠어. 고마웠다 인사하고 잘 살길 빌어 줘. 그래야 네 마음도 편해질 거다."

찬이 말실수했다고 전화를 했었단다. 그냥 넘어가지 않겠구나, 예상했다고 말씀하셨다. 그래서 재계약 건은 참견하지 않으셨다고.

"걱정되세요?"

"스토브 리그 한참 남았는데 무슨 걱정을 해? 네 실력이면 다들 못 데려가서 안달일 텐데."

역시나 감독님이셨다. 큰 그림을 꿰고 계신다.

"그 정도는 아니에요."

모든 운동이 그렇듯 서른이 넘으면 꺾인다고 봐야 한다. 내리막길도 염두에 둬야 할 시기.

"무슨 소리야? 노련미가 붙어 더 볼 만해졌지. 잠깐 쉰다고 퇴보할 실력 아니니까 걱정 마."

그렇게 말씀하시면서도 빨리 정리하고 미국으로 돌아가라고 채근하셨다.

이수는 그러겠다고 순순히 대답하지 못했다.

"지금 좋으세요?"

"좋지. 애들 가르치면서 발전하는 모습 보면, 끝나고 소주 한잔하는 것도."

제일 좋은 게 뭔지 아느냐고 물어보셨다. 이수는 말을 아꼈다.

"너. 너 메이저 리그 선수로 키운 거."

쑥스러워서 감사하다는 말도 제대로 못 하는 못난 제자를 따뜻하게 안아 주셨다. 이수는 휴대폰을 꺼내 문자함을 확인했다. 아직도 읽지 않았다는 표시에 미간을 좁혔다.

'빨리 돌아가라는 말씀은 따르지 못할 것 같습니다.'

* * *

"대박!"

"헐!"

소주잔을 든 나래와 유성의 손이 수전증 걸린 것처럼 부들부들 떨린다. 그런 친구들을 대신해 은서는 소주잔을 단숨에 비웠다. 어제의 일이 궁금했는지 번갈아 가며 전화를 걸어왔다.

이실직고하라는데 무슨 말을 해 줄까. 다음에 얘기하자며 휴대폰을 꺼냈더니 둘이 손잡고 집으로 들이닥쳤다.

집 근처 포장마차로 자리를 옮겼고 원하는 대로 실토를 했더니 저런 반응을 보인다. 그래. 너희가 생각해도 황당하지? 은서는 다시 술잔을 채웠다.

나래는 정신을 차리고 물었다.

"그래서 뭐라고 그랬어?"

"뭘 뭐라고 해. 말도 안 되는 일인데……."

나래는 은서의 손에 들린 소주잔을 가차 없이 빼앗았다. 충분히 은서의 마음을 이해한다. 옆에서 쭉 지켜봐 왔으니까. 하지만 이수가 좋다지 않은가. 나래는 시원시원한 눈을 매섭게 홉떴다.

"왜 안 되는데?"

"뭐?"

"왜 안 되냐고? 넌 살고 아저씨는 죽어서?"

"너, 미쳤어!"

유성은 목소리를 높이며 나래의 팔을 잡아 흔들어 말을 막았다. 여태껏 실수로라도 입에 올리지 않던 얘기였다. 섣부른 말로 위로가 될 일이 아니었기에 금기시하던. 나래는 유성을 째려보며 '넌 빠져.'라고 말하고 말을 이었다.

"네가 죽었으면 안 미안한 거니? 그랬어야 해?"

"그, 만해."

은서의 눈동자가 심하게 흔들렸지만 나래는 개의치 않았다.

"나 취재하다 보면 별의별 사람 다 만나. 하나같이 사연이 얼마나 기막힌지 알아? 멀리 갈 것도 없다. 바로 지난달이야."

"나래야, 제발."

"아니 들어. 아이 하나 살리겠다고 소방대원 둘이 죽었어. 그것뿐인 줄 알아?"

나래가 줄줄이 읊었다. 길 가다 아이 구하고 죽는 사람도 있다고. 수영 못하는 사람들 구해 주려다 죽는 사람들도 허다하다고.

"생면부지, 생판 모르고 살던 사람들이 대부분이야. 직업이 아니더라도 본능적으로 약자를 돕는 거라고."

"그래서 하고 싶은 말이 뭔데?"

"그건 그냥 불의의 사고였어. 선배 말처럼."

은서의 눈에 물기가 흥건히 고였지만 나래는 멈출 수 없었다.

"너나 난, 유성인 다를 거 같아? 내 눈앞에서 사람이 죽게 생겼는데 외면할 수 있을까?"

"그것만이 아니잖아. 아줌마하고 오빠한테 할머니가 어떻게 했는데!"

"너희 부모님도 너도 할 만큼 했잖아."

충분하다는 말을 차마 할 수는 없다. 어떤 사과와 보상도 목숨과 맞바꿀 수는 없으니까. 은서 부모님은 할머니를 대신해서 최선을 다해 사과했고 노력했다. 은서는 어떻고? 모질게 구는 이수 어머니가 이해되면서도 야속했었다.

은서는 이를 악물고 신음하듯 말을 쏟아 냈다.

"내가 가자고, 졸랐어. 며칠만 참으면 되는데…… 고집만 안 부렸어도……."

"언제까지 자책할래? 그만큼 바보같이 살았으면 됐잖아?"

"아저씬, 그냥 아버지가 아니잖아……."

은서는 끝내 울음을 터트렸다. 비명 한 번 지르지 못했을 아저씨였다. 도와 달라는 말 한마디 못 하고 얼마나 고통스러웠을까. 그 생각만 하면 꿈에서도 손발이 묶인 듯 움직일 수 없었다. 그래서 울지 못했다. 너무 힘들었을 텐데 감히 제가 어떻게 아프다고 울 수 있을까. 고열에 시달리고 매일 악몽을 꿔도 당연하게 여겼다. 그래 놓고 뻔뻔하게 이수의 아이를 가졌다.

나래는 은서를 달래지 않았다. 아닌 척. 괜찮은 척. 씩씩한 척. 꾹꾹 누르고 척만 하던 친구였다. 이제야 곪은 걸 터트리는 것 같아 반갑기만 하다.

말없이 소주잔만 비우던 유성이 겨우 입술을 뗐다.

"은서야, 이수 선배 본인이 괜찮다고 하잖아."

"……."

"어제 내 눈으로 보니까 선배 장난 없더라."

어제 나래와 베드 인을 하긴 했다. 건전하게, 정말 건전하게 황금 같은 기회를 얻고도 대화만 해서 그렇지. 그만큼 이수의 등장과 행동이 충격적이었다. 거기다 오늘 은서의 얘기를 들으니 춤이라도 추고 싶은 심정이다.

"그 선배가 허튼짓하는 것 봤어? 확고해 보였어."

"내 말이."

나래도 유성의 생각과 다르지 않아 고개를 끄덕였다. 이수가 한국에 들어온다는 소식을 듣고 하늘이 무너지는 줄 알았었다. 은서가 다시 아플까 봐. 아직도 은서를 좋아할 거라고 생각하지 못했으니까.

"이수 선배 마음이 예전 같다고 볼 수 없어도 난 잘됐다고 생각해. 더구나―."

나래는 말을 끊고 유성의 눈치를 봤다. 얜 왜 따라와서 귀찮게 하나 모르겠다. 나래가 눈총 주는 것도 모르고 유성이 입을 열었다.

"같아. 내가 보증해."

가끔 대본에 '죽일 듯이 노려본다.'라는 지문이 나오면 그 옛날 이수의 눈빛이 떠오르곤 한다. 나래의 부탁으로 조연으로 데뷔한 날. 겨우 투명 테이프 위에 뽀뽀 한 번 하고 사망할 뻔한 날. 그때 처음 눈빛으로도 사람을 죽일 수 있겠다, 생각했었다. 그만큼 이수의 펀치도, 눈빛도 살벌했으니까. 그건 분명 같은 남자의 눈에 질투였고 사랑이었다. 그런데 어제도 이수는 그런 눈빛을 하고 있었다.

유성은 다시 생각해도 고개가 저어진다.

"어우, 질려. 너무 질겨."

"뭐래?"

"그런 게 있어."

"네가 뭘 안다고 나대? 술이나 마셔."

"여자들은 모르겠지만 남자는 알거든!"

듣고 있는 거냐? 유성은 소주잔을 비우는 두 여자를 바라보곤 말을 이었다.

"유치원 때부터 지금까지 나도 마음 변한 적 없어. 참 이상한 게 누굴 만나도 결국엔 나래를 돌아보게 되더라고."

"너 지금 네 숟가락 얹을 때야?"

"얹는 거 아니라. 남자의 순정이 그런 거라고 설명하는 거잖아."

죽일 듯이 서로를 노려보던 두 사람은 동시에 소주잔을 비웠다. 나래는 잠시 망설이다 결심한 듯 말했다.

"너 말고 하임이를 생각해서라도, 은서야."

"치사한 계집애들."

"넌 나이가 몇 갠데 계집앨 찾아?"

"너희들 그런 말 들어도 싸. 여자들하고 우정 쌓는다고 하는 것들은 내가 내 돈으로 도시락 배달시켜 주고 말린다."

"무슨 소리야?"

"지들만 속닥속닥. 내 눈은 장식인 줄 알아? 하임이 아주 이수 선배 판박이더만."

은서가 고개를 번쩍 든다. 나래는 입술을 실룩이고. 유성은 마지못해 은서의 걱정을 덜어 줬다.

"먼저 입 털진 않을 거니까 그런 눈으로 볼 것 없어."

"그래, 이왕 말 나온 거 물어보자."

"얼마든지."

"유성이 넌 어떨 것 같아? 네 애가 있다고 하면."

나래의 질문에 유성은 잠시 생각하다 자신만만하게 말했다.

"나래야, 나 지갑에 현금은 안 챙겨도 콘돔은 꼭 챙겨."

"뭐?"

"나래 네가 그것까진 용납 안 해 줄 것 같아서- 악!"

유성은 갑자기 날아온 숟가락을 맞고 신음했다. 끝도 없이 굴을 파던 은서는 두 사람을 보고 결국 웃음을 터트리고 만다. 이수의 등장만으로 움찔거리던 심장이 점점 색을 되찾고 있었다.

마치 그 옛날처럼.

안 되는데 말이다. 멈춰야 하는데.

1

"사장님 이젠 택배 안 해도 되지 않아요?"

"손님들이 장사 잘되니까 변했다고 할걸?"

은서의 대답이 계속하겠다는 얘기여서 진주는 입을 삐죽였다.

"제가 보기엔 마카롱 만드는 게 제일 중노동 같아요. 시간도 많이 잡아 먹고요."

손이 많이 가는 건 둘째 문제다. 숙성시키는 휴지 시간도 길고 또 굽고 건조하는 단계도 거쳐야 한다. 아무리 손을 빨리 놀려도 하루에 만들 수 있는 수량이 정해져 있다는 얘기다.

"네 전공도 아닌데 뭘 그렇게 신경 써?"

"자꾸 마음이 간단 말이에요. 저 흔들리고 있어요."

"요 작은 게 매력이 있긴 하지? 얘가 입맛도 홀리고 눈도 홀려."

은서가 마카롱을 냉장 케이스에 차곡차곡 쌓으며 미소를 지을 때였다. 문에 달아 둔 풍경이 맑은 소리를 낸다. 은서는 진주와 눈을 마주치고 눈을 찡긋했다.

"클로즈 팻말 거는 거 깜빡했다."

작게 소곤대고 일어서는데 손님의 목소리가 들렸다.

"가게가 아담하네요."

"……!"

전혀 예상치 못한 방문자였기에 일어선 은서는 말없이 놀란 눈을 했다.

"여기 꽤 유명하던데. 마카롱 잘 만드나 봐요?"

여자는 방문의 이유를 설명해 주지 않고 가게 안을 휘휘 성의 없이 둘러본다. 마치 품평을 하듯.

은서는 뒤늦게 입을 열었다.

"여긴 어떻게……."

"마카롱 가게에 왜 왔겠어요?"

"아, 네."

은서는 아차, 하면서도 애매한 미소를 지었다. 가게를 하고 있으니 누구라도 올 수 있는 곳이었다. 하지만 일반 손님처럼 대하기에는 껄끄러운 여자였다. 태도가 이상하기도 했고.

세진은 마지못해 미소를 짓고 있는 은서를 지나쳐 냉장 케이스에 있는 마카롱을 손가락으로 가리켰다.

"개당 2,500원밖에 안 하네. 이거, 이것도. 아니 다 포장해 줘요."

"이걸 다요?"

놀란 목소리를 한 사람은 진주였다.

"네."

은서 대신 냉장 쇼케이스 앞으로 간 진주가 말했다.

"안 되는데요."

"왜죠?"

"우리 가게는 손님 한 분당, 구매 제한 개수가 있습니다. 여기요! 읽어 보세요!"

냉장 쇼케이스 위에 세워 둔 안내문을 가리키는 진주의 태도가 불손하다. 원래는 손님들에게 한 친절 하는 그녀였다. 그런데 고운 응대가 어려울 만큼 거만한 손님이었다. 은서와 아는 사이 같아 굳이 쉬는 날이라고 말하지 않았지만 택배 보낼 물량이라 마카롱이 꽤 많았다. 이 많은 걸 가져다 뭐 하려고? 일부러 신경을 거슬리게 하려고 작정한 사람 같아 곱게 보이지 않는다.

"많이 팔면 좋은 거 아닌가. 그럼 되는대로 포장해 줘요."

"맛 골라 주세요."

"아무거나 담아요."

여자의 말에 진주가 대번 얼굴을 구겼다. 정말 짜증 나는 여자였다. 장사를 하다 보면 유별난 손님이 많지만 여자는 그런 손님 중 갑 중의 갑처럼 보였다.

잠깐 생각에 잠겼던 은서는 뒤늦게 포장을 하려는 진주의 손을 얼른 잡았다.

"내가 포장할게. 시장에 좀 다녀와."

"예?"

"우리 과일 좀 먹자. 간 김에 너 먹고 싶은 것도 좀 사 오고."

진주는 뜬금없는 주문에 마지못해 앞치마를 벗었다. 아무래도 자리를 비켜 달라는 뜻 같았다.

* * *

은서는 진주가 가게를 나가자 세진을 바라보았다.

"마카롱은 안 팔아 주셔도 돼요. 시식해 보고 싶으시면-."

"됐어요."

어쨌든 저를 찾아온 손님이라는 생각에 접시를 꺼내던 은서가 멈칫했다.

"저한테 볼일이 있으신가요?"

"손님한테 앉으란 말도 안 하나요?"

"……편한 곳에 앉으세요."

몇 번 보진 않았지만 여자의 언행이 낯설게 느껴진다. 이수와 함께 있던 여자가 맞나 싶을 정도로 180도 태도가 달랐다. 마음을 다스린 은서는 음료를 챙겨 테이블에 올리고 세진과 마주 앉았다.

"저를 왜 찾아오셨는지."

"그쪽 이름이 서은서 맞아요?"

"……맞는데, 우리가 인사 나눈 적 있었던가요?"

의아한 눈빛으로 저를 바라보는 은서를 세진은 노골적으로 비웃었다. 이수에게 헤어지자는 말을 듣고 그의 뒷조사를 시켰다. 여자가 있을 거란 제 예감이 맞았다. 다만 제 눈앞에 앉아 있는 이 여자일 줄이야. 그리고 몇 년 전 의문의 주인공과 동일인이니 재미있을밖에.

세진은 마지못해 음료로 목을 축였다.

"내 이름은 기억하고 있죠?"

"……네."

"우리가 몇 번째 보는 건지 알아요?"

"말 돌리는 거 싫어서요. 찾아온 용건 말씀하시죠."

은서는 불쾌감에 미간을 좁히면서도 예의를 지켰다. 뜬금없이 찾아와 제게 적대감을 드러내는 이유도, 이름을 확인하는 이유도 도통 모르겠지만.

"보기보단 말랑한 성격이 아니네. 교양이 없는 건가."

"윤세진 씨, 좀 무례하네요."

교양을 들먹거릴 만큼 소양을 갖추지 못한 건 세진 쪽이었다. 그쪽이라는 호칭도 그렇고. 그런데 알 수 없는 이 위화감은 뭘까. 일어서려던 은서는 세진의 입이 다시 열리길 기다리는 쪽을 택했다.

"다섯 번째예요. 그쪽 보는 거. 지금 포함해서."

"다섯 번째……?"

그렇게 많이 봤었나. 그럴 리 없을 텐데. 무심결에 속으로 만남의 횟수를 헤아리던 은서가 의아한 눈빛을 했다.

세진은 이유를 안다는 듯 미소를 지었다.

"아, 그쪽은 나를 네 번째 보는 거겠네요. 말 돌리는 거 싫어한다고 했죠? 내가 미국에서 도둑고양이를 봤어요."

"무슨……?"

미국에도 길냥이가 많다는 말을 해 주러 온 건 아닐 거고. 스무고개 게임도 아니고 뭐 하는 짓인지.

은서는 의문이 풀리지 않아 세진을 빤히 쳐다보았다.

"5년 전 이른 새벽. 아, 눈 오는 날이었어요. 그것도 LA 이수 씨 집 앞에서."

은서의 얼굴이 하얗게 질리자 세진은 승리의 미소를 지었다.

"이제 대화할 마음이 생겼나요?"

"……사람 잘, 못 본 것 같네요."

생각지도 못했던 상황이라 은서의 목소리가 떨려 나왔다.

"잠깐 스친 거라 처음에 그쪽 봤을 때 바로 기억하진 못했지만 정확해요."

무려 5년이 흘렀다. 스치듯 본 여자를 기억하기엔 무리였다. 그런데 모든 정황이 눈앞에 앉아 있는 은서라는 여자를 가리키고 있었다. 왠지 불길했던 제 예감, 낯익은 것 같은 실루엣. 정신을 차리지 못할 정도로 취했던 이수의 입에서 흘러나온 '……서야.'라는 이름. 그리고…….

"아이가 있던데."

"윤세진 씨, 그만하시죠. 불쾌하네요."

벌떡 일어서는 은서의 손목을 세진이 제법 강하게 잡았다. 당혹스러웠다. 은서는 본능적으로 손목을 빼려고 비틀었다.

"이게 무슨 짓이죠?"

"공교롭게도 당신을 본 다음 해에 태어났더라고요. 아이 생일이……."

생글거리며 저를 올려다보는 세진이 순간 진드기처럼 느껴졌다. 식물의 진액을 빨아 먹어 병들게 하는. 제 평온한 일상을 송두리째 흔드는 세진이 해충처럼 생각됐다.

은서의 목소리가 서늘해졌다.

"내 뒷조사를 했다고 감히 내 앞에서 말하는 거예요?"

"했어요."

"더 들을 얘기 없을 것 같은데, 당장 나가 줘요."

세진은 서늘하게 태도가 바뀐 은서를 쏘아보았다. 한편으론 고마운 여잔데 할 수만 있다면 도려내고 싶을 정도로 미운 여자다. 그런데 또 도움을 주네.

세진이 이죽거리며 말했다.

"여기서 나가면 이수 씨한테 갈 건데, 그래도 되겠어요? 결정은 그쪽이 해요."

은서는 현기증이 일어 눈을 질끈 감았다. 이성적인 판단을 해야 하는데 생각이 뚝뚝 끊긴다. 겨우 숨을 고른 그녀가 세진의 손을 떼어 내며 천천히 앉았다.

"좋아요. 얘기 들어 보죠. 하지만 경솔하게 앞서 나가지 말아요."

"경솔?"

"내 아이에 대한 애먼 추측이나 망발은 용서할 수 없어요."

세진은 제법 강하게 나오는 은서를 보고 검지를 세워 가로로 흔들었다.

"나한테 고마워해야 할 텐데. 그날 그쪽 흔적 지워 준 사람이 나거든요."

돌덩이처럼 낯을 굳히는 은서에게 세진은 경멸의 시선을 던졌다. 제 거짓말에 속아 넘어가는 모습이 유쾌하다 못해 통쾌해서.

"그쪽이 도망치고 난 들어가고. 이수 씬 평소대로 익숙하게 나를 안았죠. 아침까지."

은서는 말을 잃은 사람처럼 입술을 꼭 붙였다.

"은서 아니지? 너일 리 없는데."

아. 내가 이 여자인 줄 알고 그렇게 말했던 건가. 이 여자 대용품으로 착각하고? 세진은 번아웃 된 은서의 상태 따윈 아랑곳 않고 디테일한 설명을 이었다.

"대형 스포츠 선수들 섹스 스캔들은 들어 봤을 거예요. 이수 씬 그런 추문이 없었죠. 왜 그런지 알아요?"

"……."

"애인이 있는데 다른 곳에다 욕구 풀 일이 뭐가 있겠어요."

세진은 그들이 얼마나 뜨거운 연인인지 친절하게 알려 줬다. 그녀가 이수를 얼마나 사랑하는지도.

"그날은 화나고 기분 더러웠지만 어쩌겠어요. 술이 한 짓인데."

아침에 일어나서 힘들게 해서 미안하다고 사과하는 이수에게 아무 말도 할 수 없었단다.

"술 아니었다면 그런 실수 할 사람이 아니거든요. 도망간 여자를 찾을 수도 없고. 이수 씨가 신경 쓸 것 같아서, 그래서 물었어요."

그의 주변을 맴도는 스토커 여자들 중 한 명일 거라고 생각했단다. 어디다 기사를 팔려고 할까 몇 년을 기다렸는데 조용해서 잊고 있었다고.

세진이 말끝에 한숨을 내쉬었다.

"그냥 좀도둑인 줄 알았는데 아이까지 낳다니. 그쪽도 참 대단해요?"

멍하니 그녀의 얘기를 듣던 은서는 정신을 차리려고 물로 목을 축였다.

"원하는 게 뭐죠?"

"그렇게 뜨거웠던 남자한테 이별 통보를 받았어요. 알고 있죠?"

그제야 여자가 왜 저를 찾아왔는지 감이 왔다.

"끝냈어. 정확히 말하면 그쪽은 아직 아닌 것 같고."

분명 이수가 그렇게 말했었다. 그 불똥이 제게 튄 건가. 한숨과 함께 은서의 입이 열렸다.

"당신들……."

"말해요."

"일엔 관심 없어요."

"관심 없는 정도로는 안 되는데. 이수 씨가 자기 아이가 있다는 걸 안다면 어떨까요?"

알려져서는 안 되는 얘기였기에 은서는 이를 악물었다. 생각을 정리한 은서의 눈망울이 또렷해졌다.

"말 돌리지 말고 바라는 걸 똑바로 말해요."

제법이네.

세진은 대답 대신 음료로 목을 축이고 다시 한번 가게 안을 둘러보았다. 꽤 사는 집안이라고 했다.

궁상맞게 왜 이런 가게를 하는 걸까.

그런 세진을 바라보는 은서는 피가 마르는 것 같았다. 하지만 조급한 건 제 사정이었다. 여유를 부리는 세진이 목적을 말할 때까지 기다려 줄밖에.

"난 이수 씨가 도통 이해 안 돼요. 운동밖에 모르는 사람이라 단순해서 그런가. 두 사람 인연이 꽤 깊더라고요?"

은서의 눈이 커다래졌다. 조사는 저에 대해서만 한 게 아니었나 보다. 이런저런 말을 쏟아 내는 입술을 은서는 멍하니 쳐다보기만 했다.

"당신이 도망친 건 이해되는데 이수 씬 무슨 생각일까요?"

"……."

"그쪽 때문에 아버지가 죽었는데 당신과 뭘 어쩌겠다고."

비웃음 실린 목소리에 은서의 눈꺼풀이 느리게 닫혔다 열렸다.

"나 같으면 구질구질해서 떠올리기도 싫을 텐데."

"구질구질, 이라고 했나요?"

겨우 은서의 입술이 떨어졌다.

"그렇잖아요? 장애인 부모가 뭘 해 줬겠어요. 그래서 그쪽 종노릇을 했겠죠. 그러다 정이 들었을 거고. 지금은 값싼 동정심에 그러는 거겠지만."

세진은 더없이 화사한 미소를 지었다. 귀에서 삐, 하는 이상한 진동음이 울렸다. 세진의 입술이 계속 움직이는 내내. 장애인 부모, 종노릇 등등. 단편적인 단어만 은서의 의식을 뚫고 들어왔다. 그런 그녀를 보고 은서는 문득 궁금해졌다. 저 여자가 이수를 사랑하긴 하는 건지. 사랑한다면 그의 부모에게 저런 표현을 쓰면 안 되는 거였다. 아저씨와 아주머니가 이수를 위해 얼마나 최선을 다했는데.

이수에게 더없이 잘 어울리는 여자라고 생각했는데. 나이를 헛먹었나보다. 그래도 상관하면 안 되겠지, 생각하는데 세진의 입술이 다시 움직인다.

"이수 씨, LA 메이저 리그 간판스타예요. 수많은 팬들이 그의 경기를 보려고 구장에 출근 도장을 찍어요."

은서 저가 누구보다 잘 아는 얘기를 세진은 구구절절 읊었다.

"이방인인 이수 씨가 야구만 잘한다고 과연 팬들이 그렇게 열광할까요?"

점점 파리해지는 은서의 얼굴을 보고 세진은 일이 쉽게 풀리겠다는 예감이 들었다. 그래서인지 입꼬리가 자꾸 올라간다.

"팬들은 자기 관리를 잘 하는 성이수를 좋아하고 신뢰하는 거예요. 당신이 어떻게 하느냐에 따라 이수 씬 모든 걸 잃을 수도, 얻을 수도 있어요."

숨 쉬는 것을 잊은 것처럼 은서의 모든 게 경직됐다.

"아버지 죽인 여자와 원나잇, 임신시키다. 임신한 여자를 외면한 파렴치한. 뭐 그게 아니더라도 기삿거리는 많아요."

"윤세진 씨!"

은서의 부름에 세진이 입술에 지퍼를 물리듯 닫는 시늉을 했다.

"그쪽은 지금껏 살던 대로 살면 돼요. 그래서 도망쳤던 거잖아? 안 그래?"

"말해요, 원하는 거."

"내가 이수 씨 데리고 떠날 때까지 도망쳐요. 그때처럼. 다른 남자와 결혼해 주면 더 좋고."

은서는 아무 말도 못 하고 오래도록 세진을 빤히 바라보았다.

* * *

차를 출발시킨 세진은 콘솔 박스에서 은색 케이스를 꺼냈다. 끊었던 담배인데 흡연 욕구가 미친 듯이 일었다. 제 생각보다 은서가 꽤 다부졌다. 그랬으니까 혼자 저런 엄청난 짓을 벌였겠지만.

긴 손가락에 낀 담배가 맥없이 동강 부러졌다.

의문의 여자를 다시 만날 줄이야.

세진의 입꼬리가 비스듬히 올라갔다.

"재수 없으려니까……."

그날은 모든 게 맞물려 제게 행운을 가져다준 날이었다. 스포츠 기자들과 펍에서 늦게까지 술을 마시고 있었다. 자리가 끝날 즈음 한 리포터의 휴대폰이 울렸다. 이수의 팀원인 매튜와 한창 불이 붙어 있는 후배 리포터였다.

"구단 파티 간 거 아니었어?"

"끝나고 온대요."

구단 내 파티엔 원래 언론사 사람들은 출입 제한을 둔다. 혹시라도 선수들 사생활이 노출되는 걸 막기 위해서. 그걸로 한참 씹고 있는데 매튜가 나타났다. 그러려니 했는데 그가 다가와 속삭였다.

"오, 세진. 좋은 소식 하나 알려 줄까. 이수에 대해서야."

그녀가 이수를 좋아한다는 건 본인만 빼고 다 아는 사실이었다.

"무슨 소식이요?"

"좋아. 얘기해 주지. 오늘 이수가 파티에 나타났어. 대단하지? 그뿐이 아니라고. 이수 친구, 찬이 에이전트 준비 중인 건 알고 있지?"

이수의 매니저인 찬의 얘기에 미간부터 좁혀졌다. 이수가 속한 구단에서 세진에게 관심을 보이지 않는 남자는 찬과 이수밖에 없었으니까. 아무튼 찬이 자격증 시험을 준비 중이라는 것은 알고 있었다. 그것 때문에 뉴욕에 있는 이수의 에이전트 본사에 갔다고 말했다.

"그게 왜 좋은 소식이죠?"

이수가 파티에 참석한 건 의외였지만 그게 뭐 어쨌다고.

"술이 엄청 약하던데. 내가 집 앞에 떨어트려 주고 오는 길이야. 그래도 감이 안 와? 이수 지금 혼자 인사불성 돼서 집 앞에서 뻗어 있다고!"

더는 생각할 것도 없었다.

"고마워요, 매튜. 잊지 않을게요."

이수의 집 앞에 도착했을 때 세진은 멈칫했다. 주택 앞에 시동을 건 택시가 있었기 때문이었다. 찬이 벌써 왔나. 생각하는 순간 이수의 집에서 나온 여자가 택시를 타고 사라졌다. 순식간에 일어난 일이었다. 덕분에 열려 있는 문으로 이수의 집 안에 입성할 수 있었지만.

침실엔 이수 혼자였고 정사의 흔적이 고스란히 남아 있었다.

여자의 첫 경험 흔적까지. 기분이 더러웠다. 하지만 망설일 필요는 없었다. 옷을 벗고 침대에 올라가 그의 옆에 누웠다. 만취해 곯아떨어진 이수는 아침에 일어나서 도저히 믿을 수 없다는 얼굴을 했다.

"어떻게 된 일입니까. 혹시 강제였습니까."

이수는 아무것도 기억하지 못하는 게 틀림없었다. 그 다음부턴 일사천리로 일이 진행됐다. 다른 여자의 흔적을 제 것으로 둔갑시키는 건 너무 쉬웠고 그를 얻을 수 있었다.

문제는 그 다음부터였지만. 이수는 남자 구실을 하지 못했다. 얼마나 황당하던지. 그런 그를 놓지 않은 건 하나만 아는 남자가 제 것이 되었을 때의 기대감 때문이었다.

세진은 희망 고문만 당하다 끝낼 순 없다는 생각에 이를 악물었다.

"도둑고양이가 한국에 숨어 있을 줄은 몰랐네."

더구나 이수의 아이까지 있다니. 뒷조사를 부탁했을 뿐인데 전직 형사 출신인 심부름센터 사장은 실력이 좋은 건지 성실한 건지 꽤 세세한 내용을 보내왔다.

"여자가 사연이 꽤 많아서 힘들었습니다."

이수 아버지의 죽음이 사고사인 건 알고 있었다. 그 사고가 은서와 엮여 있다는 게 무척 흥미로웠다. 보내 준 자료엔 아이 아빠는 죽은 거로 돼 있었지만 충분히 유추 가능했다. 은서를 본 시기와 아이의 나이가 맞아떨어졌기 때문이다.

"덕분에 일이 쉬워지긴 했는데……."

은서를 조종하기는 더 수월하겠지만 아이 생각만 하면 짜증이 인다. 내내 차분했던 은서의 응대도 신경을 깔짝이고. 끝까지 이성을 잃지 않는 모습이 묘하게 이수와 겹쳐져 입맛이 쓰다.

세진은 휴대폰을 터치했다.

-네. 또 뭐가 필요하십니까?

"유전자 검사를 해 줘요."

-어떤.

"서은서 딸과 정이수 씨."

알겠다는 빠른 대답을 듣고 세진은 전화를 끊었다. 확실히 해 둬서 나쁠 건 없다. 세진의 차가 속력을 높이며 도로를 질주했다.

* * *

어느새 밤이 깊어졌는지 우드 블라인드 사이로 불빛이 새어 들어오고 있었다.

은서의 입술이 힘없이 움직인다.

"일어나야 하는데……."

생각은 굴뚝같은데 하임이의 작은 침대에 욱여넣은 몸이 말을 듣지 않는다. 정신 차리라고 몇 번이나 자신을 채근해도 말이다. 물먹은 솜처럼 늘어진 몸을 간신히 뒤척인 그녀가 현실을 외면하듯 팔을 올려 눈을 가렸다.

"……미안해."

끝까지 이수의 발목을 잡는 뻔뻔한 자신이 너무 싫고 미웠다. 아니 하나밖에 모르는 미련한 제 심장이 지겨웠다. 고등학교를 졸업하고 얼마 되지 않아 최 감독님으로부터 연락이 왔다.

놀라 달려 나간 그녀를 달래듯 감독님은 이수의 안부부터 전해 줬다.

"이수는 잘 지내고 있으니까 걱정 마라."

그리고 고마웠다고 말을 이었다. 어느 정도 자리를 잡았으니 더는 돈을 보내지 말라고. 목돈을 주고도 조금씩이라도 돈을 보내 주고 있었다. 감독님의 말씀에 안도하면서도 한편으론 가슴이 털컥 내려앉았다. 그와 연결된 마지막 끈마저 끊어지는 것 같아서.

"……그동안 감사했습니다."

떨리는 목소리가 안쓰러웠는지 감독님이 다그쳤다.

"아버지 잃은 놈도 버티는데 은서 너도 인제 그만 정신 차려야지."

현실을 외면하지 말고 똑바로 바라보라고, 어떻게든 살아 나가라고.

"네가 아무리 힘들어도 이수만 할까? 이수 아버지 죽음 헛되게 만들면 되겠어?"

채찍 같은 말이 가슴을 후벼 팠다. 저랑은 비교 안 되게 힘들었을 이수였다. 아저씨가 연장시켜 준 목숨으로 뭘 하고 지낸 걸까. 뭐라도 해 보자. 그래서 유학 결심을 했다. 전공을 바꾸자 많은 사람과 어울려야 했다. 팀 작업, 조별 평가를 하며 바쁘게 지내는 게 도움이 됐던지 표면적으론 평범한 일상을 보낼 수 있었다. 그리고 이수의 메이저 리그 콜업 소식을 듣게 됐다.

'해냈구나!'

그 기쁨을 다 어떻게 말로 설명할까. 고맙고 미안하고 대견하고. 마음의 짐을 조금은 덜어 낸 것 같은 기분이었다. 하지만 기쁨도 잠시. 그의 잦은 부상 소식이 들려왔다. 미디어에서조차 타석에 서는 이수를 볼 수 없게 되자 불안했다.

일이 손에 잡히지 않은 채로 시즌이 끝나고 결국 미국행 비행기를 타고 말았다.

'보고만 오는 거야. 괜찮은지만.'

그를 응원하는 팬들처럼 걱정 정도는 해도 되잖아. 자신을 속이며 먼발치에서만 보고 오자 결심했던 거다. 그래야 안심이 될 것 같았다.

비시즌 중이라 그가 사는 곳과 트레이닝 센터 주변을 맴돌았다. 그러길 이틀째. 밤늦게 동료로 보이는 남자와 귀가하는 이수를 볼 수 있었다. 몸도 못 가눌 정도로 만취한 상태였다. 문을 흔들어 보던 남자는 이수를 현관 앞에 앉혀 놓았다.

"이수, 술 깨면 들어가. 난 이만 가야겠어."

줄기가 꺾인 것처럼 고개를 푹 숙이고 있는 이수의 어깨를 툭툭 치더니 그대로 가 버렸다.

추운 날씨였다. 때맞춰 눈발까지 날리고. 찬에게 연락하고 싶었지만, 그땐 연락처를 알지 못했었다. 안 되는 일인 줄 알면서도 발이 먼저 움직였다. 망설이다 그의 눈앞에 대고 손을 흔들어 보기를 몇 번. 차마 목소리를 내지 못하고 의식 없는 이수를 조심스럽게 흔들었다.

얼마나 그러고 있었을까. 이수가 힘겹게 고개를 들더니 눈을 가늘게 뜨고 저를 빤히 응시하는 바람에 은서는 숨을 멈추고 얼음처럼 굳고 말았다.

"······이상하다―."

뭉그러진 목소리를 내던 이수가 고꾸라지듯 그녀의 어깨에 얼굴을 묻었다.

쿵쾅쿵쾅.

심장이 얼마나 빠르게 뛰던지 현기증이 일었다. 마치 피가 다 빠져나간 듯 온몸이 저릿하고. 하지만 계속 그러고 있을 수는 없었다. 어디서 그런 힘이 솟았는지 모르겠다. 간신히 겨우겨우 그를 부축해 일으켰다. 이수의 손을 잡아 지문 인식을 시켜 문을 열었다.

그사이 온전히 제게 기댄 그를 지탱하느라 온몸에 땀이 흥건하게 고인 듯했다. 찬바람에 목덜미가 서늘했으니까.

이를 악물고 그렇게 그의 침실까지 들어갔을 때였다.

이수가 천천히 눈을 껌뻑이더니 고개를 저었다.

"······이상하다―."

이수는 똑같은 말을 반복하더니 커다란 손으로 그녀의 양 뺨을 감쌌다.

"왜, 은서가 보이지······? 은서 냄새가 나. 아닌데······."

뭉그러진 발음으로 중얼거리던 이수가 그녀를 안은 채 침대 위로 벌러덩 넘어졌다.

아찔한 매트리스 진동이 그의 몸 위에 엎어진 제게까지 전해졌다.

이수의 몸 위에서 바르작거릴 수 없어 바짝 굳어 있는데 그가 피식 입술을 늘였다.

"……뽀뽀해 줄까?"

찰나 놀라 입술이 벌어졌고 차가운 입술이 닿은 건 순식간이었다. 대처할 새 없이 이수의 뜨거운 숨결이 훅 얼굴을 덮쳤다.

"다, 컸을까……."

왜 그랬는지 모르겠다. 그 말을 듣는 순간 고개를 끄덕이고 말았다. 빠져나와야 한다는 것을 알면서도 그러지 않았다. 마치 발칙했던 꼬맹이 시절로 빙의된 듯 빤히 그의 얼굴을 내려다보았다.

완전한 남자가 된 이수를 직접 실물로 보는 건 처음이었다.

미디어에서 보던 것보다 훨씬 강인하고 여전히 눈을 뗄 수 없게 근사했다. 은서는 저도 모르게 손을 들어 반듯한 콧날을 더듬고 어느새 온기를 찾은 뜨거운 입술을 그리듯이 만졌다. 갖고 싶었다. 사악한 그녀의 생각을 읽기라도 한 듯 초점 풀린 이수가 물어 왔다.

"은서 아니지? 너일 리 없는데."

기다렸다는 듯이 악마가 그녀에게 속삭였다. 괜찮다고. 이수는 절대 기억하지 못할 거라고. 은서는 겨우 용기를 내어 목소리를 끄집어냈다.

"아니야. 그 여자가 누군데."

말을 맺기 무섭게 그녀의 세상이 빙그르르 돌고 이수가 저를 내려다보고 있었다.

"맞아. 은서는 한국에 있는데-."

입술을 맞붙이고 중얼거리는 그에게 고개를 끄덕여 주자 축축하게 젖은 살덩이가 입 안을 파고들었다. 내가 아닌 걸 알고 안도하는 거야? 그런 거야, 오빠? 가질 수 없는 것을 탐하는 자신이 역겨우면서도 이수와의 키스에 빠져들었다.

잘근잘근 입술이 씹히고 아릿하도록 혀가 빨렸다. 알코올에 달궈진 그의 호흡이 거칠어지고 타액이 뭉텅뭉텅 넘어왔다. 옷을 헤집는 이수의 손이 자꾸만 헛돌았다.

은서는 움츠렸던 몸과 마음을 놓아 버렸다. 그리고 서툴게 움직이는 그를 대신해 제 옷을 벗었다.

그의 셔츠도, 벨트도 바지와 속옷까지.

그녀의 손과 술에 취해 헛도는 이수의 손이 엇갈리고 가려질 것 없는 두 사람의 몸이 겹쳐졌다.

맨살에 닿는 이수의 모든 것이 뜨겁고 단단했다.

더할 수 없이 밀착된 육체로 전해지는 열기에 흠칫하자 이수가 나른한 미소를 지었다.

마치 그녀를 달래 주는 것처럼.

"……꼬맹이 아니지?"

탁하고 어눌한 발음. 열기에 젖어 초점 잡히지 않는 그의 눈동자가 묘하게 섹시했다.

"응, 아냐."

순식간에 그의 입 속으로 가슴이 빨려 들어갔다. 진저리가 쳐질 만큼 저릿하고 아팠다. 날카로운 이빨을 가진 축축한 짐승의 아가리로 빨려 들어가는 느낌. 그런데도 그의 몸에 짓눌린 육체는 젖어 들었다. 한편 심장은 말할 수 없이 작게 쪼그라들고. 당연했다. 술에 취해 본능적으로 움직이는 이수는 그저 욕망을 좇는 남자였으니까.

허물을 벗은 그들의 몸 사이에 놓인 그의 욕망이 불에 달궈진 쇳덩이처럼 느껴졌다. 뭉근한 열기가 아래로 쏟아지는 느낌이 당혹스러워 허벅지를 모았지만 허사였다. 가랑이 사이를 파고든 탄탄한 허벅지가 질구를 압박하고 있었다. 동시에 그녀의 가슴을 쥔 그의 손에 힘이 가해지고 몸 곳곳에 잇자국이 새겨질 정도로 물어 댔다. 은서는 신음을 참기 위해 어금니를 악물고 그의 머리통을 감쌌다.

'오빠 꿈이야. 다 잊으면 돼.'

은서는 그의 체취를 흠뻑 맡으며 탄탄한 이수의 몸을 더듬었다. 살집이라곤 하나 없는 탄탄한 근육질의 몸을. 이랬구나, 정이수는. 이렇게 되기까지 얼마나 달리고 또 달렸을까. 은서는 허기진 사람처럼 저를 탐닉하는 이수를 올려다보다 손을 내렸다.

저를 원하면서도 길을 찾지 못하고 자꾸만 미끄러지는 페니스를 과감하게 잡았다.

흠칫!

신체의 일부라 믿기 어려울 정도로 뜨겁고 뻣뻣했다. 하지만 망설임은 잠시. 제멋대로 커지는 젖은 욕망을 그녀의 입구로 이끌었다. 질구에 맞닿은 뭉툭한 열기에 아랫배가 자동으로 조여지고 멋대로 속살이 움찔댔다.

딱 한 번만 욕심내는 거야. 저를 다독일 새도 없이 이수가 허리를 내렸다. 처음 겪는 고통이었다.

흡!

찢어질 것 같은 통증과 함께 아래가 꿰뚫리고 그의 몸의 일부가 제 안으로 깊숙이 들어왔다.

불덩이를 생으로 받아들이느라 악문 잇새로 뜨거운 숨이 연신 쏟아졌다. 이수의 얼굴도 있는 대로 일그러져 있었다.

"윽!"

그녀의 몸을 쥐어짜듯 끌어안고 그가 숨을 골랐다. 마치 안식을 찾은 듯. 제 안에 펄떡거리는 그의 욕망을 담고 은서는 숨을 멈췄다. 몽롱한 눈동자가 이상하다는 듯 저를 내려다보고 있었기 때문이다. 제 안에 고스란히 새겨지는 이수의 성기가 너무 버거운데도 신음하지 못했다. 몸은 돌덩이처럼 굳고 눈앞은 가물거리고. 정신을 차리기 위해 입술 안쪽 살을 으깨 물 때였다.

이수가 그녀의 뺨을 쓰다듬으며 몸을 움직였다.

으흣!

그의 욕망은 광폭했다. 겨우 받아들인 그의 몸이 빠져나가고 다시 들어

오는 통증은 상상 이상이었다. 의지할 곳 없어 시트를 움켜쥔 손에 쥐가 날 정도로. 그의 힘에 밀려 침대 헤드까지 올라갔던 몸이 다시 끌려 내려오고, 셀 수 없이 깊숙이 몸이 맞물렸다. 쓰라림이 절정에 달해 그의 것을 품느라 벌어진 길이 몸살을 앓듯 팔딱거렸다. 빡빡한 곳을 휘젓는 그의 힘을 당해 낼 재간이 없었다.

피해 보고자 본능적으로 허리를 비틀자 오히려 그의 욕망이 더욱 커지는 것 같았다. 빨라진 그의 허리 짓에 결합된 곳에서 울리는 질척한 소리가 더 적나라해졌다.

'오빠, 제, 제발, 그만.'

속으로 애원하며 시야가 흐릿해질 때쯤 정의하기 힘든 열기가 질 안을 가득 채우고 그의 욕구가 터져 나왔다.

"하아!"

이수의 눈이 가늘게 접히고 끓는 숨을 뱉어 내는 입술이 붉었다. 꽤 오래 몸을 굳혔던 만큼 그의 사정도 길었다. 빡빡하게 몸이 맞물린 질 안에 부피감이 느껴질 만큼 많이. 그러고도 이수는 그녀를 놓아주지 않았다. 그가 쏟아 낸 풋내 머금은 체액이 그녀의 아래를 넘치도록 적시고서야 은서의 몸에 엎어지며 완전히 눈을 감았다.

곧 영원히 놓아주지 않을 것 같던 그의 팔에 힘이 풀렸다. 간신히 침대에서 내려오자 열병을 앓을 때보다 더 몸이 떨렸다. 그의 품에 안겨 있을 땐 그렇게 뜨거웠는데 그의 품을 벗어나자 얼음물을 뒤집어쓴 것처럼 이가 딱딱 부딪힐 정도로 추웠다. 은서는 엎드린 채 고개만 틀고 잠든 이수를 잠시 바라보았다. 쓸데없이 용감했던 자신을 나무랄 생각이 없었다. 이수 또한.

"꿈으로라도 기억하지 마요……."

겨우 몸을 추스르고 대기시켜 놓은 택시에 문자를 넣었다. 그리고 그의 땀과 체액에 젖은 몸에 옷을 꿰어 입고 도망치듯 집을 빠져나왔다. 누군가가 저를 봤을 거라는 생각은 꿈에도 하지 못한 채.

프랑스로 돌아와 호되게 앓았다. 겁이 나서 더욱 아팠는지도 모르겠다. 임신 생각은 꿈에도 하지 못했다. 그저 혹시라도 이수가 기억하고 저를 찾아오는 건 아닌가 하는 기우에만 시달렸다.

학기가 다시 시작되고 생리가 몇 달째 끊겼다는 게 떠올랐다. 몸이 안 좋아서 그런 거겠지 하며 병원을 찾았고 임신한 걸 알게 됐다. 처음 든 생각이 '말도 안 돼!'였다. 멍청하게도 제가 저지른 엄청난 짓은 생각도 못 한 채 말이다. 무슨 정신으로 병원을 나왔는지 모른다. 그저 차에 올라 운전을 했고 정신을 차려 보니 한인 식당에 앉아 있었다.

'왜……?'

당혹스러웠다. 미국에 다녀온 후 제대로 식사를 한 적이 없었다. 학기가 시작되고 만나는 사람들마다 인사가 '왜 그렇게 말랐어?'였다. 겨우 죽지 않을 정도로만 음식물을 넘겼었는데 갑자기 식당이라니. 왜.

"영양실조예요. 엄마가 튼튼해야 아기가 잘 자랄 수 있어요."

여의사의 말에 본능적으로 뭔가 먹어야 한다고 생각했던 것 같다. 생전 찾지 않던 육회비빔밥과 보쌈을 시켰다. 꾸역꾸역 그것들을 삼키면서도 멍했다. 집에 와서 먹은 것을 게워 내고서야 정신이 들었다. 두렵지 않았다면 거짓말. 그런데도 홀쭉한 배를 만지자 미소가 지어졌다.

이수와 제 아이가 그녀의 배 속에 있다는 게 신기해서. 망설이지 않고 그길로 프랑스 생활을 정리했다. 한국으로 돌아갈 결심이 섰기 때문이다.

그리고 이수를 찾아갔다. 조금이나마 남은 서로의 미련을 끊어 내기 위해서.

간신히 몸을 일으킨 은서는 머리를 하나로 질끈 묶고 연구실을 나섰다.

어제 친구들의 말에 잠시나마 설렜었다. 이수의 고백에 싫다고 하면서도 마음이 흔들렸었다. 이렇게 바로 하루 만에 만신창이가 될 줄도 모르고.

가게 불을 밝히고 재료들을 정리하는 그녀의 손길이 분주해진다.

* * *

시장 안에 있는 곱창집에 들어온 이수와 찬은 서로 눈을 마주치고 소리 없이 웃었다. 시끄러워지는 게 번거로워 번개같이 찾아든 가게였다. 놀란 주인에게 멋쩍은 미소를 짓고 그들이 테이블을 잡고 앉았다. 한숨 돌린 찬이 말했다.

"내가 별짓을 다 해요."

"매니저가 하는 일이잖아."

"입덧하세요? 정이수 선수?"

갑자기 곱창이 먹고 싶다는 말에 졸래졸래 따라나섰다. 그런 주제에 할 말은 아니지만 혼자 소주잔을 기울일 생각을 하니 은근 부아가 돈다. 찬은 곱창 4인분과 소주를 시키고 마지못해 이수의 몫으로 사이다를 시켰다. 바로 준비된 전골냄비를 가스버너에 올려 주고 주인이 머뭇대자 이수는 수순처럼 사인을 해 주었다.

찬이 사이다를 따라 주며 말했다.

"재미없는 자식."

"그래서 소주잔에다 사이다 마셔 주는 거잖아."

"같아?"

얄밉게 씩 입술을 늘이는 이수를 보고 찬이 고개를 절레절레 저었다.

"무슨 바람이야? 할 말이라도 있어?"

"설이 말마따나 너무 오래 붙어 있었나 보다."

"하고 싶은 말이 뭔데?"

이수는 찬의 잔을 채워 주고 친구를 빤히 바라보았다. 그런데 입이 쉽게 떨어지지 않는다. 그래도 폭 좁은 제 인간관계에 유일무이한 아군이기에 말해야 했다.

"물어보고 싶은 게 있어서."

"뭐?"

"내가 은서 만나면 불효하는 건가."

찬은 망설이지 않고 이수에게 미친놈이라고 말했다. 마치 알고 있다는 듯, 놀라지 않은 얼굴로. 한국에 들어올 때만 해도 이수가 무슨 생각을 하는지 도통 알 수가 없었다. 하지만 곧 그의 행동이 모든 걸 말해 줬는데 어떻게 모를까.

찬은 잔을 비우고 손등으로 입술을 닦았다. 술이 쓰다.

"하지 말라고 하면 안 하게."

"아니."

"네 멋대로 할 거면서 왜 물어?"

"은서 때문에."

마음이라는 게 이상하다. 그 오랜 시간 안 보고도 살았는데 보고 나니 더 조급해진다. 생각할 시간을 주기 위해 버티고 있는데 그의 걸음이 은서를 향해 밤낮없이 달리길 원한다.

찬이 한숨 끝에 말했다.

"구태여 말하라면 안 될 건 없지."

"그런데?"

"애매한데 굳이 비유하자면, 가해자와 피해자잖아. 피해자가 괜찮다, 한들 가해자 마음이 편할까."

찬의 말에 이수는 아무 말도 할 수 없었다. 은서의 행동이 딱 찬이 말한 대로였으니까.

찬이 답답한지 잔뜩 얼굴을 구긴다.

"그건 둘째 치고 너희 어머니 어쩔 건데? 은서는 좋대? 아니, 널 아직 좋아는 한대?"

"싫대."

"아, 까이셨어. 우리 정이수 선수가 대단한 걸 하셨네."

자동으로 빈정거리게 된다. 당연했다. 어디 하나 빠지는 게 없는 놈이 다른 남자의 아이까지 낳은 여자한테 차였다는데 곱게 보일 리가. 그나저나 큰일이다. 이수 성격에 이렇게까지 제 마음을 보이는 건 잠깐 보고 말 심산이 아닌 거다.

찬은 물어보고 싶지 않았지만 어쩔 수 없이 입을 열었다.

"다른 남자 아이야. 은서 아이."

"그게 뭐."

"괜찮겠냐고. 잠깐 그러다 말 거면 서로를 위해서 네가 참는 게 나아."

"은서 아이잖아. 확신 없었으면 말 안 꺼냈어."

찬은 이수의 대답에 기도 안 차 한숨도 나오지 않았다. 새삼 이수 뒤꽁무니 좇아다닌 은서가 인간 승리를 한 것 같아 박수라도 쳐 주고 싶다. 하지만 마음먹은 대로 현실이 녹록지 않을 거다.

"잘 생각해. 쉽지 않을 거야."

"그렇겠지."

"씨알도 안 먹혀?"

"어, 아주."

확신에 찬 이수의 대답에 찬은 조금 안도했다. 어쩌면 이수가 포기하게 될 수도 있을 테니까. 아주 희박한 희망이지만 말이다. 은서가 싫어서라 기보다 현실이 그렇지 않은가. 앞으로 닥칠 일이 뻔히 보이는데 어떻게 응원만 할까. 설령 둘이 잘된다고 해도 남의 아이를 키우는 게 쉬운 일은 아니다. 더구나 이수는 세계적인 스포츠 스타다. 그 주목을 고스란히 받아야 하는 본인은 차치하고 은서와 아이가 과연 버틸 수 있을까. 마음이 갈팡질팡 헷갈린다.

"너희 아버님 유난히 잘 따랐잖아. 은서에겐 그게 더 걸림돌이 될 거야."

"알아."

"신중히 생각해. 은서 인생 두 번 말아먹게 하지 말고."

찬의 말에 이수가 눈을 가늘게 접었다. 친구란 녀석이 은서 걱정부터 하다니. 은서 걱정을 할 게 아니라 친구 걱정부터 해야 했다. 망설이다 다시 놓치면 제 친구 인생을 말아먹게 생겼으니까. 이번에 은서를 놓치면 제대로 살 수 없을 것 같다.

* * *

아침밥을 하러 나온 복례는 거실 한가운데 놓인 커다란 캐리어를 멀뚱히 쳐다보았다.

"하임아, 이게 뭐야?"

"이모할머니, 우리 여행 가요."

"여행?"

되묻는 말에 대답은 않고 하임이 TV를 켰다. 노래가 나오자 율동을 하며 따라 부르느라 목청을 돋운다. 그 모습을 보고 헛웃음을 터트리는데 드레스 룸에서 작은 캐리어를 들고 나오는 은서가 보였다.

"하임이가 무슨 말 하는 거야?"

"하임이랑 오빠네 가려고요. 이모 좌석도 예약은 해 뒀어요. 같이 가실래요? 아니면 병원에 가서 지내셔도 되고요."

"그건 내가 알아서 할게. 그나저나 하임이 혼자 보내는 거 아니었어?"

"혼자 보내기 그래서요. 핑계 김에 좀 쉬려고요."

캐리어를 두 개나 챙기고도 은서는 뭐가 바쁜지 부산스럽다. 쟤가 뭘 잘못 먹었나? 어제는 다 죽어 가는 얼굴로 들어와 걱정을 시키더니 밤사이에 보약이라도 먹은 양 몸이 날래다.

"하임아, TV 좀 꺼. 정신 사나워."

"이모할머니 하임이 노래 듣기 싫어? 나 노래 잘하는데."

"잘해, 암 잘하고말고."

복례는 얼른 요플레를 가져와 하임의 손에 들려 줬다. 어른이든 아이든 입에 뭔가를 물려 줘야 조용한 건 만고불변의 진리니까. 잘 먹겠다고 배꼽 인사를 한 하임이 숟가락을 놀리자 세상이 조용해지는 것 같았다.

"말 좀 해 봐. 도대체 무슨 일이야?"

"하임이 혼자 보내는 거 걱정돼서요. 이모가 못 가잖아요."

"내 탓이라는 거야? 그럼 내가 가면 은서 넌 안 가는 거고?"

복례가 의구심을 갖고 물었다. 싫다고 했지만 하임이를 혼자 미국에 보낼 생각은 없었다. 일이 꼬이려고 그랬는지 사흘 전에 하나밖에 없는 오빠가 입원을 했다고 연락이 왔다. 돌봐 줄 사람이 없기에 병원을 오가고 있는 상황. 그것만 아니라면 그녀가 하임이를 데리고 갔을 거다.

복례는 머뭇거리는 은서를 보고 속으로 한숨을 쉬었다. 그녀의 결정과는 상관없는 것 같았기 때문이다. 워낙 똑똑하고 야무진 은서였는데 요즘은 다른 사람이 된 것 같다. 멍하니 정신을 놓고 있지를 않나 쓸데없이 부산스럽질 않나. 약도 다시 먹는 것 같은데 현정에게 언질을 줘야 하나 망설여진다.

"후우, 벌써 갱년기도 아니고."

"이모, 내 나이가 몇인데!"

"그러게. 나도 이상해서 그러지. 서방 바람피운 여자들만치로 조석으로 변하니."

느릿하게 말을 받아치고 복례는 미소를 지었다. 낼모레면 서른인데 아직도 파르르하는 모습이 귀엽기 때문이다. 아직도 골려 먹는 재미가 쏠쏠하다.

"혹시 아픈 거야, 약 먹는 것 같던데."

"이모, 스파이 짓 하면 나 화낼지도 몰라요."

"눈치는 엄청 빨라 가지고. 그럼 걱정을 시키지 말든지. 얼마나 있다가 오려고?"

"아직 정하지 않았어요."

은서의 말에 한숨이 더 깊어진다. 기간을 정하지 않고 움직여야 하는 사정이 짐작돼서다. 은서와 같이 다니면 모녀 사이냐는 오해를 받곤 한다. 뭐가 다를까. 같이한 세월이 20년 가까이 되는데. 어느 땐 내 자식 걱정하듯 잠이 오지 않는다. 복례는 더 잔소리해 봤자 깍쟁이가 입을 열 것 같지 않아 주방으로 걸음을 옮겼다.

"몇 시 비행기야? 아침은 먹고 출발할 거지?"

"오후 비행기예요. 천천히 준비해도 돼요."

"얼른 먹여서 얼른 보낼 거야."

"그래도 소용없네요. 오후 비행기라."

어느새 밝은 얼굴을 하고 혀를 쏙 내미는 은서를 보고 복례는 고개를 젓고 만다.

'겉만 여우지, 순해 빠져서는.'

남의 새끼 일에도 이렇게 속이 뒤집히니 내 새끼 일이면 오죽할까. 저러다 멀쩡한 애 또 한 번 잡는 건 아닌가 싶어 복례는 마음이 무겁다.

2

찬은 운동을 다녀와 내내 휴대폰을 들고 있는 이수에게 물었다.

"종일 어디다 그렇게 전화를 걸어?"

"……."

"내 말 안 들려?"

이수는 대답 대신 다시 단축 번호를 눌렀다. 전화기가 꺼져 있다는 기계음이 다시 흘러나오자 이수는 드레스 룸으로 향했다. 점퍼를 입고 나온 그가 차 키를 집어 들었다.

"어디 가는데? 밥 안 먹어?"

"혼자 먹어."

현관을 나선 그가 빠르게 걸음을 옮겼다. 오전 웨이트 트레이닝을 마치고 오면서 은서에게 전화를 걸었다. 제 번호인 것을 알고 안 받는 거라면 이해가 되는데 전원이 꺼져 있는 게 신경 쓰였다. 설마 하면서 점심때까지 기다렸는데 같은 상태였다. 은서의 가게에 도착한 이수는 문 앞에 붙여진 안내문을 읽고 있는 대로 얼굴을 구겼다.

"젠장."

이수는 뛰다시피 주차장으로 향했다.

* * *

딩동딩동. 딩동딩동.

벨이 연달아 경망스럽게 울렸다. 설거지를 하던 복례는 입매를 단단히 굳혔다. 공동 현관 벨이 아닌 걸 보면 필시 아래층 여자일 것이었다. 시끄러워서 못 살겠다고 올라오는 통에 은서는 매번 머리를 조아리고 하임이 아예 까치발을 들고 걷는 시늉을 한다. 정말로 요란한 아이라면 말도 안 한다.

마늘 몇 개만 빻아도 올라오니 아래층 여자가 예민한 거였다. 고무장갑을 벗는 사이 또 벨이 울리자 복례는 잘됐다 싶었다.

"내가 아주 그냥 본때를 보여 줘야지!"

순한 은서도, 하임이도 없겠다. 제대로 붙어 줄 요량이다. 기선 제압을 하려고 복례는 목소리를 크게 했다.

"누구세요!"

-이모.

복례는 인터폰 화면을 확인하고 다리가 풀려 털썩 주저앉았다. 어우, 어째. 심장이 벌렁거리고 손이 덜덜 떨린다.

-이모, 저 이수입니다.

인터폰에서 연이어 들리는 목소리에 복례는 후들거리는 무릎을 짚고 겨우 일어섰다. TV에서 보던 이수가 맞았다. 이런 날이 올지도 모른다고 생각했지만 막상 이수의 얼굴을 보니 죄를 지은 것처럼 가슴이 떨린다. 복례는 인터폰으로 문을 여는 대신 직접 나가 문을 열었다.

"이모!"

덥석 안아 오는 이수의 등을 복례는 세게 두드렸다. 미운 마음 반, 보고 싶었던 마음 반을 담아서.

"에구, 이 나쁜 녀석아."

하임이가 자라는 동안 은서 혼자 숨죽여 우는 날이 하루 이틀이 아니었다. 그걸 볼 때마다 이유가 있을 거라는 생각을 하면서도 이수가 얼마나 원망스러웠는지 모른다. 이수 또한 그녀가 반은 키웠는데 성정을 모를까.

복례의 눈에서 눈물이 흘러나왔다.

"죄송해요. 빨리 찾아뺐어야 했는데."

"됐어. 내 집도 아닌데 오기 편했겠어. 얼굴 봤으면 됐지."

눈물 바람을 한 게 괜히 민망해 복례는 얼른 손등으로 눈물을 훔쳤다.

"이모, 죄송한데 은서 집에 있어요?"

이수는 제대로 인사도 챙기지 못하고 은서를 찾았다. 가게에도 그녀의 페이스북과 인별그램에도 당분간 영업을 하지 못한다는 공지가 올라와 있었다.

"집에 없어."

"어디 갔어요? 말씀해 주세요."

"만났다는 얘긴 들었는데. 계속 만난 거야?"

이수가 '네.'라고 대답하자 복례는 한숨을 내쉬었다. 그녀의 짐작대로 이수가 원흉이었다. 복례는 가슴에 담아 둔 폭탄이 터지려는 것을 간신히 눌렀다.

공동 현관은 어떻게 들어왔는지, 집은 어떻게 알았는지 궁금하지만 우선은 이수의 마음을 알고 싶었다.

"왜 찾아왔어?"

"이모."

"은서 왜 찾아왔냐고 묻잖아?"

복례는 내 자식 대하듯 목소리를 높였다. 동병상련이라고 그녀는 고용주의 피붙이인 은서보다는 이수가 편했다. 사내 녀석이라 살가운 맛은 없어도 속 깊고 따뜻한 아이였다.

꾹 다물렸던 이수의 입술이 움직였다.

"보고 싶어서요."

"은서 애 있는 거 아는데도 보고 싶었어?"

"네."

부처님, 제 시주를 공으로 받아 드시진 않으셨나 봅니다. 이수를 찾아가야 하나, 하는 고민으로 수많은 밤을 지새웠다. 하지만 그녀가 나불대기엔 너무 큰 일이었다.

복례는 안을 기웃거리는 이수를 막고 말했다.

"작정하고 온 거야?"

"네."

망설이지 않는 이수의 대답에 그녀가 눈을 감았다. 어린것들 마음인데도 옆에서 보면서 애가 탔다. 망설이던 그녀의 입술이 움직였다.

"인천 공항 가 봐. 아니면 몇 달 기다리든지."

"공항이요?"

"뉴저진지 뭔지. 아무튼 미국 간다고 날랐어."

"며, 몇 시 비행기예요?"

오후 비행기라고만 말했다며 집에서 출발한 지 한 시간 정도 됐다고 했다. 복례는 인사도 못 하고 엘리베이터 버튼을 누르는 이수를 맨발로 쫓아 나갔다.

"휴대폰 줘 봐."

"네?"

"하임이 번호 가르쳐 줄게. 문자 잘 하니까 문자해."

무슨 뜻인지 대번에 알아차린 이수가 휴대폰을 꺼냈다. 번호를 메모하고 그가 엘리베이터에 올랐다.

"저 다녀올게요. 다시 올게요, 이모."

"빨리 가 봐."

엘리베이터 문이 닫히자 복례는 풀썩 주저앉았다.

"부처님, 감사합니다. 감사합니다."

같이 살아온 정이 뭔지 울컥울컥 눈물이 쏟아져 나온다. 남세스럽게 말이다. 복례는 손녀 같은 하임이 얼굴이 떠올라 가슴을 쓸어내렸다.

* * *

운전 중에 문자를 확인한 이수는 안도의 한숨을 내쉬었다. 햄버거 매장 앞에서 찍은 하임의 사진이 전송되어 왔기 때문이다. 은서가 딸 하나는 기가 막히게 키웠다는 생각에 저절로 입꼬리가 올라간다. 곰 아저씨 정이수 선수라고 문자를 보냈다. 곧 귀여운 인사가 도착했다. 공항 가는 중인데 어디냐고 물었더니 '공항요!'라는 답장이 온 거다.

엄마에겐 아저씨와 문자한 건 비밀로 하자고 했다.

허락을 받지 않고 둘이 편의점에서 놀아서 엄마가 아저씨한테 화가 났다고. '나 때문인데.'라는 하임이의 답장이 왔다.

[아저씬 친구가 없어서 심심한데. 하임이 사진 보내 주면 안 될까.]

바로 활짝 웃는 모습을 찍어 보내 준 거다. 눈을 뗄 수 없을 정도로 예뻤다. 마치 제 새끼처럼.

'이래서 다들 결혼을 하고 아이를 낳는 건가.'

반짝이던 아이의 눈망울을 떠올리던 이수는 고개를 갸웃했다.

"내가 애들을 좋아했었나."

아이를 좋아한다, 싫어한다 생각 자체를 해 본 적이 없다. 결혼은 아예 염두에 두지 않았으니까. 그런데 이상하게 하임이의 얼굴이 시도 때도 없이 불쑥불쑥 떠오른다. 어느 날은 저도 모르게 '보고 싶네.'라고 중얼거리곤 얼마나 황당해했던지. 무슨 조화인지 모르겠다. 은서의 딸이라서 그런 건지도.

이수는 새삼 제 마음속에 은서의 자리가 크다는 자각을 하게 되자 속 깊은 한숨이 새어 나왔다.

"……하아."

시간은 없고 마음은 급했다. 겨울엔 혼자 웨이트 트레이닝을 한다고 하지만 스프링 캠프엔 무조건 참가해야 한다. 구단하고도 재계약 이야기를 거의 끝내 놓은 상태다. 그런데 은서의 마음이 꿈쩍하지 않으니 미칠 노릇이었다. 그래서 미련하게도 역풍을 예상 못 하고 심하게 밀어붙인 거다. 그래도 도망갈 거라고는 생각하지 못했는데.

"젠장."

벌은 그가 받는 것 같다는 생각이 든다. 은서는 뭐든 주려고 하던 아이였다. 남들은 은서가 제멋대로 군다고 했지만 아니었다. 한 번도 미운 짓을 하지 않았다. 그의 눈엔 미운 짓을 해도 예뻐 보였겠지만. 키도 작은 게 존재감이 얼마나 크던지. 안 보이면 허전하고 걱정이 됐다.

어느 순간부터 은서에게 더 잘 보이고 싶어 배트를 휘두르고, 악착같이 공부를 했다. 생전 바르지 않던 로션을 챙겨 바르고 운동복도 매일 세탁했다. 그러면 제 처지가 조금은 희석될까 싶어서.

새벽에 은서를 스쿠터 뒤에 태우고 집을 나설 때면 저도 모르게 미소 짓는 걸 발견하고 흠칫 놀란 게 한두 번이 아니었다. 무작정 기다리라고만 했는데도 은서는 아무것도 묻지 않고 고개를 끄덕였다. 대학 생활을 하면서도 그 모습만 떠올리면 미친놈처럼 실실 웃음이 나왔다. 한껏 가꾼

여대생이 끊임없이 대시를 해 와도 눈에 들어오지 않았었다. 기껏 꼬맹이 주제에, 눈을 치켜뜨는 모습이 상상돼서. 처음 제 처지를 비관하게 만든 것도 은서였다. 성공하고 싶다는 동기를 아버지가 줬다면 이끌어 주는 과정은 은서였다.

그랬는데. 이수는 어금니를 악물었다.

"왜 도망가는 건데……."

이젠 뭐든 해 줄 수 있는 능력이 된다. 그녀의 옆에 서도 부끄럽지 않게 됐다. 이수는 멀리 우뚝 솟은 청사를 보고 크게 숨을 몰아쉬었다.

* * *

"여기서도 게임하는 건 좋지 않아, 하임아."

"아니야!"

냉큼 휴대폰을 뒤로 감추는 모습에 은서가 곱게 눈을 흘겼다. 11월에 연휴가 있었던가. 평일 낮인데도 식당가에 사람들이 꽤 많았다.

"비행기 타면 못 하는 건 알지?"

"네!"

왠지 목소리가 들뜬 것 같아 은서는 입술을 삐죽였다. 벌써부터 게임기에 밀린다고 생각하니 조금은 속이 상하다.

"엄마랑 여행 가는 거 좋아?"

"응! 다 좋아."

"예쁜 승무원 언니들도 많다, 그렇지?"

"엄마가 더 예쁜데?"

둥그레졌던 은서의 눈이 가늘게 접어진다. 이럴 때 보면 영락없는 아기 여우다. 이러니 어떤 비타민도 요 녀석만큼의 효과를 낼 수 없는 거다. 은서는 야무지게 햄버거를 먹는 하임을 보고 팔을 접어 개방정을 떨었다.

남들 볼까 슬쩍 눈치를 보면서.

"아우 예뻐."

"헤~."

"웬일로 햄버거가 먹고 싶었을까?"

"사진 찍어서."

무슨 말인지 몰라 눈을 깜빡이자 아이의 눈꺼풀도 따라 움직인다.

"진주 언니가 사진만 찍고 가는 건 얌체랬어."

"하, 뭐야?"

은서는 어이없어 헛웃음을 터트렸다. 애들 앞에서는 숭늉도 못 마신다는 말이 맞는가 보다. 가게 앞에서 사진을 찍는 사람들이 꽤 된다. 그럴 때마다 진주가 투덜거리는 소리를 하임이 들었나 보다.

매장 입구의 풍선 장식이 눈길을 끄는지 아이가 주춤했었다. 사진을 찍어 줬더니 냉큼 매장 안으로 들어갔다. 한식이 아닌 햄버거를? 이상하다 생각했는데 그런 깊은 뜻이 있었을 줄이야.

은서는 음료 빨대를 아이의 입에 대 주고 눈웃음을 지었다.

"천천히 많이 먹어."

아이가 오물오물 볼을 부풀리며 고개를 끄덕인다. 아이와 움직이는 거라 여유 있게 공항에 도착했는데 잘한 것 같다. 짐을 맡기고 아이와 공항 투어도 하고. 하임인 낯선 풍경이 신기한지 뛰어다니기 바빴다. 불현듯든 생각에 은서는 미간을 좁혔다.

'좋은 엄마는 아니었나 보다, 미안.'

같이 여행을 다녀도 기억할 수 있는 나이가 됐는데 너무 일에만 매달렸다. 마치 놀이공원이나 키즈 카페에 데려가 준 게 아이에게 잘해 준 거라고 생각하면서. 새삼 반성을 하고 있는데 하임이 손가락으로 뭔가를 가리킨다.

"엄마, 히말라야 핑크 솔트."

"맞아."

감자튀김에 뿌려진 소금을 보고 커다란 눈이 반짝인다. 여자아이라 빠른 것도 있지만 한 번 설명해 준 건 잊어버리지 않는다. 어찌나 질문이 많은지 대견하기도 하고 힘들기도 하다. 사물이든 현상이든 아이의 눈높이에 맞춰 설명을 해 줘야 하는데 어른의 언어가 튀어나오곤 하니까.

어느새 하임이 또 휴대폰을 두드리고 있었다. 손을 뻗던 은서는 주춤했다. 어린 게 게임을 하면 얼마나 한다고 벌써부터 조바심을 내는지. 극성 엄마의 조짐을 보이는 것 같아 괜히 머쓱해진다.

"엄마, 더워."

"조끼 벗을까?"

고개를 끄덕인다. 쪼끄만 게 저 불편한 건 조금도 못 참아 한다. 비행기에서 편하라고 운동복 세트에 파카 조끼를 입혔다. 유전자가 무섭긴 무서운 건지 누구처럼 열이 많아 코트 같은 건 입힐 수가 없다. 그래서 머리도 항상 깔끔하게 올려서 똥 머리를 해 줘야 하고. 커 갈수록 외모뿐 아니라 체질까지 이수의 것을 닮는 아이가 무섭기도 신기하기도 하다.

파카 조끼를 벗겨 팔에 걸치고 쟁반을 챙겨 들 때였다. 하임이 손을 번쩍 들어 마구 흔든다.

은서는 이상하다는 듯 아이를 불렀다.

"하임아?"

"정이수 선수, 곰 아저씨다!"

내가 뭘 들은 거지? 잠시 생각하는데 하임의 몸이 공중 부양을 하는 양 붕 뜬다. 고개를 치켜들던 은서는 얼결에 '오, 오빠?'라고 외치고 말았다. 그녀가 다급히 일어나 걸음을 옮겼다. 성큼성큼 앞서 걷는 이수를 붙잡기 위해서.

"엄마, 빨리 와~."

야속하게 이수에게 안긴 하임은 뒤를 보며 뭐가 신나는지 웃기 바빴다.

에스컬레이터에서 두세 계단씩 올라가고서야 이수의 뒤에 바짝 설 수 있었다.

"뭐 하는 짓이에요?"

"내가 묻고 싶은 말이야."

서로를 노려보는 사이 하임의 목소리가 들렸다.

"친구끼리 싸우면 안 되는데!"

순간 두 사람의 눈매가 약속이라도 한 듯 풀어지고 은서는 팔을 뻗었다.

"하임이 엄마한테 와."

"……정이수 선수 힘센데."

하임의 말에 온몸의 힘이 빠져 은서는 어깨를 늘어트렸다. 하임을 안은 채 청사 밖으로 나가는 이수의 팔을 잡았다. 마지못해 걸음을 멈춘 이수는 은서를 아랑곳 않고 하임을 바라보았다.

"하임이 노래 들을까?"

"노래?"

"음."

고개를 끄덕이자 휴대폰을 꺼내 검색을 한 이수는 아이의 귀에 이어폰을 꽂아 주었다. 플레이시키자 선곡이 마음에 드는지 하임이 눈을 접고 웃는다.

이수는 저도 모르게 아이의 볼에 입을 맞췄다.

그 모습을 본 은서는 얼어붙고 말았다. 이수의 입술이 느릿하게 움직이는데 그저 멍했다.

"이제 말해 봐."

"……."

"이게 생각해 보라는 것에 대한 네 대답이야?"

"그래요."

뒤늦게 정신을 차린 은서가 제법 냉랭한 목소리를 냈다. 그런 그녀를 보고 이수는 손바닥을 펴 아이의 뒤통수를 감싸 제 어깨에 기대게 했다. 구겨지는 얼굴을 보여 주고 싶지 않았다.

"서은서, 일말의 재고도 없어?"

"없어요."

"맞선도 봤다며?"

"하."

은서의 입이 저절로 벌어졌다. 이수는 독 오른 눈으로 그녀를 바라보았다.

"아무나 되는 거잖아. 왜, 왜 난 안 되는데?"

"몰라서 물어요?"

이수는 고개를 끄덕였고 은서는 이를 악물듯 목소리를 낮춰 말했다.

"오빠 보면 아저씨가 생각나. 오빠가 나타난 뒤로 난 매일 악몽에 시달려."

"은서야."

"병원도 다시 다녀. 약 없이 잠을 잘 수 없으니까. 오빤 나한테 그런 존재가 됐어. 설명됐지? 하임이 내려 줘."

하임이를 안은 이수의 손등에 힘줄이 툭툭 불거졌다.

* * *

하임이와 뒷좌석에 오른 은서는 눈을 감아 버렸다. 결국 비행기를 놓치고 이수에게 끌려 그의 차에 타야 했다. 도대체 무슨 일이 일어난 걸까. 무엇부터 물어야 하는지 모르겠어서 아예 입을 다무는 그녀였다.

"엄마 졸려?"

"……어."

"하임이도 졸려."

은서는 아이를 무릎에 앉혀 마주 보게 안고 등을 다독였다. 룸 미러로 모녀를 본 이수는 '안전벨트 해.'라고 잔소리를 했다. 그런 그를 은서는 죽일 듯이 노려보았다. 사람 열받게 만들고 잔소리까지? 얼마나 열이 받았으면 띵띵띵, 차 안에 울리는 경고음이 들리지 않았을까. 은서는 안전벨트를 하며 이수를 쏘아보았다.

"살인 면허라고 하지 않았어요?"

"애 앞인데 말 가려 해야 하지 않나."

"신경 꺼요. 내 딸 교육은 내가 알아서 하니까."

이수는 삐져나오려는 웃음을 간신히 참았다. 얼마나 열이 받았는지 은서의 콧김에 하임의 머리카락이 나풀거린다.

"집에 데려다줘요."

"내가 네 기사야?"

"오빠!"

"애 놀라겠네."

그렇지 않아도 눈을 감았던 하임의 눈꺼풀이 다시 올라갔다 내려간다. 은서는 화를 삭이느라 심호흡을 했다.

"잠들었으면 눕혀. 힘들잖아."

"……상관 마요."

웅얼거리던 은서의 눈이 커다래졌다. 외곽 순환 도로를 도는데 느낌이 이상했다. 서울로 들어가야 하는 차가 춘천 방향으로 빠지고 있었다.

"지, 지금 어디 가는 거죠?"

"……."

"어디 가는 거냐고요!"

"애 깨. 목소리 낮춰."

은서는 이를 악물고 '정이수 씨!'를 외쳤고 이수는 빙글거리며 속력을 높였다.

"어차피 공지 올렸잖아."

"좋은 말 할 때 차 돌려요."

"운전대 잡은 사람 마음이지."

너만 달라진 줄 알아? 나도 변했어. 은서가 꾸준히 맞선을 봤다는 설의 얘기가 가시처럼 가슴에 박혔었다. 그러면서도 희망이 됐다. 티끌만 한 불씨라도 남아 있다면 힘껏 바람을 불어 볼 각오가 돼 있으니까.

* * *

끝까지 버티던 은서는 결국 반바지를 입고 실내 존에 들어섰다. 여과 없이 쏟아지는 아이들 웃음소리, 물소리가 천장 높은 실내를 뚫을 듯했다. 얼핏 봐도 어른 반, 아이 반. 대부분 가족 단위로 놀러 온 사람들이었다.

2층에 오른 은서는 바로 이수와 하임을 찾을 수 있었다. 오리 튜브에 아이를 태우고 종이 타이어를 끌듯 가뿐하게 풀을 헤치고 있었다. 저렇게 시선을 끌어서 어쩌려는 건지 모르겠다.

"키라도 작든지……."

그렇지 않아도 단박에 시선을 끌 만큼 몸이 좋은 남자다. 그런 사람이 꼬맹이들 사이에 섞여 있으니 더 눈에 띈다. 지금도 그를 흘끔거리느라 사람들이 멈칫하고 있었다. 이수는 아랑곳하지 않지만.

어려서부터 주목받는 게 익숙한 이수였다. 그래서 타인의 시선을 의식하지 않는다. 모르는 사람들은 그가 부끄러움을 타서 언론을 기피한다지만 그건 본인이 싫어하기 때문이다. 야구 외에는 그 어떤 것도 그의 관심을 끌지 못한다. 그래도 그렇지, 테마파크라니!

은서의 입에서 한숨이 새어 나온다.

"하아."

하임이는 물놀이라면 자다가도 일어난다. 물을 기피하는 그녀를 대신해 유성과 나래가 간간이 아이의 욕구를 채워 줬었다. 홍천으로 빠진 차가 빽빽한 가로수를 통과할 즈음 하임이 잠에서 깼다. 테마파크 앞에 서자 아이의 눈이 커다래졌다.

"엄마, 나 저거 알아!"

"아저씨랑 신나게 놀자."

"네!"

제발 집에 가자고 사정했지만 이수는 요지부동이었다. 하임이와 캐리어가 볼모인 양 품에 안고 끌고. 아이가 있으니 제대로 화도 못 내고 그녀는 웅얼거렸다.

"사람들이 알아볼 거예요. 어떻게 하려고 이래요?"

"난 상관없어."

"오빠 이렇게 막무가내인 사람 아니잖아!"

"내가?"

언제 적 얘기를 하는 거냐며 하임이를 데리고 먼저 입장을 해 버렸다. 민망하게 큰 캐리어를 번쩍 들고서. 누가 보면 물놀이에 한 맺힌 사람들인 줄 알 것 같았다. 기껏 테마파크에 오면서 장기 여행이라도 온 것 같은 큰 캐리어라니. 아이가 추울까 봐 가져온 비치 타월로 제 무릎을 덮는데 모자를 눌러쓰는 이수가 보였다. 볼 캡을 깊숙이 눌러썼다고 정이수를 못 알아볼까. 내일이면, 아니 당장에라도 포털 사이트를 열면 물놀이하는 이수의 사진이 대문짝만하게 실려 있을지도 모른다.

은서는 쏟아지는 한숨을 막지 못했다.

"……된통 깨져 봐야 알겠지."

그래서 1층으로는 내려갈 생각도 못 하고 먼발치에서 그들을 관망 중이다. 만약을 대비해서. 빈 몸으로 온 주제에 하임이와 세트로 구명조끼를 입고 잘도 뛴다. 이수는 그렇다 쳐도 하임이의 반응이 그녀를 놀라게 한다. 아이라 까칠하다는 표현은 그렇고 낯을 가리는데 피가 당기는 건가. 이수의 품에 꼭 안겨 연속해서 파도를 타느라 정신이 없다.

"체력들도 좋지……."

잠깐의 쉼도 없이 아이를 미끄럼틀에 태우고 아래서 기다리고. 내려온 아이를 번쩍 안아 빙그르 돈다. 은서는 미간을 좁히면서도 저도 모르게 웃픈 미소를 지었다. 높이 솟구친 하임이의 몸이 뒤로 젖혀지며 환하게 웃는다. 마치 내 아이의 웃음소리만 들리는 듯해 가슴이 아렸다.

"……그만해요, 제발."

이수의 품에서 물 폭탄을 맞은 하임이의 웃음이 절정에 달한다. 온몸을 바르작거리는데 가슴이 조마조마했다. 아무리 난리를 쳐도 이수가 감당을 해 주니 더 신이 난 모양이다. 은서는 새삼 그동안 아이에게 제가 해 준 게 없는 것 같다는 생각에 어깨가 처진다.

한참을 놀던 그들이 2층으로 올라왔다.

은서는 말없이 주섬주섬 먹을 것을 내어놓고 그들과 떨어져 앉았다. 이수의 손이 그녀의 무릎에 놓인 타월을 가져간다.

"내가 해요."

이수가 아예 그녀를 투명 인간 취급 하며 아이의 몸을 돌돌 감싸 준다. 하임이 갑갑한지 몸을 꿈틀댄다.

"하임이 안 추운데."

"안 돼. 하임이 감기 걸리면 아저씨 너희 엄마한테 혼나."

은서가 떨어져 앉은 게 이상한지 하임이 고개를 갸웃한다. 그 순간 드르륵, 소리와 함께 그녀가 앉은 의자가 이수의 손에 의해 당겨졌다. 은서는 그를 노려보면서도 아이를 의식하고 미소를 끌어모았다.

"엄마, 엄만 수영 싫어하지? 그치?"

"……다음엔 같이 놀게."

"정말? 이제 물 안 싫어해?"

고개를 끄덕이자 야무지게 어묵과 떡볶이를 오물거린다. 은서는 간식 타임이 끝나기 무섭게 실내 존을 빠져나왔다.

* * *

핑크 브라운 계열 카펫의 도톰한 타월 텍스처가 발소리와 조도 낮은 복도 조명을 흡수한다. 그 탓에 괜히 은밀함이 더해져 더 긴장된다. 여유로운 굵직한 음성이 복도에 울린다.

"계속 서 있을까?"

은서는 느긋한 이수의 목소리에 볼 안쪽을 깨물었다. 벌써 10여 분 넘게 잠든 하임이를 안은 그와 객실 앞에서 신경전을 벌이고 있다. 초조한 그녀의 시선이 큰 점퍼에 폭 싸인 하임에게 닿았다. 재주도 좋지. 한 팔로도 아이를 저렇게 안정적으로 안을 수 있다니. 다른 손에 캐리어가, 그의 어깨엔 젖은 옷이 든 에코 백까지 메고서 말이다. 그런데도 조금도 버거워 보이지 않는다.

이수는 침묵하는 은서를 보고 속으로 카운트를 했다. 얼마나 더 버티려나. 은서의 고집을 강제로 꺾을 재간은 없다. 그럴 생각도 없고. 다만 그녀가 걱정된다. 종일 신경을 곤두세우고 있는 덕에 가뜩이나 작은 얼굴이 더 작아졌고, 꼿꼿이 세운 몸이 금방이라도 쓰러질 듯 그의 눈엔 위태로워 보인다. 강수를 둘밖에.

이수는 카드 키로 객실 문을 열었다.

"들어가."

"……."

"그래 그럼. 혼자 가든지."

그의 말에 은서가 고개를 치켜들어 이수를 쏘아보았다. 말도 안 된다는 듯. 하지만 뾰족한 수가 없다. 결국 잠깐의 대치 후 먼저 객실로 들어섰다. 뒤에서 들리는 문 닫히는 소리에 맞춰 그녀의 심장이 쿵, 떨어진다.

곧 불이 켜지고 고양이 캐릭터를 테마로 한 객실 전경이 한눈에 들어온다. 온통 핑크다. 카펫과 벽지, 소파, 미니바, 커튼까지 고양이 캐릭터 천지다.

은서는 방으로 추정되는 문을 열었다. 침대로 다가가 핑크색 이불을 들추고 뒤따라 들어온 이수를 쳐다봤다. 마치 여기 누이라는 듯.

이수는 그를 잔뜩 벼르는 은서의 시선에 에코 백을 바닥에 내려놓았다. 아이를 양팔로 받쳐서 조심스럽게 침대에 눕혔다. 보고 있으면 저절로 미소가 지어진다.

'정말 예쁘네.'

그새 땀을 흘렸는지 폴폴 날리던 머리카락이 얼굴에 착 달라붙어 있었다. 머리카락을 쓸어 치워 주고 저도 모르게 뽀얀 이마에 입술을 댔다. 이불을 덮어 주고 몸을 돌리자 은서의 눈이 튀어나올 듯 커져 있었다.

이수는 멋쩍은 목소리로 말했다.

"그냥 재워도 되나."

"……."

"밥 먹여서 재워야 되는 거 아니냐고. 깨울까?"

"간식. 먹어서 괜찮아요."

마지못해 한 대답에 이수는 피식 바람 빠지는 소리를 냈다. 실은 걱정될 정도로 하임이의 식성이 좋았다. 그 작은 입으로 어마어마한 양의 음식이 들어가 얼마나 놀랐는지 모른다. 체구는 또래 여자애들과 비슷한데 말이다. 은서가 말리지 않아서 그냥 뒀지만 지금도 깨워서 밥을 먹일 게 아니라 소화제를 먹여야 하는 건 아닌지.

이수는 젖은 옷이 든 에코 백을 들고 밖으로 향했다.

은서는 그의 기척이 멀어지자 침대에 걸터앉아 하임이를 물끄러미 내려다보았다. 빨갛게 상기됐던 뺨이 어느새 뽀얗게 돌아와 있었다.

"······재미있었어, 하임아?"

하임의 짧은 인생에 가장 신나게 논 날이지 싶다. 수시로 배를 채우며 정말 실컷 놀았다. 테마파크답게 볼거리, 놀 거리가 많았다. 낮부터 시작한 각종 액티비티 물놀이가 초저녁까지 이어졌다. 그리고 씻기고 나오자 이수가 아이를 데리고 바로 실내 놀이동산으로 직행. 놀이 기구를 하나도 빼지 않고 섭렵했다. 그런 그들을 은서는 먼발치에서 지켜볼 수밖에 없었다.

8시쯤 마지막 불꽃놀이가 끝나고서야 하임이 졸기 시작했다. 당연히 집에 갈 생각이었다. 하지만 기다렸다는 듯 이수가 아이를 안아 들고 객실로 이동하는 게 아닌가. 주변에 보는 눈이 적지 않아 실랑이를 할 수 없었다.

방문을 닫고 나온 은서는 테라스로 향했다. 전면 창을 가린 커튼을 젖혔다. 이미 어둠이 내려앉은 테마파크를 밝힌 불빛이 근사한 야경을 만들어 내고 있었다. 하지만 눈에 들어오지 않았다. 이수의 의도가 궁금할 뿐. 공항에 나타나서 납치하듯 아이와 저를 데리고 이곳에 왔다. 아무런 설명 없이 아이와 놀아 주고 객실을 빌리고. 마치 미리 계획을 짜 놓은 사람처럼 움직이고 있었다.

은서의 시선이 전면 창에 비치는 이수의 동선을 좇는다. 조금 전에 벨이 울리더니 룸서비스를 시켰던 건지 테이블 위에 음식이 가득 올려져 있었다. 하긴 배도 고프겠지. 이수는 제대로 된 식사를 하지 못했다. 그녀도 마찬가지. 그는 아이 뒤치다꺼리를 하느라, 저는 화도 나고 불안하고 무서워서. 그의 움직임을 좇던 은서가 흠칫했다. 저가 창을 통해 이수를 보듯 그도 마찬가지였는지 어느새 올곧은 시선이 제게 꽂혀 있었다.

"와, 식사하자."

"······생각 없어요."

웅얼거렸는데도 들렸는지 굵직한 이수의 목소리가 다시 들린다.

"와서 앉아."

"생각 없다니까요?"

짜증 섞인 목소리를 내며 은서가 홱 몸을 틀었다. 한가하게 밥 타령을 할 때가 아니었다.

"너 혼밥 못 한다고 투정할 때 매번 앉아 있어 줬잖아. 의리 지켜."

"그걸 말이라고……."

"나도 혼밥 싫어해."

케케묵은 일을 들먹이는 이수가 어이없는데도 은서는 몸을 움직였다. 이수 말대로 의리를 지키기 위해서가 아니라 대화라는 것을 해 보려고.

식탁에 마주 앉아 말했다.

"객실 잡아 줄게요."

"뭐 하러. 여기 방 있는데. 혹시 너 불편해?"

"무슨……?"

"아이와 따로 자냐고. 독립 수면, 그런 거."

대답할 필요가 없는 말이라 무시하는데 그가 말을 이었다.

"그런 거면 객실 따로 잡든지. 하임인 내가 데리고 잘게."

"지금 뭐 하자는 거예요?"

"하임이 지키려고. 너 언제 도망갈지 모르잖아."

이수는 태연하게 은서의 앞에 놓인 접시와 제 앞에 있는 음식을 바꿨다. 식사 취향은 두 사람이 정반대다. 은서는 담백한 한식을 선호하고 그는 육류를 좋아한다. 고기를 큼직하게 썰어 입에 넣자 좀 살 것 같았다.

"먹어."

"……오빠나 많이 먹어요."

은서는 숟가락을 드는 대신 이마를 짚었다. 하루 종일 신경을 썼더니 두통이 일었다. 그녀의 시선이 빠르게 움직이는 포크에 닿았다. 식성은 여전히 좋은데 군살 하나 없는 걸 보면 신기하다. 혼자 먹을 거면서 이

밤에 2인분의 포터하우스 스테이크라니. 샐러드조차 스테이크 샐러드였다. 하임이 잠들지만 않았다면 그와 마주 앉아 경쟁하듯 먹고 있을 텐데.

은서는 저도 모르게 한 생각에 얼굴을 와락 구겼다.

"너무하네."

"……내가요? 지금 나더러 너무하다고 했어요?"

순간 속에서 욱하고 뭔가 솟구치는 느낌에 은서의 목소리가 날카로워졌다. 누가 할 소리를 대신 하는 건지. 이수는 은서가 그러거나 말거나 어느새 깨끗해진 접시를 밀어 놓고 스테이크가 담긴 새 접시를 그의 앞으로 당기며 말했다.

"째려보고 있잖아."

"하……!"

"꼴 보기 싫어도 좀 봐줘. 체할 것 같으니까."

은서는 그제야 이수가 무슨 말을 하는지 알아챘다. 하지만 설명할 기력이 없어 물 잔을 들어 목을 축였다. 이수는 얼굴을 펴려고 노력하는 은서를 보고 입꼬리가 올라가는 걸 간신히 막았다.

모질지 못하고, 착하고, 제게 뭐든 못 먹여서 안달하던 은서였다. 지금도 달라지지 않았다는 안도감에 식욕이 돈다. 아이와 놀아 주는 게 보통 체력으로 되는 일이 아니었다. 피칭 머신이 쏘아 대는 볼을 몇천 개 때리는 것보다 더 힘들면 힘들었지 덜하지 않다는 생각에 절로 헛웃음이 나온다. 저 약골 체력으로 하임이의 에너지를 어떻게 감당해 온 걸까. 이수는 문득 든 생각에 무심히 물었다.

"하임이는 아빠 닮았나 봐."

"네?"

"네 체질 안 닮은 것 같아서."

이수는 은서의 표정이 변하는데도 여상히 말했다. 부정한다고 없는 일이 되는 게 아니었다. 받아들여야 할 일이기에 하임이의 생부를 입에 올리지만 입맛은 쓰다.

"애들 밥 먹이려고 별짓 다 한다던데. 하임인 다른 것 같아서."

구단에도 결혼한 동료가 꽤 있다. 아이들 밥 먹이는 게 고역이라고 말하는 걸 들었던 것 같아서 물은 거였다. 이수는 지나가는 말로 한 거겠지만 그녀는 심장이 나락으로 추락하는 기분이었다.

은서는 공격적으로 말했다.

"나하고 뭘 하고 싶은 건데요. 썸이라도 타려고요?"

"애 있는 여자랑 무슨 썸. 결혼이면 모를까."

너무 덤덤하게 말하는 바람에 은서는 제가 잘못 들은 줄 알았다. 아무런 액션도 취하지 못하는 은서를 보고 이수는 피식 웃었다.

"평생 우려먹을 거라고 했잖아."

입을 벙긋 벌리던 은서는 곧 정신을 차리고 말했다.

"미쳤어요? 농담이라도 그런 말 하지 말아요. 나는 몰라도 하임이까지 싸잡아 이러는 거 정말 불쾌해요."

이수가 돌연 낯빛을 굳히고 은서를 빤히 쳐다본다.

"잊었구나. 내가 어떤 놈인지."

난 한 번도 농담한 적 없는데. 혼잣말처럼 하는 이수의 뒷말에 은서를 이를 악물었다. 어떻게 잊을까. 정이수는 농담이라는 걸 할 줄 모르는 남자였다. 빈말도 하지 못하고.

은서는 '오빠.' 하고 이수를 나직이 불렀다. 분명 들었을 텐데 이수는 대답 대신 묵묵히 테이블을 정리하기 시작했다. 그가 먹은 식기를 트롤리 왜건에 올리고 은서의 식사를 다시 배치해 주고 일어섰다.

"네 눈에 내가 아무리 쓰레기로 비쳐도."

잠시 말을 끊은 이수가 테이블을 양손으로 짚고 훅 다가온다. 은서는 본능적으로 몸을 살짝 뒤로 젖혔다. 그런 그녀를 보고 이수가 가소롭다는 듯 미소를 지었다.

"아이를 싸잡아서 농담을 할까? 너 엿 먹이자고?"

은서는 한쪽 입꼬리를 심하게 올리는 이수에게서 눈을 떼지 못했다.

"너 쓰러지면 내가 안고 뛸 텐데, 괜찮겠어?"

"……?"

"밥 먹으라고. 하루 종일 굶었잖아."

말을 맺은 이수는 더는 볼일이 없다는 듯 등을 돌렸다. 욕실로 향하는 이수의 뒷모습을 멍하니 바라보던 은서는 숟가락을 들었다. 그녀가 좋아하던 홍합을 베이스로 한 맑은 미역국인데 맛이 느껴지지 않았다.

* * *

푸름이 짙어 검푸른 이른 새벽, 캐리어를 놔두고 하임이만 안은 은서는 조심스럽게 방을 나섰다. 기척을 죽여 걸음을 떼다 우뚝 서고 말았다. 어둑한 거실에서 전면 창을 내다보며 이수가 서 있었기 때문이다. 밤을 꼬박 새운 걸까.

은서는 차마 움직이지 못하고 한숨만 속으로 삼켰다. 그녀를 등진 이수의 서늘한 목소리가 거실에 울렸다.

"가려고?"

여전히 창밖에 시선을 둔 이수는 말을 이었다.

"난 보낼 생각 없는데."

감정을 억누른 것 같은 목소리가 은서를 흔든다. 그녀의 시선이 그의 너른 어깨에 닿았다. 왠지 쓸쓸해 보여 눈가가 시큰해진다. 어제 이수와 노는 하임이를 보고 분 단위로 마음이 바뀌었다. 저도 사람이기에 두려운 가운데 욕심이 났다. 눈 한 번 질끈 감을까. 뻔뻔한 년 한번 되어 보지 뭐. 하지만 이수와 저의 입장이 바뀐다면. 과연 그녀의 가족들은 그를 받아들일 수 있을까? 고개가 저어졌다.

은서의 목소리가 떨려 나왔다.

"오빠 말대로 다 지난 일이니까, 잘 살게요. 아파하지 않고. 열심히 살게."

"나는 어쩌고."

기어이 이수가 몸을 돌렸다. 은서는 성큼성큼 제게 다가오는 그를 피해 뒷걸음질 쳤다. 하지만 곧 코앞까지 다가와 끌어안는 힘에 옴짝달싹 못하고 눈을 감고 말았다. 뒤늦게 몸을 비틀어 보지만 아이를 안은 저를 가둔 팔이 더 조여져 빠져나올 수 없었다.

은서는 이수를 올려다보았다. 시커먼 눈동자에 오롯이 제 얼굴이 담겨 있다.

"놔, 놔줘요."

"……."

"여태까지도 안 보고 잘 살았잖아. 우리, 살던 대로 살아요."

이수는 물기 젖은 목소리에도 묵묵히 가녀린 등만 쓸어내렸다. 후회에 후회를 곱씹느라. 이렇게 진작 안아 줄걸. 이렇게 온 힘을 다해 안아 줄걸. 잔뜩 잠긴 목소리가 이수의 입에서 흘러나왔다.

"왜 그래야 하는데. 왜. 내 어머니 때문에 그래야 하나."

"그게 무슨 말이에요……?"

낮게 깔리는 목소리에 은서의 몸이 딱딱하게 굳는다. 이수는 하릴없이 흔들리는 눈동자를 바라보았다.

"미안해. 아무것도 모르고 너 혼자 힘들게 해서."

"아, 아니야. 아주머니는 으."

이수는 말하지 않아도 안다는 듯 모녀를 더 꼭 안았다. 아이를 안고 있는데도 너무 작았다. 그의 품에 쏙 들어오는 모녀가 좋으면서도 왠지 모를 화가 치밀었다. 아이를 인고 있는데도 한계치를 모르고 날뛰는 제 심장도 그를 분노케 했다. 은서는 그에게 여자였다. 아이 엄마가 아니라.

이수는 그녀의 정수리에 한쪽 뺨을 기댔다.

"너무 늦게 와서 또 미안하고."

"……!"

"하임이한테 잘할게. 의붓아빠 소리 듣지 않게 최선을 다할게."

이수는 스스로 다짐이라도 하듯 한 글자 한 글자 힘줘 말했다. 그의 고백에 은서의 눈빛이 새카맣게 침잠된다. 머리를 크게 얻어맞은 양 윙 하는 이명에 현기증까지 일어 스륵 눈까풀이 주저앉는다. 내가 무슨 짓을 저지른 걸까. 이수에게 자식이 있는 걸 숨긴 것도 모자라 남의 아이로 둔 갑시킬 판이다. 의붓아빠 소리 듣지 않게 최선을 다하겠다니. 절대 용서받을 수 없는 죄를 더했다는 생각에 도저히 입을 열 수 없었다.

이수는 은서가 휘청하자 그녀의 머리의 뒷부분을 지그시 눌러 그의 가슴에 기대게 했다.

"이기적인 놈이라고 욕해도 좋아. 다신 널 놓치지 않을 거야."

이를 악물고 하는 숨죽인 고백이 은서의 귓가를 데웠다. 이상하게 이제야 피곤이 몰려온다. 이수는 무거워진 눈꺼풀이 닫히는 걸 막지 않았다. 마치 안식을 찾은 것처럼 경직돼 있던 몸이 느슨해지는 것도.

"돌 맞을 일 있으면 내가 맞아. 네가 아플 일이면 내가 아플 거고."

그러니 아프지 말라고 말해 주고 싶었다. 악몽에 시달리지 말라고 말해 주고 싶었다. 나만 보라고 말하고 싶었다. 대신.

"보고 싶었어, 많이."

말을 맺은 이수는 설핏 미간을 좁혔다. 작은 몸이 마치 사시나무 떨리 듯 떨고 있었다. 그녀를 안은 팔을 풀고 싶지 않지만 아이가 걱정됐다. 혹시라도 놓칠까 봐. 복부로 받치고 있던 아이를 제 팔로 안고 다른 팔로 은서의 허리를 감았다. 어지간히 충격을 받았는지 그가 하는 대로 그녀가 몸을 맡긴다. 덕분에 그의 심장이 더 요동친다.

"그때처럼 도망치지 않을게."

낮은 그의 목소리가 고함보다 더 크게 은서의 가슴을 울린다. 밀어 내야 하는데, 그래야 하는데. 마치 몸이 마비된 듯 손가락 하나 까딱할 수 없었다.

이수는 뼈마디가 느껴지는 그녀의 등을 다독였다.

"다시 웃고 싶어, 은서야."

덤덤한 이수의 목소리가 은서의 가슴을 더 후벼 판다. 다 잃을 거야. 오빠가 어떻게 올라간 자리인데. 나 때문에 다 잃을 거라고! 뱉어 내지 못한 말이 명치끝에 고여 숨이 쉬어지지 않는다.

이수는 고개를 숙여 은서를 내려다보았다.

"하임이가 아침에 일어나서 이 방 보면 좋아할 거야."

"흐윽……."

입술을 꼭 깨문 은서의 입에서 흐느낌이 새어 나왔다. 이수는 그런 그녀를 보고 마지못해 등을 다독이던 손을 거둬서 엄지를 펴 피가 맺힌 붉은 입술을 쓸어 주었다.

"하루만, 아니 몇 시간만 있다 가자. 보여 주고 싶어. 좋아하는 거 보고 싶어."

이수는 문이 열린 방으로 들어가 아이를 다시 침대에 뉘었다. 그리고 그도 아이의 옆에 몸을 뉘었다. 작은 인영이 온기를 찾는지 꼼지락거리며 그의 품을 파고든다. 이수는 피식 입술을 늘이고 기꺼이 아이를 안았다. 정말 말도 안 되게 잠이 쏟아진다. 이수는 문가에 서서 저를 쳐다보는 은서를 보고 눈을 가늘게 접었다.

"우리 쉬자. 지금은 그러자. 아무 생각 하지 말고……."

말을 채 끝맺지 못하고 이수의 눈이 스르 감겼다.

3

"한국 음식은 정말 종류가 많아."

전통 한식 상차림이 끝나자 올리버는 놀란 눈을 했다. 이수는 젓가락질이 어설픈 그를 위해 직원에게 포크를 부탁했다. 잠시 후 직원이 다녀가자 올리버가 물었다.

"잘 쉬고 있는 거야?"

"네."

"이수, 당신은 너무 재미가 없어. 펀(fun)이 부족하다고. 지금도 봐. 얼마 만에 보는 건데 말이 너무 짧잖아?"

이수는 미소만 지었다. 에이전시 WS 대표인 올리버의 방문은 갑작스러웠다. 전부터 한국에 와 보고 싶다는 얘기는 했었다. 예의상 하는 인사겠지 했는데 정말 날아오다니. 말로는 여행 겸 윈터 미팅 전에 알려 줄게 있어서 연락했다는데 확답이 필요했나 보다. 이수는 올리버가 준비해 온 서류를 뒤적이는 찬을 보고 말했다.

"먹고 보지?"

"난 괜찮아. 천천히 먹을게."

찬의 대답에 이수는 고개를 한 번 가로저었다. 설렁대는 것 같아도 일에 관해서는 무섭도록 냉철한 녀석이다. 만류하는 걸 포기하고 이수는 먼저 젓가락을 들었다.

"맵군. LA 한식 레스토랑에서 먹던 김치랑 다른데?"

"그건 퓨전이죠. 외국인 입맛에 맞춘. 훨씬 맵습니다. 양념도 강하고요."

"내 입에 이게 나아. 이 불고기도 더 맛있어."

올리버를 LA 한인 타운에 있는 한식집에 한 번 데려간 적 있었다. 취향에 맞았는지 그 뒤로 혼자서도 자주 간다고 들었다. 식사를 빙자한 비즈니스 자리. 올리버는 이수가 이룬 성과를 이야기했고 이수는 경청했다. 미국인들은 식사를 하며 사업 얘기를 주로 하니까.

MLB 사무국에 재계약과 관련해 연봉 조정 신청을 해 놓았단다. 메이저 리그에서 3년 이상 뛰었으니 조정 신청 자격이 되는 건 당연했다.

"이수, 놀랍지 않아?"

"한국 속담에 '세상에 공짜는 없다.'라는 말이 있습니다."

올리버는 호탕하게 웃었다. 원래도 유쾌한 사람인데 처음 방문한 한국이 좋은 인상을 줬는지 어딘지 모르게 들떠 보였다.

그가 잡채를 먹더니 엄지를 치켜들고 '누들 맛있어!' 하고 탄성을 뱉는다. 아니나 다를까. 본론을 말하기 위한 밑밥이다. 이어 말한다.

"공짜라고 했어? 무슨 말을 하는 거야? 때려치우라고. 말도 안 되니까."

이수가 너무 덤덤하게 굴었던지 올리버의 제스처가 오늘따라 과했다.

"무려 3년 연속 3할 4푼 40개 홈런을 쳤어. 도루는? 그런데 공짜라고?"

5툴 플레이어라는 닉네임이 괜히 붙은 게 아니라며 치켜세웠다. 이수는 차로 입가심을 하고 그를 바라보았다.

"드래프트에서 올리버 사단이 된 아마 유망주들 갈 곳은 만드셔야죠."

"하하하. 이수, 날 걱정해 주는 거야?"

"설마요. 선수들 걱정이라면 모를까."

이수는 입꼬리를 올렸다. MLB에서 가장 영향력 있는 인물 다섯 손가락 안에 드는 사람인데, 무슨 걱정. 서른 개 구단의 공공의 적이 올리버다. 재목감이 될 선수를 알아보는 탁월한 안목을 가진 그가 기막힌 장사꾼이기 때문이다. 그래서 올리버 사단의 선수들을 기피하는 구단도 있다. 붙어 봐야 백전백패니까.

올리버는 수정과를 맛보곤 미간을 찌푸렸다.

"맛이 묘하군. 어쨌든. 이수, 난 훌륭한 장사꾼이라고. 선수들은 연봉으로 실력을 인정받아. 당신은 최고의 선수고. 뭐가 문제지? 우린 합당한 돈을 받아 내야 해. 안 그래?"

구단에서 악마라고 부를 만했다. 지금도 최고 대우를 받고 있는데 더 높은 연봉을 제시했다니. 연봉을 많이 받는 게 좋은 것만은 아니다. 부상으로 부진을 면치 못하면 '먹튀'라는 불명예가 따르니까.

"이번엔 내 말을 따라. 이수, 당신은 너무 욕심이 없어."

이수는 잠시 망설이다 찬을 바라보았다. 어차피 찬의 서류 검토가 끝나야 답을 줄 수 있을 테니까. 만약 찬이 OK를 한다면 캠프가 시작되기 전까지는 미국에 가야 한다. 어쩌나. 그의 마음이 바빠지기 시작한다.

* * *

아파트 단지 앞이 등원을 준비하는 꼬맹이들과 엄마들로 북적인다. 보통 땐 이 정도는 아닌데 우산을 들고 있어서 더 복잡해 보이나 보다. 자가용으로 등원시키는 부모들도 있지만 단지 내에 있는 유치원이었다. 은서는 그렇게까지 요란을 떨고 싶지 않았다. 이곳에 모여 있는 엄마들도 그녀의 생각과 같은 사람들이다. 그들 사이에 낀 은서는 엄마들과 눈인사를 하고 하임이의 점퍼를 꼭 여며 줬다.

"차 안에서 덥다고 벗으면 안 돼."

"응! 엄마, 비 오는데 안 아파?"

"하나도, 안 아파."

"우와, 신난다. 엄마랑 나와서 좋아."

아이가 속마음을 털어놓자 은서의 눈동자가 잠시 흔들린다. 조심했다고 했는데 아이는 느끼고 있었나 보다. 하긴, 비가 오는 날이면 복례 이모가 유치원 등굣길을 배웅했으니 이상하게 생각했겠지. 은서는 유치원 차량이 다가오자 몸을 일으켰다. 아이를 태우고 버스가 보이지 않을 때까지 지켜보았다.

공동 현관 앞에 섰던 은서는 우산을 고쳐 잡고 산책로로 방향을 틀었다. 마치 맞서 보겠다고 결심하듯. 얄팍한 카디건을 뚫고 빗방울이 파고든다.

은서는 한기 든 사람처럼 진저리를 쳤다. 입김이 보일 만큼 쌀쌀해진 날씨 탓이 아니다. 이 비 탓이지. 한 걸음 한 걸음, 힘줘 발을 내디뎠다. 비 오는 날이면 아직도 밖에 나오는 게 힘들다. 아이가 눈치챌 만큼. 하임이를 낳고 건강해졌는데 비 오는 날은 몸살을 앓는다. 언제쯤 적응이 될까.

우산 아래 숨은 은서의 눈동자에 초점이 흐려진다.

'아저씨, 저 어떻게 해야 해요.'

어쩌다 보니 이수와 2박 3일을 같이 보냈다. 그 새벽 하임이를 안고 거짓말처럼 잠든 이수를 보고 은서는 두려움에 떨었다. 식성 닮은 거야 익히 알고 있었지만 외모마저 너무 똑같았다. 또렷한 이목구비, 손가락 발가락 생김새까지. 몇 번이나 눈을 비비고 확인해도 마찬가지였다. 남자아이였다면 단박에 이수 판박이라고 누구나 알아볼 수 있을 정도로.

그나마 여자아이라 뼈대가 가늘고 피부는 하얀 저를 닮아 다행이었다. 그래 봤자 눈 가리고 아웅, 하는 격이지만. 너무 엄청난 짓을 벌였기에 미안하다는 말도 나오지 않았다. 후회는 물론, 털어놓을 생각은 감히 하지 못했다. 그렇게 넋을 놓고 있다 깜빡 잠이 들었던 걸까. 침대 옆, 스툴에 앉아 있었는데 눈을 떠 보니 혼자 침대 위에 누워 있었다.

그 와중에도 이수의 체취가 밴 베개에 저도 모르게 얼굴을 묻었다.

은서는 피식 조소했다.

"미친년이지……."

겨우 정신을 차리고 방을 나오는데 문소리가 들리고 하임이와 이수가 들어왔다. 두 사람의 얼굴이 온통 웃고 있었다.

"엄마!"

도도도 달려와 품에 안기는 하임이에게서 싱그러운 바깥 공기가 맡아졌다.

"봤어? 정말 예뻐. 다 야옹이야. 눈뜨고 하임이 깜짝 놀랐어!"

아이는 제 손에 들린 인형을 들어 보였었다.

"이거, 이거 정이수 선수가 사줬어. 얘 집에 데려가도 된대."

이수의 말대로 하임이는 정말 좋아했다. 은서는 흥분한 하임이를 진정시키느라 뭐 하고 왔느냐고 물었다.

"정이수 선수랑 뛰었어. 많이 뛰었어. 정말, 정말 재미있었어."

아이가 '우리 재미있었죠!'라고 말하며 동조를 구하듯 이수를 바라보았다. 그가 하임이와 똑같은 미소를 짓고 고개를 끄덕였다. 은서는 하늘이 무너지는 것 같았다. 아이의 입에서 연거푸 정이수 선수가, 하는 말이 나왔다.

"정이수 선수라고 하면 안 돼."

"아니야, 돼. 우린 미국식으로 부르기로 했어. 그쵸?"

이수가 또 아이에게 웃어 주었다. 그리고 물었다. 푹 잘 잤냐고. 시계를 보니 정오가 다 돼 가고 있었다. 대답하지 못하고 욕실로 도망쳤다.

룸서비스로 식사를 끝내고 다시 강행군이 이어졌다. 곤돌라를 타고 산 정상에 올랐고 동물 농장에 들러 몇 마리 안 되는 동물들에게 먹이를 주었다. 다시 물놀이를 하는 두 사람을 지켜보며 은서는 새록새록 제가 지은 죄가 얼마나 큰지 깨달아야 했다.

하임이가 그렇게 좋아하는 걸 본 게 처음이었기 때문이다. 그래서 욕심을 부렸나. 아니, 그녀의 욕심이었다. 하루 더 같이 있다 가자는 이수의 부탁에 대답을 하지 않았다. 무언의 승낙을 한 셈이다.

이수와 같이 식사를 하고 그와 신나게 노는 아이를 더 지켜보고 싶은 욕심. 다시 밤이 되자 그의 숨소리를 자장가 삼아 눈을 감았다. 이수는 가벼운 입맞춤을 시도했고 그녀는 고개를 틀어 버렸다.

"미안, 너무 빨랐지."

멋쩍어하는 목소리에 대답해 주는 대신 은서는 자신을 비웃었다. 양심에 털이 삐죽삐죽 솟구친 자신을. 이수는 아무 말 없이 그녀가 잠들 때까지 하임이 너머 뻗은 손으로 그녀의 등을 다독여 줬다. 마치 아이를 재워 주듯이.

당혹스러운 건 변덕스러운 제 마음이었다. 더는 스킨십을 시도하지 않는 이수가 서운했다. 은서는 갈대, 아니 민들레 홀씨보다 가벼운 제 마음이 가증스러웠다.

"하아, 정말 구제 불능이다."

바람 빠진 풍선처럼 쪼그라들었던 가슴이었다. 그런데 공기를 넣어 준양 자꾸만 부풀고 있다. 그러면 절대 안 되는데. 만약, 만약에 말이다. 하임이가 이수의 아이이기만 했다면 이실직고할 수도 있다. 이수가 같이하길 원하니까. 하지만 저 때문에 아저씨가 죽었다. 아주머니가 얼마나 치를 떨까.

은서는 이명처럼 들리는 목소리에 어깨가 저절로 움츠러든다.

"내 눈앞에서 사라져! 나가, 당장 내 집에서 나가!"

용서를 받으려고 찾아간 건 아니었다. 그냥 찾아가야 할 것 같았다. 복례 이모마저 내친 아줌마가 걱정됐다. 몰래 음식을 가져다 놓고 엎어진 것을 치우길 반복했다.

"왜 자꾸 찾아오니? 왜! 설마, 이수한테 아직도 미련이 있니? 내 남편 잡아먹고 내 아들마저 잡아먹으려고?"

사고가 있기 전까지는 이수를 좋아한다는 그녀를 귀여워하던 분이었다. 그런 분이 이수가 널 봐 줄 것 같으냐며 폭언을 퍼부었다. 내 아들 인생 망칠 생각 하지 말고 근처엔 얼씬도 말라고 악다구니를 퍼부었다. 어린 마음인데도 아주머니가 이해됐다.

"아, 아니에요. 저는 그냥, 식사요. 식사해야 하니까……."

"나더러 밥을 먹으라고? 같이 뻔뻔해지길 바라는 거니!"

아주머니에게 아저씨가 어떤 존재인 줄 잘 알기에 분풀이라도 해 주길 바랐다. 한겨울이 지날 때까지 죽기를 각오하고 버텼다. 아니 그렇게 하기 위해 정신을 놓지 않으려고 사력을 다했다.

"용서받고 싶니? 그럼 죽을 수 있어? 그럴 거 아니면 찾아오지 마!"

그날 모아 놓았던 약을 한꺼번에 삼켰다. 아주머니가 하신 말씀 때문에 그랬던 건 아니다. 어떻게 해도 죄책감에서 벗어날 수 없었다. 눈을 감으면 황토색 물살이 덮쳐 숨이 막혔다. 그리고 철없게도 이수를 영원히 잃었다는 상실감을 이겨 내기 힘들었다.

은서는 어느새 시야가 흐릿해지자 손등으로 눈을 문질렀다.

"그래 놓고, 뭘 하겠다고."

나래의 말대로 다른 사람의 이야기였다면 저도 훈훈한 미담이라고 말했을지도 모른다. 아버지가 구해 준 여자와 인연을 맺은 남자. 헌신적인 사랑. 그런 기사가 났다면 아름답다고 했을지도 모른다.

하지만 제 이야기다. 이수를 파렴치한으로 만들 수 없다. 아무것도 모르는 하임이를 폭풍 한가운데 세울 수 없다. 평생 달고 다닐 꼬리표를 만들어 주고 싶지 않다.

이수와 함께하면 안 되는 이유를 헤아리며 은서는 핏빛이 맺히도록 입술을 깨물었다.

* * *

기와가 담장에 얹어진 단정한 한옥 식당이었다. 넓은 정원에 낙엽 하나 허투루 굴러다니지 않고 디딤돌 하나에도 먼지 하나 없이 관리가 잘 돼 있었다. 생전에 이렇게 고급스러운 요릿집에 와 볼 줄이야. 이수를 따라 걷던 복례는 직원이 열어 주는 미닫이문 안으로 발을 디뎠다.

앉기 무섭게 그녀의 눈이 휘둥그레진다.

"어우, 뭐 하는 거야? 어서 일어나!"

복례는 다짜고짜 큰절을 하는 이수를 말렸다. 보는 사람도 있는데 뭐하는 짓인가 싶어서.

이수는 아랑곳 않고 말했다.

"죄송해서요. 진작 찾아뵀어야 했는데. 지난번에 제대로 인사 못 드린 것도요."

"얼굴 봤으면 됐지."

물끄러미 이수를 바라보는 그녀의 눈에 복잡한 감정이 깃든다. 며칠 전 집에 왔을 때 경황이 없어 제대로 살필 겨를이 없었다. 한국 떠날 때만 해도 키만 컸지 애티가 가시지 않았었는데 듬직한 남자가 됐다. 인물 잘

425

난 거야 말할 것도 없고. 성공했다더니 신수가 훤하다.

복례는 새삼 떠오르는 생각에 눈시울이 뜨거워진다.

"자선 언닌, 아니 어머니는 잘 지내시지?"

"네. 많이 서운하셨죠."

"서운하긴……."

아니라고 말하면서도 말끝을 흐리게 된다. 10년을 넘게 한집에서 언니, 동생 하면서 자매처럼 의지했던 사이였다. 다리가 불편한 자선 대신 이수를 자식처럼 돌봤고 집 안의 힘든 일은 복례 대신 이수 아버지가 도맡아 해 줬다. 그렇게 의지하고 지냈는데 어르신 댁에서 일한다는 이유만으로 자선은 매몰차게 인연을 끊어 버렸다. 그렇게 할 수밖에 없었던 자선을 이해하면서도 조금은 서운했었다. 상이 차려지고 직원들이 나가자 복례는 이수가 잘 먹던 것들을 그의 앞으로 밀어 주었다.

"아직도 고기 좋아하지?"

"네. 이모도 어서 드세요."

"먹어, 어서."

밥 생각이 없는데도 복례는 숟가락을 들어 국을 떠 입에 넣었다. 그리고 이수를 바라보았다. 편히 먹으라는 듯. 그녀의 마음이 전해졌는지 이수가 밥을 먹기 시작한다. 어릴 때도 먹는 게 깔끔했었다. 복스럽게 먹으면서도 귀티가 났는데 여전히 정갈하다. 이수의 젓가락이 가는 반찬을 보던 복례는 저도 모르게 혼잣말을 하고 말았다. 하임이도 좋아하는 반찬인데, 하고. 흠칫하는데 이수가 보기 좋게 웃는다.

"하임이, 데리고 나오지 그러셨어요."

"아우, 무슨. 은서가 날 잡아먹으려고 할걸. 아이, 예쁘지?"

"……네. 정말 예쁘더라고요."

눈을 접으며 대답하는 이수를 보고 복례는 가슴을 치고 싶었다. 제 새끼도 못 알아보는 게 답답하고 안타까워서. 모녀가 은후네 도착했다는 연락은 없고 집에는 오지 않고. 이틀 만에 나타난 하임이가 미주알고주알 떠드는데도 은서는 고집스럽게 입을 열지 않았다. 제 행선지를 알려 준 것에 대한 타박도 하지 않았다. 답답하던 차에 이수에게서 만나고 싶다는 연락이 온 거다.

"계속 은서와 같이 지내셨던 거예요?"

"프랑스에서 온 뒤로 쭉. 하임이도 내가 길렀어, 내가!"

복례는 얼른 고개를 끄덕이며 말했다. 더 물어볼 줄 알았던 이수가 입을 닫자 그녀의 한숨이 깊어진다.

"그게, 하임이……."

"네?"

"아, 아니다. 은서하고는 얘기 좀 해 봤어?"

눈치를 보듯 복례의 목소리가 은밀해진다. 그런 복례를 보고 이수는 멋쩍어 괜히 뒷덜미를 문질렀다.

"구박만 받았어요. 제가 싫대요."

싫은데 그 깍쟁이가 이틀이나 같이 있을 것 같으냐고 말하려다 물 잔을 들었다.

"미국에서 중간에 좀 나오지 그랬어. ……보고 싶었는데."

"여유가 없었어요. 아버지 기일 챙긴 것도 몇 년 안 됐습니다."

이수는 이런저런 이야기를 나누다 식사가 끝날 즈음에 복례를 불렀다.

"이모, 부탁이 있어요."

"나한테?"

"하임이랑 놀 시간 좀 만들어 주세요."

"뭐, 뭐 하게?"

"친해지고 싶어서요."

이수의 말에 복례는 식겁하면서도 기꺼워 절로 입이 벌어진다. 몰아칠 풍파가 그려져서. 한편으론 아둔한 이수가 안돼 보여서. 제 새끼라는 것을 알면 어떤 반응을 보일지, 은서를 탓할 게 빤해 무섭기도 하다. 하지만 언제까지 숨길까. 복례는 제멋대로 움직이려는 입을 단속했다. 두 사람이 풀어야 할 문제였다.

"이모님, 부탁드려요."

"그게, 쉽진 않을 거야. 은서가 워낙 아이를 끼고 있으려고 해서."

"잠깐씩만이라도요."

"하임이가 잘 따르긴 해?"

물어보는 복례의 목소리가 유난히 조심스럽다. 이수는 생각만 해도 좋은지 미소를 짓는다.

"은서 판박이라 착해요. 정말 예뻐요. 또래들보다 똑똑하고요."

동문서답에 복례의 눈매가 가늘어진다. 제 자식 자랑하는 것처럼 들뜬 목소리다. 그걸 물어보는 게 아닌데.

"잘 따르느냐고 묻는데 무슨 소리야. 하임이가 까다로워. 고집도 세고, 아무나 안 따라."

"잘 따르던데요. 잘 놀고 잘 먹고."

"그래?"

의외의 대답에 복례의 눈에 이채가 서린다. 괜히 아이를 만나게 했다가 하임이를 힘들게 할까 봐 걱정했는데 다행이다 싶었다.

망설이던 복례가 입을 열었다.

"장담은 못 해."

"이모만 믿을게요."

마지못해 고개를 끄덕이는 복례 이모를 보는 이수의 얼굴이 환해진다. 은서의 마음속에 제가 빛바랜 사진처럼 흐릿해졌겠지만 뭐든 해 볼 생각이다. 애들처럼 떼라도 써 볼 작정이다. 은서의 의견을 무시한 채 제멋대로 운전대를 틀었던 것처럼. 용기를 내지 않았다면 모녀와 함께한 꿀맛 같은 시간을 얻지 못했을 테니까. 그의 미소가 짙어진다.

* * *

벤치에 앉은 이수는 제 키만 한 방망이를 질질 끄는 여자아이를 보고 실소를 금치 못했다. 더구나 오른손엔 용케도 8인치 정도의 야구 글러브를 끼고 있었다. 착용했다기보다는 뒤집어씌워 놓은 것 같은 모양새지만. 무릎 보호대, 헬멧까지 쓰고 장비발이 완벽했다.

투수를 하겠다는 건지, 타자를 하겠다는 건지 모르겠다. 그의 입에서 곧 깨달음 깊은 탄성이 터져 나온다.

"아……."

하임이의 맹랑한 행동 때문이다. 야구 배트를 남자아이에게 건네주는 게 아닌가.

"기가 막히네."

복례 이모에게 연락이 왔다. 유치원 끝나고 잠깐씩 놀이터에서 놀리는 시간이 있다고. 미리 나왔다고 생각했는데 하임이 벌써 남자애들과 놀고 있었다. 의외인 것은 여자아이가 야구를 한다는 거다.

하임이 공을 던지려는지 포즈를 잡는다.

이수의 몸이 저절로 앞으로 숙여진다.

"……제법인데."

어린 게 표정으로 야구를 한다. 볼을 치켜들고 상대를 노려보는 폼이 장난 아니었다. 저 엉덩이는 어쩐다. 이수는 정말 유쾌했다. 팔을 올리고 다리를 든 것까진 좋았는데 엉덩이가 삐죽 뒤로 빠져 있었다. 복숭아만 한 엉덩이가 원숭이의 것을 닮은 것 같아 눈물이 날 지경이다. 저렇게 귀여우면 어쩌자는 건지. 이래서 부모들이 아이의 사진을 많이 찍는가 보다. 이수는 저도 모르게 휴대폰을 꺼내 들었다. 아이의 모습을 동영상으로 담던 그가 걸음을 옮겼다.

"어이, 꼬맹이."

"······!"

너 뭐냐? 왜 쌩까는데? 이수는 당혹스러웠다. 하임이 그를 보더니 몸을 확 돌려 버렸기 때문이다. 은서가 계모처럼 구박을 한 건가. 낯선 아저씨와 너무 잘 놀았다고? 이수가 몸을 낮추자 눈을 착 내리깔고 앵두 같은 입술을 삐죽인다.

"정이수 선수, 거짓말쟁이."

"뭐?"

"매일매일 온다고 했잖아."

아이의 말에 이수의 심장이 속절없이 쿵쾅댄다. 이수는 대책 없이 아이를 끌어안고 발그레한 뺨에 뽀뽀를 퍼부었다. 그의 연락을, 그가 나타나길 기다렸다는 말이었다. 그 말이 뭐라고 가슴이 뜨거워진다. 그날 집 앞에 데려다주자 하임이가 서운한 얼굴을 했었다.

"매일 보러 올게."

"정말요?"

잠시 망설이더니 잡기 무서울 정도로 작은 새끼손가락을 세웠다. 약속, 이라고 말하며. 너무 앙증맞아 미치는 줄 알았다. 그의 마음이야 백 번도 더 매일 보러 가고 싶었지만 은서 때문에 그럴 수 없었다. 이수는 하임이와 눈을 맞췄다.

"아저씨가 하임이 보러 안 가서 화난 거야?"

"약속 안 지키면 나쁜 사람이랬어요."

"미안, 미안. 아저씨가 나빴어. 대신 우리 하임이 아저씨하고 야구 같이 할까?"

뚱한 얼굴로 입술을 삐죽인다. 제 엄마 닮아서 도도하기는. 이수는 재차 설득했다.

"아저씨 야구 정말 잘하는데."

"······알아요. 타자 정이수 선수니까."

이수가 놀란 눈을 했다. 지난번에 정이수 선수라고 하기에 은서가 말해 줬나 생각했었다. 그렇게 불러도 되냐고 묻기에 그러라고 했던 거다. 이렇게 꼬박꼬박 정이수 선수라고 할 줄 모르고.

"엄마가 말해 줬어? 아저씨 타자 한다고?"

"아뇨. 스포츠 뉴스에 자주 나와요. 하두성 선수도요."

하. 요 꼬맹이가 스포츠 뉴스를 본다고? 하두성은 한국 프로 야구 선수 중에서 최고의 투수였다. 이수는 얼이 빠진 사람처럼 입을 다물지 못했다.

"야구 좋아해?"

"네! 하두성 선수 팬이에요."

이런. 어린 게 호불호가 너무 분명한데. 슬쩍 미간을 좁힌 그가 손가락으로 눈썹을 긁적였다.

"그 선수가 왜 좋은데?"

"다 잘해요. 공을 잘 던져요, 엄청 빨라요."

이수는 그래도 몰라 확인하기 위해 물었다. 의심이 가시지 않아서. 믿기지 않아서.

"투수, 타자가 뭔지 알아?"

대답 없이 고개를 끄덕인다. 정말 신기한 경험이었다. 왜 자꾸 가슴이 뛰는지 모르겠다. 이수가 조심스럽게 다시 물었다.

"타자가 더 멋있지 않나. 이를테면 아저씨 같은."

"난 투수가 좋아요!"

순간 어깨에 힘이 빠지는 것 같아 이수는 공을 집어 들었다.

"아저씨도 공 잘 던져. 투수도 잘해."

하지만 아무리 둘러봐도 볼을 받아 줄 만한 애들이 없다. 하다못해 초등학생으로 보이는 애들도 없었다. 이걸 어쩐다. 어라? 이 녀석 봐라. 이수의 말은 들은 척도 안 하고 하임은 어느새 친구들에게 달려가고 없었다. 야속함에 눈을 가늘게 뜨던 그가 크게 웃고 말았다.

"뭐 하는 거냐, 정이수."

이수는 몸을 움직였다. 꼬맹이들이 던진 공을 주워 주고 놀이터 모래판을 편편하게 다져 주고. 이 꼴을 찬이 보면 뭐라고 할지. 찬에게 문자를 보내면서도 이수의 입가에서 미소가 떠나지 않는다.

얼마 지나지 않아 찬이 헉헉거리고 뛰어오는 게 보였다. 가까이 다가온 찬이 멀뚱히 전방을 주시하더니 물었다.

"뭐야?"

"뭐가."

"꿈나무로 키우기엔 너무 어리잖아?"

아이들이 좋아할 만한 따뜻한 음료를 사 가지고 놀이터로 오라고 문자가 왔다. 무슨 일인가 싶으면서도 편의점에 들렀다 왔지만 제가 지금 뭘 보고 있는 건지 모르겠다. 멍해 있는 찬을 보고 이수가 말했다.

"애들한테 음료수나 나눠 줘."

"뭐 하자는 건데? 말을 해야 알 거 아니야!"

찬은 구시렁거리면서도 봉투를 뒤적여 두유를 골라 이수에게 건넸다.

"이수야, 나 자꾸 상상력 발휘하게 만들지 마라. 피곤하다."

"예쁜 아가씨 소개해 주려고 했는데, 말아야겠네."

"정말? 소개팅해 주게?"

아이들에게 음료를 나눠 주던 찬이 환한 얼굴을 했다. 그런 그를 보고 이수는 피식 웃고는 하임이를 안아 들었다. 제법 날이 차가워 볼이 빨갛다. 이러다 감기라도 걸리는 건 아닌지. 아이를 점퍼에 넣고 감싸자 찬이 의아한 눈으로 바라본다.

"뭐냐, 너."

"요 아가씨 소개해 주려고."

"너 지금 장난해? 누구야?"

"은서 딸."

"헐!"

놀란 눈을 하던 찬이 이내 만면에 미소를 짓는다. 얘기만 들었지 처음 보는 거다.

"엄청 예쁜데? 와, 은서 딸 맞네, 하하하."

한참을 웃던 찬이 아이와 인사를 나눴다. 엄마 선배라고 했더니 고개를 갸웃한다. 이수가 친절한 목소리로 다시 '친구'라고 정정해 준다.

그런 이수의 모습이 낯설어 찬이 혼잣말처럼 말했다.

"누가 보면 네 딸이라고 해도 믿겠다."

"그래?"

"그래. 닮았어. 좋으냐?"

툭, 뱉듯 던진 질문에 이수는 씁쓸한 미소를 지었다. 어딘지 모르게 추워 보이는 미소를. 찬의 눈에는 왠지 아련해 보이는 미소였다. 이틀 동안 사라졌다 왔을 때도 저런 미소를 짓고 있었다.

'꽤 친해졌나 보네.'

아이가 이수의 너른 품에 안겨 있는 폼이 안정적이다. 찬은 야구 장비를 챙기는 이수의 것을 빼앗아 들었다.

"내가 해."

"그래."

이수는 하임이를 안고 성큼 앞서 걸었다. 찬은 야구 배트와 글러브를 담은 장난감 캐리어를 끌고 뒤따르다 문득 떠오르는 생각에 미소를 지었다.

"……인연이긴 한가 보네."

아이를 안고 있는 이수는 아빠라고 해도 믿을 만큼 하임이와 닮아 있었다. 그 옛날 은서와 이수처럼. 학기 초만 되면 친구들은 이수에게 여동생 좀 소개해 달라고 닦달했었다. 이수는 그런 녀석들에게 이를 갈았고 은서는 발끈했었다.

"우리 남매 아니거든요~! 신성한 내 사랑을 모독하지 말아요!"

무슨 얘기냐고 물었었다. 같이 오래 살다 보니 부부처럼 닮은 것뿐이라고. 우린 엄연히 남이라고 은서는 화를 내곤 했었다.

"그러니까 근친상간으로 몰지 말라고요! 용서 못 해."

친구 녀석들은 웃지도 못하고 키득거리기 바빴었다.

"둘이 꽤 잘 어울렸는데……."

찬은 공동 현관 앞에서 헤어지는 게 아쉬워 대화하는 이수와 아이를 물끄러미 바라보았다. 사람 사는 게 드라마나 다름없다고 생각하면서.

* * *

이수는 세진이 건네준 신문을 천천히 읽어 내려갔다.

잠시 후, 반듯하게 접어진 신문이 테이블 위에 놓이자 그녀가 조심스럽게 입을 뗐다.

"이수 씨, 많이 속상했겠어요."

"……."

"나는 아버님이 그렇게 억울하게 돌아가신 줄 몰랐는데."

울먹이는 세진을 바라보는 그의 눈엔 어떤 감정도 담겨 있지 않았다. 다만 짜증을 숨길 순 없었다.

이수는 직원을 호출해 얼음물을 부탁하고 단숨에 잔을 비웠다. 만나자는 연락이 왔기에 생각이 정리된 건가 싶어 나왔다.

끝은 봐야 하니까.

그런데 이런 깜찍한 선물을 준비했을 줄은 몰랐다. 화조차 나지 않는 이유는 마음의 준비를 하고 있었기 때문이다. 그가 겪어 본 세진은 우연을 가장한 이벤트를 꽤 자주 꾸미는 편이었는데 이번엔 선을 한참 넘었다. 내일 일자 신문에는 아버지와 은서의 사연, 그의 가족 이야기가 세세히 실려 있었다. 대낮인데 약속 장소를 Bar로 선택한 것도, 어둑한 조명도 그의 짜증을 부추긴다.

"이것 때문에 만나자고 한 거야?"

"난 이수 씨 곤란할까 봐-."

"아닌데. 곤란하지 않아."

세진은 놀라지 않는 이수를 살피며 잠시 망설였다. 버젓이 공항에서 여자와 아이를 픽업해 여행을 다녀왔다는 보고를 받고 도저히 참을 수 없었다. 두 사람에게 경고의 메시지를 준비한 건데 이수의 반응이 평소와 다르지 않아 당혹스러웠다.

세진은 목소리를 가다듬었다.

"큰일이잖아요. 그래서 일단 아버지한테 보류시켜 달라고 부탁했어요."

"왜."

"네?"

이수가 왜 보류시켰느냐고 다시 묻자 세진은 순간 의아한 얼굴을 했다. 여태껏 초라하다 못해 구질구질한 배경을 노출시키는 게 싫어 인터뷰는 물론 미디어도 멀리했던 거 아니었나?

"당신 집안 들춰져 봤자 좋을 것 없잖아요. 어떻게 두고만 봐요."

"내 집안이 어때서."

"그게……."

"내 부모님이 장애인이라서? 아버지는 농아에 어머니는 소아마비라?"

이수는 입꼬리를 올린 채 팔짱을 끼고 소파에 깊숙이 등을 묻었다. 그런 그를 보는 세진의 눈동자가 크게 흔들렸다. 본인 스스로 자신의 치부를 드러낼 줄 몰랐기 때문이다.

뭔가 잘못되어 간다는 생각에 세진은 가까스로 미소를 끌어모았다.

"시끄러워질 텐데, 혹시라도 어머님이 상처받을까 봐서."

"아, 조용히 살고 싶어 하시긴 하지."

이수의 말에 세진은 기회라도 얻은 양 밝은 목소리를 냈다.

"걱정 말아요. 내릴 수 있으니까."

"어떻게 내릴 건데."

지면 할당까지 끝난 기사였다. 그것도 스포츠 신문 1면에. 동시에 포털 사이트에 도배가 되겠지. 하지만 군이 숨길 방법을 찾고 싶어 질문을 한 건 아니었다. 세진의 의도가 궁금했을 뿐.

세진이 눈을 반짝였다.

"우리 결혼 기사로 대체하면 돼요. 아버지가 가능하다고 했어요."

"……!"

그거였어? 이수는 설핏 미소를 짓고 물 잔을 들어 목을 축였다.

"기사 올려."

"네?"

"단 팩트만. 변호사 보낼 테니까 내용 수정하고."

정리가 된 듯 이수의 목소리가 건조했다. 한때 세진이 제게 집요하게 집착하는 게 그의 탓이라 여겼었다. 그녀가 원하는 마음도, 사랑도 주지 못했으니까. 그래서 마음 한구석 미안함이 있었다. 이수는 홀가분하게 털어 버려도 될 것 같아 속으로 고개를 끄덕였다. 처음부터 잘못 맺어진 관계.

"벼, 변호사라니요?"

"이대로 기사 내보내면 전 재산을 걸어서라도 소송 멈추지 않을 거야."

"내가 막아요!"

겁만 주려던 거였다. 경고만. 세진은 제 계획대로 움직여지지 않는 이수를 보며 입술 안쪽 살을 으깨 물었다.

이수는 어쩔 줄 몰라 하는 세진을 빤히 바라보았다.

"아나운서 타이틀 달고 언론의 자유도 모르나?"

"네?"

"힘자랑 함부로 하지 말고, 애쓰지 마."

세진은 감정 실리지 않은 이수의 건조한 목소리가 더 두려웠다. 마치 완전한 이별을 통보하는 것 같아서. 그녀가 다시 한번 매달렸다.

"다 없었던 거로 만들 수 있어요. 힘자랑 아니라 뭐든 할 거예요. 당신 곤란하게 할 생각 없으니까."

"모르는구나. 나 곤란하지 않아. 정이수 부모는 두 분 다 장애인이다, 농아인 아버지가 허리 휘도록 아들 뒷바라지했다, 그것도 모자라 일하던 댁의 손녀를 구하다 돌아가셨다."

"이, 이수 씨."

"그리고 누가 아버님, 어머님이야. 당신 같은 여자한테 그렇게 불리길 원치 않으실 것 같은데."

이수의 차가운 목소리에 세진의 얼굴이 하얗게 질렸다. 이수는 바르르 떠는 그녀를 보고 다시 말했다.

"내가 미디어를 피했던 건 시끄러운 게 귀찮아서 그랬던 거지, 내 부모의 존재가 부끄러워서가 아니었어."

"아, 알아요."

"아니, 몰라. 내 아버지가 얼마나 자랑스러운 분이셨는데."

정말 그랬다. 어릴 때 이수는 아버지가 영화에 나오는 히어로인 줄 알았다. 자고 일어나면 뚝딱, 그가 원하는 게 만들어져 있었다. 문을 잠그지 않고 살아도 무서운 줄 몰랐다. 아버지가 있었기 때문이다. 동네 아이들에게 주려고 주머니에 항상 사탕을 넣고 다니신 분이셨다. 바쁜 중에도 골목에서 노는 아이들이 위험하다고 구청에 찾아가 결국 일방통행 길을 만든 분이셨고.

그런 아버지였기에 은서를 구하는 데 일말의 망설임도 없었을 거다.

은서에겐 미안하지만 그들의 사정이 대중에게 알려지는 게 오히려 잘됐다는 생각이 든다. 사실을 직면하고 같이 극복할 기회가 될지도 모르니까.

이수의 목소리가 조금은 무거웠다.

"피해자, 가해자, 라는 용어는 빼. 틀린 말이니까. 이거로 너에 대한 빚은 청산하는 거로 하자."

"무, 무슨 소리예요?"

"다신 보지 말자고."

"당신은 그렇다고 쳐도 서은서 씨 괜찮겠어요?"

이수는 세진의 입에서 익숙하게 흘러나오는 이름에 미간을 좁혔다. 그가 기억하기론 은서와 통성명을 한 적이 없다. 그런데 왜.

"……?"

"아이도 있고 만나는 사람도 있는 것 같던데. 온갖 미디어가 그 여자한테 달려들 거예요."

세진은 마지막 카드를 던지고 선택하라는 듯 이수를 뚫어지게 바라보았다. 그녀의 입술이 다시 움직인다.

"당신 팬들이 아무렇지 않게 잘 살고 있는 그 여자를 용서할까요?"

"혹시, 은서 만났어?"

두려워할 줄 알았던 이수의 눈매가 차갑다 못해 날카로워지자 세진은 본능적으로 고개를 저었다.

"……아니요. 그럴 리 없잖아요."

"그래? 그럼 신경 꺼. 은서한테서."

그의 말에 세진은 눈을 질끈 감았다 떴다.

"난 왜 안 되는 건데요. 당신한테 최선을 다한 건 나였어요."

이수는 곤란하다는 듯 미간을 문질렀다. 이 얘기까지는 하고 싶지 않았기 때문이다.

"그게 최선인가. 네가 말하는 사랑이 보편적이지 않았잖아. 나 또한 마찬가지고."

"무, 무슨 얘기예요?"

"예전에 내가 왜 경기장에서 주먹다짐을 했을까. 스포츠 선수 킬러 리포터. 설마 내가 모른다고 생각한 거야?"

그의 말에 세진은 크게 머리를 얻어맞은 듯 멍했다. 야구 외엔 그 어떤 것에도 눈 돌리지 않는 이수였다. 그래서 아무것도 모를 거라고 생각했던 거다. 어떻게 하지? 어떻게 할까. 이번 일을 미끼로 확실하게 이수를 잡을 수 있을 거라 생각했는데 오히려 제 치부만 드러났다.

"오, 오해예요. 내가 해명할게요!"

"더 추해지지 말자. 최소한 여자로서의 자존심은 지켜 주고 싶으니까."

이수는 깊게 한숨을 내쉬었다. 그런 이수를 보는 세진의 눈에 억울함과 분한 눈물이 맺혔다. 여태껏 바라봐 주기만 기다렸는데 뭘 한 건가 싶어서. 그녀의 목소리가 날카로웠다.

"왜, 말하지 않았어요?"

"나도 잘한 건 없으니까."

"다 당신 때문이에요."

"그래서 지금 되지도 않는 협박 들어 주고 있잖아."

세진은 할 말이 없었다. 연애하다 헤어지는 일은 비일비재하다. 그동안 이수를 붙잡을 수 있었던 건 그의 가볍지 않은 성격 때문이었다.

'혹시라도 진실을 알게 된다면……'

온몸에 소름이 돋아 움츠리는데 이수의 목소리가 들렸다.

"더는 보지 말자. 여기까지야. 널 방치한 것에 대한 대가는 이거로 하지. 특종이잖아."

이수는 제 앞에 놓인 신문을 검지로 툭툭 두드리고 일어섰다. 미련 없이 룸을 나서는 그의 걸음이 빨랐다. 세진을 만나고서야 은서가 왜 갑작스럽게 미국행을 결심했는지 이해가 됐기 때문이다.

* * *

이수와 함께 연구실로 들어온 은서는 말을 잃은 채 그를 올려다보았다. 오빠네 가려던 계획이 무산됐으니 일상으로 돌아와야 했다. 오늘은 쿠킹 클래스 수업이 있는 날. 한창 수업을 하는데 이수가 가게로 들어왔다. 뭐라고 말할 새도 없이 다짜고짜 자리를 잡고 앉았다.

"수, 수업 중이에요."

"알아. 나도 눈 있으니까."

비켜 주겠지 생각했는데 '수업 계속 진행해.'라고 여상히 하는 말에 기절하는 줄 알았다. 이미 이수의 등장으로 수강생들은 술렁거렸다. 더구나 그런 상황에서 더는 실랑이를 할 수 없어 연구실에 이수를 들이고 만 거다. 은서는 이를 악물고 말했다.

"다시 한번 부탁할게요. 저녁에 만나요."

"기다린다고 했잖아."

잠시 서성이며 손톱을 물어뜯던 은서는 주먹을 불끈 쥐었다. 우선은 수업을 마저 끝내야 했다.

"절대, 절대 나오지 말아요."

"걱정 마."

이수는 화를 삭이느라 크게 심호흡을 하고 연구실을 나서는 은서를 바라보았다. 문이 닫히기 무섭게 너른 곳을 빙 둘러보았다. 나가라고 고사를 지내도 나갈 생각이 없는 그였다.

"여전하네."

딱 은서의 공간이었다. 조금은 산만하고 아기자기한. 여전히 정리하는 습관은 들이지 못했는지 책상 위가 빈 곳이 없었다. 은서는 뭔가를 시작하려면 다 꺼내 놓고 하는 버릇이 있다. 팔을 뻗었을 때 원하는 게 손에 잡혀야 한다면서.

이수는 떠오르는 생각에 빙긋이 미소를 지었다.

"누가 그딴 거 정리해 달랬나. 나를 보라고! 나."

잠옷 차림을 하고 뭘 보라는 건지. 그런데도 예뻤다. 자고 일어나 해바라기처럼 뻗친 머리를 하고 있었어도 눈부시게 예뻤었다.

"변한 게 없는데……."

옛날이나 지금이나 은서의 공간은 동화책 한 페이지를 모작해 놓은 듯 따뜻하다. 이수는 드로잉 북을 손으로 쓸었다. 마카롱 도안인지 동글동글한 얼굴을 한 동물들이 색색으로 칠해져 있다. 이수는 저도 모르게 손을 움직여 책상 위를 정리하기 시작했다. 책은 책꽂이에, 색연필은 하드 케이스에. 생각날 때마다 메모해 둔 쪽지는 달력 뒤편에 붙여 놓고, 드로잉 북은 차곡차곡 책상 귀퉁이에 겹쳐 놓았다. 어느새 책상이 제 모습을 드러내자 작은 액자들이 조르르, 줄 세워져 있는 게 보인다.

이수는 그것들을 물끄러미 내려다보았다.

"이건 백일 때, 이건 돌 때인가……."

너무 작았다. 액자에 끼워진 사진인데도 만지기 두려울 정도로.

"……무서웠겠다, 우리 은서."

중얼거리던 이수는 알 수 없는 화가 또 치솟아 아이의 사진을 돌려놓았다. 아이가 미워서가 아니라 질투 때문이었다. 얼굴도 모르는 누군가에게 시도 때도 없이 솟구치는 질투. 가냘픈 은서를 어떻게 안았을까. 키스는. 누군가의 품에서 흐느꼈을 은서를 생각하면 화를 주체할 수 없다. 그 분노로 배트를 휘두르면 수십 마일 홈런은 거뜬하지 않을까, 싶을 정도로.

"제기랄……."

오지게 운 좋은 놈. 이 공간에 남자의 사진이 없기 망정이지 자리를 차지하고 있었다면 망설임 없이 부숴 버렸을 거다.

"정이수, 바닥이네."

이수는 마른세수를 하고 쓴 미소를 지었다. 은서를 다시 만나고 자신이 무척 치졸한 인간이라는 것을 발견할 때마다 입맛이 쓰다. 특히 하임이를 볼 때면. 분명 너무 예쁜데 말로 설명할 수 없는 감정이 그의 속을 뒤집는다. 겨우 시작점에 서 놓고 어쩌자는 건지 모르겠다.

"뭘 좋아하려나."

왠지 미안한 마음에 아이보리색 침대 프레임을 손으로 쓸었다. 하임이의 침대인 것 같았다. 여자아이라 그런지 온통 핑크색이다. 이수는 불쑥 솟은 이불이 눈에 거슬려 접으려다 멈칫했다. 그의 눈이 뭔가를 확인하려는 듯 가늘게 접혔다.

"……이게, 왜?"

손을 뻗었지만 뚫어지게 응시할 뿐 이불 속에 있던 것을 차마 집어 들지 못했다. 그가 정수기로 걸음을 옮겼다. 한 컵 가득 물을 받아 비우고서야 인형을 집어 들었다. 분명 제가 준 인형이 맞았다.

봉황대기가 끝나고 기다릴 줄 알았던 은서가 먼저 가 버린 게 신경 쓰였다. 제게도 기쁜 날이지만 은서도 못지않을 텐데 그냥 사라져 버린 게 의아했다. 그러다 인형 가게 앞에 섰고 은서와 꼭 닮아 보이는 인형이 그의 눈길을 끌었다. 충동적으로 생전 처음 은서에게 줄 선물을 샀다.

"좋아할까."

망설이다 결국 주지 못하고 미친놈처럼 혼자 실실거렸었다. 부피나 작아야지. 예쁘게 포장해 온 것을 다시 포장하길 몇 번. 그것을 갖고 다니니 눈길을 끌었다.

"뭔데 그렇게 끼고 다니는 거야? 한번 보자."

"손 떼라. 만지면 죽는다."

결국 은서가 제 속을 뒤집었던 날 던지듯이 안겨 줬었다. 공식적으로 은서의 마음을 그가 받아들인 날이기도 했다.

"올 때까지 혼자서 이거 갖고 놀고 있어, 알아들어?"

사귀자는 말 대신이었었다.

이수는 멍한 눈빛을 거두고 혼잣말을 했다.

"여태껏……."

오랜 시간이 흐른 만큼 인형은 낡아 있었다. 군데군데 수를 놓은 것처럼 천을 덧대 꿰맨 자국도 보인다. 혼란스러웠던 머릿속이 순식간에 정리돼 미소가 돈다. 이수는 조심스럽게 인형을 처음 상태로 놓고 이불을 덮었다. 그리고 은서가 주먹을 말아 쥐었던 것처럼 그도 주먹을 말아 쥐었다.

한참을 서성이던 이수는 결국 미친놈처럼 웃고 말았다.

"하, 이래 놓고."

은서의 마음을 확인한 것 같아 가슴이 미친 듯이 뛰기 시작했다.

누군가를 사랑했을지 몰라도 최소한 저를 잊어버린 건 아니라는 확신. 낡고 헐어 보잘것없는 인형이 대신 말해 주고 있었다.

* * *

몇 번이나 딸랑딸랑, 맑은 종소리가 들리고서야 은서가 모습을 보였다.

"나와요."

냉랭한 목소리에 이수는 교도관에게 호명된 죄수처럼 매장으로 나왔다. 어느새 사람들은 다 빠지고 정리도 끝나 있었다. 커피도 아까운지 빈손으로 테이블에 앉는 그녀를 따라 이수도 맞은편에 앉았다.

"뭐가 그렇게 궁금해서, 됐어요. 말해요."

"……."

이수는 인형 얘기를 꺼내고 싶었지만 애써 참았다. 뜸을 들이던 그가 어렵게 입술을 뗐다.

"수업이 많은가 봐."

"설마, 그게 궁금한 거였어요?"

"아니."

머릿속이 뒤죽박죽 엉켜 무슨 말부터 꺼내야 할지 모르겠다. 확실한 건 무작정 가게로 밀고 들어오길 잘했다는 생각뿐이다. 그러지 않았다면 은서의 마음을 확인할 수 없었을 거다.

저를 밀어 낼 수밖에 없는 상황이라는 걸 잘 알면서도 불안했었다. 은서의 말대로 그의 존재가 과거형이라면 그녀를 괴롭히는 일밖에 안 되는 거니까.

이수는 안도하면서 뭔가 개운하지 않았다. 단지 죄책감 때문이라고 하기엔 은서의 벽이 너무 견고했다. 내가 놓친 게 뭘까. 마치 머리카락 한 올이 손에 닿지 않는 등에 달라붙은 것처럼 신경을 깔짝인다. 이수는 테이블을 두드리는 소리에 퍼뜩 정신을 차렸다.

"정이수 씨."

"……왜."

"말하라고요, 얼마나 급한 일인지."

애써 화를 누르는 게 분명한 목소리에 이수의 입꼬리가 설핏 올라간다.

"잊어버렸어. 물어볼 말."

"하, 뭐라고요?"

"생각이, 안 난다고."

어처구니가 없는지 은서의 입술이 벙긋 벌어진다. 그런 그녀의 모습에 이수의 몸이 반응한다. 흰색 셔츠에 검정 슬랙스를 입은 단정한 모습이, 특히 하나로 묶은 머리 때문에 고스란히 드러난 긴 목선이 사진을 찍은 듯 그의 눈에 콱 박힌다. 여행 아닌 여행을 다녀와서 몸살을 앓고 있는 그녀였다. 손가락에 눌렸던 말랑하고 부드러운 붉은 입술, 그의 가슴팍에

눌리던 소담한 여성의 상징. 품에 폭 안긴 은서가 떠올라 욕실을 수시로 들락거렸다.

이수는 미련 없이 몸을 일으켰다.

"생각나면, 다시 올게."

"뭐, 뭐라고요?"

"기다려."

은서는 홀연히 가게를 나서는 이수를 귀신에 홀린 듯 쳐다보았다.

* * *

뭐 하자는 건지 모르겠다. 은서는 한결 편한 차림으로 다시 찾아온 이수에게 따뜻한 홍차를 놓아 주었다. 막무가내로 쳐들어와 그냥 갈 땐 언제고 가게 문을 닫으려는데 이수가 다시 방문했다. 다짜고짜 차 한 잔 주는 것도 아까웠냐고 말하며 당당히. 요구대로 차를 준비해 주고 마주 앉았는데 이수의 입이 무겁기만 하다.

"할 얘기, 기억나서 온 거 아니었어요."

"찾아왔었어?"

이수는 단도직입적으로 물었다. 우연히 밖에서 부딪칠 일은 희박하다. 세진이 일방적으로 찾아왔으면 모를까.

"누가요."

"윤세진."

"그게 궁금했던 거예요?"

황당하다는 표정을 짓는 은서를 보는 이수의 시선은 올곧기만 했다. 그가 고개를 가로젓고 다시 입을 뗐다.

"내일, 기사가 나갈 거야."

"무슨 기사요……?"

"우리 가족 얘기. 내 성공 나부랭이, 아버지의 사고, 은서 네 얘기가 나올 거고."

이수는 말을 돌릴 줄도 모르고 포장은 더욱 못한다. 세진과의 관계를 굳이 설명할 필요가 없기에 매립장에서 쓰레기를 압축하듯 골자만 털어 놓았다.

"미안하다. 이런 일에 널 끌어들여서. 내가-."

"잠깐, 잠깐만요……."

은서는 이수의 말을 끊고 일어섰다. 천천히 포스기 쪽으로 가 얼굴이 비치도록 닦아진 스테인리스 조리대를 의미 없이 닦는다. 요즘은 유명인만 유명세를 치르는 세상이 아니다. 유명인은 물론 일반인까지 이슈가 있으면 기사가 나고 동영상의 주인공이 된다. 가족은 물론 친구, 케케묵은 일들까지 낱낱이 까발려져 포털 사이트를 뜨겁게 달구고 너튜버들에 의해 기사가 퍼 날라진다. 그뿐이면 다행이지. 온갖 추측성 기사로 부풀려지고 마녀사냥이 시작된다. 하물며 이수는 세계적인 스포츠 스타다. 그의 이야기가 여태 묻혀 있던 게 오히려 이상한 일이었다.

하임이가 이수와 함께한 이틀. 이미 각오하고 있었던 건지도 모른다. 하임이에게 가장 큰 선물을 준 대가니까 달게 받겠다고.

은서는 한결 차분해진 얼굴로 자리로 돌아왔다.

"하나만 물어볼게요."

"뭐."

"내 이름이 나가는 건 상관없어요. 사실이니까. 아저씨가 날 구해 준 건 사실이니까."

은서는 꼭꼭 되씹어 말했다. 한 번도 그 일이 은폐되길 바란 적 없다. 그런 거까지 바라면 사람이 아니니까. 그 당시 기사 비슷한 게 실리기도 했었다. 그땐 이수의 파급력이 크지 않았다. 안타까운 미담으로 그가 주목받는 걸로 끝났다. 하지만 이젠 달라졌다. 그리고 만약 기사가 나간다면 이수에게 도움이 될지도. 물론 그런 것에 의지하지 않아도 굳건해진 이수지만 말이다.

은서는 똑바로 이수를 쳐다보았다.

"고의성 기산가요? 그 여자에 의한?"

"맞아. 네 이름은 안 나갈 거야. 대명사나 명사로 처리될 거고, 조금의 오보만 있어도 소송할 거야."

"내가 걱정하는 건 그게 아니에요. 아주머니는―."

은서는 자체적으로 말을 뚝 끊었다. 식빵을 욱여넣은 듯 목이 메어서. 아주머니가 제게 죽을 결심으로 살라고 말했었다. 나도 잊고 살 테니 너도 그러라고. 그런 분을 다시 힘들게 할 거라는 생각이 은서를 괴롭힌다. 하지만 그건 이수의 몫. 그녀가 걱정한다고 도움이 되진 않을 거다.

생각이 깊어지는데 이수의 목소리가 들렸다.

"악성 댓글은 변호사가 알아서 처리하겠지만 네가 힘들 거야."

"그건, 내가―."

"그래서 말인데. 하임이랑 같이 나가 있자. 어디든."

"지금 '같이'라고 그랬어요?"

은서는 벼락이라도 맞은 것 같은 얼굴을 했다. 그와 보낸 이틀은 그녀와 하임이에게 소중한 추억이자 일탈이었다. 두 번은 있을 수 없는.

이수를 바라보는 은서의 눈빛에 묘한 질타가 섞인다.

"혹시 나 때문에 그 여자분하고 헤어지는 거예요?"

"너와는 상관없는 내 결정이야."

"그나마 다행이네요."

묘한 뉘앙스에 이수가 설핏 미간을 좁혔다. 그런 그를 아랑곳 않고 은서가 말했다.

"남의 연애사, 참견하고 싶지 않지만 예의 좀 지키지 그랬어요."

"……!"

"헤어질 수 있죠. 한 사람하고 평생 연애하라는 법은 없으니까. 그래도 사랑했던 여자 아니었나요? 약혼 기사가 날 정도로?"

이수는 대답하지 않고 손깍지를 꼈다. 세진과의 관계를 설명할 수도 없고 설명한다고 해도 '나 가벼운 놈이다.'라는 얘기밖에 되지 않는다. 그의 초조함이 무시된 채 은서의 입술이 움직인다.

"여자가 찾아와서 구구절절 오빠와의 얘길 늘어놓을 때 내가 무슨 생각 한 줄 알아요."

"……?"

"정이수 연애 한번 요란하게 하네. 오빠가 나한테 황당하게 결혼 운운했을 땐 무슨 생각 했게요."

대답을 듣기 위한 질문이 아닌 것 같아 이수는 은서를 응시할 뿐 입을 열지 않았다.

"내 기간은 얼마나 될까. 몇 달, 운 좋으면 해는 넘길까."

이수의 얼굴색이 안면을 얻어맞은 것처럼 시뻘게졌다. 아니라고, 내가 사랑한 여자는 너뿐이라고 말해야 하는데 입이 떨어지지 않았다. 이미 세진이 그의 옆에 있었으니까.

은서의 목소리가 두통이 일 정도로 그의 머리를 계속 쪼아 댄다.

"먼저 아저씨 일은 제가 감당할 몫이에요. 그러니까 오빠 걱정은 필요 없어요."

이젠 은서의 입에서 무슨 말이 나올지 긴장돼 마른침을 삼키게 된다. 이수는 뚫어지게 그녀의 입술만 주시했다.

"그리고 나는 오빠 곁에 있던 여자들 중 한 명이 될 생각이 없고요."

완벽한 패배였다.

"더는 오빠랑 엮이고 싶지 않아요. 더 엮이면 이젠 하임이까지 주목받을 거예요. 그건 절대 용납 못 해요."

은서는 스스로에게 미련을 끊어 내라고 더욱 차가운 목소리를 냈다. 하임이를 지켜야 한다. 이수가 그의 어머니를 지켜야 하듯.

"그러니까 하임이 걱정은 하지 말아요. 우리로 엮을 생각 말라고요. 더는 찾아오지도 말고."

은서는 먼저 일어났다. 그리고 걸음을 옮기며 말했다. 이수가 충분히 들을 수 있는 목소리로.

"첫사랑에 대한 예의는 이쯤에서 종료할게요. 내 가게에서 나가 줘요."

이수는 은서가 숨어 버린 연구실 문을 오래도록 쳐다봤다. 더없이 건조한 눈빛으로.

* * *

찬은 양손 가득 들고 온 백화점 쇼핑백을 거실에 내려놓고 그대로 털썩 주저앉았다. 하루 종일 일한 것보다 두 시간 남짓의 쇼핑이 더 피곤했다. 이 어려운 일을 거뜬히 해내는 여자들이 새삼 존경스러워 절로 고개가 숙여진다. 현관문 열리는 소리에 지친 눈을 한 그가 고개를 돌렸다. 저와 다르지 않게 양손을 무겁게 한 이수가 들어오고 있었다.

"내가 너 때문에 별짓을 다 해 본다."

"잘 해 놓고 왜 잔소리야."

"칭찬받고 싶어서 그런다, 왜."

"나한테?"

영문 모르겠다는 이수의 표정에 찬은 고개를 젓고 만다. 친구 잘 둔 덕에 보모 노릇까지 하게 생겼으니 푸념이 나오는 게 당연했다. 찬의 못마땅한 시선이 이수를 향했다.

"애한테 공들인다고 은서가 넘어오겠어?"

"아닌데."

"뭐가?"

"은서 때문이 아니라 하임이가 예쁘잖아. 겸사겸사 친해지면 좋고."

"정이수 선수의 노력이 참 눈물겨워서 못 봐 주겠네."

찬은 인터넷은 뜨거운 감잔데 속도 좋다며 잔소리를 이었다. 그런 그를 외면한 채 이수는 쇼핑백에서 물건을 꺼냈다. 하임이와 겨우 하루 놀고 바빠져서 며칠째 보지 못했다. 그래서 오늘 복례 이모에게 연락을 넣었다.

[은서가 아침 일찍 나가긴 했는데 날씨가 추워져서.]

놀이터에 내보내는 게 꺼려진다고 했다. 아이를 데리고 실내 놀이터에 가자니 너무 눈에 띌 것 같고, 고심 끝에 생각해 낸 게 집으로 데려와 노는 거였다. 가까스로 허락은 받았지만 그의 집에는 아이의 흥미를 끌 만한 게 없었다. 그래서 백화점 오픈 시간에 맞춰 찬과 함께 완구 코너에 다녀온 거다.

이수는 소꿉놀이 세트를 보며 혼잣말을 했다.

"좋아할까……?"

"틀림없이 좋아한다니까. 내가 장담해."

찬의 말에 이수의 고민이 깊어진다. 지난번에 야구를 좋아한다고 했기에 야구 장난감을 집었더니 찬이 만류했다. 여자애들은 소꿉놀이와 인형이 최고라고. 저보다 세심한 구석이 많은 녀석의 말이라 무시할 수 없었다. 이수는 포장을 풀어 소파와 테이블 위에 인형들과 소꿉놀이 세트를 올려놓았다.

이 많은 장난감 중에 아이 마음을 끌 게 하나라도 있겠지, 생각하면서.

"하임이 데려올 테니까 음식 만들어 놔."

"걱정 마."

찬은 자신 있게 대답했다. 케이크와 음료는 사 왔고 스테이크야 오븐이

구울 거다. 혹시 몰라 준비하는 떡볶이는 눈 감고도 만든다.

"그나저나 간식으로 무슨 스테이크를……."

찬은 혼잣말을 하며 몸을 움직였다.

이수는 하임이를 안고 첩보 작전을 하듯 민첩하게 움직였다. 오늘만큼
집 옆으로 도로가 난 게 고마운 적이 없었다.

마당에 들어선 이수는 안도의 한숨을 내쉬며 하임이와 눈을 맞췄다.

"아저씨 안 보고 싶었어?"

"문자했잖아요."

살짝 삐친 목소리라 이수의 입가에 미소가 걸린다. 엄마에게 비밀로
하라고 했더니 깜찍하게 말도 잘 듣는다. 일찍 나갔다는 은서의 행방을
물어보고 싶지만 아이를 혼란스럽게 하는 것 같아 이수는 가까스로 참
았다.

"들어가자."

"네!"

집 안에 들어서자 맛있는 냄새가 진동한다.

"안녕, 하임아?"

"네. 안녕하세요, 선배 아저씨."

"헐! 너 '선배' 아는 거야?"

유치원 선생님에게 물어봤다며 고개를 끄덕인다. 그 모습이 너무 예뻐
찬의 입이 저절로 벌어진다. 식탁에 앉아서도 마찬가지였다. 이수와 찬은
아이에게 눈을 떼지 못하고 멍하니 쳐다보기만 했다.

양 갈래로 나눈 머리를 길게 땋아 동그랗게 만 모양이 작은 자두 두 알
을 매달아 놓은 듯 귀여웠다. 놀기 편하라고 추리닝을 입힌 것 같은데 그
모습도 앙증맞고. 찬은 유전자 생각은 못 하고 그도 결혼해서 딸을 낳아
야겠다고 마음을 굳힌다.

조그만 입술이 푸우, 한숨을 쉬더니 열린다.

"먹고 싶은데."

"어?"

"고기 차가우면 맛없는데. 어른이 먼저 먹어야 하는데."

"아! 그래, 먹자 먹어."

이수와 찬은 얼결에 조각낸 스테이크를 한 점씩 집어 들었다. 그제야 하임이 눈까지 접으며 방긋 웃는다. 인디언 보조개가 깊이 파이는 것을 본 이수는 입꼬리를 올렸다.

'하, 피는 못 속인다더니.'

잠시 후, 찬은 어안이 벙벙했다. 하임이 먹는 모습이 마치 '아이 먹방' 신화를 쓰는 듯했다. 이수는 익숙한 듯 연신 하임의 접시에 고기를 나른다.

"어째 아이 식성이 널 닮은 것 같다?"

"잘 먹긴 하더라고."

후식까지 싹싹 먹어 치우고 하임이 배를 통통 두드린다. 이수는 하임이 걱정돼 소화를 시킬 겸 마당을 빙빙 돌았다. 작은 손이 온기를 전해 주는데 괜히 가슴이 따뜻해지는 것 같았다.

"뭐 하고 지냈어?"

"엄마가 가게에 나오지 말래요."

"왜?"

"몰라요. 속상해요."

앵두 같은 빨간 입술이 톡 튀어나오자 이수는 웃음을 참을 수 없었다. 요 쪼그만 게 속상하다는 말을 어떻게 아는 걸까. 이수는 몇 번 헛기침을 하고 물었다.

"속상한 게 어떤 건데. 어떻게 알아?"

"자꾸 '푸우' 하고 숨이 나오는 거예요. 눈은 이렇게 내려가고, 땅을 많이 보는 거예요."

하임이 양쪽 검지를 세워 눈꼬리를 내린다. 그 모습을 본 이수는 웃지 않으려고 이를 악물었다. 제 딴에 제법 심각해 보이는데 동조를 해 줘야 할 것 같았다.

"그럼 우리 하늘 볼까? 푸우, 소리 안 나오게."

"네!"

이수는 몸을 낮춰 아이를 안고 고개를 뒤로 젖혔다. 첫눈이 오려는지 하늘이 먹색이다. 은서에게 장담은 했지만 남의 아이를 받아들이는 일이다. 고민하지 않았다면 거짓말. 어머니의 난항도 예상되고. 그 모든 것을 기꺼이 감수하고라도 아이와 은서 옆에 있고 싶다.

요 작은 온기가 자꾸 그리운 걸 보면 그래도 될 것 같았다. 이수는 하임이의 손을 더욱 세게 잡았다.

* * *

이수는 찬을 노려보고 찬은 난감한 얼굴을 했다. 찬은 그런 이수의 시선을 외면하고 쭈뼛거리며 하임이에게 다가갔다.

"이거 완전 재미있는데 아저씨랑 놀자."

"싫어요. 집에 갈래요."

"아저씨가 아빠 하고, 하임이가 엄마 하고 놀면 엄청 재미있을걸?"

이수는 찬의 몹쓸 설정에 눈을 부릅뜨고 목소리는 부드럽게 했다.

"하임아, 그럼 우리 야구할까."

"야구?"

"음."

"네!"

이수는 얼른 몸을 일으켜 드레스 룸에서 야구 배트와 사인 볼을 가지고 나왔다. 아동용 안전 공이 아니라 걱정은 되지만 다른 방법이 없었다. 밥만 먹이고 그냥 돌려보내기엔 너무 아쉬웠다.

"밖은 추우니까 여기서 놀자."

"집에서 공 던지면 안 되는데……."

"괜찮아. 아저씨랑 하는 거니까."

그사이 찬이 하임이의 운동화를 갖고 욕실에서 나오고 있었다. 신발 바닥을 닦은 모양이었다.

"뭐 하러?"

"보모는 아무나 하는 줄 알지? 애 발등이라도 다치면?"

"아."

"아아? 말을 말자. 하임아, 신발 신자."

"빨리 완구점에나 다녀와."

그렇지 않아도 설거지하고 갔다 오려 했다며 찬이 불퉁한 목소리로 말했다. 그러면서도 하임이를 살뜰하게 챙기기 바쁘다.

"야구공 발에다 떨어트리면 안 돼. 아야, 하는 거 알지?"

"나 아기 아닌데. 아야는 아기가 하는 거예요."

하임이 마지못해 대답하는 기색이 역력했다. 그러면서도 눈은 이미 나무 배트에 가 있었다. 어차피 무거워서 휘두르지도 못할 걸. 이수는 입꼬리를 올렸다.

"아저씨 올 때까지 기다려. 금방 올게."

대답도 하지 않고 하임은 그의 사인 볼을 굴리기 바빴다. 그런 하임이를 지친 눈으로 바라보다 이수가 주방으로 향했다. 방글방글 웃을 땐 몰랐는데 고집이 보통이 아니었다. 집에 가겠다고 하더니 어떤 것을 가져다줘도 고개를 저었다. 찬은 인형 싫다고 하는 여자아이는 처음 본다며 눈치를 보고. 하긴 고집쟁이 은서 딸이니 오죽하려고. 정수기에서 물을 받는데 찬이 피식거린다.

"목이 탔지?"

"조금. 음식이 짰나."

"이게 어디서 되도 않는 구라를 까."

그나저나 황당하다며 찬이 혀를 내두른다.

"식성도 그렇고 어떻게 인형을 싫어하지?"

"내가 왜 네 말을 들었을까."

"야, 길을 막고 물어봐라! 여자애들이 뭘 좋아하는지? 인형 대신 야구공 좋아하는 여자애가 어디 있겠냐?"

"저기 있잖아."

이수가 하임이를 가리키며 피식 미소를 지었다. 그런 이수를 보며 찬은 속으로 한숨을 내쉬었다. 잔뜩 사다 놓은 저 인형들과 장난감은 어떻게 해야 할지 모르겠다.

'제 엄마는 안 닮았나 보네.'

은서는 이수를 좋아했지 야구를 좋아한 게 아니었다. 처음 이수를 쫓아다닐 때 은서는 야구에 대해서는 1도 몰랐다. 이수가 친 공이 파울이 됐는데 은서 혼자 일어서서 박수를 칠 정도로. 다들 황당한 눈으로 쳐다보는데 뭐가 잘못된 건지 몰라 눈만 껌뻑이던 모습이 아직도 기억난다. 그랬던 은서의 딸이 야구를 좋아한다니. 찬은 조금 전의 일이 떠올라 고개를 저었다.

식사가 끝나고 찬은 회심의 미소를 짓고 소파와 테이블을 가리켰다. 짠! 하는 유치한 효과음도 섞으면서. 그런데 장난감을 바라보는 하임이의 눈빛이 심드렁했다. 하나하나 인형과 장난감을 들어 보이며 흥미를 끌려고 했지만 고개를 젓더니 집에 가겠다고 말하는 게 아닌가. 아무리 꼬드겨도 씽긋도 않더니 야구공 하나에 저렇게 정신이 팔려 있다.

찬은 어깨를 치는 기척에 고개를 돌렸다.

"나 화장실, 하임이 잘 보고 있어."

"지금 계속 보고 있거든!"

그 말이 끝나기 무섭게 '쨍그랑' 하는 유리 파열음이 들리고 아이의 커다란 곡성이 울렸다. 두 사람의 고개가 동시에 틀어지고 다급히 움직였다. 찬이 먼저 울음을 터트린 하임이를 안아 들고 이수는 깨진 유리가 간당간당 매달린 액자를 떼어 냈다.

"다친 곳 있나 봐."

"괜찮은 것 같은데, 놀란 것 같아."

다행히 놀라서 그렇지 다친 곳은 없어 보인다. 찬은 순식간에 윽, 윽. 울음을 참으며 진저리를 치는 하임을 다독이면서도 어이가 없어서 벽을 바라보았다.

"어떻게 저기를……."

깨진 유리를 쓸어 낸 이수는 하임의 몸 곳곳을 살폈다. 크게 다친 곳은 없는데 손등에 스크래치가 나 있었다.

"다쳤잖아!"

"야, 이 정도면 다행이지! 이게 내 탓- 됐다. 구급상자나 가져와."

찬은 허옇게 질린 얼굴을 한 이수를 보고 마음을 누그러트렸다. 아이보다 더 놀란 것 같아 화를 낼 수 없었다. 이수는 찬이 시키는 대로 구급상자를 찾으러 주방 쪽으로 움직였다.

"으으, 하임이 집에 갈래, 으으, 요."

"괜찮아. 안 다쳤으면 된 거야."

뭐가 서러운지 큰 눈에서 눈물방울이 뚝뚝 떨어진다. 신발을 벗기려는데 아이가 버둥거린다. 찬은 저도 모르게 폭신한 인형을 하임이의 품에 안겨 주었다.

"이거 꼭 안고 있으면 아저씨가 약 발라 줄게. 그리고 집에 가자."

"싫어, 이거 싫어. 집에, 으으."

"약 바를 동안만 안고 있어."

"하임인 아빠가 준 인형만 안을 거야, 이거 싫어."

찬은 순간 구급함을 들고 오는 이수의 눈치를 살폈다. 요 쪼그만 게 제 친구를 잡을 모양이다.

"하하, 이 녀석 호불호가 제법 뚜렷하네."

얼굴을 굳힌 이수는 말없이 아이 앞에 앉았다. 소독을 하고 밴드를 헐겁게 붙였다. 그런 이수를 바라보던 찬이 물었다.

"유리 박힌 것 같진 않지?"

"……그래도 병원 가 봐야지."

머릿속이 복잡해져 이수의 대답이 느렸다. 하임이의 입에서 나온 '아빠'라는 말이 그의 가슴에 쿡 박혔다. 앞으로도 이런 일은 비일비재할 텐데 가슴이 덜컥 내려앉는 기분이다. 그래도 아이의 아빠를 부정해서는 안 된다는 생각에 부드럽게 물었다.

"하임이 아빠한테 인형 선물 받았구나?"

"응, 네."

내 친구야. 뒷말을 하는 하임이 목소리가 기어들어 간다. 그새 빨갛게 익은 코에 맺혔던 맑은 물방울이 톡 터진다. 이수는 손으로 아이의 콧물을 닦아 주고 뺨을 감쌌다. 괜히 눈치를 보게 만든 것 같아 미안했다.

"하임인 좋겠다. 아빠가 그런 선물도 해 주고. 아저씨도 소개해 줄래?"

"애착이?"

"응."

"엄마 가게에 있는데. 내 침대에."

가게에 가지 못한다는 것을 생각하는지 하임이 눈을 깜빡거린다. 하지만 이수는 그런 아이의 행동이 눈에 들어오지 않았다. 이거다, 하고 짚이지 않는 생각이 들쭉날쭉 그를 혼란스럽게 만들었기 때문이다. 그가 어렵게 입을 뗐다.

"하임아."

"네?"

"엄마 가게에 애착이 말고 다른 친구도 있어?"

"없어요. 하임인 애착이만 좋아해요."

"아빠가 준 건지 어떻게 알았어?"

"엄마가 말해 줬어요. 아빠가 하임이 사랑해서 준 거라고."

아이의 대답에 이수의 미간에 골이 심하게 파인다. 절대 그럴 리 없는데 말이다.

이수는 간신히 목소리를 냈다.

"애착이가 어떻게 생겼어?"

아직도 놀란 기가 가시지 않는지 울먹이는 목소리로 조각조각 설명을 한다. 그런 하임을 보며 이수는 질끈 눈을 감고 말았다.

4

　기사가 나갔다. 그녀의 세상이 뒤집어질 줄 알았는데 아니었다. 생각보다 사람들은 남의 일에 관심이 없었다. 아니 이수와 그의 아버지에게 포커스가 맞춰져서 그랬다. 은서는 행운을 거머쥔 어느 여고생 그 정도. 어쩌다 악플이 달리기도 했지만 그마저도 바로 삭제됐다. 백화점에 온 그녀는 그저 VIP 고객일 뿐.

　은서는 유리관에 홀로 고고히 디스플레이되어 있는 가방을 가리켰다.

　"이것 주세요."

　카드를 내밀자 직원이 놀란 얼굴을 한다. 곧 표정을 다급히 바꾸며 카드를 공손하게 받아 든다. 명품 매장이니 소형차 한 대 값의 가방을 구매한다고 해서 놀랄 일은 아니다. 다만 매장에 들어선 지 1분도 안 돼서 한 픽이었다. 은서는 앞서 쇼핑했던 매장에서 그랬듯 새 가방에 내용물을 옮겨 담고 메모지를 부탁해 주소를 적어 주고 말했다.

　"이쪽으로 보내 주시겠어요. 부탁해요."

"네, 고객님."

"감사해요."

들고 왔던 가방을 직원에게 맡기고 매장을 나섰다.

잠시 후, 헤어 숍에 들어서자 예약을 확인하고 관리실장이 원장을 불러 왔다. 엄마 손에 끌려오다시피 해서 몇 번 왔던 곳인데 원장이 은서를 기억하고 있었다. 원장과 짧은 인사를 나누고 앉아서 어렵게 입을 뗐다.

"우아, 하게…… 가능할까요."

다소 애매모호한 표정을 하고 묻자 원장은 웃음을 참는지 헛기침을 한다.

"흠, 얼마든지요."

"그럼 부탁드릴게요."

"중요한 모임에 가시나 봐요?"

"……네."

중요한 일일까. 고개가 끄덕여진다. 생전 않던 헛짓을 할 만큼 중요한 일이었다.

은서는 머리를 맡기고 눈을 감았다.

오전까지 기사에 대한 심한 댓글은 없었다. 이수의 말대로 그녀의 이름은 언급되지 않고 그에게 초점이 맞춰져 있었다. 늦게나마 고인의 명복을 빈다. 훌륭한 아버님이다. 존경받아 마땅한 분이다. 어려운 환경을 딛고 성공해서 다행이다. 이젠 꽃길만 가자, 정이수 선수! 등등.

아저씨가 구해 준 운 좋은 여자애에게 채찍을 휘두르는 사람은 드물었다. 오지게 운 좋은 년. 뭐 하고 살고 있을까. 좋은 일 많이 하고 살아라, 정도. 피하지 말자고 했던 이수의 말뜻을 알 것 같았다.

"거듭 말하지만 그건, 사고였어. 은서야."

그 말을 하는 이수는 단단한 눈빛을 하고 있었다. 마치 그녀를 잡아 주

460 외사랑을 내 마음대로 종료합니다

듯. 새벽부터 휴대폰이 쉴 새 없이 울렸다. 아마도 조간신문을 받아 본 시간이지 싶었다. 엄마와 아버지는 물론, 은후와 친할아버지까지. 나래와 유성은 시간이 조금 늦긴 했어도 말할 것도 없다. 그런데 염려가 담긴 그들의 목소리보다 받지 않고 부재중으로 남겨 둔 이수의 번호가 더 큰 위안이 됐다. 그 번호만 큰 폰트로 저장된 듯 유독 또렷이 보였다.

아직도 좋다. 아니 더 좋아졌다. 햇빛도 보여 주지 않고 물도 주지 않았는데 그를 향한 마음은 생존력이 질기고 강했다.

가끔, 아주 가끔 생각을 해 본다. 그날의 사고가 없었다면 지금쯤 이수와 어떻게 지내고 있을까 하고.

여느 평범한 연인들처럼 다투고 화해하고 그렇게 지내지 않았을까. 바빠서 기념일을 잊은 이수에게 투정 부리고, 여행을 가자고 조르기도 하고. 다른 남자들처럼 노출이 심한 옷을 입으면 이수가 질투를 했을지도. 홈런 제조기인 이수가 관중석에 앉아 있는 그녀에게 홈런 세리머니를 해 주고 카메라는 그녀가 행복해하는 모습을 단독 컷으로 잡았을지도.

낮 뜨거운 상상도 한다. 눈만 마주쳐도 키스로 이어지고 그에게 안겨 침대로 향하는. 아침이면 그의 품에서 눈을 뜨고 자연스럽게 모닝 섹스로 이어지는 일상.

바보같이 그녀의 상상엔 이수와 해 보지 못한, 하고 싶은 것들만 있다. 헤어졌을 수도 있었을 텐데 그런 상상은 그녀의 잠재의식 속엔 없었다. 하임이가 생겨서 그랬나. 아니다. 현실이 아닌 그녀 혼자만의 상상 속이라 그랬다.

은서는 저도 모르게 씁쓸한 미소를 지었다.

'욕심이 과하면 탈 난다고 했는데…….'

그녀에게 이수는 늘 그런 존재였다. 요즘 특히 지난날을 자주 돌아본다. 그리고 수순처럼 후회가 뒤따른다. 좋아하지 말걸. 아니면 조금만 가볍기라도 하든지. 철부지 꼬맹이의 눈에 들어와 버린 이수 탓을 하기도 했다. 어지간히 잘났어야지.

불현듯 든 생각에 어이가 없어서 웃고 만다. 끝까지 제 마음속에 이수가 잘난 남자라는 것을 확인하는 것 같아서.

외모야 이수만큼 잘생긴 남자가 왜 없을까. 은서도 보는 눈은 있다. 그런데도 불구하고 이수만 보이는 건, 그는 속도 잘생긴 남자였다. 그 시절 어린 제 눈에도 이수는 속이 깊었다.

은서는 제게 따라붙는 염려의 시선이 싫었다. 화초도 물을 너무 많이 주면 죽기 마련. 하루에도 몇 번씩 괜찮은지 묻고, 먹는 것부터 입는 것까지 참견하는 잔소리. 그렇게 챙겨 주지 않으면 곧 죽을 것처럼 호들갑 떠는 가족들이 벅찼다. 그런데 이수는 속은 어떨지 몰라도 겉으론 드러내지 않았다. 아무것도 묻지 않고.

"오빠 내가 왜 쓰러지는지, 어디가 아픈지 왜 안 물어봐?"

"물어봐 줘야 해?"

"아니. 물어봐도 대답해 줄 수 없어. 나도 모르거든. 대답해 줄 수 없는데 물어보는 거 정말 개짜증 나."

"너 잘하는 거 있잖아. 그냥 무시해."

"나 성격 안 좋다고 욕하는 거지?"

"사실이잖아."

이수는 그녀의 눈치를 보지 않고 막 대했다. 그래 놓고 뒤로 챙겨 줬다. 남들이 그녀를 흉보면 그냥 지나치지 않았다. 나중에서야 알았지만.

"오빠도 내가 꾀병 부리는 것 같아?"

"꾀병이야?"

'설마!'라고 버럭 소리를 지르면 이수는 시끄럽다고 한마디 할 뿐이었다. 처음엔 관심이 없어서 그런 줄 알았는데. 그런 생각을 하면서도 이수가 든든했다. 편했다. 그녀를 사랑해 주지 않는 나쁜 남자였지만, 이해해 주는 유일한 사람이기도 했다. 대부분 혼자 떠드는 거지만 이수는 제법 괜찮은 소통 창구였다.

기절했다 깨어나도 이수는 덤덤한 목소리로 '괜찮아?'라고만 물었다.

"당연하지. 기절도 노하우가 있어."

"자. 잠들 때까지 있을게."

다시 흐릿해지는 시선 끝엔 늘 지켜보는 이수가 있었다. 책을 읽거나 문제집을 푸는 그가. 저를 평범하게 대해 주는 이수가 좋았다. 무뚝뚝하고 그렇게 멋없게 구는데도 말이다. 시간이 흐른 뒤에 깨달았다. 그 옛날 이수를 왜 세콰이어 나무 같다고 생각했는지. 고목나무에 매미처럼 매달려도 '좋다, 싫다' 표현하지 않는 변함없는 묵묵함 때문이었다.

그의 욕망은 눈치채지 못한 채. 낮 뜨거울 정도로 과감했던 꼬맹이가 얼마나 난감했을까. 철부지처럼 겁도 없이 키스해 달라고 졸라서 얼마나 자주 시험에 들었을까. 한창 건강한 이수가 왜 자주 얼굴을 굳혔는지 알게 되고 혼자 웃곤 한다.

'그래서 그랬나.'

어느 책에서 읽었던 내용에 저가 빗대졌다. 가임기의 여성들은 턱과 어깨가 발달한 남성성이 강한 남자에게 시선이 간단다. 비가임기엔 중성적 외모의 남자를 좋고. 가임기 여성들은 본능적으로 내 자식에게 유리한 유전자를 물려줄 수 있는 남자를 찾는다고. 그 증거로 은연중에 터프한 외모의 남성을 짝짓기 상대로 원한다고 했다.

그 내용을 읽고 혼자 엉뚱한 생각을 했었다. 우연치 않게 가졌던 하룻밤에 마치 짝짓기를 기다리던 암컷처럼 굴었던 건지도 모른다고. 남성미를 폴폴 풍기는 이수가 탐났던 건지도 모른다고. 우수한 유전자를 지녔음을 알려 주는 잘난 얼굴과 건장한 체격 조건, 당혹스러울 정도로 우람한 성기가 제겐 생존력처럼 느껴졌던 건지도 모른다고.

반증하듯 하임이는 성말 완벽하게 이수를 닮았다. 아이의 얼굴이 떠올라 미소를 짓는데 부드러운 목소리가 들려왔다.

"은서 씨, 어때요? 마음에 들어요?"

"……."

눈을 뜨자 낯선 여자가 거울 속에 앉아 있었다. 화장이랄 것도 없는 투명한 낯을 하고 다녔었는데 진한 색채를 띤 완벽한 메이크업을 한 여자가 앉아 있었다. 과하지 않게 웨이브를 넣은 머리는 거울 속의 여자를 한층 더 우아하게 보이게 했고 농염해 보이게도 했다. 현정이 지금의 그녀를 본다면 얼마나 놀랄지. 아니, 못 알아보고 지나칠지도 모른다는 생각에 미소가 지어진다.

"네, 감사합니다."

스태프의 도움으로 가운을 벗었다. 옷매무새를 가다듬은 은서는 헤어숍을 나섰다.

* * *

2층으로 안내된 세진은 룸으로 들어서다 멈칫했다. 은서의 연락을 받고 나오긴 했는데 혼자가 아니었다. 그리고 몇 번 보지 않았지만 같은 사람 맞나 싶게 낯선 모습을 하고 있었다. 한 번쯤은 뒤돌아봄 직한 미모였지만 수수했었다. 그런데 눈을 뗄 수 없게 단아하다. 꾸민 티라도 났다면 코웃음을 쳤을 텐데 마치 태생부터 다른 우아함이 몸에 밴 사람처럼 귀티가 흘렀다.

"와서 앉아요."

"……."

"식사는 미리 주문했는데, 괜찮죠."

자리에 앉은 세진은 차분한 목소리에 쉽게 입을 떼지 못하고 눈을 굴리기 바쁘다. 뉘앙스가 묻는 게 아니라 주는 대로 먹어, 로 들렸다. 그건 둘째 치고 저 사람이 왜. 언론 매체에 자주 이름이 올라오는 법조인이었다. 대한민국 최고 로펌 J&K의 대표 장범진. 도대체 무슨 상황인지 감도 오지 않는다. 이곳으로 오는 내내 상상했던 상황과 천지 차이라 더 혼란스럽다. 뭔지 모를 불안감에 굳어 있는데 문이 열리고 트롤리 왜건을 밀고 셰프 복장을 한 직원들이 들어온다. 그들을 지휘하는 대표로 보이는 꼿꼿한 남성과 함께.

은서는 긴장한 기색이 역력한 세진을 투명 인간 취급 하고 이정록 셰프에게 인사를 건넸다.

"아저씨, 건강하셨죠."

"그럼요. 아버님과 어머님은 지난주에 다녀가셨는데, 은서 양이 통 안 보여서 궁금했습니다."

아버지뻘 되는 분의 깍듯한 존대가 부담돼 은서는 투정하듯 말했다.

"이렇게 말씀 안 놓으시면 저 계속 못 와요."

"흠."

"저 버릇없는 엄마 되기 싫어요, 아저씨."

잠시 생각하던 이정록 셰프가 온화한 미소를 지었다.

"그럼 하임이 얼굴 보여 줄 건가?"

"당연하죠. 아저씨가 보내 주신 양갱을 얼마나 좋아하는데요. 데리고 올게요."

"카운터에 준비해 놓으라고 할 테니 갈 때 양갱 가져가."

이정록 셰프는 아버지와 어려서부터 친구였다. 식구들과도 막역한 사이라, 그녀도 어려서부터 아저씨라 불러 온 터라 셰프님, 혹은 대표님 소리가 나오지 않는다. 직원들의 상차림이 끝날 때쯤 은서가 말했다.

"장 대표님, 자리 좀 비켜 주시겠어요."

"그러죠. 천천히 대화 나누고 끝나면 전화 줘요."

"식사는 옆방에 따로 준비해 달라고 했습니다."

은서가 일어서서 변호사에게 깍듯이 인사를 할 때였다. 이정록 셰프가 사람 좋은 얼굴로 웃는다.

"앉으시죠, 장 대표님. 따로 설명 들으시는 것보다 나을 겁니다."

"아저씨……."

"안 됩니다."

단호하지만 부드러운 음성에 은서와 장 대표는 다시 착석했다. 이정록 셰프는 자신에 대한 프라이드도 강하고 음식에 대한 철학이 확고하다. 어떤 손님이든 예외를 두지 않고 직원들에게 재료와 음식에 대한 설명을 하게 한다. 장인 정신이 너무 투철해 곤란할 때도 있다. 지금처럼 말이다. 은서네 가족들이 방문하면 이렇게 직접 설명을 해 준다.

은서는 이정록 셰프의 설명에 귀를 기울였다.

"이 육회는 지방이 적고 운동량이 많은 한우 암소의 꾸리살을 사용했습니다. 식감과 육향이 좋을 겁니다."

후추와 소금, 식초로 간을 해서 숯 향을 입힌 오일로 버무렸다고. 차가운 육회는 숯불로 구워 드시기도 편할 거라고. 그러고도 천천히 설명이 이어졌다. 양파는 고기 지방을 따로 떼어 내 천천히 익혔다고. 쇠고기 향과 잘 어우러질 거라고. 식용으로 쓰이는 꽃인데 맛이 무거울 것 같아 곁들여 드시면 입맛을 깔끔하게 해 줄 거라고 한다.

"노란색 소스는 고추를 발효시켜 마요네즈를 섞은 겁니다. 찍어 드시면 매콤하고 부드러워 더 풍부한 맛을 즐기실 수 있을 겁니다."

그나마 다른 음식 설명은 좀 짧았다. 그래도 길게 느껴졌지만. 음식 소개를 끝낸 셰프가 즐거운 식사를 하라고 인사를 하고 나가자 장 대표가 세진의 앞에 명함을 놓고 룸을 나갔다.

그들이 나가고서야 은서가 세진에게 눈길을 줬다.

"들어요."

"지금! 뭐 하자는 거죠?"

소형견이 더 크고 요란하게 짖는 법이다. 은서는 날카로운 목소리를 내면서도 명함에서 눈을 떼지 못하는 세진을 건조한 눈으로 쳐다보았다. 이런 보여 주기 식을 싫어한다. 하지만 세진의 수준에 맞을 것 같아 귀찮음을 감수했는데 역시나 효과가 있다.

은서는 젓가락을 들어 육회를 한 입 맛보고 냅킨으로 입가를 꾹 눌렀다.

"지난번에 가게까지 와 줬는데 대접이 소홀했어요."

"……!"

세진은 말을 잃은 채 은서를 응시했다. 어떻게 사람이 저렇게 달라질 수 있지? 제 눈으로 보고도 믿기지 않는다. 하는 행동도 모습도 제가 알고 있던 여자 같지 않았다. 머리부터 발끝까지 금가루를 뒤집어쓴 것처럼 윤기가 흐른다. 지금 은서가 걸치고 신은 것만 해도 천 단위. 룸에 있는 옷걸이에 걸린 겉옷과 가방만 합쳐도 중형차 한 대 값. 저도 선뜻 구입하기 망설여지는 고가 브랜드 한정판이다. 액세서리도 예사롭지 않았다. 하트 컷 다이아몬드 세트를 하고 있었다. 커팅이 어려워 작을수록 고가인 브랜드의 것이다.

은서는 쉽게 젓가락을 들지 못하는 세진을 쳐다봤다.

"들어요. 여기 음식 맛이 꽤 괜찮을 거예요."

"……!"

굳이 말해 주지 않아도 세진은 이 집 음식이 얼마나 괜찮은지 알고 있다. 조금 전에 직접 서빙을 해 준 사람은 세진도 알고 있을 만큼 유명한 셰프였다. 전직 청와대 수석 셰프를 두 번이나 한 사람. 어렵게 인터뷰를 딴 기자에게 미슐랭 평가가 중요한 거냐고 물어볼 정도로 자타 공인 장인급 셰프. 예약만 1년 넘게 밀려 있다고 들었다. 그나마도 프라이빗이 완벽해 이름만 대면 아는 정·재계 인사들이 주 고객층이라 일반인들은 오기 힘든 곳이었다.

세진은 마지못해 젓가락을 들었다.

"여기 대표와 친척이라도 되나 보죠?"

"무슨……?"

이해가 안 된다는 듯 긴 목을 살짝 틀던 은서가 곧 나무라는 눈빛을 하고 세진을 본다.

"아저씨라고 불러서요? 윤세진 씨 상상력이 너무 빈약하네요."

"뭐, 뭐라고요?"

"아버지 평생지기세요."

세진의 말을 자르고 은서는 조곤조곤하게 끝까지 말을 맺었다. 그런 은서를 보는 세진의 얼굴이 짜증이 극에 달해 벌겋게 상기됐다. 그런데도 이 자리를 박차고 나갈 수 없었다.

"내 전화번호는 어떻게 알았죠?"

"뒷조사는 그쪽만 하는 게 아니거든요."

"……!"

세진이 말을 잇지 못하고 탁, 소리가 나게 젓가락을 내려놓았다. 그런 그녀를 보고 은서는 냅킨으로 입꼬리를 닦았다. 덤덤한 시선이 세진을 훑어 내린다.

"지난번에도 느꼈지만 윤세진 씨 교양이 너무 없네요. 버릇이 없는 건가."

"지금 날 가르치겠다는 거예요?"

"가르친다고 변하나요? 그럼 시간 좀 내 보죠."

시종일관 여유를 잃지 않는 은서를 보고 세진의 목소리가 떨려 나왔다.

"날 만나자고 한 이유가 뭐죠?"

"돌려주려고요."

"뭘?"

"받은 만큼은 돌려준다, 가 내 소신이거든요."

기다렸다는 듯 말을 하는 은서를 보고 세진은 눈을 감았다 떴다. 그제야 제가 했던 행동을 은서가 하고 있다는 것을 알아챌 수 있었기 때문이다.

세진이 명함을 집어 들었다.

"이 명함은 뭐죠?"

"집안 고문 변호사님이세요. 만날 일 없는 게 그쪽한테 좋을 거예요."

세진은 입을 벌리고 말았다. 대한민국 최고 로펌의 대표가 집안 고문 변호사라고? 세진은 진수성찬을 놓고도 물만 마셨다.

"말 돌리는 거 싫어한다고 했던 것 같은데, 말해요."

"선물은 잘 받았어요."

"경고를 무시한 건 그쪽이에요. 이제 와 부탁이라도 하고 싶어요?"

"부탁할 게 없죠. 이미 윤세진 씬 패를 써 버렸는데. 아닌가요?"

은서는 선뜻 대답하지 못하는 세진에게 눈을 떼지 않고 '기사 올려 줘서 고마워요.'라고 말했다.

멍한 얼굴을 하던 세진이 믿기 어렵다는 듯 물었다.

"지금 고맙다고 했어요?"

"네. 그런데."

은서는 잠시 말을 끊었다. 그리고 세진을 옭아매듯 뚫어지게 쳐다보았다.

"거기까지만 해요. 그 이상은 하지 말고."

"왜, 이제 와서 겁나요?"

"아니. 정이수와 당신 두 사람 문제니까, 둘이 해결하라고."

내내 웃는 얼굴인데 목소리가 서늘했다. 도저히 저렇게 가냘픈 여자에게서 뿜어져 나오는 오라라고 믿기 어려웠다.

은서의 목소리가 높낮이 없이 흘러나왔다.

"아이가 있는 걸 알면 이수 씨가 어떻게 할까. 설마 나하고 잘되길 바라요?"

"하."

"난 아닌데. 내가 못 먹으면 남 주는 것도 싫던데, 세진 씨 보기보다 차한가 봐요."

세진은 선뜻 말하지 못하고 은서의 입만 주시했다. 뭐라고 말하고 싶은데 왠지 틈이 보이지 않았다.

은서는 대충 이해한다는 듯 고개를 한 번 까닥였다.

"아까 말했죠. 난 받은 만큼 돌려준다고. 기사는 사실이니까 내가 감당해요."

은서는 물 잔을 들어 목을 축였다. 입에 담은 소량의 물도 넘기기 힘들었다. 건조한 눈빛이 다시 세진을 향한다.

"거기까지만 받아 줄게요. 내 능력 시험해 보고 싶으면 더 해 보든지."

"능력이라고 했어요?"

"아, N 미디어 바지 사장 직함 갖고 나하고 한번 해 보고 싶어요?"

세진의 눈이 더할 수 없이 커다래졌다. 은서는 고개를 절레절레 저었다. 그녀의 행동 하나하나에 기품이 묻어난다.

"무모한 짓 하지 말아요. 털 필요도 없던데."

"무슨 말이죠?"

"여직원하고 스캔들. 이미 뉴스 한 번 탔고. 지금 몸 사리고 있잖아요. 그쪽 아버지. 노조에서 당신 아버지 밀어내려고 파업 준비 중인 건 알고 있어요? 욕심 많은 분이던데 투자 운은 안 따라 주고 딸은 저 모양이고."

"너!"

'나?'라고 맞받아치는 은서의 눈빛이 무서우리만치 차분했다.

"불렀으면 말을 해. 당신 말 잘하잖아. 내 능력이 궁금해? 아마 당신이 상상하는 이상일걸. 그래도 확인하고 싶으면 어디 한번 까불어 봐. 엄마는 못 할 게 없거든. 자식 일이라면."

은서는 완급 조절을 하며 또박또박 말을 했다. 그런 그녀를 본 세진은 문득 소름이 돋았다. 허세를 부리는 것 같지 않았다. 은서는 꿀 먹은 벙어리처럼 입을 닫고 있는 세진을 보며 말을 이었다.

"다시 한번 말하지만, 뒷조사는 당신만 하는 게 아니라고 했죠."

"······!"

"미국에서도 꽤 문란하게 지냈던데. 그 꼴 난 아버지 하나 믿고. 교양이 우선시되는 리포터가 얼굴 들고 다닐 수 있겠어요? 날 상대로 윤세진 씨 자력으로 싸워 보겠다면 말릴 생각은 없어요. 하지만 기회 줄 때 몸 사리는 게 좋을 거예요."

그 어느 때보다도 더 사무적인 목소리로 말한 은서가 일어서며 설핏 미간을 좁혔다.

"아저씨가 서운해하시겠다. 아까워서 이걸 어쩌지."

육회가 변색돼서 버려야겠다고 혼잣말을 하는 은서를 세진은 멍하니 올려다보았다.

"새로 주문해 주고 갈게요. 육회는 신선한 게 생명인데. 아무리 맛있어 보여도 상한 거, 남의 거, 욕심내면 탈 나더라고요."

은서는 그럼, 이라고 말하곤 걸음을 옮겼다. 옷걸이에 걸린 트렌치코트를 팔에 반 접어 걸치고 가방을 들고 룸을 나섰다.

그런 은서를 보며 세진은 손바닥에 손톱이 박히도록 주먹을 꽉 쥐었다. 꽤 사는 집안 여자라는 걸 알고 있었지만 이 정도일 줄이야. 본인 명의의 작은 건물 하나, 아파트 한 채. 그걸 갖고도 워낙 수수하게 하고 있어서 알맹이 없이 모양만 갖춘 거라 생각했던 거다. 집에서 내놓은 자식 취급 받는. 그래서 간과했던 거다. 세진은 분에 못 이겨 짙은 립스틱을 바른 입술에 피가 맺히도록 잘근잘근 씹었다.

* * *

머릿속이 너무 복잡했다. 뒤죽박죽, 엉망진창. 혼란스럽다 못해 멍한 상태. 그보다 더 자극적인 표현을 찾던 이수는 거친 말을 줄줄이 속으로나마 쏟아 내 본다.

'······빌어먹을, 젠장.'

기계적으로 발을 움직이며 몇 번이나 하임을 고쳐 안는다. 그러지 않으면 팔에 힘이 풀려 떨어트릴 것 같아서였다.

이수는 의식하지 못한 채 하임이의 얼굴을 보고 또 보았다. 도저히 말이 되지 않는 일이다. 감히 농담으로라도 입에 올릴 수 없는 말이다. 그런데 닮았다고 한다.

유리 조각에 다친 하임이를 안고 병원으로 가던 길이었다. 급한 마음에 눈에 띄는 약국부터 들어갔다. 약사는 하임의 상처를 보고 흐뭇한 눈빛을 하면서도 어이없는 얼굴을 했다. 이런 상처로 병원에 가는 사람은 없다고 돌려 말하면서.

"아빠들은 다 딸 바보예요. 딸이라 더 신경 쓰이죠."

아빠들이 원래 딸들 일이라면 이성을 잃는다고 말하더니 하임이에게 비타민을 주었다.

"예쁘게도 생겼네. 어쩜 이렇게 아빠랑 판박이일까."

나이가 지긋해 보이는 약사는 그를 모르는지 이수를 딸을 데리고 약국에 온 손님으로 대했다. 아빠 닮으면 예쁘게 산다는 말이 있다며 덕담까지 해 줬다.

버튼이 눌린 건 그때였다. 하임이를 안고 무심코 몸을 돌리다 거울을 본 거다. 착각이겠지. 생각하면서도 무심히 넘겼던 일들이 하나하나 떠오르기 시작했다.

찬이 '네 딸이라고 해도 믿겠다.'라고 했던 말. 식성이 닮았다는 말. 하임이의 애착이 인형만 해도 그렇다. 연구실에서 그걸 발견하고 은서가 저를 잊지 않았다는 것에만 정신이 팔렸었다. 하임이가 아빠가 준 선물이라고 엄마가 말해 줬다고 했을 때는 사정이 있어서 그랬겠지, 하고 흘려들었다. 일단 아이가 다쳤을까 봐 정신이 없었으니까. 거슬러 올라가면 테마파크에서만 해도 그렇다. 수없이 들었던 수군거림.

"정이수 선수 맞지. 딸이 있었나 봐."

"조카겠지. 결혼 안 했다는데."

"그럼 쌍둥이 형이 있다고 해도 믿겠네. 정말 똑 닮았다."

"그래. 결혼하면 딱 저런 딸 낳겠네."

하임이는 은서를 닮아서 예뻤다. 이수도 자신의 겉껍데기가 쓸 만하다는 건 알고 있다. 그래서 닮아 보이나 생각했고. 골몰하던 이수는 피식 웃고 만다. 코에 걸면 코걸이 귀에 걸면 귀걸이, 그런 거겠지.

정신을 팔다 보니 어느새 은서네 아파트 공동 현관 입구였다. 이수는 제 뺨에 닿는 온기에 퍼뜩 정신을 차렸다. 똘망똘망한 눈동자가 도르르 굴려진다.

"정이수 선수, 나 하나도 안 아파요."

말이 없어진 게 신경 쓰였는지 하임이 작은 손으로 그의 뺨을 더듬는다. 이수는 저도 모르게 작은 손을 겹쳐 잡았다. 그의 한쪽 뺨보다도 훨씬 작은 손을.

"미안. 다치게 해서."

"아닌데에."

하임이 눈을 내리깔고 말꼬리를 늘인다. 그 모습을 본 이수의 심장이 다시 요동친다.

"이모할머니가 집에서 공 던지면 안 된다고 했는데에."

"하임이 잘못 아니야. 아저씨가 던지라고 했잖아."

아이의 힘을 너무 얕본 그들의 탓이었다. 위험한 것을 쥐 놓고 안일하게 눈을 뗐던 그의 탓이었다. 마음에 걸리는지 작은 얼굴이 시무룩해진다.

"맞히려던 건 아닌데."

"알아. 액자가 잘못한 거야. 다 떼어 내자."

"액자가 잘못한 서예요?"

"음. 액자가 잘못한 거 맞아."

바로 환한 얼굴을 하는 하임이를 보고 이수의 입꼬리가 절로 올라간다. 이수는 본능적으로 손등을 가리는 하임을 보고 말했다.

"괜찮아. 상처 숨기지 마. 아저씨가 엄마한테 전화할 거야. 왜 다쳤는지 설명할게."

"그럼 정이수 선수랑 같이 못 노는데."

아쉬워하는 게 눈에 보여 좋으면서도 미안했다. 복례 이모도 아이에게 거짓말을 가르치는 것 같아 마음에 걸린다고 했었다. 손등에 붙인 밴드를 보고 이수는 잠시 망설이다 입을 열었다.

"다음엔 엄마한테 허락받고 우리 또 수영장 가자."

"정말요?"

"그럼. 아저씨가 허락받아 올게."

"네! 하임이 수영하는 거 좋아요."

"대신 상처 나을 때까지 기다려야 해. 알지?"

망설임 없이 작은 머리가 위아래로 끄덕여진다. 시간을 벌기 위한 말인데 당분간 보지 못할 것 같아 아쉬웠다. 은서가 난리 칠 게 불 보듯 빤하니까. 미련이 남아 아이의 이마에 뽀뽀를 해 주고 공동 현관 벨을 누르려고 할 때였다. 아이의 이름을 부르는 목소리가 들린다. 의아함 가득한 다급한 목소리가.

"하, 하임아?"

"와, 할머니다! 할머니!"

이수의 품에 있던 하임이가 중년의 여자를 향해 양팔을 뻗었다. 그녀가 누구인지 알아본 이수는 곧 고개를 숙였다.

"안녕하셨어요, 사모님."

"너, 너! 이, 이수……!"

현정은 눈으로 보고도 믿기 어려워 말을 더듬었다. 도대체 얘가 왜 여기 있는 걸까. 더구나 그녀의 외손녀를 안고서. 상황을 유추하려고 해도 도저히 이해되지 않는다.

현정이 겨우 물었다.

"……하임이를 네가 왜, 왜! 안고 있어?"

그녀의 손이 말보다 빠르게 움직였다. 하임이를 이수에게서 빼앗듯 받아 안았다. 순식간에 빈손이 된 이수는 미간을 좁혔다. 은서의 부모님을 만나야 한다는 생각은 했지만 지금은 상황이 좋지 않았다. 망설이던 이수가 어렵게 입을 뗐다.

"곧 찾아뵙겠습니다."

"무슨 뜻이니?"

"인사드리러 오겠습니다."

"아니. 오지 마. 어떻게 된 일인지 모르겠지만 은서 앞에도, 우리 앞에도 나타나지 마라."

"사모님."

이수의 부름에 현정은 이를 악물고 '내가 부탁할게.'라고 말했다. 이수는 선뜻 대답하지 못하고 그저 현정만 바라보았다.

"은서 살려 준 거, 고마운 거 알아. 너와 너희 어머니에게 미안하고. 우리가 원망스럽겠지만……."

현정은 말을 끝맺지 못하고 눈을 감았다. 하루를 서재에서 신문 읽는 것으로 시작하는 남편 진운이 오늘 새벽 허겁지겁 뛰쳐나와 휴대폰을 찾았다. 어리둥절한 채 휴대폰을 가져다주자 은서에게 전화를 하는 게 아닌가. 첫새벽에. 본의 아니게 통화를 엿듣고 얼마나 놀랐는지 모른다.

"다, 당장 은서 오라고 해요!"

"은서가 알아서 할 거야. 기다려 주자고."

"애 혼자서 어떻게 감당하라고요! 가요, 은서 집에 가자고요!"

"여보, 현징아. 한 번은 치러야 할 일이잖아. 음? 우리 은서 이런 일로 무너질 만큼 나약하지 않아. 믿어 보자고."

현정은 안타까운 눈을 하고 저를 다독이는 진운에게 눈물을 보이고 말았다. 이수가 주목을 받고 유명세를 타면서 남편과 아들은 이런 날이 올 거라고 예견했었다. 이수의 소식이 들려올 때마다 폭탄을 끌어안고 사는 것처럼 숨죽였었다. 그래서 오지 않길 바랐던 건데. 기어이 나타나서 일을 만든 이수가 원망스러웠다.

그녀의 입술이 바르르 떨린다.

"이젠 끝내자. 터질 것 다 터졌으니까 끝내자고!"

"……!"

"염치없지만 제발 잊어 줘."

"은서, 잘못 아닙니다. 원망한 적도 없습니다. 한 번도요. 곧 다시 찾아뵙겠습니다."

이수는 차분한 목소리로 단호하게 말했다. 그런 이수를 보고 현정은 이해가 되지 않아 그를 빤히 올려다보았다. 하지만 이수는 의문을 풀어 주지 않고 하임이만 바라본다.

"하임이 안녕, 아저씨가 문자할게."

"정이수 선수, 안녕!"

영문 모를 대화를 하고 애틋하게 서로를 향해 손을 흔든다. 알 수 없는 불안함에 이수와 하임이를 번갈아 보던 현정의 입이 순간 벙긋 벌어진다. 그녀의 고개가 다시 바쁘게 좌우로 돌려진다. 곧 현정의 눈이 경악으로 물든다. 눈매며 콧대며 입꼬리 올라간 것까지 똑 닮았다. 부녀지간이라고 해도 믿을 만큼.

현정은 저도 모르게 눈을 질끈 감았다.

'아, 아니야, 아닐 거야……'

너무 무서워서 말로 뱉지 못하는 생각이 목구멍을 턱, 하고 막는다. 현정은 어렵게 마른침을 삼키고 도망치듯 공동 현관 안으로 빠르게 걸음을 옮겼다.

한편 이수는 현정이 엘리베이터를 타고 사라질 때까지 하임이에게서 눈을 떼지 않았다.

* * *

현정은 팔짱을 낀 채 정신없이 거실을 서성였다. 은서와 연락이 되지 않아 걱정이 돼서 왔는데 이게 무슨 일인지. 딸의 집 앞에서 이수를 만날 거라고는 꿈에도 생각해 보지 못한 일이었다. 더구나 하임이를 안고 있는 이수라니.

현정은 자꾸만 두방망이질하는 가슴을 애써 다독여 본다.

"아닐 거야. 아니지. 그래, 말이 안 되지."

입이 바짝 말라 정수기에서 물을 받는다. 하지만 컵을 들어 올리는 손이 부들부들 떨려 이에 딱딱 부딪힌다. 결국 현정은 잔을 내려놓고 의자에 털썩 주저앉아 고개를 저었다.

"그럴 리 없어……."

어린 은서가 혼자서 서울에 가고 얼마 안 돼 좋아하는 남자가 생겼다고 했다. 딸이 누군가를 좋다고 하는 게 처음이라 얼마나 반가웠는지 모른다. 그게 이수라고 말했을 때 신경 쓰지 않았다. 우리 딸도 사춘기가 왔구나. 오히려 생기 넘치는 딸의 목소리가 듣기 좋아 걱정하는 친정 엄마만 나무랐었다.

"그렇지 않아도 힘든 아이인데 상처 주지 말아요."

집에서 부리는 사용인의 아들이라고 친정 엄마는 못마땅해했었다. 크면 달라질 거라고 유별나게 굴지 말라며 친정 엄마를 말렸었다.

"아직 애들이에요. 그리고 엄마는 은서 고집 못 꺾어요. 하고 싶다는 대로 내버려 둬요."

이수는 평범하지 못한 부모 만나 마음고생하는 아이였다. 반듯하게 자라는 아이를 보며 늘 대견하고 한편으론 안타까워했었다. 오히려 은서에게 좋은 친구가 생긴 것 같아 현정은 마음이 놓였었다. 악연이 될 줄 모르고. 사고가 나고 인연이 끊어진 줄 알았다. 그런데 하임이를 안고 있는 이수를 본 순간 뭔가 잘못됐다는 생각이 머릿속을 떠나지 않았다. 단지 뜻밖의 인물이 눈앞에 있어서도, 그가 손녀딸을 안고 있어서도 아니었다. 너무 닮아 있었다. 이수와 하임이가.

현정은 문이 열리는 소리에 고개를 번쩍 들었다. 아이를 재우고 나오는 복례가 보이자 다급히 손짓부터 나간다.

"복례 씨, 잠깐만 봐요."

집안일을 해 주는 사람이지만 현정보다 윗사람이고 친정아버지가 엄해 실수로라도 말 한 번 놓지 못했었다. 입바른 말을 하는 편이라 그다지 편한 사람은 아니었다. 더구나 은서 때문에 더 그랬다. 꼭 딸을 빼앗긴 기분이랄까. 엄마인 저보다 딸에 대해 잘 아는 것 같아 속이 상한다. 이렇게 은서에 대해 물어봐야 할 일이 생길 때면 더더욱.

현정은 마지못해 엉덩이만 의자에 붙이는 복례를 노려보았다.

"이수가 왜 하임이를 데려온 거죠? 어떻게 된 건지 설명 좀 해 봐요!"

"……."

"은서는 알아요?"

"……."

남은 속이 시커멓게 타들어 가는데 복례는 멀뚱멀뚱 사방으로 시선을 돌린다.

"복례 씨, 입이 붙었어요?"

"하임이 자요. 어설피 자다 깨면 울어요. 그러면 시끄러워질 텐데 괜찮겠어요?"

복례는 잡아먹을 것처럼 저를 쳐다보는 현정의 눈길을 피했다. 하필이면 저 깍쟁이한테 걸릴 게 뭐람. 현정보다 은서에게 들키는 게 백번 나은데.

"복례 씨!"

"뭐가 궁금한데요. 눈으로 봤다면서요."

"그, 그게 무슨 말이에요?"

"이수와 하임이 보고도 모르겠어요?"

알면서 뭘 묻고 그런대. 복례의 중얼거림에 현정은 하늘이 무너지는 것 같아 질끈 눈을 감았다. 아니라고 애써 부정하고 있었지만 복례의 말대로 심정적으론 이미 인정하고 있었는지도. 어떻게. 어떻게 이런 일이.

현정은 심호흡을 크게 하고 물었다.

"은, 은서한테, 은서 입으로 직접 들었어요? 아니, 이수가 그러던가요?"

"아뇨. 그 깍쟁이가 입을 여나요. 이수도 모르는 것 같더라고요."

현정의 입이 벙긋 벌어진다. 은서는 차치하고라도 이수도 모르는 것 같다니. 저 여자가 벌써 노망이 났나? 현정은 혹시나 하는 실낱같은 희망을 안고 물었다.

"짐작으로 말하는 거예요? 아니 누굴 잡으려고 그런 말을 막 해요!"

"작게 말해요, 아이 깨겠네."

"복례 씨!"

누가 듣든 말든 바락 소리를 지르던 현정은 순간 혈압이 올라 뒷목을 붙잡았다. 그런 그녀를 보고 복례는 일어서서 냉장고로 향했다. 얼음주머니를 꺼내 와 현정에게 준다.

"혈압 올리지 말고 이거 받아요. 걔들 내가 길렀어요. 이수도 하임이도. 은서도 반은 내가 길렀고요."

"그, 그래서요? 그래서요!"

"딱 보니까 알겠더라고요. 식성도 생긴 것도 딱 이수예요."

현정의 눈동자가 꺼지고 또 꺼졌다. 그런 현정을 보고 복례는 한숨을 쉬었다.

"사모님은 은서가 이수 얼마나 좋아했는지 모르죠?"

"은서 혼자 좋아했어요?"

"이수도 좋아했죠. 이수 그 어린 게 어르신 어려운 성정 다 받아 내면서도 은서 살뜰히 챙기고. 은서는 이수가 살렸어요."

복례의 말에 현정은 눈을 감았다. 통화만 되면 종일 이수 얘기만 하던 은서였다. 오빠가 뭘 해 주고 어떻게 해 주고. 저를 좋아하는 것만 빼고 뭐든 다 해 준다고 해서 이수에게 따로 용돈도 보내곤 했었다.

"어린 게 제 새끼 보듬듯이 항상 은서만 챙겼어요. 그게 시킨다고 되는 일인가요."

"왜 진작 나한테 말하지 않았어요? 은서가 당신 딸이에요?"

"내 딸이 아니니까 입을 못 열었죠!"

버럭, 하는 복례의 목소리에 현정은 움찔했다. 네 딸 일도 모르는 바보라고 욕하는 것 같아서. 하지만 과거는 과거고, 급한 문제는 현재다.

"이수는, 이수는 왜 찾아왔대요?"

"좋답디다, 은서가. 애가 있어도 상관없대요. 제 새낀 줄도 모르고."

"그걸 말이라고! 하아……."

"잘됐잖아요. 이수가 좋다는데."

푹 내려앉았던 현정의 어깨에 힘이 들어간다.

"안 돼요, 절대."

"안 될 게 뭐가 있어요. 이수 그만하면 사람 됐고 성공도 했는데."

"성공이 문제예요? 이수 엄마가 허락하겠어요? 허락해도 안 돼. 은서한테 어떻게 했는데."

은서에게 확인해야겠지만 만약 복례가 한 말들이 사실이라면. 하임이가 이수 딸이라면. 그래도 고개가 저어진다. 이수 엄마가 은서를 잡아먹으려고 들 테니까. 아이 때문에 받아들인다고 해도 은서의 피를 말릴 것이다. 현정 저 같아도 그럴 것 같았다. 복례는 멍한 눈빛을 하는 현정을 바라보고 한숨을 내쉬었다.

'어찌 됐든 속은 시원하구먼.'

* * *

현관에서 신발을 벗던 은서는 앞을 막아서는 현정을 보고 미간을 좁혔다. 오지 말라고 했는데 결국 궁금해서 찾아온 모양이다. 일부러 휴대폰도 꺼 놨는데 말이다.

"……언제 왔어요?"

"아니지?"

"뭐가요?"

은서는 다짜고짜 이상한 질문을 하는 현정이 의아했다. 그런 딸을 보고 현정은 마른침을 꿀꺽 삼켰다.

"하임이 아빠 아니지?"

"무, 무슨 소리예요? 갑자기."

전혀 예상치 못한 질문에 은서는 멈칫하고 현정을 빤히 바라보았다.

"이수, 이수 말이야! 하임이 아빠 아니지?"

"……!"

은서는 저도 모르게 눈을 질끈 감았다. 어떻게 알았을까. 평생 숨길 수 있을 거라 생각하진 않았다. 언젠간 알게 되겠지 했지만 지금은 아닌데. 겨우 세진을 만나 일을 수습했다고 생각했는데 엉뚱한 곳에서 날벼락을 맞은 기분이었다. 현정은 주춤대는 은서를 보고 털썩 주저앉았다. 원망 섞인 눈동자가 딸을 향한다.

"어쩌자고, 어쩌자고 그랬어!"

"아, 아니에요."

"너 끝까지…… 이럴래?"

"아니라고 했잖아요. 무슨 말도 안 되는 소릴……."

시치미를 떼면서도 말끝이 흐려진다. 현정의 표정이 말해 주고 있었다. 이미 확신하고 있다고. 잔뜩 날을 세웠던 은서는 신발장에 등을 쿵 기댔다. 혼잣말처럼 작은 목소리가 흘러나온다.

"하임인 내 딸이야, 내 딸. 누구도 상관없는 내 딸이라고요. 엄만 그렇게 알고 있으면 돼."

"하……."

현정은 하도 기가 막혀 말도 나오지 않았다. 확신하고 있으면서도 설마 했는데. 이를 악물고 일어선 현정이 가냘픈 딸의 어깨를 매섭게 내리친다.

"하임이 만들어 왔을 때처럼 이번에도 네 말대로 하면 돼? 그러면 되니? 말해 봐, 말해 보라고!"

"……죄송해요."

결국 은서는 실토하고 말았다. 눈물을 줄줄 쏟아 내는 현정에게 더는 거짓말을 할 수 없었다. 그리고 두려웠다. 무거웠다. 내려놓고 싶었다.

핏발 선 현정의 눈이 죄인처럼 고개를 숙이고 있는 딸에게 닿는다.

"어떻게 하려고 일을 이렇게 만들었어. 아니 엄마 아빠한테라도 말을 했어야지! 어떻게 하려고."

"죄송해요. 곧, 떠날 사람이에요. 재계약, 얼마 안 남았어요."

"말해 봐. 복례 씨가 이수도 모르는 것 같다던데 그게 무슨 말이야?"

현정의 눈에도 하임이는 이수 판박이였다. 미련한 딸년이 임신 사실을 이수에게 말하지 않았다고 해도 씨 뿌린 놈이 제 새끼를 몰라볼까.

"그 사람은, 몰라요. 나 만난 것도."

"무슨……? 그게 말이 돼? 길 가는 사람 아무나 붙잡고 물어봐라, 그게 가능한지. 이수 그놈의 자식이 알고도 시치미 떼는 거지?"

"정말이에요, 나 혼자 벌인 짓이니까."

현정은 무슨 말인지 도무지 이해가 안 돼 눈을 껌뻑였다. 그런 현정을 보고 은서는 차분히 말을 이었다. 이수를 찾아갔던 얘기를. 이야기를 듣던 현정의 입이 점점 더 크게 벌어진다. 너무 엄청난 얘기라 제 귀로 듣고도 믿기 어려웠다. 그제야 이수의 행동이 이해됐다. 아이를 빼앗아 안았을 때 물끄러미 보기만 했던 행동이. 예뻐하는 동네 아이에게 인사를 하듯 손을 흔들어 주던 모습이. 제 새끼인 줄 알았다면 순순히 발길을 돌리지 않았겠지.

말을 맺은 은서는 넋이 나간 듯 멍하니 서 있는 현정을 바라보았다.

"그렇게 된 거예요. 죄송해요, 엄마. 그러니까 엄마, 모르는 척해 줘요."

번쩍 들어 올렸던 현정의 팔이 매가리 없이 툭 떨어졌다.

"나만 모르는 척하면 돼? 그러면 다 없던 일이 되는 거야?"

"……."

"뭐가 모자라서 그렇게 등신처럼 굴었어? 그깟 놈이 도대체 뭐라고! 그먼 데까지 찾아가서!"

현정은 신음 소리도 내지 못하고 울먹이는 딸을 바라보다 눈을 가늘게 접었다. 이제야 평소와 다른 딸의 모습이 눈에 들어온다. 그렇게 꾸미고 다니라고 성화를 부려도 말을 듣지 않았었다. 장애인 재단에 기부하는 것도 모자라 일주일에 봉사 수업만 해도 몇 개. 그렇게 바쁘다고 핑계만 대던 딸이 눈이 부시게 치장을 하고 있었다.

불현듯 떠오른 생각에 새삼 현정의 억장이 무너진다. 그깟 놈한테 예쁘게 보이고 싶었니? 그래? 그래서 이렇게 꾸민 거야? 쏟아 내지 못한 말이 눈물로 흐른다.

"흐흑……."

"이번만 넘어가 줘요. 이번만 넘어가 주면 다 잘될 거야."

엄마에겐 한없이 죄송하지만 부탁할 수밖에 없다. 그래야 지금껏 아무 일 없이 살아왔듯 하임이와 살 수 있을 테니까. 은서는 눈물범벅인 현정을 바라보았다. 저 때문에 마음 편한 적 없던 엄마였다. 하도 애를 태워 가슴이 남아나지 않았을 소중한 엄마. 그런 그녀의 가슴을 또다시 찢는 자신이 너무 미웠다. 은서의 눈에서도 주르륵 눈물이 흘렀다. 하필이면 왜 나 같은 딸을 낳아서…….

"미안해, 엄마. 나 괜히 태어났나 봐."

"그걸 말이라고!"

버럭 소리를 지르던 현정은 체념하듯 어깨를 늘어트렸다. 그래도 똑똑하다고 믿었던 딸이었다. 그런데 새삼 이렇게 멍청했었나 싶다. 이번만 넘어가 달라니. 이 위기만 모면하면 모든 게 잘될 거라니. 이수만 떠나면 된다는 얄팍한 생각을 하고 저러나 본데 현정은 기도 안 찼다. 그녀가 제 가슴을 퍽퍽, 파내듯 때렸다.

은서는 그런 엄마의 손을 잡으며 매달렸다.

"제발 엄마, 다신 속 안 썩일게. 엄마 시키는 대로 다 할게. 사람도 만나고 살림도 합치고."

"은서야, 이 멍청한 것아."

"속만 썩여서 미안하지만 나 살려 줘. 제발."

현정은 제 품에 안겨 우는 딸의 등을 때리고 또 때렸다.

손바닥으로 하늘을 가려 놓고 고만큼의 땅에서만 운신하고 산 딸이 안타까웠다. 자초지종은 몰라도 이수가 나타나서 얼마나 애를 태웠을까. 현정은 다리 뻗고 엉엉 울고 싶은 심정이다.

* * *

욕실에서 씻고 나오던 은서는 멈칫했다. 하임이 드물게 그녀의 침실에서 놀고 있었다. 엄마가 가고 제 방에서 자고 있는 걸 보고 나왔는데 언제 깬 걸까. 그리고 놀이 공간을 제한하는 편은 아니지만 거실이나 놀이방에서 놀곤 했는데 블록 바구니까지 가져와 놀고 있었다.

"우리 하임이, 엄마랑 자려고?"

대답 없이 고개를 젓는다.

"우리 아가가 왜 이렇게 시무룩할까."

"하임이 아가 아닌데. 다섯 살인데."

"맞다, 엄마가 깜빡했네. 엄마 안아 주라. 응?"

"엄마, 기다려야지. 하임이 놀 때는."

블록 찾는 게 힘들었는지 자잘한 블록이 든 빨강 바구니를 와르르 쏟는다. 아무리 봐도 신기하다. 밖에서 놀 땐 야구를, 정적인 놀이는 블록만 좋아한다. 레고 랜드에서 자동차 운전면허증을 받은 뒤로는 더더욱. 얼굴한 번 보여 주면 좋으련만 놀이에 빠져 있을 때면 저렇게 비싸게 군다. 블록 짝을 찾던 하임이 중얼거린다.

"할머닌 왜 정이수 선수 싫어해? 엄마 친군데."

"응?"

"친구끼리는 잘 놀라고 해야지, 엄마처럼. 정이수 선수 착한 친군데. 하임이 여기 '호'도 해 줬어."

밴드가 붙은 손등을 무심히 보이곤 또 놀이에 집중한다. 그 모습을 본 은서는 속으로 한숨을 삼켰다. 엄마 현정이 가고 복례가 그간 있었던 일의 자초지종을 말했다.

"말이 나왔으니 말인데 아이를 생각해야지? 안 그래?"

저를 속인 복례가 야속하기보다 요 꼬맹이가 엄마에게 비밀을 만든 게 더 서운했다. 다쳐 온 것도 속상하고.

"싫어하는 거 아니셔. 그러니까 그게-."

"아니야! 할머니가 눈 이렇게 했단 말이야. 하임이가 봤어."

양쪽 검지로 눈꼬리를 잡아 올리는 모습에 은서는 할 말을 잃었다. 안 보고 있는 것 같아도 애들은 다 보고, 저 나름대로 느끼고 있나 보다. 걱정도 하고.

"정이수 선수, 할머니 무서워서 하임이 안 보러 오면 어떡해?"

485

"아저씨랑 노는 게 그렇게 재미있어?"

"응. 야구도 하고 꼬기도 먹고, 같이 하늘도 보고. 정이수 선수는 내 친구도 좋아해."

친구? 은서는 노느라 정신을 팔며 드문드문 얘기해 주는 하임을 물끄러미 바라보았다. 이수가 연구실에서 애착이를 봤을 거라는 생각은 꿈에도 하지 못하고.

"하임이, 아저씨가 그렇게 좋아?"

"응."

"왜?"

병정 블록을 찾아 든 하임이 '찾았다!'라고 소리치며 웃는다. 개선문을 만드는 건가. 얼추 형태가 잡혀 가고 있었다. 아치형 블록을 찾아 줄 때였다.

"그냥 좋은데?"

고개도 들지 않고 하는 말에 은서의 가슴이 쿵, 소리를 내고 주저앉는다.

은서는 간신히 몸을 일으켰다.

"하임이 간식 먹을까?"

"아니, 아니. 하임이 밥 힘 많아서 배불러."

은서는 도망치듯 방을 나왔다. 차를 준비해 테이블에 앉아 멍하게 의미 없는 시선을 창밖에 두었다. 하임이를 데리고 온 이수와 현정이 맞닥트렸다고 한다.

"생각해 볼 것도 없어. 이수 미국 갈 때까지 가게 문 닫고 집에 와 있어."

현정의 결정을 따라야 한다는 걸 알고 있다. 제 생각도 같으니까. 그런데 흔들린다. 하루에도 몇 번씩 생각이 바뀐다. 은서는 하임이의 말이 떠올라 미간을 좁혔다. 이수가 현정에게 모진 말을 들은 건 아닐지. 외할머니와 성정이 다른 현정이지만 그래도 걱정이 된다.

물고 뜯지만 않았지 개싸움이나 다름없었다.

정신만 바짝 차렸어도 애먼 억지를 부리는 외할머니를 막을 수 있었을 텐데. 저만 감싸고도는 외할머니가 너무 원망스러웠었다. 지금은 편찮으셔서 미워할 수도 없지만 그땐 얼굴도 보기 싫었다.

그때의 할머니가 떠올라 현정에게 대들었다.

"엄마, 오빠한테 이상한 말 한 거 아니죠? 나 그럼 엄마 안 봐요!"

"내가 널 낳고 미역국을 먹었다! 죽을 고생 해서 미련퉁이 널 낳고!"

엄마 현정의 손이 그렇게 매운 줄 몰랐다. 뒤늦게 나온 복례 이모가 말리는데도 마구 그녀의 등을 때리고 또 때렸다. 아마도 발칙하게 굴던 어린 시절의 딸에게 맺힌 한을 푸는 것 같았다.

은서는 제가 한 쓸데없는 생각에 쌉쌀한 미소를 지었다.

"빨리 가 주라, 오빠."

그러길 바란다. 아니 그러지 않길 바란다. 시계추처럼 생각이 왔다 갔다 한다. 확실한 건 이수가 떠나면 홀가분해질 것 같다. 그러면 호수의 수면처럼 잔잔했던 일상으로 돌아갈 수 있을 거다. 속이야 어떻든 표면적으로는.

은서는 테이블 위에 있는 휴대폰을 집어 들었다. 전원을 켜자 이수가 보내 준 메시지가 한 다발 쏟아진다.

"이거면 돼. 이거면……."

다시 울리는 휴대폰을 외면하고 방으로 걸음을 옮겼다.

1

동이 채 트지 않은 새벽. 밤이 길어지는 계절이라 이제 막 6시가 넘었는데도 주위가 어두웠다. 딱! 딱! 피칭 머신이 쏘아 올린 공이 경쾌한 소리를 내고 날아간다. 어둠을 아랑곳 않고.

은서는 이수의 긴 패딩 점퍼를 걸친 채 배트를 휘두르는 그를 멍하니 바라보았다.

밤새 울리는 전화를 받지 않았다. 문자도 확인하지 않았다. 포기하겠지 했는데 새벽 4시에 이수가 집으로 찾아왔다. 그 새벽에 벨을 누르리라곤 생각하지 못했다. 그런데 인터폰을 받을 때까지 멈추지 않았다.

밖으로 나가자 아무 설명 없이 차에 타라고 했다.

"이게 무슨 짓이에요?"

"타."

이수가 뿜어내는 오라가 심상치 않았다. 혹시 세진을 만난 걸까. 고개가 저어졌다. 그 정도로 미련한 여자로 보이진 않았으니까. 실랑이 끝에 차에 오르자 이수는 말 한마디 없이 차를 몰았다. 그리고 도착한 곳이 이곳 목동 야구장. 그를 따라 참 많이 와 봤던 곳. 이수가 봉황대기 MVP가 되어 스카우트의 눈에 들었던 곳이었다.

이수는 들고 온 점퍼를 그녀의 어깨에 둘러 주고 두 시간째 저러고 있다. 영하의 날씨도 아랑곳하지 않고 조명도 없는 을씨년스러운 경기장에서.

은서는 옅은 한숨을 내쉬었다.

생각할 게 많아지면 죽어라 연습에 매달리는 그의 습관을 알기에 그저 기다릴밖에.

피칭 머신이 쏘아 낸 공이 수없이 그의 배트에 맞아 허공을 가른다. 초조한 가운데서도 열중하는 이수의 모습에 미소가 지어지는 걸 보면 뇌에 이상이 있는 게 틀림없다.

TV나 웹으로만 보던 야구하는 그의 모습을 직접 보는 날이 올 줄이야. 팬 서비스가 좋다고 할 수 없는 이수에게 사람들이 열광하는 이유가 있다. 홈런 랭킹 1위를 고수하고 있는 뛰어난 선수인데 연습 벌레이기까지 하니까. 거기다 군더더기 없는 스윙 폼, 발이 빨라 주루까지 좋다. 팀이 어려운 순간에 일발 장타로 경기를 뒤집는 모습에 팬들은 그를 팀의 승리에 기여하는 괴물이라고 부른다. 사랑할 수밖에 없는 선수라고.

만인의 연인이 된 그가 제 눈앞에 있다는 게 믿기지 않아 미소를 짓던 은서의 낯이 굳는다. 이수가 배트를 내려놓고 다가오고 있었기 때문이다.

새벽의 찬 공기가 서리로 내린 까슬까슬한 운동장을 밟는 발소리가 유난히 크게 들린다. 은서는 그의 움직임이 너무 또렷이 보여 숨을 죽였다. 왠지 올 것이 왔다는 불길함에 주춤 뒷걸음질을 쳤다. 이대로 도망칠까.

이수가 그녀의 생각을 읽은 것처럼 강하게 팔을 잡아당겼다. 도망치는 것은 용납하지 않겠다는 듯.

이수의 음성이 유독 낮았다.

"한 번만 물어볼 거야."

은서는 숨소리가 닿을 정도로 이수의 얼굴이 가까워지자 눈을 감고 말았다.

"나한테 할 말 없어?"

낮게 갈라져 나오는 목소리가 위협적이라 저절로 몸이 움츠러든다. 그런 그녀를 아랑곳하지 않고 이수는 재차 물었다.

"이대로 한국 떠날 거야. 서은서, 나한테 할 말 없냐고!"

"어, 읍, 없어요."

돌연 터지는 딸꾹질에 은서는 손등으로 입을 가렸다. 어둠보다 더 시커먼 이수의 눈동자가 오롯이 제게 박혀 있는 게 부담스러워 고개를 틀려던 순간. 커다란 손이 그녀의 턱을 강하게 쥐었다.

"생각 잘 하고 대답해. 너 죽었다고 해도 다신 안 와."

은서의 눈동자가 크게 흔들렸다. 다신 못 본다고? 그러길 바랐지만 막상 그의 입으로 직접 들으니 오한이 든 듯 몸이 떨렸다. 은서는 그가 뿜는 냉기에 뇌까지 얼어 버린 듯 멍하니 이수를 올려다보았다. 봄바람처럼 굴던 그가 갑자기 왜 이러는 걸까. 뭘 알고서. 하임이의 일을 알았을 거라는 생각은 차마 하지 못한다. 아니 염두에 둘 수 없다.

이수는 은서의 팔을 잡은 손에 힘을 조절해야 했다. 저도 모르게 부러트릴 것 같아서.

"서은서, 대답해."

은서는 그저 고개만 가로저었다. 그것밖에 할 줄 모르게 만들어진 인형처럼. 그런 그녀를 보고 이수는 젠장, 하고 거친 말을 쏟아 냈다. 하얗게 질린 얼굴을 더는 보고만 있을 수 없었다. 등을 돌려야 하는데, 눈물이 쏙 빠지도록 혼내 줘야 하는데 그럴 수가 없다.

이수는 팔을 접어 은서를 당겨 안았다. 그의 가슴에 닿은 작은 몸이 안쓰럽게 떨리고 있었다.

짓씹듯 말을 뱉었다.

"무슨 말을 해도 용서해 줄게. 네가 무슨 짓을 했어도, 다."

"나, 난."

"말하기 힘들면 고개만 움직여. 아니라고 저어. 하임이 내 딸 맞아?"

불안함의 실체가 드러나자 은서는 이수의 가슴에 얼굴을 묻은 채 이를 악물었다. 본능적으로 알 수 있었다. 다 끝났다는 걸. 이수의 목소리가 확신에 차 있었으니까. 강인한 팔이 제 허리를 감고 다른 손은 그녀의 뒤통수를 움켜잡아 움직일 수 없게 해 준 게 오히려 고마웠다. 쉬고 싶었다. 아무 생각 없이 그냥 쉬고 싶었다.

이수는 제 품에 안겨 숨도 못 쉬는 은서의 등을 연신 쓸어내렸다.

"……이 느낌이었는데."

지난번 리조트에서 이 가냘픈 목덜미의 느낌이 왠지 익숙하다고 생각했었다. 그냥 은서니까, 너무 그리워했던 그녀라 기꺼워서 그런 줄 알았었다. 그런데 아니다.

목을 긁는 듯한 억눌린 목소리가 그의 입에서 흘러나온다.

"정말, 정말 못된 계집애."

욕은 하지만 밉지 않다. 아니 미워할 수 없다. 어제 하임이를 데려다주고 집에 와 아무것도 하지 못했다. 한번 의심이 들자 둑이 터진 듯 그간의 일들이 마구잡이로 떠올랐다. 하지만 의심일 뿐. 확신이 필요했다. 은서만이 알 텐데. 그를 밀어 내려고만 하는 그녀에게 무엇을 물어볼까. 제 기억만 헤집느라 머리가 깨질 듯이 아팠다. 불현듯 제 기억에 구멍 난 단 하루가 떠올랐다. 세진과 보낸 밤. 문득 섬광처럼 생각이 스쳤다. 그럴 리 없다고 생각하면서도 보안업체에 전화를 걸었다. 미국이 한밤중인 걸 빤히 알면서도. 어렵게 연결된 직원에게 CCTV 파일이 보관돼 있느냐고 물었다. 잠시 후 담당자는 기간이 오래돼 잘 모르겠다고 말하곤 찾아보겠다고 했다. 한 시간이 하루 같았다. 새벽이 다 된 시간, 영상 파일이 왔다.

"이수, 운이 좋았습니다. 보관 기간이 아직 남아 있었어요."

보고도 믿기 어려웠다. 인사불성이 된 저를 간신히 지탱하고 집 안으로 들어가는 여자는 은서였다.

그때에서야 퍼즐 조각이 맞춰졌다.

"은서 아니지? 너일 리 없는데."

드문드문 떠오르는 그의 중얼거림. 부서질 것 같은 가냘픈 여체의 느낌. 은서가 돌연 제 앞에 나타나서 뜬금없이 결혼 통보를 했던 일. 아이를 감추기 급급했던 모습. 그가 술에 약한 것을 알고 있던 이유. 이수 저를 피해야 하는 장애물처럼 행동하던 모습까지. 그제야 모든 퍼즐이 맞춰졌다.

바로 은서에게 전화를 걸었지만 통화가 되지 않았다. 찾아갈 수밖에. 그리고 화를 누르기 위해 야구장을 찾았다. 그대로 말을 쏟아 냈다간 은서를 다치게 할 것 같았기 때문이다.

이수는 뾰족한 턱을 잡아 저를 올려다보게 했다. 화가 나서 미치겠는데, 속이 뜨거워 죽겠는데 어떻게 해야 할지 모르겠다.

"말해 봐, 무슨 생각으로 그랬는지."

"미, 미안해요."

커다란 눈에 눈물이 일렁인다. 이수는 그게 또 안타까워 속이 쓰리다.

"뭐가, 뭐가 미안한데?"

"하임이……."

은서는 이를 악물었다. 하임이를 후회의 산물로 만들 수 없었다. 사과를 한다면 그렇게 만들어 버리는 거니까.

그녀가 다급히 말했다.

"오빤 하임이 없다고 생각하면 돼. 절대 신경 쓰지 않아도 돼, 정말이야. 내 딸, 내 딸이니까."

"너, 정말. 서은서 너!"

그게 말이 되냐고, 말을 잇는 소리가 그의 잇새에서 갈려 나왔다. 배트를 휘두르며 지옥을 헤맸다. 차라리 돌아 버리는 게 낫다고 생각될 만큼 머리가 아팠다. 혼자 어떻게 아이를 낳았을까. 얼마나 아프고 힘들었을까. 부모님에겐 뭐라고 둘러댔을까. 은서 혼자 견뎌야 했을 타인의 손가락질과 추문. 그런 것들이 떠오르자 속이 뒤집어져 토기까지 올라왔다. 그런데 없는 아이로 생각하란다.

"날 찾아왔을 때 말했어야지!"

"……어떻게, 뭐라고. 그럼 뭐가 달라지는데, 흐흑."

그때 당시엔 제가 저지른 일이 얼마나 큰 일인지 몰랐었다. 물살에 휩쓸리듯 마음이 시키는 대로 했을 뿐이다. 덫에 걸릴 줄 빤히 알면서도 손을 디밀어 보는 미련한 본능. 이수의 마음을 확인할 용기도 없었지만 확인한다 한들 달라질 건 없었다. 이미 엇나간 인연이었으니까.

이수의 목소리가 서늘했다.

"빌어 봐."

"……."

"싹싹."

무엇을 빌라는 건지 은서는 알기나 할까. 물기가 흥건해 더 반짝이는 예쁜 눈동자로 엉뚱한 생각이나 하겠지. 이수는 끌리듯 그녀의 눈에 입을 맞췄다. 짭조름한 맛에 그의 목울대가 크게 움직인다. 마치 허기를 채우려는 것처럼. 은서와는 원래부터 게임이 되지 않았다. 승자는 늘 은서였으니까. 배트를 휘둘러 볼 새도 없이 그는 지고 만다. 이수의 목소리가 뜨겁게 끓었다.

"나쁜 계집애, 간 큰 계집애. 아니다, 내가 잘못했어. 내가……."

결국 이수는 자신을 탓했다. 빌어 보라고 했지만 제 잘못이었다. 그때, 기억만 해 냈다면 이렇게 돌아, 돌아서 만나지 않았어도 되는 건데.

이수는 다신 놓치지 않겠다는 듯 은서를 힘줘 안았다.

"미안해, 기억하지 못해서. 잘못했어, 늦게 와서."

"……오빠."

"부르지 마."

또 무슨 거짓말을 하려고. 뒷말을 잇는 이수의 입가에 드디어 미소가 서렸다. 영상을 확인한 순간 자신을 얼마나 원망했는지 모른다. 세진이 낯설게 느껴졌던 이유가 있었던 건데. 그의 몸이 은서에게 이렇게 뜨겁게 반응하는데 왜 몰랐을까. 진작 확인해 볼 생각을 하지 못한 자신의 아둔함이 원망스러웠다.

이수는 고개를 내려 은서의 입술을 삼켰다. 멈칫하는 그녀를 더욱 세게 끌어안고 벌이라도 주듯 붉은 입술을 가르고 그녀의 숨을 한 올 남김없이 빼앗았다. 달다. 이렇게 좋은데 왜 기억하지 못했나 모르겠다.

'사랑해. 미안하다. 늦어서.'

* * *

"빨리 안 오지?"

이수는 제집처럼 벨을 누르고 뒤에서 미적대는 은서를 나무랐다. 그러면서도 그의 입가에 미소가 떠나지 않는다. 제가 물어뜯어 놓은 그녀의 입술이 통통 부어올라 볼 만했기 때문이다. 저 정도 벌은 줘도 된다.

-여보세요?

"이모, 저 왔어요."

복례는 너무 당당한 이수의 목소리에 안도의 한숨을 내쉬었다. 그 새벽에 난리를 치더니만 기어이 은서의 고집을 꺾은 것 같아서.

복례는 문을 활짝 열었다.

"들어들 와. 밥 먹어야지?"

"하임이-."

이수는 목구멍이 따가워 말을 잇지 못했다. 그런 그를 보고 복례는 아이의 방 문을 가리켰다. 7시가 다 된 시각. 어쩐 일인지 하임이의 기상이 늘어지고 있었다.

이수는 말없이 아이 방 앞에 섰다. 그가 크게 심호흡을 하고 방문을 열었다. 후각을 파고드는 아기자기한 향에 심장이 미친 듯이 뛰기 시작했다. 잠자는 요정처럼 분홍색 침구에 폭 싸인 아이에게 다가갔다. 침대 아래에 앉은 이수는 조심스럽게 아이의 뺨을 쓸었다.

병신 새끼.

제 자식도 못 알아본 자신이 죽이고 싶도록 미웠다. 잠결에도 접촉이 귀찮은지 앙증맞은 콧잔등에 주름이 잡힌다. 그래도 손을 뗄 수 없었다. 겨우 떠진 눈이 깜빡깜빡 신호를 보내더니 입술이 열린다.

"……정이수 선수?"

"우리 하임이, 잘 잤어?"

방부터 둘러보던 하임이 몸을 일으켜 그에게 안겨 온다. 따뜻했다. 죄책감에 무너졌던 가슴이 채워질 만큼.

"밖에 엄마 있는데……?"

"아저씨가 말했잖아. 괜찮을 거라고."

이수는 동그래진 눈동자가 이리저리 돌려지는 게 안타까워 아이의 입에서 윽, 소리가 나도록 강하게 끌어안았다. 어떻게 보상해야 할까. 얼마만큼 사랑해 줘야 할까. 평생 갚지 못할 죄를 짓고 이렇게 기뻐해도 될까. 뜨거움이 목구멍을 넘어와 기어이 그의 시야를 흐리게 만들었다. 얼마나 그러고 있었을까. 하임이 힘든지 꼼지락거렸다.

"하임이 배고픈데."

"……."

"유치원 가야 하는데. 늦으면 버스 부웅, 하고 가는데."

눈치가 말짱한 아이는 이수를 밀쳐 내는 대신 달래듯 중얼거렸다. 오물오물 움직이는 빨간 앙증맞은 입술이 너무 예뻐 멍하니 쳐다보기만 했다. 아빠라고 밝히고 싶은데 아직은 아니겠지. 이수는 간신히 미소를 끌어모았다.

"우리 하임이 너무 예뻐서 큰일이다."

"나도 알아요! 헤헤."

잠시 커다래진 이수의 눈이 하임이의 것처럼 가늘게 접혔다. 아이를 안은 채 일어서자 목에 꼭 매달린다. 이 온기를 절대 놓칠 수 없기에 그의 머릿속이 빠르게 돌기 시작했다.

밖으로 나오자 복례가 기다렸다는 듯이 말했다.

"하임이 눈곱 떼고 밥 먹자. 그래야 유치원 가지."

"이모할머니랑 가?"

"응. 어서."

욕실로 들어가는 아이의 뒷모습을 보고 이수는 집 안을 둘러보았다. 이렇게 살고 있었구나. 따뜻하고 평온하게. 삭막하기 그지없는 그의 공간과 다르게 밝고 안온했다. 벽 곳곳에 걸린 아이의 사진에 시선을 두던 그가 주방에서 움직이고 있는 은서를 향해 걸음을 옮겼다.

"물 좀 줘."

"집에 가 있어요. 전화할게요."

전화를 하겠다고? 수없이 걸었던 전화와 문자를 다 씹어 놓고? 은서를 무시한 채 이수는 코웃음을 치고 직접 정수기에서 물을 받았다.

잠시 후.

"정이수 선수도 풀때기 싫어해요?"

"어."

상에 차려진 음식들이 하나같이 이수의 입에 맞는 것들이었다. 이수는 연신 입을 오물거리는 아이에게서 눈을 떼지 못했다.

"엄마, 정이수 선수 우리 집에 와도 되지이~."

"……어."

"엄마는 정이수 선수 안 싫어하지이~. 친구니까아, 그치~."

"……그래."

"하임이 정이수 선수랑 수영장 또 같이 가도 돼?"

은서는 느리게 고개를 끄덕였다. 그제야 아이의 얼굴이 환해진다. 온통 이수에게 시선을 빼앗긴 채.

식사가 끝나자 복례가 등원 준비를 마친 하임이를 데리고 나온다.

"하임이 오기 전까지 해결해. 지지든지 볶든지."

아이와 복례가 집을 나서고 무서우리만치 정적이 흐른다. 은서는 준비한 차를 이수의 앞에 놓아 주었다. 팔짱을 낀 채 눈을 지그시 감고 있는 그에게 말했다.

"아까도 말했지만 달라질 건 없어요. 오빤, 아이에게 생물학적 유전자를 준 사람일 뿐이에요."

그녀의 말에 이수가 천천히 눈까풀을 들어 올렸다. 덤덤한 시선으로 은서를 바라보았다. 계속 말해 보라는 듯.

"내 생각은 변하지 않아요. 오빠 덕분에 홀가분해졌어요. 그건 고마워요."

이수는 차분하게 제 뜻을 말하는 은서를 물끄러미 바라보기만 했다. 한참 만에 그가 입을 뗐다.

"네 뜻 존중해 줄게. 우리 다신 보지 말자."

은서는 제가 들은 말이 믿기지 않아 퍼뜩 고개를 쳐들었다. 찻잔을 비우는 이수의 행동이 여유로웠다. 마치 차 맛을 음미하듯.

"네 말이 맞을지도 모르니까."

돌아오는 차 안에서 은서가 말했다. 하임이가 그의 딸인 건 부정하지 않겠다고. 하지만 어머니를 볼 자신이 없다고 했다. 그리고 저 때문에 아버지가 죽었는데, 그런 여자와 아이까지 낳았다고 하면 틀림없이 비난받을 거라고. 서로를 위해서 엮이지 않는 게 최선이라고. 조목조목 어찌나 말을 잘하던지 반박할 말이 떠오르지 않아 듣기만 했다.

이수는 수긍하듯 재차 고개를 끄덕였다.

"그래. 네 말대로 그런 루머가 퍼진다면 영향이 없지 않을 거야."

은서의 생각이 옳을지도 모른다고. 이수는 크게 흔들리는 은서의 눈을 빤히 응시했다.

"날 보면 아버지가 떠오른다는 말도 인정해."

무엇보다 사고가 떠올라 이수 저와 함께하기 싫단다. 못 견딜 것 같다고. 이수는 고개만 끄덕였다. 은서가 힘들 수 있을 거라 생각했으니까.

이수는 씁쓸한 미소를 지었다.

"생각해 보니 네 말대로 안 보고 살아야 할 이유가 너무 많다. 너도 그렇게 생각한다는 거지?"

"……고마워요."

뜬금없이 감사를 전하는 은서를 보고 이수는 설핏 입꼬리를 올렸다.

"뭐가."

"네?"

"뭐가 고마운지 묻잖아."

은서는 의아한 눈빛으로 이수를 바라보았다. 제 뜻은 충분히 전했고 이수는 지금 받아들이겠다고 말했으니까. 그런 그녀를 보고 이수가 어이없다는 표정을 했다.

"성격 급한 건 여전하네."

"무슨 소리죠?"

"내 말 아직 다 안 끝났거든."

당황하는 은서를 보고 이수는 다시 소파에 등을 깊숙이 묻었다.

"아이 혼자 미국에 올 순 없으니까 찬이 보낼게."

"무슨……?"

"하임이, 한 달씩, 아니 반년씩 데리고 있자."

"뭐, 뭐라고요?"

"생물학적 유전자를 준 남자도 아버지잖아. 그러니까 내 딸도 되지, 안 그래?"

"왜, 왜 하임이가 오빠 딸이에요? 내 딸이죠!"

너무 놀라 이가 부딪힐 정도로 몸이 떨렸다. 은서는 정신을 차리기 위해 팔을 엇갈려 제 팔뚝을 쥐어뜯듯 움켜잡았다. 이수는 찻잔을 마저 비우고 말했다.

"유전자 검사까지 해야 해?"

"하!"

은서는 참지 못하고 벌떡 일어섰다. 그런 그녀를 보고 이수는 미간을 좁혔다. 곧 마지못해 던져 주듯 그의 목소리가 천천히 흘러나왔다.

"좋아. 많이 양보해서 비시즌 기간, 5개월만 내가 데리고 있을게. 어차피 시즌 중엔 내가 돌볼 수 없으니까."

"오빠!"

"더는 양보 못 해."

협상이 끝난 것처럼 이수는 일어서서 걸음을 옮겼고 그런 그를 은서는 막아섰다.

"이러지 말아요. 오빠 그냥 살던 대로 편히 살아요."

이수가 멈칫하고 서늘한 눈초리로 은서를 내려다보았다.

"누가 그래."

싸늘한 일갈에 은서는 멍해졌다. 이수에게 이런 모습도 있었나 싶어서. 입매는 웃고 있는데 눈빛은 푸른 냉기를 뿜고 있었다.

은서야 놀라든 말든 이수가 다시 물었다.

"내가 편히 살았다고 누가 그랬는데."

"그, 그건."

"너만 겪은 일 아니야. 나도 너처럼 아프고 힘들었어. 아버지도 잃고, 너도 잃고 죽도록 힘들었다고!"

그도 같은 일을 겪은 것을 설마 잊은 거냐고 묻는 이수의 눈빛이 그 어느 때보다도 이성적이었다.

다리가 풀리는지 은서가 휘청했지만 이수는 잡아 주지 않았다. 무너져서 엉엉 울어도 봐줄 일이 결코 아니었다.

"그런 나한테 딸마저 잃으라고? 그건 너무하잖아. 안 그래?"

"원래도 모르고 살았잖아요?"

"중요한 건 지금이야. 지금이라도 알게 됐으니까 아이에게 최선을 다할 생각이고."

"⋯⋯!"

"그러니까 하임이 그렇게 기르기 싫으면 네가 와. 나한테."

은서는 고개를 가로저었다. 저도 생각 안 해 본 건 아니었다. 하지만 그의 울타리 안에 들어갈 엄두가 나지 않았다.

"아주머니는요? 아줌마는 절대 용서 안 할 거예요."

"아직도 내가 못 미더워? 너희 외할머니네 집에서 더부살이할 때처럼 내가 무능력해 보여?"

이수는 정신 차리라는 듯 은서를 찌를 듯이 날카로운 눈빛으로 쳐다보았다. 앞이 보이지 않던 시절. 그가 은서에게 해 줄 수 있는 것은 아무것도 없었다. 마음을 숨기는 것밖에. 하지만 이젠 아니었다.

"힘들겠지. 아플 거고. 그래도 내 옆에서 견뎌."

입술을 벙싯거리는 은서에게 이수는 아무 말도 하지 말라고 단호한 눈빛을 보냈다.

"어머닌 내가 알아서 해. 타인의 시선, 가십, 그런 게 무서워? 내 아이가 아빠 없이 자라는 것보다 더? 그깟 가십이 싫으면 야구 그만두면 돼."

이수는 제가 말해 놓고도 멈칫했다. 타석에 서서 순간 판단에 배트를 휘두르듯 나간 말이었다. 그의 인생에 야구밖에 없다고 생각해 왔었다. 그런데 그걸 그만두겠다고 이렇게 쉽게 이야기하다니. 남들처럼 머리를 굴릴 줄도 모르고, 빈말은 더더욱 못 한다. 이수는 이내 스치는 생각에 입꼬리를 반듯하게 올렸다. 늘 그래 왔듯 머리보다 그의 가슴이 알고 있었다. 은서와 하임이가 그 어떤 것보다 중요하다는 것을.

이수는 기어이 쪼그려 앉는 은서를 외면하고 거침없이 걸음을 뗐다.

"시간 오래 못 줘. 유전자 검사, 원하면 해서 보낼게."

은서는 일말의 여지 없이 집을 나서는 그를 잡지 못했다.

* * *

"화장실 가."

"뭐?"

"화장실 가서 똥이라도 싸라고!"

고함에 가깝게 찬이 목소리를 높였지만 이수는 무시하고 침실로 들어갔다. 침대에 눕는데 방문이 거칠게 열렸다.

"도대체 왜 이러는 건데?"

"시끄러워."

다 죽어 가는 꼴로 이불을 뒤집어쓰고 있는 이수를 노려보았다. 일주일 내내 먹은 끼니가 다섯 손가락으로 꼽을 정도다. 그래 놓고 연습장에 가서 몇 시간씩 배트를 휘두른다. 그것도 모자라 집에 와서 러닝머신을 뛰고 근육 운동도 한다. 오늘은 저도 힘이 드는지 야구 연습장 가는 것을 걸렀다. 그래 놓곤 똥 마려운 개처럼 마당을 서성이고 거실을 오락가락. 더는 봐줄 생각이 없기에 찬은 이불을 들추고 이수를 강제로 일으켰다.

"근육 다 빠지게 하려고 작정했나?"

"……"

"야구 그만둘 거냐고!"

잠깐 미간을 좁히던 이수는 한숨을 내쉬었다. 침대 헤드에 등을 기대고 앉아 혼잣말처럼 중얼거렸다.

"하임이가 내 딸이란다."

찬은 속 깊은 한숨을 내쉬었다. 이수가 너무 한심해서 욕해 줄 의욕조차 일지 않았다.

"이게 돌았나. 너 정신 안 차리지? 아무리 여자가 좋아도 그렇지, 우긴다고 다른 남자 새끼가 네 새끼 되냐? 너 정도면 상사병이 아니라 정신병자야, 미친놈이라고!"

이수는 답답한데도 한쪽 입꼬리를 올렸다. 그렇지 않아도 미칠 것 같았기 때문이다. 개도 안 물어 갈 고집이 왜 그리 센 건지. 이수는 턱으로 침대 옆 협탁 위에 놓인 노트북을 가리켰다.

"다니엘이 보내 준 거야."

"보안업체 담당자?"

대답하기 귀찮은지 고개만 끄덕이는 이수를 보고 찬은 노트북을 끌어왔다. 그렇지 않아도 며칠 전 한밤중에 보안업체 연락처를 물어서 궁금하던 차였다. 노트북을 밝히자 화면에 영상 파일이 꺼내져 있었다. 보고도 의아해 찬이 물었다.

"이게 뭔데?"

"나 동정 뗀 날."

이 자식 이거 뭐라는 거야. 찬은 속으로 흠칫하면서도 괜히 머쓱해져 뒷덜미를 긁적였다.

"너 이런 취미 있었냐? 관음증 뭐 그런 거? 내가 왜 네 동정 뗀 영상을 봐야 하는데?"

찬은 야동은 취미 없다고 구시렁거리면서도 노트북으로 시선을 뒀다. 하지만 몇 번이나 반복해 봐도 그가 원하는 야시시한 영상은 나오지 않았다.

"너 지금 장난해?"

"세진이가 아니었어."

이수의 말에 잠시 미간을 좁히던 찬의 눈이 커다래졌다. 그가 다시 이수가 시간대별로 잘라 놓은 영상을 봤다. 술에 취한 이수를 부축해 집으로 데리고 들어간 여자는 분명 은서였다. 다른 영상은 그녀가 집을 나오고 나서 세진이 들어가는 것까지 찍혀 있었다.

"이, 이게 어떻게 된 거야?"

"네가 본 대로."

잠시 눈을 껌뻑이던 찬은 풀썩 침대에 걸터앉았다. 짧은 영상이지만 석연치 않았던 일들을 충분히 설명해 주고 있었다. 세진에게 철벽을 치던 이수가 어느 날부터 그녀를 받아들인 이유, 그래 놓고도 마음을 주지 못했던 이유. 그저 운동밖에 모르는 녀석이라 무뚝뚝해서 그러는 줄 알았었는데. 그런데 은서였다니. 찬은 뒤늦게 마른세수를 했다.

"와, 은서 정말 장난 없다. 맹랑한 건 알고 있었지만……. 어떻게 그런 짓을, 간도 크지, 미쳤다."

찬은 제 뒤통수가 다 얼얼한 것 같아 벅벅 문지르며 다시 중얼거렸다.

"이수야, 솔직히 난 보고도 믿기 어렵다. 뭐 이런 일이 다 있냐."

"……."

"그래도 혹시 모르니까 유전자 검사 해 봐야 되지 않을까?"

찬은 순간 저를 쳐다보는 이수의 험악한 눈빛에 움찔했다. 저 눈빛이 아니더라도 이내 쓸데없는 짓이라는 생각에 고개를 저었다.

"한번 해 본 말 갖고, 까칠하긴. 어쩐지 하임이가 네 복붙이다, 했다. 난 그런 줄도 모르고 은서랑 네가 닮아서-. 그건 그렇고. 이 미친놈아 이걸 왜 이제야 말해? 어?"

입이 무거울 게 따로 있지. 찬은 이수를 노려보며 이를 갈았다.

"그나저나, 윤세진, 그 미친년은 뭐냐?"

세진과 그런 일이 있고 여태껏 그녀에게 끌려다녔던 이수다. 찜찜해하면서도 정황이 그러니 책임을 지겠다고. 원나잇을 쉽게 생각하는 사람도 있다지만 이수에겐 어려운 일이었다. 생겨 먹길 그렇게 생겨 먹은 녀석이었다. 그러니까 세진의 루머에도 묵묵히 참았던 거다.

찬은 고개를 잘게 젓고 벌떡 일어났다.

"아 씨, 나 조카 생긴 거 맞아?"

"맞아."

"그런데 너 왜 이러고 있어? 은서한테 빨리 가 봐야지!"

"안 돼."

"왜!"

"은서가 제 발로 와야 하니까."

고집 세고 자존감도 강하고 주관이 너무 뚜렷했다. 아쉬운 걸 모르고 자라서 은근 못돼 먹은 건 다 갖춘 아이였다. 사랑스럽다는 게 문제지만. 은서 스스로 꺾고 와야만 한다. 강제로 끌고 온다면 부러지거나 영원히 그녀의 꽁무니만 따라다녀야 할 테니까.

그래서 발이 떨어지지 않는데도 등을 돌렸다. 그런데 여파가 만만치 않았다. 보고 싶고 걱정되고. 하임이의 유치원 등하교 시간에 맞춰 먼발치에서 보러 가고, 가게가 열렸는지 확인하고. 그가 지금 할 수 있는 일은 그런 것들과 은서가 오길 기다리는 것뿐이다.

"은서가 고집이 세긴 하지."

"나쁜 계집애."

버릇을 잘못 들였어. 뒤이은 이수의 말에 찬은 어이가 없어 웃고 말았다. 알긴 아나? 무심한 척해도 애지중지하던 게 보였었다. 은서 이름만 나와도 신경을 곤두세웠으니까. 친구들이 얼마나 큰 돈을 받기에 저렇게 떠받드는 거냐고, 현대판 노예라고 놀리는데도 신경 쓰지 않았다.

찬은 허탈한 웃음을 터트렸다.

"잘됐다고 해야 하냐, 억울하다고 해야 하냐? 너 인마 아빠 된 거라고! 실감 나냐?"

찬의 질문에 이수는 피식 입술을 늘이고 눈을 감았다.

아빠? 그 말을 언제쯤 들을 수 있을까.

하루, 하루가 1년처럼 느껴지는 일주일이었다.

* * *

창가 턱에 올려놓은 소담한 국화 다발이 눈에 들어온다. 가을이 가는 게 아쉬워 일부러 양재 시장까지 가서 사 온 거였다. 조금 더 오래 보고 싶어 건조시켰는데 뿌리가 바싹 말라 더 놔두면 못 쓰게 될 것 같았다.

멍하니 앉아 있던 은서는 가위를 찾아 들었다. 나뭇가지를 다듬어 마끈을 양쪽 끝에 연결했다. 뚝딱 만들어진 가랜드를 세움대에 걸쳐 놓는데 한숨이 절로 나온다.

"이게 만들어지네……."

머릿속은 더없이 복잡한데 손이 움직여지는 게 신기하다. 이런 것을 만들고 있을 때가 아닌데 말이다. 길이를 다르게 손질하던 꽃송이가 잠깐 한눈을 판 사이에 댕강 목이 잘려 나간다. 그걸 본 은서는 미간을 좁혔다.

"하아!"

일주일 내내 이런 상태였다. 수업도 엉망, 소망원 봉사도 가지 못했다. 장사는 아예 진주 혼자 감당해야 했다. 생각 같아선 가게 문을 닫고 싶지만 수강생과 손님들 볼 면목이 없었다. 공지를 올리고 내리길 반복했다. 또다시 번복하는 게 미안해 꾸역꾸역이나마 가게를 열었다.

다시 가위를 집어 들던 그녀의 손이 툭, 소리를 내고 테이블 아래로 떨어진다.

"……아이를 데려가겠다니."

같은 일을 겪었다는 그의 말이, 너만 힘들었던 게 아니라고 말하는 억눌린 목소리가 고함보다 더 크게 가슴에 와 닿는다. 기막히다 못해 화가 났을

거다. 아니, 그 어떤 말로도 이수의 심정을 대변할 수 없을 거다. 자신의
아이가 있다는데 어느 누가 이수보다 더 침착할 수 있을까. 멱살을 잡고
뺨을 때려도 할 말이 없는 은서였다. 그래도 그렇지 아이를 나눠서 키우자니.

이수는 최선책이라며 폭탄 발언을 하고 가서 일주일째 연락이 없다. 그가
선심 쓰듯 생각해 보라고 준 시간은 열흘. 원래도 빈말 같은 건 할 줄 모르는
사람이었다. 자존심 세고 융통성이라곤 개미 눈물만큼도 없는. 그가 뱉은
말은 꼭 지키는 미련한 원칙주의자. 그녀의 외할머니 하나쯤 눈속임할 수도
있었는데 이수는 출판된 책의 수정 못 하는 활자처럼 곧이곧대로 굴었었다.

그런 사람인 줄 알면서 내심 기대했던 건 그녀에 관해서는 관대했기
때문이었다. 어린 시절처럼 이수에게 어리광을 부렸던 거다. 그렇게 큰일
을 저질러 놓고도 넘어가 줄 줄 알고.

은서는 돌연 붉어지는 뺨을 손등으로 꾹꾹 눌렀다.

"……어쩌자고 이러니, 서은서."

이 와중에 그 새벽 이수의 품에 안겼던 걸 떠올리다니. 따뜻했었다. 아니
처음 느끼는 성애. 그의 키스에 몸이 달아올랐다. 얼마나 달콤하던지 다른
생각 따원 다 집어치우고 이수가 하자는 대로 하고 싶었다. 이수와 섹스를
했어도 처음과 다름없는 키스였다. 그때는 힘들었던 기억, 아팠던 기억밖
에 없었는데 너무 달았다. 찬 공기를 가르고 타액을 섞는 행위가 아찔할
정도로 좋았다.

그런 은서에게 현정은 매일 전화를 걸어온다. 이수와 잘해 볼 생각은 꿈도
꾸지 말라고. 다른 엄마 같으면 무릎 꿇고 빌어서라도 아이 아빠를 찾아
주라고 할지도 모르는데. 너무 신식인 현정이 야속하다. 하지만 이수네 집에
아들이 둘만 되어도 말리지 않았을 거라는 현정의 말에 수긍이 간다. 하나밖
에 없는 아들은 남편 대신이고 몸이 불편한 아주머니의 든든한 울타리였다.

그분이 제주도로 내려가고 몇 번이나 찾아갔었다. 바다를 바라보는 아
주머니를 먼발치에서 보고 매번 발길을 돌렸다. 돌아와서는 며칠씩 앓아

높고. 그런데 얼굴을 마주하고 가족이라는 테두리 안에서 웃을 수 있을까.

"꿈도 야무지지……."

떨치려고 할수록 선명하게 떠오르는 목소리에 밤을 잊은 적이 수없이 많다.

"내 남편 잡아먹고 내 아들마저 잡아먹으려고?"

절대 이수 근처엔 얼씬도 않겠다고 덜덜 떨리는 손으로 각서도 썼다. 가끔 아이가 있다는 것을 안다면 어떻게 하실까, 생각을 해 본다. 아이만 빼앗아 가고도 남을 거라는 최악이 떠올랐다. 그래서 하임이를 더욱 꽁꽁 숨겼던 건데 헛일이 되고 말았다.

하임인 하루가 멀다 하고 이수를 기다리는 눈치였다. 놀아 준 횟수로 본다면 이수보다 유성이 더 많을 거다. 유쾌한 성격이라 놀아 주는 것도 이수보다 한 수 위다. 이틀 같이 지내는 동안 말수 없는 이수는 아이를 지켜봐 주고 필요한 게 있다 싶으면 가져다주고. 그런데 유성보다 훨씬 잘 따른다. 뭐가 그렇게 좋은 걸까. 아이의 즉답이 떠올라 은서는 다시 멍해진다.

"그냥 좋은데."

그냥 좋다니. 제가 그랬다. 이수가 왜 좋으냐고 물어보면 '그냥 좋아. 좋은 데 이유가 있어야 해?'라고. 은서는 어느새 다 만들어진 가랜드를 창가에 걸고 앞치마를 벗고 겉옷을 챙겼다. 갑자기 실내가 숨 막히게 답답하게 느껴졌기 때문이다.

밖으로 나온 그녀가 멈칫했다.

찬이 야외 테이블에서 담배를 피우고 있었다. 굳이 방문의 이유를 물을 필요가 없었다.

찬은 담배를 비벼 끄고 물었다.

"어디 가?"

"……네. 집에요."

"좀 걷자."

은서는 앞서 걷는 찬을 천천히 뒤따랐다. 그가 그녀의 집 쪽으로 방향을 잡고 있었다.

"은서야."

"……."

"이수 아프다."

흠칫하는 게 느껴져 찬은 입꼬리를 올렸다. 저러면서 무슨.

"못 먹고 못 자더니 어제 기어이 쓰러졌다."

링거 맞는 거 보고 나왔다고 말을 덧붙였다. 쓰러진 건 아니지만 링거를 맞는 건 사실이었다. 밥을 안 먹으니 링거라도 맞힐밖에.

"내가 이수 절친인 건 알지?"

"……네."

"이수 어머니 제주도에서 계속 계실 모양이야. 미국에 와서 같이 살자고 해도 싫다고 하셔."

한 달이 멀다 하고 이수와 번갈아 가며 어머니의 의사를 묻곤 한다. 불편한 몸을 이끌고 사서 고생하기 싫다는 대답만 돌아온다.

"제주도 안 가 봤지?"

"……."

은서는 대답하지 않았고 찬은 애매한 얼굴을 하고 혼자 고개를 주억거렸다.

"지내기 좋으시게 해 놨어. 도우미도 있지만 주변에 친척들이 있어서 잘 돌봐 주시고."

친척들이 이수의 도움을 많이 받고 있으니 당연한 일이었다. 이수를 대신해 몇 번 가 봤는데 편안하게 지내고 계신다.

"아버님 돌아가신 거 너한테 트라우마겠지. 이수한테도."

"선배."

"내 얘기 들어. 그렇게들 좋아하면서 한번 살아 보는 게 낫지 않겠어?"

은서는 애먼 제 입술만 꼭꼭 씹어 못살게 군다. 그 모습을 본 찬이 속으로 한숨을 삼켰다.

"너나 이수나 솔직히 환상만 있지 경험치가 없잖아."

어린 시절 때 묻지 않은 풋풋한 마음이었다. 더구나 선택이 아닌 어쩔 수 없는 상황이 두 사람을 갈라놓았다. 현실성 결여된 작은 연인은 그리움만 키웠겠지. 원래 가져 보지 못한 것에 대한 집착이 더 큰 법 아니던가.

찬은 설핏 입꼬리를 올리고 은서를 쳐다보았다.

"살아 봐. 또 아나? 서로 진저리를 치고 물고 뜯을지."

누군가 그랬다. 나쁜 남자는 살아 봤더니 나쁜 놈이고, 착한 남자는 무능하거나 못난 놈이더라고. 무뚝뚝한 녀석은 뭐로 변하려나.

"정 안 되겠다 싶으면 이혼이라는 좋은 제도도 있잖아."

말도 안 되는 말을 지껄이는 걸 알면서도 아무 말이라도 늘어놓아 은서의 짐을 덜어 주고 싶었다. 이수가 안다면 제 입을 찢으려 들겠지만.

어느새 은서네 아파트 단지가 보이고 있었다.

"나 오늘 부산 내려간다."

"갑자기 왜……?"

"우리 어머니 편찮으시대. 문지기는 떠나니까 이수 죽이든지 살리든지 네가 알아서 해."

"선배."

찬은 걸음을 멈추고 은서를 마주 보았다.

여전히 인형 같네. 체구가 작아 그런지 나이보다 한참은 앳돼 보인다. 하임이가 딸이 아니라 늦둥이 동생이라고 해도 믿어질 만큼.

"돌려서 말 안 할게. 이수가 하임이 미국 데려갈 거라고 하더라."

"도와줘요, 선배."

"네 말도 안 듣는데, 내 말 듣겠어? 난 이수가 원하는 대로 해 줄 수밖에 없어."

하늘이 무너진 표정을 하는 은서를 보고 찬은 속으로 혀를 찼다. 천생연분이 따로 없다는 생각 때문에. 둘 중 하나라도 뻔뻔하면 얼마나 좋을까. 다 무시하고 저들 좋은 것만 생각하는 사람들도 적지 않은데 은서는 그런 부류가 아니었다.

그건 그거고 괘씸했다.

"넌 어떻게 사기 친 여자한테 이수를 팔아먹을 생각을 했냐?"

"네?"

"내가 만났으니 망정이지 이수가 만났으면 너 가만 안 뒀을걸."

"죄송해요."

세진에게 변호사와 같이 찾아가 사기죄에 가택 침입, 성추행으로 고소를 하겠다고 으름장을 놓았다. 그랬더니 은서 핑계를 댔다. 세진도 협박받아서 입을 다물었던 거라고. 나머진 이수가 알아서 할 일이지만 무척 어이가 없었다.

"이수 은근 꼴통인 거 알지? 지가 결심한 건 무슨 일이 있어도 해내는 녀석이잖아."

천천히 고개를 끄덕이는 은서를 보고 찬은 회심의 미소를 지었다.

"정말 못 살겠다 싶으면 그땐 내가 도와줄게. 빈말 아니야. 간다."

돌아서던 찬이 멈칫하고 말했다.

"나, 오래, 아주 오래 있다 올 거야. 이수 음식 배달도 못 시켜. 나 없으면 아사할지도 몰라. 정말 간다."

은서는 멀어지는 찬을 멍하니 바라보았다.

* * *

주방을 서성이던 은서는 결국 냉장고를 열어 전복과 낙지를 꺼냈다. 육류와 해산물을 좋아하는 하임이 때문에 복례가 떨어트리지 않는 식재료들이었다. 육수 물을 올리고 쌀을 씻어 따뜻한 물에 담갔다. 해산물을 손질해 잘게 다지는데 한숨이 나온다.

'이래도 되는 걸까.'

등 떠밀어 주길 기다렸다는 듯 마음은 벌써 이수에게 가 있다. 아파서 연락을 하지 않았던 걸까. 아니면 정말 다신 보지 않으려고? 은서는 제가 이렇게까지 간사한 인간인 줄 몰랐었다. 밀쳐 낼 땐 언제고 그가 등을 보이자 눈앞이 캄캄했었다.

"팔아먹은 거 아닌데……."

세진을 볼 때마다 질투가 솟구쳐 미칠 것 같았다. 감히 너 같은 여자가 넘볼 이수가 아니라고 어린 날 이수를 쫓아다니던 여자들을 쫓아냈듯 경고장을 날려 주고 싶었다. 그 여자를 안았을 이수가 떠오를 때마다 샤워를 했다. 혼자 드레스 룸에서 이 옷 저 옷을 입어 보고 까치발을 들었었다. 전복을 볶는 그녀의 손짓이 느릿해질 때였다.

"뭐 해?"

"아, 깜짝이야!"

불 앞에서 화들짝 놀라는 은서를 보고 더 놀란 건 복례였다.

"내가 뭘 어쨌다고 그렇게 놀라?"

"아, 아니에요."

복례는 자꾸만 뭔가를 가리느라 바짝 가스레인지 앞으로 다가가는 은서를 밀쳐 냈다.

"비켜."

"이모."

"내가 할 테니까 비켜. 누구 거야?"

알면서도 물었다. 입술을 꼭 붙인 은서의 얼굴이 빨갛게 상기돼 있는데 어떻게 모를까. 복례는 조리대 위를 쓱 훑고 가소롭나는 듯 미소를 지었다. 집에 저런 종류의 죽을 좋아하는 건 하임이밖에 없다. 현정이 도저히 안 되겠다며 하임이를 데려갔으니 아이를 위해 만드는 건 아닐 테고. 이수가 탈이 나도 단단히 난 모양이다. 나타났어도 벌써 나타났어야 하는 녀석인데 감감무소식인 걸 보면.

복례는 은서의 손에서 주걱을 빼앗아 전복을 달달 볶았다.

"병날 만하지. 이게 보통 일이야. 가서 반찬이나 챙겨."

"이모……."

곧 울 것 같은 얼굴을 하는 은서를 보니 가슴이 아렸다. 이러니저러니 해도 그녀가 밥해 먹여 키운 세월이 길었다. 고용인이라 뒤에서 조용히 지켜볼 수밖에 없었지만 이젠 그만 행복하라고 등을 떠밀어 주고 싶었다.

"이수 아버지 그 양반, 너 이러고 사는 거 보고 저승에서도 가슴 치고 있을 거다. 더구나 제 피붙이가 있는데."

"……괜찮을까요, 이모. 내가 이래도 될까요."

"자선 언니가 워낙 이수 아버지 의지했잖아. 그 사람이 보통 남편이었어? 너 미워서 그런 게 아니라 막막해서 그랬을 거야."

"저 안 보고 싶을 거예요."

"이수가 그만한 대비도 안 하고 너 찾아왔겠어? 하임이도 생각해야지. 멀쩡한 제 아빠 두고 왜 아이가 미혼모 딸 소릴 들어야 하는데."

그 누가 자선을 욕할 수 있을까. 하지만 은서에게 심하다 싶게 모질게 굴었다. 한겨울에 물을 뿌리고 입에 담지 못할 욕설을 퍼붓고. 그 마음을 이해하면서도 은서가 안쓰러워 자선을 말렸었다. 그래서 언니 같은 자선을 잃었다.

복례는 야단맞은 아이처럼 닭똥 같은 눈물을 뚝뚝 쏟아 내는 은서를 물끄러미 바라보았다.

'요즘 젊은 것들은 사랑도 참 쉽게 하드만.'

가진 거나 적어? 거기다 세상에 없는 공주처럼 생겼다. 저런 아이가 저렇게 미련 떠는 것을 누가 믿을까.

"그만 울어. 하임이가 없길 망정이지."

"흑흑, 그러다 아주머니마저 잘못되면."

"이수 심지가 굳어. 이수만 봐. 그리고 자선 언니도 하임이 보면 돌아설 거야."

복례는 끅끅거리는 은서의 등을 다독여 줬다. 네가 힘들게 지낸 건 내가 안다고 말하면서.

시간이 해결해 주겠지, 시간이. 복례는 냄비에 쌀을 넣고 육수를 부었다.

* * *

재활용 의류함 뒤에 몸을 숨긴 찬은 손을 호호 불었다. 노숙자의 심정을 이렇게 이해하게 될 줄이야. 벌써 가로등에 불이 켜지는 시각인데 은서는 나타날 기미도 보이지 않고 눈까지 오니 얼어 죽을 것 같았다.

"어우, 내가 이것들을!"

몇 번이나 집으로 들어가려던 찬은 조금만 버티자고 마음을 다잡았다. 연봉만 시원찮았어도 벌써 때려치웠을 텐데.

"리얼?"

찬은 저도 모르게 자문하고 피식 웃었다. 뭐든 못 줘서 안달인 녀석이었다. 툭툭 뱉는 말은 따뜻하고. 같은 남자면서도 무식하게 우직한 이수가 멋있었다. 그래서 성공하리라는 보장도 없는데 녀석의 매니저를 맡았다. 결과적으로는 더없이 훌륭한 선택이었지만. 그래도 이건 아닌데. 하지만 건물 가진 매니저가 어디 흔한가. 물질에 약한 어머니를 닮았다는 생각에 삐죽 미소를 짓던 찬의 눈이 가늘어진다. 우산을 받쳐 들고 손을 무겁게 한 여자가 시야에 들어왔기 때문이었다.

'헉!'

왔다, 왔어. 분명 은서였다. 찬은 몸을 더 낮추고 음 소거된 입술을 움직였다.

'눌러, 누르라고!'

저러다 돌아서는 건 아니겠지, 하는데 드디어 벨을 누른다.

됐다! 긴장이 풀린 찬은 땅바닥에 주저앉았다. 잠시 후, 안을 훔쳐보던 찬은 주변을 둘러보았다.

대문을 활짝 열어 놓고 뭐 하는 짓이야!

하지만 낯 뜨거운 건, 훔쳐보는 제 입장이었다. 뜨겁다 못해 미친 분위기를 연출하는 연인을 방해할 순 없었다. 찬은 조용히 대문을 닫아 주고 걸음을 옮겼다.

* * *

인터폰을 확인한 이수는 잠시 멍했다. 작은 화면에 보이는 여자는 틀림없이 은서였다. 서둘러 버튼을 눌러 대문을 열어 준 그가 신발도 신지 못하고 마당으로 뛰쳐나갔다.

"······!"

뭐가 저렇게 예뻐 보이는지 모르겠다. 사람 돌게 만든 여자인데. 그의 인생을 통째로 쥐락펴락하는 은서가 얄미운데 보고 있자니 미소가 배어 나온다.

대문 안으로 들어선 은서는 겁먹은 얼굴을 하고 있었다. 이수는 발바닥에 닿는 찬기도 느끼지 못하고 오도카니 서 있는 그녀에게 다가가 꼭 끌어안았다.

"······온 거 맞지."

"······."

"은서야."

"······응, 맞아."

그 어떤 대답보다도 자연스럽게 말을 잘라먹는 그녀의 말투가 그의 마음에 안정을 준다.

"너 이젠 내 꼬맹이 아니야. 내 여자지."

미소를 짓고 있는 은서의 눈에 눈물이 그득했다. 이수는 제 눈에도 물기가 흥건한 걸 모르고 고개를 숙여 입술을 맞댔다. 은서의 손이 어설프게 그의 뺨에 닿는다.

"아프다며."

"누가 어 아파. 많이."

뜨거운 숨이 찬 공기를 머금은 채 서로의 거친 숨결에 섞여 든다. 호흡을 건네듯.

"더 늦었으면 나 죽었을지도 몰라."

"오빠, 맨발이야."

"알아."

얼음을 밟고 있으라고 해도 몇 시간은 끄떡없을 것 같았다. 은서가 왔으니까. 그녀의 얼굴을 빤히 응시하던 그가 미간을 좁혔다.

통통하게 살이 올랐으면 미웠을까. 아니, 핼쑥해 보이는 얼굴을 보니 더 짜증이 인다.

"너 밥 안 먹었지?"

"······응. 같이 먹으려고."

"매일?"

"응. 매일."

그녀의 대답에 이수는 입술을 삼켰다. 허리를 감자 나긋하게 제 품에 안겨 드는 작은 몸이 미치게 사랑스러웠다.

2

　푹신한 감촉이 등에 닿자 커졌던 은서의 눈이 꾹 감긴다. 예상치 못한 전개가 당혹스러웠다. 이러려고 온 게 아니었다. 아픈 사람을 챙기고, 밥을 먹는 게 먼저였다. 그런데 만들어 온 죽은 마당에 내팽개쳐 놓고 바로 침대행이라니. 살포시 눈꺼풀을 들어 올리자 열기 고인 눈동자가 그녀를 내려다보고 있었다. 마치 저를 포박하듯 포즈를 취한 그가. 결국 말끝을 흐렸다.

　"오빠, 밖에 밥, 아니 죽이……."

　이수는 생각이 고스란히 드러나는 홍조 띤 얼굴을 보며 소리 없이 입꼬리를 올렸다. 정신없이 몰아세우긴 했다. 보통 예뻐야 말이지. 침실로 들어오는 그 짧은 새도 참기 힘들어 몇 번이나 말랑한 입술을 가르고 주체할 수 없는 열기를 쏟아부었다. 타액 섞이는 질척한 소리가 기꺼워 숨쉬기 힘들 만큼 쑤셔 박듯 뭉툭한 혀를 깊이 밀어 넣었다.

　지금도 눈을 뗄 수 없을 만큼 예쁘다. 꼭 다물린 입술, 난감함에 팔랑

거리는 긴 속눈썹, 몽글한 콧방울도. 말아 감춘 입술까지.

"은서야, 서은서."

애틋함이 밴 부름. 여운 짙은 목소리의 의미를 알 것 같아 그녀의 입에서 '나도.'라는 말이 흘러나온다. 저 또한 이 상황이 꿈같으니까.

"하임이……."

어떻게 낳았냐고 묻는 낮은 목소리가. 마치 목에 걸린 가시를 빼지 못한 짐승이 울부짖듯 아프게 들린다. 은서는 그의 양 뺨을 손바닥으로 감쌌다.

"자연 분만으로. 많이 작고 예뻤어."

더없이 행복한 얼굴로 말해 주고 그의 입술에 촉, 하고 입을 맞췄다. 그들에게 지금 필요한 건 밥이 아닌 것 같아서. 수줍은 스킨십이 신호라도 된 양 그녀의 몸 위로 이수가 무너졌다.

"웃……!"

낭창한 여체에 온전히 무게를 실은 그가 붉은 입술을 머금었다. 신음에 벙긋 벌어진 입 안에 혀를 넣어 이제 겨우 정돈된 달콤한 호흡을 송두리째 빼앗아 허기를 채웠다. 이성이 날아갈 만큼 달았다. 그녀의 간지러운 신음도 어설픈 입맞춤도. 저를 좇아 움직이는 얄팍한 살덩이를 휘감자 질끈 눈이 감긴다. 그의 욕망을 받아들이겠다는 듯. 그 모습이 더 그를 흥분케 했다.

이수는 본능적으로 허리를 들썩여 가랑이 사이 뜨거운 습지를 치댔다.

니트 위로 가슴을 쥐자 빨갛게 익은 은서가 흠칫한다.

"흐윽!"

왠지 못마땅해 심술부리듯 옷 속으로 손을 밀어 넣었다. 반사적으로 그의 손을 겹쳐 잡은 하얀 손이 파들 떨린다. 이수는 엄한 눈빛을 했다. 마치 경고하듯. 주춤주춤 손을 내리며 그의 시선을 피한다. 손에 닿는 속살의 감촉이 보드랍다 못해 녹을 것처럼 야들해 절로 신음이 흘러나온다.

천천히 브래지어 속에 감춰진 봉긋 솟은 가슴에 손을 올렸다. 요동치는 그녀의 심장만큼 그의 심장도 거칠게 날뛴다. 이수는 양쪽 가슴을 탐하다 성에 차지 않아 결국 찐득하게 맞물렸던 입술을 뗐다.

"하, 하아."

고개를 외로 틀고 가슴이 들썩이도록 숨을 고르는 그녀의 몸에서 옷을 하나씩 걷어 낸다. 움찔하면서도 그의 손길을 거부하지 않는 하얀 몸이 저녁노을처럼 삽시간에 붉어진다. 크림색 레이스 속옷의 호크를 푼 그의 미간이 좁혀진다. 시간이 많이 흘렀다는 늦은 자각에.

막연히 갖고 싶었었다. 그건 여자에 대한 욕망이라기보다 은서여서 그랬다. 그렇게 풋내기 소녀에게 가슴앓이를 했었다. 그런데 눈앞의 은서는 그를 짐승으로 만들기 충분하게 성숙해져 있었다. 하얗다 못해 투명한 살빛도. 긴 목을 타고 움푹 파인 쇄골을 지나 잘 익은 복숭아처럼 탐스러운 동그란 가슴도. 잘록한 허리에 둥글게 이어지는 골반, 늘씬한 다리까지. 저 때문에 흥분해서 흐트러진 여체가 너무 아름다웠다. 그래서 더 화가 났다.

그의 시선을 오롯이 받아 내던 은서는 있는 대로 몸을 움츠렸다. 그래 봤자 가려지는 건 없었지만. 민망했다. 부끄러웠다. 그런데도 이수를 말리지 못하겠다. 곧 터질 것 같은 얼굴을 하고 있어서. 그가 느끼는 감정이 어렴풋이나마 짐작돼서.

은서는 겨우 팔을 뻗어 그의 목을 끌어안았다.

"안아 줘, 오빠."

"……."

"괜찮아."

두 사람의 몸이 틈 없이 엉켰다 바로 떨어졌다. 이수에 의해서. 어리둥절한 얼굴을 한 은서를 두고 잔뜩 미간을 좁힌 그가 침대 아래로 내려가 옷을 벗기 시작했다. 그걸 본 은서의 눈이 당혹스러움으로 물든다. 같이 밤을 보냈다고 해도 이수의 나신을 오롯이 보는 건 처음이라. 감각으로 느꼈던 것보다 그의 몸은 훨씬 입체적이었다. 은서는 저도 모르게 아래를 조였다.

그런 그녀를 보고 이수는 입꼬리를 올렸다.

"그렇게 보면……."

문득 호기심 많아 놀란 토끼 눈을 하고 늘 제게 시선을 못 떼던 은서가 떠올라 곤란하다. 그도 그녀가 하듯 가녀린 몸을 눈에 담았다. 머리부터 발끝까지. 욕구를 풀고 싶어 하는 녀석이 그의 턱을 쏘아보며 뻐끔거리든 말든. 느긋하게 몸을 숙여 그녀를 안던 그의 입에서 만족스러운 단발 탄성이 터진다.

"하."

이제야 만족스러웠다. 실오라기 하나 없이 제 품에 안기는 느낌이 미치게 좋았다. 그에게 닿는 은서의 하나하나가 너무 소중해 소름이 끼쳤다. 이수는 보들보들한 몸을 쓸어내리며 달콤한 체취가 흠뻑 밴 긴 목덜미에 얼굴을 묻었다.

"억울해."

"뭐, 뭐가."

"넌 다 기억하는데 난 기억 못 하니까."

투정 같은 볼멘소리에도 은서는 긴장을 풀지 못했다. 뼈처럼 단단해진 남성이 허벅지 사이를 금방이라도 파고들 듯해서. 덕분에 가뜩이나 젖은 아래가 간질간질해 몸이 비비 꼬인다.

"오, 오빠. 나, 힘들어……."

그녀의 말에 이수는 미간을 좁혔다. 시작도 하지 않았는데 벌써 힘들다면 어쩌라는 건지. 그녀를 원하는 몸은 이미 예열이 끝난 지 오래. 맹연습을 하고도 뭉치지 않던 근육은 돌덩이처럼 굳었다. 특히 중심부 주변은 통증까지 동반할 정도로 뻐근했다. 그런데도 쉽사리 움직이지 못하는 건 은서를 다치게 할 것 같아서였다. 시작하면 분명 멈추지 못할 테니까. 이수는 퉁퉁 부은 그녀의 아랫입술을 치료하듯 핥았다.

"사랑해."

매일매일 말해 줄게, 사랑한다고. 아픈 기억을 다 지울 수 있게.

"응, 나도."

"오늘만 봐주라."

은서는 올 것이 왔다는 예감에 눈을 감았다. 그런 그녀를 보는 이수의 눈이 정염에 들끓는다. 먹이를 맛보는 짐승처럼 푸릇한 힘줄이 돋은 가녀린 목을 핥아 내리고 동그란 가슴을 움켜잡았다.

"훗, 오빠."

"왜."

제 처분만 바라고 눈을 감고 있는 그녀의 가슴에 흠뻑 빠졌다. 실핏줄이 비치는 투명한 살에 핑크빛 도독한 알갱이를 물었다. 다른 쪽 젖가슴은 손으로 움켜쥐고 손가락 사이에 낀 정점을 조였다.

"으훗."

잇새에 가두고 혀로 누르고 빨고. 말캉한 가슴을 크게 빨자 가는 허리가 튕기듯 튀어 오른다. 그래도 멈출 수 없었다. 떼어 낼 듯 빨았다.

"흐윳!"

은서는 비명을 삼키며 이수의 머리를 감싸 안았다. 그가 양쪽 가슴을 번갈아 빠는 탓에 통증과 함께 야릇한 전율이 온몸을 칭칭 감는 것 같았다. 아래를 아무리 조여도 그를 원하는 물기를 막을 수 없었다. 뭉그러진 그의 탁한 목소리가 더 그녀를 야릇하게 만들었다.

"갖고 싶어. 송두리째."

"으응."

신음이라 하기엔 애매한 호흡에 그의 몸이 더 달아오른다. 가는 손가락이 그를 조몰락거릴 때부터, 아니 그 전부터 한계였다. 페니스는 터질 듯 부풀다 못해 아리고 근육은 똘똘 뭉쳐 어느 때보다 단단해지다 못해 흉흉하다. 이수는 톡톡, 맥박이 뛰는 반 줌 손목을 잡고 가느다란 몸에 입을 맞추며 내려갔다.

'하아.'

쏟아 내지 못하는 신음이 그녀의 목구멍에 차곡차곡 쌓인다. 정말 다 가질 모양이다. 집요히 가슴을 삼키던 입술이 옆구리를 지나 납작한 배에 짜릿한 통증을 남기고 있었다. 기어이 엉덩이까지 내려오자 은서는 참지 못하고 허리를 비틀며 신음했다.

"하앗!"

물렸다 놓였는데도 통증이 척추를 타고 찌르르 머리까지 전달된다. 그도 놀랐는지 잔뜩 미간을 좁히고 잇자국이 난 곳을 쓸고 또 쓸어 준다. 은서는 괜찮다고 고개를 주억거렸다. 저를 올려다보는 그의 눈엔 욕망과 뒤섞인 갈망이 담겨 있어서. 어떤 짓을 해도 말릴 수 없을 만큼 선명한 것이었다.

이수는 몸을 일으켜 울긋불긋해진 은서의 몸을 응시하다 그녀의 허벅지를 벌리고 그 사이에 저를 가두었다. 부드럽게 곡선을 그린 엉덩이 밑으로 손을 넣어 끌어당기자 가는 허리가 낭창 휘며 쉽게 딸려 온다.

"오, 오빠?"

"응."

반사적인 대답을 흘리고 시선을 은밀한 곳에 박았다. 하얀 피부와 대비돼 더 붉어 보이는 곳에. 수줍으면 발그레해지는 은서의 뺨처럼 색이 예뻤다. 이수는 홀린 듯 그곳에 입술을 붙이고 얕게 파인 골을 길게 핥았다. 촉촉하게 젖어 있는 곳을. 먹음직스럽게 윤기 도는 곳을.

"오, 오빠! 하지- 읏!"

은서가 놀라 버둥거릴수록 속살이 움찔거려 그의 애무를 반기는 듯했다. 아예 얼굴을 처박고 흡착하듯 진한 키스를 나눴다.

톡, 솟은 클리토리스를 혀로 굴리고 빨고. 무자비하게 파고들었을 곳을 정성 다해 완벽하게 차지했다.

"흐읏!"

은서는 터지는 신음에 놀라 두 손으로 입을 막았다. 상상도 해 보지 못한 행위였다. 이수를 밀치려 해 봤지만 강철 같은 힘을 당할 재간이 없다. 아래가 젖다 못해 뭔가가 계속 흐르는 느낌에 소름 돋으면서도 흥분됐다. '댕그랑댕그랑' 하는 종소리가 울려 현기증이 일 정도로.

이성은 말도 안 된다고 고개를 젓는데, 날카로운 콧대가 질구에 비벼지자 말도 못 하게 쾌감이 일었다. 그를 밀쳐 내리던 손과 다리에 힘이 풀리려는 찰나 그녀는 웃, 소리를 내며 이수의 머리를 조였다.

쫍쫍, 쯔읍.

아래가 빨리는 야한 소리에 눈이 질끈 감긴다.

"흐응, 응⋯⋯."

이건, 이건 아니잖아, 오빠! 은서의 공허한 외침이 그녀의 입 속에서만 맴돈다.

이수는 속살을 양쪽 손가락으로 벌리고 미간을 좁혔다. 들어갈까? 야들한 꽃잎이 겹겹이 가려 놓은 길은 딱 보기에도 좁았다. 혀를 밀어 넣자 절로 신음이 나왔다. 자극 때문인지 여린 살이 딴딴해져 그의 혀를 밀어낸다. 하지만 처음 경험하는 신세계. 그곳에 막 발을 들인 그를 말릴 수 있는 것은 아무것도 없었다.

혀를 세워 좁은 입구를 살살 달래며 휘젓자 기어이 꿀물을 줄줄 흘려 준다. 이수는 기꺼이 빨아 마셨다. 꿀꺽 소리가 나도록. 그리고 행여 은서가 다칠까 엉덩이를 움켜 안고 그가 들어갈 곳에 손가락을 밀어 넣었다.

"웃, 하, 하지 마!"

무슨 짓을 하는 거냐고 반항하던 은서가 점점 힘을 잃자 이수는 미소를 지었다. 팀원들이 자랑삼아 떠들어 대던 음탕한 얘기들이 이렇게 큰 도움이 될 줄이야.

부드럽고, 뜨겁고, 좁고. 오물오물 긴 손가락을 삼키는 곳을 다독이듯 긁어내리며 손목을 움직였다.

"그, 그만!"

있는 힘껏 아래를 조여도 허사였다. 깊숙이 들어온 긴 손가락이 들락거리는 느낌이 너무 생생했다. 은서는 기어이 발가락까지 곱아드는 저릿함에 진저리를 치며 울음을 터트렸다.

"읏…… 흐흑……."

이수는 그녀의 흐느낌을 아랑곳 않고 흠뻑 젖은 손가락을 빼내고 그가 퍼 올린 맑은 샘물을 쭉쭉 빨아 삼켰다.

쯔읍, 쪽쪽.

복부에서 전해지는 통증만 아니라면 밤새 마시고 싶을 정도로 유혹적이었다. 고개를 들자 원망과 혼란, 처음 느끼는 쾌감. 온갖 감정이 뒤섞인 물기 담은 눈이 저를 바라보고 있었다.

"왜, 왜……."

"좋아서, 너무 좋아서."

"그래도 어떻게 거길……."

이수는 저 때문에 활짝 핀 꽃봉오리처럼 흐드러진 은서가 예뻐 웃었다. 그런 그를 보고 은서는 말끝을 흐렸다. 그녀의 체액에 젖어 있는 얼굴이 흡사 재미난 놀이를 발견한 개구쟁이 같았기 때문이다.

"싫었어?"

"……!"

대답은 하지 못하고 눈물에 젖은 눈썹을 팔랑거린다. 차지게 익은 토마토처럼 온몸을 붉히고. 그런 그녀를 보면서 이수는 손만 뻗어 사이드 테이블에서 콘돔을 꺼냈다. 저를 아끼는 찬의 진심이 새삼 느껴진다. 은서를 데려다주겠다고 장담할 때까지만 해도 실없어 보여 욕했었다.

"네 사이즈에 맞게 고른 거니까 잘 써. 여기다 뒀으니까 잊지 말고."

제가 써 본 것 중에 제일 좋았다고 너스레를 떨 때만 해도 무시했는데. 한 방에 하임이가 생겼다. 똑같은 실수를 할 순 없었다. 이수 저야 줄줄이 아이가 생기길 바라지만 은서에겐 너무 가혹한 일인 것 같아서.

'이렇게 하는 게 맞겠지.'

성교육받을 시간도 없었고 콘돔을 써 본 경험도 없다. 저가 흘린 체액을 뒤집어쓰고 위로 바짝 솟구쳐 있는 페니스는 그가 보기에도 흉흉했다. 이대로 넣었다간. 이수는 감으로 녀석에게 얇은 장갑을 씌워 주었다. 양쪽 허벅지 아래로 팔을 넣고 무릎을 꿇고 앉았다.

벌써 지쳐 보이는데 괜찮은 건지. 걱정은 잠시. 팔을 벌리자 늘씬한 허벅지가 자동으로 따라 벌어진다.

"오, 오빠?"

이수는 대답 대신 물고 빨았던 곳에 귀두를 댔다. 바짝 독 오른 페니스를. 촉촉한 질구에 뭉툭한 끝이 닿는 것만으로도 눈자위가 붉어지고 온몸이 저려 온다.

"다, 다리 놔줘."

"다 보고 싶어. 하나도 빼지 않고."

진심이었다. 은서의 몸을 속속들이 꿰고 싶었다. 팔딱거리는 속살을 당장 뚫고 싶은 걸 억제하며 천천히 제 몸을 밀어 넣자 은서의 얼굴이 하얗게 질린다. 그의 사정도 다를 건 없었다. 탄탄한 등줄기에 식은땀이 배어 나온다.

"윽."

"많이 아파?"

"그, 그건 아닌데……."

염려 섞인 목소리에 은서는 머뭇머뭇 말끝을 흐렸다. 한 번이긴 해도 이수와 관계를 가졌고 아이도 낳았다. 아프다고 말하기엔 왠지 낯이 뜨겁다. 통증을 동반한 뻐근함은 긴장감 때문이리라. 은서는 애써 미소를 지었다. 그런 그녀에게 이수는 등을 굽혀 이마에, 콧잔등에 입을 맞췄다.

"익숙해지면."

괜찮아질 거야. 뒷말을 잇는 이수의 목소리에 확신이 없다. 피부색 가리지 않고 모인 미국 본토 팀원들에게도 밀리지 않던 그의 주니어니까. 은서가 받아들이기엔 버거운 크기였다. 이수 또한 페니스를 조이는 생경한 통증에 이를 사리물어야 했다.

잠시 딴생각을 하는 사이 질구에 걸린 페니스가 툭 빠져나와 그의 뱃가죽을 때린다. 무식하게 몸을 키운 녀석이 말도 못 하게 성나 있었다. 그걸 본 그녀의 눈이 커다래진다.

이수는 다시 뻣뻣하게 기립한 성기를 잡아 좁은 입구를 압박했다. 겨우 문을 열어 준 질구가 뭉툭한 귀두를 물고 오물거린다. 허리에 힘을 주자 그들의 몸이 반쯤 이어졌다. 이수의 입에서는 탄성이, 은서의 입에서는 고통 섞인 신음이 새어 나왔다.

"아웃……."

"하아, 은서야."

긴 속눈썹이 파르르 떨리고 은밀한 곳도 뜨겁게 경련한다. 마치 부드러운 끈으로 그의 중심을 꽁꽁 묶는 느낌이다. 어떻게 이럴 수 있지? 처음 맛보는 자극이 그를 미치게 한다. 이수는 이를 악물고 그의 몸에 천천히 은서를 길들였다. 끈기 있게 반쯤 들어간 페니스를 빼내고 넣길 반복하며. 더 욕심내고 싶지만 씹히는 것 같다는 표현이 맞을 만큼 좁았다. 섹스를 한다는 게 이런 느낌일 줄이야. 진짜 하나가 된 것 같아 가슴이 벅찼다. 이수는 두 사람이 이어지는 광경을 빠짐없이 그의 눈에 담았다. 삼각지를 이룬 복근 밑, 검은 숲 아래로 솟구친 남성이 그녀의 안으로 사라졌다 나오는 것을. 동시에 그녀의 아랫배가 요동치듯 경련하는 것도.

이수는 양팔로 자신을 지탱하고 몸을 낮췄다. 송골송골 땀이 맺힌 그녀의 이마를 훑고 키스했다. 그에게 매달려 오는 은서가 기꺼워 가슴이 벅찼다.

"웃, 오빠 천, 천히-."

은서는 거칠어지는 이수를 감당하느라 이를 악물며 속삭였다. 너무 낯설다. 거침없이 저를 애무하는 것도. 사나운 몸짓도. 이수의 모든 게 야하게 느껴져 머릿속이 하얘진다. 솔직히 그날의 경험은 둔통과 쓰라림만으로 기억됐다. 술에 취한 이수는 전희도 없이 단번에 들어왔으니까.

그런데 지금은 달랐다. 허벅지 사이를 가르고 들어오는 남성을 올올이 느낄 수 있었다. 그녀의 애원에 빨라지던 허리 짓이 다시 느릿해지는 게 버거우면서도 좋았다.

하지만 그것도 잠시. 다시 이수의 움직임이 빨라지자 찔걱찔걱하는 물소리가 요란해진다. 비례해서 간지러움도 커지고. 이수는 눈에 띄게 헐떡이는 은서를 보며 이를 사리물어야 했다. 그러지 않으면 폭주할 것 같아서다.

도톰한 붉은 입술을 벙긋 벌리고 그가 흔드는 대로 바르작거리는 모습이 말도 안 되게 농염했다.

"흐웃, 오빠 이상햇-."

한껏 열 오른 뺨을 쓸어 주고 조금 더 허리에 힘을 실었다. 질 안으로 꾸역꾸역 페니스가 사라지자 몸서리를 칠 만큼의 전율이 일었다. 감질나게 그의 것을 야금야금 삼킬 때보다 더 진한 전율이. 힘껏 박아 버리고 싶은 충동에 등을 둥글렸다 폈다.

"하, 은서야."

"아흣, 오빠!"

치골이 닿을 만큼 페니스가 깊이 박혔다. 이수는 진저리 치는 은서를 달래느라 입을 맞췄다. 그의 양쪽 허벅지에 걸쳐졌던 그녀의 허벅지가 힘을 잃고 방만하게 벌어진다. 이수는 눈을 질끈 감고 허리 아래만 움직였다.

"좋아서 미칠 것 같아. 너도 그래?"

"흐흑, 아 흣, 응, 응…… 흣."

은서의 눈에 초점이 흐려진다. 힘줄이 얼기설기 얽힌 페니스가 빠듯하게 들어갈 때마다 그녀의 숨이 끊겨 나온다. 점점 열락에 젖는 모습이 그의 몸짓을 부추겼다.

"나, 흐흣, 아, 안아 줘!"

"안 돼. 너 감당 못 해."

허리 아래만 움직이는데도 자궁 끝에 닿는 느낌. 그런데 몸을 겹치면 온몸으로 달려들 텐데 어떻게 감당하려고! 깊게 삽입하지 않으려고 참고 있는데 그를 자극한다. 몸을 띄우고 최대한 몸을 겹치지 않으려고 죽도록 자제 중인데 말이다.

"아흑, 왜, 왜!"

은서는 차오르는 떨림을 이기지 못하고 그의 목에 팔을 감았다. 이수는 마지못해 목만 숙여 주었다.

"후, 다칠까 봐……."

"으윽, 오빠, 웃."

이수가 치받는 힘에 아래가 쪼개질 것 같았다. 운동으로 다져진 그의 몸도, 성기도 감당하기 버거웠다. 그런데도 질 안을 뭉개는 묵직함에 엉덩이를 들썩이게 된다. 그의 허벅지를 잡으려던 그녀의 손이 몇 번이나 툭 떨어진다. 돌덩이처럼 탄탄한 이수의 허벅지엔 손톱조차 박히지 않았다. 이수의 힘과 속도감을 이기지 못한 뽀얀 은서의 나신이 매트리스와 함께 삐걱삐걱 몸살을 앓듯 위로 밀려나고 끌어당겨졌다.

은서는 마찰을 일으키며 질 안을 들락거리는 그의 몸이 주는 쾌감을 이기려 단단한 목에 더 매달렸다.

"오빠? 하웃, 나, 나."

"하아, 말, 해."

열락에 취해 끙끙대는 은서가 예뻤다. 그렁그렁 눈물을 매단 것도, 제게 매달리는 것도, 철퍽철퍽 그녀의 안에서 몸이 섞이는 소리도. 뭐 하나 예쁘지 않은 게 없으니 미칠 것 같았다. 이수는 열기에 마른 은서의 입술을 축여 주려 키스를 했다. 그녀의 숨 가쁜 신음이 타액과 함께 넘어와 흥분이 배가 된다.

"으흣, 나, 나. 아아."

의미 없는 말들이 입 밖으로 튀어 나갔다. 온몸으로 퍼지는 간지러운 느낌을 넘어 요의가 몰렸다. 은서는 처음 느끼는 자극이 감당 안 돼 흐느끼고 말았다. 그의 애무로 체액을 쏟아 낼 때와는 또 다른 쾌감이 괴롭기도 하고 몸서리치게 좋기도 했다. 길게 빠져나갔던 굵직한 것이 단번에 자궁 끝에 닿자 바들바들 몸이 떨렸다.

"으흣…… 제발, 흐윽."

단거리 기록을 갱신하는 사람처럼 이수가 달려든다. 그 탓에 아래가 결합될 때마다 민망한 소리가 거세지고 있었다. 쩍쩍대는 야릇한, 찰팍찰팍 살끼리 부딪는 소리가 그녀의 신음 소리보다 컸다.

은서는 본능적으로 그의 허리에 다리를 감고 애원했다. 제발 멈추라고. 도미노처럼 온몸을 휩쓰는 쾌감을 결국 이기지 못한 그녀의 입에서 날카로운 신음이 터져 나왔다.

"흐읏. 이상해, 나 이상하단 말이야! 흐흑, 읏."

이수는 직감적으로 은서의 절정이 가까워졌다는 것을 알아챌 수 있었다.

"하아, 은서야. 조금만 더, 응?"

"으흣, 응, 응."

그녀의 대답이 신호라도 된 양 이수의 허리 짓이 빨라졌다. 틈 없이 아래가 맞물리고 그들의 욕망이 질 안에서 마구 엉킨다. 사정감을 느낀

지는 이미 오래. 그녀의 안에 들어갈 때부터 갈 것 같았으니까. 행복해하는 은서를 보고 싶어 죽을힘을 다해 참은 것뿐. 제 것을 품고 흐느끼는 걸 더 보고 싶지만 이수는 몸을 겹쳐 은서를 안아 주었다. 둥글게 등을 말고 혀를 밀어 넣었다. 쭙쭙, 거리며 제게 매달리는 모습이 작은 고양이 같다.

"으응, 읏."

열에 들뜬 은서의 콧소리에 그의 눈이 검푸른 날 선 빛을 낸다. 이수는 정수리까지 차오르는 쾌감을 누르고 땀과 눈물로 반짝이는 그녀의 얼굴을 핥아 주었다.

"아, 오빠. 흐흑."

그의 목에 매달린 은서가 사납게 이수의 등을 긁었다. 동시에 아래를 있는 대로 조이면서. 본능적으로 그녀가 보내는 시그널을 알아챈 이수는 속도를 올렸다. 쫀득한 속살이 소용돌이칠 만큼 성기를 묻으며 허리를 털었다.

"아으읏!"

"하아!"

기어이 은서가 그의 거웃이 다 젖도록 왈칵, 샘물을 터트렸다. 동시에 그도 번개를 맞은 듯 몸을 굳히고, 혼자 쏟아 내던 욕망과 비교 안 되는 날카로운 사정감에 은서를 죽어라 끌어안았다. 어떻게 설명할까. 마치 오랫동안 고인 열기가 뭉텅뭉텅 빠져나가 엉기는 듯한 느낌? 생소한 경험에 온몸이 조여지면서도 만족감에 진저리가 쳐진다.

이렇게 하임이가 생겼겠지. 이수는 끝까지 은서를 채워 주기 위해 탄탄한 엉덩이를 들썩여 더 깊이 그의 몸을 담갔다. 그가 쏟은 땀에 흠뻑 젖어 탈진한 여체를 끌어안은 채 몇 번이나 경련하면서.

이수는 갈증을 해소하려는 사람처럼 그녀의 하얀 목덜미에 흐른 땀을 핥고 또 핥았다. 목마름이 겨우, 털끝만큼 해소된 것 같아 미소를 지었다.

* * *

눈을 뜨자 제일 먼저 시야에 들어온 건 하얀 눈이 덮인 정원. 일부러 열어 둔 건지 어제만 해도 닫혀 있던 전면 창의 커튼이 활짝 젖혀 있었다. 덕분에 시선이 닿는 곳마다 온통 새하얘 기분이 좋아진다. 일어날 시간이 훨씬 지났는지 밖이 훤했다. 이 시각까지 침대에 누워 있는 게 낯선데 저를 안고 스푼처럼 포개져 잠든 이수의 온기에 나른한 미소가 지어진다. 마치 배불리 먹여 놓은 아이처럼 잘 자는 그가 미울 만도 한데 그녀의 마음은 후해지기만 하니.

은서는 속없는 자신을 탓하며 고개를 저었다. 어제의 이수는 그만큼 생소했다. 기절한 줄 알았다며 탈진한 그녀를 깨우더니 결국은 정신을 잃게 만들었다. 사람이 변한다는 것은 익히 알고 있었지만, 이수가 부도 수표를 남발하는 남자가 되었을 줄은 몰랐다.

"이번이 마지막이야."

그 말만 세 번쯤 들었던 것 같다. 끙끙 앓는 저를 손쉽게 번쩍 안아 들어 욕실로 데려갔다. 나가라고 했더니 들은 척도 하지 않았다. 내숭을 떨겠다는 게 아니라 뭐라고 설명해야 할지. 어쨌든 싫다고 했지만 그녀의 저항이 먹혀들지 않았다.

"뭐든지 다 해 보고 싶어. 아니, 해 볼 거야."

이런 걸 호강이라고 해야 하나. 울고 싶은 심정으로 그의 손에 몸을 맡겼다. '은서야.' 하는 그의 목소리가 뜨거워졌을 땐 이미 늦었다는 것을 깨달아야 했다.

욕실에서 섹스를 했다. 에로 영화를 찍는 것도 아니고 말이다.

이수는 당당했다. 사랑하는 여자를 씻기면서 안고 싶은 건 당연한 거라고.

"그래서 내가 혼자 씻는다고 했잖아!"

"미안, 대신 마사지해 줄게."

이수가 잔뜩 미안한 얼굴을 하는데도 싫다고 고개를 저었다. 그저 빨리 자고 싶었다.

"그냥 두면 근육통으로 고생해. 엎드려 봐."

"이게 다 누구 때문인데?"

결국 울컥해서 은서는 목소리를 높이고 말았다. 그랬더니. 강제로 했냐고, 나만 좋았던 거냐고 심각하게 묻는데 꼿꼿이 버텼다. 사실은 정말 좋았지만. 이수는 대답을 졸랐다. 결국 잡아먹을 듯 쳐다보는 기에 질려 고개를 가로저어 줬다. 그제야 얼마나 흡족해하는 미소를 짓던지.

"은서야, 우린 부부잖아. 섹스는 당연한 거야. 널 돌보는 것도. 맞지?"

돌본다는 말이 가당치도 않지만 부부라는 말에 고개가 돌려졌다. '부부?'라고 되묻자 이수의 얼굴이 있는 대로 일그러졌다.

"그럼 아니야? 아이도 있는데?"

오래전부터 느껴 왔지만 참 군더더기 없는 남자다. 생긴 것도, 군살 하나 없는 몸도, 하다못해 말하는 것까지도. 그의 생활도 심플하기 짝이 없다.

"아니, 나는……."

"은서 너도 그렇게 생각할 줄 알았어. 그러니까 내가 널 씻기고 돌보는 건 당연한 거야. 혹시 부끄러워서 그래?"

당연한 걸 묻는 그에게 하루에 몰아쳐서 할 게 따로 있지, 섹스는 아니지 않느냐고 얼버무렸다. 이수는 미안했는지 스포츠 마사지에 일가견이 있다고 저만 믿으라고 하면서 주물러 주었다. 그러다 결국 섹스로 이어지고.

"오빠, 정말 너무하는 것 같지 않아?"

"싫었어?"

싫고 좋은 문제가 아니지 않느냐고 발끈 성을 냈다.

"이번 건 네 탓이야."

잘못 들은 줄 알았다. 내 탓이라니. 이수는 머뭇거리더니 네가 유혹하지 않았느냐고 말했다. 어느 시점에서 유혹했다는 거냐고 묻자, 신음 소리가 야했단다.

"하, 그렇게 꾹꾹 누르는데 어떻게 신음이 안 나와?"

"달라. 야릇했어."

"내가 눌러 볼까? 오빠 다를 것 같아?"

그의 등에 올라탄 순간 이수의 몸이 굳는 게 느껴졌다. 그녀는 직감할 수 있었다. 잘못 건드렸다는 것을. 결국 아이처럼 떼쓰는 그를 달래고 다투다 그의 아래에서 흐느끼길 반복했다.

철옹성처럼 쌓아 올렸던 그 모든 게 하루아침에 먼지처럼 사라진 게 신기하다. 어릴 때도 해 보지 못한 말다툼이라니. 더구나 몸의 유희를 즐기며. 은서는 나오는 한숨을 막지 못했다.

"……미쳤지."

섹스는 꽤 중독성 강한 유흥인 것을 알게 됐다. 반면 체력 소모가 어마어마하다는 것도 깨달았다.

섹스의 여파로 이른 새벽에 눈밭을 헤치고 만들어 온 죽을 가지고 들어와 말을 잊고 죽 그릇을 비우느라 정신이 없었으니까. 그런 저를 보고 이수는 흐뭇한 미소를 지었다.

"정말 건강해져서 다행이야. 밥도 잘 먹고."

'먹게 만든 사람이 누군데! 건강해져서 다행이라고? 왜, 섹스 실컷 할 수 있어서?'라고 물으려다 가까스로 참았다. 남 탓할 것도 없다. 그녀가 미쳤던 거다. 좋다고 흥흥, 댄 건 사실이니까.

늦게 배운 도둑질에 부끄러운 줄도 울부짖은 주제에 누굴 탓해.

이수는 늘 뜨거웠다던 그 여자의 목소리가 문득문득 떠오른 것만 빼면 나름 황홀한 시간이었다. 못나게도 그에게 안기면서도 저를 안듯 다른 여자를 안았을 이수가 상상됐다. 다행히 이수는 그녀의 생각을 눈치채지 못했고 은서는 입을 열어 확인하지 않았다.

이수에게만큼은 바다만큼 넓었던 마음이 썰물 때인지 갯벌 바닥이 보인다. 뒤에 붙어 있는 그를 확 밀쳐 내고 싶어진다.

'아, 한심하다. 서은서.'

땅굴이나 파고 있을 때가 아닌데. 은서는 속으로 해 보는 넋두리마저 잘라 내려 고개를 저었다. 그래도 자고 깨어났더니 세상이 달라져 보인다. 아직 해결해야 할 문제가 쌓여 있지만 행복했다. 꿈만 꿨던 일이 현실이 됐으니까. 그 모든 일이 일어났는데도 이수가 제 곁에 있다. 꿈보다 더 설레는 현실에 눈가가 시큰해진다.

때리면 맞고 욕하면 들을 준비가 되어 있다.

'그러려면 힘을 내야 하는데……'

우선, 식사 준비부터 하고 이수가 꺼 둔 그녀의 휴대폰도 켜야겠다. 당장 할 일들을 떠올리던 은서는 미간을 좁혔다. 이불 속을 벗어나기 싫기 때문이다. 이불 밖이 위험한 세상이라도 되는 양, 제 허리를 감아 안은 너른 가슴을 벗어나는 게 아쉽다.

'그래도.'

가까스로 무거운 그의 팔을 들어 올릴 때였다.

"더 자자."

"깼어요?"

"음."

"오빠, 더 자."

이수는 말없이 그녀의 몸에 다리를 올리고 양팔로 끌어안았다. 잠에서 깬 지는 오래됐다. 아니 거의 뜬눈으로 날을 지새웠다. 꿈일까 봐. 깨어나면 그의 품에 안겨 있던 은서가 사라질까 봐. 은서가 자는 동안 할 일이 너무 많았다. 고롱고롱 콧바람까지 일으키며 잠든 은서가 깨지 않게 마사지를 해 주고, 눈 오는 것을 좋아하는 그녀에게 보여 주려고 커튼을 젖혀 놓고, 보지 못했던 잠든 은서의 얼굴도 실컷 구경했다. 뭘 먹고 살아서 이렇게 예쁜지. 하긴, 원래부터 예뻤었지.

수십 번 뽀뽀를 해도 모르더니 늦게 깨서는 무슨 생각을 하는지 가슴이 들썩이도록 한숨을 내쉬고, 꼼지락꼼지락.

이수는 조금 더 지금의 상황을 즐기고 싶은데 그의 고양이는 그와 생각이 다른 것 같다. 아니면 제게 인색해졌던지. 이수는 그녀의 목덜미에 입술을 묻었다.

"오늘은 아무것도 하지 말자."

"뭐 하게?"

"이러고 있지 뭐. 종일 뒹굴뒹굴."

하임이는 은서의 어머님이 데려갔다고 했다. 아이에겐 미안하지만 둘만의 시간을 단 하루만이라도 보내고 싶다.

"뽀뽀 안 해 줘?"

"내가?"

"음."

고개를 확 틀어 돌아보자 슬며시 가늘게 늘인 이수의 눈에 웃음기가 배어 있었다. 은서는 그의 품을 빠져나갈 생각에 상체를 세우고 이수에게 입맞춤을 해 주고 얼른 떼었다.

이수는 기회를 놓치지 않고 이불을 뒤집어쓰며 은서를 마주 안았다. 날이 밝기도 했지만 눈에 반사된 빛이 들어와 방 안이 너무 밝았다.

"윽, 일어나야 해."

"안 돼."

그의 품에 쏙 들어온 보드라운 몸을 안고 팔을 조였다, 풀었다. 어쩔 줄 몰라 하던 그가 미간을 좁혔다.

"옷 괜히 입혔다."

어이없어하는 은서의 얼굴에 입을 맞췄다. 아무리 생각해도 꿈만 같다. 이수는 눈을 치켜뜨는 은서의 몸 위로 올라탔다.

"오빠!"

화들짝 놀라는 걸 보니 미안한 마음이 들긴 한다. 하지만 그도 양보할 만큼 했다. 그의 욕구를 다 채웠다면 은서는 지금도 울고 있어야 했을 테니까. 채워지기나 할지 모르겠지만. 이수는 멋쩍은 얼굴을 했다.

"안 해. 지금은."

"지금이라고 했어? 난 못 해, 나중에도. 어림없어!"

"진심이야? 진짜로?"

진지한 그의 목소리에 은서의 눈동자가 흔들린다. 넘어가면 안 되는데 망설여진다. 이수 한정으로 바다와 같이 아량이 넘쳐나는 그녀의 마음이니까. 장난인 줄 뻔히 알면서도 청순해지는 그녀의 뇌니까.

"한참 있다가…… 나으면."

"큰일이다. 너무 예뻐서. 이러니까 자꾸 안고 싶지."

"신선하다, 그런 핑계."

이수는 황당하다는 듯 쳐다보는 은서를 안아 제 몸 위에 올렸다. 졸지에 그를 내려다보게 된 은서는 입을 벌리고 말았다. 어제도 느꼈지만 제 몸이 너무 쉽게 이리저리 휘둘린다. 마치 인형처럼.

"내가 인형이야?"

"옆구리에 끼고 다닐 수도 있어. 하임인 왼쪽 넌 오른쪽."

키득거리는 그가 얄미운데 저 때문에 세차게 뛰는 그의 심장이 기특했다. 오래전부터 뭉툭하게 크기를 키운 남성도. 은서는 그의 가슴에 뺨을 대고 몸에 힘을 풀고 완전히 엎어졌다.

이수는 그녀의 뒤통수를 쓰다듬으며 말했다.

"편해?"

"응, 편해."

"사랑한다고 말해 봐."

"오빠 정말 이상해. 보통 남자들 같으면 사랑한다고 고백해 줄 텐데."

뾰로퉁한 목소리에도 흥분을 하면 어쩌자는 건지 모르겠다. 이수는 슬며시 미간을 좁혔다.

"네가 길들여 놨잖아. 기억 안 나?"

"언제 적 얘기를……."

"뭐?"

이수의 얼굴이 삽시간에 굳어진다. 마치 못 들을 얘기를 들은 것처럼. 은서는 그런 이수가 귀여워 장단을 맞춰 주었다.

"열 번 해 주면 돼?"

"……."

"화났어?"

"어."

진짠가 보네? 빙글빙글 미소를 짓던 은서가 그의 귀에 손을 대고 동그랗게 말았다.

"좋아해요, 정이수 씨."

흠칫하는 게 느껴졌다. 애야? 단순하게 반응하는 그가 귀여워 은서는 저도 모르게 키득거렸다.

"놀린 거야?"

"응."

"너, 지금 실수한 거야."

이수는 그런 그녀를 힘줘 안았다. 이명처럼 들리던 목소리였다.

"좋아해, 좋아한다니까!"

그 목소리를 위로 삼아 울고 웃었는데 옛날얘기라니. 야속했다. 저만 그때 기억을 보물처럼 간직하고 있었던 것 같다는 생각에 속 좁은 남자가 된다.

이수는 그녀의 턱을 잡아 제게 당겼다. 입술을 가르고 밀어 넣은 그의 혀에 자비가 없었다. '읍읍!' 하는 신음과 팡팡 가슴을 쳐 대는 손을 꼭 쥐고 몸을 굴려 그녀를 내려다본다.

"한 번만 더 그런 말 해 봐."

"하면?"

"굳이 알고 싶다면야."

"꺄악!"

이수는 은서에게 잠옷 대신 입힌 트렁크 팬티를 쉽게 끌어 내렸다. 그의 손이 그새 익숙하게 그녀의 밀지를 찾아 들었다. 통통하게 부은 곳이 그를 기억하는지 어렵지 않게 받아들인다.

"하앗. 아, 아파!"

"그래도 못 봐줘."

손목 스냅을 이용해 손가락을 빠르게 움직이며 그녀를 달구었다. 동시에 다른 손으로 드로어즈를 내리고 다리를 움직여 벗었다. 그의 반팔 티셔츠를 입혀 놓은 탓에 흐트러진 모습이 유혹하는 듯했다. 이수는 어깨까지 드러난 우윳빛 살결을 쭉쭉 빨았다.

"앗! 아파, 흐흣."

"우리 모닝 섹스는 안 해 봤잖아."

그의 손길에 헐떡이면서도 은서의 입이 벌어진다. 모닝 섹스라니. 제로망을 들킨 것 같아 몸이 움찔한다.

"조이지 마."

"아, 아냐!"

앙칼진 목소리에 이수의 입술이 삐딱하게 올라간다. 열기가 고인 은밀한 곳은 어느새 미온수를 흘리며 미끈해지고 있었다. 체액이 묻은 손으로 클리토리스를 애무하자 은서가 고개를 뒤로 젖히고 엉덩이를 높이 띄운다. 흰색 무지 면 티에 감춰져 있는 핑크빛 젖꼭지가 도독 위로 솟는다. 가는 허리는 활처럼 휘고. 그가 주는 쾌락에 요염해지는 은서가 마치 구애를 하는 것 같아 이수는 본능적으로 허리를 들썩였다. 당장 박아 넣고 싶었다.

"하아, 제발, 훗, 응?"

"더, 더 해 달라고?"

세차게 도리질을 하는 은서에게 입을 맞췄다. 희열에 흐트러지는 모습이 사랑스러워 자꾸만 짓궂어진다. 더 빠르게 손가락을 놀리자 찔꺽찔꺽, 환한 침실과 어울리지 않는 이질적인 소리가 커졌다.

은서는 열락에 눈앞이 흐려서 비명을 쏟아 내며 이수의 팔을 쥐어뜯듯이 잡았다.

"훗, 그, 그만…… 아, 오빠!"

"가, 가도 괜찮아."

이수는 제 욕망을 뒤로하고 발갛게 달아오른 귓불을 입술로 잘근잘근 씹어 줬다.

은서는 '하앙!' 하는 목울음을 연신 뱉어 냈다. 아래로 응집된 감각이 폭발할 것 같아 허벅지를 꼭 조였다. 하지만 곧 이수의 어깨를 깨물며 흐느끼고 만다.

"하앙, 앙, 흐흑, 흑……."

"잘했어."

이수는 절정을 주체 못 해 몸을 바들바들 떠는 은서에게 부드럽게 키스했다. 그의 손바닥과 시트가 젖을 만큼 흠뻑 체액을 쏟아 냈으니 떨 만했다. 아직도 그의 목구멍으로 울음 섞인 헐떡임이 넘어온다. 떨림이 잦아들기 무섭게 이수는 그녀의 몸을 모로 세우게 하고 뒤에서 끌어안았다. 성난 녀석을 늘씬한 허벅지 사이에 끼우고 팔로 가는 허리를 지나 납작한 배를 감았다.

"뭐, 뭐 하는 거야?"

"준비 운동."

그의 허벅지로 그녀의 것을 조이고 허리를 움직이자 절로 신음이 나온다. 삽입은 아무래도 은서에게 무리가 될 게 뻔해 아쉬운 대로 이렇게 할

밖에. 그런데도 바로 사정감이 몰린다. 은서는 체념한 채 팔을 뒤로 뻗어 그의 머리에 손가락을 넣어 당겨 안았다.

곧 그녀의 안으로 들어올 것 같은 묘한 긴장감에 눈을 감았다. 너무 야하다고 이수만 탓할 수 없었다. 제가 흘린 체액으로 축축해진 가랑이 사이에 페니스가 마찰을 일으키자 다시 몸이 뜨거워지고 있었다. 차라리 들어와 줬으면……. 은서는 제가 한 생각이 당혹스러워 이를 악물었다.

"흐읏."

이수는 브래지어를 하지 않아 톡 솟아 있는 유두를 손가락을 꾹 누르고 비틀었다.

"아, 아파. 훗, 오빠."

"들어가고 싶어. 정말 피임하지 않아도 돼?"

지난밤 관계가 이어지자 은서는 피임을 원치 않았다.

"오빠, 하지 마. 그대로 느끼고 싶어."

콘돔을 교체하려다 멈칫했다. 그대로 느끼고 싶다니. 그를 온전히 받아들이고 싶어 한다는 생각에 한없이 좋으면서도 한편 걸렸다.

"안 돼. 너 힘들어서."

가냘픈 다리로 어설프게 그의 허리를 옭아매며 칭얼대는 그녀를 겨우 달래 놓고 피임을 했다. 어제는 그래 놓고 이기심이 치솟는다. 은서가 삐딱한 행동을 하거나 삐죽거릴 때마다 심장이 덜컥거리니까. 무슨 짓을 해서든 은서가 떠날 엄두도 내지 못하게 만들고 싶다. 그녀의 안을 가득 채우고 또 채워서라도.

"빨리, 대답해 봐."

아이처럼 조르는 말투와 달리 이수의 눈동자는 욕망에 이글거리고 있었다. 은서는 그런 그의 눈가를 사랑스럽다는 듯 매만지고 다리를 세워 접어 문을 열어 주었다.

"응, 하기 싫어."

은서의 대답이 끝나기 무섭게 이수는 한껏 몸을 키운 본능을 잡아 질 안으로 밀어 넣었다. 두 사람의 입에서 낮은 신음이 흘러나온다.

"이번엔 내 잘못 아니야."

"훗, 으응……?"

"윽, 네가 유혹한 거야."

"웃, 내 생각도 말하면 안 돼?"

'끝까지!'라고 말하며 눈을 치켜뜨던 이수는 윽, 신음하며 몸을 굳혔다. 은서가 아래를 조이자 사정할 것만 같았다. 콘돔 없이 들어간 곳이 너무 황홀해 그의 이성이 흐릿해진다.

"하아! 힘 풀어. 하임이 동생 보지 않으려면."

"윽, 난 좋은데. 많이 낳을 거야."

은서는 아래를 더 조이며 말았다. 뒤에서 밀고 들어오는 행위가 너무 자극적이다.

순간 이수의 이성이 먼 곳으로 달아나 버렸다. 중간에 빼 보려고 틈만 보고 있었는데. 그래 낳자. 애국 한번 해 보지 뭐. 이수는 그녀의 골반을 잡고 달렸다. 아직도 빡빡하게 맞물리는 곳을 뚫고 또 뚫었다.

"하웃."

은서의 몸이 마치 헝겊 인형처럼 마구 흔들렸다. 밀려 올라가는 여린 어깨를 감싸 그의 품에 가두었다.

"나, 나, 훗, 으웃…….'

"헉헉, 같이 가. 응?"

어제와는 또 다른 희열이 일어 통제가 안 된다. 이래서 몸을 겹치면 안 되는 거였는데. 제 품에서 흐느끼는 그녀의 열락이 고스란히 온몸으로 느껴져 이수는 좁은 곳에 시뻘겋게 몸을 키운 페니스를 욱여넣었다. 매트리스가 그의 움직임에 따라 삐꺽삐꺽 박자를 맞춘다.

드디어 은서의 입에서 높은 교성이 흘러나왔다.

"아윽!"

빼야 하는데. 이수는 정신을 놓지 않으려고 안간힘을 썼다. 한껏 흐트러지는 은서의 섹시한 모습에 어제보다 더 몸이 달아오른다.

"은서야."

"으으, 응……?"

신음하면서도 대답은 꼬박꼬박 한다. 더운 숨을 뱉어 내는 그녀의 입술을 물고 이수는 '윽…… 하아!' 하는 짐승 같은 소리를 내지르고 말았다.

사랑한다고.

서로를 원하는 마음은 숙성된 와인처럼 농익은 지 오래다. 그런 그들이 이제야 코르크 마개를 따 서로를 맛보고 흠뻑 취했다.

* * *

하루가 이렇게 짧았나. 거실 전면 창으로 벌써 저녁노을이 물드는 게 보인다. 은서는 바글바글 끓는 된장찌개를 종지에 담아 고개를 틀었다.

"오빠, 간 봐 봐."

"다 맛있어."

그녀의 허리에 팔을 감은 이수는 가냘픈 어깨에 턱을 괴고 불퉁하게 대답했다. 눈만 부릅떠도 제 눈치를 보던 은서는 어디 갔는지 모르겠다. 느긋한 시간 좀 보내자고 한 게 그렇게 잘못된 일인가. 귀찮게 한 건 사실이지만 기어이 식사 핑계를 대고 침대를 벗어난 게 괜히 서운하다.

"맛도 안 보고 어떻게 알아?"

"냄새가 말해 주잖아."

"배가 고프니까 그렇게 느끼는 거지."

"시켜 먹자니까."

"시켜 먹는 거랑 맛이 같아?"

은서의 목소리가 조금은 앙칼졌다. 이수는 정말 지칠 줄 몰랐다. 쉴 새 없이 조몰락조몰락. 핑계가 궁색해졌는지 새벽 운동을 빼먹은 게 처음이라며 책임지라고 달려들었다. 은서는 그녀의 목을 간질이는 숨결에 미간을 좁혔다.

"그만 좀 하지?"

"싫어. 그럴 이유가 없잖아."

"나 힘들어, 오빠."

"움직이는 거 보니까 괜찮은 것 같은데."

그건 오빠 생각이지! 은서는 팔꿈치로 뒤에서 지분대는 이수를 세게 쳤다.

"아파!"

"난 병원에 실려 가기 일보 직전이거든!"

"요즘도 병원 가……?"

확연하게 낮아진 목소리에 은서는 아차 싶어 미간을 좁혔다.

"가뭄에 콩 나듯, 내 체력 몸소 확인하고도 묻는 거야?"

"놀랐잖아. 코피는?"

"어쩌다 한 번 정도."

가끔 가게에서 일하다 코피를 눈물처럼 뚝뚝 흘려 진주가 기겁한다는 말은 쏙 빼놓았다.

"누가 업어 주진 않았지?"

그 눈빛은 뭐야? 괜한 데서 설레는 자신이 우스우면서도 은서는 까치발을 들어 이수의 뺨에 입을 맞췄다.

"들것에 실려 가지, 누가 업어 줬겠어."

"업어 줄까?"

"체력 좋은 거 감탄하고 있으니까, 더 확인시켜 줄 필요 없어."

"네가 먹인 보양식과 보약값 이제야 하는 건데, 왜."

은서는 언제 적 말을 하는 거냐며 타박했고, 이수는 틀린 말도 아닌데 왜 짜증 내느냐고 물었다. 옥신각신하던 그가 은서가 하던 깜찍한 짓이 떠올라 미소를 지었다. 하루는 시무룩해져서 사탕을 오물거리고 있기에 왜 그러느냐고 물었었다.

"살생을 너무 많이 한 것 같아. 난 틀림없이 지옥 갈 거야."

"무슨 소리야?"

"알면 내가 더 싫어질 텐데, 그래도 말해?"

빨리 말하라고 독촉했다.

"오빠, 나 지네도 먹고 배암도 먹었다? 오늘은 흑염소."

모르긴 몰라도 갖은 가축과 곤충을 먹었을 거라며 울 것 같은 표정을 했었다. 친구들이 꼬리꼬리한 냄새 난다고 곁에 오지 말라고 했다며 학교 가기 싫다고.

"오빠도 내가 징그럽지?"

맑은 눈에 눈물이 그렁그렁했다. 그 뒤로 그런 모습이 보기 싫어 보양식은 이수의 몫이 됐었다. 늘 그런 식으로 그를 먹이고 챙기고 그랬다.

이수는 반찬이나 꺼내라는 은서의 말에 하는 수 없이 몸을 움직였다.

잠시 후. 찌개 맛을 본 이수의 눈이 커지자 은서는 어깨를 으쓱했다. 이수는 상체를 숙여 은서의 양 뺨을 감싸고 얼른 입을 맞췄다. 쪽쪽.

"아, 된장 먹고서! 싫다, 정말!"

"난 좋은데. 짭조름하니."

이수는 황당해하는 은서에게 빙긋 웃어 주고 정신없이 된장찌개를 흡입하듯 떠먹었다. 생각보다 은서의 요리 솜씨가 좋았다. 나물 무침도 맛있고 스테이크도 일류 셰프 못지않게 잘 굽고. 그녀가 잘라 주는 고기를 먹던 그가 물끄러미 은서를 바라보았다. 아마 은서도 같은 마음일 거다.

같이 먹는 밥은 가족을 떠올리게 하니까.

"왜?"

"너무 예뻐서."

"오마나. 정이수 선수, 사람 보는 눈 있으시네요."

은서가 환하게 웃는다. 이수는 그런 그녀의 모습이 마음에 걸렸다. 애써 밝아지려고 하는 말들도 행동도. 지금 그녀의 머릿속이 얼마나 복잡할지 그 누구보다도 더 잘 아니까.

"은서야, 어머니는."

"오빠."

"응?"

"오늘은 우리 둘만 생각하자며. 놀고, 먹고, 웃고. 우리 그러자."

그녀의 눈을 마주하며 이수는 천천히 고개를 끄덕였다. 정말 은서가 그럴 수 있다면 얼마나 좋을까. 저 작은 머릿속에 꽉 들어찬 걱정을 빼내 제게로 가져올 수 있다면 어떤 대가도 마다하지 않고 치를 거다. 이수는 은서의 숟가락에 연어구이를 올려 주었다.

"천천히 먹어. 내 페이스 맞추다 체하지 말고."

"내가 앤가 뭐."

"그랬으면 좋겠다."

애라면 좋겠다. 상처라곤 모르던 그 옛날 은서였으면 좋겠다고 생각했다. 틈만 나면 어두워지는 은서 말고 저가 하고 싶은 대로 말하고 행동하던 꼬맹이로 되돌려 놓고 싶다.

어느새 만찬 같은 식탁엔 식기 부딪는 소리만 들렸다.

* * *

"안 돼."

소파에 누워 이수의 다리를 베고 누운 은서는 입을 삐죽였다.

"협상의 여지는 없는 거야?"

"어."

은서는 누운 채 꼼지락거려 모로 몸을 세우고 이수를 외면했다.

"등 보이지 말랬다."

"내 등이 얼마나 섹시한데."

이수는 어이가 없어 웃고 말았다. 그 틈을 놓치지 않고 은서의 입술이 움직인다.

"응원해 줬으면 좋겠어. 내가 해결할 수 있게. 아주머니와 같이 보낼 시간을 줘."

"같이 가서 말씀드리면 돼."

"그건 통보잖아. 내가 하는 것도 통보나 다름없지만, 같은 통보라도 그건 아니라고 생각해."

이수는 은서의 머리를 쓰다듬었다. 12시가 되자 하루가 지났다며 은서는 얘기를 하자고 했다. 그리고 혼자 제주도에 가겠다고 한다. 아프고 훌쩍 어른이 되어 버린 은서는 뭐든지 혼자 해결하려고 한다. 그를 병풍처럼 세워 두고.

"내 뒤에 서는 게 그렇게 힘들어? 내가 못 미더워서 그래?"

"아니. 오빠가 옆에 있다는 생각만으로도 든든해. 늘 그랬어."

어려서 하지 못했던 얘기를 했다. 어른들의 얘기를. 그가 왜 좋았는지 얼마나 큰 힘이 됐는지. 보고만 있어도 가슴이 떨려 잠들지 못했었던 시간을. 그 일이 있고 아무 의욕이 없었는데 하임이가 생겨서 씩씩하게 살 수 있었던 이야기까지.

담담하게 말을 잇는 은서를 내려다보는 이수의 눈에 아쉬움과 연민이 깃든다.

"너만 그런 줄 알아?"

"속아 준다, 내가."

"무슨 소리야?"

"사랑한다는 소리야."

어느새 반듯하게 누운 은서는 손을 뻗어 그의 눈을 가렸다.

"부부 하자며. 우린 가족이 될 거잖아. 아주머니에겐 오빠 때문이 아니라, 하임이 때문이 아닌, 나 서은서로 인정받고 싶어."

"은서야."

"나 오빠 옆에 꼭 붙어 있고 싶다고. 너무 아까워서 다른 여자 못 주겠어."

이수는 왜 저같이 모자란 남자를 좋아해서 평생 아픈 거냐고 묻지 않았다. 그도 이유 없이 은서여야만 했으니까. 그런데 너무 부족한 게 많다. 대화도 표현도. 떨어져 있던 시간이 너무 길었다. 너무 늦게 와 놓고도 터놓고 얘기할 시간이 없었다. 새삼 그도 욕망을 우위에 둔 별수 없는 사내 새끼라는 생각에 얼굴이 어두워진다. 억눌러야만 했던 시절. 운동밖에 몰랐던 무뚝뚝한 성격 등. 무수한 이유를 들어도 핑계일 뿐. 이수는 은서를 빤히 내려다보다 말했다.

"며칠만이라도 여행 다녀오자."

"나중에. 벌써 난리 나셨을 거야."

은서의 말이 옳다는 걸 알면서도 불안해서 선뜻 그러라고 말할 수 없다. 좀 더 확고하게 그들의 관계를 다질 시간이 필요했다. 어떤 고난이 와도 헤쳐 나갈 수 있게.

"예쁘다, 서은서."

"뜬금없이?"

은서가 놀란 눈을 하자 더욱 계면쩍어져 귓불이 뜨끈해진다.

"예전에도, 했잖아."

"아닌데. 섹스할 때 처음 들은 것 같은데?"

"그럴 리가. 너무 예뻐서…… 다른 녀석들이 쳐다보는 것도 싫었는데."

은서는 어설픈 이수의 고백에 웃음이 새어 나오려는 것을 겨우 참았다. 역시 이수는 아직도 순진한 구석이 있다. 그때는 몰랐었지만 어느 순간 이수의 짜증 섞인 눈빛이 무엇을 말하는지 알아졌다. 이수와 보낸 시간을 곱씹고 곱씹었으니까.

"나 오빠랑 하고 싶은 게 너무 많아. 여행도 가고, 오빠 응원도 가고, 매일 사랑도 나누고. 너무 많아서 손가락이 모자라."

"다 하면 되지. 천천히."

"응. 행복하겠다. 그런데 말이야."

은서는 잠시 이수를 빤히 올려다보았다.

"나도 오빠도 같이 지내는 게 너무 행복한데, 힘들 수도 있잖아. 그땐 우리 꼭 얘기해 주자. 서로 더 아프지 않게."

이수의 얼굴이 굳어지는 게 보여 은서는 그의 미간을 문질러 주었다.

"사랑하는 사람이 아파하는 거 보는 게 얼마나 힘든지 우린 알잖아. 충분히 경험했으니까."

"……."

"실은 어쩌면 못 해 본 것들에 대한 미련일까 봐 조금 두렵기도 해."

은서는 오빠가, 라는 뒷말은 꿀꺽 삼켰다. 이수는 은서의 손목을 잡아 내렸다. 그의 목소리가 건조했다.

"넌 그래?"

"아니 뭐. 내 안에 덜 자란 서은서가 있는 건 아닌가, 해서. 오빠도 마찬가지일 거고."

이수는 쓸쓸한 미소를 지었다. 과연 그게 가능할까. 벌써부터 끝을 염두에 두는 은서를 보자 속에서 화가 치솟는데 드러낼 수 없다. 지금은 복잡하기 그지없는 은서에게 저까지 보태 괴롭힐 수 없으니까. 대신 이수는 속으로 다짐을 한다. 쉴 새 없이 사랑해 주고 네가 지쳐 쓰러져도 업고 가겠다고. 그는 속에서 열불이 나는데 은서가 돌연 눈을 반짝이며 해사하게 웃는다.

"그런데도 불구하고 오빠랑 살아 볼래."

"……"

"그러니까 아주머니 만나러 혼자 가게 해 줘. 응?"

이수는 그녀의 머리를 들고 소파에 길게 누워 은서를 안았다.

"자. 재워 줄게."

"……자꾸 눈이 감겼는데 잘됐다."

이수는 그녀의 이마에 입을 맞추고 미열이 느껴지는 뺨에 차례로 입술을 내렸다. 한 팔로 감아지는 가녀린 그녀의 등을 오래도록 토닥였다.

3

서울을 출발할 때만 해도 눈이 내렸는데 이곳 제주에는 비가 내리고 있었다. 그 탓인지 공항을 벗어나지 않았는데도 바다 냄새가 물씬 풍긴다. 여행객으로 보이는 사람들이 무수히 그녀를 지나쳐 간다. 은서는 곧 한산해진 공항 안에서 길 잃은 아이처럼 혼자 남았다. 걸음을 떼어야 하는데 왜 이리 발이 무거운지 모르겠다.

은서는 코트 주머니에서 울리는 휴대폰을 꺼내 들었다.

"여보세요?"

-도착했어?

"네, 선배."

찬이 한숨 쉬는 소리가 들려왔다. 은서는 그가 다시 입을 떼기를 기다렸다.

-네 부탁대로 하긴 했는데, 괜찮겠어?

"고마워요, 선배. 오빠는……."

-알아, 알아. 나 서울이니까 이수 걱정은 말고.

"……네, 고마워요."

-안 되겠다 싶으면 그냥 나와. 미련 떨지 말고.

은서는 걱정 말라는 인사를 남기고 전화를 끊었다. 공항을 나온 그녀가 택시 트렁크에 캐리어를 싣고 뒷좌석에 올랐다. 목적지를 말하고 차창을 내리자 기사가 묻는다.

"멀미해요?"

"아닙니다."

"서울서 오셨나 봐요?"

그렇다고 대답하자 기사는 서울 사람들은 이곳에 오면 계절도 잊고 창문을 연다고 말한다. 창을 내린 이유는 따로 있었지만 은서는 미소를 지었다.

비가 내리는데도 서울 하늘과 달리 이곳 하늘은 파랗다. 사람들 손이 탄 제주도는 유럽의 어느 마을처럼 예쁜 집들이 꽤 들어서 있었다.

몸을 던지는 빗줄기가 가소롭다는 듯 청록빛 바다는 고요하다. 거뭇한 돌과 어우러진 섬은 어디에 시선을 두어도 한 폭의 그림처럼 아름다웠다.

다른 사람들이었다면 고즈넉한 저 풍경에 설렜을 텐데 그녀는 그러지 못했다. 뻥 뚫린 해안 도로를 달려도 얹힌 듯 답답하기만 해 차창을 내린 거다. 이수는 잘하고 있을까. 혼자 제주도에 보내지 않겠다는 그를 겨우 달랬다. 어떻게 하겠다는 계획은 없지만 왠지 그래야 할 것 같았다. 아주머니는 아들마저 은서에게 빼앗겼다고 생각할지도 모르니까. 그만큼 이수는 저에게 뭐든 맞춰 주려 들었다. 그래서 더 용기를 낼 수 있었지만.

택시에서 내리자 먼발치 하얀 대문 앞을 서성이는 낯선 아주머니가 보였다. 몇 번이나 걸음을 돌렸던 곳이었는데 이젠 그러지 않을 생각이다.

은서는 크게 심호흡을 하고 기사가 꺼내 준 캐리어 손잡이를 꼭 쥐고 걸음을 옮겼다.

"안녕하세요."

"아, 찬이 총각이 말한 분이신가요?"

"네. 서은섭니다."

"이래도 되는 건지 모르겠네. 미스 황도 저녁이나 돼야 올 텐데 어쩌려고."

아주머니는 어쩔 줄 몰라 하며 집 안을 흘끔거렸다. 은서는 미소를 짓고 고개를 숙였다.

"제가 알아서 할게요. 가 보셔도 돼요."

"사모님 깨시면 난리 날 텐데…… 아유, 난 몰라. 장은 다 봐다 났으니까 잘해 봐요."

"감사합니다."

"들어가자마자 방문 열어 놓은 곳이 내가 쓰는 방이에요."

아주머니는 끝내 안심이 안 되는지 무슨 일이 있으면 바로 연락하라고 신신당부를 한다. 은서는 그분을 뒤로하고 대문 안으로 들어섰다.

돌담과 커다란 나무로 둘러진 집은 얼핏 밖에서 본 것과 많이 달랐다. 넓은 마당은 정원이라기보다 야외 미술관 같았다. 한눈에 봐도 휠체어가 다니기 편하게 모든 게 되어 있었다. 여러 갈래로 반듯반듯하게 나 있는 타일 블록이 깔린 길. 돌담 주변과 길의 경계를 대신해 심어져 있는 야트막한 꽃나무와 잔디. 나무 덩굴이 얽어져 있는 아치형 입구 끝엔 볕을 피할 수 있는 퍼걸러가 설치돼 있었다. 비 오는 겨울에도 이렇게 아름다운데 봄이 되면 정말 볼 만하겠다는 생각을 하며 걸음을 옮겼다.

은서는 현관 입구에 놓인 휠체어를 한동안 바라보다 집 안으로 들어섰다.

아주머니의 말대로 방문 하나가 활짝 열려 있었다. 방으로 들어가 캐리어를 열고 옷을 갈아입었다.

방을 나서려다 멈칫하고 저도 모르게 두 손을 움직여 수화를 했다.

"아저씨, 저 왔어요. 힘내라고 해 주세요."

이곳에 오기 전에 뵙고 왔는데도 너무 보고 싶고 그립다. 맹랑한 계집아이는 이수와 함께할 거라고 믿어 의심치 않았었다. 더불어 아저씨와 아주머니와도. 철부지의 마음인데도 그녀의 머릿속에 늘 네 사람이 함께였다.

은서는 따로 챙겨 온 쇼핑백을 들고 일어섰다.

주방은 거실 전면 창을 보며 조리를 할 수 있는 구조로 되어 있었다. 이수 어머니에게 눈을 떼지 않게 하려고 인테리어를 그렇게 한 것 같았다.

냉장고를 열어 보니 한눈에 식재료를 볼 수 있게 정리가 잘 되어 있다. 은서는 낙지를 꺼내 다듬고 연포탕 준비를 했다. 재료를 손질하는 손이 자꾸만 떨려 몇 번이나 앞치마에 손을 닦았다.

끓이기만 하면 되도록 준비를 끝내고 쌀을 씻어 전기밥솥에 전원을 넣었다.

"다음엔……."

사과를 깎아 다져서 냄비에 넣고 불을 올렸다. 후식으로 아줌마가 좋아하는 사과로 애플파이를 만들어 드릴 생각이다. 버터와 설탕을 넣고 젓는 사이 등으로 식은땀이 줄줄 흐른다. 호출 벨이 울리기 전까지 끝냈으면 좋겠는데 가능할지. 미리 반죽해 온 것으로 파이지를 만들고 칼집을 냈다. 잘 익혀진 필링을 붓고 파이지를 덮어 접착하고 칼집을 내는 손길이 분주해진다.

계란과 우유를 섞어 겉에 발라 주자 안도의 한숨이 나온다. 넉넉잡고 40분만. 예열해 둔 오븐에 넣고서 이마에 맺힌 땀을 닦는데 타이밍 좋게 호출 벨이 울렸다.

서은서, 천천히. 천천히 하면 돼. 심호흡을 한 은서는 걸음을 옮겼다.

* * *

"뭘 만들길래 맛있는 냄새가 진동……!"

은서는 저를 발견하고 말을 잇지 못하는 이수의 어머니 자선에게 다가 갔다. 그리고 천천히 바닥에 앉아 무릎을 꿇었다.

놀라 커진 눈이 한참을 은서에게 머물면서도 자선은 말을 잇지 못했다.

"너, 네가 어떻게……?"

제집에 은서가 들어와 있는 것에도 놀랐지만 순간 며칠 전 아들과의 통화가 떠올랐기 때문이다.

"드릴 말씀이 있어요."

유난히 진중했던 목소리가 신경 쓰여 꼬치꼬치 캐물었었다.

"결혼하려고요."

매스컴에서 떠드는 여자가 있기에 그 여자냐고 물었더니 아니라고 했었 다. 여자 얘기만 꺼내도 인상부터 쓰던 아들이라 좋으면서도 불안했는데.

자선은 바닥에 무릎을 꿇고 앉아 있는 은서를 응시했다.

"아니지……?"

"죄송해요, 약속 못 지켜서 죄송해요."

은서의 말에 자선은 눈을 질끈 감았다. 이수가 갑작스럽게 한국에 들어 온 것도, 집수리를 하고 그 동네에서 머무는 것도 이상하다 생각했었다. 제 아들이지만 정말 지겨운 녀석이고, 남의 딸이지만 은서 또한 정말 징 그럽다. 미련한 것들 같으니라고.

자선은 허탈감이 밀려와 쓴 미소를 지었다.

"넌 너대로 살고, 우린 우리대로 살면 되는데 그게 그렇게 어려운 일이 니?"

"……죄송해요."

"이런다고 달라질 건 없다. 내 집에서 나가."

선희 엄마! 선희 엄마! 이 사람이 어딜 간 거야! 자선은 파르르하는 목소리로 선희 엄마를 연신 불러 젖혔다. 그런 자선을 보고 은서가 일어섰다.

"집에 아무도 없어요. 어머니와 저 둘밖에 없어요."

은서는 침대 옆으로 가 곁에 세워진 휠체어를 잡았다. 자선의 몸을 일으키려 하자 매섭게 밀쳐 내는 힘에 은서는 뒤로 나동그라졌다.

"너도 정말 답답하다. 날 왜 자꾸 나쁜 사람을 만드니? 어? 편히 살라잖아!"

"오빠 사랑해요……. 한 번도 아니었던 적 없어요. 저 이젠 도망 안 갈 거예요."

때리면 맞고 욕하면 듣겠다는 은서의 뒤이은 말에 자선은 속으로 가슴을 쳤다.

그날 이후로 어린 은서에게 모질게 굴었다. 이수 아버지는 아들과 그녀에게 전부였으니까. 장애인 봉사를 나온 그와 만났던 게 첫 만남이었다. 자신도 장애인이면서 남을 돕고 싶어 하는 남자였다. 겁 많고 소심한 저를 무던히 기다리고 아껴 주었다. 그 정성에 서로 부족한 사람이라는 것을 빤히 알면서도 짝을 이뤘다.

남들이 들으면 웃을지 모르지만 정말 행복했다. 이수 아버지는 저의 손발이 되어 주고 상처받은 마음까지 치유해 줬다. 그의 든든한 울타리 안에서 이수까지 낳고 처음 '행복해.'라는 말을 되뇌곤 했었다. 그런 사람을 잃었다. 은서가 곱게 보일 리 없었다. 더구나 사랑하는 사람을 잃고 제정신일 수 없는 모자(母子)에게 퍼부어진 어르신의 언행은 지금 생각해도 치가 떨린다. 그래서 화풀이를 하듯 은서한테 더 모질게 대했다.

자선의 목소리가 날카로웠다.

"나만 눈감으면 네 기억은 묻어 둘 수 있어? 그래?"

"아니…… 요. 묻어 두지, 않았어요. 전 한 번도 아저씨 잊은 적…… 없어요."

어떻게 잊느냐고 말한 은서가 기어이 울먹였다. 그런 은서를 보는 자선의 시선이 말로는 정의할 수 없는 감정들로 뒤엉켜 뜨거웠다. 안쓰러운 건가, 아직도 미운 건가. 확실한 건 미련한 은서의 마음을 받아들일 수 없다는 거다.

"그런데도 이수와 짝을 이루겠다고?"

"……그러고 싶어요."

은서의 뺨에 줄줄 눈물이 흘러내리고 있었다. 그런 은서를 보며 자선은 넋을 놓은 듯 웃고 말았다.

'이수 아버지, 좋아요? 하늘나라에서 좋아서 어깨춤이라도 추고 있어요?'

그때는 언감생심 올려다볼 수 없는 아이였다. 영특하고 예쁘고 총명한 눈망울은 어찌나 맑은지. 부자(父子)가 은서를 얼마나 예뻐하던지 지켜보는 자선이 혀를 내두를 정도였다. 은서 또한 무척 살갑게 굴었다. 저마저 속을 보일 수 없어 무심한 척했지만 탐이 날 정도로 예쁘고 기특한 아이였다. 저렇게 밝고 맑은 아이가 이수 짝이 되면 아들의 인생에 부부가 드리운 그늘이 사라질 것 같았으니까. 그러면 뭐 할까, 다 지나간 얘기인데.

자선의 목소리가 다시 차가워졌다.

"이수 아버지 기일 챙기고 명절날마다 차례상 차리고, 그걸 네가 할 수 있다고?"

"……."

"네가 이수 아버지 찾아가는 거 알고 있다. 혼자 가서 울고 오는 것과 함께 사는 게 같은 줄 아니?"

"어머니……."

자선은 왜 내가 네 어머니냐고 고함쳤다. 은서가 이수 아버지를 찾아간다는 것을 알고 있었다. 그가 봉사 다니던 보육원과 성당을 대신 찾아가 지금까지 후원하고 있다는 것도. 자선도 그쪽으로 매달 후원금을 보내는데 신부님은 그때마다 알고 싶지 않은 소식을 전해 준다.

"참 마음이 고운 자매님입니다."

돈만 보내는 게 아니라 재능 나눔 봉사부터 장애인 재단 일까지 돕고 있다고 했다.

"그래서 베드로 형제님이 예뻐하셨나 봐요. 자매님도 마음으론 은서 자매님 미워하지 않잖아요. 잘 살길 바라시잖아요."

어린 게 죽겠다고 약을 먹었을 때 자선도 괴로웠었다. 제가 독하게 굴어서 몹쓸 선택을 한 것 같아 후회하고 미안했었다. 그래서 잘 살길 바랐지만 그건 이수와 엮이지 않았을 때의 얘기다.

자선은 여전히 예쁜, 아니 완전히 여물어져 눈을 뗄 수 없게 고운 은서를 물끄러미 바라보았다. 그래도 그 옛날의 은서가 더 보기 좋았다. 엉뚱하고 천방지축 말괄량이 같던 은서가. 그늘 하나 없던 눈동자에 세상 풍파를 다 겪은 처연함이 담겨 있다. 제법 강단이 붙은 것 같은 분위기가 편히 살지 못했다고 말해 주고 있었다.

한숨이 막을 새 없이 흘러나온다.

"지금은 모르겠지. 나는 둘째 치고라도 그런 날마다 얼굴을 볼 수 있을 것 같니?"

"저는, 흡……."

은서는 숨을 몰아쉬며 꺽꺽, 참지 못한 울음을 터트렸다.

"너 미워서 반대하는 거 아니다. 너 이제 안 미워해. 그러니까 편히 살아. 좋은 남자 만나서 결혼도 하고."

자선도 이수 아버지를 몇 번이나 따라가려고 했었다. 홀로 남은 아들이 눈에 밟혀 마지못해 살았다. 그런데 결국 지금은 잘 지내고 있다. 시간이 해결해 주었으니까.

아들도 은서도 아직 창창한 나이. 각자 좋은 인연을 만나면 잊고 살아지는 게 인생이다.

은서는 무릎걸음으로 기어가 자선의 무릎에 얼굴을 묻었다. 자선은 흠칫하면서도 은서를 밀어 내지 못했다. 바들바들 떨리는 작은 몸의 진동이 그녀에게 고스란히 전달됐기 때문이다. 널 어쩌면 좋을까. 자선의 몸이 껍데기만 남은 것처럼 은서의 흐느낌에 흔들리고 또 흔들렸다. 마음까지도.

"해 볼게요. 오빠가 힘들어하면 그땐 뒤도 안 돌아볼게요."

"……!"

"다…… 다 포기할게요. 다 주고 저만, 흑, 떠날게요."

하임이도 포기하고 떠나겠다고 은서는 속으로 울부짖었다. 자그마한 머리를 쓰다듬어 주고 싶은데 손을 올릴 수 없어 자선은 먼 곳을 응시했다. 그녀도 자식 키우는 어미다. 장례식에 와서 기절해 실려 나가는 은서는 사람의 꼴이 아니었다. 미련하긴 어찌나 미련맞던지. 모르는 척 외면하고 욕설을 퍼부어도 집에 찾아와 묵묵히 도시락을 내밀었다. 오죽하면 나중엔 남편의 죽음이 헛되지 않은 것 같아 위로가 됐을까. 그것도 하루 이틀이지. 허깨비 같은 몸을 하고 창백한 얼굴로 울지도 못하는 아이를 보고 마음 편할 리 없었다. 그래서 오지 말라고 더 매몰차게 굴었었다.

자선은 휠체어에 저를 옮기는 은서의 손길을 더는 마다하지 않았다.

* * *

서재에서 난을 닦던 진운은 끊이지 않는 벨 소리에 수건을 내려놓았다. 집에 사람이 없나. 아내 현정도, 일하는 아주머니도 있을 텐데 이상했다.

거실로 나온 그가 인터폰 앞에서 실랑이를 하는 손녀와 아내 현정에게 다가가며 물었다.

"집에 있으면서 왜 문을 안 열어? 아주머니는?"

인터폰 화면을 확인한 그가 묵직한 숨을 내쉬었다. 그런 남편을 바라보던 현정이 물었다.

"어떻게 해요?"

"뭘 어떻게 해. 집에 찾아온 손님인데."

"여보!"

현정은 남의 얘기 하듯 덤덤히 구는 진운을 노려보았다. 눈동자를 굴리던 하임이가 팔짝팔짝 뛴다.

"할머니 빨리빨리요. 정이수 선수 추워요."

"또, 아저씨라니까!"

"아, 까먹었다. 아저씬데."

현정의 야단에도 기죽지 않고 아이는 헤헤거린다. 진운은 움직일 생각을 하지 않는 현정을 대신해 열림 버튼을 눌렀다.

"지금 뭐 하는 거예요?"

"아이 듣는데 목소리 낮춰요."

"지금 하임이 때문에 이러잖아요!"

"천륜을 끊을 거야? 차나 준비해요."

진운이 키를 낮춰 하임이를 안으려 하자 아이가 말똥한 눈을 하고 묻는다.

"할아버지 천륜이 뭐예요?"

난감하다. 목소리를 낮춘다고 낮췄는데 하임이가 들은 것 같아서.

"음, 그게 뭐냐면……."

"아니에요. 나 천륜이? 안 궁금해요, 할아버지!"

진운이 난감한 얼굴을 하는 새 빠르게 말을 쏟아 낸 하임이 현관문을 열고 쏜살같이 뛰어나간다. 그 모습을 본 부부의 시선이 부딪친다.

"하임아!"

"내버려 둬요."

피가 당겨 저러는 것을 어떻게 말리느냐는 말에 현정은 어깨를 늘어트리고 한숨을 내쉬었다.

너른 정원을 다다 달려간 하임이 이수의 품에 덥석 안긴다.

"정이수 선수! 하임이 보고 싶어서 온 거예요?"

이수는 대답하지 못하고 아이를 꼭 끌어안았다. 일주일 만에 아이와 눈을 맞춰 보는 거다. 이수는 얄팍한 실내 옷을 입은 아이가 걱정돼 정장 위에 걸친 코트를 벗어 작은 몸에 두르고 안아 들었다.

"왜 대답 안 해요? 착한 친구는 대답 잘 하는 건데."

"맞아. 하임이가 많이 보고 싶어서 왔어."

보고 싶어 왔단 말에 눈까지 접어 웃는 모습에 가슴이 더 날뛴다. 이수는 목구멍이 따끔하도록 뜨거운 게 치솟아 아이를 더 세게 끌어안았다.

"아, 힘들어. 하임이 답답한데……."

"미안."

먼발치에서 유치원을 오가는 모습을 지켜보며 수없이 연습했던 말들이 하나도 기억나지 않는다. 이수는 아이의 앙증맞은 이목구비를 눈에 깊이 박았다.

"정이수 선수 울어요?"

"아니."

이수는 그의 얼굴을 더듬거리는 작은 손을 겹쳐 잡았다. 너무 보드라워 바람에 날아갈 것만 같다. 너무 작아 부서질 것 같았다.

"우리 하임인 손도 예쁘고 냄새도 예쁘다."

"헤헤, 아저씨도 하임이처럼 비누로 씻으면 되는데."

"근데 왜 아저씨야?"

"음. 할머니가 이름 부르지 말래요."

이름도 듣기 싫었던 걸까. 이수는 쓴 미소를 짓고 아이와 눈을 맞췄다.

"비밀 하나 얘기해 줄까요?"

이수가 고개를 끄덕이자 그의 귀에 대고 소곤댄다.

"엄마 화장품에 아저씨 냄새 나는 향수 있어요."

"음?"

"엄마가 좋아하는 향이라고 해서 나도 좋아해요!"

이수의 미간이 강한 향신료를 흡입한 듯 잔뜩 좁혀졌다.

"입덧…… 안 했어?"

"참을 만했어. 확 꽂힌 향수가 있었거든. 그 냄새만 맡으면 좀 나았어."

무슨 말인가 했었는데. 이수는 은서가 더 보고 싶어 하임이를 뚫어지게 응시했다.

"아저씨 냄새도 예뻐요!"

"고마워."

칭찬을 해도 무심하게 굴던 아이가 환하게 웃어 준다. 제게 조금이라도 마음을 준 것 같아 가슴이 저릿저릿했다.

"아저씨, 어디 가요?"

"음?"

"예쁜 옷 입고 왔잖아요."

"하임이 보러 오려고 입었지. 예뻐?"

고개를 마구 끄덕이는 아이를 보고 이수는 통통한 뺨에 뽀뽀를 해 주었다.

"들어가자. 할머니 할아버지께 인사드리러."

아이를 안고 옮기는 걸음에 짜증이 묻어난다. 지금도 너무 가벼운데 태어나서는 얼마나 작았을까. 그 다음 해에는, 또 그 다음 해에는……. 옹알이도 한다던데 그땐 얼마나 신기했을까. 함께하지 못한 수두룩한 아이의 지난 시간을 놓친 게 화가 나 미칠 것 같았다. 그런 생각을 할 때마다 은서가 밉고 또 안쓰럽다.

묵직한 현관문이 열리고 이수는 아이를 내려놓았다. 그리고 여전히 냉랭한 현정, 덤덤한 표정을 짓는 진운에게 깊게 고개를 숙였다.

"안녕하셨습니까."

"올라와."

진운은 가볍게 고개를 끄덕이고 먼저 소파로 향했다.

몇 번이나 봤다고 저렇게 냉큼 이수의 무릎에 올라앉아 있는지. 뭐가 좋은지 갖은 애교를 다 부리는 손녀에게 눈을 흘기느라 테이블에 찻잔을 내려놓는 현정의 손이 떨린다. 그 탓에 달그락거리는 소리가 컸다.

"할머니, 엄마가 아저씨 싫어하지 않는다고 했는데 왜 그래요?"

"뭐?"

"아저씨가 예쁘게 배꼽 인사 했는데 고개를 이렇게 했잖아요!"

하임이 현정 흉내를 내며 고개를 획 돌린다. 진운은 손녀의 귀여운 짓에 미소를 머금었다.

"하임아, 아저씨 힘든데 내려와야지."

"아닌데. 정이수 선수는 힘센데…… 맞죠, 아저씨?"

이수는 내려놓아야 한다는 것을 알면서도 떼어 놓기 싫어 하임이의 몸을 감은 팔에 힘을 주었다.

"아저씨랑 조금만 있다가 놀자."

"왜요?"

"할아버지 할머니에게 인사해야 하거든. 오랜만에 뵙는 거라."

"그럼, 오래오래 하임이랑 놀다 가요!"

이수의 '그래.'라는 대답이 끝나기 무섭게 현정이 집안일을 봐주는 도우미를 불렀다.

아주머니의 손을 잡고 종종걸음을 옮기면서도 아이의 시선이 이수에게서 떨어지지 않는다.

진운이 일어서서 말했다.

"당신은 여기 있고 이수 자넨 따라 들어오게. 하임이가 영민하고 귀도 밝아."

"여보."

"조용히 해요."

파르르하는 현정을 뒤로하고 서재로 들어선 진운은 이수를 등지고 창가에 섰다.

이수는 말없이 서재 바닥에 무릎을 꿇었다.

"잘못했습니다."

"뭐가."

"제가 죽일 놈입니다."

정원의 소나무를 바라보며 진운은 묵직한 한숨을 여러 번 뱉어 냈다.

"나는 자네 집안에 입이 열 개라도 할 말 없는 사람이네. 죄인이지, 우리 가족 모두."

"아닙니다."

뒷짐을 진 진운은 정원 먼발치에 시선을 두었다. 장례식장에서 보고 처음 마주하는 이수였다. 어릴 때부터 싹이 남다르더니 어디다 내놓아도 빠지지 않는 남자가 됐다. 메이저 리그에 올라갔다는 소식을 듣고 조금이나마 죄의식을 내려놓았었다. 이렇게 엮일 줄 모르고 말이다. 진운은 쉽게 일어나라는 말을 하지 못했다.

"그런데 자네는 우리 은서한테는 죄인이야. 아무리 몰랐다고 해도 말이야."

"알고, 있습니다. 진심으로 뉘우치고 있습니다."

"흠."

제 딸을 탓해야 하나. 무심한 놈을 탓해야 하나. 현정에게 이야기를 듣고 그길로 이수를 찾아가 멱살잡이를 하고 싶었다. 아내가 아들에게도 푸념을 했는지 은후도 일을 접고 당장 한국으로 들어오겠다고 했다. 눈에 넣어도 아프지 않은 딸이고 동생이었다. 이수를 좋아하지만 않았다면 이렇게 살 리 없는 고운 아이. 하지만 이수라고 다른가. 그래서 기다려 보자고 아들 은후를 말렸다.

한창 혈기 왕성해 물불 못 가릴 나이에 아버지를 잃었다. 그런데도 고함 한 번 지르지 못하고 은서를 쳐다보던 눈빛이 여태껏 잊히지 않는다.

그래서 어린 은서가 입에 담기에는 큰 돈을 달라고 했을 때 이유를 묻지 않고 건넸다. 현정은 모르는 일이었다. 어쩌면 그것으로 속죄를 하고 싶다는 얄팍한 그의 속내는 아니었는지. 이렇게 더 큰 폭탄으로 되돌아올 줄도 모르고서 말이다.

큰 한숨과 함께 진운의 입이 열렸다.

"나도 은서 엄마 생각과 다르지 않아."

"아버님."

"판단이 서지 않아. 아이에겐 좋은 일이겠지만 과연 내 딸에게도 좋은 일인지 말이야."

이수가 제 발로 찾아오길 기다렸다. 기다리는 동안 하루에 골백번도 더 생각이 바뀌었다. 결론은 그의 영역이 아니라는 깨달음. 그래서 이수를 쫓아내지도 끌어안지도 못하고 있다.

이수는 겨우 고개를 들었다.

"은서 마음고생한 거 평생 갚으며 살겠습니다."

"냉철하게 생각해 봐. 책임지겠다는 생각이 오만은 아닌지, 연민은 아닌지."

"은서, 사랑합니다."

처음엔 아이가 제 아이인 줄 몰랐다고 죄스러운 목소리로 고백했다. 그런데도 은서와 함께할 생각을 했다고 말했다. 진운은 어려운 이야기를 해주는 이수를 그제야 등을 돌려 물끄러미 내려다보았다.

"살다 보면 내 생각과 다르게 움직이는 게 사람 마음이야. 무뎌지고 강퍅해지지. 보듬어 줘야지 생각하면서도 종종 놓치고 해 줬다고 망각을 해. 그렇게 틈이 생기고 많은 부분 소홀해져 다투고 화해하고 헤어지고."

진운은 쓸쓸한 미소를 머금고 말을 이었고 이수는 잠자코 들었다.

"부부가 셈을 얼마나 잘하는 줄 아나? 큰일을 앞에 두곤 안 다퉈. 작고 사소한 것으로 싸우고 주판알을 굴리지."

"……."

"그건 여느 부부들 얘기고. 은서와 자넨 시작점이 달라. 은서는 죄스러워할 거고 자넨 늘 용서하는 입장이 되겠지. 입장이라는 게 그래. 나는 할 만큼 해 줬다고 생각하는데 받아들이는 사람은 또 그게 아니거든. 나는 내 딸이 고개 숙이고 사는 게 싫어."

이수는 침묵했다. 진운의 말이 맞을지도 모르기에 쉽게 아니라고 반박할 수 없었다. 그래도 은서를 놓을 수 없다는 마음은 흔들리지 않는다.

"가 보겠습니다. 끝까지요. 저 또한 은서에게 죄인이니까요."

진운은 한숨을 보태려다 꿀꺽 삼켰다. 끓는 물을 들고 뛰어가려는 은서와 이수가 걱정되지만 이미 성인이었다. 더구나 아이까지 있는데 어떻게 더 말릴까. 안타까운 마음에 그의 목소리가 한층 무겁다.

"자네 어머니는. 남편 대신 살아남은 아이가 아들 옆에서 사는 걸 보는 심정이 어떨지 생각해 봤나?"

"어머니는 제가 설득하겠습니다."

"그게 설득이 될까. 그 화에 다칠 건 은서지, 자네가 아니야."

맞는 말이기에 이수는 쉽게 아니라고 말하지 못했다. 진운 역시 한참 침묵하다 다시 입을 뗐다.

"은서, 제주도 간 거 알고 있네."

"……죄송합니다."

"만약에 은서가 아니라고 하면 잡지 마. 보기만 그렇지 약하지 않아. 고집 세고 주관도 뚜렷하지. 그게 탈이지만 섣불리 행동하는 아이는 아니니까."

이수는 대답하지 못하고 고개를 숙였다. 지키지 못할 약속은 하고 싶지 않았다.

"은서가 손 들 땐 이유가 있는 거야. 난 내 딸 판단을 믿어. 그거 하나만 부탁하지."

어떻게 이렇게 똑같은 말을 할까. 안 되겠다 싶으면 서로 놔주자고, 은서가 한 말과 똑같은 말을 하는 그녀의 아버지 진운에게 이수는 차마 고개를 끄덕이지 못했다. 진운이 서재를 나설 때까지도.

* * *

현정은 젓가락질 한 번 못 하고 하임이 하는 모양을 지켜봤다. 진운이 식사 준비를 하라고 했다.

"밥때가 됐는데 집에 찾아온 손님을 굶겨 보내는 건 아니지."

미운 놈 떡 하나 더 준다는 심정으로 상을 차렸다. 그런데 음식을 하다 보니 저도 모르게 분주해져 한 상 가득이다. 어린 하임이가 생일 같다고 말할 정도로.

그래 놨더니 이수가 주는 것만 받아먹는다.

어유, 애지중지해 봐야 하나 소용없다니까.

저 혼자서도 밥 한 그릇을 뚝딱 비우는 아이가 어리광을 부리는 게 낯설다. 누가 봐도 부녀(父女)라고 할 만큼 닮았는데 어떻게 몰랐을까. 젓가락 가는 반찬도 깔끔떠는 모습도 똑 닮았다.

생전 거친 말이라곤 입에 담지 않고 살았는데 몹쓸 말이 나올 것 같아 현정이 물 잔을 들었다.

"저, 어머님."

"어, 어머님?"

"집에 며칠 머물고 싶습니다."

"누구 집에? 우리 집에? 왜?"

이수는 대답 대신 하임이를 바라보았다. 도저히 아이를 두고 걸음이 떨어질 것 같지 않았다.

"며칠만 신세 지겠습니다."

"그렇게 해."

진운의 대답에 흔들리던 현정의 눈동자가 찌를 듯이 남편을 향한다. 진운은 아내를 외면하고 말했다.

"과식을 했나. 서재로 커피나 한 잔 가져다줘요."

"여보?"

"와, 아저씨 우리 집에서 살 거예요?"

"그래."

기가 막혀 입이 벌어진 현정을 대신해 진운은 도우미를 불렀다. 손님방 청소 좀 해 달라고 말하곤 그가 자리에서 일어섰다.

* * *

깡. 소리와 함께 찬이 배트를 내던졌다.

"아싸, 홈런이다."

"에이, 선배 아저씨가 홈런 쳤다!"

'너무 빨라욧!'라고 외친 하임이 온 힘을 다해서 뛴다. 어느새 마스크도 벗어 던진 채였다. 춥다고 머리를 못 묶게 한 탓에 은사처럼 가는 머리카락이 찬 공기를 타고 나풀거린다.

이수는 공을 잡으려고 애쓰는 아이가 안쓰러워질수록 찬을 노려보았다. 아이를 이겨 보겠다고 죽어라 달리는 꼴이 밉살스러워서. 아이와 경쟁하는 저 무식한 놈을 어디다 쓸까. 이수는 마스크를 들고 아이에게 달려갔다.

"안 추워?"

"더워요, 하임이 땀 나!"

이수는 얼른 티셔츠 소매를 잡아 얼굴과 목덜미에 흐른 땀을 닦아 주었다.

"안 되겠다, 들어가자. 감기 걸리면 엄마 속상해해."

"엄마?"

은서 얘기가 나오자 커다란 눈이 접히더니 눈꼬리가 바로 처진다. 이수는 점퍼를 벗어 아이를 폭 감쌌다. 낮에는 잘 놀다가 밤만 되면 은서를 찾으며 칭얼댄다. 그런 하임이를 안아 재우는 게 이수의 몫이 된 지 닷새. 진운이 데려다준 하임이를 품에 안고 침대에 누운 첫날은 가슴이 너무 벅차 한숨도 잘 수 없었다.

이수는 만지기도 아까운 듯 조심스럽게 빨갛게 상기된 뺨에 뽀뽀를 했다.

"아저씬 뽀뽀를 너무 많이 해요!"

"예뻐서 그러지. 다른 사람은 뽀뽀 못 하게 해야 돼. 알지?"

"선배 아저씨는요?"

당연히 안 된다고 하자 찬이 죽일 듯이 노려본다. 이렇게 온몸으로 놀아 주는데 뽀뽀도 안 돼? 이수는 그 시선을 아랑곳 않고 빙긋이 미소를 지었다.

"이젠 산책하자, 괜찮지?"

"야구가 더 재미있는데……."

도르르 눈동자를 굴리면 뭐든지 다 해 주고 싶으니 큰일이다. 특히 의미 없이 꼼지락대는 짧은 손가락을 보면 미칠 것 같다.

"감기 들면 수영장 못 가는데 괜찮아?"

"그건……. 우리 낙엽 치워야 하죠, 아저씨? 그죠?"

눈을 깜빡이더니 보조개를 움푹 만들고 바로 말을 바꾼다. 이수는 그 모습이 귀여워 참지 못하고 아이의 이마에 자신의 이마를 맞댔다.

"누구 딸인지 엄청 예쁘네."

젠장. 차마 뱉지 못한 뒷말이 그의 목구멍으로 우걱우걱 삼켜진다. 그런 이수를 보고 찬은 고개를 젓는다.

"정말 못 봐 주겠네. 그렇게 예쁘냐? 남 없는 딸-."

"말조심해."

이수의 손이 빠르게 하임이의 귀를 막는다. 아직 아빠라고 말해 주지 못했다. 은서 부모님 눈치가 보여서기도 하지만 은서와 의논하고 함께 있는 자리에서 말해 줘야 할 것 같았기 때문이다.

"하임이 엄마 딸인데, 헤헤."

"하임아, 아저씨는-."

"친구! 내 친구, 엄마 친구!"

어느덧 경계를 푼 아이는 마음이 후해져서 그의 볼에 쪽, 소리를 내며 뽀뽀를 해 준다. 이수는 잽싸게 제 품을 달아나는 하임을 눈으로 좇았다. 월동 준비가 끝난 정원을 팔짝팔짝 뛰는 모습이 아무리 봐도 신기하다. 저를 닮아 체력까지 좋은 것 같아서.

"보고만 있어도 좋냐?"

"어…… 신기해."

"언제까지 여기 있으려고?"

"……글쎄다."

이수의 생활은 일주일째 똑같았다. 몸 만드는 것을 게을리할 수 없어 새벽 운동을 다녀오고 오후엔 하임이와 실내 수영장을 찾는다. 이렇게 볕 좋은 낮엔 정원에서 야구를 하고 산책을 한다. 아이를 집으로 데려가고 싶지만 씨알도 먹히지 않을 것 같아 차선으로 택한 결정인데 오히려 잘 한 것 같다. 차갑던 현정도 조금 누그러진 것 같고 진운과는 저녁에 바둑 을 둔다. 무엇보다 좋은 건 딸과 같이 잠드는 것. 그런대로 그는 잘 지내 고 있는데, 은서는 어떻게 버티고 있을지.

이수의 입이 무겁게 열렸다.

"인터뷰 준비해 줘. 나래 연락처 알지?"

"아무래도 해야겠지?"

찬은 되물으면서도 고개를 끄덕였다. 진즉부터 이수는 인터뷰를 하겠 다고 했다. 은서가 기다려 달라고 했기에 말렸던 건데 포털 사이트에 이 수의 이름이 심심치 않게 올라오고 있다. 공항과 워터 파크에서 아이와 노는 것을 목격했다는 사람들이 많아진 탓이었다.

"하임이 아직 어리니까 괜찮겠지?"

"아버님 어머님께 말씀드려야지."

"정이수 공식 품절남 되는 건가."

이수는 입꼬리를 올렸다. 그리고 눈덩이에 붙은 낙엽을 떼느라 씨름하 는 하임이에게 성큼 걸음을 옮겼다.

4

인터뷰를 마친 이수는 담당 기자, 카메라 기자와 차례로 악수를 나눴다.

"그럼 잘 부탁합니다."

"저희야말로 기회 주셔서 감사합니다."

짧게 인사를 나누고 기자들이 룸을 나가자 이수는 생수병을 들어 목을 축였다. 나래는 그런 그를 보고 빙긋이 미소를 지었다.

"힘들었죠, 선배?"

"아니, 덕분에 수월했어."

하는 말과 달리 이수는 피곤해 보였다. 나래는 이수가 뜻밖에 단독 인터뷰를 요청해 와서 놀랐었다. 이수 정도면 인터뷰가 아니라 기자 회견을 해도 되는 대형 스포츠 선수니까. 얼결에 진행은 했는데 특종을 얻은 것보다 그의 인터뷰 내용이 나래를 설레게 한다.

"은서랑은 얘기 끝난 거죠?"

"그렇다고 봐야지."

나래에게 그동안 있었던 일과 지금 은서가 제주도에 가 있는 것을 얘기했다.

"은서 잘할 거예요, 걱정 마세요. 그나저나 저 선배 덕분에 데스크에서 칭찬 들었어요."

"네 이름으로 나가는 기사도 아니잖아. 괜히 번거롭게 한 것 같다."

"절대 아니에요. 정말 많은 도움 됐어요."

나래는 빠르게 말을 뱉어 냈다. 부서가 달라도 인터뷰를 하자면 못 할 게 없지만 선배 기자는 이수의 오랜 팬이었다. 그만큼 이수에 대해서 잘 안다는 얘기다. 그리고 취재원이 원치 않는 내용은 오프 더 레코드 해 줄 수 있는 인간미가 남아 있는 선배였다. 그녀의 생각대로 선배는 이수의 말이 막히면 유도하는 개방형 질문을 던져 주고 섣불리 아는 척하지 않았다.

이수가 바라는 건 단 한 가지였다. 미화시키지 말 것.

"선배, 인터넷 포털 사이트에 기사 나가면 파장이 클 거예요."

"알아."

언론사의 지명도를 높이기 위해서 자극적인 기사 제목이 나가는 건 막을 수 없는 일이다. 나래의 목소리가 조심스러웠다.

"정확성보다는 흥미 위주의 기사가 될지도 모르는데 괜찮겠어요?"

"우리도 쇼맨십 해. 팬들의 이목을 끌기 위해서."

"유해졌네요."

"세련돼졌지."

조회 수를 늘리기 위해선 어쩔 수 없는 거 아니냐고 반문하는 이수를 보고 나래는 미소를 지었다.

"적어도 낚시질할 사람은 아니에요."

"마이너 리그 때 미국까지 찾아왔던 거 기억해. 그래서 편하게 인터뷰했고."

"기억해요?"

이수가 고개를 끄덕이자 나래는 놀란 눈을 했다. 스포츠 소속 기자라 선수나 감독을 한창 취재하던 시절에 만나러 갔었다는 얘기를 들었다. 대형 스타를 만날 수 있는 비표를 받고도 이수를 보러 갔었다고. 그걸 기억해 주다니, 오랜 팬질도 할 만한 거구나. 아니, 상대가 정이수라서 그럴지도.

"어쨌든 축하해요. 딸 만난 거."

"좀 묻자."

"뭐요?"

"너라도…… 아니, 됐다."

이제 와 되짚어 무얼 할까. 지난 일인데 다 잊자, 하면서도 시도 때도 없이 아쉬워지는 건 인력으로 안 되는 일이기에 이수는 쓴 입맛만 다신다.

나래는 미간을 잔뜩 좁히는 이수를 보고 말했다.

"얼마 전에 은서가 그러더라고요. 선배가 막 탈마이너 리그 했을 땐데 어떻게 말할 수 있었겠냐고. 다 때가 있는 거잖아요. 너무 늦게 오지 않아 줘서 고마워요, 선배."

'그런 의미에서 선물.'이라고 뒷말을 잇고 나래가 손가락 마디만 한 USB를 테이블 위에 올려놓았다.

"뭐야?"

"이모가 해 줄 게 있어야죠. 하임이 볼 때마다 동영상 찍어 놓은 거예요."

이수는 꾸벅 인사하고 룸을 나서는 나래의 뒷모습을 오래 쳐다보았다. 어릴 때도 은서가 남에게 싫은 소리 들을 때 역성을 들어 줬던 아이다. 지금까지 은서 곁에 있어 준 게 새삼 고마웠다.

"사모님 안 계실 때만이라도 좀 쉬어요."

"전 괜찮아요."

은서는 소금과 달걀, 올리브오일을 넣은 밀가루를 반죽하며 환하게 미소를 지었다. 며칠 같이 지냈다고 저가 걱정이 되는지 선희 엄마가 안쓰러운 얼굴을 한다.

"괜찮긴. 재활 치료 가시면 한참 있다 오니까 쉬엄쉬엄해요."

"오시면 시장하실 텐데 빨리 해야죠."

은서는 배시시 웃었다. 자선은 근육을 키우기 위해 일주일에 두 번 재활 치료를 받고 있다. 집에서 상주하는 간병인이 있어서 매일 운동을 하지만 주기적으로 병원을 찾는다고 했다. 찬이 전화를 넣어 줘 의사를 만나 봤다.

"걷는 건 안 되겠지만 많이 좋아지고 있습니다."

의사의 설명을 듣고 얼마나 안도했는지 모른다.

이마에 맺힌 땀을 손등으로 닦아 내는데 혀 차는 소리가 들렸다.

"바람 불면 날아가게 생겨 가지고, 고집은. 그깟 반죽 아무나 하면 어때서."

"저 하나도 힘 안 들어요. 공기도 좋고 바람도 좋고. 음…… 뭐든지 다 좋아서 그런가 봐요."

"사모님이 식사 잘 하시는 게 그렇게 좋아요?"

"……네."

마음을 들킨 것 같아 수줍은 목소리가 나간다. 은서는 반죽이 다 된 것을 비닐 팩에 담아 냉장고에 넣었다.

"뒷정리는 내가 할 테니까 그릇 주고 이거 마셔 봐요. 귤차예요."

"제가 해도 되는데."

"내가 은서 씨 때문에 너무 할 일이 없어서 그래요. 아주 불편해 죽겠어."

"아, 죄송해요."

은서는 마지못해 반죽 그릇을 건네고 손을 씻었다.

아일랜드 테이블에 앉아 차를 한 모금 삼키자 새콤한 향이 올라오는 게 맛이 괜찮았다. 은서는 거실 창 너머 정원에 시선을 두었다.

이곳에 온 지 일주일이 지났다. 아줌마가 벼락같이 화를 내서 도우미분이 바로 다시 불려 왔다. 그래도 다행인 건 은서를 내쫓지도, 그릇을 깨지도 않았다.

없는 사람 취급 하는 건 여전하지만 이틀 전부터는 그녀가 만든 음식을 먹기 시작했다. 그러니 온종일 움직여도 힘든 줄 모르는 거다. 아쉬운 건 하임이가 보고 싶은 건데, 그것만 빼면 이곳 생활이 나쁘지 않다.

벨 소리가 들리자 은서보다 선희 엄마가 빨리 움직였다.

"내가 열어요."

찻잔을 개수대에 가져다 놓고 마중을 나가자 현관으로 휠체어가 들어오고 있었다.

"다녀오셨어요, 힘드셨죠?"

"너, 너, 이거 뭐야?"

은서는 퍽, 소리를 내며 대리석 바닥에 떨어진 신문을 쳐다봤다. 몸을 낮춰 신문을 집어 들던 그녀가 그대로 주저앉았다.

"이수가 아이 아빠라는 게 무슨 소리야? 너와 관련 있는 거 맞아?"

"……"

"말해 봐! 네가 낳았고, 이수가 애 아빠가 맞는지!"

"……네."

자선은 하도 기가 막혀 입을 벌리고 말았다. 간호사들이 눈에 띄게 눈치를 살피며 수군거리는 게 느껴졌다. 자선에게 시선이 몰릴 일은 이수의 일밖에 없다. 오랫동안 다닌 병원이라 이수가 그녀의 아들이라는 것을 모르는 의료진이 드무니까.

간병인 미스 황에게 묻자 곤란해하더니 결혼 기사가 났다고 했다. 부모가 모르는 결혼도 있냐며 말도 안 된다고, 오보라고 말했다. 그런데 이수가 직접 인터뷰를 했다며 신문을 건네는 게 아닌가. 결혼도 모자라 아이까지 있다는 기사였다.

휠체어를 잡은 자선의 손이 부들부들 떨린다.

"다섯 살? 아이가 다섯 살이 맞아?"

"……죄송해요."

"왜 말 안 했니? 내 집에 왔을 때라도 말했어야지! 아니, 어떻게……."

뭐부터 물어야 할지 모르겠어서 자선은 잠시 침묵했다.

"이수가 알고 있었어?"

"아니요!"

"어, 어떻게 몰라? 말이 돼?"

"오빠, 한국 와서 알았어요."

오한이 든 듯 떠는 은서를 보고 자선은 어깨를 늘어트렸다. 이것들이 지금 무슨 짓을 저지른 걸까.

"이수가 한국에 안 왔으면? 영영 숨길 생각이었어?"

"그건-."

"당장 이수한테 전화 넣어! 당장 내려오라고 해!"

은서는 간신히 몸을 일으켰다. 이러려고 온 게 아닌데. 천천히, 들을 준비가 되셨을 때 말하려고 했는데. 제가 무슨 일을 저지른 건가. 갑자기 눈앞이 캄캄해지는 것 같았다. 암전이 된 듯. 그런데 눈앞만 그런 게 아니라 몸 전체가 그랬다.

왜 이러지?

그녀의 의지와 상관없이 세상이 빙글 돌고 온몸에 힘이 빠졌다. 은서는 이 와중에도 이수 생각을 했다. 다른 사람한테 업히면 안 되는데 어떻게 하지…….

오빠가 빨리 와. 그러면 되잖아. 얇은 눈꺼풀이 스륵 내려앉았다.

"선, 선희 엄마! 미스 황, 병원에, 119 전화해! 빨리!"

자선은 창백한 얼굴을 하고 쓰러진 은서를 보고 발을 동동 구르고 싶었다. 저 미련한 걸 어쩌면 좋을까 싶어서.

* * *

"정말 괜찮은 건가요?"

"네. 한숨 자고 나면 괜찮을 겁니다."

"얘가 어릴 때부터 허약했어요. 넘어질 때 머리라도 다쳤으면. 큰 병원 가서 검사해야 되는 거 아닐까요?"

간호사 출신인 미스 황이 옆에서 고개를 젓는데도 자선이 불안한 눈빛을 숨기지 못했다.

"정말 감사합니다."

"걱정 마시고 몸 챙기세요."

다시 한번 은서를 살피고 방을 나서는 의사를 자선은 멍하니 바라보았다.

"물 좀 드세요."

"그래, 그래……."

경황이 없는 와중에도 미스 황이 건네는 물을 단숨에 비웠다. 이게 다 무슨 일인지. 자선은 좀처럼 정신을 차릴 수 없어 미스 황을 쳐다보았다.

"머리, 머리 만져 봤어요?"

"다 확인했어요. 링거 맞고 한숨 자고 나면 괜찮을 거예요."

자선은 그제야 한숨을 쏟아 냈다. 눈앞에서 은서가 쓰러지는데 사람 같지 않았다. 과장 조금 보태 마치 가랑잎이 떨어지는 것 같았다.

"이런 몸으로……."

어떻게 아이를 낳았는지. 자선은 뒷말을 삼키며 휴대폰 단축 번호를 눌렀다. 휴대폰이 꺼져 있다는 안내가 나오자 그녀의 얼굴에 노기가 서린다. 툭하면 전화를 걸던 찬도 전화를 받지 않고 아들 전화는 꺼져 있으니 미칠 노릇이다.

"하, 무슨 배짱으로……."

같이 온 것도 아니고 은서만 보낸 아들이 원망스럽기만 하다. 생각이라는 것을 하고 사는 건지 의심스럽다.

"나가서 일 봐요."

"네."

"저기, 인터넷에 아이 사진 같은 건……."

"네?"

"아니다, 아니에요. 나가 봐요."

미스 황이 나가자 자선은 휠체어를 움직여 침대 가까이로 갔다. 마침 집 근처 자주 가는 개인 병원이 있었다. 토요일이라 이미 퇴근한 의사와 연락이 닿았으니 망정이지. 어릴 때도 툭하면 쓰러져 사람 기함시키더니 여전한가 보다. 하도 부지런을 떨어 건강해진 줄 알았는데 말이다.

엄마가 됐다고 강단이 생긴 건가. 혼자 하는 생각 끝에 한숨이 배어 나온다.

"하아, 기가 막혀서……."

딸이라고 했다. 그러면 제게 손녀가 있는 셈이다. 자선은 새삼 제 아들도 여느 남자들과 다를 게 없다는 사실을 깨닫고 화가 치솟았다. 운동밖에 몰라서 어떻게 하느냐고 끌탕했었다. 남들은 스캔들도 자주 나던데 걱정이라고 사람들에게 자랑삼아 얘기하곤 했었다. 열 길 물 속은 알아도 한 길 사람 속은 모른다더니. 이수가 그런 일을 벌일 줄이야. 백번 양보

해서 그럴 수 있다고 치자. 책임은 져야 할 거 아닌가. 무책임한 아들놈이 실망스러웠다. 교만했던 자신이 부끄러워 얼굴을 들 수 없었다.

어떻게 하면 제 새끼가 생긴 줄도 모른단 말인가. 이수 아버지가 살아 있었다면 아들을 패느라 이수가 휘두르는 방망이 열댓 개는 부러졌을 거다.

백지장처럼 하얗게 질린 은서의 얼굴을 보자 속이 다 상한다.

"네 팔자도 참, 뭐가 부족해서. 그깟 놈이 뭐라고……!"

자선은 저도 모르게 목소리를 높이고 또 한숨을 내쉰다. 이 일을 어떻게 해결해야 할지.

"이수 아버지, 어떻게 할까요."

대답 좀 해 봐요. 네? 왜 그렇게 가서 애들 가슴에, 내 가슴에 못을 박았는지. 자선의 눈에 회한의 눈물이 차올랐다.

* * *

제주 공항 입국장이 술렁였다. 누군가는 휴대폰을 꺼내 사진을 찍고 누군가는 걸음을 멈춘 채 눈을 반짝인다.

"정이수다. 기사 봤어?"

"정말 딸인가 봐."

"대박! 아이가 아빠 꼭 닮았다."

"그 동영상이 사실이었나 봐!"

이수는 사람들의 수군거림을 아랑곳하지 않고 하임이를 한 팔로 안은 채 유유히 출구를 향해 걸음을 옮긴다. 눈을 동그랗게 뜬 하임이 연신 고개를 돌린다.

"아저씨, 사람들이 왜 자꾸 아저씨랑 나를 쳐다봐요?"

"아저씨가 TV에 나와서 그런 거야."

"아닌데."

"뭐?"

말똥한 눈동자가 이수를 빤히 쳐다본다. 그러더니 뒤를 콕 짚어 가리킨다.

"저 아줌마가 나랑 아저씨랑 닮았다고 했어요."

"그게."

"딸이라고 했어요. 아저씨가 아빠래요."

"하임아, 그래서…… 싫어?"

고개를 갸웃하던 하임이의 눈동자가 천장을 향한다. 마치 대답을 회피하는 것처럼. 이수가 조바심을 낼 즈음 아이가 '헤헤.' 하고 크게 웃는다.

"아니요! 하임이는 좋아요."

"……!"

아이의 대답에 이수는 안도의 한숨을 내쉬었다. 무슨 뜻인지 정확히 아는 걸까? 몰라도 일단은 좋다고 하니 안심이 된다. 기사는 나갔고 그의 전화는 불이 난 듯 울려 댔다. 감독님은 말할 것도 없고 에이전시 대표 올리버, 친구들한테서까지. 정작 연락이 올 사람에겐 메시지조차 없는데 말이다.

"그럼, 아저씨가 하임이 아빠 할까?"

"그건 안 되는데……."

"……왜?"

"엄마한테 물어봐야 하는데."

잔뜩 긴장하고 물어본 이수는 앙증맞은 동그란 콧방울에 입을 맞췄다. 그가 다시 조심스럽게 물었다.

"엄마가 허락만 하면 하임인 괜찮은 거야?"

대답 없이 그의 어깨에 얼굴을 묻는다. 그 모습에 이수의 심장이 롤러코스터를 탄 듯 철렁하고 떨어진다.

밖으로 나온 그가 택시에 올랐다. 하임인 어느새 고개를 이리저리 돌리며 '우와, 우와.'를 연발한다.

"이곳은 제주도야. 처음 와 보지?"

"처음 와 봐요! 제주도인 건 알아요!"

비행기에 탈 때부터 알았다며 종알종알 쉴 새 없이 빨간 입술을 움직인다. 이수는 아이의 재롱에도 웃을 수 없었다. 택시가 해안 도로를 달리자 아예 뒷좌석에 무릎을 꿇고 차창에 매달린다.

"바다, 바다다! 저건 지평선이다. 등대도 보인다!"

보는 것마다 혼잣말을 하는 하임을 물끄러미 바라볼 때였다.

"기사 봤습니다. 따님이 정이수 선수 판박이네요. 밥 안 먹어도 배부르겠습니다."

"감사합니다."

하임이 돌연 고개를 틀어 기사를 빤히 쳐다본다.

"이상하다, 밥 안 먹으면 배고픈데……?"

"하하하, 우리 꼬맹이 아가씨 배는 그렇지? 아빠들 배는 안 그래요."

"왜요?"

"예쁜 딸, 보면 저절로 배가 부르거든."

빤한 시선이 이수를 올려다본다. 이수는 저 앙증맞은 입에서 무슨 말이 나올까 긴장이 된다.

"아빠도 그래요?"

"……!"

"정이수 아빠도 나 보면 배 안 고파요?"

"하, 하임아."

헤헤, 웃더니 또 차창에 매달려 낯선 도시를 보느라 정신이 없다. 잠시 멍했던 이수는 마른세수를 했다. 내가 지금 뭘 들은 거지? 이수는 쿵쿵 뛰는 심장을 진정시키느라 가슴에 손을 올렸다. 그의 입꼬리가 끝 모르고 스멀스멀 올라간다.

* * *

택시에서 내린 이수는 하임에게 눈을 맞추느라 몸을 낮췄다. 뭐라고 설명해야 할까. 이수가 어렵게 입을 뗐다.

"여기가 하임이 친할머니 집이야."

"하임이 친할머니?"

"음."

"할아버지도 있어요?"

하늘나라 가셨다고 하자 무슨 뜻인지도 모를 아이가 이수에게 열심히 고개를 끄덕인다.

"할머니한테 예쁘게 인사할 수 있지?"

"네. 이렇게 할 거예요."

두 손을 배에 대고 허리를 한껏 접는다. 그 모양을 본 이수의 입가에 미소가 서린다.

하임이가 하는 인사가 어쩐지 여느 아이들과 조금 달라 보였다. 그래서 지나가듯 물었었다. 엘리베이터에 있는 예쁜 언니가 그렇게 인사를 해서 배웠다는 하임이의 대답에 이수는 실소하고 말았다. 그뿐만이 아니다. 복사기처럼 동물 흉내를 낸다든지, 어려운 말을 척척 한다든지. 아이는 매일매일 이수를 놀라게 하고 웃게 한다. 지금도 친할머니네 집이라고 하는데 아무것도 묻지 않아 그를 당혹스럽게 만든다.

이수는 아이의 손을 잡고 벨을 눌렀다. 벨이 울리기 무섭게 징, 하고 문이 열린다.

자선은 아이와 함께 정원으로 들어서는 아들을 거실 전면 창 너머로 바라보았다.

"하."

핑크색 원피스에 남색 부츠, 아이보리 짧은 코트를 입은 아이는 이수의 허벅지에도 오지 않을 정도로 작았다. 제 엄마를 닮아 피부는 뽀얗고 이목구비는 부정할 수 없을 정도로 이수를 닮아 있었다. 저만큼 크도록 아이의 존재를 모르고 살았다는 게 기막혀 뜨거운 울화가 목구멍을 넘어온다.

자선은 머리를 한 번 더 매만지고 다리를 덮은 무릎 담요를 꼼꼼히 여몄다.

그녀의 시선이 현관으로 들어서는 이수와 아이에게 닿았다. 아들에게 욕을 퍼붓고 싶은데 차마 아이 앞이라 입이 떨어지지 않는다.

"저 왔어요, 어머니."

"……"

"하임아, 할머니께 인사해야지?"

"안녕하세요, 할머니! 서하임이에요!"

목소리가 사내아이처럼 우렁찼다. 자선은 참아야 한다는 것을 알면서도 제 가슴을 퍽퍽 두드렸다. 숨이 막혀 말이 나오지 않았기 때문이다. 정하임이 아니라 서하임이라고 하는 아이의 말에 바윗덩이가 가슴을 짓누르는 듯하다.

배꼽 인사를 하던 아이가 놀랐는지 눈이 커다래진다.

이수는 아이를 안심시키려 부드러운 미소를 지었다.

"괜찮아. 할머니가 하임이 처음 봐서 너무 반가워서 그러시는 거야."

"이, 이 나쁜……!"

눈물을 줄줄 쏟아 내는 자선의 눈동자가 아들을 향해 분노를 내뿜었다.

"죄송해요, 어머님. 아직 아이는 모릅니다."

이수는 바닥에 무릎을 꿇었다. 빤히 이수를 보던 하임이도 똑같이 무릎을 꿇는다. 그 모습을 본 모자(母子)의 눈이 커다래졌다.

"하임아……?"

"할머니가 아저씨 미워해요?"

"아니, 하임인 일어나도 돼."

"아닌데. 같이 하는 건데……."

자선은 아이에게 손을 뻗고 싶은데 떨림이 잦아들지 않아 주먹을 꼭 말아 쥐었다.

"엄마 보고 싶은데…… 하임이 엄마 보고 싶은데."

하임이 불안한지 '여기에 엄마 있다고 했죠, 아저씨?'라고 울먹울먹하며 이수를 채근한다.

"어머니, 은서……."

"무슨 일을 이따위로 해!"

자선은 참지 못하고 목소리를 높였다. 그녀가 겨우 팔을 뻗어 아이에게 손짓했다.

"이리 와 봐……."

"가 봐, 하임아."

아이가 쭈뼛대더니 자선에게 다가간다. 자선은 아이의 뺨을 만지고 어쩔 줄 몰라 했다. 휠체어 탄 그녀의 모습을 보고 놀라진 않았는지 걱정된다.

"할머니가 보기 흉하지?"

"아닌데. 엄마가 똑같다고 했어요."

무릎 담요가 덮인 다리를 만지작거리더니 대롱대롱 매달려 있던 눈물을 똑, 떨어트린다. 그러면서도 웃고 있는 얼굴이 너무 예뻤다. 그늘 한 점 찾아볼 수 없는 햇살 같은 아이였다.

자선의 목소리가 떨려 나왔다.

"이름이 하임이야?"

"네."

"예쁘네, 정말 예쁘다."

"헤헤, 하임이도 알아요!"

어느새 밝은 목소리를 내고 아이가 거실 곳곳을 두리번거린다. 은서를 찾는 것 같아 뭐라고 말해 줘야 하나 망설일 때였다.

"어, 우리 할아버지다! 아저씨, 이거, 이거! 우리 할아버지 사진이에요!"

하임이 제자리 뛰기를 하며 흥분한 목소리로 크게 외쳤다.

"……!"

"……!"

그 모습을 보고 자선과 이수는 멍해졌다. 이수가 받아 온 메달과 트로피, 가족의 사진을 보관하는 장식장. 하임이 손가락질하는 액자는 이수의 아버지 사진이었다.

"열어도 돼요?"

"……그래."

하임이 낑낑대며 장식장을 열었다. 환한 얼굴을 하고 손가락을 열심히 움직인다.

"할아버지, 하임이 왔어요. 사랑해요. 오늘은 꽃 없는데……."

분명 아이가 하는 것은 수화였다. 이수와 자선은 해맑게 웃는 아이에게서 눈을 떼지 못했다. 혼자서 아이를 저렇게 예쁘게 기르느라 얼마나 힘들었을까. 구김살 한 점 없이 어쩜 저리 사랑스럽게 키웠을까. 편모슬하라고 손가락질은 받지 않았는지, 놀림은 받지 않았는지. 혹시라도 은서네 집 어른들에게 천덕꾸러기 취급을 받은 건 아닌지.

그런 일은 절대 없었다고 해맑기만 한 아이가 말해 주고 있는데도 몸서리가 쳐진다.

자선은 할 줄 아는 거라곤 이수 좋아하는 것밖에 모르던 은서가 떠올라 기어이 오열했다.

'어이쿠, 이 미련한 것아! 내가 이 죄를 어떻게 다 갚으라고…….'

* * *

이수는 어머니의 침대에서 잠들어 있는 은서를 물끄러미 내려다보았다. 하임이 모르게 방에 들어가 보라고 하기에 무슨 일인가 했다. 아주머니가 넌지시 은서가 정신을 잃었다고 하는데 발을 디딘 바닥이 훅 꺼지는 줄 알았다.

혼자 보내지 말았어야 했는데. 이수는 물을 머금고 말라 있는 은서의 입술을 축여 주었다.

일주일 사이 핼쑥해진 뺨이 그의 시야를 어지럽힌다.

"걱정 말라고 큰소리치더니……."

저를 얼마나 더 나쁜 새끼로 만들려고 이러는 거냐고 묻고 싶다. 은서의 고집을 꺾지 못한 자신을 탓하면서도 야단쳐 주고 싶다. 이수는 젖은 수건으로 그녀의 이마를 닦아 주며 중얼거렸다.

"정말 못됐다, 서은서."

이렇게까지 저를 몹쓸 인간으로 만든 은서가 미우면서도 고맙다.

아이에게 어떻게 할아버지를 아느냐고 물었더니 집에 사진이 있단다. 그리고 자주 할아버지에게 놀러 갔었단다.

"우리 할아버지는 꽃 좋아하는데. 그래서 하임이가 꽃 샀어요!"

추모 공원에 꽤 자주 갔는지 아이는 그 주변을 그리듯이 설명했다. 그리고 할아버지는 몸이 불편해서 수화를 해야 한다고 엄마가 가르쳐 줬단다.

"근데요오~ 우리 할아버지는 되게 똑똑하댔어요. 요렇게 입술만 움직여도 다 알아듣는대요!"

새끼 오리처럼 입술을 뾰족 내밀고 요리조리 움직여 보였다.

585

"그리고요~ 하임이가 튼튼한 건 할아버지 닮아서 그렇댔어요."

오동통한 팔뚝에 있지도 않은 알통을 만들어 보이며 뭐가 재미있는지 웃기 바빴다.

"그쵸, 할머니? 우리 할아버지 힘세죠오!"

어머니는 할 말을 잃고 눈물만 흘렸다. 이수도 다를 것 없었다. 만약에 끝까지 아이의 존재를 몰랐다면, 은서가 밀어 내는 대로 미국으로 가 버렸다면. 생각만으로도 그의 눈에 실핏줄이 터지고 동공이 확장돼 이성이 흐릿해진다.

호흡을 고르고 그녀의 이마를 가린 머리카락을 넘겨 줄 때였다. 밖에서 하임이의 노랫소리가 들려왔다. 멈칫하는 사이 손끝에 움직임이 느껴졌다.

"하임이…… 왔어요?"

"정신 들어? 아픈 데는?"

"아파서 그런 거 아니야."

남은 수액을 확인하고 바늘을 뽑으려고 하자 이수가 눈을 사납게 뜬다.

"그냥 둬."

"……어머니 많이 놀라셨을 거야. 나가 봐야 해."

이수는 말 좀 들으라고 이를 갈듯 말하고 그녀의 어깨를 눌렀다. 은서의 눈이 동그래진다.

"놀랐구나? 나 괜찮은데. 그냥 푹 잔 것뿐이야."

"……."

이수는 말을 잇지 못하고 상체를 숙여 은서를 꼭 끌어안았다. 그런 그가 당혹스러워 은서는 힘껏 밀어 냈다. 그런다고 밀려날 이수가 아니었다.

"여기 어머님 침실이에요."

"누가 몰라."

어깨가 축축해지는 걸 보니 우는 것 같았다. 은서는 저도 모르게 미소를 짓고 그의 등을 감싸 다독였다.

"아픈 사람한테 이래도 되는 거야?"

"괜찮다며……."

"제대로 사고 쳐 줘서 고마워. 덕분에 이런 신세가 됐지만."

이수는 몸을 세우고 빙긋이 웃어 보였다. 젖은 눈가가 처연했다.

"나 안 보고 싶었어?"

"우리 딸이 더 보고 싶었지. 그러니까 나 일으켜 줘. 하임이 볼래."

"지금 나가면 싫어하실걸. 미움받을지도 몰라."

"여기서 더?"

놀란 눈을 하는 은서에게 입술을 맞물렸다. 얼마나 보고 싶었는데 아이만 찾는 게 서운해서. 이수 또한 하임이 때문에 일주일을 견딜 수 있었지만 그래도 서운했다. 그가 넘겨준 타액으로 실컷 목을 축였을 즈음 이수가 입술을 떼 냈다.

"그렇게 째려보면 어쩔 건데?"

"뭘 어떻게 하겠어. 이왕 한 키스인데."

너무 좋았다는 말 대신 은서는 살그머니 미소를 지어 보였다.

"하임이가 지금 한 건 하는 것 같은데?"

"아주 크게 했어. 못난 아빠도 살리고."

어머니가 얼마나 무섭게 노려봤는지 아느냐며 이수가 고자질을 하듯 불퉁한 목소리로 말한다. 그 모습에 은서는 속으로 흠칫했다. 이수가 나이를 거꾸로 먹는 건지, 그녀가 늙는 건지 헷갈려서. 전에는 한없이 어른처럼 느껴지던 남자였다. 그런데 자꾸만 애들처럼 귀엽게 보이니 아무래도 그녀에게 문제가 있는 것 같다. 하긴 30대 초반 남자에게 뭘 바랄까. 너무 일찍 아빠로 만들어 준 게 원망스러울 만도 한데 한 번도 그런 내색을 하지 않아 줘서 한편으론 고맙다. 상념에 젖어 있는데 이수의 목소리가 들렸다.

"안 믿는 거야?"

"믿어, 믿는다고."

"아닌 표정인데. 하임이 아니었으면 나 맞았을지도 모른다니까?"

"내가 막아 줄게. 온몸으로. 나 우리 딸 너무 보고 싶어, 오빠."

"일어날 수 있겠어?"

은서는 괜히 짜증이 일어 멀쩡하다고 몇 번을 말해야 알겠냐고 제법 목소리를 높이고 말을 이었다.

"적절한 타이밍에 팍, 쓰러진 것뿐이야. 오히려 고마웠다고."

은서를 일으켜 주며 이수는 이를 악물었다. 언제쯤 제게 투정을 부릴 까. 그런 날이 오긴 할까.

"좋아해, 서은서."

"갑자기?"

"좋아한다고!"

"내 것이 더 강력할걸? 난 사랑하니까."

은서가 웃는다, 환하게. 이수는 링거 바늘을 뽑아 주고 그녀를 부축해 밖으로 나갔다.

* * *

어두운 제주 밤바다는 검은색 펄이 들어간 융단을 깔아 놓은 것처럼 사람을 홀린다. 턱까지 와서 부서지는 하얀 파도만 없었다면 성큼성큼 걸 어 들어갔을지도 모른다. 종이컵에 따라 놓은 소주를 삼킨 은서가 캬, 소 리를 냈다.

"아쉽다."

"뭐가?"

"저기 걸어 다니고 싶은데."

은서가 가리킨 곳은 바다 한가운데였다. 이수는 이 상황을 어떻게 해결해야 할지 판단이 서지 않았다.

"그만 마실까? 아니면 어디 들어가자."

"싫어. 나 여기 좋아."

은서는 배시시 웃어 주고 물었다.

"오빠, 내가 딸 하나는 기막히게 낳은 것 같지 않아?"

"그래. 아주 끝내주는 딸 낳아 줘서 고마워."

하임이 덕을 톡톡히 봤다. 어머니는 아이의 재롱에 눈을 떼지 못했고 하임이는 낯을 가리지 않았다. 덕분에 두 사람은 집에서 쫓겨났다.

"방도 없는데 호텔 가서 자고 내일 늦게나 와."

쫓아온다고 할 줄 알았던 하임이가 할머니와 자겠다고 했다. 가족 모두 놀란 건 말할 것도 없고 어머니는 눈물까지 보였다.

문제는 은서였다. 뭔가 홀가분해진 기분이라며 술이 마시고 싶다고 했다.

"오빠, 구경만 해. 나 은근 술꾼이다?"

마실 생각도 없었거든! 그런데 왜 하필이면 고른 장소가 한겨울 바닷가 방파제냐고.

춥지 않겠냐고 거듭 물었다. 감기라도 걸리면 어쩌려고 그러냐고 설득까지 해 봤지만 허사였다.

"나 내복 입은 여자야. 왜 이래? 롱 패딩도 있고."

빨간 등대가 근사해서 꼭 봐야겠다고 고집을 부렸다. 하는 수 없이 횟집에 들러 안주를 포장해 오고 편의점에서 소주를 사 왔다.

"오빠, 한 잔 따라 봐!"

이수가 공손히 술을 따르자 단숨에 비우고 겨울철 별미는 역시 방어회라며 꼭꼭 음미하며 씹는다. 이수는 이런 은서의 모습조차 놓치기 아까워 눈을 떼지 못했다.

"한 병 하고 딱, 한 잔이 내 주량이야. 근데 오늘은 이상하게 취한다."

은서는 어느새 빈 병이 된 소주병을 흔들어 보이고 샐샐 웃었다. 이수
는 대답 없이 은서를 응시했다.

"이게 바로 정이수 효과야. 오빠 모르지?"

대답할 수 없었다. 삐죽 웃는 은서의 눈에 물기가 고여 그렁그렁했으
니까.

힘들었나 보다. 괜히 혼자 이곳에 오게 했나 보다. 이수는 나란히 앉아
그녀의 어깨에 팔을 둘러 힘껏 안았다.

"어머니가 내가 한 음식 맛있게 드셨어. 내쫓지도 않고."

"그래."

"어머니가 오빠 욕했다? 그깟 놈이 뭐라고, 하면서."

그때 흐릿하지만 정신이 들었었다. 그런데 눈을 뜨기 싫었다. 그 어떤
위로보다 이수 어머니 자선이 혼자 하는 말이 따뜻해서 잠이 쏟아졌다.
더 일찍 찾아뵐걸. 더 일찍 용기를 내 볼걸. 하임이를 빼앗길 것 같아 혼
자 조바심 내고 무서워했었다.

은서는 고개를 틀어 이수를 쳐다보았다.

"되게 똑똑한 줄 알았는데 나 바보였나 봐."

"은서야."

"나 억울해. 아무것도 해 본 게 없어서."

푸념이고 투정일 뿐인데 이수의 가슴이 철렁 내려앉는다. 그를 좋아한
것을 후회한다는 말 같아서.

"무르고 싶어?"

"……."

"나도 억울해. 너만 좋아했으니까. 너밖에 몰랐으니까."

이수는 속으로 젠장, 하고 거친 말을 쏟아 냈다. 어떻게 된 게 은서를

다시 만나고 보살펴 주기보단 투정을 부리는 그였다. 왜 이러는 걸까. 한 없이 연약하다 생각했던 은서였다. 그런 그녀에게 무슨 짓을 하고 있는지 모르겠다.

속으로 다른 생각을 하던 은서가 입술을 삐죽거린다.

"치이."

"치이이?"

순식간에 말랑한 촉감이 그의 입술에 닿고 쪽, 소리를 냈다. 이수는 그 감촉이 아쉬워 손을 올려 제 입술을 만졌다.

"오빠, 나 술 취하면 완전 진상인데 당해 볼래? 어디서 뻥을 치고 있어!"

"무슨 뻥?"

"실컷 연애한 사람이 뭐가 억울해?"

무슨 말이야? 물어볼 새도 없이 어, 하는 사이 은서가 움직였다. 그리고 빠르게 그의 등에 업혔다.

"업고 호텔까지 가 주라."

이런 것쯤이야 껌 씹는 것보다 쉽다. 하지만 하던 말은 계속해야 할 것 아니야? 도대체 무슨 말인지.

"은서야."

"나 졸려. 빨리 가자."

이수는 바닥에 놓여 있는 술병과 안주를 비닐 봉투에 담았다. 주섬주섬 챙긴 것을 손목에 걸고 몸을 일으켰다. 은서의 엉덩이를 안정적으로 받쳐 주고 말했다.

"모자 써."

"응…… 썼어…….."

이수는 늘어지는 은서의 대답에 미소를 지었다.

뭐가 이렇게 좋지?

파도가 정말 '철썩철썩' 하고 소리를 내서? 우체통 닮은 빨간 등대가 은서의 말대로 예뻐서? 시커먼 바다는 은서 말대로 융단에 큰 주름이 잡히듯 너울거린다. 까만 하늘도 선명하고 별빛도 선명하다. 이런 것들 때문인가.

아니다.

그의 등에 온기를 주는 은서 때문이다. 둘이 함께하니까.

찬 공기를 가르는 이수의 걸음이 날듯 가벼웠다.

1

어느새 동이 트려는지 어둠이 밀리고 있었다. 호텔을 나설 때만 해도 바다도, 높고 낮은 산봉우리도 시커먼 색에 갇혀 있었는데. 이수는 천천히 속도를 줄이고 크게 심호흡을 했다. 도대체 이게 무슨 징조일까. 텐션이 끝 모르고 치솟다가도 한순간, 훅 곤두박질친다. 마치 놀이동산 롤러코스터처럼 말이다. 도저히 앉아 있을 수 없어서 조깅을 했는데도 울렁거림이 가라앉지 않는다. 어떻게 해야 가라앉을까. 기실 답은 알고 있다. 원인 제공자를. 그의 입에서 새어 나온 한숨이 공기 중에 퍼진다.

"하, 서은서."

어젯밤은 그의 인생에서 손꼽을 만한 기념비적인 날이었다. 굳이 설명하자면 인내심의 완결판 같은. 은서는 모르는 게 너무 많았다. 얄팍하기 그지없는 남자의 인내심이라든지. 왜 그들의 속성이 짐승의 것에 비유되는지, 하는 것들.

그렇게 갈망하던 그녀와 이틀 밤을 보내고 떨어져 지내야 했다. 마음도 몸도 허기를 채우기엔 너무 짧은 시간. 오죽하면 그렇게 큰일을 벌여 놓고 제주도 땅을 밟으면서도 어머니 걱정보단 은서를 볼 수 있다는 설렘이 앞섰을까. 그런 속도 모르고 은서는 그에게 왠지 모르게 거리를 두는 느낌이었다. 그래 놓고 밤에는 다른 사람처럼 그를 혼란스럽게 만들었다. 어쩌면 벌을 주는 건지도.

술에 취한 그녀를 씻겨 주는 건 정말 고역이었다. 눈치 없이 몸을 키운 제 욕망을 나무라고 달래고. 낮에 정신을 잃고 저녁엔 술까지 마신 은서였다. 그런 그녀를 상대로 짐승처럼 굴 수 없었다. 겨우 위기를 넘기고 침대에 올랐는데 은서는 겁 없이 성냥을 그어 댔다.

"안아 줘, 오빠."

배시시 미소 띤 입술로 입을 맞춰 왔다. 그것만? 그의 몸이 놀이터인 양 올라탔다, 내려갔다. 그녀가 보내는 시그널을 애써 외면하며 애국가를 완창하는 애국심을 발휘해야 했다.

"눈 감아. 어서."

"나, 몸이 뜨거워, 오빠."

술 마셔서 그런 거라고 말해 주자 취하지 않았다며 주사를 부리기 시작했다.

"그래, 그래. 너 안 취했어. 그러니까 자자."

"오빠 모르는구나. 수면 욕구보다 성욕이 더 위라는 거."

아는 얘기지만 은서에게 듣기엔 낯선 언어.

"아직도 내가 여고생 꼬맹이로 보여? 아닌데. 아이까지 낳은 여잔데."

노골적으로 섹스를 들먹이는 그녀를 달래고 어르고. 은서는 서른 넘어 섹스에 눈뜬 남자에게, 넘치는 힘을 주체 못 해 돌기 직전인 그에게 갖은 만행을 다 저질렀다. 가만둬도 터질 것 같은 본능을 툭툭 건드리고, 턱 밑에서 징징거리고. 작은 악마처럼 굴었다. 그렇게 온몸으로 술주정을 받아 내며 큰 결심을 했다. 앞으로 술은 입에도 못 대게 하겠다고. 그래도 고집을 부리면 야구고 뭐고 다 때려치우고 은서 옆에 꼭 붙어 있겠다고. 어슴푸레 빛이 섞이는 하늘을 확인한 *그*가 방향을 틀었다.

룸은 숨을 멈춘 듯 고요했다. 씻고 나온 이수는 조심스럽게 침실에 들어서다 헛웃음을 삼키고 말았다.

"……코까지 골고 잔단 말이지."

은서는 예민한 편이었다. 작은 소음에도 토끼처럼 귀를 쫑긋 세우고, 특히 그가 들고 나는 기척엔 날카로운 고양이 버금가게 반응했었다. 그랬던 그녀가 그가 없어진 것도 모르고 고롱고롱 콧소리까지 내며 자고 있다. 그 모습이 귀여우면서도 한편으론 서운한 건 왜일까. 허탈해진 이수는 비닐 봉투와 트레이를 내려놓으며 고개를 저었다.

"뭐가 예쁘다고……."

툴툴거리면서도 그녀의 얼굴로 흘러내린 머리카락을 치워 주는 손길이 조심스럽다.

"은서야, 일어나."

입맞춤을 하자 스킨십이 귀찮은지 동그스름한 콧잔등엔 주름이 잡힌다.

"으응……."

"많이 힘들어?"

숙취 때문인지 미간을 좁히며 얄팍한 눈까풀이 파르르 떨린다. 조금 더 자게 두고 싶은데 시간이 촉박했다. 다시 한번 흔들자 몽롱한 시선이 닿는다.

"……몇 시야?"

"새벽. 속은 괜찮아?"

"속……?"

업혀 왔고 환한 욕실에서-. 은서는 불현듯 떠오르는 영상에 이불을 끌어다 얼굴을 가렸다. 이불 속이 불가마라도 되는지 그녀의 몸이 새빨갛게 익어 버렸다.

이수는 빙긋이 미소를 지었다.

"얼굴 좀 보여 주지?"

도리질을 하는지 푹 뒤집어쓴 이불이 잘게 흔들린다. 하는 짓 하나하나가 다 귀여우니 큰일이다. 이수는 그녀의 등허리 아래로 팔을 넣어 가볍게 일으켜 제 가슴에 기대게 했다.

"앞으로 술 마실 생각은 꿈에도 하지 마."

"에이, 술 탓 아니야. 어젠 특별한 날이라 긴장이 좀 풀려서 그만."

웅얼거림이 이어지자 이수가 눈을 치켜떴다.

"그 대단한 주사를 영상으로라도 남겨 놨어야 했나."

"어젠 좀 특별한 날이었다니까."

고개를 틀어 이수를 보던 은서는 흠칫했다. 씻었는지 촉촉하게 젖은 머리하며 서늘한 눈매가 새삼 섹시해 보였다. 새벽에도 현실성 없는 비주얼이라니. 그녀의 입술이 제멋대로 움직인다.

"……얄미워."

"하. 그래도 술은 절대 안 돼."

눈치 없이 동문서답만 하는 남자 때문에 은서는 애꿎은 입술만 깨물었다. 이수는 말이 없어진 그녀의 입술에 얼음이 가득 든 잔을 대 주었다.

"마셔."

"……아, 마침 목말랐는데. 고마워."

동그래졌던 눈이 반달처럼 휘자 그게 뭐라고 그의 심장이 또 요동친다. 앞으로 이런 모습을 아침마다 볼 수 있겠지, 하는 생각에. 잔잔한 사고를 치며 그를 천당과 지옥을 오가게 하겠지. 지금처럼 말이다. 그래도 매일 같은 침대에 눕고 눈을 뜰 수 있을 거다. 마음껏 사랑해 줄 수도 있을 거다. 사소한 일상들이 그려지자 그의 눈빛이 깊어진다.

그런 이수의 상태를 모르는 은서는 유리잔을 다 비우고 환한 미소를 지었다.

"아, 살 것 같다. 오빠?"

이수는 대답 없이 손에 들린 잔을 내려놓고 은서의 몸을 이불로 감싼 채 안아 들었다. 다소 놀란 눈을 하다 팔을 올려 그의 목을 감자 이수는 테라스로 걸음을 옮겼다.

동이 트기 시작한 새벽 미명은 아직도 어두운 기운이 강했다.

"추워?"

"춥진 않은데 모양새가 좀, ……누에고치 된 것 같아."

"내 눈엔 예쁘기만 한데."

발그레해진 뺨에 이수는 입맞춤을 하고 내려 주었다.

"오빠, 이상해졌어. 립 서비스가 너무 과해."

"예뻤어, 늘."

이젠 네가 얼마나 예쁜지 매일 말해 줄 거라고 하는 뒤이은 그의 말에 은서의 눈이 커진다. 그런 그녀를 보고 이수는 미소를 지었다. 은서의 말대로 이상해졌다. 성격이 무뚝뚝하기도 했지만 말수도 적고 감정 표현이 서툴렀다. 어쩌면 표현할 대상이 없어서 그랬는지도 모른다. 그런데 은서만 생각하면 감정이라는 녀석이 그를 조종한다. 생전 입에 담지 않던 말을 하게 만들고 낯간지럽게 '내 여자, 내 것.'이라는 소유 부심을 드러내는 유치한 사람으로 만든다.

이수는 이불로 돌돌 만 그녀의 몸을 더욱 힘줘 안았다. 한 자락의 바람도 허락하지 않을 것처럼.

"편하게 기대."

은서는 고개를 끄덕이고 그의 가슴에 등을 기댔다. 차가운 새벽 공기 탓에 이수의 체온이 더 따뜻하게 느껴진다. 언제 잠들었는지 모르게 잠이 들었다. 이수를 한껏 곤란하게 만들어 놓고. 어디서 그런 용기가 났는지 제가 생각해도 놀랄 일이다. 옅은 한숨이 절로 나오는데 이수의 목소리가 들렸다.

"은서야."

"응?"

"그냥. 불러 보고 싶어서."

이수는 팔을 엇갈려 그녀의 배와 가슴을 조이며 말을 아꼈다. 함께 해 보고 싶은 게 너무 많았다는 은서의 말에 침묵했었다. 그도 다를 바 없었으니까.

하루에도 수십 번씩 그를 불러 대던 목소리와 웃음소리가 들리는 것 같은 환청에 시달렸었다. 어딘가에 있을 것 같은 은서를 찾느라 주변을 두리번거리기도 했었다.

시간이 많이 흐르고서야 씁쓸한 미소를 짓게 됐지만 가슴은 늘 비어 있었다. 은서를 잃은 상실감을 대체할 수 있는 게 없었다. 지금도 은서를 안고 있으면서도 꿈만 같아 저절로 팔에 힘이 들어간다.

"해돋이 보여 주고 싶었던 거야?"

"보고 싶다며."

은서는 속으로 피식 웃었다. 사실은 해돋이가 보고 싶었던 게 아니라 같이 아침을 맞고 싶다는 얘기였다.

"오빠, 저기, 해 뜬다. 너무 예뻐."

먹물 묻힌 붓으로 농담을 준 듯 검푸른 하늘에 노릇한 빛 무리를 두른 해가 떠오르고 있었다. 끝이 보이지 않는 청록빛 바다가 거울처럼 일출을 비추는 광경이 황홀하도록 아름다웠다.

은서는 문득 손가락에서 느껴지는 차가움에 시선을 내렸다. 그녀의 손가락에 반짝이는 반지가 끼워져 있었다.

"이게……?"

"늦어서 미안. 결혼하자."

"오빠……."

"매일매일 같이 잠들고 이렇게 해 뜨는 것도 같이 보자."

이수는 멍한 표정을 하는 은서의 몸을 돌려 마주 안았다. 그녀의 입술이 예쁘게 말려 올라가자 안도의 숨이 쉬어졌다.

"사랑해. 그동안 못 한 것 다 해 줄게."

은서는 이수의 목에 팔을 감았다. 그리고 까치발을 들어 그의 뺨에 가볍게 입술 도장을 찍었다.

"그래도 너무했어. 프러포즈를 이런 몰골로 받게 하는 게 어디 있어."

"누가 프러포즈래."

"아, 아니야?"

"내 여자니까, 절대 넘보지 말라고 표식만 한 거야. 프러포즈가 아니라."

은서는 간지러운 듯 흐흥, 콧소리를 내며 웃고 말았다. 저를 내려다보는 이수의 눈빛이 너무 사나워서. 그의 말투가 너무 투박해서. 하긴 몰랐던 성격도 아닌데, 뭘.

"사랑해, 오빠."

이수는 바람에 흩날리는 긴 머리카락을 쓸어 넘겨 주었다. 뽀얀 이마도, 끝이 동그스름한 콧대도, 그녀의 체취도. 뭐 하나 그의 취향이 아닌 것이 없다.

"……나한테 와 줘서 고마워."

이수의 눈에 물기가 맺히는 것을 본 은서의 눈이 커다래졌다.

"오빠, 설마 울어?"

"아냐."

"맞는데 뭘."

아니라니까. 이수는 그의 품에 은서를 가두었다. 환하게 떠오르는 해를 보여 줘야 하는데 울컥하는 모습을 들키기 싫었다. 은서는 항상 이런 존재였다. 그녀가 바람이라면, 그는 바람에 흔들리는 연 같은 존재. 이수는 은서를 공주님처럼 안아 들었다. 웃음이 걸려 곱게 휘었던 그녀의 눈동자가 그의 욕망을 읽고 흔들린다.

"오빠, 해 떴는데."

"그러게. 해가 떴네."

그래도 할 건 해야지. 이수의 뒷말에 은서는 절대 안 된다는 듯 고개를 절레절레 저었다.

* * *

씻고 나온 은서는 욕실 앞에서 동상처럼 서 있는 이수를 보고 눈을 깜빡였다.

화장실을 쓰기 위해 대기하고 있는 건 아닐 거다. 욕실이 두 개 있는 스위트 오션 룸이니까.

그럼, 아까부터 계속 이러고 있었던 거야? 차마 묻지 못한 그녀의 입이 벙긋 벌어진다. 씻으러 욕실에 들어가면서 작은 실랑이가 있었다. 같이 씻자. 싫다, 오빤 씻었는데 뭘 또 씻느냐. 혼자 씻겠다, 정도의 별거 아닌 실랑이. 아무 말 없기에 합의가 된 줄 알고 씻고 나왔는데. 표정을 보니 뭔가 단단히 틀어진 것 같아 설마 하며 물었다.

"아까부터 서 있던 거야? 아니지?"

"네 입에서 싫다는 말 하는 거 듣기 싫어."

"난, 기다리라는-!"

"그 말은 더더욱 싫고. 키스도 기다려서 해야 해?"

이수의 말에 은서는 살포시 미간을 좁혔다. 아무리 그와 잠자리를 하고, 욕실에서 질펀한 섹스를 했어도 아무렇지 않게 알몸을 보여 주는 건 아직 무리였다. 그리고 양치도 않고 무슨 키스. 예쁜 모습만 보여 줘도 모자랄 판인데 말이다. 무슨 말을 해야 할지 몰라 망설이는데 그의 목소리가 다시 들린다.

"서은서. 난 네게 하임이 아빤가."

맞는 말인데 어감이 좀 이상해서 은서의 고개가 갸웃 돌아간다. 그런 은서를 보고 이수는 얼굴을 굳혔다. 빈말로라도 아니라고 해야 하는데 다 물린 입이 가슴을 철렁하게 만든다.

'하, 서은서.'

은서가 미묘하게 그를 어색해하는 것 같았다. 겨우 가까워진 거리가 며칠 사이에 다시 멀어진 느낌이랄까. 생각해 보면 그의 집에서 같이 보낸 이틀도 이수 저만 몸이 달았던 거지 은서는 수동적. 틈만 나면 달라붙고 싶어 하는 그와 달리 그녀는 너무 이성적이었다. 그리고 대화의 주제는 늘 하임이. 당연하다 생각하면서도 불안했다. 아이를 볼모로 은서를 붙잡았기에 더더욱. 거기다 키스마저 거부당하니 막연한 기우가 아니라는 생각이 든다.

"오빠, 그게 무슨 의미야?"

"말 그대로야. 난 하임이 아빠만 하면 되는 거냐고."

"음……?"

잠시 생각하던 은서는 그제야 알겠다는 듯 혼자 고개를 주억거렸다. 그녀가 이수의 손을 잡고 걸음을 옮겼다. 조금 뻣뻣하긴 해도 따라와 주는 게 또 귀엽다.

바다가 훤히 내려다보이는 소파에 그를 앉히고 냉장고에서 음료를 꺼내 왔다. 옆에 앉아 생수를 밀어 주고 말했다.

"오빠, 그거 알아?"

"내가 뭘 알아야 하는데."

낮을 굳히고 무뚝뚝하게 묻는 그를 보며 은서는 속으로 웃었다. 마치 요즘 말로 '어른이'를 보는 것 같아 재미있어서. 하지만 웃고 있을 때가 아니었다. 어쩐다. 이수가 신부님도 아닌데 굳이 고백을 해야 하나. 시두를 던져 놨으니 말을 하긴 해야 했다.

"사실은, 내가-. 오빠 덮친 거야. 미국에서."

"⋯⋯?"

이수의 눈빛이 아연해진다. 도대체 이 타이밍에 저 말을 꺼내는 그녀의 의도를 모르겠어서. 그의 잘못을 되짚어 주기 위해서는 아닐 거다. 지난번에도 그랬듯 저렇게 말도 안 되는 거짓말을 하고 있으니까. 지켜볼밖에.

은서는 애먼 입술을 잘근잘근 씹었다.

"오빠가 날 덮친 게 아니라 내가 오빨 덮쳤다고!"

"하, 서은서. 말이 되는 소릴 해."

은서의 목적이 뭔지 모르겠으나 말이 안 되는 소리였다. 그의 시선이 가냘픈 은서의 몸을 훑어 내렸다. 제 몸의 반도 안 되는 몸을. 너도 똑똑히 보라는 듯. 그런 그를 보며 은서는 눈을 내리깔았다.

"그게, 말이, 되더라고."

이수가 제주도에 오기 전날 마치 자신을 쓰레기 취급 하면서 말했었다. 때리지 그랬냐고. 물어뜯지 그랬냐고. 강제로 널 가졌을 텐데 왜 그냥 당했냐고. 아니라고 말해 줬는데 믿는 눈치는 아니었다. 디테일하게 얘기하지 않았던 건 부끄러워서 그랬고. 이수는 갑자기 꿀 먹은 아이처럼 입을 꾹 다문 은서가 답답했다.

"대체, 하. 아니다. 내가 믿어 주면 되는 건가. 그래 그럼 그렇다 치고, 내 질문에 대답은?"

"⋯⋯!"

아니, 왜 사람 말을 못 믿어? 음 소거된 말이 그녀의 맞물린 입술 안에서만 맴돈다. 은서는 불현듯 미련하다 싶을 정도로 우직했던 이수가 떠올랐다. 체념의 눈빛을 한 그녀의 시선이 이수를 향했다.

"오빤, 인사불성이었어."

"⋯⋯!"

"그런 사람이 옷을 어떻게 벗겠어. 내가 벗긴 거야. 오빠 옷. 강제로 한 게 아니었다고."

아직도 믿어지지 않는지 진한 이수의 눈썹이 심하게 균형을 잃는다. 은서는 내친김에 말을 이었다.

"오빠…… 제대로, 찾지도 못하고 헤매기만 했어. 사실, 이야."

부끄러움에 목소리가 떨려 나왔지만 털어놓고 나니 속은 후련했다.

이수는 설마 하면서도 은서를 살폈다. 은서는 거짓말을 할 때 보내는 시그널이 있다. 눈을 깜빡인다든지, 피아노를 연주하듯 쉴 새 없이 손가락을 움직인다든지. 그런데 눈 한 번 깜빡이지 않고 주먹을 꼭 말아 쥐고 있었다. 거짓말이 아니라는 얘기였다.

멍했던 이수의 눈이 묘한 빛을 발한다.

"내가 뭘 못 찾았는데, 어딜 헤맸고."

"그러니까, 그게…… 입구를……?"

은서의 얼굴이 곧 터질 것처럼 새빨갛게 달아올랐다. 이수는 그녀의 말에 '하.' 하고 바람 빠지는 소리를 내고 말았다. '입구'라는 말이 이렇게 야한 단어였던가. 머릿속은 오류 난 듯 쓸데없는 단어의 의미만 좇고, 몸은 어느 포인트에서 자극을 받았는지 이상 반응을 보인다. 그런데 무슨 조화인지 자꾸만 짓궂어지고 싶다. 이수는 한없이 올라가려는 입꼬리를 애써 내렸다.

"그래서 네가 어떻게 했는데?"

"……!"

은서는 눈을 홉떴다. 아니, 뭘 또 그렇게까지 자세히 물어? 오빠 원래 이런 사람이었어? 뭐든 적당한 게 좋은 건데 이수는 쓸데없이 집요했다. 하지만 이미 고백을 했다. 주워 담을 수 없는 물이 됐기에 한숨이 절로 나온다.

"뭘 그래서야. 내가 잡아서 찾아 줬지."

이수는 은서가 제 것을 잡았다는 말에 주먹을 말아 쥐었다. 상상력이 세포 줄기처럼 뻗어 나가는 가운데 급기야는 제 중심부를 내려다봤다. 가뜩이나 힘이 들어간 녀석은 그의 영역이 아닌 듯 따로 놀고 있었다. 편하게 입는 바지 앞섶이 터질 듯 팽팽했다. 난감함에 겨우 웃음기를 숨기고 물었다.

"그래서 그 말을 하는 이유는?"

"그런 상황에서도 오빠가 욕심이 났다고. 너무 근사했거든. 정이수가. 너무 남자더라."

목소리는 담담한데 회상이라도 하듯 은서의 눈빛이 몽글몽글했다. 얼굴은 더없이 새빨갛게 익힌 채로. 말 없는 이수를 쳐다보며 다시 입술을 움직였다.

"하임이 아빠이기 전에 오빤 나한테 남자라고. 어렸을 때도, 커서도. 처음이자 마지막인 남자. 오빠 아니었음 하임이 태어나지 못했을 거야."

그녀의 난데없는 고해 성사에 이수의 심장이 대책 없이 날뛴다. 원래 이렇게 사나운 녀석이 아닌데 말이다. 마치 그 시절 맹랑했던 은서를 보는 것 같아서 그런 건지도. 강제로 잃어버리게 만들었다는 자책이 마음속 어딘가에 자리 잡고 있었는데, 순간 싹 가셨다.

이수는 무심을 가장하고 물었다.

"그런데 왜 키스도 못 하게 해?"

"……예쁘게 보이고 싶은데 일어나자마자 키스는 좀 그렇지."

발끈하면서도 대답은 꼬박꼬박 해 준다. 안고 싶은 마음이 간절한데 이런 모습도 더 보고 싶었다.

"씻는 건 왜 혼자 하겠다는 건데."

"음, 아직은 조금 부끄러워서?"

이수는 결국 은서의 허리를 감아 안고 입술을 겹쳤다. 더 놀려 주고 싶은데 참을 수가 없었다. 놀라 홉뜬 눈도 아랑곳 않고 젤리 같은 입술을 쪽 빨아 삼켰다. 이러다 그녀를 통째로 삼켜 버리는 건 아닐까, 싶을 정도로 강하게. 하지만 작은 몸을 소파에 파묻다시피 맹렬히 달려들던 기세와 달리 곧 입술을 떼어 내고 이가 보이도록 빙글거린다.

은서는 숨을 몰아쉬느라 정신이 없었다. 이게 도대체 무슨 일인지. 순식간에 물기 어린 눈을 하고 그를 올려다볼 뿐.

"하아, 하아……."

"우리 은서 큰일 났다."

이수는 그녀의 가녀린 허리를 감고 엉덩이를 받쳐 훌쩍 안아 들고 일어섰다. 은서는 마주 안긴 탓에 그의 허리에 다리를 감고 그의 목에 팔을 둘러 매달렸다.

"뭐, 뭐예요?"

"제대로 덮쳐 주려고. 그러려면 소파에선 무리잖아."

코알라처럼 그에게 매달린 은서는 눈을 질끈 감았다. 아무래도 이수의 자존감을 너무 세워 준 것 같다는 생각을 하면서.

이수의 손에 의해 침대 아래로 옷가지가 휙휙 던져진다. 그러면서도 눈은 은서에게 고정이다. 그녀에게 남자는 저 하나라는데 무슨 말이 더 필요할까. 혼자 굴을 판 건 쪽팔리지만 제대로 보상받은 기분. 속옷에 가려져 들썩이는 가슴을 지나 납작하게 잘록한 허리를 눈으로 핥았다.

"……!"

"……!"

은서 또한 마찬가지. 가슴 졸이게 했던 일들이 거짓말처럼 싹 사라졌다. 이제나저제나, 언제 터질지 모르는 폭탄을 끌어안고 사는 기분이었는데, 완전 도려내진 느낌. 가장 큰 몫을 차지한 건 이수의 어머니. 저를 받아 준 순간 믿을 수 없게 마음이 홀가분해졌다. 몸과 마음이 감당 못 할 만큼. 그랬기에 그의 손에 몸을 맡기고 잡아먹을 듯 이글거리는 시선을 만끽한다.

은서는 저를 탄탄한 허벅지 사이에 가두고 상체를 세운 그를 새삼 꼼꼼히 훑었다. 잘생겼다. 강인하게 곧은 목과 너른 어깨, 과하지 않게 두툼한 가슴, 슬림한 허리 라인까지. 그 아래는 말할 것도 없다.

'정말 잘났잖아. 근데 오빠, 너무 건강한 거 아니야?'

풀발기한 성기를 가둔 블랙 드로어즈 윗부분이 동그랗게 젖어 색이 짙었다. 가늘게 접힌 눈에 미소가 서린다. 서울에서는 격랑처럼 몰아친 정사였다. 허겁지겁 잡아먹히고 탐하는. 동상이몽인 채로. 이젠 그럴 일이 없다. 은서는 그를 향해 팔을 뻗었다.

"오빠……."

이수는 적극적인 은서의 행동에 다소 놀라면서도 기꺼워 하얀 손을 잡아 발기한 페니스로 이끌어 겹쳐 잡았다. 겉으로 본 것보다 훨씬 건강해서 그녀의 눈이 동그래진다.

"안아 달라는 거였는데, 뭐야. 그리고 뭘 했다고…… 이래?"

"얜 너만 보면 늘 이래. 그리고 그렇게 쳐다보는데 당해 낼 재간이 있나."

은서는 제법 비장한 표정을 하고 막대기처럼 딱딱해진 그의 것을 꾹 누르고 쥐었다. 팔딱팔딱 뛰는 맥박이 느껴져 온몸에 전율이 인다. 정말 당해 낼 재간이 없는 듯 그녀의 손장난에 페니스가 밴드를 밀고 머리를 내민다. 사실 은서의 상황도 다를 건 없었다. 이수에게 안기고픈 욕구에 아래가 젖은 지 오래다. 어젯밤에도 그랬다. 몸이 따라 주지 못해서 말도 못 하게 아쉬웠다.

새침한 눈빛으로 물었다. 어떻게 하라고? 빨리 품고 싶어서 안달이 났으면서.

이수는 저를 도발하는 은서를 빤히 응시했다.

"그때처럼 벗겨 줘."

"……똑같이?"

고개를 끄덕이자 일어난 은서가 그의 가슴을 밀었다. 뒤로 벌렁 넘어져 준 그의 허벅지 위에 앉아 배시시 웃는다. 별거 없는데, 말하면서. 속옷을 천천히 끌어 내리는 손가락이 구릿빛 피부에 스칠 때마다 이수는 이성이 날아갈 것 같았다. 간지러웠다. 복부에 고인 열이 페니스로 몰려 혼자 껄떡이며 난리가 났다. 그래도 이를 악물고 참아 냈다.

"와우!"

완전히 해방된 흉흉하게 성난 페니스를 본 은서는 저도 모르게 탄성을 뱉었다. 이수의 눈에 불꽃 같은 이채가 서린다.

"하, 서은서."

"……응, 응."

성의 없는 대답. 페니스에 닿은 그녀의 시선에 발기가 끝난 줄 알았던 성기가 한층 사나워지자 눈동자가 커진다. 은서는 우람한 성기를 살살 쓰다듬다 꼭 쥐고 몸을 떨었다. 뜨겁고 역동적이고. 단단한 것이 말도 못하게 부드러웠다.

"읏!"

억눌린 듯한 이수의 신음은 그녀를 즐겁게 해 주는 덤. 이수는 눈을 질끈 감았다. 그의 허벅지로 쏟아지는 밀부의 축축한 열기에 허리가 절로 움찔거려서. 그런 그를 보며 은서는 페니스를 쥔 채로 탄탄한 가슴으로 엎어졌다.

"다음은 오빠가 해."

"더는 무리야?"

"응. 여기까지만 할래."

이수는 은서의 몸을 소중히 끌어안고 다독였다. 곧 그들의 세상이 뒤집히며 입술이 맞물렸다. 서로를 원하는 눈빛이 검고 짙었다. 틈 하나 없이 맞붙은 육체가 그들의 몸짓에 진득하게 비벼진다. 서로의 몸을 더듬고 쓸고. 혀를 얽고 빨고. 농밀해진 키스에 그들의 몸이 불이라도 낼 듯 뜨거워졌다. 데워진 타액이 서로의 목구멍을 가득 채웠다.

이수는 동그란 젖가슴을 쥐었다. 탄력 있는 부드러운 가슴이 그의 손에 형체를 잃고 짓눌린다. 손바닥을 밀어 내는 땡땡한 알갱이를 비틀었다.

"흐으응."

아프기도 하면서 아찔했다. 그녀의 신음에 그의 키스가 부드러워졌다. 조절이 힘들었다. 저를 원하는 여자의 몸짓이, 헉헉대는 신음이 너무 황홀해서 돌 것 같았다. 이수는 갈무리하듯 점막을 훑고 쪽쪽, 몇 번이나 입맞춤을 한다.

"미치겠다. 서은서 너무 예뻐서."

"하아, 하아. 나도. 나도 정이수가 너무 예뻐. 근사해."

아낌없이 마음을 전해 주는 그녀의 뺨을 잡고 엄지로 붉게 달아오른 눈가를 쓸어 주었다. 이수는 핑크빛으로 물든 그녀의 몸에 입술 도장을 남기며 내려갔다.

그의 입맞춤이 지나는 자리마다 붉은 울혈이 생기고 흐응, 하는 야릇한 그녀의 신음이 새어 나온다.

가슴을 핥고 유륜을 따라 혀를 굴렸다. 몸이 달아 이리저리 허리를 비트는 은서를 감상하다 정점을 잇새에 가두고 잘근잘근 씹었다.

"읏, 오빠."

아프냐는 뭉개진 저음에 은서는 고개를 저었다. 아래에서 시작된 간지러움이 온몸으로 퍼져 저를 어떻게 해 줬으면 좋겠다는 바람뿐. 이수는 욕망에 허덕대는 그녀를 음미하며 손을 내려 조여지는 음부를 쓸어 주고 돌덩이 같은 허벅지만 움직여 늘씬한 두 다리를 벌렸다.

"읏……!"

기대 반. 부끄러움 반. 저를 올려다보는 흔들리는 눈동자에 그런 것이 담겨 있었다. 결국 방만하게 벌어진 다리를 접었다 폈다, 꼼지락거리다 포기한 듯 힘을 푼다. 피부가 약하고 얇은 탓에 바로 홍시처럼 선홍색으로 변하는 살빛을 보고 이수는 촉촉이 젖어 있는 곳으로 중지를 밀어 넣었다.

"으흥, 오빠."

'한 가지만 해.'라는 말이 꿀꺽 그녀의 입 속으로 삼켜진다. 가슴을 쭉쭉 빨며 아래를 파고드는 손가락이 연주하듯 음부를 휘젓는다. 꿀쩍꿀쩍 야한 소리에 아래를 한껏 조여 보지만 허사. 두툼한 허벅지에 막혀 아래로 체액이 흐르는 느낌에 진저리를 쳐야 했다. 그런데도 좋았다.

"흐윽."

투정처럼 흐느끼는 그녀의 눈동자가 쾌락에 젖어 흐릿했다. 이수는 미간을 좁히고 몸을 내렸다. 가슴을 더 빨고 싶은데 그의 애무에 무너진 은서가 너무 섹시했다.

쯥, 쭈읍. 아래가 쫙 빨리는 느낌에 은서는 눈을 질끈 감고 저도 모르게 허벅지를 오므려 그의 머리를 가두었다.

"훗윳! 오빠!"

전율이 일 만큼 좋으면서도 민망하다. 골반을 들썩이던 그녀가 얼굴은 제 음부에 처박고 가슴을 터트릴 듯 주물럭거리는 그의 손을 겹쳐 잡았다.

"그, 그만. 하앙."

이수는 음란한 색을 띠는 질구에 입술을 붙이고 빨았다. 작은 알갱이를 입술로 물고 혀를 동그랗게 말아 음부를 파고들었다. 그의 노력에 미끈미끈한 체액이 졸졸 흐른다. 고갈시킬 듯 삼키고 또 삼켰다. 하얀 다리가 접었다 펴지길 몇 번.

"그마안, 하웃."

연신 신음하던 목소리가 뚝 끊기고 미끈한 다리가 힘을 잃고 길게 뻗어진다. 그제야 쪽쪽 입맞춤을 남기고 천천히 몸을 세운 이수의 입기에 미소가 서린다. 그가 무릎걸음으로 다가가자 힘 잃은 다리가 더 쩍 벌어진다. 그가 사랑해 준 은밀한 곳이 붉은 꽃밭이다. 아침 이슬을 머금은. 성애에 흐드러진 은서의 모습은 퇴폐미마저 느껴져 선정적이었다. 예쁘게 달아오른 몸을 비비 꼬는 짓은 또 귀엽고.

"하아, 너무해……."

"기대에 부응한 건데. 왜."

저를 놀리듯 빙글거리는 이수가 미워 곱게 눈을 흘겼다. 이런 와중에도 꺼덕대는 성기에 콘돔을 씌우는 이수의 모습이 말도 못 하게 섹시해 보인다. 홀리도록 말이다.

"어색하단 말이야. 이런 거."

"난 달라?"

페니스를 잡아 질구를 누르던 이수가 돌연 멈칫했다. 묵직한 압박감에 긴장했던 얼굴이 금방 새침해진다.

"서은서, 대답해야지."

"그, 그건 오빠가 알-. 웃윽!"

가녀린 몸통을 가둔 팔이 접히고 이수가 훅 몸을 낮췄다. 그 바람에 굵은 성기가 좁은 길로 훅 들어온다. 은서는 속살이 쓸리는 느낌에 신음했다. 이수도 더운 숨을 몰아쉬었다. 충분히 시간을 들여 준비를 해 줬는데 쥐어짜듯 좁았다. 이수는 미간을 좁혔다. 욕망과 뒤섞인 의문에.

"모르는데."

상체를 더 낮춰 입술이 맞붙을 듯했다. 지진이라도 난 듯 흔들리는 눈동자에 망설임이 가득했다.

"……경험 많잖아."

내가, 라고 이수가 물었고 은서는 고개를 끄덕였다. 이수는 거칠게 허리를 움직여 성기를 깊숙이 묻었다. 마치 제 영역임을 표시하듯.

"흐윽."

"아닌데."

이번엔 은서가 위로 밀릴 정도로 허리를 쳐올렸다. 얼얼하도록 진한 전율이 이는데도 허기졌다.

"하읏."

"아니라고. 나도 너밖에 없었어."

고백과 동시에 이수는 열에 들뜬 앙큼한 입술을 물었다. 수초 깜빡이는 눈동자와 그의 눈에 불꽃이 튄다.

'바보야. 이해했어?'

'……어.'

이수는 벙긋 벌어진 입 속으로 혀를 넣어 마음껏 휘저었다. 허리를 감아 안고 다른 팔은 목 뒤를 받쳐 가는 어깨를 누르고 폭주했다. 완벽하게 이어진 육체가 굳었다. 쿵쿵 뛰는 심장마저도. 틈 없이 맞물린 두 사람의 알몸이 그의 허리 짓에 하나처럼 움직인다.

"읍읍."

은서는 몰아치는 열감을 이기지 못하고 그의 목을 끌어안고 매달렸다. 이수의 숨이 가파른 산길을 오르듯 삽시간에 거칠어진다. 그의 피스톤질에 무아지경으로 흔들렸다. 그런데도 빠듯하게 맞물렸던 것이 빠져나가는 게 아쉬워 저도 모르게 아래를 조였다.

"윽!"

낮은 이수의 신음이 그녀의 입 안에서 울린다. 은서는 아래를 움찔거리며 본능적으로 그를 유혹했다. 결합이 더 깊어지자 둔통이 몰려왔지만 상관없었다. 저만 좇는 그의 눈동자가 너무 황홀했으니까.

이수는 뿌리까지 밀어 넣고도 더 밀어 넣지 못해 안달이 났다. 귀두 끝이 벽에 턱턱 부딪는데도 모자랐다. 살과 살이 마찰하는 소리, 쩍쩍 그녀의 안을 들고 나는 소리가 그를 더 달라고 조르는 것 같았다. 마음뿐 아니라 몸까지 다 주고, 다 갖고 싶었다.

그에게 매달린 가는 팔에 힘이 바짝 들어간다. 동시에 아래를 조이며 그를 품은 속살이 부들부들 떨린다. 이수는 그녀의 절정이 다가오는 것을 감지하고 깊게 맞물린 입술을 떼어 냈다. 열 오른 뺨에, 콧대에 눈에 쪽 쪽, 촉촉 입을 맞추며 허리를 빠르게 털었다.

"하아, 사랑해, 서은서."

"아아, 웃."

안쓰러울 정도로 바르르 떠는 몸을 그의 품에 완전히 가두고 이수도 억제하지 못한 본능을 쏟고 몸을 굳혔다. 오래도록.

2

언제부터인지 눈이 내리고 있었다. 겨울바람에 농익어 샛노랗게 익은 귤에도, 녹색 잎사귀에도 사워크림처럼 하얗게 내려앉고 있다. 잠시 시선을 빼앗겼던 은서는 인기척에 고개를 돌렸다. 엄마와 아빠, 오빠 은후가 들어오고 있었다.

"와, 우리 아빠 정말 근사하다."

"네 엄마는 안 보이니?"

"엄마는 말해 뭐 해. 모태 여신인데."

"여우 짓은……."

현정은 눈을 흘기면서도 싫지 않은 눈치였다. 엄마 현정은 객관적으로 봐도 미인이었다. 은서와 오빠 은후는 엄마 현정의 외향을 닮은 편이고.

은후는 저도 있다는 걸 알리기 위해 주먹을 말아 쥐고 헛기침을 했다.

"오빤 어제도 종일 봐 놓고 왜 왔어?"

"그게 종일 본 거야? 이수 대신 짐꾼 해 준 거지."

"며칠 동안 봤잖아."

동생의 결혼식 핑계로 닷새 전에 한국에 들어온 은후는 부모님 집에 머물고 있다. 덕분에 거의 매일 보다시피 했다. 현정이 은서를 매일 불러 대고 있었으니까. 준비할 것도 없는데 말이다. 아무리 오랜만에 보는 오빠라도 한 시간 정도면 해후는 충분한데. 더구나 어제는 종일 따라다니며 잔소리를 했다. 산달이라 같이 오지 못한 새언니 대신 듣는 잔소리.

"아, 우리 동생 예쁘긴 엄청 예쁘네. 아버지, 그렇죠?"

진운은 웨딩드레스를 입은 딸에게서 눈을 떼지 못했다. 말로 표현할 수 없을 만큼 아름다웠다. 주마등처럼 스치는 지난 시간을 애써 지우며 딸에게 다가갔다.

"시집보내기 아까워서 어쩌지."

"가지 말까요?"

"빈말은."

현정은 저도 모르게 톡 쏘고 민망한 얼굴을 했다. 잘된 일이다. 천 번만 번. 그러다가도 앞으로의 날이 걱정돼 불쑥불쑥 생각을 드러내게 된다.

"은서야, 아니다."

"엄마, 걱정 마. 잘 살게."

"그래. 잘 살아야지. 몇 배로."

현정은 다짐을 받는 사람처럼 말하며 은서를 바라보았다. 이젠 정말 살 만한가 보다. 억지로 만들어진 미소만 보이던 딸이 진짜 화사하게 웃고 있었다. 진운은 아내 현정에게 시간이 다 됐다고 말해 주었다. 가족사진을 찍고 현정이 다시 한번 은서의 손을 꼭 잡았다.

"기죽지 마. 절대. 네 곁에 엄마 아빠 있다는 거 잊지 말고-. 이수 엄, 아니 사돈한테 잘해. 많이 잘해 드려."

"이 사람이 잘하라는 거야, 말라는 거야. 어련히 알아서 할까."

진운이 현정을 말렸다. 은후가 얼른 끼어들었다.

"아버지, 어머니 모시고 먼저 홀에 가 있을게요. 은서야, 눈 온다."

"그게 뭐?"

"잘 살 거라고. 하늘도 축복해 주는 거잖아."

은서는 급조한 오빠의 축하에 피식 웃고 말았다. 떨어져 있어도 전혀 거리감을 느끼지 못하는 건 유한 은후의 성격 때문이다.

은서는 어느새 어머니를 모시고 출입구로 향하는 은후에게 말했다.

"고마워."

손만 들어 흔들어 준다. 진운은 시간을 확인하고 딸에게 손을 내밀었다.

"이제 가 볼까."

결혼식 진행 스태프가 망사로 된 우산을 씌워 주자 두 사람은 걸음을 떼었다.

"춥지 않아? 좀 빨리 걸을까?"

"아니요, 천천히 가요. 아빠."

은서는 느리게 걸음을 떼며 말했다. 속만 썩인 딸이라 죄송하다고. 진운은 그저 미소만 지었다. 입을 열면 눈물이 쏟아질 것 같았기 때문이다.

"아빠, 잘 살게요."

"……당연히 그래야지. 정 서방이 네 곁에 있으니 마음이 놓여."

은서는 결혼식을 하지 않겠다고 고집을 부렸다. 왜 그 마음을 모를까. 그런 은서를 안사돈이 된 이수 어머님과 이수가 겨우 설득했다.

은서는 자꾸 젖어 드는 진운의 목소리가 마음 쓰여 한층 밝은 얼굴을 했다.

"아빠가 몰라서 그러지 오빠 은근 고집쟁이예요."

"왜, 난 마음에 드는데."

"벌써부터 오빠 편드는 거예요? 서운하게."

애교 섞인 투정에 진운은 허허 웃었다. 딸은 주례 없이 가족과 친구들만 모인 조촐한 스몰 웨딩을 원했다. 허락을 하면서도 내심 서운했는데 사위가 그 마음을 풀어 주었다. 장소만큼은 이수가 고르겠다고 고집을 부렸다더니 와서 보니 스몰 웨딩이 아니었다. 어떻게 알았는지 현정과 그의 친척들은 물론 친구들까지 와 있었다. 아마도 현정이 개입했지 싶다. 더구나 이곳까지 와 준 하객들이 머물다 갈 수 있게 귤 농장과 함께 운영하는 풀 하우스형 호텔을 통째로 빌린 거다. 거기다 비행기 티켓을 전부 돌렸으니 어느 결혼식보다도 축하객이 풍성하다.

진운은 팔짱을 낀 은서의 손등을 다독였다.

"그럼 들어가 볼까."

"……네."

예식장으로 꾸민 파티 룸 문이 열렸다. 웨딩 마치가 울리고 하객들의 시선이 쏟아지지만 은서의 눈에는 아무것도 들어오지 않았다.

은은한 조명 아래 손을 잡고 서 있는 이수와 하임이만 보였다.

하얀 와이셔츠에 블랙 턱시도를 입은 이수는 그 어떤 화보에서 보았던 모델보다 근사했고 앙증맞은 드레스를 입은 하임이는 천사 같았다. 저렇게 세워 놓고 보니 정말 많이 닮았다. 주변에서도 붕어빵이라고 수군대는 목소리가 들린다.

'내가 갈게, 오빠.'

이수는 천천히 다가오는 은서를 보고 은색 토슈즈를 신은 앙증맞은 발이 살며시 떼어지자 고개를 저었다.

"할아버지한테 잠깐 엄마를 양보해 주는 거야."

인형의 것처럼 깜빡이던 눈이 가늘게 접힌다.

가까워지는 은서를 응시한 이수의 눈빛이 뜨거웠다. 늘 예뻤다. 그런데 순백의 드레스를 입은 모습은 눈부시다는 말로도 표현이 부족하다. 이수는 환청이 들리는 것 같아 설핏 입꼬리를 올렸다.

'나 오빠한테 가는 중이야.'

이수가 화답했다.

'빨리 와.'

진운은 딸의 떨림이 고스란히 느껴져 고개를 살짝 돌려 은서를 바라보았다.

"만날 사람들은 어떻게 해서든 만나진다는 말이 있지. 너희들이 그런 귀한 인연이었나 싶다. 행복하게 살아."

"네, 아빠. 사랑해요."

이수에게 은서의 손을 넘겨주고 진운이 아내 현정의 옆에 앉았다.

찬의 진행으로 예식이 진행되자 하객들의 웃음이 홀을 메웠다. 마치 그가 주인공이 아닌 것처럼 은서만 바라보는 이수 때문에 더더욱.

"이렇게 예뻐도 되는 거야?"

이수는 팔짱을 껴 온 은서의 손을 꼭 쥐었다.

"기댈래?"

"괜찮아."

그래도 안심이 안 되는지 이수가 그녀의 팔을 당겨 기대게 한다.

혼인 서약서를 서로 읽고 진운이 성혼 선언문을 낭독하고 식이 끝났다. 크림색 은방울꽃 부케가 둥근 원을 그리며 날아갔다. 받는 사람은 당연히 나래였다. 친구의 품에 안착하는 것을 확인한 은서는 눈을 접어 미소를 지었다.

다시 찾은 행복. 은방울꽃 부케의 꽃말처럼 다시 찾은 행복이었다.

아치형 창으로 어느새 굵어진 눈발이 노란 귤을 아슬아슬하게 덮은 모습이 보였다.

* * *

이수는 구단에도 에이전시에도 결혼식을 알리지 않았다. 그렇다 보니 그의 하객들은 대부분 친구들이었다. 당연히 그들은 이수와 찬의 몫. 은서의 친척들은 엄마와 아빠, 오빠 은후의 몫.

은서는 이수의 어머니와 하임이를 배웅하고 나래와 유성이 기다리는 호텔 BAR로 들어섰다. 하루가 정말 길고 길었다. 그래도 유성이 새벽 비행기로 가야 한다고 해서 그냥 보내기 아쉬웠다.

술잔을 기울이던 두 사람이 그녀를 발견하고 놀란 눈을 한다.

"못 올 줄 알았는데, 어떻게 왔어? 선배는?"

"오빠 친구들한테 잡혀서 정신없어. 유성이 넌 어떻게 왔어?"

"드라마 촬영 펑크 내도 네 결혼식엔 못 빠지지."

정말 펑크 낸 거냐고 불안한 얼굴을 하는 은서를 보고 나래가 유성의 등짝을 매섭게 가격했다.

"넌 오늘 같은 날도 장난치고 싶어? 걱정 마, 은서야. 드라마 스케줄 조정했대. 꼴에 주연이잖아."

"말을 해도. 힘을 쓴 건 사실이거든."

작가며 감독을 찾아가서 손이 발이 되도록 빌었단다. 그다지 믿어지지 않지만. 나래가 물었다.

"행복하냐, 서은서?"

"어. 행복해."

좀 지쳐 보이지만 반짝이는 눈동자가 행복하다고 말해 주고 있었다. 유성이 잔을 비우고 말한다.

"나 오늘 형님 다시 봤다. 이 플렉스를 어쩔."

나래는 넉살 좋게 이수를 형님이라는 호칭하는 유성을 어이가 없다는 눈으로 쳐다보았다. 그래도 궁금하긴 했다.

"은서 너도 몰랐어?"

"어. 전혀."

"와, 역시 우리 형님. 어떻게 그 짧은 시간에 혼자 이렇게 준비할 수 있지? 진짜 추진력 짱, 인정."

"그건 나도 인정. 네가 형님 타령 하는 건 짜증 나지만."

두 사람의 말에 은서는 저도 모르게 고개를 끄덕였다. 아닌 게 아니라 이수의 출국 때문에 번갯불에 콩 볶듯 결정된 결혼식이었다. 이수의 또 다른 면모를 엿보게 된 계기가 됐고.

이수는 결혼식을 올리지 않으면 미국에 가지 않겠다는 강수를 뒀다. 그래서 혼인 신고만 하려다 결혼식을 하게 된 거다. 이수는 아무것도 신경 쓰지 말라고 했다. 그에게 전부 일임했던 건 스몰 웨딩을 할 줄 알았기 때문이었는데. 분명 이수도 동의를 했으니까. 양가 가족들과 친구 몇 명만 초대해서 식사 정도 하는 규모로. 그런데 아침에 도착해서 너무 놀라서 아무 말도 할 수 없었다. 아니 제가 한 건 아무것도 없으니 입을 열 수 없었던 거다. 물어보긴 했다. 어떻게 한 거냐고. 딱 한마디 했다.

"묻지 마."

상념에 빠져 있는데 나래의 목소리가 들린다.

"그분은 유성이 네 인정 받고 싶지 않을 거야. 그리고 네 인별에 선배 사진으로 도배질 좀 그만해."

"그걸 왜? 내 인별이 얼마나 글로벌해지고 있는데. 아우가 형님 덕 보는 게 뭐 어때서. 다 허락받고 하는 건데."

능글맞게 대처하는 유성을 보며 나래가 한심하다는 투로 말한다.

"그게 허락이니? 어쩔 수 없으니까 내버려 두는 거지. 은서 네가 말해 봐."

"……허락 맞아. 좋잖아."

은서는 저를 째려보는 나래를 외면했다. 어쩌다 보니 넷이 만나는 기회가 잦았다. 정확히 말하면 세 사람의 만남에 이수가 끼어든 거지만. 어찌 됐든 친화력 좋은 인싸 유성이 가만있을 리가. 첫날부터 호칭이 형님이었다. 그리고 바로 사진을 찍어 인별그램에 올리고 '괜찮죠? 형님.' 이수는 묵묵히 고개를 끄덕여 줄밖에. 그래서 사진 찍히는 걸 극도로 꺼려 하는 이수가 본의 아니게 팬들에게 근황을 알리고 있다. 덕분에 유성은 국내가 아니라 글로벌적으로 관심을 받고 있고. 그거면 된 거다.

돌연 나래가 훅 얼굴을 들이민다.

"은서야, 너 소아과 쌤 봤어? 아니 네가 초대했니?"

"……아니."

"그럼 선배가 초대했다는 거네?"

"……아마도?"

은서는 소심하게 대답했다.

"와, 선배 정말 유치하다. 어떻게 그 남잘 초대할 생각을 했지? 초대한 사람도 대단하고 온 사람도 대단하다."

"나 같아도 오지. 몇 년이나 공들인 여자가 결혼한다는데."

"넌 포커스가 항상 비껴가는 게 문제야. 지금 핵심은 선배 질투거든."

"아, 그거였어? 난 또."

유성이 원래 남자들 질투가 뒤끝 있고 더 무서운 법이라며 말을 잇는다. 그걸 또 나래는 황당해하고. 은서는 열띠게 말을 주고받는 두 사람을 보고 속으로 한숨을 삼켰다.

저도 우석이 대기실로 찾아와서 당혹스러웠다. 진주와 함께였지만 말이다. 축하한다는 우석의 인사 끝에 어떻게 된 일인지 알 수 있었다.

"정이수 선수가 직접 병원까지 올라와서 초대해 줬습니다."

웃지도 못하고 미안하다는 말도 못 하고.

"은서 씨가 너무 행복해 보여서 저도 비혼주의 접어야겠습니다. 다시 한번 축하합니다."

우석이 자리를 뜨고 진주에게 물었다. 어떻게 같이 온 거냐고.

"수강생 대표로 같이 참석하자고 하던데요. 그래서 같이 왔어요."

이수가 질투해 준 건 고마웠지만 말도 못 하게 민망했다. 잠시 생각에 빠져 있는데 나래가 묻는다.

"미국 들어갈 거야?"

"그래야지."

시간이 촉박하긴 하지만 그래도 이수와 함께 가고 싶었다. 셋이서 함께. 이수가 속한 세상으로 드디어 간다는 생각에 은서의 입꼬리가 저절로 올라간다.

* * *

주치의 장 교수를 배웅하고 돌아온 이수는 수액이 들어가는 걸 다시 확인하고 침대 옆에 앉았다. 그리고 따뜻한 물에 적신 타월로 은서의 얼굴을 조심스럽게 닦아 주었다. 잠든 얼굴이 정말 편안해 보인다. 그의 속은 새카만 숯으로 만들어 놓고.

"정말 자는 거 맞지……?"

언제 일어날 거냐는 질문은 속으로 삼켰다. 결혼식이 무리가 됐는지 은서는 제주도에서 올라오자마자 쓰러지고 말았다. 병원에서는 늘 그렇듯 특별한 이상이 없다고 했다. 그런데 집으로 돌아온 지 이틀째, 이렇게 먹지도 않고 잠만 잔다.

"푹 자게 둬요. 그동안 못 잔 잠, 몰아 자는 것 같으니까."

고맙게도 집까지 와 준 장 교수는 영양 수액만 놔 주고 갔다. 아무 걱정 하지 말라고 하면서. 미국에 갈 날이 다가오니 더 불안이 가중된다. 못해도 12월 말에는 떠나야 하는데 같이 가는 게 은서에게 무리가 될까 봐. 손과 발까지 닦아 준 이수는 은서의 이마에 입맞춤을 했다.

"서은서. 빨리 일어나. 나 죽을 것 같으니까."

커튼을 친 그가 기척을 죽여 방을 나섰다.

거실로 나오자 복례 이모가 물었다.

"밥 먹어야지?"

"……생각 없어요. 이모."

"굶는다고 자는 애가 일어나? 빨리 와서 먹어."

"하임이 데려와서 저녁 일찍 먹을게요."

혀를 차며 복례 이모가 주방으로 향하자 이수는 서재로 들어섰다. 일과처럼 노트북을 켜고 메일을 확인한 그가 USB에 담긴 영상을 재생시킨다.

봐도, 봐도 질리지 않는다. 나래가 선물이라며 준 USB는 억만금하고도 바꿀 수 없는 정말 큰 선물이었다. 하임이가 태어났을 때부터의 기록이 영상으로 담겨 있었으니까.

정말 작았다. 예쁘긴 얼마나 예쁜지. 어머니에게도 보내 드렸더니 그가 태어났을 때와 똑같다며 신기해하셨다.

돌이 되기 전까지는 거의 한 달에 한 번꼴로. 돌 지나서부터는 못해도 두세 달에 한 번은 찍은 것 같았다. 영상 파일이 40개 가까이 되는 걸 보면 말이다.

집에서도 은서와 복례 이모가 휴대폰으로 찍은 동영상도 적지 않은데 나래가 찍은 건 다큐멘터리에 가까웠다. 최소 30분에서 한 시간짜리 영상도 있었으니까. 그래서 더 자주 손이 간다. 모든 영상을 하나도 빼지 않고 몇 번씩 봤다. 덕분에 아이가 커 가는 걸 곁에서 지켜본 것 같은 착각이 든다. 무엇으로 어떻게 갚아야 할까. 이 고마움을. 이수는 의미 없이 손가락으로 책상을 두드렸다.

"하아……."

영상 속 하임이는 그가 주지 못한 사랑을 흠뻑 받고 있었다. 그런다고 아쉬움이 가시는 건 절대 아니지만.

처음엔 영상에 푹 빠져서 보느라 아무 생각을 하지 못했다. 다음엔 속 없이 좋아했고 다음엔 화가 났다.

꼬물꼬물. 앙, 하고 우는데 이가 하나도 없어서 놀랐다. 몇 달 후엔 앞니가 삐죽 솟아 놀랐고. 목욕시키면서 쩔쩔매는 은서, 옹알이를 하는 하임이를 보고 환하게 웃는 은서의 모습은 덤이었다.

걸음마를 시작할 땐 가슴이 조마조마했다. 은서가 은근 간이 컸다. 아이가 넘어질 것 같은데 절대 잡아 주지 않았다.

'엄마'라는 말을 처음 했을 땐 속이 쓰리다 못해 아렸다. 그 말을 듣고 감격하는 은서의 모습이 같이 담겨 있었는데도 그랬다. 정말 아이가 건강했다. 유모차를 타는 것보다 끌고 다니는 걸 좋아할 만큼. 언어를 구사하기 시작했을 땐 이수는 제 딸이 천재인 걸 확신했다. 가르쳐 주는 대로 기억하고 따라 하고. 지금도 그렇지만 정말 영특했다.

그렇게 첫 번째 생일. 두 번째 생일. 세 번째 생일. 초가 하나씩 늘어갈 때마다 쑥쑥 자란 하임이의 모습을 반복해서 보는데 어찌나 화가 나던지. 이 영상을 보면서 처음 진심으로 은서가 밉다는 생각을 했다. 그리고 절정은 네 번째 생일 영상. 조금만 빨리 말해 줬다면, 아니 그가 빨리 알았다면 네 번째 생일만큼은 축하해 줄 수 있었을 텐데. 그의 딸인 걸 알았을 땐 하임이의 생일이 지난 후였다.

그날은 은서에게 화를 낼까 봐 그녀를 보러 가지 않았었다.

이수는 마른세수를 했다.

"치졸한 새끼……."

이게 다 누가 준 행복인데. 이렇게 행복해도 되는 걸까. 가끔 꿈을 꾸는 것 같아 자신의 뺨을 쳐 보기도 한다. 이수는 시간을 확인하고 몸을 일으켰다. 하임이 하교 시간이 다가오고 있었다.

* * *

책을 두 권이나 읽어 줬는데 좀처럼 하임이가 눈을 감을 생각을 하지 않는다. 이수는 아이의 침대로 올라갔다. 아이 옆에 누워 다리를 한껏 접고 몸을 모로 세웠다.

"하임이 잠 안 와?"

"정이수 선수 아빠, 엄마는 게을러진 거야? 하임이는 계속 계속 부지런한데."

하임이는 잘 때 은서를 찾는 편이다. 혼자 잘 자다가도 은서가 집을 비우면 어떻게 아는지 찾곤 한다. 그게 또 신기한 게 타당하게 설명을 해주면 찾지 않고. 아이가 너무 똑똑해서 그런 것 같았다. 그러니 은서가 계속 침대에 누워만 있으니 불안해할밖에.

"그런 건 누가 가르쳐 줬어?"

"이모할머니가. 우리 엄마 일찍 일어나는데. 이상해. 아픈 거야?"

"아니. 아프면 병원 갔지. 엄만 푹 쉬는 거야."

그래도 이상한지 시무룩한 얼굴을 한다. 이수는 하임이의 콧잔등을 톡 쳤다.

"하임아, 아빠 타율이 얼마라고 했는지 기억나?"

"3할 5푼! 3년 연속 홈런은 55개!"

빠르게 고개를 끄덕이며 다다다 말을 쏟아 낸다. 안타 개수와 도루까지. 이수는 아이의 머리를 쓰다듬었다. 너무 작아서 한 손에 들어오고도 남는 기분이다.

"우와, 우리 딸 다 기억하네. 멋진데."

이수는 이를 드러내고 웃었다. 하임이의 관심을 돌리는 방법은 야구 이야기가 직방이다. 아무리 봐도 신기한 녀석이다. 아들이었다면 야구를 시켰을 텐데. 워낙 좋아하니 별생각을 다 해 본다.

"우리 하임이 투수 좋아하니까 메이저 리그 최고 투수 얘기 해 줄까?"

"네! 다** 좋아요."

이수는 속으로 고개를 절레절레 저었다. 하임이가 메이저 리그까지 섭

렵하게 된 건 찬의 공이 크다. 아이가 야구를 좋아하는 게 신기하다고 구단과 선수들에 대해 미주알고주알 설명해 주니까. 그걸 또 하임이는 대부분 기억을 한다.

이수는 메이저 리그 투수들의 방어율과 승수 기록을 줄줄이 읊으며 아이의 가슴을 조심스럽게 다독였다. 어느새 아이가 하품을 쩍 하더니 슬슬 눈까풀이 내려오기 시작한다.

"불펜 투수는⋯⋯."

이수의 목소리가 점점 작아진다.

잠시 후, 침실로 들어선 이수는 돌처럼 굳고 말았다. 은서가 욕실에서 나오고 있어서다.

"서은서, 너."

"⋯⋯오빠."

이수는 성큼 다가가 은서를 품에 안았다. 은서의 체취에 절로 눈이 감긴다. 이수는 말없이 그녀의 등을 몇 번이나 쓸어내렸다.

잠시 망설이던 은서가 말했다.

"미안. 놀랐지?"

"⋯⋯아니."

은서는 심장 소리가 쿵쿵 울리는 이수의 가슴에 얼굴을 묻고 피식 웃었다. 거짓말쟁이. 이렇게 놀랐으면서. 두 번이나 정신을 잃은 걸 봤으니 얼마나 놀랐을까. 은서는 이수의 허리에 양팔을 둘러 틈 없이 몸을 붙였다.

"내 남자 냄새 맡으니까 좋다."

말이 없는 이수 대신 은서가 다시 입술을 움직였다.

"나, 너무 잘 잤나 봐. 힘이 뻗쳐. 봐 봐. 건강해진 것 같지 않아?"

"그래."

이수는 은서를 끌어안은 채 얼굴도 확인하지 않고 기계적으로 대답했다. 이틀 동안 잠깐씩 눈을 뜨곤 화장실을 다녀와 다시 쓰러져 자고, 맥못 추는 은서를 보면서 간이 다 쪼그라들고 심장은 남아나지 않았다. 안고만 있어도 앙상해진 걸 알 수 있는데 그를 안심시키려는 노력이 이수를 더 속상하게 만든다.

감정을 추스른 그가 은서를 안락 소파에 앉게 했다. 부리나케 죽을 데워 와 원형 테이블에 올렸다. 은서는 바삐 움직이는 이수를 물끄러미 바라보았다.

"먹을 수 있겠어?"

"가져오기 전에 물었어야지."

"그래서 못 먹어?"

"아니. 너무 배고파. 지금 같아선 돌이라도 먹을 거야."

허세는. 이수는 피식 웃고 테이블 맞은편에 앉았다.

"이모랑 하임이는?"

"이모는 한참 전에 들어가셨고, 하임인 막 잠들었어."

배고프다는 말이 헛말은 아닌지 곧잘 먹는다.

"큰일이다."

"뭐가?"

"우리 미국 가려면 시간이 너무 없잖아. 아, 가게 정리도 해야 하는데. 할 일 천지다."

이수는 은서의 앞으로 물 잔을 밀어 주고 말을 아꼈다.

"언제 떠날 거야? 찬 오빠랑 의논은 했어?"

"내일. 내일 천천히 얘기하자. 오늘은 쉬고."

아무리 영양 수액을 맞았다고 해도 얼굴이 반쪽이 돼 있었다. 은서를 바라보는 이수의 마음이 복잡했다.

'……젠장.'

＊ ＊ ＊

　날씨는 맑은데 서늘한 기운을 담은 12월 끝자락의 하늘은 퍼런빛에 가까웠다. 과연 꽁꽁 언 땅이 파질까. 은서는 멀찌감치 떨어진 곳에서 삽질에 열을 올리는 이수를 안쓰러운 눈으로 바라보았다. 딸과 친해지려는 노력이 가상해서.

　"하, 어쩌겠어."

　"엄마 왜?"

　그녀의 혼잣말이 이상했는지 짝발 뛰기를 하며 벤치 주변을 뱅뱅 돌던 하임이 멈춰 선다. 천진한 얼굴엔 그늘 한 점이 없다. 은서는 팔을 뻗어 아이를 안으며 말했다.

　"아빠 땅 파느라 힘들겠다. 그렇지?"

　"정이수 아빠는 힘세서 괜찮아."

　"아닐걸. 땀 엄청 날 거야."

　"정말?"

　고개를 끄덕여 주자 눈을 내리깔던 하임이 바로 고개를 바짝 치켜든다. 간식과 음료가 담긴 바구니에서 미니 타월을 꺼내 들어 흔든다.

　"이거, 정이수 아빠 주고 올 거야. 땀 닦으라고."

　"와, 아빤 좋겠다."

　은서의 말이 떨어지기 무섭게 하임이가 이수를 향해 달려간다. 은서는 옆에 놔둔 스테인리스 캡슐을 손으로 쓸었다.

　언제쯤 마음을 완전히 열까.

　제주도 집에서 하임이에게 이수가 아빠라는 이야기를 해 주었다. 자선과 돌아가신 할아버지가 하임이의 친할머니, 친할아버지라는 것도. 하임이는 눈동자만 굴렸었다.

　"……없었잖아."

627

주어가 생략된 아이의 말에 설명을 해 줄 방법이 없었다. 미국에서 야구 선수를 하고 있어서 그랬다고 하기엔 아이가 너무 똑똑했다. 이수가 그들 앞에 처음 나타났을 때도 친구라고 소개했었으니까. 그렇다고 미주알고주알 그간의 사정(事情)을 말해 주기엔 아이가 너무 어렸다. 그리고 그 사정(事情)이라는 건 결국 어른들의 이야기가 아닌가. 미안하다고 사과할 수도 없었다. 뭐가 미안한지 설명해도 이해할 수 있는 나이가 아니니까.

서울에 올라오자마자 이수는 혼인 신고와 합가를 제안했다. 은서는 합가를 반대했다. 시간을 두고 천천히 받아들이게 하자고. 씨알도 안 먹혔다. 결국 엄마 현정까지 은서의 생각이 틀렸다고 하는 바람에 이수는 결혼식 전에 당당히 그녀의 집으로 들어왔다. 전적으로 아이를 위한 결정이었다. 표현은 못 해도 혼란스러울 텐데 환경마저 바꾸는 건 아닌 것 같다고.

하임이는 며칠이 지나도 이수에게 새침하게 굴었다. 같이 밥을 먹고 산책을 하면서도 일정한 거리를 뒀다. 호칭은 아저씨 혹은 정이수 선수라고 부르며. 그렇게 닷새가 되던 밤, 하임이 베개를 들고 그녀의 품을 빠져나갔다. 귀를 기울이니 이수의 방을 찾는 것 같았다. 한참 후에 이수로부터 하임이가 잠들었다는 문자가 왔다. 다음 날 아침 조잘거리며 이수에게 안겨 나오는 아이를 보고 얼마나 안도했는지 모른다. 그날부터였다. 이수를 부르는 호칭이 바뀐 것은. 아빠라고 부르긴 했다. 앞에 단서가 붙어서 그렇지.

정이수 아빠.

제 기분이 별로일 때는 정이수 선수 아빠.

이수는 조급하게 고치려 하지 말고 기다려 주자고 했다. 하임이의 마음이 충분히 익을 때까지. 그녀도 같은 생각이다.

은서는 고심 끝에 하임이에게 오래전부터 써 온 일기장과 이수와 관련된 물건들을 보여 주었다. 폴라로이드 사진, 그의 등 번호가 새겨진

축소판 유니폼 등등.

"와, 정이수 아빠다!"

"하임이 타임캡슐 알지? 엄마랑 타임캡슐 공원에 갔었잖아?"

아이가 열심히 고개를 끄덕였다.

"아빠 사진하고 이거로 타임캡슐 만들 거야."

"이게 뭔데?"

"하임이도 가끔 그림일기 쓰잖아. 엄마도 일기를 쓰거든. 아무한테도 보여 주지 않은 건데 우리 하임이한테만 보여 주려고."

여기에 엄마와 아빠, 하임이, 가족들의 이야기를 썼다고 설명해 주었다. 아빠가 왜 하임이에게 늦게 왔는지도 알 수 있다고 말해 주었다.

"와, 신난다!"

"대신 타임캡슐에 넣어 뒀다가 하임이가 대학생 언니 되면 보는 거야."

"어디다 묻어?"

"할아버지 집에 하임이 나무 있잖아? 그 밑에다 묻어 두자!"

아이는 밝은 얼굴로 비닐 지퍼 백에 이수의 사진과 물건, 그녀의 일기장을 넣었다. 그리고 그녀가 준비해 놓은 타임캡슐 통에 다시 담았다.

그래서 방문한 친정이다.

차가운 스테인리스 캡슐을 조심스럽게 쓸어 보는데 이수의 목소리가 들렸다.

"은서야, 다 했어."

은서는 스테인리스 캡슐을 들고 걸음을 옮겼다.

땡땡하게 언 땅이 뻘건 속살이 보이도록 깊이 파여 있었다.

"와, 깊이 팠네?"

"조금 메울까?"

이 일이 뭐라고 저렇게 심각한 얼굴을 하고 물어보는 건지. 은서는 피식 웃었다.

"아니. 하임아, 아빠한테 넣어 주세요, 해야지?"

"아빠! 넣어 주세요!"

은서와 이수는 순간 멍한 표정을 하고 서로를 바라보았다.

'그냥 '아빠'라고 한 거 맞지?'

'응, 응!'

이수는 마른세수를 하고 아이를 와락 끌어안았다. 하임이가 강아지처럼 낑낑대도 팔의 힘을 풀지 않았다. 한참 후에야 타임캡슐을 땅에 묻고 세 사람은 손을 맞잡고 땅을 다졌다.

3

3월 중순, 제법 봄볕이 따사로웠다. 은서는 화단에 꽃을 옮겨 심고 흙을 꼭꼭 눌러 줬다. 그 위에 알갱이 영양제를 뿌려 주는데 익숙한 목소리가 들린다.

"뭐 하고 있니."

"어, 왔어?"

은서는 고개만 돌려 나래의 얼굴을 확인하고 물뿌리개를 들었다. 그런 그녀가 못마땅해 나래의 눈이 한참은 가늘어진다.

"뭐 하냐니까?"

"보면 몰라, 물 주잖아. 비가 와야 하는데……."

"네가 지금 꽃 걱정할 때냐고!"

나래는 친구의 태평함에 기어이 눈을 흘겼다. 이젠 사시 될 일은 없을 거라 생각했는데 베스트 프렌드를 째려보는 게 제 숙명인가 보다. 은서는 친구의 성화는 아랑곳 않고 물뿌리개를 내려놓고 화단 주변을 정리했다.

"들어가자."

앞장서서 가게로 들어온 은서는 커피를 내리고 오전에 만들어 놓은 샌드위치를 접시에 올렸다. 마침 딸기와 양상추가 너무 싱싱해 보여 만들어 놨는데 먹어 줄 사람이 오니 반가웠다.

테이블에 올려놓자 나래는 못마땅한 얼굴로 샌드위치를 먹는다.

"은서 너 변했어."

손맛은 변함없지만. 불과 3개월 전 은서가 미국에 가면 이런 호사도 끝이겠다고 아쉬워했었다. 그런 그녀에게 은서는 만들어서 보내 주겠다고 걱정 말라고 큰소리쳤었다. 그랬는데 웬걸.

"내가 변했다고? 무슨 근거로?"

"그럼 왜 미국 안 가는 건데? 이수 선배가 나를 왜 잡게 만드느냐고."

이수가 틈만 나면 전화를 해 대서 노이로제가 걸릴 지경이다. 은서한테 좀 가 보라고. 미국에 올 수 있는 상태인지 확인해 달라는 얘기였다.

"오빠가 또 너한테 전화했어?"

"어. 아무 때나 시도 때도 없이! 돌아 버리겠다."

"미안. 그러지 말라고 할게."

은서는 재미있다는 듯 웃으며 말한다. 그것도 환하게. 여자 나이 서른이면 한창 물오를 때가 지났다. 그런데 은서는 날로 예뻐지고 있다. 그러니까 이수 선배가 몸살을 앓지. 속으로 혀를 찬 나래가 말했다.

"솔직히 말해 봐. 선배한테 싫증 나니? 갖고 보니 별로야?"

"말도 안 돼. 그게 어떻게 가능하겠어."

"근데 왜 이러고 있어?"

"알면서 왜 그래."

은서의 목소리에 서운함이 배어 나온다. 미국에 혼자 가기로 한 건 이수의 결정이었다. 결혼식 이후에 쓰러진 게 원인이 됐지만. 훈련이 시작되면 은서가 혼자 하임이를 돌봐야 하고 아이와 그녀, 둘이서만 지내야 한다는 이유에서였다. 가게 정리도 덜 했고 이수의 어머니 때문에 한국에 남았지만 이수가 너무 보고 싶었다.

"그래서 아주머니는 좋아하셔?"

"말해 뭐 해."

은서는 배시시 웃었다. 주말이면 하임이를 데리고 제주도에서 지내다 온다. 아이도 할머니를 너무 잘 따르고 자선은 말할 것도 없다. 말로는 그만 오라고 하시는데 금요일만 되면 아침부터 전화가 온다. 혹시 못 간다고 할까 봐서.

"언제까지 이러고 있을 건데?"

"오빠 아직 스프링 캠프잖아. 시범 경기 중이라 정신없을 거고. 집에도 못 올 텐데."

"그건 네 생각이지! 이수 선배 성적 안 나오면 네 책임이라고 본다."

"어째 나보다 오빠를 더 챙기는 것 같은 이 분위기 뭐지."

"몰랐니? 나랑 유성이, 선배 라인으로 갈아탄 지 오래야."

정확히는 나래는 인터뷰 후, 유성은 결혼식 이후. 이수가 잘생기고 여러모로 근사하긴 해도 친구가 좋아하는 남자였다. 단 한 번도 사심 품은 적 없다. 오히려 제겐 좀 미운 선배였다. 은서의 마음을 받아 주지 않아서. 하임이가 태어난 후로는 아예 원수처럼 여겼었다.

"왜? 유성인 그럴 수 있다 쳐도 넌 왜?"

"선배 인터뷰할 때 감동 먹어서 그랬다, 왜. 인터뷰 그렇게 할 줄 몰랐거든."

"그게 좀 세긴 했지."

은서는 바로 꼬리를 내렸다. 이수가 자청한 인터뷰는 한마디로 자신을 파렴치한이라고 고백한 것과 다름없었다. 군더더기 전혀 없이. 사랑하는 여자가 있다. 첫사랑이었고 아이가 생긴 것을 몰랐다. 지금까지 방치했다. 아이 때문에 결혼을 하는 건 아니다. 내 여자를 놓치지 않을 만큼 마음이 강해졌다. 본인 스스로도 실망스러운데 팬들이 실망하는 건 당연하다. 아내와 딸에게 평생 죄인이다. 사랑한다고 말할 염치가 없을 정도로 부끄럽다. 그러니 제게만 실망해 달라. 덕분에 은서를 향한 동정 여론이 형성됐다. 다시 생각해도 못 말리는 남자라는 생각이 든다.

"너라도 좀 말리지 그랬어."

"귀띔은 해 줬어. 국민 욕받이 될 거라고. 그런데 소용없더라고."

이수는 모든 것을 자신의 탓이라고 했다. 자기 관리가 철저하다는 이미지는 하루아침에 물거품이 됐다. 그 바람에 국내에서 진행 중이던 광고도 꽤 많이 엎어졌다. 포장을 조금만 했어도 됐을 텐데, 이수의 뜻이 워낙 단호했다.

나래는 커피로 입가심을 했다.

"그래도 가게 정리는 하고 있지?"

"응. 진주가 꽤 잘해."

요즘은 몸이 두 개라도 모자랄 판이다. 주말엔 제주도로 날아가랴. 평일엔 진주에게 올인 하랴. 진주가 가게를 맡아보겠다고 했다. 그동안 클래스도 쭉 들어 왔고 제과 제빵 자격증도 땄지만 모자란 부분을 가르쳐주느라 바쁘다. 꾸준히 일은 배워 왔지만 운영은 다르니까. 은서는 새삼 가게 내부를 훑어보았다. 정리가 끝나 가니 왠지 서운해서.

'놀라겠지.'

* * *

메이저 리그 개막전 당일. 마침 LA 다**는 홈경기가 있는 날이었다. 6만 석에 가까운 스타디움이 열광하는 관중으로 발 디딜 틈 없이 꽉 채워졌다.

아나운서와 해설자는 개막전을 알리며 인사를 나눈다.

-드디어 메이저 리그 20**시즌이 개막됐습니다.

-약 6개월간 팀당 162경기를 치르는 동안 선수들이 어떤 경기를 펼칠지 기대가 되는데요. 오늘 개막전엔 특히 다**의 정이수 선수가 스포트라이트를 받고 있습니다.

-네, 그렇습니다. 정이수 선수의 재계약이 늦어져서 LA 단장은 물론 구단주까지 진땀을 뺐다고 합니다.

-또 결혼 소식이 있어서 전 세계 야구 팬들을 놀라게 했었죠. 구단 측에서도 몰랐다고 하더군요.

-워낙 자기 관리가 철저한 선수 아닙니까. 아무튼 정이수 선수 결혼 축하드립니다.

선수들이 입장하기 시작하자 스타디움을 가득 채운 관중들의 함성이 봇물처럼 터진다.

이수가 소개될 때였다. 경기장 입구에서 뛰어나오던 그의 발걸음이 느려진다. 관중의 함성은 똑같은데 뭔가 웅성거림이 섞인 느낌.

무심한 그의 시선이 문득 대형 전광판을 향한다. 수초 머물던 시선을 내린 이수는 제 눈을 의심했다.

'젠장, 헛것이 다 보이네.'

시즌 첫 경기부터 딴 데 정신을 팔고 있는 자신이 한심했다. 이수는 마음을 다잡고 인사를 하느라 벗었던 캡 모자를 깊게 눌러썼다. 그래도, 그의 시선이 자동으로 다시 대형 전광판을 향한다. 잔뜩 좁혔던 미간이 서서히 펴진다. 전광판을 뚫을 듯 노려보며.

분명 하임이와 은서가 클로즈업되어 잡혀 있었다. 더구나 하임이는 그의 번호가 프린트된 정이수 디셔츠를 입고서 말이다. 그리고 방금 바뀐 대형 전광판엔 놀라다 못해 굳어 버린 그의 얼굴과 두 여자의 모습이 반반 잡히고 있었다.

이수는 서서히 입꼬리를 올렸다. 그들의 모습을 담은 대형 전광판 위로 결혼을 축하한다는 문구와 하트가 덧입혀진다.

은서와 하임이가 그를 향해 손을 들어 흔들어 준다. 그제야 이수는 하얀 치아가 다 드러나도록 소리 없이 웃었다. 순간 관중들의 환호와 휘파람이 스타디움을 뒤흔들었다.

"와, 이수가 저렇게 웃는 거 관중들이 처음 볼걸."

"그래서 환호하잖아. 어이, 이수. 결혼 축하해."

"영상으로 봤던 이수 딸 맞지? 정말 예쁜걸. 와이프도 미인인데."

"행운의 여신이 둘이나 왔으니 이수, 오늘 펄펄 날겠는데. 우리가 이긴 게임이라고!"

동료들의 인사도 귀에 들어오지 않았다. 이수는 더그아웃으로 들어가면서도 은서가 잡혔던 관중석 쪽에서 눈을 떼지 못했다.

로커 룸으로 가는 복도엔 관계자와 기자들이 간간이 눈에 띄었다. 은서는 찬의 보호 아래 개방된 휴게실에 도착했다. 곧이어 복도가 울리는 쿵쿵 소리가 나더니 이수가 얼굴을 드러낸다. 은서는 상기 된 얼굴로 아이와 저를 한 번에 안아 드는 그의 품에 폭 파묻혔다. 옷도 갈아입지 않고 온 그에게서 땀 냄새가 진동했다. 그래도 좋았다. 그의 체취가 그리웠으니까.

"아빠! 하임이가 보고 싶었어!"

"아빠도!"

이수는 아이의 얼굴에 뽀뽀를 퍼부었다. 매일 영상 통화를 해도 달래지지 않던 그리운 얼굴이었다.

"아빠, 오늘 홈런 두 개 쳤어. 다** 이겨서 하임이 정말 기분이 좋아요!"

"고마워."

옆에 서 있던 찬이 물었다.

"아저씨랑 음료수 사러 갈까?"

"네! 하임이 목말라요."

냉큼 찬에게 손을 뻗더니 답삭 안긴다. 이수는 눈으로 고맙다고 말했다.

"은서야."

"오빠."

"어떻게, 아니 왜 아무 말도 안 했어!"

"놀라게 해 주려고, 놀랐지?"

이수는 대답도 못 하고 은서의 허리를 한 팔로 끌어안고 입을 맞췄다. 여기저기서 휘파람 소리가 들렸지만 신경 쓰지 않았다. 은서 또한 그의 품에 안겨 이수를 느끼느라 정신이 없었다.

주방에서 냉장고 하나, 하나 다 열어 본 은서는 고개를 절레절레 저었다.

"와우, 이게 다 뭐야……."

세 대나 되는 냉장고 안에 식재료가 너무 완벽했다. 육류 따로. 해산물 따로. 야채 따로. 냉장고뿐만 아니라 이 집의 모든 게 넘친다. 찬과 통화했을 때 베벌리 힐스로 이사를 했다는 소식은 들었다. 겨우 며칠 전에. 이수가 한국에 있는 동안 이사할 곳을 알아봤고 미국에 도착하자마자 이사를 했다고. 이사 오기 전에 이수가 살던 집도 꽤 컸었다. 굳이 이사할 필요가 있었을까, 싶을 정도로. 이수를 따라 이곳에 왔을 때 얼마나 놀랐는지 모른다. 전에 그가 살던 집과 차원이 달랐다. 그녀도 웬만한 부자들 생활엔 눈 하나 깜짝 안 하는데 눈이 휘둥그레질 정도였다.

이수의 집은 유명 연예인들과 정·재계 인사들의 대저택이 가득한 곳에 있었다. 일단 규모가 엄청났다. 아담한 공원과 비견되는 정원. 트레이닝 룸만 해도 이수의 개인 훈련 때문인지 호텔 피트니스 센터랑 맞먹었다. 수영장도 실내외에 각각 하나씩. 스파 룸까지. 찬과 함께 집 구경을 한 하임이가 초저녁부터 곯아떨어질 만큼 넓었다. 집 안은 말할 것도 없다.

아이 방이 서울 집 거실만 했으니까. 그들의 침실도 마찬가지. 찬이 몸만 오라고 했던 이유가 있었던 거다.

이수의 재력에 대해선 궁금하지도 않았고 신경 쓸 필요도 없었다. 그리고 한국에서의 이수는 워낙 소탈했기에 괴리감이 없었다. 막연히 많이 벌긴 벌겠구나, 짐작했을 뿐.

은서는 한숨을 폭 내쉬었다.

"……갑갑했겠네."

34평 아파트가 얼마나 갑갑했을까. 새삼 그녀가 이수를 몰랐다는 생각이 든다. 볼을 부풀린 은서는 다시 냉장고를 열었다. 겨우 계란 두 알을 꺼내 들고 피식 웃을 때였다. 이수의 목소리가 들린다.

"뭐 해?"

언제 왔는지 주방 입구 벽에 비스듬히 기대선 이수가 그녀를 바라보고 있었다.

"다 씻었어?"

"뭐 하냐니까."

"음, 배고파서?"

"그걸로 뭐 하려고?"

은서는 어깨를 으쓱해 보이고 '계란 프라이?'라고 말했다. 은서의 엉뚱한 대답에 이수가 실소하고 걸음을 옮겼다. 꽤 오래 지켜보고 서 있었다. 그런데도 냉장고랑 씨름을 하느라 알아채지 못했다. 실은 저 모습을 상상하고 또 상상했었다. 실내복을 입은 은서가 집 안 곳곳을 다니는 모습을. 그래서 일부러 기척을 내지 않았던 거고. 그의 심장이 오늘 홈런을 쳤을 때보다 몇 배는 빠르게 뛴다.

"내가 해 줄게."

"됐거든. 소화도 안 될 것 같아."

"왜?"

"정이수 선수가 새삼 엄청 어나더 레벨이라?"

이수가 그녀의 손에 들린 계란을 빼앗아 내려놓고 허리를 끌어안는다.

"의논 안 해서 화났어?"

"그건 아닌데. 너무 과하지 않아?"

이수는 몸을 구겨 그녀의 목에 얼굴을 묻었다. 이 냄새를 맡고 싶어 도는 줄 알았다. 뭐든 다 해 주고 싶었다. 신경 쓸 거 하나 없이. 그가 웅얼거렸다.

"하임이 때문에. 보안이 잘 돼 있거든."

"아, 보안이~."

"진짜야."

자연스럽게 입을 맞춘 두 사람은 입술을 떼어 내고 곧 키득거렸다.

"이모는 언제 오신대?"

"우리 부부 맞지?"

"응."

"소통이 부족했네. 제주도 내려가셨어요."

은서의 비음 섞인 목소리에 이수가 눈을 크게 떴다. 당연히 복례 이모가 오는 줄 알기에.

"하임인 어떻게 해? 넌?"

이수의 물음에 은서는 눈을 흘겼다.

"하임이가 문제야? 이모 보고 어머니가 얼마나 좋아하셨는데. 두 분 같이 사실 거야. 제주도에서."

"정말?"

"음. 화해하셨어."

정확히는 은서가 화해를 시켰다. 솔직히 복례 이모에게 고마웠다. 이모가 아니었으면 이곳에 오는 게 더 늦어졌을 테니까. 차마 하임이를 매주 기다리는 어머니를 두고 미국에 올 수 없어서 이수와 떨어져 있는 기간이 길어졌다.

"그동안 고마웠어. 어머니 전화하셔서 자랑하더라."

"말로만?"

"이 집, 선물이야. 물론 내 연봉도 함께."

눈을 홉뜨던 은서가 더없이 환하게 웃는다. 짝짝짝 손뼉까지 치며. 그런 그녀를 보고 이수는 눈을 가늘게 접었다. 내가 은서에 대해 모르고 있었던 걸까. 돈을 준다는 소리에 저렇게 좋아할 줄이야.

"돈 좋아했어?"

"어머, 오빠. 돈 싫어하는 사람도 있어?"

"어느 정도로 좋아해?"

"음, 이 정도 선물이면 기꺼이 계란 프라이는 포기하고 침실로 갈 만큼."

은서의 대답에 이수는 묘한 미소를 머금고 눈을 빛냈다. 그녀의 엉덩이를 받쳐 번쩍 안아 들었다. 침실로 향하는 그의 걸음이 느긋했다.

"대답이 너무 마음에 들어."

"오빠, 좋아해. 매일 열 번씩 채워 줄게."

"침실까지 못 가겠다."

이수는 아일랜드 테이블 위에 은서를 내려놓았다. 입술을 겹치자 저절로 지그시 눈이 감긴다. 은서의 키득거리는 웃음소리가 그의 목구멍을 가득 메운다.

THE END.